公兰谷文集

公兰谷／著　王勇／编

燕赵学脉文库

郑振峰　胡景敏　主编

社会科学文献出版社
SOCIAL SCIENCES ACADEMIC PRESS (CHINA)

"燕赵学脉文库" 出版说明

"燕赵学脉文库"由河北师范大学文学院策划、编辑，主要编选院史上著名学者的著述。河北师范大学的前身是1902年创办的顺天府高等学堂和1906年创办的北洋女师范学堂，至今已有110多年的历史；文学院的前身是1929年由李何林先生等创建的河北省国立女子师范学院国文系，至今已有80余年的历史。燕赵之士，人称悲歌慷慨；燕赵故地，自古文采焕然。燕赵的风土物理、文化品格、人文精神，以及长期作为畿辅重镇的地缘环境为其培育了独具气质的学风、学派和学术。燕赵学术，源远流长。近年来，河北师范大学中国语言文学博士一级学科秉承燕赵学术传统，锐意创新，取得了无愧于先贤，不逊于左右的成绩。文库的编辑既是向有功于学科建设的前辈致敬，也是对在学术园地上孜孜耕耘的后继者的激励，所谓不忘过去，继往开来。

文库的出版得到了"河北师范大学中国语言文学博士一级学科"的资助，也得到了诸多友好人士与出版方的支持和帮助，在此一并致谢。

"燕赵学脉文库"编委会

2017年4月

序　言

公兰谷（1919～1980），原名公方苓，曾用名公方枝。"公兰谷"是1951 年到河北高中后改的名字，也是发表文章时经常用的笔名。生前为中国民主同盟盟员、中国作家协会河北分会会员，并担任中国现代文学研究会理事、河北省语言文学学会副会长、河北师院（现为河北师范大学）中文系现代文学教研室主任等职。以下从生平经历、思想历程、文学创作、中国古代文学评论、中国现代文学评论和中国现代文学史著述等六个方面对公兰谷先生进行介绍。

一　生平经历

公兰谷于 1919 年 5 月 25 日生于山东省蒙阴县坦埠镇。抗日战争前，家里依靠父兄以经营一家馍房为主，兼管理庄家田地，生活水平相当于乡镇一般中等人家。1925 年，六岁的公兰谷入本镇初级小学，学名公方枝，后改读私塾。1932 年，十三岁的他又在本镇读初级小学三年级。1933 年春季，公兰谷到离家七十里的蒙阴县求学，插入县立汶溪小学（完小）初级六年级下学期。十六岁的时候，因为家庭经济困难，公兰谷放弃了继续读中学的机会，而选择了乡村师范（因为每月有五元津贴）。

抗日战争爆发后，正在读滋阳乡师的公兰谷便开始了流亡生涯，这一去就是十三年，直到 1950 年的暑假才得以回家看望。1937 年 12 月，公兰谷随滋阳乡师同学离开山东迁移到河南许昌。次年 2 月又随学校流亡到湖北北部的均县，并在武当山结识了人生中重要的一位朋友柳杞先生（公先生去世后，柳杞先生写了文章《武当山中结识的旧友》作为纪念）。

1938 年底，武汉失守，湖北局势紧张，公兰谷又随学校和大批流亡学生进入四川，于 1939 年春到达四川北部的梓潼。流亡的生活既让公兰谷饱尝艰辛，但同时也改变了他的命运。在四川时，偶然的机会让公兰谷梦寐以求的读中学的愿望得以实现，读高中后他改名为公方苓，此名字一直用到大学和工作后，这看似偶然的事情改变了公兰谷的一生。1941 年暑假期间，公兰谷参加了大学招生并考取了当时的中国最高学府——重庆中央大学中文系，12 月到达重庆中央大学的柳溪分校。大学毕业后，公兰谷又接着考入了中央大学研究所。1947 年研究生期间，由于经济困难，公兰谷在南京市第一中学兼任文史教员，次年暑假，因论文没有完成致延期毕业一年，同时兼任中文系研究生助教和市立一中教员。1948 年暑假，公兰谷从中央大学研究生毕业，暂在南京市立一中任高中语文教员。1951 年 2 月，经由中央大学一位研究生同学的介绍，公兰谷到河北北京中学工作，担任语文教员。10 月，他以河北高中教师的身份参加了中央土改团，随中央土改团第八团到皖北阜南县参加土改，前后共历时三个月，于 1952 年土改完毕返校，接着又投入"三反""五反"运动。同年 8 月，公兰谷由河北北京中学调到河北师院工作，任语文系讲师，先后讲授现代文选及习作、现代文学史等课程。

20 世纪 50 年代中期至 60 年代，公兰谷历经了肃反运动、"大跃进"等政治运动。尤其是在"大跃进"伊始，他被安上很多莫须有的罪名，这对于公兰谷来说是一个不小的精神灾难。"文革"期间，公兰谷再次陷入政治斗争的漩涡，受到林彪、"四人帮"等极左路线的迫害，教学工作也受到阻碍。

公兰谷是一位文学才子，对爱情充满了不切实际的罗曼蒂克幻想，又由于他性格上的"迂"和"呆"，直到近五十岁，仍然处于单身状态。"文革"期间，公兰谷曾在朋友柳杞的撮合下与一位女同志迅速走进婚姻殿堂，但不久两人因下放而天各一方。1978 年，二人终因隔膜结束了短暂的婚姻生活。据公先生的学生回忆，在中央大学读书期间，公兰谷曾经追求陈布雷的女儿陈琏，但当时陈琏已经"名花有主"，最终错过了公兰谷这位大才子（关于爱情，公兰谷在他的散文《清明节》中也有所提及，但据公兰谷的档案材料记载，陈琏为中共地下党员）。

粉碎"四人帮"之后，公兰谷重新走上教学一线，并且不辞辛苦地远赴外地为河北师院函授学生和外校学生讲课，工作积极认真，治学严谨，培养了众多人才。从学生的一些回忆文章中，可以窥见公兰谷对待教学工作的认真负责和学生对老师的尊重与敬仰。

从1952年至1980年，公兰谷在河北师院任教28年，一直专心致力于中国现代文学的教学和研究，并著有《现代作品论集》（中国青年出版社，1957年）和《中国现代文学》（第一卷）（河北天津师范学院函授部1957年，据公先生的档案说，还有第二、三卷的油印本，但至今未找到）。1978年公兰谷晋升为河北师院副教授，1979年中国现代文学研究会成立，他又成为十六位理事之一（理事十六人，除王瑶先生为会长，田仲济、任访秋为副会长外，依姓氏笔画为序包括丁尔纲、公兰谷、支克坚、叶子铭、华忱之、孙中田、邵伯周、吴奔星、严家炎、陆耀东、林志浩、单演义、黄曼君。公兰谷去世后增补山东大学孙昌熙先生）。可见，公先生的学术成就在学界是得到认可的。公先生经过长时期的流亡生活和各种政治运动的洗礼后，本应是得其所哉的时候，却不幸因患脑溢血医治无效，于1980年的1月12日下午6时15分逝世，终年五十九岁。由于过早离世，他的很多著述计划未能实现，这既是公兰谷先生的遗憾，也是文学界难以弥补的损失。

二　思想历程

公兰谷的思想发展与其特殊的时代环境和人生经历有着极其密切的关系。生活于新旧交替时代的公兰谷，其思想也不可避免地具有双重性，但他始终是一个不断追求进步的知识分子。战时的流亡生涯和新中国成立后的政治运动使他对现实的认识不断加深，在反复的探索与自省中，他的思想和政治觉悟也处于一个不断提高的过程。

（一）朦胧的阶级意识的萌芽

青少年时期的公兰谷因为家里受到本镇恶霸的欺负而心生对恶霸的痛

恨，又由于经济窘迫被迫放弃读中学的机会，由此而感到社会制度和教育机会的不平等，这两件事催生了他朦胧的阶级意识，但这时的阶级意识和对不平等社会制度的憎恨还只是缘发于个人的情感，处于自发性阶段，还不是真正的阶级觉悟。在 1937 年底到 1938 年底的流亡期间，公兰谷的思想有了显著的提高。这得益于公兰谷的积极上进和勤奋刻苦，他利用空闲时间阅读了一些浅近的社会科学著作，为其以后的思想和政治觉悟由自发走向自觉积累了资源。

（二）险入"歧途"，改变人生

在重庆中央大学读书期间，由于心理的不成熟和周围环境的影响，公兰谷的思想发生了较大的波动。

首先是 1942 年 5 月公兰谷在同学赵宏宇的怂恿下加入了三青团。这算是他人生中的一大"污点"，新中国成立后组织上曾对他这个事件进行调查，结论是考虑到他并没有参加实质性的政治活动而做出暂不处理的决定。据公先生本人交代，当时他并没有认识到三青团是罪恶的反革命集团，是出于自保而加入，因为 1941 年国统区反共高潮时期学校发生的师生被捕事件让他一直处于高压恐惧状态，加入三青团是权宜之计。加入三青团后只参加了第二天三青团员的检阅，此后再未参加过其他任何活动。加入三青团成为公兰谷心中长期无法抹掉又不敢向外人提及的政治污点，在其新中国成立后的交代材料中，每次都会涉及此事，坦白交代。

其次是公兰谷受到了当时学校盛行的名利思想的影响。当时中央大学的民主气息淡薄，名利思想严重，在这样的环境影响下，耳濡目染，公兰谷的名利思想进一步发展，眼见当时作家的社会地位低微，他不再甘心只做一名作家，还要争取进入在国民党统治时期具有相当"社会地位"的教授的行列。正因为如此，1945 年大学毕业后，公兰谷接着又考入了中央大学研究所，成为他踏上教授地位的第一个阶段。在特殊环境中，公兰谷追求名利思想也是一种人之常情，我们不必对其苛责。也许正是这种名利思想对公兰谷的激发，才有了他以后更大的文艺创作成就和学术成就。

这一时期公兰谷的思想虽有曲折，但他始终是一位具有爱国情怀的知识分子，从他这一时期写的很多文学作品中可以明确地体现出来。

（三）人道主义和爱国思想趋于成熟

从1945年9月考入研究所至1949年4月南京解放，公兰谷对现实的认识进一步加深，他不再只从自身角度出发，而将目光更多的转向对国家、社会、民族的关注，因此这一阶段公兰谷的思想有了一个突破性的转变。抗日战争结束后，他目睹了国民党统治集团贪污腐化、人民生活痛苦不堪等社会现实，对国民党的痛恨和国统区黑暗现实的不满情绪不断增加。解放战争时期，国统区蓬勃发展的反内战、反饥饿等民主运动，使公兰谷更加清楚地认识到国民党政权的腐败，更加同情受苦的劳动人民。因此，公兰谷是带着欢欣鼓舞的心情迎接南京解放的，并对共产党产生了初步的信任。从南京解放至同年六月，短短的时间内，通过参加一系列宣传活动，他更加明确了中国革命的性质以及无产阶级的领导等问题，对共产党的认识和政治觉悟都得到很大的提高。

新中国成立后，所有人都沉浸在胜利的喜悦之中，公兰谷亦是如此。尤其是调到河北北京中学工作后，公兰谷的工作情绪饱满，积极性也很高。在1951年参加中央土改团的社会实践中，他进一步增加了对共产党和人民政权的热爱。

20世纪50年代中期之后的政治运动，让公兰谷历经了残酷的精神折磨和苦痛，性格软弱的他只能无奈地选择了以沉默代替批判，以忍耐对抗劫难，并对自己的行为不断地检讨。公兰谷作为一个在旧社会出生、成长过来的知识分子，不可避免地会带有自己的弱点，但他始终在努力地改造自己的思想，始终有一颗炽热的爱国和进取之心。"文革"结束后，重新回到工作岗位的公兰谷依然抱着积极热情的态度投身于教学工作，直到逝世。

三　文学创作

公兰谷先生是一位创作数量颇丰的作家，据他自己统计，1939～1952

年，在《抗战文艺》《文学月报》《南京文艺》《大公报》《新华日报》《时事新报》《文汇报》等副刊发表小说散文约 40 万字，诗约两千行。1952 年之后，他也写了不少的文学作品，但主要精力已经放在了文艺评论方面。

公兰谷的创作历程大致可分为两个阶段：新中国成立前，从 1939 年至解放战争结束，主要集中在重庆中央大学读书的这一阶段。这一时期发表有小说、散文、诗歌、翻译作品等；新中国成立后，公兰谷致力于中国现代文学的教学和研究上，但也创作了不少的文学作品，主要集中在散文和诗歌这两种文学形式上。公兰谷的文学创作以现实主义为基本创作方法，反映现实，关注现实，体现出鲜明的时代烙印，为中国现代文学中的现实主义文学创作增添了浓墨重彩的一笔。

（一）新中国成立前的文学创作 （1939 ~1948 ）

青年时期是公兰谷进行文学创作的开端。此时的公兰谷受到抗战文学的影响，开始尝试着用文字去表达一个因战争而流亡的知识分子对于战争的态度。因此在高中两年内他就发表了不少文章，也因之受到一些刊物编辑和老师同学的鼓励和赞扬，这些初步的文学成绩坚定了他将来当一个作家的信念。当时登发的文章有小说、散文、诗歌，这些文章的内容多半是反映现实生活、与抗战有关的。

重庆中央大学的学习阶段是公兰谷的集中创作期，也是他文学创作的一个丰收期。所发表的文学作品在数量上较之前明显增加，形式上也多种多样，包括小说（短篇）、诗歌、散文、诗录、外国文学作品翻译等。随着人生阅历的丰富和前期的文学积累，公兰谷这一时期的文学创作不仅在文字功底上更加深厚，而且现实性进一步加强。他把写作当成一种表达爱憎的方式，一种游子诉说乡愁的方式，以求在流亡的苦痛中，借助文字得到情感的宣泄和精神的慰藉。

这一时期的小说创作，根据其时间和题材又可分为两个阶段：第一阶段是表现抗日战争时期的中国社会现实，如《仇恨》《奸细》等；第二阶段是反映解放战争时期国民党统治和不义战争的罪恶，如《雨夜》等。这些小说基本上是以战乱的现实为时代背景，写小人物在战乱中所遭受的灾难和痛苦，作者以一种感时忧国的姿态流露出对在战争中屈辱生存和挣扎的中国人民的同情，以一种批判讽刺的态度表达对侵略者和战争的强烈憎恨。

第一阶段的代表作有 1942 年在胡秋原等人主编的《时代精神》第一卷第二期发表的短篇小说《仇恨》。小说从人道主义出发，通过叙述农民张旺一家人的悲惨遭遇，揭露了日本侵略者给中国人民造成的屈辱、灾难和充满血泪的生活，体现了中国人民对侵略者强烈的痛恨，愤怒地鞭挞了侵略者的惨无人道。小说《奸细》同样以抗日战争为背景，写押运军火的王永明等人因车子出现问题停在一个小村庄等待救援时，由奸细引发的一场火灾。文中着重描写了火灾后村庄上的悲惨景象及村民们审问奸细的过程，体现了中国人民对背叛国家民族行为的谴责和憎恨。这些作品都是应时而作，真切地反映了当时的社会现实。

第二阶段的代表作有小说《雨夜》等，《雨夜》写一位年轻的乡妇尤二姑进城寻找在国民党部队当兵的丈夫，不幸的是丈夫早已随国民党军队去山东作战了。小说着重描写了尤二姑在车站时的种种遭遇，并以丈夫命丧战场和凄凉的自然环境描写收束全篇，衬托出人物命运的不幸，流露出作者对国民党发起的不义战争的谴责和强烈的反战情绪。

公兰谷的小说创作的意义主要体现在其鲜明的时代性上。从抗日战争到解放战争，公兰谷一直以一个爱国主义文人的姿态关注着国家民族和社会现实。虽然由于环境等多方面的影响，他所创作的都是短篇小说，但这些作品都紧随时代的变化，反映当下社会现实，带有鲜明的时代印记。此外，在具体写作中，公兰谷也形成了自己独有的特色：鲜明的主题和爱憎态度；以大量的人物对话构建故事情节并揭示和深化主题；善于自然环境的描写，常常以自然环境的描写开篇并且贯穿整个作品，在衬托人物心理和命运，表现时代氛围等方面起到了重要的作用；洋溢着乐观主义精神的结尾。但这并不是抗战初期文学所表现出来的盲目的乐观，而是一种融合着对侵略者的仇恨和强烈的民族意识，对胜利的坚定的信念和希冀。

散文也是公兰谷在这一时期重要的收获。公兰谷的散文创作与其生活经历是密切相关的。从抗日战争爆发到新中国成立十几年的流亡生活，既激发了他的爱国热情，但同时也让他饱尝作为一个流亡异乡的游子的心酸和苦痛。因此从情感上进行划分，这一时期公兰谷的散文可分为以下两类。

一类是与抗日战争密切相关，表现作者对国家民族的关怀和热爱。如《荒凉的地方》写了抗战时期途经的一个近乎原始状态的地方和在民族命运紧要关头仍然处于蒙昧状态、缺乏民族意识的人群，体现了作者对于启蒙和民族精神觉醒的呼唤。《野牛》是一篇叙事散文，主要讲了一位忠厚质朴、意志坚强、受到启蒙后如野牛般上阵杀敌的年青小伙的故事。《江水的歌唱》是一篇抒情散文，表现出对日寇侵略者鲜明的憎恨态度，结尾洋溢着对抗战胜利充满希望的乐观主义精神。

这一类的文章虽然数量较少但包含着丰富的内容：或是写战争给中国人民造成的苦难，或是写中国人民坚强勇敢的抗日斗争，或是对民族痼疾的反思与忧虑。从中可以体现出公兰谷作为一个青年知识分子的民族责任感和爱国意识。

另一类是诉说个人内心情感。这类散文数量较多，包括叙事、抒情和写景等多种类型，但几乎都贯穿着一个主题——乡愁。具体又表现为以下几个特点：

抒情性较强。公兰谷的散文大多是写作者因战争离家后流亡生活的愁苦、怅惘和对父母、故乡的无限思念。但这种乡愁从根源上又是出于作者强烈的爱国情感和民族意识。代表作有《月夜投简——寄到遥远的黄河边》等。

善于使用象征手法。尤其是解放战争时期创作的散文具有很强的象征意味，如《雁群》《泥土之恋》等，最具代表性的是《茫茫夜》，篇幅短小而内容丰富，文中用到了大量的意象，如"黑夜""黎明""旅人""萤火虫""蟋蟀""江水"等都被打上鲜明的时代烙印，表达了对敌人、对弱者的蔑视和对胜利即将来临的希望以及坚定的信念。

语言清新质朴而情感真挚。《秋之什》（包括《落叶》《芦花》《红叶》三篇）是公兰谷较具代表性的写景抒情散文，作者选取古典文学中常常借以表达凄凉意象的季节"秋"，生发开去，通过回忆承载着童年和故乡记忆的落叶、芦花、红叶等事物寄托了对故乡深切的眷恋。文章语言优美，清新自然，富有诗情画意而又不失情感的真挚性。

在特定的时代背景下，公兰谷的散文创作形成了自己独特的风格。受到抗日战争和解放战争的影响，20 世纪 40 年代中国现代文学中的散文创作以反映时事的报告文学和揭露社会现实问题的杂文创作为主。而长期流亡在外的公兰谷，不仅时刻关注着中国社会现实，也更加注重内心情感的表达，并以散文的形式抒发着自己的离乡情愁。这种情感实际上正是和他一样有着相同经历的一批知识分子的共同心声，公兰谷以他的文学创作充实了四十年代中国现代文学的散文形式和主题。

这一时期，公兰谷还尝试着翻译外国文学作品，并在《中央日报》上发表了小说《期待》（法佐夫作）、诗歌《我的心在高原》（彭斯作）和《乡村铁匠》（郎斐罗作）等翻译作品。公兰谷翻译外国文学作品是具有选择性的，所翻译的外国文学作品在思想和风格上与自己的创作相近，如同他的文学创作一样体现出鲜明的时代性，在一定程度上是对中国社会现实的映射。如小说《期待》以塞尔维亚和保加利亚之间的战争为时代背景，写出了一位母亲对参战的司托彦归家的执着的期待而终不可得的悲剧。这篇小说不论是环境描写、人物设置还是故事的构建都与公兰谷创作的《雨夜》有很大的相近性，尤其是结尾的设置，二者表现出异曲同工之妙。公兰谷所翻译的外国诗歌则同自己的散文一样体现出流浪在外的游子身在他乡、心在故乡的情感。可以发现，公兰谷的外国文学作品的翻译并不是简单的语言之间的转换，而是融入了自己的风格和情感。

（二）新中国成立后的文学创作（1949 年以后）

新中国成立后，由于时代的变化以及教学的需要，公兰谷开始致力于中国现代文学的研究，但同时仍抱有对文学创作的热爱，创作了一定数量的诗歌和散文。

这段时期公兰谷的诗歌创作主要集中在 20 世纪 50 年代和"文革"之后。虽然数量少，但仍然体现了鲜明的时代性。新中国的诞生，使中国诗歌呈现出一种崭新的面貌，以颂歌为主的诗歌潮流占据诗坛，公兰谷也顺应时代潮流，以慷慨激昂的笔调写下了《为中国民主青年而歌》，回顾了从五四到新中国成立 30 年间中国民主青年为争取民主和胜利而进行的英勇斗争，歌颂了国家领袖毛泽东对中国历史方向的正确指导，歌颂了新中国的成立。但诗歌的重点并不在于此，诗歌结尾给中国民主青年提出了更为重要的历史责任——消灭法西斯，保卫世界和平。在这里，作者的情感得以升华，体现出作者的普世情怀。这在他的另一首反映国际题材的诗歌《人民歌手罗伯逊》中体现得更为明显。这样宽广的胸怀在当时的时代背景下是难能可贵的。这两首诗歌主题重大，展现出广阔的历史画面，既有对压迫、歧视、战争的斥责和憎恨，又充满了对胜利的坚定信念，不但适应了当时主导文坛的颂歌的需要，也体现了作者的一种世界情怀。但因时代的影响，这些诗歌也不免流露出政治化、口号化的色彩。"文革"时期，公兰谷同当时很多知识分子一样饱尝政治苦痛，其文学创作也出现了断裂。直到"文革"结束，公兰谷重新提笔，满腔愤懑地写下讽喻"文革"的诗作《稻草人的苦恼》和《蝤蛴的毁灭》，用象征性的手法对"文革"进行了反思和批判，语言含蓄而不失讽刺意味。

散文创作主要集中在 20 世纪 60 年代，不论是思想还是风格较新中国成立前的创作都发生了明显的转变。以赞美辛勤的劳动人民、歌颂社会主义事业的快速发展为主题思想，以轻松欢快为基调是这一时期散文创作的主要特点，代表作有《蜜蜂》等。此外，公兰谷还写了《游晋祠》等游记散文。

四　中国古代文学研究

除了丰富的文学创作和对外国文学作品翻译之外，公兰谷还有一个不可忽略的成就，即对中国古代文学的研究。大学期间，公兰谷就对中国古代文学发生了浓厚的兴趣，并开始了古代文学研究的尝试。其间，公兰谷阅读了大量的古代文学作品并搜集文献资料研究汉魏六朝诗，写成了 8 万字的论文。论文包括魏晋南北朝时期的诗人（如谢朓、阮籍、曹植、陶渊明、谢灵运等）研究和诗体（如"永明诗"、"齐梁宫体诗"、"建安五言诗"等）研究两类。1945～1947 年，《中央日报》连续登载了公兰谷研究汉魏六朝诗歌的这些论文，在当时产生了较大的影响。在研究生阶段，公兰谷从师于著名的国学家胡小石先生，更加专注于古代文学的研究，并选择《诗经》作为研究课题。从 1948 年起,《中央日报》陆续发表了他的《诗经》研究论文约 10 万字,包括《汉代诗经学》《三国两晋南北朝隋唐诗经学》《宋元明诗经学》《清代诗经著述考略》等。这些论文对汉代至清代的《诗经》研究情况进行了相对系统的整理和论述,他常常引用古典文学中具有权威性的学者的言论进行论证,大大加强了文章的说服力。当然,公兰谷对《诗经》的研究并不是简单地进行整理,他经常能够提出自己独到的观点和见解,在今天仍具有启发作用。

公兰谷作为一名 20 多岁的大学生和研究生,已经能够在《中央日报》这样一个具有全国影响的报纸上,从 1945 年至 1948 年三年多的时间里,连续不断地在上面发表论文,从中既可见公兰谷先生的用功之勤,也可见其学术功力之深厚,否则《中央日报》怎么可能给他这样一个后生晚辈如此之多的关注呢?正因如此,我们是否可以说,当时的公兰谷虽然年轻,但已经是学术界一颗冉冉升起的新星呢?如果他能够继续沿着这条路子走下去,定会前途无量。然而世事多变,人生无常,新中国成立后的公兰谷由于教学的需要,其研究兴趣转向了对现代文学的批评和研究。

五 中国现代文学研究

新中国成立后尤其是 1952 年到河北师范学院任教后,公兰谷对现代文学产生了极大的兴趣并开始集中精力于中国现代文学的批评和研究,写了大量的中国现代文学评论文章。其论文集《现代作品论集》于 1957 年 4 月由中国青年出版社出版。

《现代作品论集》收入了十二篇评论中国现代文学作品的文章,共 11 万字。这些文章多数在公兰谷担任中国现代课程讲师时被选作教材,并且以其讲稿为基础写成。论文集中评论的都是中国现代文学中较为重要和具有代表性的作品,涉及的文学形式广泛:包括七个长短篇小说、两个诗集、两个剧本和一个儿童文学作品。公兰谷在书的后记中又将书中的十二篇评论文章分为三组:第一组《女神》《子夜》《倪焕之》《骆驼祥子》四篇,是 1942 年以前的代表性作品(长篇小说和诗集);第二组《太阳照在桑干河上》《王贵与李香香》《三千里江山》《春风吹到诸敏河》四篇，是 1942 年以后有代表性的长篇作品（长篇小说、长诗和多幕剧）；第三组《在其香居茶馆里》《传家宝》《罗文应的故事》《妇女代表》是比较优秀的短篇作品（短篇小说和独幕剧），包括 1942 年以前和以后的作品。可见，《现代作品论集》中的评论文章都是经过公兰谷精心选择的。透过这部集子可以窥见公兰谷在现代文学评论中所形成的一些独具的特色。

全面性：《论集》中不仅选择的作品形式广泛，而且评论的内容也比较全面，包括对每个作品的创作背景、故事梗概、主题思想、人物形象、表现方法和技巧、艺术成就、时代意义等，当然在不同的文学体裁中侧重点又有所不同。公兰谷的文学批评具有内容与形式兼重、思想性与艺术性兼重、功利性与审美性兼重的特点。在全面分析作品的同时，尤其注重对文本的分析，常常通过引用大量的文本来论证自己的观点，既增强了文章的说服力，也避免了纯理论的乏味和空洞。

客观性：《论集》在分析和评价作品时能够以相对公允的态度，将作品置于广阔的社会背景和特定的时代背景下分析其时代意义，对作家作品能够做出相对客观公正科学的文学史定位，即使一些文学大家的作品，公先生也敢于批评，客观地指出其缺点。

独到性：《论集》中常常引用一些较具权威性的学者的言论，但作者对这些言论并不是一味地采信与盲从，而是敢于提出质疑并发表自己独到的见解。在评论作品时，既指出作品的缺点，又常常为作品的完善提出具有建设性的意见。公先生这些独到的见解不仅在当时，而且也为我们今天理解文学作品提供了重要的启发。

注重题材的分析：题材是否适应时代需要成为衡量作品思想价值的重要尺度。论集在题材分析时也注重阶级分析的方法，即能否鲜明的反映特定时代背景下的阶级矛盾和阶级斗争，能否与时代精神相契合；强调题材本身对社会现实的反映程度和社会意义。因此从题材出发，注重作品的思想性和教育意义，尤其强调作品对读者的指导意义，这也成为其评价作品的重要参照。

除了《现代作品论集》这本书中所涉及的文学作品评论之外，20 世纪 60 年代到 80 年代，公兰谷一直坚持中国现代文学作品的研究，并写了大量的评论文章，散见于《北京文艺》《光明日报》《河北师范学院学报》等各类期刊报纸中。这里需要特别提出的是，公兰谷特别感兴趣于鲁迅研究，写了《鲁迅的〈故事新编〉》《论〈狂人日记〉》等评论文章，对鲁迅的小说、杂文、散文等文学作品进行了深入的分析和研究，其深刻的见解在今天仍然具有借鉴意义，因此公兰谷也是著名的鲁迅研究专家。也正因为他在现代文学研究方面取得的卓越成就，1979年中国现代文学研究会成立后，他被选为十六位理事之一，由此可以窥见他在中国现代文学研究界的学术地位。

公兰谷对中国现代文学研究的另一个重要的成果是中国现代文学史的著述。1957年8月，河北天津师范学院函授部出版了公兰谷的《中国现代文学》（第一卷），共15万字（《中国现代文学》实际上有三卷，约45万字，目前我们搜集到的只有第一卷）。该书论述了中国现代文学第一个十年即从1917年至1927年的五四时期和第一次国内革命战争时期的文学，书中描述了这一阶段中国现代文学发展的概貌并对该时期代表作家及其作品进行了深入评析。

《中国现代文学》（第一卷）是新中国成立后产生的第一批中国现代文学史著之一，因此不可避免地带有那个时代的特色，比如，关于文学发展阶段的划分，关于现代文学性质的认定，鲜明的阶级立场和政治立场等，除此之外，《中国现代文学》（第一卷）还具有以下几方面的特点。

注重分析新文学运动发展的社会背景。《中国现代文学》是将新文学放在中国新民主主义革命这一大的历史背景中去考察与分析新文学产生、发展与演变的进程与规律的，呈现出鲜明的文学社会学特征。

突出重点作家和作品。《中国现代文学》突出新文学发展的主流，概括新文学发展的基本面貌。在主流中突出重点作家的介绍，如书中仅对鲁迅及其作品的介绍就占到总篇幅的四分之一以上，在介绍重点作家时又突出对作家单篇作品的分析。

大量引用文本和权威性评论。"引用"是《中国现代文学》最明显的特点，包括对作品文本和学者评论的引用。一方面，不论是对作品思想内容还是对艺术成就的分析，公兰谷都能够回归作品本身，注重文本的细读，同时又尊重作家本身的创作动机和对作品的解读。另一方面，书中常常引用权威评论者的言论来论证自己的观点，但同时也能发抒自己的独到见解，对作家作品做出比较科学而公允的批评，这在当时也是难能可贵的。

注重作品的思想性与艺术性相结合。公兰谷本身倾向于现实主义文学作品，因此在分析作家作品时，往往看重作品的思想意义与时代精神的契合，注重作品社会价值的当代性和延续性，但同时也注重作品的审美性和艺术性。既能对虽然思想意义重大但艺术性不足的作品提出批评，也能对虽然缺乏思想价值但艺术性较高的作品给予肯定，当然前提是符合无产阶级立场。

公兰谷的《中国现代文学》是新中国成立后继"三部半"之后的又一部由个人独立编纂的中国现代文学史著作。虽然由于各种情况在当时并没有引起足够的重视，但并不能因此忽略其重要价值。总之，公兰谷的《中国现代文学》是 20 世纪 50 年代为数不多的中国现代文学史著作之一，它的出现既是特定时代的产物，有着鲜明的时代烙印，同时也体现了公兰谷对中国现代文学独特的解读方式和写作风格，不管是在当时还是在现在都值得我们去认真分析和研究。

《现代作品论集》和《中国现代文学》（第一卷）这两部著作奠定了公兰谷在中国现代文学研究界中重要的历史地位，为推动中国现代文学批评和研究做出了突出贡献。

公兰谷的一生是不幸的。生前，饱尝长期流亡的心酸和不公正的待遇；刚刚得其所哉，便溘然长逝。逝后，既无妻室，也无子嗣，十分凄凉。但公先生始终是一个爱国主义者，对任何事情都始终抱着一种积极乐观的态度。在生活中、思想上，他是一位待人诚恳、不断进步的好同志；在同事眼里，他是一位质朴爽朗的好战友；在学生眼里，他是一位尽职尽责、一丝不苟的好老师。而对文学的热爱和执着，又使他成为一位名副其实的文学家和批评家。公兰谷为我们留下了大量的文学作品和重要的文学批评文章和著作，只是由于过早的逝世，未能引起文学研究者的重视。所以，今天我们所做的，就是要对公兰谷先生的生前著述加以整理，拭去历史的灰尘，还原和重现公先生杰出的文学成就。

学院将组织编选公先生的文集的任务交给了我，我又动员了我的两位研究生郭燕立和李美共同参与。公先生发表的文章很多，由于条件所限和时间紧迫，我们不可能把公先生的文章全部收齐，但仅目前搜集到的部分，也已经相当可观了。我们基本上按原样收录，只对个别明显的错讹进行了改正，同时还有个别地方因无法识别而空缺。

王　勇

2016 年 12 月 20 日

● 目 录

第一部分　现当代文学评论

第二部分　古代诗词研究

第三部分　诗经学研究

第四部分　文学创作之小说

第五部分　文学创作之散文

第六部分　文学创作之诗歌

第七部分　文学作品之翻译

附　录

现当代文学评论

谈《女神》

在"五四"文学革命时期，在诗坛上放出了异彩的是郭沫若先生的《女神》。《女神》出现在"五四"时期的诗坛上具有着极其重大的意义，它扩大了新诗的影响，巩固了新诗的地位，当时它以它热烈的、激情的、充满了革命浪漫主义精神的诗句"点燃"了千千万万青年读者的心。《女神》给中国诗歌开辟了一个新的时代，它是"五四"后新诗的奠基作品。

《女神》中的诗具有极大的战斗力和鼓舞力，思想内容巨大深广，充分反映着 1920 年左右的时代精神。

1917 年十月革命成功后，世界历史进入了一个新的时代，全世界掀起了革命大高潮。在 1918、1919 年之间，很多资本主义国家不断爆发革命，很多殖民地也先后爆发了民族独立运动。在中国，1919 年爆发了轰轰烈烈的反帝反封建的五四运动，五四运动使中国革命进入一个新时代，进入新民主主义革命时代。在那样世界革命高潮兴起的时代，各国革命的总精神是反抗暴力争取自由，这也可以说是当时的时代精神。《女神》充分地反映了这一点，号召反抗暴力争取自由的诗篇在《女神》中是很多的，如《匪徒颂》《天狗》《胜利的死》《湘累》等都是。

《匪徒颂》中具有着强烈的反抗精神，它以高度的热情赞颂了一切政治革命、社会革命、宗教革命、学说革命、文艺革命、教育革命的"匪徒"，诗中列举的"匪徒"们，尽管他们所从事的革命事业的性质是各种各样，他们的成就和价值也并不相等，但反抗旧的传统势力的革命精神这点却是一致的。在对这些伟大先驱者们的赞颂里，表现了作者向往革命的热忱，作者是在号召反抗鼓动革命的前提之下来赞颂的，在当时不管是中国还是其他殖民地或资本主义国家，这样的号召和鼓动都是极端需要的。特别值得注意的是，诗中赞颂了"鼓动阶级斗争"的马克思，"甘心附逆"的恩格斯，和"实行共产主义"的列宁，这说明作者对无产阶级革命怀着热望，说明作者当时思想的进步性是很高的。

《天狗》所表现的反抗精神是更加强烈和昂扬的，作者在这里以不可一世的气概呼出了对现实的反抗：

> 我是一条天狗呀！
> 我把月来吞了，
> 我把日来吞了，
> 我把一切的星球来吞了，
> 我把全宇宙来吞了。
> 我便是我了！

在那样一个帝国主义横行霸道的世界中，现实中充满了黑暗和乌烟瘴气，象这个"把宇宙来吞了"的呼声，就是由于痛恨那样的黑暗现实而发出来的。作者这样的大声疾呼，就是希图把那样的黑暗现实消灭。这里的反抗是以"自我"为中心的，"我"把月、日、星球、全宇宙吞了，就是"我"向黑暗现实进行抗击，把黑暗现实消灭了。强调"自我"，即是要求个性解放，在"五四"时代许多革命民主主义者皆具有这种思想，这在当时是有进步作用的。《天狗》中也充分表现出了革命浪漫主义精神。

《胜利的死》赞颂了反抗暴力争取自由的战士马克司威尼，马克司威尼是爱尔兰独立军的领袖，因争取爱尔兰的独立，被英政府逮捕入狱，绝食而死。诗中以极大的忿怒痛斥了"猛兽一样的杀人政府"和"冷酷如铁的英人"，也以高度的热情歌颂了"自由的战士"：

> 悲壮的死哟！金光灿烂的死哟！
> 凯旋同等的死哟！胜利的死哟！

兼爱无私的死神！我感谢你哟！
你把我敬爱无暨的马克司威尼早早救了！
自由的战士，马克司威尼，
你表示出我们人类意志的权威如此伟大！
我感谢你呀！赞美你呀！
"自由"从此不死了！

作者赞颂的就是马克司威尼的反抗暴力争取自由的精神，作者认为：为自由而殉身是完全值得的，以死获得了自由，这死是"悲壮的""胜利的""金光灿烂的"；争取自由的战士，他的躯体虽然是死了，但他的崇高精神是永远不死的，自由也将因自由战士的死而永存了。

《湘累》中的屈原，是个不阿谀豪强矢志保全自身自由的宁死不屈的伟大人格："我自由创造，自由地表现我自己……我有血总要流，有火总要喷，我在任何方面，我都想驰骋！"屈原实际上是反抗和自由的化身。

《女神》还有很多诗表现了破坏陈旧，创造新生这个主题，这和前面所谈的反抗暴力、争取自由是有连带关系的。这方面表现得最突出的是《凤凰涅槃》。

《凤凰涅槃》是一首最能代表作者的雄浑风格的诗。这首诗表现了对黑暗社会的诅咒和对新生的歌颂。诗中写的是凤凰火葬后更生的情景，分"序曲""凤歌""凰歌""群鸟歌""凤凰更生歌"几个部分。"序曲"写了凤凰火葬前的悲壮情景和它们的无畏精神："啊啊！哀哀的凤凰！凤起舞，低昂！凰唱歌，悲壮！""凤歌"写了旧世界的冷酷、黑暗，以及对这冷酷、黑暗的旧世界的诅咒，表现出了作者对当时黑暗社会的愤激和痛恶的感情。

茫茫的宇宙，冷酷如铁！
茫茫的宇宙，黑暗如漆！
茫茫的宇宙，腥秽如血！

这不正是当时现实世界的真实写照吗？

> 宇宙呀，宇宙，
>
> 我要努力的把你诅咒：
>
> 你脓血污秽着的屠场呀！
>
> 你悲哀充塞着的囚牢呀！
>
> 你群鬼叫号着的坟墓呀！
>
> 你群魔跳梁着的地狱呀！
>
> 你到底为什么存在？

这诅咒是深切的，这痛恨是强烈的。阴秽的旧世界如屠场，如囚牢，如坟墓，如地狱，在这种世界当中只有苦难和忧伤。"凰歌"所写的正是旧世界的苦难和忧伤："悲哀呀！烦恼呀！寂寥呀！衰败呀！"这样的世界必须与之决绝分手，"一切的一切！请了！请了！"能与阴秽的旧世界决绝，在神圣的火焰中毁掉"旧我"，才能有更生后的欢乐，"凤凰更生歌"就写了更生后的无比欢畅的情景，更生之后一切变得"新鲜，净朗，华美，芬芳"，变得"热诚，挚爱，欢乐，和谐"，变得"生动，自由，雄浑，悠久"，一切在"欢唱！欢唱！欢唱！"新生的世界，充满一片大欢乐，一片大和谐！

《凤凰涅槃》表现了诗人对光明的新世界的由衷的向往，但新世界的产生必须建筑在旧世界的废墟上，必须先推翻旧世界，然后才能建造新世界。凤凰火葬之后始能更生，火正象征着革命斗争，必须经过革命斗争，破坏了陈旧，然后才有获得新生的可能。作者曾在一篇文章中说道："光明之前有混沌，创造之前有破坏。新的酒不能盛容于旧的革囊。凤凰要再生，要先把尸骸火葬，我们的事业，在目下浑沌之中，要先从破坏做起。我们的精神为反抗的烈火燃得透明。"（《我们的文学新运动》）这段话正可做为《凤凰涅槃》这首诗的主题的说明。

《立在地球边上放号》以浩瀚磅礴的气势喊出了"毁坏"和"创造"，赞颂了促成"毁坏"和"创造"的自然的伟"力"：

> 啊啊！我眼前来了的滚滚的洪涛哟！
>
> 啊啊！不断的毁坏，不断的创造，不断的努力哟！

啊啊！力哟！力哟！

力的绘画，力的舞蹈，力的音乐，力的诗歌，力的律吕哟！

和这同样的意思也表现在《我是个偶象崇拜者》里："我崇拜创造的精神，崇拜力，崇拜血，崇拜心脏；我崇拜炸弹，崇拜悲哀，崇拜破坏……"

《女神之再生》中的"女神"，当"山体破裂，天盖倾倒"之后，就创造出"新的太阳"，又创造出"新的光明、新的温热"来供给她，使她永远"照彻天内的世界，天外的世界"。还有，当诗人在海中洗浴的时候，也发出革旧创新的号召："快把那陈腐了的旧皮囊，全盘洗掉！新社会的改造，全赖吾曹！"（《浴海》）

在这类诗歌里，充分表现出了积极的创造的精神，也充分表现出了高度的革命乐观主义精神。世界尽管黑暗，污浊，但诗人决不悲观，失望，诗人要以革命的暴力来摧毁旧世界，创造新世界，诗人坚信一定有个光明的未来。象这样积极的乐观的精神，在"五四"时代的其他诗人的诗歌中是很少看到的。

高度的爱国主义思想，在《女神》中也有着强烈的表现。据作者自己说，他从小"就在当时的富国强兵的思想中受着熏陶，早就知道爱国，也早就想学些本领报效国家"，他赴日本学医就是抱着科学救国的目的。（《郭沫若选集》序）在日本留学的时候，远离祖国，自然对祖国有着无限的怀念，作者就把真挚的深切的眷恋祖国的情怀写在动人的诗篇里。

在《炉中煤》中，诗人把祖国比做"年青的女郎"，把自己比做"炉中煤"，诗人以缠绵悱恻的调子吟唱着：

啊，我年青的女郎！

我不辜负你的殷勤，

你也不要辜负了我的思量。

我为我心爱的人儿，

燃到了这般模样！

这里所表现的爱国感情是炽烈的，因之也是感人的，这是一篇富有感染力的诗歌。

诗人怀念祖国，不是怀念祖国这个抽象的概念，而是怀念祖国的一些具体事物。在《晨安》中，诗人就向"年青的祖国"、"新生的同胞"、"浩浩荡荡的南方的扬子江"、"冻结着的北方的黄河"、"万里长城"以及"雪的旷野"，道出了亲切的晨安，表现出了爱恋祖国的真实的感情。

当由日本回到祖国怀抱的时候，诗人是多么热爱着久别的祖国呀！在诗人的眼中，祖国的一切都是优美的、可爱的，轮船驶进黄浦江，祖国的大陆在望，对祖国的赞叹在诗人的心弦上拨动了：

　　　　和平之乡哟！

　　　　我的父母之邦！

　　　　岸草这么青翠！

　　　　流水这般嫩黄！

四句诗中含蕴着多么丰富的对祖国的眷爱之情呵。

作者不但直接抒写了自己的热爱祖国的心曲，而且也通过历史题材吟唱了这个。《棠棣之花》歌颂了聂嫈和聂政姐弟二人的为国献身的伟大精神和革命英雄主义。

　　　　不愿久偷生，

　　　　但愿轰烈死，

　　　　愿将一己命，

　　　　救彼苍生起！

这无疑是对一切爱国志士的有力的号召，这也正是作者自己的心愿。

　　　　去罢！二弟呀！

　　　　我望你鲜红的血液，

　　　　迸发成自由之花，

　　　　开遍中华！

这是聂嫈对聂政的嘱托，也是作者对一切爱国志士们的嘱托。以血换得"中华"的自由，这在帝国主义和军阀统治着旧中国的年代是何等迫切的任务。

《女神》中又有很多诗篇对大自然作了赞颂和描绘。象《光海》就是这类作品中较具特色的一篇，《光海》中所表现的大自然是富有生命的，是充满欢乐气氛的，是对人有无限亲切之感的。

> 无限的大自然，
> 成了一个光海了，
> 到处都是生命的光波，
> 到处都是新鲜的情调，
> 到处都是诗，
> 到处都是笑：
> 海也在笑，
> 山也在笑，
> 太阳也在笑，
> 地球也在笑，
> 我同阿和，我的嫩苗，
> 同在笑中笑。
>
> 翡翠一样的青松，
> 笑着在把我们手招。
> 银箔一样的沙原，
> 笑着待把我们拥抱。
> 我们来了。
> 你快拥抱！
> 我们要在你怀儿的当中，
> 洗个光之澡！

在这里，大自然成为有生命有感情的东西了，大自然会笑，会招手，会拥抱；大自然是美好的，欢愉的，到处充满了"生命的光波"和"新鲜的情调"。这里表现出了诗人对大自然的无限亲切的爱，也表现出了诗人洋溢着欢愉情绪的内心世界，正因为诗人的内心是充满了乐观主义精神的，所以他才感受到了大自然的美好，如果在一个颓废主义感伤主义的诗人眼中，大自然就完全不是这个样子。诗人感到大自然是无限美好的，要投入大自然的怀抱中去，甚至要变为大自然的一个部分，和大自然融为一体，"我便是那只飞鸟！我便是那只飞鸟！我要同白云比飞，我要同明帆赛跑。你看我们哪个飞得高？你看我们哪个跑得好？"在诗人看来，能化做一只飞鸟，那是再好没有的了。

另外，《辍了课的第一点钟里》把大自然写成为一片自由的世界，诗人在辍课之后，就"赤足光头，忙向自然的怀中跑。"因为"那门外的海光远远地在向我招呼！"当看到"一对雪白的海鸥正在海上飞舞"，诗人就羡慕地喊出了："啊！你们真是自由！咳！我才是个死囚！"在《西湖纪游》一诗中也喊出了："我本是'自然'的儿，我要向母怀中飞去！"

朱自清先生曾谈到郭沫若先生在"五四"时代的诗中泛神论的思想，对大自然不是"只当背景用"，而是"看自然作朋友"。（《中国新文学大系诗集》导言）这应该就是指的象"光海"等这类诗而言的。泛神论认为神不是在自然界之外，而是分布在自然物中间，决定着事物的运动和发展。我们说郭沫若在"五四"时代的诗中有泛神论的思想，并非说他真的相信自然中有神的存在，只是说他在诗中把自然当做有生命有感情的东西来描写，把自然看作朋友，是受着泛神论思想的启发而已。（作者在《三个泛神论者》一诗中，曾指明他爱泛神论者庄子、斯宾诺沙和加皮尔）。

由于诗人的内心世界是充实的，生命力是充沛的，所以在面对着自然景物的时候，也就能够用动的观点来进行观察，并且能够发掘出大自然的奔放的生命力来。象《笔立山头展望》中所表现的：

> 大都会的脉搏呀！
> 生的鼓动呀！
> 打着在，吹着在，叫着在，……
> 喷着在，飞着在，跳着在，……

四面的天郊烟幕蒙笼了！

我的心脏呀，快要跳出口来了！

哦哦，山岳的波涛，瓦屋的波涛，

涌着在，涌着在，涌着在，涌着在呀！

这些狂风急雨似的诗句，高昂豪迈地吼出大自然生命力的飞扬奔腾，这也恰就是诗人的生命力的飞扬奔腾。"我的心脏呀，快要跳出口来了！"这两句诗把诗人的象大海波涛似的汹涌奔腾着的热情传达出来了。这是富有激动力和感染力的诗句，我们读了之后，感情也会"鼓动"起来的。

一个生命力充沛、精神世界坚实开朗的诗人，对大自然会有着壮阔的感受，会发现出大自然的雄伟壮美的景象。对着日出这景象，诗人的感受是这样的："哦哦，环天都是火云！好象是赤的游龙，赤的狮子，赤的鲸鱼，赤的象，赤的犀。"诗人又把太阳比做"摩托车前的明灯"和"二十世纪的亚坡罗"，又吟唱着："哦哦，光的雄劲！玛瑙一样的晨鸟在我眼前行飞。……我守着那一切的暗云，被亚坡罗的雄光驱除尽！"这就是诗人眼中的日出景象，这景象是雄伟的，壮阔的（《日出》）。诗人在夜晚的十里松原散步的时候，感到太空，"怎么那样的高超，自由，雄浑，清寥！"感到十里松原中无数的古松，"都高擎着他们的手儿沉默着在赞美天宇"（《夜步十里松原》）。诗人更注意到象《立在地球边上放号》中所表现的那样无比雄伟无比壮丽的景象了："无数的白云正在空中怒涌，啊啊！好幅壮丽的北冰洋的晴景哟！无限的太平洋提起他全身的力量来要把地球推倒。"

描写大自然的诗另外还有很多：第三辑中收的多半是这类的诗，如《新月与白云》《霁月》《晴朝》《岸上》《晨兴》《春之胎动》《西湖纪游》等，都对大自然的美好景物做了细致地描绘。

《女神》中的诗，主要就是表现以上几个方面的思想内容。

《女神》中的诗，特别是表现反抗暴力、争取自由和破坏陈旧、创造新生的主题的诗，是充分反映了时代精神的，诗中所表现的诗人的感情是和广大人民的感情相联系着的，它们以激昂悲壮的音调呼出了人民的欢乐和痛苦，呼出了人民的要求和愿望。这类诗歌之所以能够具有强烈的激动力量，原因就在这里。象柏林斯基说的："任何一个诗人也不能由于他自己和靠描写自己而显得伟大，不论是描写他本身的痛苦，或者描写他本身的幸福；任何伟大诗人之所以伟大，是因为他的痛苦和幸福的根子深深地伸进了社会和历史的土壤里，因为他是社会、时代、人类的器官和代表。只有渺小的诗人才会由于自己和靠描写自己显得幸福和不幸，但是只有他们自己才倾听他们那小鸟似的歌唱，而社会和人类是不愿意理会这些的。"这类诗歌之所以有激动人心的力量，正是由于它里面所表现的诗人的"痛苦和幸福的根子深深地伸进了社会和历史的土壤里"的缘故。

郭沫若先生的诗，是有着自己的特点，是形成了独特的风格的。它的主要特点是：雄伟的气魄，宏朗的格调，奔放而强烈的感情。这些特点就形成了一种雄浑豪迈的风格，一种壮阔磅礴的风格，一种富有战斗力的风格。象《天狗》诗中所表现的："我如烈火一样地燃烧！我如大海一样地狂叫！我如电气一样地飞跑！"这几句诗很能说明郭沫若诗的特点。郭沫若的诗是有着排山倒海、雄吞山河的气概的。最能代表这种风格的诗，是《凤凰涅槃》《晨安》《立在地球边上放号》《笔立山头展望》《天狗》《匪徒颂》等。

这些诗是二十世纪初世界革命高涨时代的雄壮的声音，这是高涨的人民力量的精神面貌的反映。这些诗是时代的号筒，是能充分传达革命时代的音响的。"五四"以后，直到现在，在其他诗人的作品中，象《女神》里面的某些雄壮有力的充满战斗激情的诗篇，为数还是不多的。在中国文学史（包括着"五四"以后的新文学史）上，能写优美的抒情诗的诗人很多，能写雄壮的战歌的诗人很少。在中国诗人中，琴师很多，而鼓手很少。郭沫若先生就是"五四"以后新诗人中的第一个有力的鼓手。

郭沫若先生的诗的这种雄浑豪迈的风格是怎样形成的呢？首先是因为郭沫若先生对时代的重大政治历史事件表示了热烈的关心，对祖国和人民的命运表示了热烈的关心。他有饱满的政治热情，这种政治热情，使他自己的感情和人民的感情沟通起来，使他强烈地感受到时代的脉搏，使他和时代的雄伟壮阔的步伐合拍起来。因之，他就能传达出了时代的音响，吼出了高昂雄壮的时代的最强音，另外，在传统的艺术形式的继承上也有着关系。这些雄壮有力的诗篇的产生和浪漫主义诗人拜伦、雪莱特别是惠特曼的影响是分不开的，郭沫若先生自己也曾提到这点，他在《我的作诗的经过》一文中说："尤其是惠特曼的那种把一切的旧套摆脱干净了的诗风和五四时代的暴飙突进的精神十分合拍，我是彻底为他那雄浑的豪放的宏朗的调子动荡了。在他的影响之下，……我便作出了'立在地球边上放号'、'地球，我的母亲'、'匪徒颂'、'晨安'、'凤凰涅槃'、'天狗'、'心灯'、'炉中煤'、'巨炮的教训'，那些男性的粗暴的诗来。"（见《质文》第一卷第二期）

《女神》是"五四"时期诗歌中的瑰宝，是中国现代文学中的不朽的诗篇，它给我们"五四"后的新诗歌奠定了良好的基础，给我们开辟了一个新诗的时代。直到今天，我们仍可以从《女神》中汲取到巨大的鼓舞力量和战斗力量。我们应该继承并发扬《女神》的优秀传统，特别是他的雄浑豪迈的战斗风格是特别值得我们继承和发扬的，因为我们一般的诗人大都缺少这个，而要完满地表现当前我们这个伟大壮阔的社会主义建设的新时代，这种雄浑豪迈的风格是特别需要的。

《子夜》分析

一

　　从 1933 年《子夜》的出版到现在，已经整整的有了二十几个年头。在这长长的二十几年岁月当中，《子夜》已经在广大的读者群中留下了极为深刻的印象，也在广大的读者群中发生过了积极的良好的影响。这部作品，已被公认为和鲁迅先生的《呐喊》《彷徨》等一样，是我们新文学的重要收获之一，是我们新文学的最优秀的作品之一。《子夜》不仅是茅盾先生的代表作品，也是从五四到抗战这期间的长篇小说最具有代表性的作品。在 1933 年出现的当时，它是一部划时代的作品，具有重要价值。

二

　　《子夜》题材所接触的面非常广，有民族工业、投机市场、工人运动、农民暴动等等，但主要是民族工业这一方面。《子夜》主要是表现 1930 年左右中国的民族工业在帝国主义、买办资本、封建势力三重压迫之下的挣扎和破灭的。这是作者所企图表现的一个最主要的方面，在全书中占的篇幅也最多。

　　《子夜》的主人公吴荪甫是一个民族资本家。和一切的民族资本家一样，在残酷地压榨工人剥削工人上说，他是反动的，而且他和封建军阀也有着千丝万缕的联系；但是也和一切半殖民地的民族资本家一样，他也是受着帝国主义、买办资本和封建势力的重重压迫和阻挠的。《子夜》所表现的民族工业的挣扎和破灭，主要就是通过吴荪甫及他的同伙孙吉人、王和甫等的经营工业的失败来体现的。

吴荪甫是当时上海工业界的巨头，拥有非常雄厚的资本，也抱着发展民族工业的企图（自然就他个人说主要是为了自己营利）。他在上海经营了一所大丝厂。当时由于帝国主义的经济侵略，由于日本丝在世界市场和中国市场上的抵制，吴荪甫丝厂的出品是销售不出去的，这是帝国主义妨碍中国民族工业发展的一个具体例证。

《子夜》所表现的帝国主义的经济侵略对当时中国民族工业的影响不仅限于吴荪甫的丝厂，还有当时上海其他民族工业资本家所经营的厂，如周仲伟的火柴厂、朱吟秋的丝厂、陈君宜的织绸厂等。在这方面，《子夜》所表现的是具体而深刻的。在第二章，当资本家们到吴府给吴老太爷吊丧的时候，我们听到了那些资本家们的呻吟，首先是周仲伟的："我是吃了金贵银贱的亏！制火柴的原料——药品，木梗，盒子壳，全是从外洋来的；金价一高涨，这些原料也跟着涨价，我还有好处吗？采购本国原料吧？好！原料税，子口税，厘捐，一重一重加上去，就比外国原料还要贵多了！况且日本火柴和瑞典火柴又是拼命来竞争……"接着是朱吟秋说他丝厂出产的丝中国的绸缎业不用，国外市场又被日本丝侵夺；陈君宜说他绸缎厂为什么不用中国丝而用日本丝和人造丝的苦衷。作者在描写了这些之后，又写着："接着是一刹那的沉默，风吹来外面鼓乐手的唢呐和笛子的声音，也显得异常凄凉，象是替中国的丝织业奏哀乐。"这岂止是为中国的丝织业奏哀乐呢，这乃是为整个中国的民族工业奏哀乐呵！在这里表露出挣扎在帝国主义和买办资本的魔爪下的中国民族工业毫无出路，这会使每个读者的心弦激动起来的。我们还可以和第十六章所写的广东火柴行商业公会呈给工商部的呈文对照起来看，那呈文里面有这样的话："惟吾国兵燹连年，商业凋零，已达极点；而政府以值此库款奇绌之秋，火柴入口原料，税外加税，厘里加厘，公债库券，负担重重，陷于万劫不复。乃该瑞典火柴托辣斯以压倒吾国土造火柴之时机已至，遂利用舶来火柴进口税轻，源源贬价运来，使我国成本较重之土造火柴无法销售，因此货积如山，不得不折本贱售，忍痛支持，以求周转。惟吾国土造火柴商人，资本微薄，难敌财雄势大横霸全球之瑞典火柴托辣斯，因而我国火柴业相继倒闭者，几达十分之五有奇！"这些话对当时中国火柴业（当时整个中国民族工业亦然）凋敝的情况和根源说得透辟极了。

自从大革命失败以后，国民党反动政府对外投降，中国的经济迅速走向殖民地化，帝国主义在中国的经济势力一天加大一天，外货倾销，外资侵入，在欧战中一度兴起的中国民族工业纷纷倒闭。这是 1930 年左右的中国的历史真实，《子夜》通过文学形象把这一历史真实具体而鲜明地表现出来了。

帝国主义不仅用商品倾销来侵害中国的民族工业，而且还以大量资金通过它的走狗——买办资产阶级来并吞中国的民族工业。《子夜》所写的赵伯韬就是买办资产阶级的一个代表人物，他是个买办金融资本家，是当时上海公债市场的魔王，他是美帝国主义的捐客，他的后台老板是美国的财团。吴荪甫和孙吉人、王和甫等所经营的工业的破产，与他是有直接关系的。他首先劝吴荪甫做公债生意，约吴组织公债多头公司，实际上这是一个骗局；后来当吴荪甫和孙吉人、王和甫顶下益中信托公司之后，他又用经济封锁的办法来压迫益中信托公司。结果吴荪甫在公债市场上被赵伯韬彻底打败，资金蒙受了惨重的损失，厂里的出品又因外货抵制和军阀混战所造成的货运阻塞销不出去，最后只好将工厂（包括吴和孙吉人、王和甫顶下的八个出产日用品的小工厂在内）和信托公司完全顶给英日商人。除吴荪甫经营的工业破产以外，《子夜》还写到朱吟秋的丝厂为赵伯韬所并吞，周仲伟的火柴厂顶给了日本商人。所有这些，都具体地表现了当时中国民族工业在帝国主义和买办资本的重重压迫之下所做的徒劳挣扎和终归破灭的真实情况。

中国的民族工业除了受帝国主义和买办资本的压迫之外，还受着封建势力的阻挠，《子夜》在这方面也表现了的。譬如代表封建势力的军阀们的混战，使得内地农村破产、交通阻塞，丧失了广大的工业市场，这是不利于民族工业的发展的，《子夜》中一再地说明了这一情况。而除了代表买办官僚资产阶级也代表着封建大地主的国民党反动政府，向民族工业征收苛捐杂税，以及为了进行内战滥发公债，助长投机生意，使得资金集中到公债市场，对民族工业更是有着直接的危害作用。

《子夜》表现了这样一个真理：在一个半殖民地半封建的国家里面，民族工业的发展根本是不可能的。因为第一，帝国主义的经济法则是垄断的，独占的，它不允许一个半殖民地国家有自己独立的资本主义来和它做竞争；其次，帝国主义又通过买办资本向民族工业进行并吞；第三，由地主、军阀、官僚所组成的封建势力，剥削压榨人民，制造混战，使人民穷困不堪，使民族工业丧失了市场和原料。这就是中国革命的凶恶敌人给予中国民族工业的侵害，《子夜》是通过具体的形象表现出来了。

作者自己曾在一篇文章里说到《子夜》的内容问题："这样的一部小说，当然提出了许多问题，但我所要回答的，只是一个问题，即是回答了托派：中国并没有走向资本主义发展的道路，中国在帝国主义的压迫下，是更加殖民地化了。中国民族资产阶级……当时，他们的出路是两条：一是投降帝国主义，走向买办化；二是与封建势力妥协。他们终于走了这两条路。"（《子夜是怎样写成的》）不错，关于中国资本主义发展的道路问题，中国民族资产阶级的出路问题等，《子夜》确是具体而真实地给予回答了。我们不能忘记吴荪甫等这些民族资本家们是怎样下场的：吴破产后几乎用手枪自杀，最后只好到庐山去避暑；周仲伟做了日本商家的买办，"最初是买办，然后是独立自主的老板，然后又是买办——变相的买办，从现在开始的挂名老板！一场梦，一个循环。"（第七章）；朱吟秋投靠了赵伯韬……中国民族资产阶级的软弱性在这里也充分表现出来了，他们不能和工人阶级站在一起进行人民革命斗争，结果也只有如此下场了。

中国民族工业的没有出路，也反映在投机市场的混乱情况对民族工业所造成的危害性。《子夜》在这方面也作了有力的描绘。

投机市场是资本主义的一个产物，在半殖民地的旧中国的大都市中是少不了这样一个罪恶的角落的。1930年左右的上海投机市场，情形是异常混乱的。1930年蒋介石跟冯玉祥阎锡山的联军正举行大规模的混战，国民党反动政府为了军费开支，大量发行公债，使得投机市场的形势异常地猖獗起来。金融资本家把全部资金投入公债市场，游资到了投机市场，工业界就周转不灵，丝厂老板朱吟秋说得好："从去年以来，上海一埠是现银过剩，银根并不紧，然而金融界只晓得做公债，做地皮，一千万，两千万，手面阔得很！碰到我们厂家一时周转不来，想去做十万八万的押款呀，那就简直象要了他们的性命；条件的苛刻，真叫人生气！"（第二章）而且，不但金融资本家不在工业上投资而把全部资金投入公债市场，就是工业资本家也押掉自己的商品、工厂来大做投机生意，吴荪甫就是一个具体的例子。由做公债投机以致破产的吴荪甫，可以充分看出投机市场对于民族工业的残害作用。

投入公债市场的不仅是上海的资本家，还有因战事而集中到上海的内地游资，这些内地游资是通过内地的逃亡地主和没落官僚而向公债市场集中的，冯云卿、何慎庵、李壮非就是这样人物的代表。在这里也使我们看出了公债和内战的关系，那个做过税务局长和县长的没落小官僚李壮非曾发表过发公债和打仗的连环套的理论："我们大家都做编遣和裁兵。政府发行这两笔债，名义是想法消弭战争，但是实在呢，今回的战争就从这上头爆发了。战争一起，内地的盗匪就多了，共产党红军也加倍活动了，土财主都带了钱躲到上海来，现金集中上海，却好让政府再多发几千万公债，然而有钱就有仗打，有仗打就使内地乱做一团糟，内地愈乱，土财主带钱逃到上海来的也就愈加多，政府又可以多发公债——这就叫做发公债和打仗的连环套。"（第八章）公债市场和军阀混战的关系在这里表现得是再明显不过了。

《子夜》又表现了公债市场中的另外一些不幸的牺牲者，那就是那些小商人和那些穷苦的城市居民们。这些人受了国民党反动政府和资本家们的愚弄，也将用血汗赚来的些许金钱投入公债市场，企图发点"意外之财"，但结果如何呢？落个两手空空，破产，犯罪，乃至自杀，一切都被赵伯韬、杜竹斋之类"大亨"们囊括而去了。在第十一章中对这方面的描写是极其动人的：这些投机者们，汗流满面，潮水似的互相拥挤着，"他们涨红了脸，瞪出了红丝满布的眼睛，喳喳地互相争论。他们的额角上爆出了蚯蚓那么粗的青筋。偶或有独自低着头不声不响的，那一定是失败者：他那死澄澄的眼睛前正在那里搬演着卖田卖地赖债逃走等等惨怖的幻景"。而另外一边，"市场牵线人的赵伯韬或吴荪甫却静静坐在沙发里抽雪茄，那是多么滑稽"。这诚然是滑稽的，对那些不幸的牺牲者来说，真是太悲惨了。这些牺牲者那能是赵伯韬之流的对手呢？这些"大亨"们是"神通广大"得很的，他们和军政界有着秘密的联系，他们可以用钱来扭转时局，以之来左右公债价格的升降，赵伯韬会在交割期以三十万元的代价买通西北军佯退三十里，使得公债价格上升，做多头获得了暴利。（见第二章）

可以看出，投机市场乃是罪恶的渊薮，它充分暴露了国民党反动政府政治的黑暗和经济政策的紊乱，它助长了军阀混战的猖獗，对民族工业有着非常直接的残害作用。《子夜》是用相当多的篇幅来表现了这一方面的。

《子夜》又以较多的篇幅描写了工人阶级的斗争。

1930 年左右是中国工人运动又趋活跃的时期，那是因为民族工业在帝国主义经济侵略、世界经济恐慌、军阀混战、农村破产等影响下，处于异常困难的境地。资本家为要自保，便只有残酷地剥削或开除工人，减低工资，增加工时等；工人阶级便对资本家发动了普遍的经济斗争，在党的领导与策动之下，又迅速地转为政治斗争。这是当时的历史情况，《子夜》就是反映了这一时代面貌的。

《子夜》中所反映的工潮，是以吴荪甫的丝厂为中心，又侧面地反映了整个闸北的总罢工。吴荪甫工厂发生过两次工潮，第一次是怠工，是通过账房莫干丞和工贼屠维岳的报告侧面写出；第二次是罢工，是正面写出的。罢工事件写得相当成功，写到工潮内幕的复杂曲折的情况，如写到了工人的斗争、工贼的阴谋破坏、黄色工会的派系争夺、党的地下领导等。在工人的斗争方面，写出了陈月娥、张阿新、何秀英、朱桂英、金小妹等工人积极分子的形象，和他们向吴荪甫及工贼屠维岳、李麻子、姚金凤、阿珍、陆小宝等所做的英勇而坚决的斗争，若干场面如工人围攻吴荪甫和屠维岳、冲厂等场面，都是写得相当紧张动人的。工贼的阴谋破坏也写得相当真实，工贼的阴谋伎俩表现得相当充分，如屠维岳收买了女工姚金凤，在姚不负众望时，伪装开除她，升姚的反对者薛宝珠为稽查，以扭转群众的情绪，逮捕工人后，姚又伪装请求释放；阴谋是毒辣的，难测的。也写到工贼勾结警察和白相人来阻挠工人们的斗争。黄色工会的派系的斗争，是通过钱葆生和桂长林两派的明争暗斗表现的，这也是当时工潮中一个不能忽略的方面。关于党的地下领导这点，写得失败了（这问题留待下面再谈）。

总之，《子夜》在表现工人斗争这一方面虽然还不够十分深刻，还有着缺陷，但终是接触到了当时中国革命形势的主要方面，也保存下了若干工人罢工的雄伟壮阔的场面，是有价值的。在这里也显示出了工人和资本家之间的矛盾，说明了民族资本家想走资本主义的路是行不通的。

《子夜》又描写了农民和地主的斗争，写到了农村革命力量的高涨。这方面所占的篇幅不多，只限于第四章。茅盾先生曾说到写这一章是为了"打算通过农村（那是革命力量正在蓬勃发展的）与城市（那是敌人力量比较集中因而也是比较强大的）情况的对比，反映出那时候的中国革命的整个面貌，加强革命的乐观主义"。又说到本想还继续写下去，因当时力不能任，"写到后半，只好放弃，而又不忍割舍那第四章，以致它在全书中成为游离的部分，破坏了全书的有机的结构"（《茅盾选集》自序）。但我们觉得，对农村革命形势这点能写得多固然更好，就是仅只这一点也会使得内容更加丰富起来，并不是多余的，并不破坏全书的结构，而且和主要故事是自然地而不是牵强地联结着的。有了这一章，多少会使读者窥见了农村的革命力量，也可以加强读者一些乐观主义情绪。而且，这章还写出地主曾沧海父子的丑恶面目，农民的英勇的反抗精神；那个游击的工农红军攻下双桥镇的战斗场面，也和本书所写的工人罢工的场面一样，雄伟壮阔，而且真实动人的。另外，这章对农民和地主的斗争的描写，也暗示出了农村破产的严重，这也同样说明当时民族工业是没有出路的。

三

象《子夜》这样一部具有代表性的作品，有什么价值和成就呢？这可以从四个方面来说。

首先，是题材方面。根据以上内容的分析，可以看出，《子夜》的题材是宏大的，它所反映的是社会的主要矛盾，所刻画的是社会的主要面貌。民族工业的处境问题是具有重大意义的题材。工人罢工、农民暴动都是当时主要的革命形势，虽然一者反映得还不够深刻，一者反映得篇幅过少，但这都是社会的主要矛盾所在，是具有重大意义的题材。

《子夜》的题材又是广阔的，深厚的。在上面所谈到的只是《子夜》的主要内容，而不是全部内容。在这以外，还写到了资产阶级的贪婪、卑污、荒淫的本质和他们内部的勾心斗角的斗争，如赵伯韬哄骗吴荪甫，杜竹斋为获暴利出卖自己的妻弟，吴荪甫企图并吞朱吟秋，等等，充分表现了这些人之间是毫无信义可言的，他们的私生活更是荒淫无比。又写到了逃亡地主和没落官僚的丑恶面貌，如地主冯云卿带着从农民身上压榨来的大批金钱逃到上海做公债投机，为了向赵伯韬探听公债消息，不惜让自己的女儿牺牲色相；没落官僚何慎庵、李壮非和冯云卿同是一丘之貉，何慎庵曾对冯云卿说："云卿，说老实话，用水磨工夫盘剥农民，我不如你；钻狗洞，摆仙人跳，放白鸽，那就你不如我了！"（第八章）这是很切当的自我刻画。又写到了资产阶级小资产阶级知识分子的空幻、拜金主义和谈情说爱的生活，这些人就是杜新箨、李玉亭、范博文、杜学诗、吴芝生、张素素、林佩珊、四小姐等，他们之中有大学教授、诗人、留学生、大学生、交际花，他们都是资本家们的亲属，写资本家们的生活自然是少不了要写他们的。茅盾先生对这些养尊处优的"渣滓"也用了相当多的篇幅来加以描写，对他们的思想、感情、生活都有着详细而生动的刻画。而且在这些人物身上和对那些资本家、地主、官僚分子们一样，作者也施用了辛辣的讽刺，特别是对那个买办资本家杜竹斋的儿子杜新箨和吴荪甫的妻表弟范博文简直是用漫画的手法来表现的，曾留学法国数年，进过十几个学校，学过园艺、养鸡、养蜂、采矿、河海工程、纺织、造船、军用化学、政治经济、哲学、文学、艺术、应用化学号称万能博士的杜新箨，乃是国民党反动统治时代一切官僚买办资产阶级"少爷"的一个集中表现；遇事就作歪诗满嘴诅咒金钱又爱金钱如命的歇斯底里的浪漫"诗人"范博文，在反动统治时代的知识分子圈子里并不是不存在的。《子夜》在表现一种人物的时候，也能触及到他生活范围的各个方面，如写资本家，不但写了他们在工厂、交易所的生活，而且也写了他们在夜总会、酒吧间的生活，写地主也忘不了他们家庭中的阴私的无耻的勾当。并且还通过叙述和人物的对话等，间接写到当时其他大城市天津、广州等民族工业倒闭的情况、军阀混战的情况、工农红军的活动情况等（虽然是很简略的）。所有这些，都说明了《子夜》题材的广阔与深厚。读了《子夜》，对1930年左右中国社会的主要面貌都会有个轮廓的认识的。

题材的宏大与广阔，原是茅盾先生作品的一个一贯的优点，从《蚀》开始，到《虹》到《子夜》到《清明前后》，以至《林家铺子》《春蚕》等短篇，皆是具备这个特点的。这是我们今天的青年作家们应该向这位前辈作家学习的地方。生长在伟大的毛泽东时代的作家们，只有首先抓住有重大意义的题材，首先抓住社会的主要矛盾，才能更本质地反映出我们的伟大时代的壮阔风貌。

其次，是人物方面。冯雪峰同志曾经论到过《子夜》在人物方面的重大成就，这就是它比较成功地写出了工业资本家和买办资本家吴荪甫、赵伯韬等的形象，认为："这是作者对我们新文学的一个贡献，这个贡献是别人所不曾提供的。"认为："到今天，在我们的文学上，要寻找在1927年至抗日战争以前这一时期的民族资产阶级和买办资产阶级的形象，除了'子夜'，依然不能在别的作品中找到：而这些形象也还活在作品中，这是'子夜'的生命的主要的所在。"（《中国文学从古典现实主义到无产阶级现实主义发展的一个轮廓》）我们认为这个意见是非常确当的。在创造民族资产阶级和买办资产阶级形象上面，《子夜》对我们的新文学确是一个很大的开拓，它所创造的资产阶级的形象是相当真实的。作为一个半殖民地国家的民族资本家来说，吴荪甫这人物的典型性是很高的。吴荪甫一方面受着帝国主义、买办资本、封建势力的压迫，和它们有矛盾，对他们有仇恨；另一方面也和工人有矛盾，也仇恨工人，剥削工人。这就是半殖民地国家的民族资本家的两面性的本质。吴荪甫经营工业的失败，说明了他那个阶级的历史命运的没落，说明在半殖民地国家中决没有资本主义前途。吴荪甫这个人物不唯有着极大的代表性和典型意义，而且通过他也表现了重大的政治问题、历史问题。这个人物也创造得非常真实，是有血有肉的。另一个主要人物赵伯韬也写得非常成功，作者在赵伯韬身上深刻地揭露出了买办资本家的反动本质。赵伯韬是帝国主义的忠实走狗，是人民的凶恶敌人，他依靠着美国商人的经济势力大做投机生意，严重地破坏着民族工业的发展，损害着人民的经济生活。从《子夜》，可以使我们具体而形象地认识到中国民族资产阶级和买办资产阶级的本质。《子夜》所创造的资产阶级的面目也是各个不同的，如吴荪甫是狠辣倔强的，赵伯韬是阴毒奸诈的，杜竹斋是贪婪怯弱的，周仲伟是厚颜无耻的。

《子夜》中的人物也是多样的，工业界巨头、金融界大亨、交易所经纪人、工贼、保镖、逃亡地主、落魄官僚、黄埔军官、诗人、教授、留学生、大学生、姨太太、小姐……复杂纷纭的大上海社会的各色人物应有尽有，而且各具面目。

第三，观点方面。茅盾先生是在左联革命文学的号召之下，基本上是站在革命的无产阶级的立场写了《子夜》的，这已经和写《蚀》《虹》的时候显然不同了，那时基本上还是小资产阶级的立场观点。唯其是站在革命的无产阶级的立场，所以才能正确地反映了半殖民地半封建的中国的经济特点，才能比较本质地反映出民族工业挣扎、破灭的情况和根源（如上所述），才能接触到工人罢工、农民暴动这种主要的革命形势的题材（虽然在表现上还存在着缺点），也才能对资产阶级、地主阶级、工人、农民有着鲜明的爱憎分明的态度。在无产阶级的革命文学还处在萌芽状态的当时，《子夜》的这个观点方面的优点，是值得赞美的，而且有着指导作用的（自然在《子夜》中还有不少地方流露着作者的小资产阶级的思想意识，但这不是基本的）。

第四，是表现手法方面。《子夜》在表现手法上的优点是很多的，这里只指出笔力宏伟和善于写群众场面这点，如工人罢工、农民暴动、投机市场、吴家丧事等若干群众场面，都写得真实动人，显露出了作者的雄浑的笔力和壮阔的风格。这里只举一处做个例子：

　　劲风挟着黑烟吹来，有一股焦臭，大概是什么地方又起火了。
　　……
　　"散——开！"
　　有一个声音在人堆里怒喊。管押着曾沧海父子的人们也赶快躲到街边的檐下，都伏倒在地上。步枪声从他们身边四周围起来了。……这时候，宏昌当的后面忽然卷起一片猛烈的枪声，一缕黑烟也从宏昌当的更楼边冲上天空，俄而红光一亮，火头就象活的东西，从浓烟中窜出来。宏昌当里起火了！卜卜卜卜卜——机关枪的火绳就扫向那边去；有猛烈的枪声，有火烧的那边！但同时一片声震耳的呐喊，突然从这边爆起来：

"冲锋呀！冲锋呀！踏平宏昌当！"

无数的人形，从地上跳起来，从街角的掩蔽处，从店铺的檐下，冲出去，象一阵旋风，向着前面不远的宏昌当滚过去。拍！拍！拍！手榴弹的爆裂声！卜卜卜卜卜——机关枪的火绳又扫过来了！然而冲锋的人们已经逼近了宏昌当的墙边，在那一股冲天直上的大火柱下看得很明白。而这火柱又在很快地扩大，将要和机关枪吐出来的火舌相连接了。机关枪还在卜卜卜卜地狂放。但比这卜卜卜卜地更响，简直要震倒了一切似的，现在是冲锋的呐喊，和大火中木材爆裂的声音了。（第四章）

四

《子夜》也存在着缺点的。主要是对上海革命斗争中的工人群众和革命者描写得不够深刻和真实，特别是对革命者的描写更是存在相当严重的缺点。如《子夜》中所表现，党的地下工作者、领导工人运动的主要负责人克佐甫、蔡真是左倾冒险主义者，在领导工人运动上一味地盲干。由于他们盲干的结果，罢工不但没成功，玛金、陈月娥等反而遭到逮捕，使革命力量蒙受到严重的损失。这样的描写基本上符合当时的历史情况。当时由于党中央左倾冒险主义路线的错误，确曾有不少领导工人运动的地下工作者受了影响，也跟着犯了左倾冒险的错误。这样写的目的，据作者自己说是为了"分析并批判那时的城市革命工作"（《茅盾选集》自序）。这样写也多少尽了一些批判作用，但对当时的城市革命工作是分析批判得不够深入的（这点作者自己也承认）。首先，《子夜》中对当时党中央的左倾冒险路线没有明确的交待，没交待出这左倾冒险路线给予革命工作者的影响，这样就使得克佐甫、蔡真的左倾冒险只成了他们个人工作作风的错误，因之也就削弱了对当时城市革命工作的批判力量。其次，对克佐甫、蔡真的缺点有些过于夸大，把他们写成为十足狂暴的命令主义者，写成在领导工作上极端的盲动、冒险，而且毫无经验。譬如在罢工失败之后，蔡真竟不顾客观情势发出这样的议论："我主张今晚上拼命，拼命去发动，明天再冲厂！背城一战！即使失败了，我们也是光荣的失败！……不怕牺牲，准备光荣的失败！"他们两个人一张嘴就批评别人右倾，做了群众尾巴，当玛金和苏伦分析群众基础已经薄弱，不可冒险，应该先整理发展组织时，克佐甫狂暴地说："你这主张就是取消了总罢工！在革命高潮的严重阶段前卑怯退缩！你这是右倾的观点！""党要坚决地肃清这些右倾观点！裕华厂明天不罢下来，就是破坏了总罢工，就是不执行总路线！党要严格地制裁！""党有铁的纪律！不许任何人不执行命令！……任何牺牲都得去干！这是命令！"（以上俱见第十五章）实际上当时左倾冒险主义者的错误主要是对客观形势估计不足，认为革命高潮已经到来，以致片面地过分地强调了工人罢工的作用。不从这方面去描写，把当时领导工人运动的地下工作者（尤其是负主要领导责任的）写得象克佐甫、蔡真这样的狂暴、盲动和毫无办法，是不够恰当的。而且，除了写出犯有左倾冒险主义错误的地下工作者以外，还应写出正面的积极的地下工作者，而《子夜》没有这样写，实际上坚强、干练、机智的党的地下工作者在当时是很多很多的。而最不堪的是，这些党的地下工作者（尤其是苏伦和蔡真）被描写成为"色情狂"式的人物，做出了许多令人憎厌的色情举动，这是非常不妥当的。

对工贼屠维岳这个人物的处理也不够妥当。一方面，固然写出了作为工贼的屠维岳的阴险、狠毒、卑劣的本质；但另方面，在有些地方又似乎把他写成了一个了不起的英雄人物，第五章写到他和吴荪甫初次会面的情形，说他面对着严厉的吴荪甫，毫无卑怯的态度，挺直胸脯，"白净而精神饱满的脸儿上一点表情也不流露，只有他的一双眼睛却隐隐地闪着很自然而机警的光辉"。不管吴荪甫对他怎样的咆哮如雷，他总是"一点惧怕的意思都没有，很镇静很自然地看着吴荪甫的生气的面孔"，"很自然很大方的站在那里，竟没丝毫局促不安的神气"；或是"微笑着鞠躬，还是很自然，很镇静"；或是"很镇静而且倔强地说，他的警机的眼光微露愤意"，"冷冷地说，眼光里出狷傲自负的神气"；或是"把胸脯挺得直些，微微冷笑"。作者又用这样的话形容着这个工贼："他是聪明能干，又有胆量；但他又是倔强。""机警，镇定，胆量，都摆出在这青年人的脸上。"在这些地方，简直难以看出作者对工贼屠维岳的态度究竟是赞美还是憎恶。我们并不主张把敌人写成小丑，写成纸扎的人物，但却不能把他写成英雄，作者对他的憎恶的感情应该明确地表露出来。而且，象屠维岳这样的资本家的走狗，在他的主子面前竟装出这样一副英雄气概，是不可能的，不真实的。屠维岳所说的许多话也非常生硬，如："我笑——大雷雨之前必有一个时间的平静，平静得一点风也没有！"（五章）"三先生，天亮之前有一个时候是非常暗的，星也没有，月亮也没有！"（十四章）象屠维岳这样的人物，在这样的场合，是不会象念诗一样说话的，这也是概念化的地方。

《子夜》在描写男女关系上过于赤裸，有很多近于色情的部分。这也是一个不小的缺点。

另外，在结构上也还不够十分完整，故事线索不够明晰，头绪较乱，读起来令人觉得吃力。有些部分也可以再精炼些，如写杜新箨、范博文、吴芝生、林佩珊、张素素等生活的部分。

《子夜》虽然有着这些缺点，但掩盖不了这部有代表性的长篇小说的重大价值。

五

总之，《子夜》是茅盾先生的代表作品，也是中国新文学中有代表性的最优秀的作品之一。在1933年出现的当时是划时代的作品，就今天说也仍然有它的重要价值。因为它的立场观点基本上是无产阶级的，它的题材是有重大意义的。解放以前，读了这部作品，可以增加我们对帝国主义、买办资本、封建势力的憎恨，增加我们对垂危的民族工业的同情，会激起我们的革命斗志，鼓舞我们奋起打倒中国革命的敌人，创造中国的新的前途。今天读了，也能使我们回顾以往，痛恨革命敌人，憎恶半殖民地半封建的旧中国社会；并能使我们比照现在，增加对新中国的热爱，对共产党、人民政府的热爱。而且，对于观察民族资产阶级性格这一方面，也可供我们借鉴。虽然它反映当时革命形势不够深刻，但它的重要意义和价值是不能抹杀的。

1953 年 4 月，天津

叶圣陶的《倪焕之》

一

　　叶圣陶（绍钧）先生从五四时期就开始了文学创作活动，到大革命时期为止，叶先生写下了《隔膜》《火灾》《线下》《城中》等短篇小说集，《稻草人》《古代英雄的石象》等童话集，以及收在《剑鞘》（与俞平伯合著）和《脚步集》中的若干散文。大革命以后，叶先生又写了长篇小说《倪焕之》（《倪焕之》写成于 1928 年，先在《教育杂志》上连载，于1930 年出版单行本）。

　　由于叶圣陶先生早年曾经长期从事教育工作，所以在他的早期作品中有很多是取材于教育界，如《潘先生在难中》《校长》《搭班子》《前途》《饭》等短篇小说写的都是小学教师的生活，长篇小说《倪焕之》更是在较广阔的现实基础上描画了一个青年教师的生活和思想的历程。

　　小说《倪焕之》的内容，主要是写主人公倪焕之，从中学毕业后参加小学教育工作起到逝世为止的半生的生活经历，通过倪焕之半生的生活经历很明确地反映了由辛亥革命到 1927 年大革命这期间某些小资产阶级知识分子的思想、行动进展的过程。

　　在旧民主主义革命和新民主主义革命阶段，中国的小资产阶级知识分子表现为几种不同的类型，自辛亥革命至大革命这期间，不同类型的小资产阶级知识分子有着不同的生活道路：他们之中最坚强的一种，始终站在民主革命斗争的最前列，最后与广大的工农群众相结合，成为一个坚强的无产阶级化的革命战士；另有的，和前者恰恰相反，背叛了人民，投靠了革命的敌人反动统治阶级，成为了反动统治阶级的爪牙。除了以上走着两种不同的生活道路的小资产阶级知识分子以外，另外也还有走着第三种不同的生活道路的小资产阶级知识分子，那就是象倪焕之这样的。倪焕之不同于前二者，他既没有成为一个坚强的革命战士，也没有成为一个反动的人民叛徒，他经历了另外一种的生活道路，那就是：他随着时代潮流的前进，在思想上和行动上有了若干的进展，但这进展是极其缓慢的，是绕了许多弯路的，而且最后终因为没有和工农群众结合，没有和革命的主流结合，而"一事无成"地含着满腔的悔恨死去。

倪焕之为什么经历了这样一种生活道路呢？这是由于他的性格所决定的，自然这性格的形成和他的阶级出身也有着密切的关系。倪焕之的性格有这样一些特点：有理想，有热情，爱国家，爱民族；但是不切实际，眼界狭小，感情也比较脆弱。这是没有经过改造的小资产阶级知识分子的一种最典型的性格。这样的一种性格，在辛亥革命至大革命那一段动荡的大时代里，必然会随着奔腾的时代的潮流向前进（思想上、行动上），因为有理想，有热情，有爱国家爱民族的赤心；但必然又不是很勇猛地前进，而且必然会走一些弯路，因为不切实际，眼界狭小，感情脆弱，等等，都会成为前进道路上的绊脚石。

我们就看看倪焕之是循着怎样的一种生活道路向前进，最后又落到怎样一种结局吧。

小说写着，在辛亥革命发生以前，倪焕之已经受到了旧民主主义革命思潮的影响。那时他在中学读书，偷偷看着宣扬民主革命思想的在"学生界里流行着的一些秘密书报"，听着曾经留学过日本的校长演讲朝鲜、印度的兴亡，演讲"政治的腐败"和"自强的要素"。这一切都使他深深地感动，"种族的仇恨，平民的思想，早就燃着了这个青年的心"，改革社会报效国家的热切的理想最初滋生在倪焕之的单纯的心里。辛亥革命发生时，倪焕之异常兴奋，当"上海光复"的消息传来后，倪焕之欣喜若狂，"这天，焕之放学回家，觉得与往日不同，仿佛有一种新鲜强烈的力量袭进了身体，周布到四肢百骸，急于要发散出来——要做一点事。一面旗帜罢，一颗炸弹罢，一支枪罢，不论什么，只要拿得到，他都愿意接到手就往前冲"。这正表明倪焕之的性格中的积极因素在起着作用，他的理想、热情、爱国的赤心在这里得到了最初的表现。

但是，到辛亥革命刚发生不久，当面临着择业问题的时候，对现实社会抱着天真的不切实际的幻想的倪焕之开始苦闷了，"他开始感觉人生的悲哀"。在他不得已做了小学教员之后，他陷入一种极为深沉的悲哀和苦闷里。他看一切都不顺眼，校长、教员、学生、学校环境、教学方法，无一不使他感到厌烦，他觉得校长象个"老练的侦探"，学生象些小流氓，觉得喊唱教学法比癞叫化子的求乞喊唱都不如，觉得自己"好象美丽贞洁的处女违心地嫁给轻薄儿一般"；他于是独自个到酒店里去喝闷酒，背着父母偷偷地哭泣……这样经过了两三年，加上父亲死，家庭负担加重，倪焕之憔悴了，"两三年前青年蓬勃的气概，至此消失得几乎一丝不剩"。所有这些，不正说明了倪焕之的不切实际和感情脆弱吗？如果倪焕之是一个切实和坚强的青年的话，是不会因做了教育工作就如此悲哀和苦闷的。

但倪焕之毕竟是个有理想有热情的青年，他不会这样长此苦闷消极下去，他会随着时代潮流的前进而前进，他终于对教育改变了态度，对教育慢慢发生了兴趣，而且热爱了它。原因是先受了一个真心爱护学生的同事的影响，又读了一些教育书籍，就仿效着那同事的态度来教功课，对待学生，又常和那同事研讨教育理论上的问题和眼面前的事实，从这里头"得到了好些新鲜的深浓的趣味"，而且"有如多年的夫妇，起初是不相投合，后来真情触发，恋爱到白热的程度，比自始就相好的又自不同了"。这把青年倪焕之的天真、单纯、充满了矛盾的性格实在勾画活了。

等倪焕之和热心教育的小学校长蒋冰如合作以后，对教育就更加热爱了。倪焕之和蒋冰如共同试办新式教育，他们在学校里开办农场、工厂、商店，也建造戏台，布置音乐室，叫学生在学习之外也种地、做工、演戏，目的是为了"学习与实践合一"，为了从根本上培养学生"处理事物应付情势的一种能力"。

倪焕之这时期对教育有着无比的信赖，他认为教育是万能的，教育可以救中国，救世界，"他相信中国总有好起来的一天；就是全世界，也总有一天彼此不以枪炮相见，而以谅解与同情来代替。这自然在各个人懂得了怎样做个正当的人以后。养成正当的人，除了教育还有谁能担当？一切的希望悬于教育。所以他不管别的，只愿对教育尽力"。由于"教育万能"这一认识，他也就疏远了政治，当时的政治事件如袁世凯称帝、欧洲大战等，他都对之漠不关心，辛亥革命以后的混乱局面使他灰了心，"所以近来连报纸也不大高兴看了；谁耐费脑费力去记这班人的升沉成败"。

倪焕之对教育态度的这一变化，也充分显示了他性格的特点。由厌烦教育到热爱教育，这在倪焕之本人说自然是一个进展，这是他的理想、热情促使他寻求的救国之道。但正由于他眼界狭小，缺乏政治远见，所以才寻到了这样的不切实际的教育改良的救国之道，而不是王乐山所寻到的革命斗争的救国之道。这也正说明了倪焕之的生活道路的曲折历程。

很显然，倪焕之所信奉的教育万能、教育救国的理论是不切实际的，这是资产阶级的教育理论，是改良主义的东西。这种理论在现实中必然碰壁，事实上倪焕之也很快地就碰壁了。首先在开辟农场时遇到土豪蒋士镳（蒋老虎）的阻挠，费了很多周折才把问题解决，这说明打倒蒋士镳所代表的封建势力才是最根本的办法，而不是什么革新教育。另外这种新教育本身很快也宣告失败了，学生们很快对农场工作发生了倦怠，演戏这件事很快也发现了黑影，"倦怠与玩忽都来了"。倪焕之这时不能不惋惜："理想当中十分美满的，实现的时候会打折扣！"更不能不喟叹："没有法子，社会是这样的一种社会！任你抱定宗旨，不肯放松；社会好象一个无赖的流氓，总要出来兜拦，不让你舒舒服服走直径，却必须去寻那弯曲迂远的小路。"事实上，正是由于倪焕之的"理想"不切实际，所以在实现的时候才打折扣；也正是由于倪焕之找不到真正的"直径"，所以才走了弯曲迂远的小路。而最使倪焕之感到失望的是"第一班用新方法教的学生最近毕业了，也看不出什么特殊的地方"。这一切，不都很明显地宣告了倪焕之所信奉的教育万能、教育救国的理论的破产吗？

五四运动的发生，促使倪焕之的思想前进了一大步。轰轰烈烈的五四运动激发了倪焕之的爱国热情："近来他的愤激似乎比任何人都利害；他的身躯虽然在南方，他的心灵却飞驰到北京，参加学生的队伍；他们奔走，他们呼号，他们被监禁，受饥饿，他的心灵仿佛都有分。"他非常激动地登台对群众演讲，要大家团结起来对抗帝国主义，他觉得"口说似还不济事，只可惜没有法子掏出一颗心儿给大众看"。他认识到以往忽视政治是不对的，他觉得应该改正以往不爱看报纸不爱关心武人的升沉成败的习性，认识到"武人的升沉成败里头交织着国家民族的命运"。他也认识到以往只看到学校、学生，没看到社会、大众，是眼界太窄狭，他宣布："从今以后，我们要把社会看得同学校一样重，我们不但教学生，并且要教社会！"这一切都显示了他思想的进展。

倪焕之和老同学王乐山会面之后，在王乐山的正确的批评和指示之下，更加彻底地认清了自己以往的错误。王乐山尖锐地指出倪焕之的试办新教育，是"把一些学生代替了鸟儿花儿"，是"隐逸生涯中一种新鲜玩戏"，指出这是赤手空拳打天下，结果终归徒劳，指出："社会是一个有组织的东西。……要转移社会，要改造社会，非得有组织地干去不可！"并劝倪焕之丢弃这种教书生涯，到外边出去走走。

以后，倪焕之到了上海。五卅运动时，倪焕之是个积极的参加者，他满眼热泪的向群众演说，高喊"打倒帝国主义"，比在五四运动时还要激动。在上海，他除在一个女子中学教书外，也和王乐山等一起参加了社会活动，这种活动的内容和性质书中未作明确交代，但也可以看出是向军阀斗争的地下革命工作。他还草拟了乡村师范计划，打算从事乡村教育，以便深入到农民群众中去。

1927年大革命失败，反动派在上海实行了疯狂的大屠杀，王乐山被反动派装在麻袋里用乱刀刺死后又丢在河里。倪焕之愤慨，失望，悲哀，终日在酒馆饮酒，醉后痛哭失声，终于患肠炎死去。临死前沉痛地说："脆弱的能力；浮动的感情，不中用，完全不中用！一个个希望抓到手里，一个个失掉了；……成功，不是我们配受领的奖品；将来自有与我们全然两样的人，让他们领受去吧！"

倪焕之临死前的话正是一个恰当的自我批判，他的感情确是脆弱、浮动的，他认识不到革命的曲折性、艰苦性，革命稍遇挫折，他就失望了，幻灭了。成功确不是他这种人所配领受的，他终于还是失败了。

总之，倪焕之是个有理想、有热情而不切实际、感情脆弱的小资产阶级知识分子，他曾经随着时代的潮流挣扎向前，但所经历的道路是曲折的，前进的速度是迟缓的，而且最后终于还是没和革命的主流结合，在消极失望的情况下含悲死去。在辛亥革命至大革命那阶段，象倪焕之这样的人物在现实中为数是不少的。倪焕之这人物有着广泛的代表性，他身上所体现的历史内容是非常丰富的。相当真实地创造了一个具有历史性的小资产阶级知识分子的典型人物，这就是这本小说的主要成功和价值所在。

在解放后出版的新本《倪焕之》中，只到倪焕之在上海参加五卅运动为止，以下大革命失败、倪焕之死等部分由作者删去。这样做大概是为了给读者以乐观，不愿让读者看到倪焕之消极死去。其实，我觉得，将小说原来的结尾保留也是可以的，而且也是有意义的。因为，倪焕之那样的下场适合他的性格特征，而且那样的结尾仍能给人以借鉴，使人明了如何方不致落于倪焕之同样的下场。

二

倪焕之是本书的主要人物，本书主要就是写倪焕之，我们分析了倪焕之，也就等于分析了全书的主要内容了。

除倪焕之外，其他较重要的人物还有蒋冰如、金佩璋、王乐山等，基本上也都写得成功。

小学校长蒋冰如是个空想的教育救国论者，在这点上，他是和到上海之前的倪焕之相同的，他曾经是倪焕之的支持者，对倪焕之的思想有着影响。蒋冰如是日本留学生，家里拥有大量田产，他当校长并非为饭碗，是为办教育。他确是把办教育看成一种事业，而且看成一种关系国家社会新生的神圣事业，他接受了资产阶级的教育理论，认为教育是一切的根本，想通过革新教育来革新社会，而且在革新教育这方面也有了实际的行动。自然，比起倪焕之来，蒋冰如的思想行为是更加不彻底的，当发觉革新教育工作不见成效时，他就心灰意冷，出任乡董去了。五卅运动以后，倪焕之的思想有了显著的进展，蒋冰如却更加消沉了。学生们积极参加轰轰烈烈的反帝爱国运动，蒋冰如却担心两个在上海上大学的儿子会发生危险，把两个孩子拖回家去，而且认为这是学生们搁下功课专管政治的事，是不妥当的。1927年大革命失败后，土豪蒋士镳篡夺了革命的果实，成为那小乡镇上的"党国要人"，蒋冰如丧失了乡董的地位，并且险些成为被"打倒"的对象，他就决心去当隐士，打算在野外造个"新村"，隐居起来，得便就给乡人讲讲卫生和治家的道理，认为这样"大概没有人来禁止我的"。象蒋冰如这样的人物，在叶圣陶的早期短篇小说中早就出现过，如《校长》中的叔雅，《搭班子》中的泽如，和蒋冰如就是同一类型的。蒋冰如这人物是有现实性的，他的中途消沉也完全符合他的性格和阶级出身，作者并没有把这人物加以美化。

金佩璋这人物，相当充分地体现了五四前后青年女性知识分子的思想性格特征。金佩璋在青年时代受了当时新思潮的影响，"兴起了独立自存的希望"，"她要做一种事业，她要靠事业自立"，不愿和以往女子一样，出嫁后完全依靠丈夫。这样她就认定了教育事业，去读师范学校。这里显示着时代特征，当时有很多受了新思潮激荡的青年妇女是具有这种"独立自存"的思想的。金佩璋在结婚以前确是个有理想的渴望解放的妇女，但在结婚以后就完全变了，一怀孕就停止了教员职务，趣味、思想、性格都开始朝着与以前相反的方向变更，对学校的事情不再关心，对书本也失掉了兴趣，关心的只是替未出生的婴儿缝小衣服和软底鞋，斤斤计较这些东西的质量同价钱，买了一件便宜东西就十回八回提及。总之是变成了一个非常琐碎和俗气的家庭妇女，完全失去了从前"独立自存"的思想，"自立的企图等等也不再来叩他的心门；几年来常常暗自矜夸的，不知怎么消散得不留踪影了"。她非常凄苦地对丈夫焕之说："从前往往取笑前班的同学，学的是师范，做的是妻子。现在轮到自己身上来了，我已做了你的妻子，还能做什么别的呢？"

金佩璋在结婚后的变化确是巨大的，这变化显示着一定的历史内容，在当时确有不少妇女走的是金佩璋这样一条道路：结婚前理想很多，结婚后壮志磨尽。这变化也显示着当时的封建势力对要求解放的新女性的束缚，在长期封建统治下养成的妇女的软弱的传统性格，终于把一点要求解放的思想萌芽压得枯萎下去了。金佩璋的这一变化似乎显得突然，但如果和当时的时代背景联系起来考察一下的话，就知道这变化是完全可能的。在这一点上，作者是有意刻画一个空想的妇女解放者的形象的。作者对这样的人物最后也寄予了希望，作者写到金佩璋在丈夫倪焕之死了以后，内心突然萌生了前进的勇气，要"为自己，为社会，为家庭"出去做一点事。

作者对金佩璋的创造是成功的，关于她的很多片断，如在家庭和学校中的生活，和倪焕之恋爱时的心理等，都写得非常真实和生动，这人物的血肉是丰满的。

王乐山是个革命者，是当时社会现实中的先进人物，这样的人物在作者的笔下出现，说明作者对革命和革命者的向往，也显示出作者的思想较前期有了进展。可惜王乐山这人物写得有些概念化，他的思想、信仰，他所从事的革命活动，都写得不明确。所以如此的原因，大概是：一则由于作者对这样的人物不熟悉，难以写的很具体；二则由于在1928年白色恐怖时期，作者为作品有出版机会，在这些方面不得不含糊其词。

其他人物，如体育教师陆三复、国文教师徐佑甫、土豪蒋士镳、金佩璋的哥哥金树柏等，都写得真实而有个性。

总之，小说《倪焕之》在人物创造方面是成功的。

三

在语言、风格方面，小说《倪焕之》的较突出的优点是语言的整饬朴实和描写的细致入微。

语言的整饬朴实，是叶圣陶作品的一贯的优点，不管他的短篇小说，还是他的散文和童话，在语言方面都具有这个特色。所谓整饬，就是说在语言的锤炼方面做得好，就是语法结构严密，用词准确精炼。所谓朴实，就是不堆砌词藻，不涂脂抹粉，能用一个形容词把事物表现出来，就不用两个，这和精炼也有着关系，这个语言方面的特色，贯穿在整部小说之中，无须我们特别举例子。

本书有很多章节是描写得细致入微的，特别写到人物的心理活动时更具有这优点。我们且举第七节金佩璋初次见过倪焕之后的心理活动为例：

这一天她在田间遇见冰如、焕之谈了一阵，仿佛心头粘住了一些什么。这感觉当然不是忧愁烦闷，可是也并非喜悦快适之类，只轻轻地，麻麻地，一种激动袭着她，简直忘不了。在蒋家吃过午饭，又尝了新鲜的粽子，回家时已是下午四点。不意识地告诉嫂嫂道："刚才看见了哥哥昨天去接来的倪先生。"

待说了却觉这可不说。嫂嫂虽毫不注意地答应着，她自己的脸禁不住红了。便回到楼上房里，坐下来结红绒绳的围巾。手指非常灵活的扭动着；视线下垂，但并不看针指。她把路上的谈话一一回想起来；自己说的，别人说的，连一个语词都不让漏掉。又特别把自己的话仔细衡量；好象有些说得不很妥当的，衡量过可又没有。既而想到那个青年的风度：眼光流利而庄重，眉毛浓黑而文雅，口鼻的部分优秀而不见柔弱，……那种温和亲切的声调，那种昂一昂头顾盼自如的姿态……

"我怎么想起这些来了！"仿佛做了什么不道德事似地，一阵羞愧包围住她，便紧紧把眼睛闭起。直到差不多心里没有想了，才再张开来。……一会儿，心头又这么一闪，很有诱惑力地，"如果有那一天呵！——"

这里把一个开始坠入情网的少女的心理刻画得多么细致入微，又多么真实动人。读了这段文字，我们不禁赞叹作者对少女心理观察得实在透彻，体会得实在深入。一个第一次经历爱情又受过礼教熏染的年青女孩子，在开始中意了一个人时，她的感情就是这样的：烦闷和喜悦错综复杂地交织在心里，以致难以分辨出究竟是一种什么感觉，只是"心头粘住了一些什么"，"只轻轻地，麻麻地，一种激动袭着她"；心里老想着中意的人，但又觉得不好意思，觉得不应该想。作者把这种隐秘的感情真实细致地刻画出来了。

另外第六节，倪焕之和金佩璋初次会面时双方的心理活动，第十三节金佩璋在看灯会后的春假期间怀念倪焕之时的心境，都写得非常细致入微和真实生动，倪焕之在各时期的思想情况也写得细致。其他描写细致入微的地方，还有很多。

细致入微地刻画出人物的思想感情，是本书的一个较突出的优点，这些部分能深深激动人心，值得我们特别注意。爱伦堡曾经说过："但是有一个领域，作家却要比他的同胞和同时代人理解得更透彻些：那就是人的内心世界。……列夫·托尔斯泰所描写的那个社会的成见和条件性，现在是没有了。但是三山纺织厂的女工读到了安娜·卡列尼娜受的苦难会流眼泪。她也懂得一个深情的女子的薄命和母性的力量。旧的历史帮助青年妇女窥见了自己内心深处的隐秘。现代的女性读者之所以阅读托尔斯泰的小说，不仅仅是为了认识死去的社会的风习，也是为了了解活人的感情的复杂性。"（《谈谈作家的工作》）可见真实细致地写出人物的思想感情是非常可贵的，这会使作品保有较长久的生命，会使作品在较久远的年代里保持着对读者的激动力量。如读《安娜·卡列尼娜》一样，我们在读我国优秀古典小说《红楼梦》时，也会为书中主人公的苦难而流泪，主要原因也正是由于我们从"旧的历史"中"窥见了自己内心深处的隐秘"，了解了"活人的感情复杂性"的原故。

此外，在描写自然风景这方面，本书也有着特色。首先一个特色是自然风景与人物心情交相溶合，自然风景通过人物内心的感觉表现出来，写风景的同时也写人对风景的感受。如第四节倪焕之初和蒋冰如会面的晚上听到风声的一段描写：

> 风从田野上吹来，挟着无数的管乐器似的，呜呜，嘘嘘，嘶嘶，间以宏放无比的一声声的哗……。这样更见得夜的寂静。似乎凡动的东西都僵伏了，凡有口的东西都封闭了；似乎立足在大海里块然的一座顽石上。如果在前几年，焕之一定要温那哀愁的功课了，因为这正是感伤的境界。但是今晚他从另一方面去想，以为这地方这样安静，夜里看书作事倒是很适合的。

这里风声象"挟着无数的管乐器似的"，是通过人物感觉写出来，而且也写出了人物听到风声后内心的感受。第十八节倪焕之在寒假接母亲来校乘船时情景，以及第二十二节倪焕之乘船去上海时情景，也都是风景与人物心情交相溶合。这样的写法是好的，这样不但写了自然风景，也写了人物的思想感情，而这样写出来的自然风景是富有生命的，容易感人的。

在描写自然风景方面的另一个特色，是细致，这也和人物的心理部分等一样。如第十四节倪焕之所经营的农场中的景致：

……玉蜀黍从叶苞里透出来仿佛神仙故事里的小妖怪，露着红红的头发。毛豆荚是一簇一簇地藏在叶底下，被着一层黄毛。棉花已开着黄花，有如翩翩的蝶翅；将来果实绽裂，雪白的棉絮就呈显出来了。……靠右两棵高柳下的一区种着玩赏的花草。白的，红的，深红的波斯菊仿佛春天草原上成群乱舞的蝴蝶，随着风势高起又低下。茑萝爬上短短的竹篱，点点的小红花象一颗颗星，又象一滴滴血。……篱外五尺见方一块地排着各色凤仙同老少年；花叶娇嫩的颜色组织成文，象异域传来的锦毯。这旁边，排列着一百来支菊秧，都是三张瓦片围一堆泥，插一支菊秧，这到将来，将有一番不输于春色的烂漫景象呢。

这景致是写得极为细致的，也极为逼真的。叶圣陶先生原是一位写景的能手，他在五四时期所写的散文和童话中，有着更多的细致逼真的景致的描绘。在五四时期那一辈老作家中，擅长写景的能手不在少数，叶圣陶之外，还有谢冰心、朱自清等，他们象风景画家一样，都曾描画出美妙的大自然的画幅。我们还有必要向那一辈老作家学习如何细致逼真地描画自然风景的本领，在作品中必要的场合，我们应该为读者打开大自然的瑰丽的宝藏，唤起读者对祖国山河的热爱，对周围环境和对生活的美感。

至于谈到本书的缺点，我觉得后半部写倪焕之到上海以后的情况太简单，五卅运动、大革命运动，以及王乐山、倪焕之等所从事的革命活动，都写得不具体，没得到应有的表现，比起前半部所写的倪焕之的教育生活来是抽象得多了。另外，全书大部分篇章都写得真切而细致，不过也有流入繁琐的地方。全书故事的进展也比较迟缓，有些地方读起来略有沉闷之感。

四

总之，长篇小说《倪焕之》创造了一个小资产阶级知识分子的典型人物，写出了这人物的思想行动进展的历程，指出了这人物的缺点，并给予了批判，也多少暗示出了正确的前进道路。它的积极意义是很大的。本书对现实问题挖掘得比作者前期作品深刻，人物刻画得很真实，很多片段写得真切动人。

　　《倪焕之》是叶圣陶先生的代表作品，也是五四以后现实主义小说中优秀作品之一。在左联成立以前那阶段，《倪焕之》是长篇小说中最杰出的作品。茅盾先生在1929年会推崇《倪焕之》为"扛鼎"之作（《读倪焕之》），这估价是并不过分的。

老舍的《骆驼祥子》

老舍先生在抗日战争前那一阶段中写了《老张的哲学》《赵子曰》等六七部长篇小说，就中最成功的一部是《骆驼祥子》。由《老张的哲学》到《骆驼祥子》是老舍先生创作道路上的一个新的跃进。《骆驼祥子》不唯是老舍前期创作中的代表作品，而且也是五四以来所有现实主义创作中较优秀和较有代表性的作品之一。

《骆驼祥子》这部长篇小说写的是一个名叫骆驼祥子的人力车夫的故事。它的故事梗概是这样的：祥子原是忠诚老实的乡下人，十八岁父母死后到了北京，"带着乡间小伙子的足壮与诚实"，做各种卖力气的事混饭吃，后来拉了人力车。初拉车时，他真诚老实，连价也不会要；而且他要强、勤奋、有向上心，他省吃俭用，一心想买辆车。从风里雨里的咬牙，茶里饭里的自苦，一滴汗，两滴汗，不知多少万滴汗，整整三年，积了一百块钱，终于买了一辆车。祥子有了自己的车，不再交车份儿。但不久军阀混战，祥子连人带车被乱兵拉去，结果把车丢掉，只逃出一个光人，三年心血化为乌有。以后祥子遭受了一连串的不幸：被孙侦探敲诈去仅剩的三十多块钱，老婆虎妞死去，拉包月时被夏太太染上花柳病，心爱的小福子流落到白房子后吊死……。这些一个接一个的打击，使得祥子灰心了，性情变坏了，他开始堕落下去。不再勤奋、要强，不再拼死拼活地拉车，能省些力气就省些力气，过一天算一天。他开始吃烟、喝酒、赌钱（以前是决不干的），"以前他所看不上眼的事，现在他都觉得有些意思——自己的路既走不通，便没法不承认别人做的对"，"越不肯努力便越自怜……自怜便自私"，祥子终于变成了头等的刺儿头，变成了无赖，动不动和人打架，见便宜就沾，各处骗钱花。最后索性车也不再拉（他不愿出力气，而且病也使他不能再拉，信用也丧失得赁不出车来），干起更省力气的事，给请愿团打旗子，红白公事打仪仗。祥子象赖狗一样生活着，只有静待死亡了。

从人力车夫骆驼祥子的半生遭遇，可以看出旧社会是何等罪大恶极，劳动人民在旧社会的命运是何等悲惨。很显然，作者写这部小说的主要意图，就是要揭露旧社会的罪恶，揭露旧社会对劳动人民的残害。作者意在告诉人们这样一个令人痛恨的事实：在旧社会，劳动人民个人的努力往往是徒然的，劳动人民勤奋、要强，想做个好人，但到头终不免成为社会的牺牲，而趋向于堕落。这是作者写这部小说的意图所在，也是这部小说的主题思想。

作者在这部小说里揭露出了旧社会一个血淋淋的现实角落，在这个角落里，有敲诈，有剥削，有刽子手的凶残和专横，有劳苦人的悲苦与眼泪。这虽是一个小的角落，却充分显示出旧社会罪恶的实质。只要看看当初的祥子和后来的祥子是何等的判若两人，就知道万恶的旧社会是把人残害到如何的程度。最初的祥子，身体结实硬棒，"象一棵树样上下没一个地方不挺脱"；待人处事忠诚老实，不失乡下人本色；勤奋，要强，有向上心，热爱自己的车，热爱自己的工作，"觉得用力拉车去挣口饭吃是天下最有骨气的事"。最后的祥子，变成个乖戾刁赖的混混儿，"多么体面的祥子，变成个又瘦又脏的低等车夫。脸，身体，衣服，他都不洗，头发有时候一个月不剃一回"。红白公事打仪仗时，他那么大的个子，偏争着去打一面飞虎旗，或一对短窄的挽联，那较重的红伞与肃牌，等等，他都不肯去动，和个老人、小孩甚至妇女，他也去争，他不肯吃一点亏：

> 打着那么个小东西，他低着头，弯着背，口中叼着个由路上拾来的烟卷头儿，有气无力的慢慢的蹭。大家立定，他也许还走；大家已走，他也许多站一会儿；他似乎听不见那施号发令的锣声。他更永远

不看前后的距离停匀不停匀，左右的对列整齐不整齐，他走他的，低着头象做着个梦，又象思索着点高深的道理。那穿红衣的锣夫，与拿着绸旗的催押执事，几乎把所有的村话都向他骂去："孙子！我说你呢，骆驼！你他妈的看齐！"他似乎还没有听见。打锣的过去给了他一锣锤，他翻了翻翻眼，蒙胧的向四外看一下。没管打锣的说了什么，他留神的在地上找，看有没有值得拾起来的烟头儿。

这就是当初那个体面要强的祥子，看旧社会把祥子残害到什么地步了呵！"旧社会使人变成鬼"，这部小说恰正表现了这一罪恶事实，忠诚善良的劳动人民祥子是由人变成鬼了。

读了《骆驼祥子》这部小说，不禁引起我们对残害人的旧社会的无比的痛恨，也不禁引起我们对被残害的劳动人民的无比的同情。面对着这一血淋淋的事实，我们不禁毛骨悚然。我们读后的心情是沉重的！这就是这部小说的真正价值所在，也就是它一直受着广大读者的欢迎而且直到今天还具有着生命的理由。

很显然，在《骆驼祥子》里面，老舍先生对旧社会罪恶的揭露，比较初期《老张的哲学》《赵子曰》等是深刻得多了。

老舍在这部小说里，非常明确地从社会制度着眼，写出了祥子所以堕落的社会原因。象祥子这样一个老实、诚恳、善良、要强、勤奋的人力车夫，终于变成了一个懒惰、自私、乖戾、肮脏的无赖，这责任由谁来负呢？是祥子自己的过错吗？这点作者清楚的回答了：这责任应该由万恶的旧社会来负，祥子没有过错。

作者表现祥子堕落的社会原因这点，不仅从全书的故事看得很清楚，而且在小说中若干作者的直接叙述里也显示得很明白。作者一再通过祥子的心理这样说："要强有什么用呢？这个世界并不因为祥子要强而公道一些！"这是祥子对旧社会的控诉，也是作者对旧社会的控诉。作者在叙述祥子变懒、和人耍刺儿时说："苦人的懒是努力而落了空的自然结果，苦人的耍刺儿含着一些公理。"可以看到作者是多么同情祥子，爱祥子，作者把祥子的懒和耍刺儿的原因完全归到社会方面去，一点不责怪祥子，这是完全正确的。当最后小福子吊死，祥子灰心之余变得更加堕落时，作者更加愤激地对旧社会做了有力的控诉："人把自己从野兽中提拔出，可是到现在人还把自己的同类驱到野兽里去。祥子还在那文化之城，可是变成了走兽。一点也不是他自己的过错。他停止住思想，所以就是杀了人，他也不负什么责任。"作者还会用比喻说到祥子的何以变坏："经验是生活的肥料，有什么样的经验变成什么人，沙漠里养不出牡丹来。"

所有这些，都可看出作者是从社会制度着眼，把个人的遭遇和社会制度联系了起来。这样的观察现实，已具有朴素的唯物的观点。自然，这并不是说作者在当时已经具有了辩证唯物主义的观点和无产阶级的立场，不是这样的。当时的作者，还只是在左联革命文学运动的影响之下从事创作、具有一定进步意识的作家，他还没有象一些直接参加到左翼文学阵营内的作家如鲁迅、茅盾等一样具有着明确的无产阶级立场。他的这种朴素的唯物主义，主要是从他的对劳动人民的热爱——人道主义精神和他的现实主义的创作态度获得的。

由于作者当时对劳动人民具有深厚的爱和同情，也由于作者能够比较本质地观察并反映现实，就使得《骆驼祥子》这部作品具有了比较强烈的现实主义精神和进步意识。作者在这部作品中相当彻底地揭露了旧社会的罪恶本质，并给予了旧社会以无情地批判。这些都是很可贵的。

在这一意义上说，《骆驼祥子》和叶圣陶的《倪焕之》、巴金的《家》、曹禺的《日出》几部作品具有相同的价值，所达到的水平也是相差不多的。就是说，《骆驼祥子》《倪焕之》《家》《日出》几部作品，都是由五四到抗日战争这期间批判现实主义作品中较优秀较有代表性的作品，它们在中国新文学史上所占的地位是很重要的。

二

老舍先生在他的选集"自序"中曾说到他自己是"寒苦出身，对苦人有很深的同情"。又曾说到他和苦人们交朋友，彼此帮忙，密切地来往，因此就"理会了苦人们心态，而不是仅仅知道了他们的生活状况"。这情形，就是说老舍对城市劳苦人民的深厚的爱和无比的熟悉，在《骆驼祥子》这部小说中是表现得非常显著的。这也是这部小说之所以具有真实感人的力量的原因之一。

作者对人力车夫祥子的深厚的爱，由前面所引的原书一些文字中可以充分看得出来。另外类似这样的文字还有很多的，如："一个拉车的吞的是粗粮，冒出来的是血；他要卖最大的力气，得最低的报酬；要立在人间的最低处，等着一切困苦的击打。"这是作者在写到祥子被孙侦探敲诈了钱之后，用来替祥子申述冤屈的一段说白，作者还继续这样写着："买车，车丢了；省钱，钱丢了；自己一切的劳力只为别人来欺侮！谁也不敢招惹，连条野狗都得躲着，临完还是被人欺侮得出不来气！"可以看出作者对祥子的爱和同情实在太深厚了。

作者对劳苦人民的深厚的爱和同情，不仅表现在对人力车夫祥子上，也表现在对其他劳苦人民身上。作者除写出了祥子的不幸遭遇之外，也写出了其他劳苦人民如小福子、二强嫂、老车夫和小马儿祖孙等的非人的生活和悲惨的命运，这几个人的下场，其悲惨程度并不下于祥子！特别是象小福子那样一个纯朴善良的女孩子，被父亲卖给一个军官，又被军官丢弃，回家做暗娼养活弟弟，最后流落到三等妓院白房子，终于在松林中吊死。对这样一个年青女孩子的惨死，我们能不洒一掬同情之泪吗？能不痛恨吃人的旧社会吗？

即便是写到自然景物的时候，作者也不禁和社会联系了起来，流露出他对劳苦人民的同情和贫富不均的阶级社会的诅咒。如作者这样的写到下雨："一场雨，催高了田中的老玉米与高粱，可是也能浇死不少城里的贫苦儿女。大人们病了，就更了不得；雨后，那诗人们吟咏着荷珠与双虹；穷人家——大人病了——便全家挨了饿。一场雨，也许多添几个妓女或小贼，多有些人下到监狱去；大人病了，儿女们作贼作娼也比饿着强！雨下给富人，也下给穷人；下给义人，也下给不义的人。其实，雨并不公道，因为下落在一个没有公道的世界上。"

由于对劳苦人民具有同情与热爱，因此也就很自然地写出了劳苦人民若干优良品质。如写到祥子因曹先生变故累及自己，被孙侦探把钱敲诈了个净光，曹先生一家逃走，让他一个人看房子，他不敢呆在曹宅，逃到隔壁王家，这时祥子脑子里曾一度闪出了偷曹家的念头，"为曹宅的事丢了钱，再由曹宅给赔上，不是正合适吗？"但立即就把这个念头打消了，而且引起了自责："不，不能当贼，不能！刚才为自己脱干净，没去做到曹先生所嘱咐的，已经对不起人；怎能再去偷他呢？不能去！穷死，不偷！"又想别人会偷，孙侦探也会拿走东西，又犹豫起来，但终于又克服了："还是不能去，别人去偷，偷吧，自己的良心无愧。自己穷到这样，不能再叫心上多个黑点儿！"这表现了祥子的义气。另如写祥子始终不想乞援于刘四，以便继承人和车厂，觉得"那样是没有骨气的"，表现了祥子的倔强。在第十节，作者写到车夫们对老车夫（小马儿的祖父）的同情与帮助，表现了劳苦人民的阶级友爱。如果不是首先对劳苦人民具有同情与热爱，是决不能写出他们的优良品质来的。

作者对城市居民是异常熟悉的，在这部小说中随处都可以看得出来。由于对所描写的人物异常熟悉，所以才能把人物写得极为真实而生动。对主人公祥子刻画的成功是不用说了，就是其他一些较次要的人物，如虎妞、刘四爷、小福子、二强子等，也无一不写得栩栩如生。虎妞的泼辣，刘四爷的刻毒，二强子的刁赖，都刻画得非常成功，都是通过了富有特征的行动和语言突出了他们的性格，不是极端熟悉这些人物是难以写得这样成功的。开始第一节对北平洋车夫情况的介绍，显示了作者对这方面情况的透熟和常识的丰富，不和这些人物有多年的相处，绝难理解得这样深切。作者这样写着车夫们的跑法："跑法是车夫的能力与资格的证据。那撇着脚，象一对蒲扇在地上搧忽的，无疑的是刚由乡间上来的新手。那头低得很深，双脚蹭地，跑和走的速度差不多，而颇有跑的表示的，是那些五十岁以上的老者们。那经验十足而没什么力气的却另有一种方法：胸向内含，度数很深；腿抬得很高；一走一探头；这样，他们就带出跑得很用力的样子，而在事实上一点也不比别人快；他们仗着作派去维持自己的尊严。"这不仅说明作者对人力车夫的熟悉，而且也显示出了作者的对现实生活的敏锐细致的观察能力。第十六、十七、十八三节中对大杂院的环境和居民生活的描写，也同样显示了这点。再看作者如何描写祥子买车的情况：

……祥子的脸通红，手哆嗦着，拍出九十六块钱来："我要这辆车！"铺主打算挤到个整数，说了不知多少话，把他的车拉出去又拉进来，支开棚子，又放下，按按喇叭，每一个动作都伴着一大串最好的形容词；最后还在铜轮条上踢了两脚，"听听声儿吧，铃铛似的！拉去吧，你就是把车拉碎了，要是钢条软了一根，你拿回来，把它摔在我脸上！一百块，少一分咱们吹！"祥子把钱又数了一遍："我要这辆车，九十六！"铺主知道是遇见了一个心眼的人，看看钱，看看祥子，叹了口气："交个朋友，车算你的了；保六个月：除非你把大箱碰碎，我都白给你修理；保单，拿着！"

祥子的手哆嗦得更厉害了，揣起保单，拉起车，几乎要哭出来，拉到个僻静地方，细细端详自己的车，在漆板上试着照照自己的脸！越看越可爱，就是那不尽合自己的理想的地方也都可以原谅了，因为已经是自己的车了。把车看得似乎暂时可以休息会儿了，他坐在了水簸箕的新脚垫儿上，看着车把上的发亮的黄铜喇叭。他忽然想起来，今年是二十二岁。因为父母死得早，他忘了生日是在哪一天。自从到城里来，他没过一次生日。好吧，今天买上了新车，就算是生日吧，人的也是车的，好记，而且车既是自己的心血，简直没什么不可以把人与车算在一块的地方。

这里画出了铺主的生动的形象，更活现了祥子爱车如生命的心理状态，作者是真正"理会了"祥子的"心态"的。

本书在语言方面有很多优点，如简净、流利、丰富、口语化等等，这也是老舍所有作品的优点。老舍非常熟悉北京市民的语言，对北京方言运用得非常纯熟，也对北京方言作了必要的提炼和加工。他的语言形容事物准确而丰富，可以够得上"信手拈来皆成妙喻"的境界。且引一小段为例：

……杨宅用人，向来是三五天一换的，先生与太太们总以为仆人就是家奴，非把穷人的命要了，不足以对得起那点工钱。只有这个张妈，已经跟了他们五六年，唯一的原因是她敢破口就骂，不论先生，哪管太太，招恼了她就是一顿。以杨先生的海式咒骂的毒辣，以杨太太的天津口的雄壮，以二太太的苏州调的流利，他们素来是所向无敌的；及至遇到张妈的蛮悍，他们开始感到一种礼尚往来，英雄遇上了好汉的意味，所以颇能赏识她，把她收作了亲军。

这段充分显示了作者语言的丰富、准确和生动。用毒辣、雄壮、流利、蛮悍四个词非常准确地形容出了四个人骂法的特点；礼尚往来、英雄遇上好汉、亲军这样的成语的运用，不唯生动、幽默，而且也收到了挖苦、嘲笑的效果。假若放在一个语言贫乏的作者的手里，这段文字一定就会写得平淡无奇。

这种丰富、流利、出色的语言，贯穿在整部小说里面。这种出色的语言，增强了故事情节的动人，本书人物不多，故事情节也很简单，抽象叙述的地方很不少，但读起来一点不沉闷，而且有很大的吸引力量，会使你手不释卷地一气读完。所以能如此，我觉得语言占着相当重要的成份，哪怕是一件最普通的事物，放在老舍的手里就会叙述得趣味横生。

作者语言的口语化，是应该特别值得一提的，这是很可贵的一点。在抗日战争以前那个阶段，能够运用口语化的语言进行创作的作家并不多，除了老舍之外，还有张天翼，这是两位运用口语化大众化的语言从事创作的最显著的作家。当时大部分作家的语言，知识分子气味和欧化的情形是很严重的。象《骆驼祥子》这样的语言，口语化，具有民族风格，就是今天读起来也觉得非常亲切。

老舍的语言，还有一个非常可贵的优点，就是具有自己独特的风格。文学语言应该准确，精炼，富有表现力，应该保持民族共同语言的正确和纯洁，这是起码的，无须说的。除这之外，文学语言还要求具有能显示作者个性的独创的风格，一个优秀的作家应该有他自己独特的语言风格。但这不是每个作家都能做到的，五四以来老作家中，具有自己独特语言风格的已经不多（这里最杰出的例子是鲁迅），在今天一般青年作家中是更谈不到了，大家彼此所运用的语言都是相差不多的。茅盾先生在第二次文代大会上曾经指出："我们现在的作品可说是缺乏独特风格的。张三的作品如果换上李四的名字，也认不出到底是谁写的。这就说明了我们在作品的形式方面多么缺乏创造力。"（《新的现实和新的任务》）这所谓形式方面，语言应该是主要的。

　　茅盾先生在这篇文章中又曾指出当前文学作品语言方面的种种缺点，并号召作家们在语言方面多下功夫。这号召是很重要的，作家们——特别是青年作家们应该坚决响应这个号召。因为语言是文学作品的基本材料，是作家进行创作的工具，语言使用不好，还谈什么文学创作，更还谈什么好的文学创作。五四以来以鲁迅先生为首的有显著成就的前辈作家们，在语言方面都是很卓越的，他们在这方面也都是曾下过苦功的。

　　在这里再谈一谈老舍先生的幽默风格。老舍先生是富有幽默才能的，他的幽默也是出了名的。一件最普通的事物经他一说就趣味横生，就能招笑。他的幽默有时失之过火，变成油腔滑调，这在最初的几本小说《老张的哲学》《赵子曰》等里面表现得很清楚。但到了《骆驼祥子》就不同了，这里的幽默不再滥用，幽默本身也有内容得多了。老舍自己曾说到"我很会运用北京的方言，发为文章。可是长处与短处往往是一母所生。我时常因为贪功，力求俏皮，而忘了控制，以至必不可免的落入贫嘴恶舌，油腔滑调。到四十岁左右，读书稍多，青年时期的淘气劲儿也渐减，始知语言之美并不是耍贫嘴"（《老舍选集》自序）。在《骆驼祥子》中，"油腔滑调"确实没有了，而且这种适度的幽默还赋予了这部小说以光辉，使这部小说变得更加生动和引人。我们必须弄清楚，幽默并不是什么要不得的东西，如果运用得好，它可以使作品生色起来的，果戈里、契诃夫、鲁迅的幽默就是明显的例子。

　　有很多人奇怪，为什么解放后，在老作家中老舍先生最先写出了象《龙须沟》那样优秀的作品，其实读了《骆驼祥子》，就知道这是很容易理解的。《龙须沟》和《骆驼祥子》写的都是北京的劳苦人民，《龙须沟》中解放前的情况简直就是《骆驼祥子》中的情况。老舍对北京劳苦人民早具有深厚的爱，早熟悉他们如自己的家人，语言又早就非常大众化，他能在解放前写出《骆驼祥子》这样出色的作品，自然不难在解放后很快写出《龙须沟》这样优秀的创作。可以说，写《龙须沟》这样的题材，对老舍说，是早就有准备的（自然，对人民政府的热爱也是老舍之所以能写出《龙须沟》这样作品的重要原因）。

三

现在要谈一谈这部小说的不够之处了。

我觉得，这部小说的缺点主要是对几个人物处理得不够妥当。

首先是阮明。作者把阮明写成是个为钱出卖思想的投机家和所谓"革命者"，"一来二去，他（指阮明）的钱不够用了，他又想起那些激烈的思想，但是不为执行这些思想而振作；他想利用思想换点钱来"。为钱出卖思想的投机家的"革命者"，在当时容或有，但不能代表真正的革命者。这样处理容易被人误会成是讽刺一切革命者，即便不生这样误会，但光写出这样一个"革命者"来又有什么意义呢？作者又这样写到革命组织："急于宣传革命的机关，不能谨慎选择战士，愿意投来的都是同志。"自然这也是不能代表真正的革命机关的。这是由于作者当时受生活圈子的限制，和革命者、革命组织没有接触，对革命活动不理解，只看到革命投机家，没有看到真正革命者，以致写得不正确不合理（这里所谈到的对阮明的几段描写，在解放后出版的本子里面都已删去）。

其次，对曹先生这人物也批判得不够。从小说中看来，曹先生是个胆小怯弱的空喊革命理论的知识分子，"他（指曹先生）知道自己的那点社会主义是怎样的不彻底，也晓得自己那点传统的美术爱好是怎样的妨碍着激烈的行动"，就是这样的一个曹先生。作者对这样一个人物未给予批判，甚至有意袒护，且看曹先生被阮明告发"在青年中宣传过激的思想"，又被侦探追踪时，作者怎样写他的心理活动："他须想一想了：为造声誉，这是个好机会；下几天狱比放个炸弹省事，稳当，而有同样价值。下狱是作要人的一个资格。可是，他不肯。他不肯将计就计的为自己造成虚假的名誉。凭着良心，他恨自己不能成个战士；凭着良心，他也不肯作冒牌的战士。"这里作者不唯对曹先生这类人物的胆小怯弱的行为有意袒护，且而对被反动统治者逮捕下狱的前进人士也给予了讽刺，认为"下狱是作要人的一个资格"，下狱是"造成虚假的名誉"的机会，认为下狱者是"冒牌的战士"，这都是不正确、不妥当的。

对虎妞这个人物的处理，基本上是正确的，对她的泼辣、粗野的性格刻画得很成功，这性格也适合她的身份。但也有不妥当的地方，如把她写成是色情狂式的人物，写她嫁祥子是为了祥子身体强壮，给祥子好东西吃是为自己享用，还写她羡慕小福子卖淫，借给小福子房间，是为了"多看些多明白些自己所缺乏的想作也作不到的事"，把小福子的被蹂躏看成是享受。这样处理不妥当。虎妞受着刘四爷的压制，四十来岁才结婚，容或有对性的变态心理，但她终也是个不幸的女人，过分渲染这点是不必要的。而且，还过于夸大了虎妞对祥子的害处，如写到虎妞逼祥子娶她时，作者这样写祥子的心理活动："在这个无可抗御的压迫下，他觉出一个车夫的终身的运气是包括在这两个字里——倒霉！一个车夫，既是一个车夫，便什么也不要作，连娘儿们也不要去粘一粘；一粘就会出天大的错儿。……他不用细想什么了；假若打算认命，好吧；去磕头认干爹，而后等着娶那个臭妖怪。不认命，就得破出命去。"作者又这样写到祥子新婚后的情景："他想不起哭，也想不起笑，他的大手大脚在这小而暖的屋中活动着，象小木笼里一只大兔子，眼睛红红的看着外边，看着里边，空有能飞能跑的腿，跑不出去！虎妞穿着红袄，脸上抹着白粉与胭脂，眼睛溜着他。他不敢正眼看她。她也是既旧又新的一个什么奇怪的东西，是姑娘，也是娘们；象女的，又象男的；象人，又象什么凶恶的走兽！这个走兽，穿着红袄，已经捉到他，还预备着细细的收拾他……""他第一得先侍候老婆，那个红袄虎牙的东西，吸人精血的东西：她已不是人，而只是一块肉。他没了自己，只在她的牙中挣扎着，象被猫叼住的一只小鼠。"类似这样对虎妞的描写还有不少。我觉得，虎妞自然有她的可厌之处，祥子也确实不喜欢她，但把她写成一个吃人的妖怪，仿佛祥子的命运她也要负很大责任，却是不妥当的；因为，我们不能忘记，虎妞也是个不幸的女人，是那个不合理的社会制度下的牺牲者。

　　与虎妞相同，对妓女白面口袋处理得也不妥当。写白面口袋到妓院卖淫是为了享受，这显然是不正确的。

　　不过，这几个人物都并非主要人物，作者处理他们的这些缺点，对全书的中心内容和主题并无多大损伤。也就是说，这些缺点，对这部小说来说，只能算是细微的缺点，它动摇不了这部小说的价值。

　　最后，关于祥子的下场，有的同志认为处理得不妥当，认为这太消极，认为不应该叫祥子堕落完事，应叫祥子做出反抗乃至革命行为，等等。我的认识不是这样，我认为这样处理是可以的。因为，一个劳苦人民由于社会的残害而堕落了，这在旧社会不但是一个常见的现象，而且是一个本质的现象。写出象祥子这样的劳苦人民的革命行为，自然未尝不可以，但那样处理所显示出来的主题就和这不相同了。就是说，写出现实中新生的萌芽事物，即写出祥子的革命行为（这在当时说并非是普遍现象），是可以的，而且是必要的；但这不等于说，写出较常见的也是本质的事物，即写出祥子的堕落来揭露旧社会的罪恶，就不可以，不必要了。一个作品有它自己所要完成的主题，它的故事和人物的行动主要根据这而编排出来，有很多人却不愿作品所企图完成的主题和所描写的特定的题材范围，一律要求作品中的人物要爆发革命行动，不然就是消极的。一定要求祥子要做出革命行为，这要求是脱离了作品的实际（它的主题与题材），是多余的，不必要的。

丁玲的《太阳照在桑干河上》

一

在解放战争期间，解放区的广大农村中进行了轰轰烈烈的土地改革运动。在这个运动中，广大的农民群众在中国共产党的领导下向地主阶级展开了激烈的尖锐的斗争，农民群众打垮了地主的封建统治，没收了地主阶级的土地财产，在政治上和经济上获得了翻身。这个运动改变了农村的面貌，这是一场翻天覆地的斗争。伟大的土地改革运动给文艺创作带来了新的丰富的内容，丁玲同志的《太阳照在桑干河上》就是反映这个运动的第一部长篇小说。

《太阳照在桑干河上》所写的是 1946 年夏天华北土地改革的情况，故事发生的地点是桑干河畔一个名叫暖水屯的村子。小说的内容主要是写土地改革中斗争恶霸这个过程（按照作者原定的计划，要分为三个阶段写：第一是斗争，第二是分地，第三是参军；实际上主要写出了第一部分，第二、第三部分只开了一个头）。

这部小说虽然没有把土地改革的全部过程写出来，而只是比较详细地写了斗争恶霸这个过程，但已经相当充分地把农村阶级斗争的复杂性展示出来了。小说是从地主、农民、干部以及时局、历史根源等各方面揭示出农村阶级斗争的复杂性。

在地主方面，斗争对象钱文贵是一个阴险狡诈诡计多端的人物，他曾施展了很多阴谋诡计，如他送儿子参加八路军，把自己变成"抗属"；为了攀结干部,他把女儿嫁给村治安员张正典,又企图把侄女黑妮嫁给农会主任程仁;他还实行假分家,以及利用小学教员任国忠去乱放谣言;等等。这样就使得斗争增加了很多困难。在农民方面,主要的就是觉悟不高,还普遍存在着变天思想,地主阶级的威势还沉重地压在农民的头上,因此对恶霸地主的斗争也就难以迅速地开展起来。在干部方面,问题就更多:首先,工作组的领导者文采是个具有主观主义教条主义思想作风而又缺乏经验的人,他认为钱文贵是中农,又是"抗属",不应作为斗争对象;其次,干部不纯,村治安员张正典变节投降,处处卫护钱文贵,农会主任程仁也因为黑妮的关系在斗争钱文贵这件事情上产生消极情绪。这给斗争增加了严重的阻碍。

小说在表现这场阶级斗争的时候,也注意到时局和历史根源方面的关系,如农民的阶级觉悟不高和变天思想的产生,主要就是时局的影响以及多年受压迫所造成的结果。当时解放战争正在进行,蒋介石匪帮的势力还相当雄厚,农民怕共产党站不长,怕地主阶级进行报复。而地主阶级压迫农民已经有几千年的历史,农民思想意识上沾染的阴影如宿命论、个人打算,等等,是难以很快就清除的。

所有这些方面,就使得这场阶级斗争具有了非常复杂的内容。实际上的情况也正是如此。土地改革是没收地主阶级的土地分配给无地少地的农民,把封建剥削的土地所有制改变为农民的土地所有制,要消灭地主这样一个阶级,这是一场激烈的尖锐的阶级斗争,它的内容原就是非常复杂的。可以说,《太阳照在桑干河上》没有把土地改革这场阶级斗争简单化,它是相当深刻地反映了这场阶级斗争的复杂内容的。

《太阳照在桑干河上》对农村的复杂的阶级关系也做了比较透彻的分析和比较深刻的反映。农村的阶级关系是非常复杂的,地主阶级内部、地主与农民之间,彼此的关系错综复杂,决不是如一般人所设想的那样简单。但这是往往为描写农村阶级斗争的作品所忽略的,一般描写农村阶级斗争的作品往往把农村的阶级关系理解得过于简单,这是不符合实际情况的。

这部小说反映出了地主阶级内部的矛盾。这点很容易为一般人忽略,一般人往往认为即同是地主阶级就不会有什么矛盾,实际上并不如此。如小说所反映，钱文贵、李子俊、江世荣之间存在着矛盾，在抗日战争期间，钱文贵摆下圈套，使李子俊和江世荣当了甲长，在土地改革时期，钱文贵又在任国忠面前说李子俊的坏话，企图陷害李子俊。就钱文贵的家庭内部说，也有着较为复杂的情况。钱家的家庭成员的处境是不相同的，儿媳妇二姑娘在丈夫参军之后天天在公公的淫邪的"咄咄逼人"的眼光下惴惴不安地生活着，侄女黑妮是个孤女，在家庭中处于被压迫的地位；另外，如前所述，钱文贵的儿子参加了人民解放军，他的女儿嫁给了村治安员。这样的地主家庭是够复杂的了。

地主与农民之间也不单纯是剥削与被剥削的关系，而是除这剥削与被剥削的关系之外还存在着极为错综复杂的社会联系，这种社会联系使得阶级关系复杂化起来。如地主钱文贵，除了前面说的他的儿子是解放军，女婿是治安员外，他的大哥钱文富是个贫农，他的已死的弟弟（黑妮爹）也是个贫农，他的堂房兄弟钱文虎是村工会主任，他的儿媳是富农的女儿。另如钱文贵的儿女亲家——富农顾涌，他的家庭关系也很复杂：大女儿嫁给了富农胡泰的儿子，二女儿嫁给了地主钱文贵的儿子，儿媳出身贫农，一个儿子参加了人民解放军，一个儿子（顾顺）当了村青联主任。这样就构成了地主与农民之间的无限复杂的阶级关系，这种复杂的阶级关系是对农村社会没有深入观察的人难以反映出来的。

比较真实而深刻地反映出了农村阶级斗争和农村阶级关系的复杂性，发掘出了农村社会的丰富的生活内容，使作品具有了较高的现实意义，突破了概念化与公式化的藩篱，这是《太阳照在桑干河上》的第一个显著的成就。这方面显示出，作者对农村社会的知识是丰富的，对农村斗争的观察是深入的。

其次，《太阳照在桑干河上》又反映出了在土地改革运动中农民的阶级意识、战斗能力的成长。这点是非常可贵的，从这方面可以显示出土地改革的伟大作用。

土地改革是将封建土地所有制改变为农民土地所有制，可以彻底消灭地主阶级的剥削，使农民得到土地，在经济上获得翻身。同时，土地改革还通过一系列的斗争，打垮地主阶级的政治上的威风，使农民在政治上翻身。除了经济上和政治上的翻身外，还有精神上的翻身，即阶级意识的觉醒。单是经济、政治的翻身还不够，还须精神上的翻身，地主的势力不仅在现实中拔除，还应该在农民的脑子中拔除。我们应该注意，精神上的翻身应该是特别加以重视的，因为这是一件更为艰巨的工作。

《太阳照在桑干河上》对农民在土地改革中的阶级意识的成长做了细致而成功的刻划，这主要通过侯忠全这个老年农民体现出来。侯忠全是个思想非常落后的老年人，他有严重的宿命论思想，把一切的苦难都归在自己的命上，"他不只劳动被剥削，连精神和感情都被欺骗的让吸血者俘虏了去"。他完全变成了地主阶级的恭顺的奴隶，在斗争地主侯殿魁的时候，他把分给他的一亩半地偷着还了侯殿魁，"他说是前生欠了他们的，他要是拿回来了，下世还得变牛马"，大家要他去和侯殿魁算账，他见侯殿魁之后却拿着扫帚扫起地来。他怕儿子斗争地主，把儿子关在房子里。这都说明他的阶级觉悟是多么低。但象侯忠全这样阶级觉悟低的人，最后也终于觉醒了，关于他觉醒时的情况，在"醒悟"一节（五二节）中有着非常真实而生动的描画。那是在斗争了钱文贵之后，侯殿魁偷偷跑到侯忠全家来，一见侯忠全就跪下磕头，求侯忠全饶恕，还塞给侯忠全两张十四亩地的契约，小说中这样写着侯殿魁走了以后的情景：

> 他走后，这老两口子，互相望着，他们还怕是做梦，他们把地契翻过来翻过去，又追到门口去看，结果他们两个都笑了，笑到两个都伤心了，侯忠全坐在院子的台阶上，一面揩着眼泪，一面回忆起他一生的艰苦的生活。他在沙漠地拉骆驼，风雪践踏着他，他踏着荒原，沙丘是无尽的，希望象黄昏的天际线一样，越走越模糊，他想着他的生病，他几乎死去，他以为死了还好些，可是又活了，活着此死更难呵！慢慢他相信了因果，他把真理放在看不见的下世，他拿这个幻想安定了自己。可是，现在，下世已经成了现实，果报来得这样快呵！这是他没有、也不敢想的，他应该快活，他的确快乐，不过这个快乐，已经不是他经受得起的，他的眼泪因快乐而流了出来，他活过来了，他的感情恢复了，他不是那末一个死老头了。……

他并且声明他不再把分得的地退给地主，他说："不啦！不啦！昨天那末大的会，还不能把我叫醒么？哈……"这情景是真切动人的，这是全书最好的章节之一。

在侯忠全的阶级意识的觉醒上面，充分显示出土地改革的伟大作用来了。若不是实行土地改革，若不是推翻了地主阶级的封建统治，斗垮了地主阶级的政治威风，侯忠全的阶级意识是难以觉醒过来的。

小说不仅写出了象侯忠全这样的老年农民的阶级意识的觉醒，也写到广大农民群众在斗争了恶霸钱文贵之后阶级觉悟的提高。恶霸钱文贵虽是个中等地主，但对农民的威胁是很大的，他是沉重地压在农民心头上的黑影，在暖水屯他代表着地主阶级的统治权力，也是联系着国民党政权的祸根。有了钱文贵的存在，农民的变天思想、宿命论观念以及其他种种个人顾虑，才一时难以拔除得掉，等斗争了钱文贵之后，农民的这些混乱思想和个人顾虑消除了，斗争的积极性增加了。在四八、四九、五〇这三节（"决战"之一、之二、之三）中，对农民群众由于扣押了钱文贵而增长的斗争积极性做了较为突出的刻划。

小说也写到农民的战斗能力的成长。在旧社会，农民曾长期地受着地主阶级的剥削压迫，这种被剥削压迫的地位处得久了，在思想意识上和实际行动上都会变得非常软瘫，在思想上既承认了地主的剥削是当然，在和地主展开面对面斗争时也会变得手足无措，这种情况不但老年农民有，青年农民也有。三二节"败阵"和三八节"初胜"就非常生动地写了这种情况。在"败阵"一节中，写了老年农民郭柏仁等向李子俊的女人要红契的场面，结果是，和李子俊女人碰面之后，佃户们为那女人的哀哭乞求弄迷糊了，一起溃退下来，郭柏仁还做出一副难受的样子安慰起李子俊女人来："你别哭了吧，咱们都是老佃户，好说话，这都是农会叫咱们来求的。红契，你还是自己拿着，唉，你歇歇吧，咱也走了。"这情景是真实的，这也显示出作者对现实观察的深刻，如果只停留在生活的表面是难以写出这样真实动人的场面来的。在"初胜"一节中，情况有些不同了，这次是郭柏仁的儿子郭富贵等向汪世荣要红契，虽然青年小伙子王新田在斗争中表现了慌乱，但红契是要来了，而且还和江世荣算账说理，圆满地完成了任务。这次的"初胜"，是接受了上次"败阵"的教训的，这说明，通过土地改革的一系列斗争，农民的战斗能力是成长了。

土地改革对战斗能力的锻炼不仅从一般农民群众身上体现出来，也从干部身上体现出来，农会主任程仁就是由消极逐渐变得坚强起来的。土地改革的伟大斗争清除了程仁身上存在的弱点，锻炼了程仁的战斗意志，使程仁终于站到斗争的最前列去。

《太阳照在桑干河上》接触到的方面很多，但它的基本内容我认为就是以上分析的这些，即反映出了农村阶级斗争和阶级关系的复杂性以及农民的阶级意识和战斗能力的成长，小说对这几个方面的反映都达到了相当真实和深刻的程度，小说是在现实的历史的深广基础上和农村社会的复杂关系中反映出了农村的阶级斗争和农民的思想斗争的。这也就是本书的主要成就。

<h1 style="text-align:center">二</h1>

在人物创造方面，《太阳照在桑干河上》也有着若干的成就。

在人物创造上的最大成就，是创造了农村各阶级的各种类型的人物，即各种类型的地主、农民和干部，而对地主和农民的创造尤其成功。在创造了真实多样的人物这点上，同样显示了作者对农村社会了解的透彻和观察的深入。

几个地主具有不同的类型，他们的性格也各有差异。钱文贵是个土地不多的中等地主，但他是一个恶霸，是暖水屯封建势力的代表人物，具有阴险狡诈的性格。李子俊是个破落地主，性格胆小怯懦，和钱文贵的性格恰成对照。侯殿魁除了是一个地主之外，又是一个反动道门（一贯道）的头子。江世荣以及未出面的许有武也各自有着不同的面目。这是符合实际情况的，地主虽然同属于一个阶级，但彼此的情况是并不相同的。

在地主阶级人物中，以钱文贵和李子俊的女人两个人物塑造得最为成功。

做为一个中等恶霸地主，钱文贵这人物是写得很真实的。钱文贵是庄户人家出身，因为从小爱跑码头，和县、乡的官僚阶层有了联系，就在暖水屯造成了一种特殊的势力。暖水屯的人谁该做甲长，谁该出钱出夫，都得听他的话，他不做乡长甲长，可是人人都得恭维他，给他送东西，送钱。小说这样写着他的外貌："不知道是那一年还上过北京，穿了一件皮大氅回来，戴一顶皮帽子。人没到三十岁就蓄了一撮撮胡子。"简单的几句话就活现出了这个农村流氓的外形。作者从各方面揭示出了钱文贵的奸滑狡诈的性格，象一般人说的，"他是一个摇鹅毛扇的，是一个唱傀儡戏的提线的人"，人们又把钱文贵的阴险狡诈概括在几句顺口溜里："钱文贵，真正刁，谋财害命不用刀。"共产党来了以后，四处清算复仇，暖水屯斗争了许有武和侯殿魁，钱文贵却摇身一变，把儿子送进八路军，使自己变成"抗属"，又找了个村治安员做女婿，"村干部有的是他的朋友"，他还把五十亩地表面上分给两个儿子，实行假分家。他把儿子送进八路军之后，对人说他就是拥护八路军，看着共产党就对劲，但背地却对亲家顾涌说："送去当兵好，如今世界不同了，有了咱们的人在八路军，什么也好说话。你知道么，咱们就叫着个'抗属'。"他把五十亩地分给两个儿子，形式上分了家，但却不准儿媳另分开过日子，他说："分开了谁给我烧饭，我现在也是无产阶级，雇不起人啦。"这又说明，钱文贵不但是一个恶霸，而且是一个流氓无赖。这些性格特点都是符合钱文贵这样人物的实际情况的。钱文贵不同于《暴风骤雨》中的韩老六，韩老六是大恶霸，钱文贵不是，因此在土地改革中，钱文贵也没有象韩老六那样做出罪大恶极顽抗到底的活动，只是在内心里渴望着共产党的政权垮台，蒋介石的政权复辟，只是唆使小学教员任国忠去乱放谣言，去告发李子俊，小说只在第六和二九（"密谋"一、二）两节中对钱文贵的活动做了一些描述。钱文贵之所以在土地改革中没有太多的阴谋活动，一方面因为是一个中等地主，势力本来就不算顶大，一方面也因性情狡猾，知道如何保全自己，在人民力量占绝对优势的情况之下，他不会冒险的去孤注一掷的。在对钱文贵这个人物的处理上，作者掌握的是现实主义的原则，做得恰如其分，没有对他做过于浮夸的描写，没有把他丑化，这点是有些评论《太阳照在桑干河上》的同志已经指出来过的。不过，还必须指出，所谓掌握着现实主义原则，仅仅指对描写象钱文贵这类中等恶霸地主来说是如此，并不是所有恶霸地主都象钱文贵这样，事实上更多的恶霸地主是比钱文贵凶恶得多，罪恶也比钱文贵大得多，象韩老六那样的恶霸地主就是。

李子俊女人是个阶级敏感很强的人物，她富有着应付事变的本领，她比她的丈夫李子俊要机灵得多，也强硬得多。小说中这样描写着她在解放以后的情况：

> 她不是一个怯弱的人，从去年她娘家被清算起，就感到风暴要来，就感到大厦将倾的危机。她常常想方设计，要躲过这突如其来的浪潮。她不相信世界将会永远这样下去，于是她变得大方了，她常常找几件旧衣送人，或者借给人一些粮食。她同雇工们谈在一起，给他们做点好的吃。她也变得和气了，常常串街，看见干部就拉话，约他们到家里去喝酒。她更变得勤劳了，家里的一切活她都干，还经常送饭到地里去，帮着拔草，帮着打场。人家都说她不错，都说李子俊不成才，还有人会相信她的话，以为她的日子不好过，她还说今年不再卖地，实在就没法过啦！可是现在还是不能逃过这灾难，她就只得挺身而出，在这风雨中躲躲闪闪的熬着。她从不显露，她和这些人中间有不可调解的仇恨，她受了多少委屈呵！她只施展出一种女性的千依百顺，来博得他们的疏忽和宽大。

这段描写是非常真实的。这是一个地主阶级的女人在阶级命运行将溃灭的前夕所做的垂死挣扎。在"败阵"一节中，突出地表现出了这女人的善于应付事变的能力，她用眼泪和乞求把佃户们软化了。在"果树园闹腾起来了"一节中，对这女人的心理活动写得是细致而真实的。她痛恨那些"劫掠者"，她感慨地想："——好，连李宝堂这老家伙也反对咱了，这多年的饭都喂了狗啦！真是事变知人心啦！"她看着已经卖给了顾涌的果园，心想："以前总可惜这地卖给别人了，如今倒觉得还是卖了的好！"她看到顾涌的果园也被统制，感到高兴，"要卖果子就谁的也卖，要分地，就分个乱七八糟吧。"看见钱文贵的果园没被统制，她感到非常不满。这正深刻地刻划出了地主阶级女人的狠毒偏狭的心理，当她自己要溃灭的时候，她也希望别人和她同归于尽。作者把李子俊女人的复杂的精神世界呈现在读者面前了。能对人物的心理活动做细致而真切的刻划，是这部小说在人物创造上的一个突出的优点，不仅对李子俊女人如此，对其他若干人物也是如此。在对李子俊女人的刻划上，作者也是运用着现实主义的手法，这是很明显的。

在农民群众方面，本书也创造出了各种不同类型的人物，年老的，年青的，进步的，落后的，各种都有。象老年农民侯忠全、郭柏仁、李宝堂、顾涌，青年农民刘满、郭富贵、王新田、侯清槐等，虽然每个人占的篇幅不多，没有太多的行动，但形象都是鲜明、生动的，给人的印象是深刻的，就中以侯忠全、刘满写得尤其成功。

在农民中还有个非常鲜明、生动的人物是顾长生的娘，这是个中农老年妇女，性格倔强，爱唠叨，动不动以抗属自居，小说中描写她的几个片断都是非常生动的。她看见黑妮等年青孩子穿粉红裤子，引起反感，心里骂着："看你们能的，谁还没有年轻过，呸！简直自由得不象样儿了！"她争着参加开会，会没开完就要退席，不叫她走她又不答应。因为她是中农，干部们扣了她一石八斗优待粮，她为这老发牢骚，直等杨亮安慰了她，她才高兴起来，说："一石八斗粮食不争什么，张裕民可不能再说什么中农中农啦吧，咱就托人给长生捎了一个信，叫他放心，说区上下来的人可关照咱呢，咱中农也不怕谁啦！"把钱文贵押起来以后，她高兴地说："嗯！这可见了青天啦！要是咱村子上不把这个旗杆扳掉，共产党再贤明太阳也照不到的。"她向人述说了钱文贵以往对她家的欺压。这说明中农和地主之间也有矛盾，中农也受地主压迫的，在土地改革中中农也有斗争的积极性。在分果实的时候，她分了五斗粮食和两只鸡，高兴得什么似的，把粮食叫做"面子物件"，把鸡叫做"翻身鸡"。顾长生的娘这个人物不仅是表现得形象生动、个性鲜明，而且显示出了重大的意义，说明了在土地改革中的中农问题，说明了中农在土地改革中的态度以及如何正确地对待中农的问题。这人物虽不是主要人物，但她的典型意义是相当大的。

几个青年妇女如董桂花、周月英、黑妮，都写得真实生动，而且对这几个妇女的内心世界都做了细致深入的描画，这些描画都是动人的、出色的。

干部方面，写出了支部书记张裕民、农会主任程仁、副村长赵得禄、民兵队长张正国、治安员张正典，以及其他干部李昌、赵全功，任天华、钱文虎、张步高等。一般地说，这些人都具有各自的个性，类型也不完全一样，在斗争中表现得有差异。如张正典和别人不同，是个背叛了人民投降了地主阶级的干部；程仁是一个好干部，但由于爱情的牵扯，在斗争的最初阶段也表现了消极和犹豫。张正典和程仁这两种类型的干部，是现实中常有的，在土地改革的过程中，在干部里面经常会出现象张正典、程仁这样的问题的，所以写出象张正典和程仁这样类型的干部的问题，是有现实意义，也是有教育意义的。

但总的说来，本书在对干部的创造方面并不算成功，还存着较大弱点，最主要的弱点就是没写出较完美的代表正面力量的先进人物。就以张裕民这个主要人物来说，做为暖水屯的党的领导者，写得是十分不够的。张裕民在斗争中表现得犹豫，多疑，不积极，不果敢，能力也不高，他在斗争中的活动很少，看不出他对斗争的推动力量，他的形象是不明确的，给人的印象是模糊的。小说中这样写着张裕民最初给八路军送粮的动机："去拜访一下早已闻名的八路英雄，是可以满足他的年青的豪情的。" 身为雇工的张裕民难道一点阶级觉悟没有吗？难道给八路军送粮食仅仅是为了"满足他的年青的豪情"吗？张裕民以后参加了党，又领导两次清算复仇，按理应该是锻炼得很坚强了，事实上不然，在土地改革中他表现得犹豫、多疑而且毫无办法。在处理钱文贵的问题上，他的态度是不可原谅的，也是不可理解的。程仁把钱文贵划成地主，张裕民却依照张正典的意思给钱文贵改了成分；他又觉得钱文贵是抗属，不该斗，就是该斗也没个死罪；又怕老百姓有变天的思想，动不起来，怕搞不成功对自己不利。正象刘满批评他的："干部们可草蛋，他们不敢得罪人，你想嘛，你们来了，闹了一阵子，你们可是不用怕谁，你们是要走的啦。干部就不会同你们一样想法，他们得留在村子上，他们得计算斗不斗得过人，他们总得想想后路啦。嗯，张裕民原来还算条汉子，可是这会儿老躲着咱，咱就知道，他怕咱揭穿他。" 张裕民在土地改革中表现得是前怕狼后怕虎，个人的顾虑和打算很多。从他的对话中也显示出他的觉悟并不太高，如当刘满提醒他"拔尖要拔头尖"即要斗争大恶霸的时候，他却说："有冤报冤，有仇报仇，你有种，你就发表！哼，咱还要看你的呢！"一个党支部书记对群众的积极建议采取的却是这样粗暴的打击，这是应该的吗？当干部们在讨论斗争对象的时候，张裕民这样说："咱们入党都起过誓的，咱们里面谁要想出卖咱们，咱们谁也不饶他。咱张裕民就不是好惹的。你们说怎么样？"

在斗争钱文贵的时候，群众冲上来打钱文贵，他说："如今大家要打死他，咱还有啥不情愿，咱也早想打死他，替咱这一带除一个祸害，唉！只是！上边没命令，咱可不敢，咱负不起这个责任，杀人总得经过县上批准，咱求大家缓过他几天吧。就算帮了咱啦！"看这话的口气，好象斗争钱文贵是他个人的事情，"咱张裕民就不是好惹的"、"就算帮了咱啦"，这些话里表现不出什么人民立场，这显示出他的觉悟是并不太高的。这不象一个在抗日战争期间就入了党，领导过两次复仇清算，而现在又身为党支部书记的领导人物，把主要领导农民斗争的干部写成这个样子是没有典型意义的，表现不出现实的本质来的。而在整个土地改革的过程中，张裕民就没有发挥什么作用，他在群众面前出现的机会很少，就是出现了也没有多少积极的行动，如在向李子俊女人要红契的那个场面中他根本就没有出面。虽然等章品来村之后，他在党员大会上检讨了自己的错误，表示今后要积极行动起来，但斗争已经接近结束了。

程仁的面目写得比较清晰，对他的思想上经历的斗争和考验也做了细致的刻划，但这也只是一个正在成长着的人物，仍然不是一个强有力的正面人物的形象，他的积极的行动也非常之少。其他赵得禄、张正国、李昌、赵全功、任天华、钱文虎、张步高等就更单薄了。象《暴风骤雨》中的郭全海、赵玉林那样的行动较多积极性较大的干部形象，《太阳照在桑干河上》里面还没有。

工作小组的文采、杨亮、胡立功三个工作干部，也和张裕民等村干部一样的情况，三个人的类型不同，个性有差异，但做为正面的积极的人物仍然都是不够的。文采这人物，做为一个有缺点的浮夸的知识分子，写得是生动的，这人物有它的现实根据，写出来对读者也有教育意义，但把他写成一个土改小组的领导者就缺乏代表性，缺乏典型意义，如果把文采写成一个小组的成员而不写成一个小组的领导者就更妥当些。做为土改小组的领导者，象《暴风骤雨》中的肖祥是具有更大的代表性和典型意义的。杨亮和胡立功是代表着正面力量的人物，但又太单薄了。

写出正在成长着的英雄人物是可以的，但更重要的是写出完美的能足以代表推动现实的积极力量的英雄人物，因为在新社会的现实中完美的英雄人物很多，由于有这些完美的英雄人物的推动才使得土地改革获得伟大的胜利，不写出这样的人物就是没有充分把握住现实的本质。如果在一个土地改革过程中，在干部方面只是一些不健全的正在成长的人物，现实中纵或有这种情况，这也是个别现象，而不是本质现象，如果把这样的情况写成作品，则这既不是典型的环境，也不是典型的性格。

对暖水屯的土改工作起了决定性作用的，是县宣传部长章品。章品是个在各方面都比较健全的人物，他坚决，果敢，有魄力，工作能力高，也能联系群众。不过他在本书中并不是个主要人物，他不是暖水屯土地改革的主要领导者，他到暖水屯来只是为了检查工作，他在暖水屯停留的时间很短。而且章品的身上也存在着缺点，他对政策的体会和执行上也有不正确的地方，如他对土地改革中的统一战线问题就认识得很不够，他曾这样说："不管，错了我负责任，土地改革就只有一条，满足无地少地的农民，使农民彻底翻身，要不能满足他们，改革个卵子呀！"有些富农来献地，有人主张不要拿得太多，以免影响中农，他却说："要拿，为什么不拿呢，还要拿好地。"这都是不够正确的。因此，把章品当做代表正面力量的英雄人物，也仍然是不够的。

在干部方面，没写出典型性较高的能充分代表进步的社会力量的人物。在地主方面，也是这样的情况。做为一个中等地主说，钱文贵是写得成功的，但做为地主阶级的代表人物，他仍然是不够的。象钱文贵这样一个中等地主，不大能充分体现地主阶级的本质，他的代表性不及《暴风骤雨》中的韩老六大。就连那个充当地主狗腿子的任国忠说吧，他的代表性也是不大的，充当地主狗腿子的是小学教师而不是地痞流氓一类人物，这并不是本质现象，而是个别现象。由于选取了一个中等地主做为地主阶级的代表人物，也就影响了所描写的土地改革的斗争，使这斗争不能在更大规模上和更剧烈尖锐的情况下展开。

在人物典型以及土改过程的描写上，似乎受了真人真事的局限，如地主是个中等地主，狗腿子是个小学教员，土改小组的领导者是个缺点很多的人，村干部也没有十分坚强能干的……这些情况的典型意义和代表性都是不大的，如果站在现实的高处，对广大的土地改革运动的现象加以概括的话，是不会写成这个样子的。是当时的时代限制所致吗？是1946年的土地改革就是这样子吗？显然不是的。小说中明明写着，在暖水屯附近的孟家沟有个大恶霸陈武，"陈武过去克扣人，打人，强奸妇女，后来又打死区干部，陈武私自埋有几杆枪，几百发子弹，陈武和范家堡的特务在地里开会，陷害治安员"；白槐庄也有个"有一百多顷地，建立过大伙房"的大地主李德功。作者为什么不写陈武或李德功那样的地主呢？如果以陈武或李德功那样的大恶霸地主为描写对象的话，一定能更加充分地写出地主阶级的罪恶和土地改革的复杂尖锐的斗争过程。自然，作家反映现实不是用一种格式，在创造各种类型的人物上也有着充分的自由，问题是只看创造哪种人物典型才能充分表现出最本质的社会现象。"不是经验主义地描绘生活的事件和现象，而是选择能够表现出发展的趋势及其全部矛盾的最本质的东西，——这样艺术家就能够展示出真正的生活真实。……艺术家在创造典型形象的时候，要选择和概括现实的最本质的现象。这首先关联到典型的思想意义，而思想意义是评价典型形象的极重要的标准。"（苏联《共产党人》杂志专论：《关于文学艺术中的典型问题》）

总之，在人物创造方面，《太阳照在桑干河上》是有成就的。这就是创造了各种类型的地主、农民和干部，其中有很多是真实生动的；在对人物的心理描写方面尤其成功，有很多人物的心理活动刻划得非常细致而真切。只是人物的典型性都不太高，都不能充分显示出最本质的社会力量。

三

冯雪峰同志曾指出《太阳照在桑干河上》的艺术的表现能力已达到相当优秀的程度，并指出它的突出的特色之一是"诗的情绪与生活的热情所组成的气氛的浓重"，这的确是如此的。书中有很多章节确实写得出色，如第三七节"果树园闹腾起来了"、第五二节"醒悟"、第一六节"好象过节日似的"、第一节"胶皮大车"等，都写得细致动人，字里行间充分流露着饱满的热情，那些对人物的热情的抒写，就好象动人的抒情诗一样，具有着强烈的感人力量和艺术魅力。另外如第三二节"败阵"、第三八节"初胜"、第四八、四九、五〇节"决战"之一、之二、之三，都写得逼真生动，也是出色的篇章。但是，并不是全书都如此，平板乏味的章节也有不少，也有不是细致动人而是繁琐沉闷的地方。

《太阳照在桑干河上》的语言基本上是精炼和朴素的，表现力也相当强。只是不够纯粹，即语言风格不统一，非常口语化的语言和知识分子气极浓的语言互相夹杂在一起，这样也就减低了语言的明快和流畅。语言的朴素与华丽之间没有什么高下之分，要紧的是要纯粹，要风格统一。陈涌同志曾谈到《太阳照在桑干河上》的语言特点："它也吸收了更多的群众的语汇，但整个说来，它自然并不就是群众的语言，也还不是在群众语言基础上经过自然加工和提高的那种艺术的语言。它一面已经抛弃了原来知识分子的旧套，但另一方面，还缺少群众语言的光采和魅力。它看来是一种尚未成熟的处于过渡阶段的语言。"（《丁玲的〈太阳照在桑干河上〉》）说《太阳照在桑干河上》的语言完全不是群众的语言或完全不是在群众语言基础上经过加工和提高的艺术语言，自然是过苛的说法（实际上这两方面的成分都具有了，只是全书语言不完全如此罢了），但说它是"一种尚未成熟的处于过渡阶段的语言"，是可以的。

本书中还常用一些知识分子的语汇来形容农民的思想感情和生活情况，如用"内疚""忧郁""寂寞""年青的豪情"等来形容农民的感情（这点陈涌同志曾经指出过），这是难以传达农民感情的具体内容，不符合农民的心理活动的特点的。这也是显示它的语言的不够纯粹的地方。类似这样的例子还有很多，如，张裕民觉得老百姓"常常动摇，常常会认贼作父"；江世荣"用失神的眼色送着逝去的人影"；董桂花"感着也许有风暴要来"；顾二姑娘"是一棵野生的枣树，喜欢清冷的晨风，和火辣的太阳"等，语言和描写的对象都是不太吻合的。就冯雪峰同志认为是"美丽的诗的散文"和"我们现在还很年轻的文学上尚不多见的文字"的"果树园闹腾起来了"一章来说吧，也仍然具有这方面的情况，象"薄明的晨曦""鸟雀的欢噪""累累的稳重的硕果"等，和书中其他一些非常口语化的语言是很不调协的。

在故事结构方面，本书的缺点是较大的。本书的故事情节不紧凑，结构松散，故事发展缺乏一条主线，横生的枝节太多，前后的事件缺乏有机的联系，作者似乎还没把土改过程的内部规律充分掌握住。故事进行得慢，常常把故事割断，孤立地插入大量篇幅的人物介绍，这些人物介绍经常占一整节，多是叙述人物的性格特点和既往的生活经历等，这些叙述又常是抽象平板的。这情况在前半部中特别显著。如第一节至第一〇节之间，故事简直就没有什么进展，这十节当中主要写了顾涌拉一辆胶皮大车回村以及钱文贵的一点反应，另外抽象地追叙了张裕民和程仁一点过去的经历，但这两个人物并没有正式出面，七节所写的识字班的情况是没有必要的，在故事的进展上毫不发生作用。在文采等到来之前，应该写出张裕民、程仁等村干部在土改前夕的活动和对土改的反应，须要这些人物正式上场，但书中没有写。有好几节彼此之间并没有什么联系。这种情况在第一〇节以后依然存在。因此之故，就使得这部小说缺乏了生动引人的艺术魅力，读起来有沉闷之感。

四

以上我们论了《太阳照在桑干河上》的优点和缺点，自然，优点是主要的，它的缺点，是我们站在更高的水平上提出来的。整个说来，这部小说的成就是高的，而对我们的文学发展来说它的意义是特别重大的，它实在是我们社会主义现实主义文学的最初的较显著的一个胜利。我们同意冯雪峰同志在《〈太阳照在桑干河上〉在我们文学发展上的意义》所作的评价："这是一部艺术上具有创造性的作品，是一部相当辉煌地反映了土地改革的、带来了一定高度的真实性的、史诗似的作品；同时，这是我们无产阶级现实主义的最初的此较显著的一个胜利，这就是它在我们文学发展上的意义。"（同前文）这评价是正确的。

附注：冯雪峰的《〈太阳照在桑干河上〉在我们文学发展上的意义》登在 1952 年第 10 号《文艺报》，陈涌的《丁玲的〈太阳照在桑干河上〉》登在 1950 年 9 月号（二卷五期）《人民文学》。

论《王贵与李香香》

　　《王贵与李香香》是"延安文艺座谈会"以后在毛泽东文艺方向指导之下的人民诗歌的第一个珍贵收获，它在诗歌上成功的意义，就和《李有才板话》等在小说上成功的意义一样。《王贵与李香香》给人民诗歌开辟了道路，给新诗指出了新的方向。它表现了人民的生活和斗争，采用了为人民所喜闻乐见的形式，继承了人民诗歌的优良传统，在诗歌上最初实践了毛主席指示的为工农兵的文艺方向。它的出现是诗坛上一个划时期的事件，它出现后，人民诗歌中又接连出现了若干优秀的作品（如阮章竞的《圈套》《漳河水》、张志民的《王九诉苦》《死不着》、李冰的《赵巧儿》、戈壁舟的《把路修上天》等），民歌体的诗才成为新诗的主流之一，在这以前，很多人对民歌和民歌体的诗是重视不够的。因此，在人民诗歌中，在五四以后整个新诗创作中，《王贵与李香香》是占有重要地位的。

一　思想内容的几个方面

　　《王贵与李香香》全诗内容表现的是三边民间革命和爱情的历史故事，它刻划了三边土地革命时期（1930 年左右）农民革命斗争的真实面貌。在思想内容上，这故事显示了以下几个方面。

　　首先，这故事十分真实而深刻地表现了旧社会封建土地制度下鲜明的阶级对比和尖锐的阶级矛盾。

　　在封建土地制度之下，农村的阶级地位是极端不平等的。地主阶级拥有大量土地财产，过着奢靡荒淫的生活；农民却是穷困不堪，受着地主阶级的残酷的剥削，过着牛马不如的生活。如果我们要表现封建土地制度下的农村社会现象，这点是必须要表现出来的。《王贵与李香香》虽然用的文字不多，但把封建农村这种阶级不平等、贫富不均的现象表现得很深刻，很突出。"人人都说三边有三宝，穷人多来富人少。一眼望不尽的老黄沙，那块地不属财主家？""一个算盘九十一颗珠，崔二爷牛羊没有数。三十里草地二十里沙，那一群牛羊不属他家？"十九年闹春荒的时候，在农民一方面是："坟堆里挖骨磨面面，娘吃儿肉当好饭。二三月饿死人装棺材，五六月饿死没人埋。"在地主一方面却是："窖里粮食霉个遍，崔二爷粮吃不完。"可以看到，阶级对比是极为鲜明的。从王贵的揽工生活，可以看出旧社会的雇农所受的痛苦是多么深重，也可以看出地主和长工之间是有那么大的悬殊："大年初一饺子下满锅，王贵还啃糠窝窝。""你吃的大米和白面，我吃顿黄米当过年。"

　　本诗对封建农村社会的阶级矛盾表现得又是非常尖锐，这是通过恶霸地主崔二爷和王贵、李香香之间的矛盾体现的。恶霸地主崔二爷趁荒年逼租，活活打死王贵的父亲王麻子（崔的佃户），又把十三岁的王贵拉去揽工，"打死老子拉走娃娃，一家人落了个光踏踏！""算个儿子掌柜的不是大，顶上个揽工的不把钱化。"农民王贵，父亲被地主杀害，自身又受着地主的残酷剥削，便和地主结下了血海深仇，"老牛死了换上个牛不老，杀父的深仇要子报！"地主崔二爷不但杀害了王贵的父亲，而且又企图霸占王贵的妻子李香香，李香香的父亲李德瑞又被崔二爷暗害。可以看到，由崔二爷和王贵、李香香之间所显示出的地主和农民之间的阶级矛盾，是尖锐的，无法调和的。由于这种尖锐的阶级矛盾，便产生了农民对地主的无比强烈的仇恨："别人的仇恨象座山，王贵的仇恨比天高。""香香的性子本来躁，自幼就把有钱人恨透了。"

　　就这一方面说，《王贵与李香香》可以说是挖掘到了旧社会农村的本质的、典型的社会现象。因为，在封建势力统治下的农村，农民的灾难确是深重的，地主的面貌确是凶恶的，农民和地主之间的矛盾确是尖锐的。只有充分表现出这一种社会现象，才能算是抓住了旧社会农村的本质，才能算是表现出历史真实。否则，那就是浮浅的、表面的。也只有抓到这一点，才能显示出农民革命战争的正义性。

其次，在《王贵与李香香》中，还表现了劳动人民的高度的阶级觉悟和旺盛的革命精力。

由于农民和地主之间的矛盾是尖锐的，农民对地主的仇恨是强烈的，所以一旦有了共产党的领导，一旦卷来革命浪潮，农民的阶级觉悟很快就会提高起来。我们看到，王贵这个青年农民，是非常深刻地了解自己和革命的关系的。当崔二爷把王贵逮捕起来，吊打他，威胁利诱地说服他的时候，他是这样响亮地回答："我王贵虽穷心眼亮，自己的事情有主张。闹革命成功我翻身了，不闹革命我也活不成！"当和香香结了婚，在新婚之夜，他拉着香香的手和香香这样说："不是闹革命穷人翻不了身，不是闹革命咱也结不了婚！革命救了你和我，革命救了咱们庄户人。一杆红旗要大家扛，红旗倒了大家都遭殃！"他又对香香说："太阳出来一股劲的红，我打算长远闹革命。"在全诗最后，当王贵和游击队员们救出了香香，王贵又和香香说："咱们闹革命，革命也为了咱！"这些地方，显示出王贵的阶级觉悟是非常高的。

农民的阶级觉悟的提高是很快的。农民的革命要求也是强烈的。"紫红犍牛自带楼，闹革命的心思人人有。"这是一个真理。农民的革命要求是内在的，不是外加的，共产党只有在这个基础上才能领导得起来。

有了高度的阶级觉悟，有了强烈的革命要求，因此便会产生出旺盛的革命精力。从王贵暗中参加赤卫军那段活动，可以看出一个青年农民的革命精力是有多么旺盛："白天到滩里去放羊，黑夜里开会闹革命。开罢会来鸡子叫，十几里路往回跑。白天放羊一整天，黑夜不眨一眨眼。身子劳碌精神好，闹革命的心思一满高。"

《王贵与李香香》又表现了劳动人民的坚强不屈的战斗品质和纯真坚贞的爱情。

从王贵身上，我们看到一个坚强不屈的革命农民的英雄形象。当崔二爷吊打他，向他施用威胁利诱的伎俩时，他是至死不屈的："跳蚤不死一股劲的跳，管他死活就是我这命一条。要杀要剐由你挑，你的鬼心眼我知道：硬办法不成软办法来，想叫我顺了你把良心坏。趁早收起你那鬼算盘，想叫我做狗难上难！"这是一种何等的英雄气概！不但王贵如此，做为一个年青的农民姑娘的李香香，也是坚强不屈的。当崔二爷硬逼着香香结婚的时候，"香香又哭又是骂，姓崔的，你怎么不娶你老妈妈？有朝一日遂了我心愿，小刀子扎你没深浅！"

我们又看到，李香香对王贵的爱情是无比的纯真和坚贞的。"烟锅锅点灯半炕炕明，酒盅盅量米不嫌哥哥穷。妹妹生来就爱庄稼汉，实心实意赛过银钱。"看这个穷苦的农家姑娘的心地是多么善良可爱，她对爱情的态度是多么纯洁真诚，那种为金钱的脏水所染污了的资产阶级地主阶级的爱情是无法与之相比的。崔二爷一再对香香调戏，而香香一再拒绝，在任何一种情况之下，她的心里都想着王贵，"硬的吓来软的劝，香香至死心不变。""我要死了你莫伤心，死活都是你的人。马高镫短扯首长，灵魂儿跟在你身旁。"看香香的爱情是多么样的坚贞。

这种纯真坚贞的爱情的基础是阶级的爱，王贵和李香香同是受压迫的穷苦人，他们的命运是共同的，他们仇恨的对象也是共同的。可以说，阶级的爱，是王贵和李香香的爱情中的最根本的东西，他们的爱情之所以如此纯真坚贞，原因也在此。

从李香香身上，我们看到了劳动人民的高贵的感情和善良的心；从穷老汉李德瑞身上，我们也同样看到了这个。我们看到，李德瑞是多么关心"没娘没大孤零零"的王贵，由于他的关切，才使乞讨的王贵得到了家庭的温暖，"一个妹子一个大，没家的人儿找到了家"。"羊肚子手巾包冰糖，虽然人穷好心肠"，从穷苦的劳动人民身上烛照出善良的灵魂和高贵的品质，也是本诗的可贵处之一。

我们还须指出，本诗中所表现的爱情是和革命斗争有机地结合着的，它是革命斗争的一个组成部分，也是阶级矛盾的一个具体内容。在这样一个故事中，王贵和李香香的爱情决不是点缀，而是必然会纠葛在阶级矛盾和阶级斗争之中的。有着共同命运的王贵和李香香之间，发生爱情是极自然的；而荒淫的恶霸地主崔二爷想霸占香香，侵夺王贵和李香香的爱情，也是有必然性的。通过这件爱情故事，显出了农民和地主之间矛盾的尖锐，和地主的残暴凶恶。

二 形式、语言、韵律

《王贵与李香香》所用的是信天游（顺天游）的形式。信天游是陕北、晋绥、内蒙（古）一带主要民歌形式之一，是形式最简单的民歌，两句即成一首，如果若干句成一首，也多半是两句一换韵，句数总是偶数。这是一种很特出的东西，在古今诗和各地民歌中很少有这种形式。

信天游这种形式，自由灵活，运用起来比较方便，劳动人民运用它很为适宜。陕北、晋绥一带的劳动人民（特别是农民）都是信天游的歌唱者、传播者，也是它的创作者，他们随时把他们的生活、遭遇、愿望、感情创作成信天游歌唱出来。"信天游，不断头，断了头，劳动人民无法解忧愁。"从这几句民歌里，可以看出信天游和劳动人民的密切关系。

李季同志是较早也较成功地把信天游这种形式运用到新诗中来的人们之一，这种形式的首先被运用令人觉得新鲜，《王贵与李香香》之所以引起人们广大的注意，条件自然是很多的，形式也应该是其中之一。在形式这一意义上说，《王贵与李香香》对我们的新诗是有创造的，有开拓的，它的产生使得我们的新诗形式更丰富了。虽然民歌体的诗不一定都照着这种形式来写，但可以肯定这种形式是民歌体诗较好的形式之一。另外采用信天游形式的还有张志民的《王九诉苦》《死不着》（见诗集《圈套》）、严辰的《新婚》、刘衍洲的《弹唱小王五》（见诗集《佃户林》）等，也都是些较出色的民歌体诗。《王贵与李香香》以及《王九诉苦》等这些优秀的诗歌，说明着信天游这种形式是完全可以采用到新诗中来的，也说明着运用这种形式是可以创作出优秀的出色的诗歌的。

和形式的采用相同，《王贵与李香香》在语言上也是较早而且较成功地采用了人民大众语言来写诗的。可以说，《王贵与李香香》的语言，是经过了提炼和加工的大众语言。在人民语言的学习上，作者李季同志曾经用过很大苦功，他在陕北三边工作的时候，曾经不间断地利用工作余闲进行民歌搜集工作，只信天游一种他就搜集了将近三千首之多（见《我是怎样学习民歌的》）。由于李季同志长期地和劳动人民生活在一起，学习他们的语言，又认真地搜集和研究了劳动人民所创造的诗歌，所以《王贵与

李香香》的语言就具有朴素、自然、生动等人民语言的优点，可以举几个
例子：

> 瞎子摸黑路难上难，
> 穷人们就怕闹荒年。
>
> 羊羔子落地咩咩叫，
> 王贵虽小啥事都知道。
>
> 王麻子的娃娃叫王贵，
> 不大不小十三岁。
>
> 滚滚的米汤热腾腾的馍，
> 招待游击队好吃喝。
>
> 阳洼里糜子背洼里谷，
> 那达想起那达哭。

这不过是随意列举，其实象这种朴素、自然、生动的句子，在全诗中是随
处皆是的。这些句子都是劳动人民的口语，然而又是多么动人的诗！

《王贵与李香香》中的若干新名词，也是通过劳动人民的口语来表现
的，如不说革命，而说"闹革命"。这也是本诗语言和人民语言密切一致
的一个例证。关于这点，有的同志认为这是作者的善于选择、配合的手
法，"光就用语来说……中间也镶着好些很新的名词，象红旗、白军、革
命、同志、平等、赤卫军、少先队、自由结婚……可是读起来却很自然，
并没有不和谐的感觉。原因是这些名词所代表的事物，大都在民众生活中
已经存在着或就要产生出来。其次，是作者的妙手，善于选择、配合，好
象'革命'两字虽然是新名词，但是说'闹革命'，就觉得非常民众化"
（钟敬文：《从民谣角度看〈王贵与李香香〉》）。好象"闹革命"一词原
在生活中没有，是由作者创造出来的，"革命"上面这个"闹"字是作者

杜撰出来的。事实显然不是这样的，事实是劳动人民首先在口头上使用了"闹革命"一词，然后作者才这样表现的。

在语言上，可以看出《王贵与李香香》和陕北信天游的不可分割的关系，其中有很多句子是直接采自信天游的，但并不是比着葫芦画瓢式的那样抄袭模仿，而是即便在整句搬用的部分也多半是经过了作者的提高和创造的。下面举几个例子：

信天游原句	《王贵与李香香》句：
山羊绵羊五花羊，	羊群走路靠头羊，
妹妹随了共产党。	陕北起了共产党。
大路畔上的灵芝草，	大路畔上的灵芝草，
长的不大就是好。	谁也没有妹妹好。
千里的雷声万里的闪，	千里的雷声万里的闪，
远路的朋友枉徒然。	快哩马撒红了个遍。

从这几个例子里面，可以看出《王贵与李香香》虽然用了信天游许多现成句子，但经过了重新的安排，使得同样的句子表现的意思更切合更明确了。

"五四"以后的新诗的语言，是比散文更欧化和近于文言的。在运用大众语言创作新诗这个课题上，《王贵与李香香》也是尽了先锋作用的。

在韵律方面，《王贵与李香香》也有许多成功的地方。

《王贵与李香香》中句子的字数，一般是在七字至十字之间，少于七字和多于十字的句子是极少数。每句不管字数多少，一般都是三个音节，如："公元——一九——三〇年，有一件——伤心事——出在三边。""太阳——落山——红艳艳，香香——担水——上井畔。"每两句成一段，这两句的字数有的上下一般多，有的是上少下多，有的是上多下少（如上七下七、上八下八、上七下九、上九下十、上八下七、上九下七等）。在韵脚上，一般是两句一换韵（也有四句同韵的，较少数）。这三个特点，即每句三个音节，成为一段的两句的字数不等，两句一换韵，就造成了韵律上的流利、活泼、灵动，读起来令人产生一种轻快之感。

其次，诗句的韵脚都押得自然和谐，一点没有雕琢的痕迹，丝毫没有以内容迁就韵脚的地方。举例：

> 一句话来三瞪眼，
> 三句话来一马鞭。
>
> 前半晌还是个庄稼汉，
> 到黑里背枪打营盘。
>
> 大刀、马刀、红缨枪，
> 鸟枪、步枪、无烟钢。
>
> 羊肚子手巾一尺五，
> 擦干了眼泪再来哭。
>
> 秋天收庄稼一张镰，
> 磨破了手心还说慢。

这些句子真可以说是天然成韵，韵既押得好，意思也表现得完满。

诗中有很多句子用了迭字，如"山丹丹开花红姣姣""白生生的蔓菁一条根""滚滚的米汤热腾腾的馍""烟锅锅点灯半炕炕明，酒盅盅量米不嫌哥哥穷"，这种迭字助成了韵的悠扬。

钟敬文先生曾经指出过《王贵与李香香》的韵律和内容的联系性，指出："我们别以为这诗篇的音乐性是一种外在的、形式的。好的诗歌的音乐必是内容在声音方面的'表情'。它不会是独立的，机械的。在许多地方，我们分明看到作者在怎样使他作品语句上的声音去传达内容的意义。声音本身就是一种说明。"并且举了"太阳偏西还有一口气，月亮上来照死尸"两句做例子，认为："这两句诗的音节（特别是那两个韵脚）是哀

伤的，凄咽的。它本身就是一种悲惨景象的传达。"（同前文）这意见是确
当的。在这方面，我们还可另外补充几个例子：

> 一人一马一杆枪，
> 咱们游击队势力壮！

配合着内容，这两句的韵律是短促而有力的。又：

> 一阵阵黄风一阵沙，
> 香香看着心上如刀扎。

> 一阵阵打颤一阵阵麻，
> 打王贵就象打着了她。

这四句的韵律是急骤的，恰恰传达出内容上的紧张情景。

三　表现手法上的两个特点

在表现手法上，《王贵与李香香》最主要最突出的一个特点就是形象
化的手法。形象化，这是文学语言、特别是诗歌语言的特征之一，形象化
手法在诗歌中是普遍存在的。一般的形象化手法，不管明喻或暗喻，大都
只含着比的意思；《王贵与李香香》中的形象化手法，由于两句自然成韵，
上面比喻之句对下面陈述之句很自然地发生了兴起的作用，所以除了比的
意思以外，同时还含有兴的意思，这也是民歌形象化手法的一大特点。《王
贵与李香香》中的形象化手法，多半是一句比兴一句赋，这种一句比兴一句
赋的诗句，在全诗中占着很大的篇幅，也是诗的最精彩的部分。举例如下：

> 风吹大树嘶啦啦的响，
> 崔二爷有钱当保长。

天气越冷风越紧，
人越有钱心越狠！

脱毛雀雀过冬天，
没有吃来没有穿。

羊肚子手巾包冰糖，
虽然人穷好心肠。

小曲好唱口难开，
樱桃好吃树难栽。

草堆上落火星大火烧，
红旗一展穷人都红了。

其他如："满天云彩风吹乱，咱俩的婚姻叫人搅散。""灯盏里没油灯不明，庄户人没地种就象没油的灯。有了土地灯花亮，人人脸上放红光。""紫红犍牛自带耧，闹革命的心思人人有。""羊群走路靠头羊，陕北起了共产党。"象这样的句子还有很多的。

从这些句子里可以看出三个特点：第一，这些比喻都是确切、恰当、生动的；第二，用来做比喻的东西都是农民日常所见的事物，如羊群、犍牛、雀雀、樱桃、黄连、西瓜、冰糖、灯、羊肚子手巾、风吹大树、风吹云彩、草堆落火星等，这些都没超出农民的认识范围，这些比喻上也都贯注着农民的思想感情，这样来写农民才令人觉得真实、亲切；第三，上下句之间有着自然和谐的韵律，无形之中助成了上句对下句的"兴"的作用。

可以说，在运用形象化手法的地方，都是诗中比较精彩的地方，《王贵与李香香》在艺术上的成就，和这些地方是分不开的。

其次，再指出一个表现手法上的特点，就是精炼生动的描写。

《王贵与李香香》中有很多地方写得是非常精炼的，例如：

坟堆里挖骨磨面面，
娘吃儿肉当好饭！

二三月饿死人装棺材，
五六月饿死没人埋。

单单这四句就把荒年的悲惨景象写尽了。因为这里抓住了荒年景象中最本质最突出的东西，所以虽然用字不多，仍然写出了荒年的主要面貌。又如：

一根棍断了又一根换，
白落红起不忍心看！

太阳偏西还有一口气，
月亮上来照死尸。

这四句写到了王麻子被崔二爷的狗腿子们毒打的情景，以及王麻子怎样死和死的时间等，是非常精炼的手法。不但在对事物的表现上是精炼的，就是在用字上也是极为精炼的，如"白落红起"这四个字就表现了很多东西。再如：

女人们走路一阵风，
长头发剪成短缨缨。

这两句写出了革命时代的妇女们的变化，既精炼，又生动，韵律也非常好。

诗是特别要求精炼的，它比散文有着较多的限制，尤其在叙事的部分，它没法象散文一样刻划详情细节，它要求抓住最本质的最突出的部分，精炼地加以描写。《王贵与李香香》在这方面做得是令人满意的。

以上所举是描写精炼的例子，描写生动的例子也很多，如写崔二爷的形貌：

> 一颗脑袋象个山药蛋，
> 两颗鼠眼笑成一条线。
>
> 张开嘴瞭见大黄牙，
> 顺手把香香捏了一把。

写王贵参加革命时以及最后和香香"团圆"时的形象：

> 羊肚子手巾缠头上，
> 肩膀上背着无烟钢。
>
> 羊肚子手巾脖子里围，
> 不是我哥哥是个谁？

都是非常生动的。因为它抓住了人物形象的最突出的特点，所以三两句话就把人物的形象刻划得活灵活现。

其他如写白军的丑态：

> 白军个个黑丧着脸，
> 好象人人短他二百钱。
>
> 白军连长没头鬼，
> 叉着手来裂着嘴。

写崔二爷想香香以及最后被擒时的丑态：

> 越想越甜赛沙糖，

涎水流在下巴上。

崔二爷混身软不踏踏，
捆一个老头来看瓜。

都是非常生动的，也是诗中比较精彩的地方。

四　其他

以上我们把《王贵与李香香》的思想内容和形式、语言、韵律以及表现手法上的特点等，都大致谈过了，现在再来谈谈《王贵与李香香》的几个小的缺点。

首先，《王贵与李香香》中对战争场面的描写过于简单。革命斗争是全诗故事的主要组成部分之一，战斗场面占着相当重要的地位，应该比较详细地刻划一下。但《王贵与李香香》中所写的两次解放死羊湾的战斗场面，都写得很简略，这是稍嫌不够的地方。

其次，有若干句子运用得不够妥当，这可以分几种情形来说。一种是比喻运用得不够妥当，如写王贵被崔二爷抓起来时的情景："麻油点灯灯花亮，王贵混身扒了个光。两根麻绳捆着胳膊腿，捆成个鸭子倒浮水。满脸混身血道道，活象个剥了皮的牛不老。"比喻虽然很形象，但用来形容受难的王贵是并不适合的，用"灯花亮"来形容王贵的扒光了的身子，用"鸭子倒浮水"来形容王贵被捆的样子，只会破坏读者对受难的王贵所引起的同情和怜恤的感情，这种地方需要的是直接的朴素的叙述，俏皮的形容适足产生不好的效果。再一种是，由于不忍割舍信天游中的好句子，以致有些地方写得不够真实。如香香被崔二爷捉起来强逼结婚时，用了很多爱情句子（有些出自信天游）来形容香香对王贵的思恋，其中有这样的句子："手扒着榆树摇几摇，你给我搭个顺心桥。"这种过分细致的感情与当时紧张的情况不相称。还有："一夜想你合不着眼，炕圈子边画你眉眼。"在如此危险紧急的情况之下，怎么能够"炕圈子上边面你眉眼"呢？诗固然不必太求真，但也得顾到一定程度的真实性。信天游中有很多"画眉眼"的句子，如"三天没见哥哥的面，崄畔上画着你眉眼。"但那都是在和平的局面之下，那是合情理的。象香香这样的"画眉眼"就显得不真实了。另外第二部最后写香香送王贵，在沟底里"捏泥人"那一段，也同属这一种性质。（关于"捏泥人"这一段在修改本中已经删去，这个修改是好的。）

自然，这些缺点都是微小的，不足道的。

根据以上的分析，可以看到《王贵与李香香》确是一部优秀的人民诗歌，它确是给新诗开拓了新的疆土，给新诗指出了新的前进道路。

《王贵与李香香》的成功，充分说明了文艺工作者要想写出为广大人民所喜见乐闻的优秀作品，只有长期地深入群众，参加他们的生活，学习他们的艺术，方才能够实现。也充分证明了我们的民间文艺，尤其是民间诗歌的宝藏，是无限丰富的，文艺工作者必须要打开这个宝藏，向它学习，从它吸取营养。作者李季同志说："这些萌芽状态的文艺（信天游），大大教育了我，从这些美丽感人的优美诗句中，我得到了难以估量的教益。"（"顺天游"——辑者引）很显然，李季同志如果不向信天游学习，恐怕是难以创作出《王贵与李香香》来的。我们应该从李季同志的成功得到启发的吧。

1954 年 2 月

评《三千里江山》

一

　　《三千里江山》是第一部描写抗美援朝斗争的长篇小说。自从抗美援朝开始以来，反映这个伟大斗争的通讯和短篇曾经出现过很多，但以较大篇幅和较大规模来反映这个斗争的，《三千里江山》还是第一部。这部小说，不仅对作者杨朔同志说是他创作道路上一个新的进展，即对整个创作界说来也是一个值得珍贵的收获。

　　《三千里江山》是描写中国工人在抗美援朝斗争中所表现的崇高的国际主义和爱国主义精神的。这是贯穿在全书中的主题思想，这个主题思想作者不仅在小说中通过艺术形象具体表现了出来，而且在另外文章里也直接地解说过。作者在《三千里江山写作漫谈》一文中曾这样说："这部小说的基本主题思想是想表现志愿军对祖国，对人民，对和平的热爱，也就是我们常说的国际主义和爱国主义的精神。"当然，这样的主题是正确的，深刻的，表现抗美援朝的斗争，主要应该是表现志愿军的国际主义和爱国主义精神，这是抓到了本质的。

　　作者所创造的吴天宝、姚志兰、姚长庚、武震、车长杰等优秀的中国铁路工作人员，他们的抗美援朝的英雄行为本身，是充分表现了国际主义和爱国主义的精神的。象女电话员姚志兰，在结婚只差三天的时候，把结婚的事搁置一边，毅然参加了援朝大队。四十多岁的老工人姚长庚也和女儿采取了一致的行动，抛下老伴姚大婶一个人留在家里。铁路局长吴震，抗日多年，刚刚由军队转入建设部门，刚刚结婚两月，也毫不犹疑地抛下已经怀孕的妻子，参加了援朝大队，并做了大队队长。吴天宝和车长杰，为了抗美援朝，还贡献出了自己宝贵的生命。这些人为了爱祖国，爱朝鲜，爱正义，爱和平，牺牲了自己的幸福、爱情乃至生命，这些人的行为是多么感人，所表现的国际主义和爱国主义的精神是多么强烈啊！

本书还表现了中朝人民的战斗友谊，而且表现得很成功。中朝两国人民的友谊是用鲜血结成的，而且是有悠久历史的。中朝两国唇齿相依，血肉相连。以往，中朝两国人民共同抵抗过日本，在抗日战争时期，无数朝鲜革命战士的鲜血曾洒在中国的土地上，为了争取中国人民的解放，打垮两国共同的敌人日本帝国主义，无数朝鲜革命战士曾经付出鲜血与生命。在这次朝鲜战争中，中朝人民更以鲜血结成了牢不可破的战斗友谊。这种情况，小说中都表现出来了。

全书开始写到阿志妈妮家，这家有一个老人，一个儿媳和一个孙子，第九段又交代了这个家庭：老人的儿子原是瓦斯工人，在日本人统治朝鲜时期，为日本警察追捕，过了图们江，加入了长白山大森林中的游击队，以后一直就没有消息。不用说，他是在中国土地上把生命贡献给抗日斗争了。作者是为了表现中朝人民的有着久远历史的战斗友谊才这样安排的。在伪满时期，在东北抗日联军中，象阿志妈妮的丈夫这样的朝鲜同志是很多的。在同一意义上作者又写出了朝鲜铁道联队长安奎元的与中国革命战争的密不可分的战斗经历。安奎元曾到过延安，听过毛主席的报告，参加过整风，也参加过中国的抗日战争和第三次国内革命战争，1948 年在张家口负过伤，以后从中国带着党的关系回到他的祖国朝鲜。作者写吴震和安奎元会面的那段情景是非常动人的，令人感到中朝两国人民确是血肉相连，确是共同着命运。小说中又写到一个不大会说中国话可是很懂中国古文的崔站长，崔站长和武震初见面，就提笔写道："有朋自远方来，不亦乐乎！"又笑着写："中国，朝鲜，兄弟之邦也。"作者在这里加上叙述："武震奇怪崔站长古文根基那样深，说破了也不稀奇。原来三十年前，朝鲜也有私塾，念的净是论语、孟子、千字文、百家姓一类书。他们过端午，过中秋，也过旧年。直到而今，许多中国古代的风俗、习惯、语言、服装，在朝鲜还看的见。"在这里作者把多少年代以前中朝两国文化传统上的关系也写出来了。

作者这样处理安奎元、崔站长、阿志妈妮丈夫三个人是含有深意的。安奎元为中国革命流了血，阿志妈妮丈夫为中国革命贡献出了自己的生命，崔站长受过中国文化的洗礼。这是很能表现中朝两国的战斗友谊和传统关系的。这说明作者在处理人物时，是多么注意人物和主题之间的联系。人物的塑造与主题的完成是密不可分的，应该统一起来的。

《三千里江山》表现了中国铁路工人的抗美援朝的伟大斗争，和他们的高度的国际主义和爱国主义精神，表现了中朝两国人民的用鲜血结成的战斗友谊，它的主题和题材是具有很大的积极意义和教育作用的。

二

《三千里江山》在人物创造上有很多成功之点。

首先是人物都有鲜明的个性。一些较主要的人物，如姚志兰、姚长庚、吴天宝、老包头、小朱、车长杰等，都有各自独特的性格。姚志兰和小朱显然不同，姚志兰温柔、安静，小朱天真、调皮；自然他们都单纯、善良，对工作都有高度的责任感，这是共同的。老包头工作积极，爱同志，但是嘴碎，爱吵嚷，和同是工作积极但却沉默寡言的姚长庚不同。老包头和大乱、姚大婶之间，有共同处，但仍不同，这三个人物的嘴碎、爱争吵也各自具有不同的面目。活泼、爽快的吴天宝和沉默的禹龙大不同，和率直的刘福生也不同。另外李春三、车长杰、周海、小贾也都有着各自不同的性格。

能写出这点是很可贵的。特别是描写一群有着共同特点的人物的时候，是很容易把人物的个性忽略了的。象这些参加抗美援朝斗争的铁路工人，人人身上都具有着国际主义和爱国主义的精神和优秀品质，如果不深入观察和深刻反映，就会只注意到人物的这种共同性，而忽略了他们的个别性。爱祖国，爱朝鲜，爱和平，对抗美援朝事业具有无限忠心，这是这些人的共同性，具有这些共同性的每个人又各自有其不同的性格特点。共同性是人物性格的主要方面之一，但个别人物的性格比这共同性还要丰富得多，复杂得多。把握不住共同性，会容易歪曲了人物；只把握住共同性而把握不住个别性，就会使人物流入概念化，无血无肉。创造人物必须使共同性和个别性统一起来，典型就是一般与个别的统一，是将阶层的一般的特征统一于个人的形象之中。"只有一种阶级的特征还不会提供出一个活生生的，完整的人，一个艺术地形成了的性格。"（高尔基：《我怎样学习写作》）只有充分刻画出人物的各自不同的个性，才能符合于现实的本来面目，也才会使人物活起来，不致成为"时代精神的单纯号筒"。有很多作者在创造人物时却并不注意这点，以致使人物性格变成单纯概念的符号，因之也就影响了故事情节的动人，一些毫无个性的人物在一起，所构成的故事情节必然也是枯燥乏味的。在这方面，《三千里江山》是做得较好的。

象姚大婶、老包头、小朱、姚志兰等几个人物简直是写活了的。作者是怎样使人物的形象生动、活现起来的呢？最特出的一个手法，就是赋予人物以突出的行动，以突出的行动塑造人物的性格。塑造人物性格最有效的方法之一是通过具体行动，通过人物的具体行动才能把人物的性格突现出来，而这行动越突出，越具有特征，人物的性格也就越鲜明，越生动。

我们可以看一看作者对姚大婶的一些生动的描述。姚大婶一上场，作者就这样对她加以介绍："姚大婶瞎了只眼，人很善良，就是嘴碎，爱罗嗦，对着猫狗也说话。有时小鸡闯到屋里，她会抢着笤帚说：'谁请你来啦？出去！出去！'家里活一收拾干净，姚大婶时常带着针线活坐到门口，对着左邻右舍抱怨男人，抱怨闺女，说他爷俩怎么把她累坏了，实际是向人显弄她男人闺女好。"邻居一位姊嫂子夸奖她女儿，说她有福，"她心都开了花，故意装出厌烦的样子，皱着眉说：'罢呀，有什么福好享？有个豆腐。不知哪辈子该下她的，折磨死人了，一个大闺女家，不说在家里学个针头线脑的，天天跟她爹一样去上班，这也罢了，谁知又交上个朋友，闹起自由来了。如今时兴这个嘛，咱老脑筋，看不惯也得看。眼看要出门子了，连针都拿不起来，还得我给她操劳着赶嫁妆，不对心事还挑眼，累死也不讨好！'"这样的行动是突出的，是恰能传达人物的性格特征的，这样的行动是太能突现姚大婶的"善良、嘴碎"的性格了。

对老包头的描写也具有同样的特点。如："说实话，他哪会做饭。不是串烟，就是糊，净给人半生不熟的饭吃。人家指给他个道，教他怎么做，他丧着脸说：'有吃的还不知足，挑什么眼！要是美国鬼子打来了，你啃地皮去吧。'说是说，他可慢慢地照着旁人教的道把饭做好了。他就是这么个憨眼子：你说是，他偏说不，你说好，他偏说坏，还专喜欢讲丧气话，什么不好听讲什么。人们摸熟他的脾气，也爱逗他，越逗，他越噪儿巴哈的，整天不住嘴。"（第四段）"老包这人就是嘴坏。天天早晨，你听吧，先从井台嚷起：'咱不知道，这些人是怎么回事，不管你挑多少水，一离眼就鼓捣光了。做饭还忙不过来，挑水又没人挑，这不是要命！'从井台嚷到街房，也不住嘴，谁惹他谁就讨一顿骂。不要紧，你别理他，到时候准有你饭吃，有你水喝，一点错不了。柴火缺，有时他忙完两顿饭，跑多远到站上去扛回几根烧毁的枕木，黑灯瞎火扛回来，把枕木往院里一扔，自然又叫一阵苦。"（第九段）通过这些生动的片断，老包头的性格就突现出来了。

而且，这里也正充分显示了共同性和个别性如何统一在一个人物的身上，人物的阶层特质如何通过个性体现出来。老包头对工作有高度的积极性和责任感："到时候准有你饭吃，有你水喝"，"跑多远路到站上去扛回几棍烧毁的枕木，黑灯瞎火扛回来"。但他却爱唠叨，工作时也不嘴闲着（这自然不是抱怨工作苦，不是厌烦工作）。武震、姚长庚、姚志兰、小朱对工作也有高度的积极性和责任感，但表现的方式和老包头完全不同。老包头也并非不接受别人意见，"慢慢地照着旁人教的道把饭做好了"，但是心服口不服，"你说是，他偏说不"；这也是他的个性，与众不同之点。如何写出人物的阶层性又表现出人物的个性呢？这里就是最好的说明。

本书对人物的感情刻画得也是细致真实的，没有把人物的感情简单化，写出了有血有肉的真实的人。这是有别于一般概念化作品的。

如写姚大婶对女儿丈夫要到朝鲜去所引起的心理过程，是很真实的。姚大婶疼爱女儿和丈夫，最初不同意他们去朝鲜，这感情发生在一个普通的老年家庭妇女身上是很自然的，对姚大婶说，不这样才是奇怪的。姚大婶被丈夫辩得无话可说之后，将近半夜，"还在哭一会儿子，骂一回日本鬼子，埋怨一阵闺女不听话，最后咬牙切齿咒起美国鬼子来"。这是多么真切的描写。还有当姚长庚、姚志兰父女离家时，姚大婶的情况是这样的：她先是气，顶气男人，不说劝劝闺女，自己也拔腿就走，她发狠要拾掇拾掇回娘家去，又责斥女儿一顿，但是：

> 气头一过，明知留不住，姚大婶哭了。一面哭，一面拿面瓢舀面，忙手忙脚地要做一顿顶好的饭给他们父女吃。一面忙着，一面又哭着说："你们别当我是那劈不开的死牛头，什么不懂。这好日子是哪来的？我一辈子操心劳累，天亮忙到天黑，还不是为的你们！既然你们对，你们就走，也不用管我，也不用惦着我。要想我不惦着你们，除非是我两腿一伸，咽下这口气去！"

姚大婶说这段话最真实地透露了她自己内心的感情，也充分显示出了她的善良单纯的性格。

若干地方，对姚志兰的感情也刻画得很真实细致，如在深山沟一间空屋子里回忆的那段情景，作者这样写着：

> 人在雷风暴雨里顶容易忘记日子。别人会忘，姚志兰不会忘；别的日子能忘，这一天不能忘。姚志兰的好日子本来择的明天。大家的好日子看看过不成时，谁有心思只图个人眼前的欢乐？姚志兰嘴里这样讲，心里这样想，偏偏在心眼深处，有一丝感情缠绕着她，一空下来，就觉得象丢了点什么东西。她想天宝呢。不是，她是在想她妈。她也认不清到底想谁，也许谁都想。

这是很能写出有着象姚志兰这样经历的女孩子在当时处境之下的心理状态的。这点显示了作者对人物观察的深刻和细致，就是在战时环境之下，作者也不忽略挖掘人物灵魂的奥秘。

《三千里江山》还表现出了许多真实动人的日常生活细节，这也是它的一大优长。在一部作品中，日常生活细节的描写不是没有必要的。如果选择得恰当，又描写得真实，日常生活细节可以使作品丰满，不干枯，可以增加作品的生活气味和引人力量，同时对于完成主题和塑造人物性格也起着重大的作用。当然，并不是所有的日常生活细节都值得描写，它是有个选择的标准的，这标准就是：能完成主题，能塑造人物性格，而且本身真实生动。本书在这方面是相当成功的，特别是前半部中，真实动人的日常生活细节是很多很多的，如吴天宝初次至姚家，姚志兰对姚大婶说不结婚，武震和崔站长、安奎元见面，姚志兰在深山沟小屋中回忆往事以及她和小朱的夜谈，武震、老包头等住阿志妈妮家后的生活，等等，都是非常真实动人的，而且对主题的完成和人物性格的塑造也都是有作用的。这里只举两段为例：

> 睡到后半夜，姚志兰冻醒了，腿抽了筋，疼的坐起来，咬着牙搓腿肚子。小朱忽然在她身旁哭起来，哭的那么伤心，吓了姚志兰一跳。
>
> 姚志兰摇着小朱问："小朱，小朱，你怎么的啦？"
>
> 小朱呜呜哭着说："我妈死了！"
>
> 姚志兰忍不住笑："傻闺女，你是做梦啊！还不醒醒？"
>
> 小朱蒙蒙胧胧间："我是做梦么？"
>
> 姚志兰说："不是做梦是什么？白天看你那个泼，象个母夜叉，怎么也想起家来了？"
>
> 小朱不好意思说："谁想家来？"
>
> 姚志兰说："梦是心中想，不用哄我……"

这是最真实最动人的生活细节，一个远离开祖国置身在战斗中的年青女孩子，夜间梦见母亲死了，这是非常可能的。这段生活细节对人物性格的塑造和主题思想的完成都是有作用的，读了这段之后，小朱的单纯和天真，以及她为抗美援朝而抛别家庭、父母的国际主义和爱国主义精神，是能给人留下更为深刻的印象。这里也显示了小朱的隐秘的内心感情，一个年青的女孩子，远远离开父母，离开家庭，离开祖国，在抗美援朝的伟大斗争中成为战斗的一员，她有的是为祖国为朝鲜而贡献出一切的决心，她的感情是硬朗的，但这并不是说她就丝毫不想念父母家庭了，如果那样，那就不是一个具有真实情感的人。如果对生活没有深入的观察，对人物的感情没有深切的体会，是难以写出这样真实动人的生活细节来的。再看另外一段：

> 将军呢就是爱粘住老包头，整天象个影子，围着老包头跳来跳去，装出许多痴故事。一会把两只小手的大拇指和二拇指做成圈，搁到眼上当眼镜；一会又把手腕子贴到老包头耳朵上，用指甲在腕子底下掐的咔咔响，假装手表。老包头见他大冷天还赤着小脚满院跑，拿出自己一双大鞋给他。将军呢走到哪，老远就听见拖着大鞋嗒啦嗒啦响。
>
> 将军呢顶喜欢老包头那脸黑胡子，得空就爬到老包头腿上，揪的老包头嗷嗷叫，可不舍得打他。
>
> 阿志妈妮瞅了儿子一眼说："惯坏你了！"又对金桥说："爷爷活着的时候，他专爱玩爷爷的胡子，这个癖性还没改。"
>
> 将军呢突然大声喊："我有两个爷爷：一个死了，一个是志愿军爷爷。"
>
> 大伙都笑了。金桥笑着问："你两个爷爷哪个爷爷好？"
>
> 将军呢寻思半天，睁着溜圆的小眼说："那个爷爷揍我的屁股。"
>
> 阿志妈妮凄楚地笑了："还不该揍？谁叫你淘气！"

这是平凡的生活细节，然而这里体现着多么丰富、真挚的中朝人民的友谊，而这细节本身又是多么真实动人。

但这并不是说所有生活细节都写得很成功，全书后半部分所写的刘福生等在大山洞子中的生活片断就比较逊色了。

陈涌同志曾指出《三千里江山》的这样一个优点：作者对现实斗争抱着深厚的饱满的热情，现实生活和现实人物，对于作者并不是简单的描写对象，它的命运和作者的命运是息息相关的。"作者对自己的祖国和人民，对于朝鲜的人民，对于凡是他接触到的中国和朝鲜的一山一水，一木一石，都流露出不可遏止的热情。这种热情使他的作品常常走向一种抒情的笔调，常常具有一种吸引读者、激动读者的艺术的魅力。"（《文学创作的新收获》）这意见是正确的。确实，在每个章节，随处都可以看出作者的热情在字里行间的倾注，有很多地方简直就是动人的诗篇。陈涌同志曾引了援朝大队初入朝鲜和武震遇见志愿军伤员两段为例，我在这里再扼要地指出几个地方。作者在写了车长杰的死之后，又加上这样一段文字："活着的时候他悄悄地活着；死的时候，他悄悄的死了，报纸上不见他的姓，传记上不见他的名，但在他悄悄的一生中，他献给人民的是多么伟大的功绩啊！"这是真挚的悼念文字，这是动人的诗，这里流露着作者对车长杰的无比的爱和痛惜。作者这样写着中朝部队初次会面的情景："有人破着嗓子叫了声：'中国同志呀！'眼泪唰的掉了，话也说不出，大家上去抱着哭起来。说啥好呢？在这种最痛苦又是最欢乐的片刻，人类的全部语言也不足以表达感情。眼泪就是最深刻的语言。让每人好好哭一哭吧。"作者又这样写着姚志兰和妈妈离别的场面："走出好远，到拐弯的地方，姚志兰一回头，看见妈妈还倚在门上：望着他们。江风吹得她的脸发青，妈显得多老啊！"可以看出，作者就是在人物当中的，人物的感情就是作者的感情，人物要说的话也就是作者要说的话。

三

以上所谈的是《三千里江山》的一些较突出的优点。但它也存在着缺点。而且，就它所表现的主题和题材的要求来说，这缺点还不是很细微的，而是带有较根本的性质的。

首先，《三千里江山》对做为主要矛盾的敌我斗争表现得不够。在全书内容的比重上，人物的日常生活的描写超过了他们的战斗生活的描写。全书对战斗场面的正面描写只有几处，如姚志兰、小朱等在电话所门外突定时炸弹的围，姚长庚、车长杰、李春三等保护清川江桥和冰排、敌机搏斗，吴天宝突破敌机黑寡妇围攻等，在全书中占的篇幅不多。而人物的日常生活的描写却占了极大的篇幅，人物多半是处在比较狭小的和平环境里活动着。第八段接触到的二次战役，只用"炮火滚来了，立时又滚回去"，就轻轻滑过，没正面写出援朝大队在这次战役中的战斗活动（作者在这里着重写的只是为郑超人的转变提供线索，让郑超人看到美国俘虏的一些丑态等等）。

　　这样的处理方法是不妥当的，描写中国铁路工人抗美援朝的伟大斗争，最主要的是写出这些人的战斗活动，就是写出武震、姚长庚、吴天宝、姚志兰等怎样在战斗环境之下执行任务的情况。只有这个才是最主要的。武震等在朝鲜的主要生活内容，也是最有意义的最本质的生活内容，就是执行战斗任务；日常生活虽也有意义，并且有时也可能成为战斗生活的一环，但比起正面的战斗生活来，终是次要的，也不是很本质的。必须把描写武震等的战斗生活放在第一位，只有这样才能符合客观现实的情况。在描写抗美援朝斗争这一课题之下，只有战斗环境才是最本质的最有典型意义的环境，也只有在战斗环境中人物的最本质最典型的性格——国际主义爱国主义的精神品质才能表现得充分。当然，我们并不是说本书没有写战斗环境，而是说它写得少，没达到主题和题材对这方面要求的程度。而且我们也不是说本书不应该写日常生活，而是说只这还不够。如前所述，本书对日常生活细节的描写有很多是很出色的，我们应该肯定下来，不能因为它对战斗经过描写过少就对这些日常生活的刻画一概予以否定。

　　在这方面，作者自己也是了然的。作者在《三千里江山写作漫谈》那篇文章中曾提到：他有意把故事重点放在矛盾上，写敌我矛盾，也写人物思想性格上的矛盾，但处理方法上没做好，过分在生活小矛盾上兜圈子，有时甚至离开主要矛盾。作者并说："在现实斗争中，要尽可能抓住主要的矛盾，其他次要的小矛盾，都应该围绕着这主要矛盾的发展。"这意见是很对的，可惜作者在《三千里江山》中没能做得好。

　　描写苏联卫国战争的《日日夜夜》《虹》《青年近卫军》，描写中国抗日战争的《吕梁英雄传》《平原烈火》，以及描写延安保卫战的《保卫延安》等，都相当充分地写出了战斗场面，刻画出了为主题和题材所特定的典型环境，也抓住了为主题和题材所特定的主要矛盾。在这方面，《三千里江山》做得是较差的。

　　其次，正因为没有充分地写出战斗环境，没有充分把握住主要矛盾，因而也就影响了人物典型性格的塑造，使得一些主要人物看来都比较单薄。如前所述，只有在战斗环境中人物的最本质最典型的性格——国际主义爱国主义的精神品质才能表现得充分，杨朔同志自己也曾说："应该把主要人物放在主要的斗争上，就是说让主要人物去解决主要矛盾，这样才更能着重写出你的人物。"（同前文）如果没把主要人物放在主要斗争上，让他去解决主要矛盾，人物自然就不能写得充分了。

一些主要人物如武震、姚志兰、姚长庚、小朱等，对他们在战斗环境中执行战斗任务的情况写得不够多也不够好。如武震，在小说开始的几段概括介绍、渡江前后、和安奎元会面等都写得好，以后执行战斗任务如指挥抢修电话钱、抢修清川江桥等写得不好，总之对他做为领导者和老战士这个特点没有充分写出。再如姚志兰，在家生活、要求报名参加援朝大队、到朝鲜后的日常生活等写得很出色，但她做电话班长执行工作的情况写得很草率，她的性格成长更没有注意刻画。特别是小朱，只是写出她天真、调皮的性格，但对她更本质的性格却没有怎么写，第十二段写小朱和康文彩搬着架交换台突定时炸弹的围，作者不写她冲破定时炸弹包围的勇气和严肃心情，却写了她一段幼稚可笑的心理活动：

> ……她很任性，脑子也任性，思想常常象抹了笼头的马，跑的无影无边。让你飞机来去吧，小朱能摇身一晃，嗖的长高了，高的上顶着天，下顶着地，挡着半边天。死鬼子真不要命，还敢上呢！她一把抓住架飞机，掐掉翅膀往空一撒，再叫你飞！你还敢上！她又抓住一架，给他尾巴上插根草棍，一撒手，痛的死鬼子一溜烟钻上天去。
>
> 她这类鬼鬼怪怪的想法是很多的。她很喜欢这种想法，尤其喜欢审判战犯。在她脑子里，她用铁链子把杜鲁门拴住鼻子，关在木笼里，从北京运到莫斯科，从莫斯科又运到布拉格……到处卖票，让大家都看看这个战犯的嘴脸。看一看几个钱，票钱都捐给朝鲜爱育院，谁叫他制造那么多孤儿呢！

这是很不真实的，在周围布满定时炸弹，同志们冒着生命危险突围的严重关头，小朱竟有闲心想到这么许多，这是可能的吗？而且，这种想法本身也是幼稚极了的，诚然是一些"鬼鬼怪怪的想法"，把这样的想法加在一个象小朱这样参加抗美援朝的女孩子身上是非常不合理的。假如小朱这样的女孩子真有这样的想法，那说明她还很不成熟，和她的参加抗美援朝的英勇行为还很不相称。作者这样写也许为了表现小朱的沉着、勇敢，但效果却适得其反，这会使小朱的正面特质大大削弱的。注意人物在某种环境下独特的反映，借以突出人物的性格，这是可以的，但决不可弄到有失真实的地步。这例子也充分证明：作者还大不善于写战斗中的人物活动以及战斗本身（虽然他写日常生活中的人物和日常生活是那样真实生动）。这情形在写到武震时也同样出现，在抢修电话线和抢修清川江桥时，武震都表现得束手无策，武震还提着号志灯亲自引着吴天宝的运军火的火车过桥，做为领导者的武震还应该有更重要的任务等他来完成的（自然，这并非说写战斗场面一点没有成功的地方，吴天宝开车和敌机黑寡妇搏斗、车长杰等砸冰排两个场面写得就比较好，但对全书说，所占比重太少了）。

没有充分把握住主要矛盾，写出战斗环境，也没有充分写出人物的本质的典型的性格，就使得本书所创造的正面人物如武震、姚志兰、吴天宝等的政治意义大大削弱，本书的思想性和教育意义也就因之贬低。象恩格斯说的："现实主义除了细节的真实以外，还要正确的表现出典型环境中的典型性格。"（《给哈克纳斯的信》）《三千里江山》写出了真实动人的日常生活细节，但对典型环境和典型性格没有写好。

另外，《三千里江山》在结构方面也是较散乱的。散乱的原因，据作者自己说，是由于没抓紧主要矛盾，过分在生活小矛盾上兜圈子（同前文）。这是个原因。我觉得另外还有个原因，就是故事线索太多。自十段以后，故事分成三个线索进行：一是姚志兰、小朱等在电话所的活动，二是吴天宝、刘福生开火车运输的活动，三是姚长庚、车长杰等保护清川江桥的活动。这三个线索同时进行，这里写一段，再停下写那里，彼此之间很少联系，这就使得故事情节不紧凑了。而且，这样不唯使得故事情节不紧凑，也影响对人物形象的塑造，以这样少的篇幅写这样多的人，结果就使得每个人物都写得不充分。为什么一定要写三个线索呢？如果减少一个线索，不是既可使情节单纯、结构紧凑，又可集中力量写好主要人物吗？自然这三个部门都是铁路工人援朝大队中所有的，但少写一个线索也不能就算是反映得不全面，如果要求全面的话，这三个线索也仍然包括不了援朝大队的全部机构。而且，即便是三个线索都写，也应该有轻重之分，而且要使彼此发生有机的联系才好。

我认为《三千里江山》的缺点，主要就是上面所谈的三个方面。可以看出，如果从一个较高的水平来要求，这些缺点还不是很细微的，而是带有较根本的性质的。

但是，虽然如此，《三千里江山》的成就仍是很显著的，不可抹杀的。在公式化概念化作品相当流行的现在，这样的作品是值得欢迎的，说他是文学创作的新收获是可以的。

1954 年 8 月

评《春风吹到诺敏河》

　　安波的五幕话剧《春风吹到诺敏河》是描写东北诺敏河畔的一个农业生产合作社的成长过程的。在推行农业合作化运动中，稳步前进、积极领导的正确思想作风和急躁冒进、强迫命令的错误思想作风展开斗争；通过这个斗争说明只有用团结教育和耐心说服的方法，才能引导个体农民走向合作化集体化的道路。这就是作品所表现的主题。

　　这两种思想的斗争，主要由高振林和崔成这两个人物之间的斗争体现出来的。高振林是生产合作社的主任、党支部书记，代表的是稳步前进、积极领导的正确思想；崔成是生产合作社的副主任、屯代表，代表的是急躁冒进、强迫命令的错误思想。两个人之间的斗争主要是由中农孙守山的退社引起。中农孙守山最初入社时就很勉强，后来看到合作社初成立时期难免发生的一些混乱现象，唯恐自己吃亏，就不顾众人的劝阻和儿子的反对，悍然拉马退社。这件事情引起了副主任崔成的不满，崔成误信了区上陈同志的"左"倾冒进的错误理论，对孙守山采取了排挤仇视的态度，向孙实行了串地、派民工等一连串的打击措施。但这些不正确的措施都被高振林及时地阻止和纠正了。最后由于高振林领导思想的正确，又由合作社本身的优良成绩，孙守山终于被争取过来，又回到社里。在不断地斗争和事实的教育中，崔成最后也转变过来，认识了自己的错误，稳步前进、积极领导的正确思想获得了完全的胜利。

　　本剧揭示了农业合作化运动中"左"倾冒进思想的危害性，并表现了与这种思想相反的稳步前进的正确思想的胜利。这是符合党的政策，也是符合现实情况的。

本剧在刻画代表稳步前进、积极领导的正面人物方面有着较突出的成功，主要表现在高振林这个人物上。

合作社主任兼党支部书记高振林，是个十分优秀的农村干部。他具有着很多优秀的品质，他大公无私，无限忠诚于人民的事业，有毅力，有办法，待人宽厚，但能坚持原则。这是一个非常合乎理想的已经布尔什维克化了的农村先进人物。

全剧由开始到结尾，在每一幕每一场中都是把高振林放在一个主要地位加以表现，在正确地对待单干户、正确地处理社内社外的一切问题、坚决地和崔成的错误思想斗争的过程中，高振林的可爱的形象逐渐被凸现了出来。

剧一开始，我们就看到了高振林的大公无私，先人后己，他只为公家的事操劳，误了自己的打场。如高妻说的："你看这咱屯里屯外谁象没有打下场来？大概就剩下你高振林这个大劳模了！……你看人家那些大小伙子，场早打完了，自自在在地乐得直唱呢！"高回答说："那才好呢，他们越自在，我才越从心眼往外乐呢！"这就是高振林的为公忘私的优秀品质。这种优秀品质在很多地方被表现了出来，如二幕二场写韩四出差伤了高振林的"大铁青"，高妻疼得流眼泪，众人都责骂韩四，高振林也是心疼的，但他却安慰了韩四，他这时所想的首先是社里的工作而不是自己的马。"不要紧，往后老四使唤牲口多经点心，什么都有了！不错，车马是归个人所有，可是你踢蹬一匹，对全社都有影响。你看这阵子就耽误种地了，老韩，你说是不是？"这是高振林对韩四说的话。他并且又乘机用这件事向大家进行教育，使大家认识了实行责任制的必要。在二幕一场更突出地表现了高振林的这个特点，在这场戏里写到高振林遭遇到了一连串的困难：崔成、铁柱子、马金宝等主张串换孙守山的地，孙守山退社后别的社员也动摇起来，合作社会计、党支部宣教委员王永表现了消极情绪，崔成闹着要辞职不干……困难实在多极了。象高妻所说的："我说这是何苦来呢，饭也吃不好，觉也睡不好，胳膊都瘦的象麻秆似的！你看这闹的人家亲戚不是亲戚，朋友不是朋友，你这是何苦来呢？"但高振林是不会在困难面前低头的，看看他是怎样做着自我反省的工作，怎样继续前进吧：

"对呀！大家对我有意见，是怨自己的能耐小，我对人家有意见，那就怨我的度量不大了……对呀！对呀，小包工，责任制现下行不通，不能等等吗？……从小到大，做个样子给他们看看！……走，走，我再找他们商量商量去！"

——高独语

结果他又不顾妻子的劝阻，深夜冒着大雨去找闹着要辞职的崔成去了。高振林为什么能在困难面前不低头而且更加坚强地向前进呢？这都是为了人民的事业，为了党的事业，都是为了"能看见咱们中国农民也过着苏联农民那样的好日子"。

在对待单干农民上，高振林的一切措施都是完全符合党的政策的，他是完全正确地执行了做为党和行政领导者的职务的。如对孙守山：他答应了孙的退社，阻止了派孙的民工，制止了铁柱子等要去和孙吵架；在孙有才和孙守山父子两个的斗争中，他正确地做了调解，保证了孙守山"一家和睦"；在孙守山缺乏劳动力的时候，又动员社员解除了孙的困难。对另一个更加顽固的单干户董福，他也是采取着耐心说服、积极帮助的态度，甚至教育小孩子对单干户也要采取正确态度，一开始他曾阻止拴儿叫董福为"老豆腐爷爷"，告诉拴儿不要因为单干户思想落后就不答理人家。他还对孙有才说："先头咱们对于单干户，不但没有帮助教育，还看不起人家，这就好比把地撩荒了一样，这是错误的呀！"这是符合党的政策的，党对单干户的政策就是"热情帮助，耐心教育"的。

在处理问题上，显示了高振林是个有办法、有毅力的领导者。在社成立的初期，他首先提出了责任制，批判了崔成的"事到跟前现抓"。他正确地处理了孙守山父子的冲突。在困难最多的那个刹那（二幕一场），他说服了韩四的退社想法，说服了铁柱子、马金宝的过激思想，鼓舞了王永的消极情绪，指示了孙有才在社外争取单干户入社的正确道路。对崔成始终采取着团结说服的态度，和崔成的错误思想进行着毫不妥协的斗争。这一切都显示了高振林是一个各方面都十分成熟的干部，是一个能把工作做好、能正确地带领群众创造新生活的干部。

高振林又是个具有高度同志爱的人，他虽然对崔成的错误思想毫不容情地斗争，但对崔成本人却非常爱护。当崔成生病的时候，他嘱咐妻子多多照顾崔成，还从城里给崔成带回来热水瓶、糟子糕、虎骨酒，虽然自己的小孩在家病着，但他回来先看崔成。在对韩四的态度上显示了他的宽厚，在对于荒地的态度上显示了他的温和，在对待自己的老婆和孩子上，他又是非常体贴温存。因此，他又是一个非常通人情的人，一个有血有肉的人，一点也不生硬枯燥。

可以看到，作为一个先进的农村干部，高振林这个人物创造得是非常成功的。

崔成这个人物，虽然在创造上还有着缺陷，对他的左倾冒进思想挖掘得并不够深刻（留待后面再谈），但也还能给人留下较为深刻的印象。特别是把他写成基本上是一个非常好的干部，把他写成是"真心热爱咱们的党和新国家的"，是"大公无私，什么工作都走在头前，在庄稼人堆里不是千里挑一，也是百里挑一"。写他之所以对待单干户态度不好，是由于"恨铁不成钢"，是由于对党的政策不了解。这样处理是正确的，这是符合这类人物的实际情况的。对崔成的思想转变处理得也合情理，当他生了病已经弄得众叛亲离的时候，他仍然坚持着他的错误思想，仍然认为自己是"一片好心做了驴肝肺"，认为"人情叫老高送了"，看到合作社的麦子比单干户的好，仍然抱着幸灾乐祸的心理，直到听说区干部陈同志撤职以后，他的思想才彻底转变。这是合情理的，这种人物的思想转变本来就不是很容易的。

对中农孙守山这个人物处理得也比较真实。写孙的退社并不只是单纯为了想发财，并不单纯是自发的资本主义倾向，更重要的还是由于合作社初期的混乱，由于韩四喂马自私，由于于荒地的不好好劳动。在这里较深入地挖掘了他的保守思想，他不相信合作社能办好，他认为："这还不是和归大堆一样！那么点玩意儿，男男女女在里头喊喊喳喳乱呛呛，那到秋后能分点啥？我看不喝西北风，也得把脖儿扎起来！"他对使用新农具也抱着怀疑："连他妈给他们留下的两只手还使唤不好呢，还新农具！"作者并没有把一个单干农民的思想简单化，如一般人所理解的那样。作者也没过于夸大孙守山的落后思想，他贩瓦盆是想赚几个钱为"少的"办喜事，并不是想成地主富农，对于一个曾经分得土改果实的新中农来说，这样处理是符合实际情况的。作者又将他写成是一个勤劳、悍直的人，也是正确的。

另外的若干较次要的人物，也大都各自具有比较鲜明的个性，如沉着、稳健的王永，开朗、幽默的老刘头，积极、热情的崔秀英，自私的韩四，浪荡的于荒地，顽固的董福，等等，都有自己独特的个性。这些人物还体现了合作化运动中各种农民类型，如韩四、于荒地、董福等各代表一种类型的农民。可以说，本剧在人物创造上又是具备了多样性这个优点的。

本剧在矛盾斗争的开展上，也是相当曲折、复杂的。在主要矛盾之外，又展开了若干小的次要矛盾。如主要矛盾是高振林和崔成所代表的两种不同的思想，引起这矛盾的焦点是孙守山的退社。就孙守山的退社又展开了若干小矛盾，如序幕中荒地买布不买牲口，一幕一场韩四管马自私，荒地唱送情郎、打扑克牌，都引起孙守山的不满，促成孙的退社，都是矛盾。二幕一场是矛盾最尖锐的一场戏，在这场戏里矛盾一个一个接连不断地发生，如崔成坚持串地，铁柱子、马金宝随声附和，韩四要退社，崔成要辞职，王永表现了消极情绪……这些矛盾都安排得很紧凑，获得了一定的戏剧效果。另外还有孙守山、孙有才父子之间的矛盾，孙守山、董福两个单干户之间的矛盾，崔成和孙守山之间更是一个较根本的在很多地方都存在的矛盾。由于这无数的大小矛盾，所以使得这剧本具有了相当高的戏剧性，决定了这个剧本的演出效果是不会坏的。

可以说，本剧是相当真实地反映了农业合作化运动中的曲折而复杂的斗争过程的。在这一斗争过程的反映中，也展现出了若干生动的生活画面，使这剧本具有了比较浓厚的生活色彩。

本剧也写出了不少生动有趣的场面，如马金宝念顺口溜（三幕），老刘头、于荒地等计议帮孙守山家劳动力（三幕），于荒地扛布（序幕），分粮（四幕二场），老刘头敲钟（一幕一场），等等。这些场面在演出时都能引起观众的健康的笑声（我曾看过一个剧团的演出），使剧情不致沉闷枯燥，有着调剂作用。自然这些场面基本上都是和整个剧情分不开的，他们的生动有趣也是为现实生活本身决定了的，并不是作者故意追求的。

本剧的语言，基本上也是成功的。优点是丰富、生动；基本上也与人物的性格相一致；而且充分运用了成语、歇后语，符合农民语言的特点。本剧在成语和歇后语的运用上相当出色，一般都用得恰当，也符合说话人的性格。如高振林告诫于荒地："要想富，半夜摸棉裤；要想好，就得起三百六十个早；要穷，才睡到日头红。"董福劝阻孙守山打马："牛马是功臣，好比家里一口人！"崔成说庄稼人的希望向来是："三垧地，一头牛，老婆孩子热炕头。"这些成语的运用显示了农民语言的丰富。另如农民乙不愿意去帮孙家："我是猪八戒摔耙子——不侍候那个猴啊！"老刘头夸赞朝阳屯名声大："咱们是窗户眼吹喇叭，名声在外呀！"孙守山说自己的老伴不穿花衣服："瞎子挑水，早过井啦！"这些歇后语都是运用得很精彩的，在演出时这些歇后语都赢得了观众的笑声。我觉得，反对滥用歇后语是可以的，但却不能完全反对歇后语的运用，歇后语如果运用得好，是会使语言更加生色的。自然首先还须要看描写的对象，在知识分子的语言中歇后语就比较少，在农民的语言中歇后语就比较多，要紧的还是要符合人物语言的实际情况。本剧也有少数成语、歇后语运用得不够完全适当的。另外有个别方言也过于冷僻，在别地方人听起来就难免隔膜。

说到本剧的缺点，最主要的是对崔成的左倾冒进思想挖掘得不够深刻，就是说，还没能够把这种左倾冒进思想对合作事业的危害性充分揭露出来。

如本剧所表现，促成崔成和高振林矛盾的焦点主要是孙守山的退社，但我们仔细考察一下，崔成对孙守山的退社并不起什么决定作用。起决定作用的是孙守山本人的自私、保守思想以及合作初期的混乱情况，没有崔成，孙守山也是要退社的。再就孙守山入社说，起决定作用的也仍然不是崔成态度的转变，而是合作社本身的优越成绩，如无合作社本身优越成绩的示范，就是崔成转变了也仍然难以使孙守山入社。崔成的态度对孙守山的入社不是一点不起作用，而是起的作用不大，更不是决定作用。如孙有才对崔秀英所说的："我看我爹这咱要不是因为和他（指崔成）不对付，备不住就能要求回社呢。"也仅是如此而已。在这之前，孙有才也已经说出孙守山之所以"心里动弹"，有了回社的意思，是因为看到社里的收成好，而且用了"好象剃头推子一样，一下去喇喇地就把麦子剪下来了"的收割机。再看崔秀英反驳孙有才的话："你要这么说，我可不赞成！大叔（指孙守山）那个自私脑筋谁不知道？他要不看入社真是收入多，他一辈子也不会参加的！"可见崔成的态度问题对孙守山的入社并不起什么决定作用。这样说来，崔成所代表的"左"倾冒进思想既然没能充分揭示出它对合作事业的危害，那末对它的批判也就显得非常缺乏力量了。

是不是可以为了加大崔成"左"倾冒进思想的危害性，把孙守山的退社入社写成都是由崔成所决定呢？也不能那样。因为实际上，今天单干农民的入社不入社原本就不单纯是一个领导思想的"左"倾与否问题（"左"倾冒进思想在影响单干农民问题上只是一个因素），因此只是围绕着对待单干户的态度问题来揭露"左"倾冒进思想，这样的基础原本就是过于狭隘的。事实上，"左"倾冒进思想对合作事业的危害决不会仅仅限于对待单干户问题上，更重要的是表现在对社内工作的处理上，如贪多，贪大，图快，盲目追求高级形式，过多发展公共财产，因而减少社员收入，等等。如果在刻划崔成"左"倾冒进思想对待单干农民上发生偏差的同时，也着重刻划一下这种思想对待社内工作的危害（本剧虽然也接触到一点，如崔成反对小包工、责任制，但是非常不够），再和区上陈同志的"把自己糊涂思想当成政策，光知贪功劳，报成绩"，"七区的互助组三五年就变成集体农庄，不变也得变，购粮讲摊派，强迫推销化学肥料"等的左倾冒进思想更加紧密地联系起来，是会能较深入地挖掘到这种思想的实质的。自然，本剧所写的是合作社成立初期的一些情况，要求它表现贪多、贪大、图快、盲目追求高级形式等与实际情况还有些不合。但我是说，如果要想把左倾冒进思想对合作事业的危害揭露得更彻底的话，应该另外安排情节，不应仅限于描写合作社成立初期的情况。

另外，本剧的矛盾虽表现得相当曲折、复杂，但却不够集中。如一幕二场正面地表现了孙守山、孙有才父子之间的矛盾，虽然这是一场相当出色的戏，但对主要矛盾的展现，关系并不大；而且还紊乱了人的注意，以为本剧的主要矛盾是在孙守山与社之间，即单干思想与集体思想之间（孙有才代表的是集体思想）。我觉得，这场戏如果不正面写出而放在暗场，会使得高振林和崔成之间的矛盾更加突出的。其他如韩四伤马、实行责任制、孙守山董福之间的矛盾，等等，和主要矛盾联系也不够紧密。可以说，本剧有若干尖锐的、戏剧性饱满的大小矛盾，但这些矛盾却是分散的，彼此关联性较少的。

本剧所写的生活细节，虽然一般的都比较生动，但在选取上也还未能做到与主题需要完全一致。

再次，对单干户团结教育有余，批评得却不够。而且写了孙守山一再讥笑合作社，说合作社"买回一匹聚发青——大蛤蟆"，高振林的马伤了蹄子，崔成用腰带给马裹上，孙守山讥笑说："合作社到底富足啊！马也打上裹腿了！"这样令人觉得崔成对孙守山报复不也是有根据的吗？显然这样处理是不够适当的，这样对崔成的左倾思想的批判就更加减低效力了。

总之，本剧虽然还存在着一些缺点，但基本上却是成功的，它的若干优点是较突出的。

本剧首先以较长的篇幅表现了生产合作社这一新鲜题材，对正面人物有较完整的刻划，人物性格鲜明，生活色彩浓厚，主题虽存在着缺陷，但基本上是正确的，有意义的。这是值得欢迎和推荐的剧本。

1954 年 8 月

沙汀的《在其香居茶馆里》

在抗日战争期间，沙汀先生曾以四川农村的种种黑暗丑恶的现象为题材写过若干长篇和短篇小说，就中除了著名的长篇《淘金记》以外，《在其香居茶馆里》也是较为突出的一篇。

《在其香居茶馆里》是一篇约一万字的短篇小说。内容写的是四川某乡镇关于兵役问题的一幕丑剧，通过这幕丑剧，充分暴露了抗日战争期间国民党反动政府基层政权的腐败与黑暗，也充分暴露了蒋管区农村豪绅集团的丑恶面目和卑劣本质。

故事的简单情节是这样的：联保主任方治国由于新县长上任后宣言整顿兵役，就糊糊涂涂地向县兵役科上了一封密告，把土豪邢么吵吵的已经缓役过四次的第二个儿子捉进县城，而且就要押往省城去。邢么吵吵找着方治国大吵大闹，哥老会头目陈新老爷出来讲情也未发生效力，二人终于对打起来，方治国被打得眼睛青肿，淌着鼻血，么吵吵也唾着牙血，正在紧张的关头，忽然从城里回来的人带来一个消息：经过么吵吵的大哥的多方疏通，么吵吵的儿子已经"开革"出来了。

本篇是反映抗日战争期间蒋管区兵役内幕的。在抗日战争期间，兵役问题是蒋管区黑暗政治的主要内容之一，特别是在农村，这个问题是极为严重的。本篇反映蒋管区农村兵役内幕极为真实，充分反映出了国民党官僚和农村豪绅集团互相勾结营私舞弊的情形。

当时在农村中抽壮丁，并不是按照公平合理的原则，土豪劣绅的子弟是不在被抽之列的。邢么吵吵的儿子已经缓过四次，这次被方治国密告捉进县城，但终于还是"开革"了出来，方治国的密告除了惹出一场纠纷，被邢么吵吵打得鼻青眼肿之外，是没有任何结果的。邢么吵吵的儿子为什么有这种特权呢？就因为"他大哥是全县极有威望的耆宿，他的舅子是财务委员，县政上的活动分子"。在这里，农村土豪劣绅的统治势力以及它和反动政权的瓜葛关系是很明显的。

但是，难道联保主任方治国在处理兵役问题上就是公正的吗？全然不是。正如邢么吵吵批评他的："雨眼墨黑，见钱就拿！""去年蒋家寡母子的儿子五百，你放了；陈二靴子两百，你也放了，你比土匪头儿肖大个子还厉害，钱也拿了，脑壳也保住了。"就是这样的一个联保主任：营私舞弊，卖壮丁；他之密告邢么吵吵的儿子，乃是出于一时糊涂，误信了新县长是真正整顿兵役的，并非是出于主持公道，有意碰碰邢么吵吵的"虎威"。象方治国这个人物，就是蒋管区千万联保主任的一个概括，蒋管区的千万联保主任和方治国是并无二致的。

作者对那个戴着副黑眼镜子的新任县长给予了极大的讽刺。这个流氓气十足的小官僚，一上任就"宣言要整顿兵役"，弄得方治国信以为真，邢么吵吵也觉得事情不好办，觉得"现在不同了，一切都要照规矩办了！""新县长的脾气又没有摸到……常言说，新官上任三把火，他又是闹起搞兵役的，谁晓得他会发什么猫儿毛病呢！"连那个刚从城里回来的小商人也说："这个人怕难说话，看样子就晓得：带他妈副黑眼镜子！"但结果，"起初都讲新县长厉害，其实很好说话，前天大老爷请客，一个人早就到了：带他妈副黑眼镜子！"（蒋米贩子的话）原来"宣言整顿兵役"是一个烟幕，新县长仍然是个赃官，邢么吵吵的大哥一定贿赂了他，在兵役中营私舞弊他更甚于方治国。难道这个贪污卑劣的新县长，不是蒋管区千万县长的代表吗？国民党基层政权的腐败与黑暗，在这里表现得是太了然了。

作者的另一个短篇《替身》，也是反映四川农村的兵役内幕的。其中写到一个保长，他的保欠一名壮丁，虽然本保适龄壮丁很多，但"他们不是他的亲戚，就是他的亲戚的亲戚，有的还同那些地位比他高得多的人有瓜葛"，最后没有办法，只好到么店子里抓了一个过路的老年的盐客凑数。这两篇小说所代表的意义是相同的，只是表现的方面不同，可以互相印证。

这里又牵涉到抗日战争期间蒋管区的文艺创作题材的问题了。在抗日战争初起的时候，作家们都是满怀热望，对神圣的民族自卫解放战争加以讴歌与赞颂。但为时不久，生活在蒋管区的作家们在创作上很快又发展到暴露黑暗上去。这主要是因为在蒋管区到处充满黑暗，国民党反动政府的黑暗腐败的政治，并没因抗日战争而有所刷新，相反的，在某些地方反而更变本加厉起来。这类暴露黑暗的作品，在抗日战争期间是否有积极意义呢？回答是肯定的。

关于这一方面，作者沙汀先生曾在另外一篇文章里有所说明：他说自抗日战争爆发以后，落后的四川也开始有新事物发生，"比如一些有关抗战的条文和命令，一些官家的或民众的组织，而许多人是顶着新头衔扰攘了"。但是可怜得很，"这些新的东西是底面不符的，表面上是为了抗战，而在实质上，它们的作用却不过是一种新的手段，或者是一批批新的供人们你争我夺的饭碗。所以人们自然也就依照各人原有的身分，是在狞笑着，呻吟着，制造着悲喜剧"。沙汀认为："将一切我所看见的新的和旧的痼疾，一切阻碍抗战，阻碍改革的不良现象指明出来，以期唤醒大家的注意，来一个清洁运动。在整个抗战文艺运动中，乃是一桩必要的事了。"原因是："我们的抗战，在其本质上无疑的是一个民族自身的改造运动，它的最终目的是在创立一个适合人民居住的国家，若是本身不求进步，那不仅将失掉战争的最根本的意义，便单就把敌人从我们的国土上赶出去一事来说，也是不可能的，出乎情理以外的幻想。"（见《这三年来我的创作活动》）

根据这一种认识，沙汀就写出了长篇《淘金记》和短篇《联保主任的消遣》《防空》《气包大爷的救亡运动》《替身》以及本篇《在其香居茶馆里》等一系列反映抗日战争期间四川农村黑暗丑恶现象的作品，这些作品，也确如作者所期许的，是曾经令人看清了一切阻碍抗战阻碍革新的新旧痼疾，是曾经发生过一定的积极作用的。

象《在其香居茶馆里》这样的作品，通过一个作为蒋管区主要政治内容之一的兵役问题的题材，暴露了国民党反动政权的黑暗与腐败，也暴露了蒋管区豪绅分子的丑恶卑劣和横行无忌，可以引起我们对国民党反动政府和旧中国农村封建势力的痛恨，它内容上的积极意义是不待言的。

叶竞耕在《短篇小说剖析》中曾经分析过《在其香居茶馆里》这篇小说，叶先生指出："作者通过这个故事，把抗战时期大后方的基层政治的腐败与黑暗，赤裸裸地暴露在读者面前。"指出方治国和邢么吵吵等，"这一群人物究竟是一伙，他们的基本利益是一致的，都是骑在人民头上的统治者。"更指出："本篇的主题是通过兵役问题来暴露基层政治的腐败，因而也说明了掌握这样黑暗政治的反动阶级必然崩溃毁灭的真理。"这些意见都是正确的。但叶先生又说到"由于作者抱着客观的冷静的观察态度，对于所描写的人与事，一视同仁，完全出于旁观者的欣赏。没有阶级立场，缺乏爱憎分明的热情流注在作品中间，因而也就带上一点悲观的情调"，这就自相矛盾了。既然暴露了国民党"基层政治的腐败与黑暗"，也"说明了掌握这样黑暗政治的反动阶级必然崩溃的真理"，怎么能又是"没有阶级立场，缺乏爱憎分明的热情"，怎么能又是"完全出于旁观者的欣赏"呢？这是可能的吗？我们认为：沙汀的阶级立场是鲜明的，这就是坚定的人民立场，唯其是站在坚定的人民立场，所以才能揭发出反动政权的腐败与黑暗，才能揭发出农村豪绅分子的卑劣与丑恶；沙汀也具有着爱憎分明的热情，对国民党官僚以及农村土豪劣绅的强烈的憎恶在本文中不是再明显不过的吗？因此，沙汀的创作《在其香居茶馆里》，决不是"出于旁观者的欣赏"，而是出于战斗者的坚强热烈的搏斗。叶竞耕又指出"沙汀的创作态度有着自然主义的倾向"，说是："从他的作品的表现来看，他相信黑暗现实的毁灭是有其必然性的，所以他给以无情的讽刺而暴露出来。他也相信光明的未来必然会到来，但是他却只是抱着客观主义的态度，只是认识这个客观现实，忠实地把它表现出来，决不加上一个光明的尾巴，但也没有指出有什么力量来推翻这个不合理的现实，或未来的世界怎样产生；因此，他的作品就缺乏战斗的内容。"这样的来理解沙汀的创作，也是不正确的。我们认为，指摘象《在其香居茶馆里》这样一个主题是暴露黑暗的短篇，说它"没有指出有什么力量来推翻这个不合理的现实，或未来的世界怎样产生"，是一种不切实际的要求。一篇作品的主题应该单纯，就是在新现实主义的讽刺文学作品中，也不一定要求它有新的英雄人物出现；如果在《在其香居茶馆里》这篇小说中，要指出推翻这个不合理的现实的力量，指出未来的世界怎样产生，那末故事情节应该怎样安排呢？那不成了画蛇添足似的东西吗？而且，在暴露黑暗现实的本身，也已经有着战斗作用在内的。

本篇的表现手法也是很高超的，而在人物的刻画上尤其成功。除了联保主任方治国和土豪那么吵吵两个主要人物之外，还写了退休的团总和哥老会头目陈新老爷、方治国的军师张三监爷、地痞黄毛牛肉、帮闲俞视学等，每个人都写得生动逼真，每个人物的性格都很鲜明。方治国的怯弱奸猾和那么吵吵的粗野强横截然不同，张三监爷的小心多虑和黄毛牛肉的漫不经意恰恰是一种对照，俞视学的虚伪做作装腔作势又是另外一副面目，在短短的篇幅里把几个人物的性格刻画得这样鲜明实在是不容易的。

作者刻画人物的形貌和性格的手法，是极为精炼和准确的。这个特点就是在作者其他小说里也存在着，这可以说是沙汀小说的一个极大的优点。作者刻画人物，很少做冗长乏味的叙述，都是通过具体的行动和对话来显示人物的性格，纵有叙述，也是突出而精炼的。如写那么吵吵："这是那种精力充足，对这世界上任何事物都抱了一种毫不在意的态度的典型男性。在这类人身上是找不出悲观和扫兴的。他常打着哈哈在茶馆里自白道：'老子这张嘴么，就这样，说是要说的，吃也是要吃的；说够了回去两杯甜酒一喝，倒下去就睡……'"写方治国："他的声口和表情照例带着一种嘲笑的意味，至于是嘲笑自己或者对方，那就要凭你猜了。他是经常凭借了这点武器来掩护他自己的，而且经常弄得顽强的敌手哭笑不得。人们都叫他做软硬人。"写黄毛牛肉："他是主任的重要助手，虽然并无过人之才，惟一的特点是毫无顾忌。'现在的事情你管那么多做什么哇？'他常常说，'拿得到的你就拿！'他应付这世界上一切足以使人大惊小怪的事变，只有一种态度：装做不懂。"就是对那些极不重要的人物，也能抓住特点，几笔画出一个生动的轮廓，如写邢么太太："这是个顶着假发的肥胖妇人，爱做作，爱谈话，浑名九娘子。"

人物的对话都是生动、真实的，能充分表现人物的性格和身份。那么吵吵一张嘴就是粗话野话，方治国的话总带着自我解嘲的意味，黄毛牛肉一再说着："不要管他，你愈让他就愈来了！"张三监爷却一再重复着："不行不行，事情不同了！"

在环境的选取上也很适当。把方、邢二人的吵架安排在茶馆里是再恰当不过的，茶馆在四川是闲人聚会之处，"吃讲茶"评断事理皆在茶馆，只有在这种地方才能把这些"宝贝"们集合一起。而且通过对茶馆环境氛围的描写，也表现出了当时的人情世态，如邢么吵吵上场，茶客们都喊着："茶钱我给了！"陈新老爷上场，茶堂里响着一片呼唤声，有单向堂倌叫拿茶来的，有站起来让座位的，有争着付钱。这使人看出了当时帮会头目、土豪劣绅的权威，以及那种阿谀权贵的社会风气。另外又写到方、邢二人吵架时茶客们的反应等等。这样不但使人看到主要人物的活动，而且看到他们是在怎样一种特定环境里活动。

另外，在故事的处理上也很集中。故事的线索本来有两个，一是茶馆方、邢二人的吵架，一是城里么吵吵大哥的活动，后者没有正面写出，只把故事安排在茶馆一个地方，如同一个独幕剧一样。这是非常集中的手法。

《在其香居茶馆里》这篇小说，不管是在内容上或形式上，都是相当完整的，可以作为沙汀短篇小说的代表作之一看。

1954 年 1 月，天津

评《传家宝》

　　赵树理同志的小说《传家宝》，是描写一个农民家庭中婆媳不和的故事的。作者通过这个看来是极普通的婆媳不和的事件，深刻地揭露出了解放后农村中新旧两代妇女在生活和意识上的冲突，并指出了农村妇女的旧生活旧意识在逐渐死灭，新生活新意识在逐渐成长，旧的必为新的所征服所代替。

　　婆媳不和，在旧社会农村中是极为普通的现象。但旧社会中的婆媳不和，与解放后农村中的婆媳不和，在具体内容上是有着极大的差异了。旧社会的婆媳不和多半是表现在具有家长制思想作风的婆婆虐待媳妇上，无所谓新旧生活、意识的冲突。但在新社会就不同，在新社会中，媳妇方面首先起了变化，她们不再是被三从四德的封建礼教思想所熏染了的驯顺的羔羊，而是曾经受过妇女解放的新思想的洗礼的、具有独立的生活能力和独立的人格的新型妇女了。这样，在当前婆媳不和的具体内容上，自然就不同于既往。这个当前农民家庭中婆媳关系上的深刻的历史性的变化，《传家宝》是深深地挖掘到而且充分地表现出来了的。

　　我们可以看看金桂和李成娘婆媳间矛盾和冲突的具体内容。

　　金桂和李成娘婆媳两个冲突最根本的原因，是李成娘想传她的三件宝，金桂不接，于是两人之间就发生了意见："婆婆只想拿她的三件宝贝往下传，媳妇觉着那里边没大出息，接受下来也过不成日子，因此两个人从此意见不合，谁也说不服谁。"在这件事情里包含着极为深刻的意义，这是两种不同生活道路的斗争。李成娘想传宝，是想叫金桂再象她一样走旧的生活道路，这在得到了新思想洗礼的金桂自然是不会接受的，金桂有她自己的生活道路。金桂的生活道路是参加主要劳动，下田、背煤。这生活道路是新的，是李成娘这辈老年妇女所没有走过的，因此也是抱着"男人有男人活，女人有女人活"的封建思想的李成娘所反对的。

在其他一些生活细节上，李成娘不满意金桂所构成的婆媳不和，也无一不是表现了新旧两代妇女在生活和意识上的冲突。如李成娘觉得金桂不像个女人家的举动，"她自己两只手提起个空水桶来，走一步路还得叉开腿，金桂提满桶水的时候也才只用一只手；她一辈子常是用碗往锅里舀水，金桂用的大瓢一瓢就可添满她的小锅"。又如李成娘洗白菜只用一碗水，金桂差不多就用半桶，李成娘觉得这也太浪费。还有李成娘觉得金桂炸豆腐用的油多，通火有些手重，泼水泼得太响，等等。

这一些平凡的日常小事，都包含着多么丰富深刻的意义，这些小事把新旧两代农村妇女在生活上的变化很本质地反映出来了。金桂下田、背煤，用一只手提水桶，舀水一瓢添满锅，通火手重，泼水太响……这些动作都是新的生活产生的，都是妇女解放的结果。如果金桂不是由于受了新思想的熏陶，不是由于不缠足而具有了健康的身体，是不可能做出这些男子化的与老一代妇女完全不同的动作来的。其次如洗白菜用水多是说明讲卫生，炸豆腐用的油多是说明生活改善。这一切举动，都是和受过封建礼教的毒害、在贫苦的日子里熬煎过来的李成娘的举动不同的，也是为李成娘所反对的。

能通过平凡但是本质而有典型意义的日常事物来塑造人物和完成主题，这是赵树理小说的一个普遍优点，本篇也不例外。

在善于选取本质的具有典型意义的事物上，确是本篇一个显著的优点。这也表现在李成娘那口黑箱子上，这口黑箱子揭示了李成娘全部的生活历史，看那二三十斤一捆一捆捆起来的破布，"没有洗过的，按块子大小卷；洗过的，按用处卷。那一捆补衣服，那一捆叫打褙，那一捆叫垫鞋底，各有各的特点，各有各的记号。有用布条捆的，有用红头绳捆的，有用各种颜色线捆的，跟机关里的卷宗（公事）上编得有号码一样"。李成娘的贫苦的生活，由贫苦的生活所建立起来的俭啬的生活习惯，以及她的孤苦的精神状态，在这里都呈现出来了。如果对这类人物没有非常深刻的了解，是绝难写得这样真实的。

促成金桂和李成娘婆媳矛盾冲突的事件，除了上面所谈的以外，还有家庭领导权的问题，这也是由于李成娘的旧的家长制的思想意识所造成的。如小说中所表现，金桂被村里选成劳动英雄和妇联会主席，李成又被上级提拔到区上工作，地里的活完全交给金桂做，家事也交给金桂管，从这以后，金桂"做什么事又都是不问婆婆自己就做了主，这才叫李成娘着实悲观起来"。李成娘见了女儿小娥所诉的委屈，主要也是这个问题："人家一手遮天了！里里外外都由人家管，遇了大事人家会跑到区上去找人家的汉。人家两个人商量成什么是什么，大小事不跟咱通个风。人家办成什么都对！咱还没有问一句，人家就说'你摸不着！'外边人来，谁也是光找人家，谁还记得有个咱？唉！小娥，你看娘还活得象个什么人啦？"其实，觉得丧失家庭领导权，丧失家长威风，这只是李成娘自己的思想问题，实际上并没有这么一回事情。金桂管家是为了自己多做些事，为了免得李成娘麻烦，绝不会想到争取领导权的问题。这点也是表现了农村新旧两代妇女思想意识的冲突的。

本篇所创造的人物，都是生动而真实的。

我们首先看看金桂。金桂是个新型的农村妇女，作者只谈到她是个劳动英雄和妇联会主席，并没写她的政治活动，但只从一些家庭内部的表现，我们仍然认识到了金桂的新的优秀的品质。如为了开会不去娘家，并不明说，怕不满意她当干部的婆婆吵起来；如洗白菜用水多少的事也不多说，以免争吵；为搬箱子遭到婆婆的抢白，只怪自己多事，并不怨婆婆；听见婆婆对小娥说她闲话，因为在上级（小娥的丈夫）面前才显得不平和，一旦有了辩白的机会，马上便又和气起来。这一切都说明了她是有高度的政治觉悟的，只有具有了高度的政治觉悟，才能以这样镇静温和的态度来对待她的年老的思想落后的婆婆，不然那就只有吵吵闹闹了。

李成娘这个人物是有广泛的代表性的，在初解放的农村，象这样的老年妇女是很多的。从李成娘这个人物身上，我们看到了农村老一代妇女的悲苦的遭遇，看到了封建礼教的磐石对妇女的重压。但李成娘这样的遭遇，金桂这一代的青年妇女是不会再有了，这个人物是会逼使我们深思的。对李成娘的性格、语言的刻画都是很成功的，特别是对小娥说心病话抱怨金桂那一段对话，简直把这个人物写活了。比如不论小娥说起什么来，李成娘都能和金桂往一处凑：小娥说到互助组，她就说没有互助组金桂也能往外少跑几趟；小娥说到合作社，她就说没有合作社金桂总能少花几个钱；小娥说自己住在镇上很方便，她就说镇上的方便才把金桂引诱坏了的；小娥说自己的男人当干部，她就说李成当干部才把媳妇娇惯了的。这些地方对这类妇女的特点是把握得太准确了。

其他玉凤、小娥、小娥的丈夫虽都着笔不多，但都写得很生动。特别是小女孩玉凤写得是非常出色的，只是很少的几句对话就把这个活泼、乖巧的小女孩的形象画出来了。

以上是这篇作品的主要成功所在。以下谈谈这篇作品的不够之处。

关于本篇的主题思想，作者在《也算经验》一篇文章里曾经说到是为了鼓励青年妇女转入主要劳动。作者说到本篇的创作经过是这样的：1948年他在襄垣工作，那里是老解放区，参军的青年很多，占了全数三分之一，一部分县区干部又南下工作，需要抽调村干部来补充，支前工作如造枪炮、送弹药、运军粮等也很繁重，平均每个青年一年要替公家出工一百六十到一百七十天，这样劳动力就显得异常缺乏。又因在抗日时期遭受过日本鬼子的烧杀，牲口损失很大，不够使用。这样，就使得许多地荒了起来，毛主席又号召增加生产，因此动员劳动力参加生产便成为当时极为严重的问题。怎样解决这问题呢？唯一的办法就是使妇女们从附带劳动转入主要劳动。

要结合着时代背景来看，作者所提出的主题思想是正确的，男劳动力缺乏，生产又需要提高，当然只有动员妇女参加主要劳动。但作者并没把这点表现好。要不是作者另加说明，我们从小说本身一点也看不出有这样一个时代背景。小说只写了这是一个解放的农村，写出共产党来了以后，李成家分了地，至于故事发生在哪一年，当时是怎样一个政治环境，当时有哪些重大事件，小说中一点没有交代。点明这样一个时代背景是非常必要的，因为有这样一个时代背景与没有这样一个时代背景，妇女参加主要劳动的含义是不同的。有这样一个时代背景，妇女参加主要劳动是为了解决男劳动力缺乏问题，是为了增加生产、支援前线；没有这样一个时代背景。在男劳动力不缺乏的情况下，妇女参加主要劳动的含义显然就不同了。作者不写金桂参加主要劳动是为了增加生产，解决男劳动力缺乏问题，却写金桂这样做是为了赚钱多："纺一斤棉花误两天，赚五升米；卖一趟煤或做一天别的重活，只误一天，也赚五升米；你说还是纺线呀还是卖煤？"这是金桂算的账，小娥的丈夫也叫小娥算算账："你也算算吧。虽然都是手工劳动，可是金桂劳动一天抵你劳动两天。我常说'妇女要参加主要劳动'就是要算这个账。"不用爱国增产的思想来教育妇女参加主要劳动，却叫她们站在经济观点来算账，这是不妥当的，这样作品的教育价值就会降低了。

而且，这个账也并不是绝对可靠的，卖一趟煤比纺一斤棉花赚得多，只能在当时情况下是如此，换个时间或换个地点就不见得是如此。还有金桂另外算的账：自己缝一身衣服得两天，裁缝铺用机器缝，只要五升米；自己做一双鞋得七天，还得用自己的材料，到鞋铺买一双现成的才用斗半米；九天卖九趟煤，五九赚四斗五，缝一身衣服买一双鞋，一共才花二斗米。因此，衣服和鞋自己不做，要买着穿。在这里我们不禁就要问了，难道金桂一年到头都有煤可卖吗？在她不卖煤又不做别的重活的时候（我们相信这样的日子是有的），做做衣服和鞋不行吗？而且，九天卖九趟煤，所得的代价能缝一身衣服买一双鞋，还另外有富余，这情况也不是普遍的，换个时间地点也许会有相反的结果出现。总之，只拿赚钱多少来解释妇女应不应该参加主要劳动，不唯缺乏教育意义，而且在事实上也是说不通的。

从另外一层意思上说，把参加主要劳动看做是妇女解放的唯一道路，也是把解放的意义理解得过于狭隘的。本篇末后，小娥的丈夫对小娥说："成天说解放妇女解放妇女，你们妇女想真得到解放，就得多做些事，多管些事，多懂点事。"这里的"多做些事，多管些事"自然包括着金桂管家等在内，但看上文的意思，这似乎主要是指的主要劳动。因为小娥并非是不劳动的妇女，她头年一冬天曾"给合作社纺了二十五斤线，给鞋铺衲了八对千层底，给裁缝铺钉了半个月制服扣子"，但她丈夫不满意这个，要她向金桂学习，要她象金桂一样"参加主要劳动"。可见这个"想真正得到解放"的"多做些事，多管点事"的事，主要应该是指的主要劳动。但是不是妇女只有参加主要劳动才能得到解放呢？这是值得研究的问题。我们说，妇女解放的道路是参加劳动，这是对的；只是这个劳动应该是广义的，不应该仅仅限于下地、背煤等主要劳动。按照妇女的生理特点，按照分工的原则，如果不是在男劳动力缺乏的情况之下，我们并不一定要求每一个妇女都抛开家庭工作去下地做重活。下地生产和家庭工作只是个分工问题，男和女都可以下地生产，也都可以做家庭工作，只看具体情况怎样分工合适而定。象李成娘那样认为"男人有男人的活，女人有女人的活"，认为妇女不应该下地、背煤，是不对的；但认为妇女应该抛开家庭工作专门去背煤、下地，也是不妥当的，这样家庭工作（一切所谓附带劳动）又让谁来做呢？我们对金桂的下地、背煤是尊敬的，但对小娥的纺线、衲鞋底、钉制服扣子也不能鄙薄。有很多具有男权思想的男子常以自己能从事下地生产等主要劳动来要挟妇女，认为自己的劳动比妇女的家庭劳动有价值，这正是一种错误的思想，应该纠正的。根据作者在《也算经验》那篇文章里所谈的当时男劳动力缺乏的情况，自然强调妇女参加主要劳动是对的（不过对参加主要劳动的动机还须另行安排），但作者在小说中没有从那样一个角度上来表现。

其次，对李成娘思想的转变这点也处理得不好。

如小说中所表现，李成娘的一些错误看法，除了节约问题（吃油多）解决得比较好以外，其他都没有解决得好。反对金桂参加主要劳动、买衣服和鞋那个问题，没有解决好（如前所分析），不用说了。关于家庭领导权问题，也同样没有解决好。小说最后写着李成娘要当家作主，金桂就交代账、冀南票、合作社分红、互助组羊工、驴工、人工……一大堆，把李成娘难为得"赌气认了输"。然而这也只是"赌气认了输"而已，并没有在思想上真正解决问题。对这个问题，应该着重解释对领导权的看法，解释金桂管家不是为了争领导权，而是为了省得婆婆麻烦，不应该把李成娘难倒完事。读完这篇小说之后，令人觉得：李成娘的封建思想，如认为"男人有男人的活，女人有女人的活"，认为金桂替她做了当家人，自己"失掉了领导权"等，都还没有解决，好象都还藏在李成娘的脑子里，成为一个解不开的疙瘩。

小说最后叫李成娘"过几年清净日子算了",这也是不妥当的。象李成娘这样一个劳苦了一生的妇女,在这样一个翻了身的贫农家庭里面,是决不会"过几年清净日子""吃上个清净饭拉倒"的,她虽然不能管麻烦的账,却能参加别的劳动(特别是家庭劳动)。给这样的一个老年妇女安排这样一个出路,是不符合实际情况的。

读《罗文应的故事》

在解放后的数年来，张天翼先生陆续写了几篇儿童故事和儿童剧，就中《罗文应的故事》是特别出色的一篇。

《罗文应的故事》是描写一个贪玩、爱拖延时间的儿童的转变过程的。

主人公罗文应是小学六年级生，这是个本质上并不坏的孩子，只是有缺点：贪玩、爱拖延时间。他有当人民解放军的远大理想，也老想着要搞好学习，锻炼好身体，但总不能立即实行，总爱拖延时间，"可是今天——今天已经星期六了。不如从下星期一起罢。"但是到了下星期一仍然不能兑现，下午放学回家，仍象往日一样溜进市场闲逛，看看商店的货物，看看玩具店门口的一盆小乌龟，这样消磨上两个多钟头。走在回家的路上，又为糖食铺里打克郎球的吸引住，呆看半天，直到很晚才回到家里。

可以看出，本篇所写的罗文应的这个缺点是具有很大的普遍性的，贪玩本是孩子们的特性，有相当多数的孩子是犯着象罗文应这样的毛病的。这就是这篇作品所以受到儿童们欢迎的主要原因，有很多儿童都觉得好象是写他自己一样，儿童们从罗文应照见了自己的影子，随着罗文应的转变也使自己进步起来。由以往事实证明，这篇作品在儿童们中间所发生的教育作用是相当广泛的。

本篇所写的罗文应的缺点不唯是有很大的普遍性，而且是恰如其分的，就是说，这缺点是并不带什么严重性质的儿童型的缺点，而不是象某些带有较严重性质的成年人的缺点一样。我们必须分清，儿童的缺点和成年人的缺点是有差别的，儿童所受旧社会的坏影响总是少得多，他们的缺点绝不会象成年人的缺点那样严重。但有很多写儿童文学的人并不注意这点，他们把儿童的缺点写得十分严重，达到不可救药的地步，这是不妥当的。

本篇不唯没夸大罗文应的缺点，把它写成如何如何严重，而且还把罗文应写成是一个本质并不坏的孩子。如写出罗文应是有向上心的：早就申请过入少年儿童队；有想当解放军的远大理想；也老想着搞好学习，锻炼好身体；放学回家老打算着把算题做好，星期日带给解放军叔叔看；常想着周老师所告诉的要节约时间的话；误了集体复习的时间，就急得流出眼泪，想着："太对不起解放军叔叔了！"罗文应并且还有其他的优良品质：如爱妹妹，尊敬师长，有集体精神，有羞耻心等。在这里充分看出了作者对儿童的挚爱，作者在指出儿童缺点的同时，也指出了儿童的优点；而且在促使儿童改正这缺点时，所采取的态度是体贴入微地启发、教育，而不是轻率鲁莽地讽刺、打击。

罗文应的缺点是怎样改正的呢？他是怎样进步起来的呢？作者在这方面写得也是成功的。罗文应之所以进步起来，分析起来有三方面的原因。一是同学们的集体帮助，作者在这里展示出了新中国少年儿童们的友爱互助精神，赵家林和李小琴这两个可爱的儿童形象，和在《他们和我们》那篇故事中一样，再一度地以一个少年儿童的良好榜样在读者面前出现。另一是解放军的鼓舞作用，这也是罗文应所以进步起来的有力因素之一，罗文应每做了错事，就难过地想着"这太对不起解放军叔叔了！"他时时准备着来学习解放军叔叔的榜样，他的远大理想是："将来要象叔叔们一样，当人民解放军。"这样描写是真实的，是抓住了孩子的心理特点的，孩子们对英雄人物都是抱着崇敬的感情的；而且这样表现也可以培养起儿童读者们对人民战士的热爱，发生良好的教育作用。第三就是罗文应本身的条件，他自己原来就有向上心，在主观因素上有可能进步的条件，所以进步起来便不是什么不可能的事情。这也是符合儿童的特点的，儿童本来就有很大的可塑性，只要有一定的客观条件，进步是不难的。

但作者在这里也没有把儿童简单化，没有把儿童的转变写成是一蹴而就，正相反，对这个转变过程写得非常细致入微，如故事所表现，罗文应不是一下子就转变过来的。他同意小组集体复习以后，又生了画报事件。改正缺点后，小组不再派人送他，头两天倒还好，一个人也能一心不乱地回到了家，可是第三天又"有点儿什么"了。走到市场门口，不放心那一盆小乌龟；走过糖食铺，又想看跳子棋；走在路上发见一颗脆枣，就研究起来："这究竟是卖脆枣的掉下的，还是吃脆枣的掉下的？"（自然，最后结果他终于把这些内心的冲动都抑制住，早些回到了家）这对一个儿童的心理描写得是非常细致而真实的。

另外有若干地方对儿童的心理写得也很细致，如罗文应不把参加复习小组的事告诉妈妈，怕妈妈说什么"对呀，这才是好孩子哩！"说得他脸通红。他本打算背着书包去参加复习小组，想了一下又决计不带书包出去，因为"一背上书包，街上的人说不定会瞎猜一气"。耽误了小组复习时间，他展开了剧烈的思想斗争。赵家林和李小琴来找他，他恨不得躲起来，低头装作看画报。这都是写罗文应的心理细致的地方。事实上也是如此，儿童年纪虽小，但心理、感情也并不是过分简单的，有些人把儿童的心理、感情写得过于简单，好象一个玩偶，这是不真实的。

作者张天翼先生在抗日战争以前就写过童话作品，他对儿童的一切特点有着较深入的研究。在本节充分显示出作者对儿童的熟悉，对儿童的行动、心理、语言把握得准确。熟悉儿童是儿童文学家首先要具备的条件，儿童有儿童的特殊心理、爱好，特殊语言、行动，不熟悉这个就无法写好儿童。

本篇所创造的罗文应是个活生生的儿童，各方面都符合儿童的特点。如在市场里看见小刀，就恨不得试一试，看这些小刀究竟有没有赵家林的那一把快。看见玩具店门前一盆小乌龟，就想："回去说服妈妈，让妈妈给妹妹买一个吧，我应当照顾妹妹。"看见打克郎球的，总希望知道待在角落里的那个"飞机"结果如何。刮大风时，惦记着小乌龟，想："爬虫类会不会感冒？"看见路上一颗脆枣，就研究："这究竟是卖脆枣的掉下的，还是吃脆枣的掉下的？"这一切都是多么符合一个小孩子的心理特点。

罗文应的对话也都是生动的，具备着儿童语言的特点的，如妈妈说他："你看你！谁叫你贪玩的？"他就红着脸，嘟起了嘴说："贪玩？难道我玩得舒服吗？我心里可生气哩。"只有小孩子才会这样说话的。又如罗文应所复述的他妹妹的话，更是充分具有儿童语言的特点，妹妹摔了跤只嚷："哥哥你捡起来了我！"妹妹又对罗文应说："可了不及啦，我耳朵伤风啦。"妹妹管鼻涕不叫鼻涕，叫"鼻鼻"……这是何等生动的儿童语言。

在描写心理的地方，所用的语言也是生动活泼的，有儿童语言的特点的，如写罗文应看画报的心理活动："这是谁？生产模范？""光翻一翻，碍不了事，怎么回事呀，这是？""行了行了，快走吧！……瞧这农民伯伯！——吓，真棒！"心理（思想）是无声的语言，只有用儿童语言才能准确生动地表现出儿童心理。

在这样一个短短的故事里，精彩的地方是很多的，除了上面所引的以外，其他如写罗文应在市场看见电灯亮的情景："罗文应觉得整个市场突然一下变了样子，他吃了一惊。他从那个盆子上面抬起头来一看，原来电灯都亮了。"这是完全符合当时看小乌龟看出了神的罗文应的心境的。又如写罗文应踢脆枣，他一脚把脆枣踢得老远，"可是那颗脆枣自己却蹦蹦跳跳地又滚了回来；原来对面有孩子也踢了它一脚"。这也是通过罗文应的心境来反映的。另如写罗文应在家时的一段心理："一吃了饭，罗文应就把书本什么的收拾起来。他知道妈妈在注意着他，时不时很得意地瞧他一眼。他可装着没看见。"这都是一些多么细致而真实的描写，一个老作家的高超的表现艺术在这里充分显示出来了。

《罗文应的故事》是一篇优秀的儿童文学作品，它具有深刻的教育意义，艺术手法也高超，这是儿童文学作品中一个值得珍贵的收获。

1953 年 7 月

评《妇女代表》

　　独幕剧《妇女代表》（孙芋作）是表现新中国农村妇女如何在共产党和群众的支持下，向家庭中的封建思想进行斗争，取得民主、平等和政治权利，获得真正解放的故事。

　　剧中所展开的是今天农村现实中新与旧之间的矛盾和斗争。新的方面代表者是张桂容，这是个农村妇女中的先进人物，是新生活的拥护者和建设者，是新思想的体现者；年青姑娘翠兰也是属于新的一方面，是做为桂容的赞助者和支持者出现的。旧的一方面的代表人物主要是王江，另外还有王老太太和牛大婶，王江代表的是夫权思想和家长制思想，王老太太代表的思想和王江基本上一致，是王江的赞助者，牛大婶代表的是迷信愚昧的落后思想，这三个人物都是桂容的反对者。

　　首先我们要认清本剧的主要矛盾所在。由剧情看，本剧显示的矛盾有三个：一是桂容与王江之间，这是夫妻间的矛盾；二是桂容与王老太太之间，这是婆媳间的矛盾；三是桂容与牛大婶之间，这是干部与落后群众间的矛盾。这三个矛盾，哪个是主要的呢？桂容与王江之间的矛盾是主要的。桂容与王老太太之间的矛盾，基本上和桂容、王江之间的矛盾性质一致，可以从属于桂容、王江间的那个主要矛盾之中。桂容和牛大婶之间的矛盾，是桂容在改造社会过程当中所遇到的一个矛盾，可以做为桂容的政治活动（做妇女代表，卫生委员）内容的一部分看，这个矛盾是最次要的。我们必须首先认清本剧的主要矛盾所在，才能正确地抓住本剧的主题所在。我们先确定了本剧的主要矛盾是在桂容与王江（包括王老太太）之间，我们才确定本剧的主题是表现农村妇女向家庭封建思想进行斗争，取得民主平等和政治权利，获得真正解放。如果认为主要矛盾在桂容和牛大婶之间，那主题就变成为改造旧产婆、表现爱国卫生运动了，显然不是这样的。

由剧情可以看出，作者是有意把桂容和王江的矛盾放在主要地位，把王江的夫权思想放在主要地位，把这种夫权思想做为阻碍桂容的主要力量来处理的。如王江没回家之前，王老太太和牛大婶都依仗王江回来能"管"一下桂容，王江回来之后，王江和桂容之间展开了正面冲突，这个冲突到达了激烈阶段时，王老太太变成了解劝者，充当着阻碍桂容前进的主要角色的是王江，而不是王老太太。至于牛大婶，那是很快就被争取到桂容这边、和桂容站在一起而反对王江了。

作者把这个家庭矛盾放在了桂容和王江夫妻之间，没放在桂容和王老太太婆媳之间，这样处理是更具有真实性的，尤其是具体在象王江这样的家庭里更是如此。有人曾劝作者加重王母（王老太太）的分量，把主要矛盾摆在婆媳之间，作者没这样做（见作者《妇女代表的写作经过》）。这是对的。因为在新中国农村，共产党、人民政府给予妇女以充分保障，象旧社会那种婆婆权势在今天已经丧失，产生凶婆婆的社会基础已经瓦解。今天摆在农村妇女面前的障碍，主要应该是具有夫权思想的丈夫，而不应该是婆婆。特别是在限制妇女的社会活动上，丈夫更是首当其冲的干涉者。而且，中国传统的家长制思想，具体在象王江这样一个家庭里面，主要人物是王江，这是男权中心的关系。在这样一个家庭里，依传统观念说，家长是王江，不是王母，这是王母自己也承认的，她曾对王江说："你是一家之主。"所以，作者对主要矛盾这种处理方法是正确的，也是比较深刻的。

象赵树理的《传家宝》是把矛盾放在婆媳之间，那是因为家庭情况不同，因为那家庭中做为儿子的李成是区干部，家中只有婆媳二人。而且《传家宝》所写的时代背景和《妇女代表》也不同，那是初解放的农村，老年人的封建意识更浓厚，是主要矛盾所在，今天有些不同了。

本剧所反映的矛盾虽是发生在家庭之内，但与广大的农村社会是有联系的，这个矛盾是被安置在广阔的社会背景上来展开的，从家庭的斗争也反映出了社会的斗争. 如斗争的引起主要是桂容当妇女代表, 另外还有桂容领导大家打草袋拉自家草、上夜学、禁止牛大婶卖药等, 这些事情都与社会有关, 与群众有关（打草袋一方是领导大家搞副业, 一方也是为了便于运军粮支援前线, 上夜学是为了带动大家学文化, 禁止牛大婶卖药是为了群众利益）。这样处理是深刻的, 有更大意义的。实际上, 一个先进的农村妇女所遭遇到的家庭纠纷, 必然是和社会有联系的, 她们除了争取家庭内的民主、平等外, 必然还要争取对外的政治权利。

本剧对矛盾的解决也是处理得比较恰当和深刻的。

剧中写出桂容之所以胜利, 主要是由于共产党和人民政府的支持, 这是最根本的, 这是社会基础。桂容的胜利有其主观因素, 这是她自己的斗争, 但更重要的是客观因素, 这是党和人民政府在经济地位和政治地位上的保障（最后打垮王江的是桂容拿地照："两张地照有我一张, 三间房子有我一头, 这是共产党和人民政府分给我的。"）。如果没有这个保障, 桂容仍难取得胜利, 象王老太太说的"胳膊拧不过大腿去", 王老太太年青时的痛苦经历就是证明。

指出这点是必要的。旧社会男子之所以压迫女子主要是由于封建制度支持, 由于政治力量, 解除武装也非政治力量不可。

当然, 只写出政治力量还不够, 本剧更可贵的地方是, 把争取解放的妇女写成为一个好的家庭成员, 指出妇女求得政治权利不但对家庭无害, 反而有利。如桂容当了妇女代表后, 过日子的心更盛, 更顾家, 把打草袋挣的钱买了面和肉, 还给婆婆买了毡疙瘩, 这样就会使得王江和王老太太完全心服了她, 认识到桂容参加政治活动对家庭有利无害, 这样也就认识到阻挠桂容参加政治活动（当妇女代表）是毫无根据的, 这样就会从思想上解决问题了。这样的处理桂容是完全正确的, 因为这进行的是思想斗争, 不是政治斗争, 矛盾的最后解决主要是使旧人物"反正", 所以把新人物写得气势凌人是不妥当的。

剧本在这里也给妇女寻求解放指出了一条正确的道路, 那就是：妇女求得家庭内的民主、平等的目的是为了使家庭和睦, 妇女获得政治权利, 参加社会活动也不应该是抛开家务不管；妇女寻求解放的结果, 应该是对家庭的和睦团结, 对劳动生产更有利, 不应该是争争吵吵妻离子散；一个先进的身为群众干部的妇女，同时还必须是好的家庭成员，必须是好儿媳、好妻子、好母亲。能做到这样，家庭内的夫权思想和家长制思想自然就会甘心退位了。

一般反映妇女要求民主平等地位、政治权利、反对封建思想的作品，有些是写妇女如何受公婆丈夫的虐待，过分夸大迫害方面，忽略了党和人民政府对妇女的保障以及被压迫妇女的积极反抗；有些又过于夸大今天的政治压力，过于打击公婆丈夫，使他们抬不起头来，慑于威势，仍难以在思想上解决问题。

在这方面，《妇女代表》是处理得比较好的。它一方面写出了支持妇女获得解放的政治力量以及妇女自身的反抗行为，另一方面又写出了求解放的妇女对压迫者的争取与感动。没有前者是忽视了旧事物、旧思想的顽抗性，没有后者也难以使阻碍妇女解放的旧人物从思想上解决问题。

关于本剧的主题思想，大致如上所分析。

其次，谈一谈本剧中所创造的几个人物。

首先，作为一个先进的农村妇女说，张桂容这个人物是创造得相当完整的。张桂容是一个在各方面都非常完美的先进的农村青年妇女，在群众中她是个好干部，在家庭中她是一个好儿媳、好妻子、好母亲，从她身上找不出什么缺点。作者曾这样说到张桂容："她是个新生活的拥护者和建设者，年青姑娘们的好伙伴，妇女群众中的带头人，生产战线上的新兵，党和政府的好助手。"（《妇女代表的写作经过》）这个赞词，张桂容是当之无愧的。

张桂容有高度的觉悟。她曾对翠兰说："我怎么能不学呢！不学习文化，不参加生产，就是手腕子给人家攒着，那我们还争什么平等？哪儿来的自由？……"她深深懂得妇女解放的道路是学文化，参加生产。

她又是非常关心群众利益的。不准牛大婶卖药，是为了群众利益，她曾责备牛大婶"你拿人命碰大运啊！"她婆婆王老太太要她不管牛大婶卖药的事，她回答说："这是人命关天的事，我怎么不管？"打草袋，上夜学也都和群众利益分不开。王老太太说她："这个庄上就象搁不下她了，人家两口子打架她也去管，人家老娘们不下地干活，她也去管……"从这个老年人的抱怨话里正可以看出桂容关心群众利益的情况。在对待她丈夫王江的态度上，如果关系到个人问题，她是尽量容忍；但如果关系到群众利益，她是决不让步的。她曾对王江一再忍让，但一旦王江阻止她去给牛大婶开介绍信到区上学习时，她就爆炸了。她怒斥王江："我告诉你！你别不知道好歹！你闹了半天我都受啦，你耽误人家正经事，我可不答应你！"这里可以看出她对群众利益的高度关心。

张桂容不徇私情，一切以群众利益为主，同时又是非常通人情的。她虽然不准牛大婶卖药，毫不容情地和牛大婶的骗人把戏作斗争，但她对牛大婶的生活却非常照顾，她留下牛大婶的药的同时，又体谅她的药不是大风刮来的，是花钱配来的，给了牛大婶钱；还设法介绍牛大婶到区上学习，为牛大婶谋生活之道。当然，帮助牛大婶这件事情，根本上也与群众利益有关。牛大婶学会了新接生法，这对大家都是有好处的。

张桂容又是一个好团员。她非常爱护团的组织，当翠兰认为她过于容忍婆婆，说她太好说话时，她回答说："我不是那种软骨头，翠兰，你想想：我是个团员，万一吵起来传到外边去，好说不好听，对咱们团员的名声也不好。"凡是一个优秀的团员，没有不是这样爱护团组织的。

另外，在家庭方面，桂容又是一个很好的家庭成员。作为一个好儿媳，她对婆婆是非常尊敬和孝顺的，如拉稻草、送孩子，事先都曾征求过婆婆的意见，给婆婆留过面子；给婆婆买毡疙瘩；最后让婆婆管钱；除非万不得已，除非和群众的利益有冲突时，她不愿违犯婆婆的意思。在对待丈夫的态度上，又显出了她的贤慧：她非常体贴、关怀丈夫，如她知道王江要回家，自己又不能不去学习，就把饭再坐到锅里去，好让丈夫回家"吃热乎的"。王江回家后，虽对她气势汹汹，但她一再忍让。她关怀地要给王江缝裤子，烧开水，被拒绝后也毫不动气。王江要用鞭杆子打她，她仍然给她拿"蹭拉脚的鞋"，给她端水洗脚。最后实在不能容忍去拿地照时，她还用这样的话来点化王江："这是你逼的我，……你别后悔就行！"张桂容又是非常疼爱孩子的，如当王江嚷着向她冲过来的时候，她退了一步说："你别吓着孩子！"在心情极度紧张的时候，她仍然想着给孩子吃奶。决裂后，准备出走时，她首先想到取棉被包孩子，以免把孩子冻着。

从表面看来，桂容对王江的一再退让似乎是懦弱，其实在这里正可看出桂容的刚强、沉着、机智，她的退让是有原则的，小处容忍，大处决不让步。剧中有很多处显示出桂容的斗争性是很强的，如一再和婆婆商量拉稻草说不通，别处又找不到好稻草时，她就果决地说："拉我家的！"王老太太用王江回来不答应吓唬她，她说："他回来怕什么！事有事在，人有人在。"王老太太想用不抱孩子的办法来阻挠她上夜学，她对翠兰说："她不是不给哄孩子，她是想拿孩子扯我的腿，不叫我活动，不叫我学习，把我老老实实圈在家里，这一套我早就受够啦，走！"她曾这样责斥王江："你别又把从前那套拿出来了！我又不是个猪，你说圈起来就圈起来！再想把我踩到脚底下，我可受不了！"

总起来看，张桂容是这样的一个人：政治觉悟高，斗争性强，沉着、果敢，但又贤慧、善良、温柔、宽厚，具有先进农村妇女的一切优秀品质，这是一个完美的合乎理想的人物。张桂容争取政治权利，做妇女代表，为群众办事，但并不因此丢开家；反之，又不因顾家而影响她为群众办事。象张桂容这样的人物，确实够得上做农村妇女的光辉榜样的，是值得人们学习的。

桂容的丈夫王江，是个具有浓厚的夫权思想的人物。他不把妻子当作同等人看待，只把她看成是自己的附属品，是依赖自己生活的人。他不但轻视自己的妻子，也轻视妇女全体，认为妇女和男子不是同等的人。他的夫权思想基本上是从这种男尊女卑的思想产生出来的。可以听听他对桂容说的话："一个老娘们家的，少出去乱掺合去！""从今个起，你就老老实实给我在家呆着！我不发话，你就别想出去，我的家就不要母鸡打鸣，骡马上阵！""你他妈也不寻思寻思：凭个男子汉大丈夫还能叫你个老娘们熊住了？"这些话里所表现的夫权思想和男尊女卑的思想是非常明显的。象王江这样的人，在当前农村中还是存在的（在婚姻法颁布以后是逐渐减少了），这些人是妇女解放道路上的最后的一块绊脚石。

作者虽然尖锐地批判了王江的封建残余思想，但并没把王江写成一个本质上很坏的人。王江虽然反对桂容做妇女代表和团员，但对共产党并不怀疑，他曾说："入共产党、青年团都是好事，可是老娘们跟着扯个什么？"这是符合一个翻身农民的思想情况的。他也并非不爱妻子，他出外曾给桂容买回香皂和袜子。作者也没把他写得过于嚣张，如桂容拿地照要走时他就颓然若丧，虽然仍说了句："我……我破罐子破摔！"但这是外强中干的，并非真心话。翠兰、牛大婶来后对他大加责斥，他一直闭口无言。这是符合真实情况的。同时，在这里也显示了新社会对妇女的保障力量。

王老太太是在旧社会生活得较久的人，是长期被封建思想毒害的人。她自己是女人，却承认男尊女卑的思想是对的。"老人古语说的好：男子走州又走县，女子围着锅台转。""胳膊还能拧过大腿去吗？他是你男人，你是他的人呐！"这些都是王老太太说的话。这样的话从一个妇女的嘴里说出来不是很可悲的吗？这种自卑思想的造成，是有着痛苦的历程的，"我年轻的时候，因为不让份儿，也没少挨你爹打，后来我也寻思过味来了：是事就由着你吧，可倒也净心。"这几句话道尽了老一代妇女受男权压迫的惨痛，这类妇女的自卑思想就是这样造成的。

作者没把王老太太写成一个凶婆婆，而写成为一个老实、善良的老年妇人。如王江要去找桂容，她嘱咐王江说："当面教子，背后教妻，你敢管教在家里管教，可别上外边闹笑话给人家看！"王江和桂容正面冲突起来时，她一再劝阻王江："你闹了一阵子她服了就行了呗，你打到她身上还能多长疙瘩肉是怎么的？""咱们可是正经过日子人家，可别惊天动地地老打仗啊，叫人家笑话！"把王江劝服之后，她给王江铺被，也给桂容铺。最后她还嘱咐翠兰和牛大婶："我们家没事啦，你们出去可别给声张啊！"这一切都显示了她的厚道。这样处理是正确的，对于桂容这样一个好媳妇，只要是一个普通妇女，就会是象王老太太这样的。自然她还有着眼光狭小的缺点，只顾自己一家，不叫桂容管大家的事情，但这也是符合这类年老妇女的实际情况的。

对牛大婶这个人物的描写，基本上也是正确的。一方面写出了她的世故气，她的庸俗与虚伪（但也没过分夸大）；另一方面也写出了她的痛苦的经历和现状，写出了她之所以卖假药的隐痛和苦衷。如她之所以当上产婆，是由于自己连生两个孩子因为旧产婆接生不好死去，就自己硬挺着"收拾"了第三个孩子，于是哄传开去，糊里糊涂地干了许多年。她卖假药主要是为了骗钱解决生活困难，并不是存心害人，她知道"这药药不死人"。可以说，作者对牛大婶这个人物的描写是很有分寸的，因此给人的真实感也是比较强的。

作者曾写到牛大婶由于得到桂容的热情帮助，最后帮着桂容斥责王江，说出了"你就是侵犯我们妇女权利"的话。这样写是否妥当呢？我认为是可以的。有的同志认为这样显得牛大婶的转变太生硬了，我认为这正是合乎牛大婶这种夹带着世故气的性格的。放在一个性格严谨的人身上，这行为的确是生硬的，但放在牛大婶这样的人身上就显得没有什么奇怪了。自然，我们还不能认为这就说明牛大婶是真正完全转变了，已达到翠兰的觉悟水平了，不是的。她在说这话的时候，或许她的话和她的思想还不能完全一致，但她有了转变的萌芽则是毫无疑问的。在新的现实面前，她终究会真正完全转变过来的。

翠兰是个可爱的农村姑娘，热情、大胆、坦率、有正义感、肯帮助别人，只是有些急躁。这个人物出场不多，但给人的印象是深刻的。剧一开始，从张罗稻草可以看出她的热情和积极。王江欺压桂容，她对王江大加斥责，显出了她的正义感。王老太太打王江两鞭给桂容出气，她虽然对王江不满，但却立加阻止："不许打人，打人犯法！"这两句话就显出她的敢于主持正义和通达事理的性格。以后给王家扛面，王江表示悔过时，她示意桂容和王江和解，这种行为是非常可爱与令人感动的。

根据以上分析，可以看出本剧所创造的几个人物都是相当成功的。

另外，本剧的剧情单纯、紧凑，也是优点。人物少，每个人物都能充分发挥作用，主要矛盾只有一个，这样达到了单纯。矛盾开展得好，若干促成矛盾斗争的事件接续不断发生，而且一个比一个尖锐，最后达到高潮，这样获得了紧凑。单纯和紧凑是一个好剧本——特别是好独幕剧本所必须具备的条件。独幕剧篇幅不多，不适于表现线索复杂的故事情节和人物众多的场面，独幕剧要求故事情节单纯，人物少，主题单一，假若故事线索复杂，人物众多，而且有一个以上的副主题，就是多幕剧也难以表现得好，独幕剧更不用说了。作为一个好独幕剧，在剧情这方面，《妇女代表》是合乎要求的。

　　《妇女代表》是一个相当出色的独幕剧本，它受到广大读者和观众的欢迎不是偶然的。

1954 年 7 月

《现代作品评论集》后记

　　收在这集子中的十二篇评论文章，是最近几年来陆续写成的。所评论的作品大都曾在我所担任的中国现代文学课程中选做教材，这些文章大都是以我的讲稿为基础写成。我所选做教材的作品还不止这些，其他如鲁迅、巴金、曹禺等若干重要作家的作品也会选作教材，并做过初步分析，由于时间等关系，暂时还没有整理出来。

　　这里所评论的十二篇作品大致分做了三组：第一组《女神》《子夜》《倪焕之》《骆驼祥子》四篇，是 1942 年以前有代表性的作品（长篇小说和诗集）；第二组《太阳照在桑干河上》《王贵与李香香》《三千里江山》《春风吹到诺敏河》四篇，是 1942 年以后有代表性的长篇作品（长篇小说、长诗和多幕剧）；第三组《在其香居茶馆里》《传家宝》《罗文应的故事》《妇女代表》是比较优秀的短篇作品（短篇小说和独幕剧），包括 1942 年以前和以后。当然，并非说从五四以来的有代表性的优秀的长篇短篇作品就只有这些，其他如鲁迅的《呐喊》《彷徨》，曹禺的《雷雨》《日出》，巴金的《家》，周立波的《暴风骤雨》，贺敬之等的《白毛女》，赵树理的《李有才板话》，等等，也都是有代表性的优秀的长篇或短篇作品。只是在这本小书里，不可能全都评论到。

　　所评论的这些作品，在选做教材时都曾花费了较多的时间钻研过，但由于自己的马克思列宁主义的修养太差，仍难以将这评论工作做得满意。

　　这些文章的不够之处，还请读者给我提出批评和教正，我是热切期待着的。

　　　　　　　　　　　　　　　　1956 年 12 月于河北师范学院

鲁迅的《故事新编》

《故事新编》共包括八篇小说。写作年代是一九二二年一篇（《补天》），一九二六年两篇（《奔月》《铸剑》），一九三四年一篇（《非攻》），一九三五年四篇（《理水》《采薇》《出关》《起死》）。

这八篇小说写的都是历史故事，其中有两篇是神话，六篇是历史人物的事迹。这八篇小说写的虽是历史故事，但有和一般历史文学不同的地方，就是有很多篇中加进了现代的内容，这些现代的内容是作者为直接讽刺现实穿插进去的，自然，这些现代内容是原来历史故事所没有的。关于这点，鲁迅曾有说明。他说历史小说有两种：一是"博考文献，言必有据"；一是"只取一点因由，随意点染，铺成一篇"。他说自己所作的是后一种。

第一篇《补天》写的是关于女娲的传说，这是根据《山海经》《淮南子》《列子》等故籍的记载写成的。

《补天》的主题应该说是赞美创造和劳动。如小说所表现，女娲在捏泥做人时曾感到欢喜，感到是一种事业。这说明，作者是肯定女娲的捏泥做人以至炼五色石补天是一种"事业"，是一种创造和劳动。可以说，作者是把女娲当作创造和劳动的化身来看待的。对女娲，作者是给予了赞美的，也就是对创造和劳动给予了赞美的。

《补天》除了赞美创造和劳动的化身女娲以外，还讽刺了丑恶的人和事物，这是作者为了影射当时的现实而加进去的。小说写着，在女娲的两腿之间曾经出现了一个头顶长方板的小东西，这小东西对女娲背诵如流地说："裸裎淫佚，失德蔑礼败度，禽兽行。国有常刑，惟禁！"而且还发出呜呜咽咽的声音，"小眼睛里含着两粒比芥子还小的眼泪"。这是讽刺礼教维护者的，鲁迅对这曾有说明："不记得怎么一来，中途停了笔，去看日报了，不幸正看见了谁——现在忘记了名字——的对于汪静之君的'蕙的风'的批评，他说要含泪哀求，请青年不要再写这样的文字。这可怜的阴险使我感到滑稽，当再写小说时，就无论如何，止不住有一个古衣冠的小丈夫，在女娲的两腿之间出现了。"（《故事新编》序言）关于这件事情，鲁迅还曾写过一篇《反对"含泪"的批评家》，收在《热风》中。可见，这个小东西（小丈夫）是作者为了直接讽刺现实用想象加进去的，这是原神话中所没有的。

《奔月》写的羿和嫦娥的故事，也是一则神话。《奔月》主要是肯定了羿这个英雄人物，作者对羿的困苦处境充满了同情。另外也讽刺了忘恩负义者逢蒙，逢蒙原是羿的弟子，从羿学了射艺之后，反回来又杀羿。逢蒙似乎是影射高长虹的。

在《铸剑》中，作者热烈地赞颂了古代人民的坚定不移的复仇精神和反抗暴君的坚强意志。在眉间尺、黑色人、眉间尺的母亲以至眉间尺的父亲身上，都体现了人民的勇于反抗强暴的高贵的品质。眉间尺为了报父仇，为了杀掉暴虐的国君，不惜用剑砍掉自己的头，这行为发生在一个十六岁的少年身上不能不是令人震惊的。黑色人，做为具有正义感的一分子，为杀掉国君替眉间尺父亲报仇，也勇敢地付出了自己的生命。眉间尺的母亲，一个普通妇女，把仇恨之火埋在心里十六年，最后还是厉行了丈夫的嘱托，鼓动了儿子去报仇。眉间尺的父亲，一个铸剑工人，在临死之前表现了大无畏的精神和大勇者的气概，他对掉泪的妻子说："不要悲哀。这是无法逃避的。眼泪决不能洗掉命运。"他把雄剑交给妻子，这样嘱托："你不是怀孕已经五六个月了么？不要悲哀，待生了孩子，好好地抚养。一到成人之后，你便给他这雄剑，教他砍在大王的颈子上，给我报仇！"他们这些勇敢的行为，都是多么值得令人感奋和尊敬！这里还须弄清楚，眉间尺的替父报仇，这仇绝不单纯是个人的私仇，不单纯等于"杀父之仇，不共戴天"那种仇，这里面有着阶级的内容，这也是劳动人民对统治者的阶级仇恨。因为眉间尺的父亲是一个剑工，一个劳动人民，是被残暴的君主杀害了的。眉间尺母亲和黑色人的复仇行为，也都应该作这样的理解。

反抗残暴的统治者，对统治者决不容忍，决不退让，要以牙还牙，以眼还眼，纵使粉身碎骨也要顽抗到底，这不正是作者鲁迅的战斗精神吗？

在《理水》中，首先赞美了平治洪水为民除害的禹。作者是把禹当做献身于人民事业的代表来处理的。这里写到禹平治洪水的伟大功绩，写到禹平治了洪水，"分做五圈，简直有五千里，计十二洲，直到海边，立了五个头领，都很好。"写到禹的为公忘私的伟大的自我牺牲精神，为治洪水不顾家室，路过家门口也不到家看一下。又写到禹的艰苦朴素的作风，他穿着朴素，出行没有仪仗，随员都是些"乞丐似有大汉，面目黧黑，衣服破旧"。还写到禹的事业和人民的联系性以及他和一般昏庸腐败官员的斗争，如他主张用"导"的方法治水，遭到一般昏庸官员的反对，对他纷纷指摘，但他毅然不顾，坚决用"导"的方法，因为这方法是根据山泽实际情况决定的，也是为人民所拥护的。

总之，作者把禹描写成一个为人民事业献身的具有伟大自我牺牲精神的英雄人物，这个人物和《理水》那一群昏庸腐败的官员们恰成对比。禹是鲁迅小说中所创造的为数并不多的英雄人物中较突出的一个，和禹相同的还有《非攻》中的墨子。

《理水》又讽刺了国民党统治时期的资产阶级的"名流学者"们，这讽刺是尖刻的，而且是直接的，这部分是作者加入的现代内容，自然是禹的历史故事中所原来没有的。在这些"名流学者"中，有主张"阔人子孙都是阔人，坏人子孙都是坏人"的遗传论者，有说禹是一条虫的考据学家。有颠倒黑白虚报灾情的苗民言语学专家，有咒骂老百姓"冥顽不灵"的研究神农本草的学者，有胡言乱语莫知所云的伏羲朝小品文学家。这些人物都是影射现实中的真实人物，可以举出真名实姓来。鲁迅对这些人物的讽刺是尖刻无比的，从言谈举止一直到外貌，都极其生动地刻画出了他们的丑恶可笑。如那个说大禹是一条虫的考据学家，名字叫鸟头先生，说话口吃，说话时把鼻尖涨得通红，一边说着一边吃炒面，当乡下人反驳他的"禹是一条虫"的说法时，他"气忿到连耳轮都发紫"，要到皋陶大人那里去法律解决。又如那位伏羲朝小品文学家，当一位身穿酱色长袍的绅士说老百姓懒惰的时候，他接着说："是之谓失其性灵，吾尝登帕米尔之原，天风浩然，梅花开关，白云飞矣，金价涨矣，耗子眠矣，见一少年，口衔雪茄，面有蚩尤氏之雾……哈哈哈！没有法子……"这不是对林语堂等"论语"派的小品文学家一人绝大的讽刺吗？

《理水》另又通过考察专员视察水灾的描写，影射了国民党官僚对老百姓的疾苦漠不关心和国民党官场的丑恶现象。

《理水》加进的现代内容特别多，讽刺国民党统治时期资产阶级学者和影射国民党官僚的部分占了很大篇幅，在分量上超过了对禹直接描写的部分。而且在叙述和对话上加入了很多现代名词述语，如大学、幼稚园、水利局、维他命、碘质、蒸馏、时装表演、摩登、莎士比亚……还有英文"古貌林""好杜有图""O、K！"等等。这是为了讽刺现实而加进去的。

《非攻》是写墨子阻止楚国进攻宋国的故事。楚国公输般制造了云梯，怂恿楚王进攻宋国，墨子经过长途跋涉赶到楚国，以高度的智慧和辩才终于说服了公输般和楚王，使他们放弃了攻宋计划。小说着重写的就是墨子那种为制止侵略战争为争取人民的和平幸福生活而忘我献身的伟大精神，为了阻止楚国进攻宋国，他独自一个经过艰苦的长途跋涉到楚国去，草鞋磨烂，脚上起茧起泡，他全不在意，草鞋成了碎片，他就撕下一块衣裳来包了脚，向前走。身在强大的异国，同公输般和楚王辩论，这事情是含有极大危险性的，然而墨子不管，而且尖刻地讽刺了公输般和楚王。为了保卫人民的利益，他是把自身的一切置之于度外的。小说又写出了墨子的高度智慧，显示出他不但是一个伟大的思想家，而且是一个卓越的政治家和外交家。墨子虽企图用道理说服公输般和楚王，但也积极做着备战的布置，他对弟子管黔敖说："你们仍然准备着，不要只望着口舌的成功。"这显示出他处事的谨慎和干练。他和公输般玩木，多次攻守，都获得了胜利，显示出他对战术的精通。在对公输般和楚王的辩论中，更显示了墨子的绝顶的聪明和机智。小说又写到墨子的反对玄虚讲求实际的精神，如他反对曹公子的要宋国人都去死以便叫楚国人"看看宋国的民气"的主张，他责备曹公子："不要弄玄虚，死并不坏，也很难，但要死得于民有利！"他又反对公输般的用竹片做成的"只要一开可以飞三天的喜鹊"，认为这还不及木匠做的车轮，因削三寸的木头就可载重五十石，他认为："有利于人的，就是巧，就是好，不利于人的，就是拙，也就是坏的。"自然，悲天悯人的怀抱和人道主义精神，在墨子身上是表现得更为明显的，正是这种人道主义精神才使墨子为争取人民的和平幸福生活而忘我献身的。

鲁迅对墨子，也像对禹一样，是当做一个为人民利益而牺牲自我的英雄人物来处理，并且也像对禹一样，给予了真挚热烈的崇敬和赞美的。

《非攻》又对公输般、楚王、公孙高、阿廉、曹公子等做了讽刺，主要写出了公输般的虚伪狡诈，楚王的昏庸无能，公孙高的庸俗无知，阿廉的唯利是图，曹公子的不切实际。

《采薇》写的是伯夷、叔齐耻食周粟饿死首阳山的故事。

在这里，鲁迅是把伯夷、叔齐当做了反面人物来处理，这是和以往的传统观念不相同的。在封建社会中，伯夷、叔齐一直是为封建士大夫阶级所称颂，封建士大夫阶级一直把伯夷、叔齐看成为义士、贤者，认为他们饿死首阳是一种伟大气节的表现。实际上，若按照历史唯物主义的观点来看，伯夷、叔齐并算不上什么义士、贤者，而是具有盲目正统观念的遗老，在他们身上彻底体现了腐朽的封建道德。鲁迅把他们当做反面人物来处理是完全正确的，是符（原文为附）合历史唯物主义原则的。

鲁迅在《采薇》中所着重揭发和批判的，正是伯夷、叔齐的盲目的正统观念和腐朽的封建道德。小说写着，伯夷、叔齐也明白纣王暴虐无道，砍过河人的骨髓，挖比干王爷的心肝，"变乱旧章，原是应该伐的"，但他们却认为讨伐纣王："以下犯上，究竟也不合先王之道。"在武王出师伐纣时，他们拦住武王的马直着脖子大嚷："老子死了不葬，倒来动兵，说得上'孝'吗？臣子想要杀主子，说得上'仁'吗？"这是一副十足的遗老面孔。我们认为，武王虽也是属于统治阶级内部的人物，但他伐纣这件事情是符合人民的愿望代表人民的利益的，是完全正确的，伯夷、叔齐加以阻止是错误的。

因为把伯夷、叔齐当作反面人物来处理，因此也就随处对之给予了讽刺。如写到伯夷、叔齐先到华山，被华山大王小穷奇截了路，搜了全身；到首阳山之后，被老百姓当做了怪物和古董，等等。

《采薇》中的主张为艺术而艺术的小丙君和小丙君的女仆阿金，是加的现代内容。

《出关》和《起死》是写老子和庄子的故事，这两篇对老庄的"无为无不为""生即是死，死即是生"的玄虚思想作了批判和讽刺。

在《出关》和《起死》中，鲁迅对老子和庄子所采取的态度也是正确的。对老子和庄子的整个哲学思想究竟应该怎样评价，还有待我做更全面和深入的研究，不过鲁迅所提出批判和讽刺的这部分——"无为无不为""生即是死，死即是生"等，确是玄虚的，应该加以批判和讽刺的。

经过以上对各篇的分析，我们可以明了《故事新编》写的是怎样的内容了。

再总括说一下：《故事新编》中的八篇小说，都是写的历史故事，有些篇在历史故事中又加入了现代内容。在这里面，一方面赞颂了献身人民事业的古代优秀人物禹和墨子，赞颂了劳动和创造，也赞颂了古代人民的坚定不移的复仇精神和反抗暴君的坚强意志；另一方面讽刺了老庄的玄虚哲学，讽刺了伯夷、叔齐的盲目的正统观念，也讽刺了现代社会的一些丑恶的人和事。在《故事新编》中，鲁迅对历史人物的评价都是极为正确的，符合历史唯物主义的原则的。特别是对伯夷、叔齐、墨子、禹的评价，更是突破了传统的观念，超出了当时一般认识的水平。以往一般人总认为伯夷、叔齐是义士、贤者；又因受儒家的影响，一般人对墨子也估价不足；对禹加以赞美的人也很少。总之在《故事新编》中，肯定了应该肯定的，否定了应该否定的，作者的爱憎也很分明，对正面人物给予了深挚的赞美，对反面人物给予了尖刻的讽刺。特别是对反面人物的讽刺方面尤其出色，显示了高度的战斗力，是很好的讽刺文学。

最后说一下历史文学作品中加现代内容的问题。根据历史唯物主义的原则，应该按照历史的真实情况来写历史，不能加现代内容，这也是社会主义现实主义的历史文学所应该遵守的创作法则。《故事新编》虽然在处理历史事件和历史人物上都很正确，所加的现代内容也都具有直接抨击现实的作用，但这种把历史故事和现代内容混合在一起的写法往往令人弄不清究竟是写什么了，一般读者读《故事新编》之所以感到困难就正在这个地方。这是因为鲁迅在写这些作品的时候是在抗日战争以前，当时历史文学的创作尚在草创时期，鲁迅为了加强直接讽刺当时国统区黑暗现实的战斗作用，所以在写历史故事的时候加进了现代内容，但我们应该认识这种写作是有它客观的历史条件的，但有些人却牵强附会地找出种种理由来说明这种混合历史故事和现代内容在一起的写法是社会主义现实主义的。如雪苇就说《故事新编》所加的现代材料是"为原传说本身所需要，因此，补进去以后，自然成为它本质的构成部分，于是'天衣无缝'"。这说法是难以令人信服的。（《鲁迅散论》：《关于故事新编》）又有的同志为了反驳雪苇的错误论点，就说《故事新编》不是写历史，"只是假借历史小说的形式，在反动统治阶级的残酷的压迫下，向黑暗势力举起自己的投枪而已"（伊凡：《鲁迅先生的故事新编》——见一九五三年第十四号《文艺报》）。这说法也是不全面的，"向黑暗势力举起自己的投枪"，只能指所加的现代内容的部分，但《故事新编》的八篇小说都是以写历史故事为主，现代内容不过是一个不重要的穿插而已，怎能说不是写历史呢？自然，我们指出《故事新编》这种混合历史故事和现代内容在一起的写法，如果用历史的观点看这一问题，也就不足为怪了。所以，它的价值是不会因此而丝毫减色的。

载《北京文艺》1956 年第 12 期

谈《海市》

在散文《海市》里，杨朔同志以清新深婉的笔触，描述了渤海湾长山列岛的富饶美丽和岛上渔民幸福愉快的生活。

《海市》描写的是人民公社成立后的长山列岛。作者很注意这个时代特点，很注意人民革命给长山岛带来的巨大变化。登上长山岛，作者就提醒人们注意"别以为海岛总是冷落荒凉的"。紧接着描画高坡低洼葱绿苍翠的果木花树，树木掩映的青堂瓦舍的渔村，四通八达，浓荫夹道的大路，海一般碧绿的庄稼地，穿着鲜艳衣服在庄稼地锄草的渔家妇女，还有播送着全国小麦大丰收的公社扩音器的声浪……这一切都是充满时代色彩的，这是解放十年后并且成立人民公社以后的海岛的景象，是一派生气勃勃，繁荣兴旺的景象。最能显示海岛繁荣兴旺的是海产的丰饶和渔民生活的富裕，文章具体地描述了这两个方面。黄花鱼的大鱼群到来时，一网能捕二十多万条。用"坛子网"拉虾，一网一网往船上倒，往海滩上运，海滩的鱼堆成垛，垛成山。干贝、鲍鱼、海参、鲐鱼、燕儿鱼……应有尽有，渔民经常用刚出海的鲍鱼、鲜嫩的干贝等珍贵海味招待客人。渔民家家石墙瓦房，十分整洁。屋里的摆设非常考究：又软又厚的褥子毯子、金漆桌子、大衣柜、穿衣镜、座钟、盖碗、大花瓶……象新婚的洞房一样。渔民的生活是富裕的，他们的心情也是欢快的。看那些"碰"鲍鱼的中年人，在劳动过程中"都象年轻小伙子一样嘻笑欢闹"；在地里锄草的妇女，"穿红挂绿"，鬓角上插着枝野花……寥寥几笔就点染出渔民的昂扬欢快的精神状态来了。

　　文中还描画了长山列岛的美丽的自然风光。全文开始，点出依山抱海、凌空欲飞的蓬莱阁，点出海天茫茫、空明澄碧的景色，接着写了象水墨画一样的变幻飘忽的"海市"。底下描画岛上的美景。岛上的野花写得更有特色："春天有野迎春；夏天太阳一西斜，漫山满坡是一片黄花，散发着一股清爽的香味。黄花丛里，有时会挺起一枝火焰般的野百合花。凉风一起，蟋蟀叫了，你就会闻见野菊花那股极浓极浓的药香。到冬天，草黄了，花也完了，天上却撒下花来，于是满山就铺上一层耀眼的雪花。"还有那花沟的遍地桃花，年年桃花开时，"就象千万朵朝霞落到海岛上来"。这些美丽的自然风光，有浓郁的诗情画意。这些景物描写并不是闲笔，这对表现海岛的繁荣兴旺和渔民的幸福欢快生活，起着有力的烘托作用。

　　《海市》内容的深刻之处，还在于将渔民在新旧社会的遭遇作了对比，追述了渔民过去的悲惨生活和斗争情况，指出促使渔民生活起变化的力量是革命。生产队书记宋学安的谈话是震动人心的。他述说的长满蒿草的假坟，往昔下海捕鱼的风险，船主的狠毒残酷……使人认识到渔民在旧社会的生活是何等悲惨。他述说的日本投降后，渔民在党领导下向船主进行斗争，解放战争期间，渔民协同解放军战斗所遭受的艰险，使人认识到胜利、解放来之不易，幸福生活来之不易。宋学安的几句话道出了深刻的革命真理："要不闹革命，就是真正神仙住的地方，也会变成活地狱。""一闹革命，就是活地狱也能变成象我们岛子一样的海上仙山。"这也是作者通过这篇散文要告诉读者的深刻思想。

　　《海市》所选取的素材、所刻画的艺术形象，不仅是富有思想意义的，具有时代特色的，而且是较新颖、突出的，也是具有地方色彩的。因此在我们读它时，不仅在思想上受到启发和教育，而且觉得引人入胜，兴味盎然。作者非常注意选取长山列岛特有的事物来加以描写。如写海鱼，不写一般的鱼，而写在海面上露出小山一般脊梁的几十丈长的大鱼，和展开翅膀贴着水皮飞的燕儿鱼。写"碰"鲍鱼的情景：水性好经验多的中年渔民，每人带一把小铲、一个葫芦，葫芦下面系着一张小网，铲到鲍鱼以后，便浮上水面，把鲍鱼丢进网里，扶着葫芦喘口气，又钻下去。这些"碰"鲍鱼的渔民，向参观者的船上扔闪着珍珠色的鲍鱼，扔一尺左右长的活海参，扔贝壳象蒲扇一样的干贝，扔圆圆的周身长满黑刺的名叫"刺锅"的怪东西。写用"坛子网"拉虾，这种网用坛子作浮标。写黄花鱼起了群，从海底浮到海面上，大鲨鱼追着吃，追得黄花鱼啾啾叫。写雪团似的海鸥坐在岩石上的窝里孵卵，小孩子去取鸥蛋，那母鸥转转眼珠，动都懒得动。……在未到过海岛的人看来，这些景物都是很新奇的，读起来很有兴味。这些景象也富有地方色彩，这是长山列岛的景象，不仅不同江河湖泊，和其它海岛的景象也不全相同。

《海市》具有深刻的思想意义，它描写了今天长山列岛的富饶美丽和渔民的幸福生活，追述了渔民过去生活的悲惨和斗争生活，并指出今天幸福生活的根源是革命，这样，描述了渔民的新生活，也赞颂了革命，赞颂了党。而且，文中摄取了一些富有时代色彩和地方色彩的景象，刻画了一些新颖特出、引人入胜的艺术形象，再加上作者对美景的点染，海市的烘托，又使文章产生了浓郁的诗情画意，唤起了人的美感。

在艺术手法上，《海市》在很多地方运用了曲折跌宕的笔法。对事物不开门见山地直说，先顿挫一下，欲扬而先抑，欲擒而先纵。

本文先从虚幻的海市写起，接着写坐船去寻海市，登上长山列岛后，也未说明是什么地方，还说岛上景物和从前在海市里望见的一模一样，全文末尾才点明这是长山列岛。从艺术结构上说，这是一个大的曲折，有了这个曲折，使文章产生了含蓄蕴藉的意味，在未点明长山列岛时，令人涵咏追思，真相大白之后，对长山列岛留下的印象更为深刻了。除这大的曲折之外，在文章中还有一些小的曲折跌宕。如当宋学安叙述了斗船主闹革命之后，"我"问道："只有一点，我们革了船主的命，可不能革大海的命。大海一变脸，岂不是照样兴风作浪，伤害人命吗？"这又是一个跌宕手法，这样顿挫一下，底下那段大海不能再逞威风的叙述，就更能引人注意了。即便写渔民妇女听广播这么一件简单的事情，作者也舍弃平铺直叙，而采用了跌宕顿挫的写法："有一个青年妇女，鬓角上插着一枝野花，倚着锄站在槐树荫里。她在做什么呢？哦，原来是在听公社扩音器里播出的全国小麦大丰收的好消息。"中间插上一个疑问句"在做什么呢？"接着又加上一个惊叹词"哦！"就使下面扩音器广播全国小麦丰收这件事表现得更为有力了。

　　这些曲折跌宕，使文章增加了波澜，使读者如行回廊曲径，如观叠嶂重峦，感情常在起伏变化之中，艺术兴味随之油然而生。

　　《海市》有着新颖的艺术构思，不仅选材新颖，在描述上也新颖。作者对事物总是反复思索，力求找到自己的表现方法。如形容天和海的颜色是"天青海碧"，准确而逼真，而不用"水天一色"这种沿袭已久的句子。作者又这样描写海水："海水碧蓝碧蓝的，蓝得使人心醉，我真想变成一条鱼，钻进波浪里去。"这是有个人独自的感受在内的。新颖的形象和手法，增加了文章的优美和诗意。

　　《海市》的语言清新洗炼，并带有抒情色彩。这也是杨朔散文语言的共同特色。杨朔善于吸取群众口语和古典文学语言的精华，并且对二者皆有提炼加工。他运用群众口语，采取古典文学语言，皆力求平易新颖，务去陈言套语，他善用淡笔，形容事物适可而止，使得语言清新、自如。他很注意锤字炼句，语句简洁流畅，多数句子也简短，民族化风格鲜明，一些经过提炼的文言词语的运用使他的语言变得更为洗炼。例如在第一段中，大部分是朴素平易的口语，语句简洁流畅，其中也夹带着一些文言结构的四字短句和词组，如"依山抱海""凌空欲飞""海天茫茫，空明澄碧""天青海碧"等。这些四字短句和词组使这段文章的语言更为精炼，也增加了韵律感；同时也由于选词恰切，使事物表现得更为生动逼真，并增加了诗的意境。再如："故乡一别，雨雪风霜，转眼就是二十多年。"也有同样的艺术效果。又如："这叫桃花虾，肚子里满是子儿，最肥。""还扔一种名叫刺锅的怪东西，学名叫海胆，圆圆的，周身满是挺长的黑刺，跟刺猬差不多，还会爬呢。"这些句子，语法结构是中国式的，句子简短，而且语气婉和，语言的抒情色彩极其浓厚，表现出杨朔语言的民族风格。

　　《海市》的结构特点是平顺之中见曲折，散落之中见谨严。开始说海市，接着写回乡，寻海市；再写岛上风光，渔民劳动生产和幸福生活；中间插进宋学安，由宋学安的对话叙述渔民过去的悲惨生活和斗争，以及解放后生活的变化；最后点明长山列岛。就整个布局看，按事实过程顺序描写，结构是平顺的，但由于中间采用了跌宕顿挫的笔法，使文章在细节方面又有起伏变化。再就事件的过渡说，看似散散落落，实际皆有所归，归在描画长山列岛的富饶美丽和渔民新旧生活的变化上。如果说结构上存在缺点的话，那就后半部分比较松弛，宋学安的对话占篇幅太长，和别的部分不相称。如果宋学安那些叙述过去生活斗争的话不由宋学安直接说，而由作者转述，只在关键部分引宋的原话，就可以使叙述概括，从而大大压缩篇幅，和别的部分也就可保持均衡了。

（选自烟台师专《语文教学》1979 年第 1 期）

叶圣陶的《夜》

　　叶圣陶的短篇小说《夜》是写革命者牺牲的故事。革命者是一对青年夫妇，他们被反动派杀害了，他们被杀害之后，只剩下一个刚会说话的幼儿和这幼儿的外婆——老妇人。故事是从老妇人和幼儿这方面展开的，青年夫妇被杀害的场面未正面写出，只从人物的对话中叙述出来。

　　这篇小说写于一九二七年十一月，小说中虽未点明故事发生的年代，但从故事内容看，很明显是写一九二七年大革命失败后那个短时间的情况。

　　一九二五年至一九二七年的大革命，是中国共产党领导中国人民所进行的第一次伟大的反帝国主义反封建主义的革命战争。这个革命战争于一九二六年七月正式开始后，短期间内就有很大的进展。但不久之后，由于蒋介石和汪精卫反革命集团的叛变，再加上陈独秀右倾机会主义的错误，使这个革命战争失败了。大革命失败以后，国民党反动派建立了黑暗的特务统治，向共产党员和革命青年施行了惨无人道的野蛮的屠杀，他们的口号是："宁可枉杀千人，不可走漏一个。"在白色恐怖之下，有多少优秀的革命青年被屠杀了，《夜》中所写的青年夫妇，就是属于在大革命失败后被国民党反动派所杀害的千千万万的革命青年之列的。

　　小说对青年夫妇被杀害的情景未做正面描写，是通过阿弟的叙述写出的，在这短短的一段叙述里，已经充分看出反动派是如何残酷地屠杀革命者了。而且，被屠杀的决不止青年夫妇两个，"完了的人也多得很，男的，女的，长袍的，短褂的……"这正是大革命失败后反动派大批大批地屠杀革命者的真实情况。小说还通过阿弟的回忆写出刑场上惨绝人寰的情景："种种可怕的尸体，皱着眉咬着牙的，裂了肩穿了胸的，鼻子开花的，腿膀成段的，仿佛即将踢开棺木板一齐撞到他身上来。"这真是令人发指的！这段文字有力地揭露了国民党反动派的血腥罪行，读了这段文字的人都会激起对国民党反动派的强烈仇恨来的。而且，国民党反动派统治下的白色恐怖，不仅威胁着革命者，必然也威胁着革命者的家属。革命者被杀害了，忧伤、哀悼、恐怖必然会袭击到革命者家属的头上，他们必然要忍受生活上的艰辛与精神上的磨折。《夜》在这点上也写到了。青年夫妇被杀害之后，家中剩下的只是老妇人和一个刚会说话的孩子，当噩耗最初传来的时候，老妇人陷在哀伤和恐怖里。在死沉沉的夜晚，黄晕的灯光下，老妇人的眼前老幌动着一摊血，脚步声、门环响声，都使她异常害怕，"以为或者就是找她同孩子来的"，她忍受着恐怖的失眠的夜晚，"她的泪水差不多枯竭了"。怀里的孩子老是呜咽着，哭叫着："妈妈呀……妈妈呀……"老妇人用又古旧又拙劣的语句抚慰着孩子，但总难使孩子安静下来……作者以满腔的同情描写了老妇人和小外孙的悲苦的生活，从革命者的家属这个角度反映出了国民党反动派统治下的白色恐怖，也有力地揭露了国民党反动派的滔天罪恶，看了这一老一小的悲苦生活，读者们会禁不住对国民党反动派切齿痛恨的。

《夜》从一个现实生活角落反映出了大革命失败后国民党反动派统治下的白色恐怖的真实情景，反映出了当时"黑暗的中国"的社会生活现象，有力地揭露了国民党反动派残酷屠杀革命者的血腥罪行，内容是有很大的积极意义的。小说题名为《夜》，一方面表明故事是发生在夜间，一方面也暗示当时的中国是处在白色恐怖之下，处在黑暗之中。

《夜》又写出了在白色恐怖下人民反抗意识的滋长，这是从老妇人的身上体现出来的。小说真实而细致地刻划出了老妇人的心理变化过程，这变化是由哀伤、恐怖到怀疑、痛苦，以至仇恨感情和反抗意识的滋生。在最初听到噩耗的时候，老妇人几乎为哀伤和恐怖所压倒，她感到孤单无助，感到前途渺茫，"在她衰弱而创伤的脑里，涌现着雾海似的迷茫的未来"。听了阿弟叙述女儿女婿被害经过之后，她先是怀疑女儿女婿既然和脸生横肉声带杀气的囚徒不是一类人，为什么得到同样的结果？继而她心里充满烈焰似的痛恨，泪眼中闪着猛兽似的光芒，喊出："那辈该死的东西！"她还要到街上去喊，告诉反动派她是被害者的娘，她声言要"给年青的女儿女婿报仇"！当看了女儿女婿的字条之后，她的反抗精神更加成长了，她明白了女儿女婿的心思，周身增加了一股新的生活力，"她已决定勇敢地再担负一回母亲的责任"，她要为革命培养新的一代，她要用实际行动来对反动派的暴行加以反抗，来为革命贡献出一分力量了。老妇人，这是一个勇敢、坚强的母亲的形象，她的身上爆发着星星的革命的火花。如果处在革命环境里，她可以成为一个尼洛芙娜（高尔基《母亲》的主人公），因为她和尼洛芙娜的气质是近似的。这是一个富有积极意义的人物。

从一个老年妇女的身上发掘出了革命的火花，显示出了人民反抗意识的滋长，这也是这篇小说的可贵的一面。这一点和当时的现实情况也是符合的。大革命失败后，虽然"黑暗的中国代替了光明的中国"，虽然现实中充满了沉重的黑暗，但燎原的火把仍在暗夜中熊熊地燃烧着，也正如毛主席在《论联合政府》中所说的："但是，中国共产党和中国人民并没有被吓倒，被征服，被杀绝。他们从地下爬起来，揩干净身上的血迹，掩埋好同伴的尸首，他们又继续战斗了"。《夜》虽然没直接写出中国共产党和中国人民的战斗，但它从一个生活角落写出人民反抗意识的滋长，这和当时不断加强壮大的革命洪流是息息相通着的。

《夜》的主要内容应该就是以上讲的这两个方面，即表现大革命失败后国民党新军阀统治下的白色恐怖，反动派对革命者的残酷屠杀；以及在白色恐怖下人民反抗意识的滋长。

另外，《夜》也在一定程度上写出了革命者的勇敢坚强的面貌。青年夫妇并未正面写出，但从他们死时的坚决看，说明他们是有高度觉悟的革命者。他们有为革命而牺牲的精神，他们临难不苟，视死如归，他们勇敢，坚强。这只要看一下他们留给老妇人的字条就很了然了："儿等今死，无所恨，请勿念。恳求善视大男，大男即儿等也。"作者对这青年夫妇是充满无限赞美之情的。

小说的整个内容都写得真实动人，具有很强的感染力，有几处细节描写能使人的感情深深为之激动。如开始老妇人哄孩子的一段就是非常感人的，孩子哭着叫"妈妈"，老妇人战战兢兢地把一句"妈就会来的"说了再说，但只能使孩子哭得更响些，"而且张大了水汪汪的眼睛四望，看妈妈从哪里来"……这段情节真切地写出了老妇人和小外孙的悲苦，不但会引起读者对革命者家属的同情，也会引起读者对反动派的痛恨，这段情节使作品增加了艺术感染力，也使作品的主题得到强有力的表现。再如阿弟叙述去探视青年夫妇尸体的情景的一段，也写得真切而动人心魄，虽然阿弟在叙述，但当时的情景非常逼真地显现在读者面前了。"两个人向野里走。没有路灯。天上也没有星月，是闷郁得像要压到头顶上来的黑暗。远处树同建筑物的黑影动也不动，像怪物摆着阵势。偶或有两三点萤火飘起又落下，这不是鬼在跳舞，快活得眨眼么？狗吠声同汽车的呜呜声远得几乎渺茫，好像在天末的那边。却有微细的嘶嘶声在空中流荡，那是些才得到生命的小虫子。"这段环境描写，以及那段看尸体的描写，都是令人颤栗的。这里除用阿弟叙述描写探视青年夫妇尸体的情景外，还通过阿弟的回忆来描写当时的情景，这样就使得情景更加逼真具体地写出来，这手法也是值得注意的。《夜》中的一些细节描写都是真实动人的，对主题的表现也有着强有力的作用。

《夜》中对人物的心理描写也真实而细致，这也是较突出的优点。

在故事结构方面也有值得取法的地方。这故事有两个线索，一是青年夫妇的被杀害，一是老妇人对青年夫妇被杀害这件事引起的反应。作者没有把这两个线索都正面写出，只正面写了老妇人这方面，而把青年夫妇被杀害放在人物对话中表现出来。这样的表现方法并没有使内容受到损伤，但却节省了很多篇幅。这小说如果放在另外一些作者手里，也许会把这两个线索都做正面的详尽的描写，那样就会使篇幅拉长了。这样的表现方法使这篇小说达到了精炼和紧凑。

据说有些青年读者对《夜》的主要人物问题曾经发生过争论，有的主张老妇人是主要人物，有的主张青年夫妇是主要人物。根据我个人的初步理解，我认为《夜》的主要人物是老妇人，而不是青年夫妇。我们认为，判定作品中的主要人物，不是根据他在广大的现实世界中所处的地位如何，而是根据他在作品所反映的艺术形象（故事内容）中所处的地位如何，也就是在作品中所反映的现实生活角落中所处的地位如何。现实世界是广大的，一个作品所反映的却只是现实世界的一个角落和现实生活的一个片段，我们就看作家在作品所反映的现实角落和生活片段中把什么人放在了主要地位，这个被作者放在了主要地位的人就是作品的主要人物。一般地说，作品的主要人物应该是这样的人物：即作品的故事主要以这个人物为中心展开，也就是作品的内容主要是写这个人物的生活经历，而作品的主题思想也主要是通过这个人物的生活经历而体现出来。根据这样的理解，我们就判定《夜》的主要人物是老妇人，而不是青年夫妇，虽然在现实世界中青年夫妇比老妇人的重要性的积极意义更大些。我们是说的作品中的主要人物，而不是说的广大现实世界中的主要人物，有的人之所以把青年夫妇当做主要人物，大概是觉得青年夫妇在现实世界中比老妇人的重要性和积极意义更大的缘故。也可以用其他的作品来举例说明这个道理，如叶圣陶的《倪焕之》中的主要人物是倪焕之，而不是王乐山，鲁迅的《药》中的主要人物是华老栓、华大妈等，而不是夏瑜，虽然王乐山和夏瑜这样的人物比倪焕之、华老栓华大妈这样的人物在现实世界中具有更大的积极意义。在这里还要注意一种情况，就是有些作品的主要人物不是一个，而是若干个，这若干个人物在作品中的重要性都相差不多，如曹禺的《日出》和《雷雨》就是这样，我们难以在作品中显示的重要程度上把陈白露、潘月亭、黑三、李石清、黄省三或周朴园、繁漪、侍萍、周萍、四凤之间分出高下来。遇到这样的情况，我们千万不要陷在为人物排座次的纠纷里，因为这对理解作品没有什么帮助，这是没有什么意思的。

载《文艺学习》1957 年第 1 期

一首赞颂纺织工人的诗

——温承训的《白雪啊！白布》

温承训同志的新作《白雪啊！白布》（见《北京文艺》1963 年 5 月号），是一首赞颂纺织工人的诗。

把主题这样归结出来（赞颂纺织工人），再看看诗题，大概可以想见它的内容不外如此：纺织工人积极劳动，生产出大量白布，白布象雪一样洁白。不错，有这样的意思，但不止于此，它的含意还深厚得多。

全诗共六节，前三节是关于雪的描写，后三节才转到描写纺织工人上。在这里，雪一方面是作为比喻的象征性的形象，另一方面还是个实在的形象，而且首先是作为实在形象而存在。诗一开始是写在下雪天到工厂去参观，很自然地把雪作为背景描画了出来："雪铺十里路，雪压十里树，十里春雪纷飞，行人难举步。棉纺厂在哪里？雪花可遮不住——长长的白烟在招手，怕我迷了路。"这节诗写了大雪纷飞的情景，并点出了棉纺厂，最后点明棉纺厂的两句诗非常精巧。第二节接着写了雪中景物：雪飘如雾，汽车、房屋、树木皆被雪笼罩。怎样把雪和纺织工人联系起来呢？第三节巧妙地承担了这个任务："是谁织成了这块银纱，把英俊的首都轻轻罩住？是谁满怀着豪情壮志，为早春的北京改换装束？是雪女王？不！不！大太阳将揭穿她骗人的魔术。"这节诗中提出"雪女王"是个重要引线，从这自然而巧妙地引到纺织女工的身上。

从第四节开始，正式写到纺织工人。第四节这样写着："走进棉纺厂车间，哈！人来车往热呼呼，白茫茫啊——棉条越并越细，纱锭越转越粗，几千台织布机，卷着银河似的布，好一个雪白的世界，这里有真正的白雪公主，真正一尘不染的是，纺织工人的心灵深处。"这节诗中，用六行诗写了棉纺厂车间的劳动情况，写得生动逼真，而且有很大概括性。底下的两行"好一个白雪的世界，这里有真正的白雪公主"，照应了前节提出的"雪女王"，而且也使前三节所写的雪景有了依托，使雪景同时成为比喻各处"卷着银河似的布"的车间的象征性形象，这样，使写雪的前半部分和写纺织工人的后半部分就成为一个有机的整体了。

看得出，这首诗的构思是新颖的，精巧的。赞颂纺织工人，从咏雪开始，由雪引出"白雪公主"这个美丽的形象，这形象使所赞颂的纺织女工增加了神采；雪景既是途中所见实景，又对表现纺织工人起了烘托作用。这就是这首诗的独自的表现方法。对这样一个内容，一般的写法这样：题目改为《颂纺织女工》，诗一开始就开门见山"走进棉纺厂车间"，然后描写一番车间生产情况，赞颂一番纺织工人的劳动热情。温承训不采用这样的写法，他独出心裁，创造了自己的新颖的写法。不描画雪景，只保留后三节诗，是不是可以呢？当然，那样也能将诗的主要内容保存下来，不过，诗的意境就显窄狭了，"白雪公主"这个美丽的形象就不够生动了，白布堆积如山的车间和纺织工人的光明纯洁的心胸也有些失掉光彩了。就是说，对雪景的描画并不是多余的（对雪景的描写也还存在着缺点，待后面再说），作者这种独出心裁的写法是有可取之处的。

这首诗另外一个优点是寓意深厚。第五、六节是这样赞颂纺织工人的："小不过接好的线头儿，大不过胸藏的抱负——日夜巡回忙赶路，把一套套新衣，一匹匹白布，不分城乡送给家家户户！""为谁辛苦？为谁造福？白布啊！白布！磊落！纯洁！朴素！"

这两节诗包含着诗的重要内容，全诗的主要命意所在包含在这两节诗里。这两节诗也确能充分有力地赞颂了纺织工人，不但赞颂了纺织工人宝贵的劳动价值："把一套套新衣，一匹匹白布，不分城乡送给家家户户"，还赞颂了纺织工人全心全意为人民服务的"磊落、纯洁、朴素"的心胸。不象一般诗那样只停止在歌颂工人阶级的劳动热情上，而且对工人阶级的"一尘不染"的"心灵深处"也作了深深的赞美。

温承训同志写诗已经有十多年了，他以往一些成功的作品，一贯以构思精巧、抒情细致见长，看来他不甘于简单化地反映生活现象，不甘于表面地抒发感情，总设法把生活现象反映得巧妙一些，丰富一些，把感情抒发得深沉一些，细致一些。《白雪啊！白布》这首诗同样具有这种优点。

《白雪啊！白布》也还存在着缺点，就是结构还不够十分谨严。我觉得第二节的六行诗虽然对雪中景物写得很生动，但对表现诗的主要形象纺织工人作用不大，第一、三两节中写的雪景已经尽够了，第一节末尾已经点出了棉纺厂，就应该紧接着过渡到写纺织工人，不必再写途中景物了。还有，第四节写到"这里有真正的白雪公主"这句也可作结，末两句诗"真正一尘不染的是：纺织工人的心灵深处"移到第六节末尾，作为全诗的结尾，可能会更加完整些。

温承训同志是位工人诗人，是业余作者，他在诗创作上的成就，显示了我们业余作者的文艺大军的雄厚力量。

载《北京文艺》1963 年第 9 期

吴伯箫和他的散文

　　吴伯箫同志是一位有几十年散文创作经历的老作家，出版过《北极星》《羽书》《烟尘集》散文集和《潞安风物》报告文学集。他作品不算多，但在散文创作上已经形成独自的风格，取得了可贵的成就。

　　他写作散文开始于一九二五年。第一个散文集《羽书》共收十八篇散文，是一九三三年至一九三六年这期间的作品。

　　《羽书》中的作品明显地刻印着作者的生活和思想的烙印。三十年代初期，吴伯箫是一个站在斗争旋涡之外的知识分子，他于一九三一年在北京师范大学毕业，然后到青岛大学工作，所经历的教育岗位的生活是平静而孤寂的。他具有正义感，对国民党反动统治和黑暗现实不满，特别对在日本帝国主义侵略下中华民族的命运非常关切，十分忧心。他当时站在群众斗争之外，还没有用马列主义指导自己的创作，思想上充满了矛盾，反映在他的创作中，常常是视野不宽阔，取材较窄狭，题材的积极意义不够大，甚至有时流露出憧憬幽静生活、逃避动乱现实的消极倾向。这样就使他的作品时代投影较单薄，现实烙印不浓重，也就降低了战斗性。

　　他常常取材于他儿童时代在乡村经历的生活，每一描述就恋念不已。《马》追念童年时骑马的趣事。《灯笼》描述童年时有关灯笼的回忆。《夜谈》除写旅客夜谈和革命者夜谈之外，特别满怀深情地追述了乡间夏夜老幼乡亲在打谷场上的欢聚。《荠菜花》由荠菜花联想起童年放风筝、打秋千的情景，联想起在菜园左近捕鸟的故事，麦黄时蚕桑的忙碌，"想起了桃杏花，想起了紫陌红尘，同紫陌红尘中熙来攘往的看花人。也想起柳絮、榆钱、蒲公英、满天飞的麻雀"。有些作品取材于他所经历的日常生活，显示出他对现实斗争的疏远和隔膜。《山居》记述了他在青岛时的山居生活，描述了春夏秋冬的生活情趣，着力渲染山居生活的幽闲。虽然写到三五乡老谈长毛、红枪会、税捐，"拿粮换不出钱，乡里的灾害，兵匪的骚扰，希望的太平年及怕着的天下行将大乱"，但只一点即过。《啼晓鸡》声言向往"鸡犬之声相闻，老死不相往来"的古朴的乡村生活，声言"不是遁世思想，以寄迹山林"，只是田野风物，竹篱茅舍，豆棚瓜架，熏染过深。《边庄》描画乡村的恬静生活和如画美景，并说自己"要移家边庄了"。

这些作品描述了一些生动的生活细节，但多半没能以小见大，没通过这些日常小事提炼出较深刻的思想。虽然有的作品结合着追念往事，抒发了对异族侵略的忿懑和慨叹（如《荠菜花》），但总的说来积极意义是不大的。在那样一个动乱的时代，如果以乡村生活为素材的话，应该着重刻画出阶级不平和阶级斗争的面影，才能充分发挥文学的战斗作用。吴伯箫有的作品接触了这个内容（如《羽书》），但不多，这不是他着重描写的对象。

《记故都》记述他曾生活数年的北京，赞美了北京的名胜古迹，风物人情。赞叹北京："既朴素又华贵，既清雅又大方；包罗万象，而万象融而为一；细大不捐，而巨细悉得其当。"一脉深情，但毫未联系时代风云。《岛上的季节》主要写了青岛的季节变换，没表达出具有社会意义的积极内容。

在抗日战争以前，虽然为时不长，也看出他在创作上明显的进展。一九三六年写的《羽书》和《我没见过长城》，表现了强烈的爱国思想，并向人们发出战斗的号召。《羽书》记述作者童年时的一段往事，群众反对官府，用"鸡毛翎子文书"传信，到各村约人带干草和白蜡竿，齐力火烧了口子镇，县长逃跑，量地委员受重伤。领头闹事的一个砍头，两个坐牢。接着联系八月十五杀鞑子的故事。结尾发出号召："啊，'鸡毛翎子文书'，飞啊！告诉每个中国人，醒起来，联合了中国人的真正朋友，等那一天，再来一个八月十五！"《我没见过长城》开篇就发出慨叹："朋友，真惭愧，我还没见过长城，长城就改变了颜色！"以下叙述长城建成的历史，历数长城沿线的关塞，赞美长城是"世界人类的标帜"，是"几千万古代华胄血肉的结晶"，中华文明古国有了它才算不朽。结尾说："长区！登临匪遥，愿尔为华国作障，壮起胆来！"对中华儿女发出守土抗战的呼号。

对社会上黑暗不合理的现象，吴伯箫充满了忿激之情，但在接触到这类问题时，并不揭露和鞭挞，而是常常发出无可奈何的感叹。《梦到平沪车站》中写听见小贩叫卖烧饼，发出疑问："喂。伙计，你不睡觉么？这样凉的夜！同伙们呢，都那儿去了？你穿的衣裳可够厚？你不是提了烧饼的篮子还在饿着？"接下去是感叹："天啊！我要呼一声'天'了。"就到此为止了。《阴岛的渔盐》写参观盐田所见，曾发出浩叹："唉，拿不花钱的日光，晒不花钱的海水，盐，成本算不得很大，制造也不算顶难，为什么曾有过盐潮的乱，内地僻壤，食盐要比油还贵呢？奥妙也许有，可是草木之人那会懂。"表达了忿慨之情，但是很缺乏力气。这说明作者具有正义感，但缺乏斗争精神。这种精神状态是不少小资产阶级知识分子所具有的。《海上鸥》更明显地吐露了要反抗斗争又软弱无力的矛盾苦闷心情。一方面诅咒："长白山下怎么来的那些魔鬼，黄浦江滩什么罪都涂遍了赤血尸灰？"并发誓："走罢！走天涯的尽头处，干罢！干它个血肉模糊。"但终于因"重重罗网，处处绑索……挣扎的收场徒赚得精疲力竭满颐苦笑而已"。

《羽书》集中的作品思想是软弱的，但艺术上达到较高的水平。其中大多数作品写得结构严整，语言洗炼，由此可见作者对散文这一文艺形式具有很深的造诣和功力。

抗日战争爆发后，吴伯箫冲出狭小的生活圈子，投入火热斗争。一九三八年春，他由国统区去延安，入抗日军政大学学习，毕业后奔赴山西前线。这一生活变化，使他的创作具有了新的面貌。他扫除了思想上的抑郁和矛盾，充满乐观精神和蓬勃朝气。选取的都是具有重大意义的题材，叙写的都是充满铁和血的尖锐激烈的斗争。

这时期的作品主要收在《潞安风物》报告文学集里。有些作品反映八路军和群众抗击日寇的英雄事迹。《夜摸常胜军》写"攻如猛虎，守如太山，百战百胜"的一二九师七七二团，这个部队在抗日战争中创造了辉煌的战绩，踏入抗日战争一年零六个月，从没有过三天以上的休息。《响堂铺》写八路军一个团截击敌人一百八十辆汽车，三小时解决战斗。《神头岭》写八路军的伏击敌，一场战斗歼灭日兵一千二百名，俘马千匹，毁百车辎重。《郭老虎》写一个复员军人独自用手榴弹炸死两个日兵，俘获一匹马，一支步枪，一辆脚踏车。《沁州行》写号兵陈可胜只身摸到日军驻地，吹集合号召集起日兵，然后扔掷手榴弹，炸死众多日兵，自己也英勇牺牲。还写四个孩子偷袭日兵军营，扼死哨兵，然后端着冲锋枪，和日兵战斗，最后献出了生命。《路宿种种》写普通群众以至小学教师、儿童团孩子、开明地主同心协力为抗日贡献力量。"一句话：晋东南，大多数地主、豪绅，日本人的炮火告诉了他们：是中国人就是一家。妇女，孩子，庄稼老斗，配合好了军队，都认识一面旗子，一个信念：抗日！"

有些作品控诉了日寇屠杀群众的暴行。《夜发灵宝站》记灵宝车站被日寇轰炸后的惨象。《送寒衣》揭露日寇对中国人民残酷屠杀，母亲被杀害，少女被奸污后又被宰杀，运走儿童去抽血，逃难群众被集体打靶。《潞安风物》写长治遭受日本蹂躏，群众由忍受到反抗，自动走上有组织有训练的道路。"老百姓是醒起来了。群众的力量是伟大的。"文中写出群众反抗意识和斗争精神的滋长，作者充满乐观，热情赞扬了群众抗战的决心。

在作品中几次描画了朱德总司令的英雄形象。《马上的思想》中赞扬朱总司令是"没有架子的伟人"，写他和士兵同甘苦，和士兵一块吃煮红薯、带芝麻的关东糖，他"毫无骄矜的谈吐，纯自然的态度，谁知道他就是千百万人常常念道的人物呢"。作者对朱总司令衷心热爱，深情赞美。

这些报告写得真切生动，也很注意剪裁。一般不详写事件的全过程，多选取重要的情节加以描绘，表现颇精炼。描叙过径中常插入热切的抒情，增加了感人的力量。

一九四二年，吴伯箫参加了延安文艺界的整风运动，聆听了毛主席在文艺座谈会上的讲话，并接受了毛主席的亲切接见，受到很大鼓舞，思想认识提高了一大步。以后，他常常怀着感激的心情回忆毛主席接见时的幸福情景。

二

吴伯箫在新中国成立后的作品全部收在《北极星》散文集里。《北极星》于一九六三年出版，共收集散文十九篇。一九七八年出修订本，又增加了《红太阳居住的地方》等六篇。

集子中一部分作品是反映抗日战争时期的延安生活的，如《延安》《记一辆纺车》《菜园小记》《歌声》《窑洞风景》等。这组作品包含着深刻的思想意义，达到了很高的艺术水平。

《延安》以强烈的革命激情赞颂革命圣地延安。赞延安在二十年代到四十年代"是流通鲜红的血液到千百条革命道路的心脏，是指挥抗日战争和解放战争取得最后胜利的司令台"。是灯塔，是希望，是革命者荟萃的地方，是培养锻炼千万革命者的大洪炉。赞延安是团结、友爱的革命集体，是"有衣穿，有饭吃，有书读，有事做，没有剥削压迫"的崭新的社会。文章生动地刻画了延安当年的生活风貌。这篇文章是对延安总的赞扬，它准确地概括了延安的伟大历史作用，字里行间洋溢着对延安的热爱。

《记一辆纺车》写抗日战争时期延安干部集体纺线的情景。文章把作为大生产运动的一个组成部分的集体纺线运动表现得酣畅淋漓，文情并茂。由怀念留在延安蓝家坪的一辆纺车开篇，交代当年在延安，纺车和枪、犁、书、笔一样，是大家"亲密的伙伴"，是作为战斗武器使用的；纺线是经济战线上反击国民党封锁，保卫根据地的斗争，是"丰衣足食"的保证，坚持抗战的保证。先阐明集体纺线的政治意义，然后又交代一笔自己亲手纺线织布做的衣服，穿着格外舒适，格外有感情；穿衣服只求整齐干净，喜爱朴素，厌弃华丽。这样点染出延安艰苦朴素的革命风尚。以下展开对纺纱劳动过程的描写，绘声绘色，真切生动。写纺线时，看着匀净的毛线或棉纱从拇指和食指中间的毛卷里或棉条里抽出来，又细又长，连绵不断，"会有一种艺术创作的快感"。文章运用一系列富有创造性的比喻，描摹纺线时的情景：纺车发出的嗡嗡嘤嘤的声音，"象奏管弦乐，象轻轻地唱歌"。动作协调，用力适当时，左手拇指和食指间的毛线或棉纱

"象魔术家帽子里的彩绸一样无穷无尽地抽出来"。线穗子跟着加大，直到沉甸甸的，"象成熟了的肥桃"。从锭子上取下穗子，"象从树上摘下果子"。劳动后收获的愉快，是任何物质享受不能比拟的。那种感情，是"凯旋的骑士对战马的感情"。只有亲自实践过，并深深体味过劳动甘苦的人，才能写得这样富有情趣和引人入胜。文章又写到技术改革，通过实践，总结了新经验，从而点明实践出真知。作者更用充满激情的文字，描绘了在坪坝上举行的壮阔热烈的纺线竞赛场面，在读者眼前展开了龙腾虎跃、热火朝天的延安大生产运动的生动画幅。文章最后阐明纺线的伟大意义，经济上是保证大家有衣穿，学会生产本领；思想上教育大家认识"劳动为人生第一需要"，培养劳动观念。又进一步发挥，围绕着对纺车的怀念，想起了延安的种种生活，想起大家"凭着崇高的理想，豪迈的气概，乐观的志趣"向困难进行艰苦卓绝的斗争，把"跟困难作斗争，其乐无穷"的伟大延安精神突现出来，深刻地发掘了题材的思想意义。

《菜园小记》写在延安开荒种蔬菜，反映了大生产运动的一个侧面。这篇散文描绘了富有情趣的生活场景，充满了诗情画意。看石崖底下的石窠，挖出乱石沉泥，石缝涔涔流出泉水，一窠水恰好浇完菜地。积水用完，一会蓄满，不溢不流。水用完还有，不用总是满着，"很有点象童话里的宝瓶"。再看蔬菜的新芽，带着笑，发着光，充满了无限生机，一畦菜就是一首"清新的诗"。再看暮春，中午，踩着畦垅间苗或锄草中耕，新鲜的泥土气息，素淡的蔬菜清香，一阵阵沁人心脾。一会儿站起来，伸伸腰，看看苗间得稀稠，中耕得深浅，会感到劳动的愉快。夏天，晚上，菜地浇完，三五同志在月光下，畦头泉边，吸吸烟，谈谈话，听菜畦里昆虫的鸣声，一切都使人感到田园乐趣。这些细节描摹得何等真切生动，诗情画意何等浓郁！

《歌声》写抗日战争时期延安的歌咏运动，描绘了冼星海同志指挥唱《生产大合唱》的动人场面，刻画了延安热烈活跃、唱歌成风的生活剪影，表现了延安人朝气蓬勃、昂扬奋发的革命精神，也写了革命歌曲的战斗作用和对人民群众的巨大鼓舞。

《窑洞风景》描画陕北窑洞新奇美妙、引人入胜的风光。写了农家的窑洞、战争时期干部的窑洞等等，各有各的特色。对窑洞的外观、内部的陈设、周围环境以及建造窑洞的过程，都作了洞烛幽微的细致刻画，对窑洞生活（特别是干部的生活）也作了真切动人的描绘。还写到毛主席深夜在窑洞写作《论持久战》的动人情景，使文章增加了光辉。

这组以抗日战争时期的延安生活为题材的散文，写出了革命根据地生活中的美和诗意，作者以深挚的革命感情，为以延安为中心的革命根据地在抗日战争那个光辉时代谱写出淳朴优美的乐章。这些散文经过作者长期酝酿，早已成竹在胸。叙事、抒情、剪裁、布局都恰到好处。王国维在《人间词话》中说："大家之作其言情也必沁人心脾，其写景也必豁人耳目，其辞脱口而出，无矫揉妆饰之态，以其所见者真，所知者深也。"用这几句话来形容这组散文是颇恰当的。

一部分作品是反映社会主义革命和建设中涌现出的新事物的，如《火车，前进！》《八间房》《嵖岈山》《猎户》等。

《火车，前进！》赞新中国的火车。记述火车中设备的齐全，旅客间友爱互助的风尚；大小车站的整洁、兴旺；沿途群众对火车的喜爱。一切都闪耀着社会主义时代的新光彩。文章缕述火车中发生的动人事迹：七八岁的小孩子，靠火车辗转护送，能够一人从偏远的家乡找到离家千里的父亲。孤单的孕妇，能够靠列车员的护理平安地生下婴儿。歌唱家在火车上举行演唱会，医生在火车上施行手术，劳动模范在火车上交流生产经验。列举的都是非常典型的事例。文章赞美中国的火车已经够得上"移动的住宅"的标准了。

《八间房》写五·七干校的干部"自己动手"盖房，描绘了紧张热烈、笑语喧哗的劳动过程，房子盖成后的欢快和思想上的丰收。"五·七指示放光芒，知识分子盖瓦房"，歌颂了"光辉毛泽东思想的胜利"。这一篇堪与《记一辆纺车》《菜园小记》等相比的优美散文，真切生动，具有浓郁的生活气息，散发着清新醇厚的芳香。这是作者在干校长期劳动锻炼的珍贵收获，没有亲历其境，没有亲身参加劳动实践，决写不出这样真实动人的作品。

《嵖岈山》写河南遂平嵖岈山地区过去的历史和解放后的社会主义建设情况。《猎户》记林牧场打猎小组的事迹。

还有描述、赞颂井冈山、天安门广场和毛主席纪念堂的《天下第一山》《天安门广场》《红太阳居住的地方》，都写得热情洋溢，真切感人。

另有些文章议论性较强，类似文艺随笔和书评，如《北极星》《齿轮和螺丝钉》《一种〈杂字〉》《写作杂谈》等。可见这本集子中，作品的内容是很广泛、很丰富的。

三

吴伯箫的散文在选材、记叙、结构、语言几方面，都具有一定的特色。

前面谈到，他在三十年代写的散文有视野不宽，取材窄狭，题材的积极意义常不够大的情况，这是由于生活经历以及思想认识上的局限所致。经过长期革命实践的锻炼，加上对马列主义、毛泽东思想的刻苦学习，以上的情况，在他抗日战争时期所写的报告文学和新中国成立后所写的散文里基本上都不存在了。

收在《北极星》中的散文，不惟选材范围比较广阔，而且都具有深刻的革命意义。作者很注意选取闪耀着革命光辉的伟大庄严的事物作为写作题材，如井冈山、延安、天安门广场、毛主席纪念堂等，就是突出的例子。写纺线、种菜并不是平常一般的纺线、种菜，而是作为抗日战争时期边区大生产运动的一个组成部分的纺线、种菜，这实际上是对大生产运动的歌颂，虽然只是从一个侧面展开。写建造房屋，不是一般的盖房，而是"五·七指示放光芒，知识分子盖瓦房"，这不只是建筑的成功，而且是毛泽东思想的光辉胜利，这比写一般的盖房具有更深刻的意义。写陕北窑洞，除写农家的、革命干部的窑洞外，特别写到毛主席在窑洞里著作革命宝书，"窑洞里出真理"，这就使本来已富有意义的题材更加耀眼生辉了。

选定题材之后，还有个提炼、剪裁的问题。对富有革命意义的题材，必须抓住它的主要的本质的方面，充分加以描叙，才能呈现出它深邃的含义，烛照出它内在的光辉。吴伯箫的散文在这方面一般是做得好的。如《延安》从各个方面赞颂延安在抗日战争和解放战争时期的伟大作用，抓住了延安的主要的本质的方面，充分展示了这个革命圣地的辉煌的历史功绩。又如《天安门广场》，选写的是与广场有关的重大事物，如毛主席宣布新中国诞生的开国盛典，"五一"劳动节、"十一"国庆节千万群众的游行和集会，在"大跃进"年代兴建的人民大会堂、历史博物馆和革命博物馆等庄严宏伟的建筑群，以及每天人群、车辆熙来攘往的繁华景象，并且追述旧社会人民群众在天安门前进行的无数次轰轰烈烈的斗争，从各个方面热情赞颂了这个和中国革命紧紧相联着的"童话世界"般的地方。《天下第一山》《记一辆纺车》等也具有这个特点。

选取自然景物，运用象征、比喻手法、赋予其革命意义，这是一般散文作者常用的写作方式。但吴伯箫很少运用这一方法，他选用的素材本身就包含有革命意义，直接展示出来就可以，无须用象征、比喻等手法加以引申。这可以说是他选材上的一个特点。

一篇好的散文，叙事、状物须要逼真生动，引人入胜。平板枯燥的叙述和描写，是散文应该竭力避免的。吴伯箫的散文中，不乏对事件的过程、生活场景的逼真生动和引人入胜的叙写和描绘。他的早期散文已显示出逼真生动栩栩如生地描画事物的长处。新中国成立后写的散文，这个特点就更显著了。

《记一辆纺车》中对纺线劳动过程的描写，《菜园小记》中对种菜过程的描写，《歌声》中对群众歌咏场面的刻画，都生动真切，而且情趣盎然，极富吸引力。再看《八间房》中刻画封檐上瓦挑灯夜战的一段文字：

> 一声令下，万臂挥舞，脚手架上上下下一派战斗气势。开始的时候，这里喊："泥！"那里叫："瓦！"人声嘈杂、谈笑风生。一会当啷一声，是谁把瓦摔碎了；一会一行瓦挂歪，要返工重来。等到施工的工序一环套一环配合好了，操作技术慢慢地掌握熟练了，战士们就一下进入了拼瓦刀的"白刃战"。阵地上，笑语突然停止，这里那里隐约听到的便只有泥兜里倒泥的扑拍声，瓦碰瓦的轻微的喀啦声，还有几盏放射着白热光焰的煤汽灯哼着若有若无的咝咝声，很有点古诗里描绘的"令严夜寂寥"的气氛。这时候检查瓦缝直不直，檐头齐不齐，便有人手持长竿，这里瞄瞄，那里捅捅，"吹毛求疵"（建筑的时候，就该这么要求），随时纠正。捅瓦的声音，嘀嘀嘟嘟，清脆可听。

这段文字，生动传神，声色并作，精雕细镂，描画入微。一个紧张热烈的劳动场面，栩栩如生地展现在读者面前。这是五·七干校干部学员盖房劳动的场面，还不同于熟练技术工人盖房劳动的情况，把事物的特异状况和独自风貌准确地描绘出来了。再看《窑洞风景》中描摹干部窑洞中生活情况的一段文字：

> 物质条件是简单的：窗明几净，木板床上常常只是一毯一被（洗干净的衣服包起来算枕头）。精神生活是丰富的：拥有一壁图书，就足以包罗万有。沙发也就土墙挖成，一半在墙外，一半在墙里。沙发上放草垫子，草靠背，草扶手，坐上去可以俯仰啸嗷，胸怀开阔地纵论天下大事。最好是冬天雪夜，三五个邻窑的同志聚在一起，围一个火盆，火盆里烧着自己烧的木炭。新炭发着毕毕剥剥的爆声，红炭透着石榴花一样红的颜色，使得整个窑里煦暖如春。有时用搪瓷茶缸在煤火上烹一杯自采自焙的蔷薇花茶，或者煮缸又肥又大的陕北红枣，大家喝着、吃着，披肝沥胆，道今说古，往往不觉得就是深夜。打开窑洞的门，满满吸一口凉的空气，喊十声"好大的雪"，不讲"瑞雪兆丰年"吧，那生活的意义是极为丰腴的。

这段文字描摹干部的窑洞生活不惟逼真生动，而且隽永醇厚，富有动人的情趣，充满浓郁的诗意，沁人心脾，引人入胜。

就是这样一些逼真生动、富有情趣、引人入胜的生活场景的叙写和描绘，使吴伯箫的散文增加了动人的光彩。

吴伯箫散文的结构，明显的特点是严整和平妥。

他的散文很讲求章法的完整。描叙事物力求完全，顾到方方面面。但并不平均使用力量，具体到各个部分时，有主有次，有详有略。根据主题的需要，决定哪部分浓墨重彩，精雕细刻，哪部分轻描淡写，简括勾勒，掌握得很有分寸。另外，描叙事物循序渐进，开篇、过渡、正叙、收尾，层层展开，按步就班，很少用曲折跌宕的笔法，出奇制胜的文字。这样就使艺术结构达到了严整和平妥。

比如《歌声》这篇，首段写感人的歌声长远留在人们的记忆当中，举三首歌为例，每首用一句话交代。重点写延安的歌声，具体描绘了冼星海指挥千万群众唱歌的场面，用了四段文字。下面两段写延安风行唱革命歌曲的情况。以下，从延安唱歌"有传统"，说了一下陕北过去的民歌，紧接着又拉回到革命歌曲，重点写了《三大纪律，八项注意》，最后以《东方红》作结，段段紧扣歌声。叙写各个部分，主次分明，详略得宜，疏密有致。

《记一辆纺车》《菜园小记》《延安》《天安门》《八间房》等都有这个特点。

吴伯箫散文的语言，特点是洗炼、自然、整饬，词汇丰富，但不炫光耀词藻，而以准确生动地叙事、抒情为度，可谓达到炉火纯青的地步。

比如："种花好，种菜更好。花种得好，姹紫嫣红，满园芬芳，可以欣赏；菜种得好，嫩绿的茎叶，肥硕的块根，多浆的果实，却可以食用。""那些新芽，条播的行列整齐，散播的万头攒动，点播的傲然不群，带着笑，发着光，充满了无限生机。"又比如："若是种瓜，上层的瓜蔓能够挂到下层的檐头，天然的垂珠联珑，那才真叫难得哩。景致更好，是夜里看，一排一排的灯火，好象在海岸上看航船，渔火千点；也好象在航船上望海岸，灯火万家。"几段文字，洗炼、自然，也很整饬，词句简朴，纯净，有生动活泼的口语，也有整齐典雅的文词，自然和整饬达到了统一。在行文上也是生动活泼，挥洒自如的。为了把事物描绘得更加鲜明、生动，常运用对仗、排比，以及一连串的比喻。如："天地是厂房，深谷是车间，幕天席地，群山环拱，怕世界上还没有哪个地方哪种轻工业生产有那样的规模哩。你看，整齐的纺车行列，精神饱满的纺手队伍，一声号令，百车齐鸣，别的不说，只那嗡嗡的响声就有点象飞机场上机群起飞，扬子江边船只拔锚。那儿是竞赛，那是万马奔腾，在共同完成一项战斗任务。"在需要加强的地方，就这样用对仗、排比等整饰的字句着力描画，但这些字句也仍然是洗炼、自然的。

吴伯箫还常借助古典诗词状物、抒情，引用贴切，加强了对事物的表现力。如："'日之夕矣，牛羊下来'，正好构成一幅静静的山野归牧图画。""在坪坝上竞赛的那种场面最壮阔，'沙场秋点兵'或者能有那种气派？不，阵容相近，热闹不够。"又如："那种感情，是凯旋的骑士对战马的感情，是'仰乎接飞猱，俯身散马蹄'的射手对良弓的感情。"

　　闪耀着革命光辉的题材，逼真生动、引人入胜的抒写和描绘，严整平妥的艺术结构，洗炼、自然、整饰的语言，形成了吴伯箫散文的艺术特色，也铸造了他散文的艺术风格。

　　这些特色，是那些写得较完满的记事抒情那类散文（如《记一辆纺车》《歌声》《延安》《天安门广场》等）中体现出来的。那些议论性较强的散文，不及记事抒情那类散文写得成功。就是记事抒情那类散文，也不是每篇都写得完满，也有较差的。如《嵖岈山》《猎户》就存在较明显的缺点。《嵖岈山》对题材的提炼、剪裁加工不够，涉及方面太多，重点不突出。嵖岈山的地势写得琐碎，矿藏、树林、药材、野兽、土质都详细叙述，又铺叙过去旧社会的灾难、贫穷，地主对劳动人民的剥削，还联系到唐、元、明、清的农民起义，以及北伐、抗日战争、解放战争时期的斗争，甚至追溯到春秋以前的历史。虽然开头就提出"嵖岈山是成立人民公社很早的地方"，但对社会主义革命和建设情况写得很少，只在最后一段作了点简单抽象的叙述。《猎户》主要叙述访打豹英雄董昆的沿途所见，寻访不遇，离开林牧场时才遇见要访的人，只聆听一会董昆打豹的叙述就草草收尾。这篇散文似乎受了真人真事的限制，其实应该突破限制，进行必要的补充和虚构，着力描述打豹英雄保护林牧场，和野兽搏斗的事迹。文章主题不够明确集中，叙述事件缺乏剪裁，因之显得有点散乱。这两篇散文都是参观访问得到的素材，作者又缺乏这方面的生活积累，写起来就不及对非常熟悉的那类题材得心应手了。

　　　　　　（选自《现代作家和作品》，扬州师范学院南通分院中文系编，
　　　　　　　　　　　　　　　　　　　　　　1978 年 10 月出版）

艾芜的《石青嫂子》

　　《石青嫂子》是艾芜的一个短篇小说，内容是描写一个勤劳善良的农民妇女的悲苦遭遇。如果把这篇小说的主题思想概括出来应该是这样的：揭露国民党反动统治时代地主阶级对农民的残酷的压迫和损害，以及农民在地主阶级压迫损害下的深重的苦难。

　　这样的主题是五四以后现实主义创作中所经常接触到的，曾经被很多的作品反映过。《石青嫂子》虽然反映的是一个曾经在很多作品中反复出现过的主题，但它的用以表现这主题的素材（故事内容）和它的艺术构思，却是和其他的作品有所不同的。

　　石青嫂子是一个善良的劳动妇女，她的丈夫石青在一个"官家学校"中当校工。他们夫妻二人利用空闲时间在学校附近的荒山坡上开垦了一大片土地，并在山坡上搭起了一所茅屋，建立了一个美满的家庭。这是抗日战争期间，那所官家学校是为避免敌人轰炸才在山峡中迁建起来的。抗日战争胜利了，那所官家学校复员东下，石青留恋乡土，没有跟着学校走，继续在山峡中种他开垦的土地。学校走了之后，石青失掉了庇护，灾难便一个个连续不断地降临到他们的头上。先是石青被保甲长拉走做壮丁，接着地主吴大老爷派人来向石青嫂子百般刁难，说石青夫妻开垦的地是他的，要押金和租子，又暗中遣人烧毁了石青嫂子的茅屋，损坏了石青嫂子种的蔬菜。石青嫂子最后迫不得已，领着五个幼小的孩子去流浪。石青嫂子和丈夫辛辛苦苦所建立起来的美好生活就这样给毁灭了。这就是这篇小说的大概的故事内容。

可以看出《石青嫂子》较其他一些同是揭露地主阶级罪恶和农民苦难的作品的不同之点，首先表现在，在它揭示出旧社会农民的苦难的同时，还揭示出农民用自己辛勤的劳动换来暂时的温饱。这里暗示出，如果不是处在那样一个充满了阶级压迫阶级剥削的罪恶的社会制度之下，如果没有地主这个阶级存在，农民还可以用自己的劳动很好地生活。

小说对石青嫂子和丈夫所建立起来的比较安定的生活，着意地做了具体而细致的描画。当石青嫂子和丈夫把土地垦殖好之后，土地很快给予了他们优厚的报偿，"斜坡上的土地，也真不辜负他们两夫妇，冬天春天的菜蔬，夏天的菜子麦子，秋天的毛豆瓜果，都给他们换来不少的口粮。猪喂起了，鸡喂起了，孩子隔两年就添一个，茅屋里渐渐变成一个热闹的家族。"他们还积了余钱，把茅屋加以改建、扩大，使它变成牢实的能长远住人的地方。"茅屋外边种上了橘子枇杷，河边上还种了桃子和李子。春天开出各色的花朵，秋天枝头结起红红的果实，总使对面山腰上经过的旅客，要从长途汽车的窗上射出怡悦的眼光，表示一刹那的欣赏。"石青嫂子对这样的生活感到异常的满足，她甚至望着坐在往来奔波的长途汽车上的旅客禁不住奇异地想："为什么人要这样不停地跑来跑去？象我们这样静静地住着，多好去了！"这些片段，实在是对农民的幸福美好生活的赞歌。

不错，生活是幸福的，美好的，但好景不常，这种幸福美好的生活很快就被地主的魔爪给撕毁了，败坏了。这是必然的结果，因为，石青嫂子和丈夫是生活在一个充满了阶级压迫阶级剥削的社会制度之下，他们侥幸建立起来的幸福美好的生活是不牢固的，曾经庇护了他们的那一段现实的空隙决不会保持长久，它迟早会被压迫剥削的罪恶洪流泛滥进来的。但是，不管在怎样的情况之下，石青嫂子既是曾经建立过幸福美好的生活，我们就止不住为她这种幸福美好的生活欢呼和祝福，我们也更止不住为她这种幸福美好的生活被毁灭而感到分外的沉痛和伤悼。自然，对地主阶级的仇恨也就因此而更强烈了。

由于小说描画了石青嫂子所建立的幸福美好的生活与这种幸福美好的生活的被毁灭，便加深地揭露了地主阶级的罪恶，也加深地展示出了石青嫂子的生活遭遇的悲剧性质。在这个农民要建立幸福生活的愿望和残酷现实之间的强烈的矛盾里，生发出了巨大的悲剧力量和感染力量。正是由于这一点，当我们读完这篇小说的时候，不但激起了我们对地主阶级的强烈的仇恨，对农民的深厚的同情，同时还激起了我们为争取幸福美好的生活而斗争的勇气和决心。

在这一点上说，这就是小说《石青嫂子》所具有的比较新颖和特出的东西，这是其他一般揭露地主罪恶和农民苦难的作品所较少接触到的。一般揭露地主罪恶和农民苦难的作品，很少有同时也描画出农民生活的美好一面的。自然，那种只加重农民悲惨生活的刻画的写法，是完全可以的，因为这是常见的也是本质的生活现象。不过，象《石青嫂子》这样在揭示旧社会农民苦难的同时，又表现了旧社会农民的短暂的生活幸福，这同样是可以的。我们不能教条主义地从概念出发来理解这个问题，如果教条主义地来理解，会认为这不真实，这"歪曲"了现实生活。这样的理解是不妥当的。我们不仅不认为这是"歪曲"了现实生活，而且认为这是从更多的角度上较广阔地反映了现实生活。在旧社会，个别农民利用现实的一段空隙获得了暂时的生活幸福，这是曾经有的，虽然这不是常有的。而且，更重要的，《石青嫂子》又写出农民的一时的生活幸福终于被破坏，这不但没有美化生活粉饰生活，而且更突出更露骨地揭示了农民的苦难。可以这样说，在揭露地主阶级罪恶和反映农民苦难这一战斗课题上，小说《石青嫂子》有着新的开拓，做出新的贡献，这是值得加以赞赏的。

小说对石青嫂子遭受的苦难，对地主阶级迫害她一家的过程，反映得也是很深刻的。在这方面，显示出了作者的丰富的想象能力和优异的创造能力。

小说细致地刻画出了石青嫂子遭受地主吴大老爷及其爪牙的迫害的曲折过程。从石青被保甲长拉去做壮丁，直到石青嫂子最后迫不得已离开生活了十年的峡谷，其间所经历的一次次的磨难，小说都真实而细致地刻画了出来。在刻画一连串出现的灾祸的同时，又深入地描写了石青嫂子对每次灾祸在心理上引起的反映，这就使这篇小说的感染力和激动力加强起来了。

在对石青嫂子这一遭受苦难过程的描述里，小说展示出了丰富的生活内容，这和那些概念的作品是大异其趣的。概念的作品在处理这样的情节时，一定会把它简单化，有可能写成：石青被拉走，地主吴大老爷派遣走狗（或亲自出面）掀掉石青嫂子的茅屋，捣毁她的家具，把石青嫂子母子赶出峡谷，一次完事。决难以象本篇这样，把这一过程写得如此曲折，有波澜，而且描画出了真切、生动的生活情节，反映出了人物的丰富复杂的内心世界。作者的丰富的想象能力和优异的创造能力，在这里也充分显示了出来。仅仅观察了生活现象，哪怕是认真地观察了，甚至有真人真事做为蓝本，如果缺乏想象和创造能力，也仍然难以写得如此成功。

小说对主人公石青嫂子的描写是成功的，对石青嫂子的勤劳、善良、单纯、倔强等性格特质都有着比较鲜明的刻画。作者在刻画石青嫂子的性格时，运用的是朴素的现实主义的手段，决不为同情和赞扬的缘故，而对她的性格特质有意加以夸大，作者所赋予石青嫂子的性格都恰合这样人物的身份，这些性格都是为这样的人物所完全可能有的。因此，石青嫂子这个人物，在我们的印象中，是真实的，亲切的，也是生动的。

特别是在若干心理描写的片段里，极为鲜明地凸现出了石青嫂子的性格。譬如当谈判押金和租米的甲长走了之后，石青嫂子的心理活动是这样的：她准备好好应付以后再来麻烦她的人，态度要客气，多说恳求诉苦之类的话，以免把事情弄糟，还叫来人到屋里瞧瞧，让他明白家里粮食是怎样缺少。"又再引他到地里去瞧瞧，地下种的大蒜，总要个把月后才能冒芽。黄芽白、莲花白必须到冬天才能长好卷起。目前可以收成的，只有红苕。吴大老爷他要呢，她愿给他挑一担去？不要呢，是他吴大老爷不对，她的人情是作到的了。她想竭力把道理放在她这一面，无论县长主席来讲话，她都用不着怕了。"看这是多么鲜明地显露出了石青嫂子的单纯而正直的性格，这真是深入到人物的内心世界去了。在这之后，紧接着还有一段心理描写：

……她想这菜长好的时候，她一定送些给吴大老爷吃，而且只要屋边上的橘子长红，广柑变黄，她也一定要送几篓上门去的。她觉得只要他吴大老爷肯发慈悲，不再叫人来讲租讲押金，那她这个人并不是没有良心的，她也能够讲人情，把好东西送去报答、酬谢人家的好意。她晓得他们富贵人家，南瓜红苕不吃，那橘子广柑和小菜，却是肯要的。他们不是常常叫人到镇上去买这些东西么？她还想过年的时候，约摸腊月二十四或是二十六，正当照例吃年饭的那些日子，她就给吴大老爷送两只肥母鸡去。并且在撒高粱喂鸡的当儿，她把那群半大的鸡一个个仔细看过，金白色的送人不吉利，黑色的又怕皮肉不白净，于是她就选定黄色有黑点的麻花母鸡，不管将来就是顶会下蛋，她也要捉去送吴大老爷的。

教条主义者读了这一段心理描写，也许认为这歪曲了劳动人民，是对地主阶级抱着幻想。但我们的看法不是这样，我们认为这正表现出了石青嫂子善良单纯的性格，是强烈的求生的意志逼使她产生出了这样天真单纯的想法，这想法产生在象石青嫂子这样妇女的心里是完全合理的，完全真实的。这样的描写，正显示出了作者对人物性格理解的深刻，如果不是一个具有广泛的生活知识、对人的性格有着深入观察的作家，是不可能写出这样丰富深邃的人物的精神世界来的。

再如表现石青嫂子倔强和反抗性一点，也是恰合她的身份，没有超出一个生活经历极为单纯的劳动妇女所可能具有的限度。石青嫂子是倔强的，她有着顽强的生活力量，这种生活力量的源泉是什么呢？作者一再强调了母爱在这里所起的作用。石青刚被拉去做壮丁时，石青嫂子曾想用绳子吊死，但"因了五个孩子的影子，掩映在眼前，各样娇小幼稚的声音，萦绕在耳边，使她一时忍不下心来"，她终于决定要"为他们幼小的人儿活起"。当地里的蔬菜被人毁掉，生路完全断绝的时候，她还是为养活一群可怜的孩子而又鼓起了生活的勇气，"一种作母亲的热情和爱恋，又完全盘踞在她的身上了"。最后离开了峡谷，石青嫂子还是咬定牙巴地想："不论啥子艰难困苦，我都要养大他们的！"对象石青嫂子这样一个善良的劳动妇女来说，这样的描写是何等的真实。对石青嫂子的反抗性的描写也是如此，石青嫂子用石头捶打了一阵吴大老爷的栅栏门无效之后，只好放弃了拼命的打算，也不再追究烧房子扯菜的事情，因为，"你没有亲眼看见，你怎好同他吵得，怕就是吵到官那里，也断不出一个所以然的"。在强大凶狠的地主势力面前，孤苦伶仃的石青嫂子的反抗也只能止于此了。有的同志指摘作者没写出石青嫂子的更大的反抗性，看来是没有什么必要的。

这些心理描写都真实，细致，凸现了人物的性格，而且也加强了主题和故事的表现。例如我们上面所引的那一段心理描写，就大大加强了故事的悲剧效果。当石青嫂子正想向吴大老爷讨好企图挽回厄运的时候，她的茅屋很快又被吴大老爷用火烧掉了。这仿佛一个已经陷入虎口的羔羊还在渴望着老虎的恩赐一样，这是令人更加同情和痛心的。

人物的对话都真实生动，从对话中仿佛感触到了人物的笑貌举止，石青嫂子的话和其他几个人物的话都具有这个特点。在这一点上，艾芜和沙汀是有相同之处的，这两位四川籍的优秀的小说家，都是善于写人物的对话（特别是四川人的语言特点）的。艾芜在人物的对话中还大量使用着劳动人民惯常使用的俏语、歇后语等，在本篇中就有很多，如"这简直通着牯牛下儿哪！""捞起半节话就跑！""简直捏红炭！""他们干竹竿榨不出油的！"等都是。这显示了艾芜语言的丰富，艾芜在学习劳动人民的语言方面曾经下过很大的工夫，这一看他写的那本《文学手册》就可以知道。

一九五七年三月于天津
录自《短篇小说评论集》

柯岩和她的儿童诗

柯岩，一九二九年生，广东南海人。解放战争时期在苏州社会教育学院戏剧系读书，一九四九年起，在北京中国青年艺术剧院工作，从事剧本创作。一九五四年开始在《人民文学》《中国少年报》等刊物上发表儿童诗，一九五六年起，陆续出版诗集《小兵的故事》《大红花》《最美丽的画册》《我对雷锋叔叔说》，长诗《讲给少先队员听》，诗和剧本合集《小米糊阿姨》，剧本《双双和姥姥》等。一九七八年底出版诗集《周总理，你在哪里?》，共收粉碎"四人帮"以后写的诗十七首。现任《诗刊》副主编。

柯岩在五十年代后期和六十年代初期写的儿童诗，发表之后曾引起广泛的注意，受到广大儿童和少年读者的热烈欢迎。

柯岩的儿童诗多数取材于学前儿童和学龄儿童的日常生活，用一些富有儿童情趣和思想意义的细节，构成儿童中可能产生的生动有趣和富有戏剧性的故事，以此反映出新中国儿童的具有时代特点的美好理想、愿望，以及儿童的天真、活泼、带有稚气的心理、性格，塑造出栩栩如生的儿童形象。这是她的儿童诗的主要特点，也是这些诗获得成功的主要原因。

儿童文学作品（包括儿童诗），应该从儿童的生活实际出发，写出儿童的特点，儿童的情趣。儿童在德、智、体诸方面都处在成长过程中，思想、感情、兴趣、爱好、语言、行动都有自己的特点。儿童文学作者要善于抓取儿童特点，透过儿童眼光洞察儿童的奥秘。好的儿童文学作品，一定要刻划出真实生动的儿童形象和儿童生活，一定要充分具有儿童特色。

柯岩的儿童诗中的儿童形象和儿童生活就具有这个优点。

《帽子的秘密》《两个将军》《小红花》《小红马的遭遇》等，都塑造了真实生动的儿童形象，描绘出真实生动的儿童生活。诗中饱含着儿童情趣，而且具有生动有趣的富有戏剧性的故事情节。

《帽子的秘密》写儿童扮演海军做游戏。哥哥是小学三年级学生，考了很多5分，妈妈送他一顶帽子当奖品。他的帽沿老掉下来，妈妈缝了又缝总是坏。这引起了弟弟的怀疑，暗地侦察哥哥的行动，原来是三年级学生放学后一出校门就扯下帽沿，举行"海军演习"。弟弟刚发现这个秘密，就被哥哥的"部下"捉住了。以下展开生动有趣的情节：

> 两个水兵向哥哥敬礼，
> 报告抓到了什么"奸细"，
> 哥哥看也不看我一眼，
> 就下令把我枪毙。

> 我生气地说："我不是什么奸细，
> 我是你的弟弟！"
> 可是哥哥皱着眉说：
> "是奸细就不是弟弟！"

> 这么欺负人还能行？
> 我就又踢又打吵个不停，
> 两个水兵只好安慰我，
> 说枪毙是假的一点不疼。

> 我说："反正不能叫你们枪毙，
> 不管它疼还是不疼；
> 我长大了要当解放军，
> 随便说我是奸细就不成！"

水兵们都哈哈大笑，
哥哥也只得把命令取消，
大伙说："这不是个胆小鬼，
欢迎他参加我们'海军部队'。"

这几节诗描绘出了栩栩如生的儿童形象，行动、对话生动传神，充分体现出儿童特点。"说枪毙是假的一点不疼"，"是奸细就不是弟弟"，是多么逼真生动的儿童语言，简直把儿童写活了。这几节诗中的情节不仅生动有趣，也包含着积极的思想意义。这里刻划了弟弟勇敢不屈的性格，鲜明的敌我观念，这正是新中国儿童的优良品格。儿童们这场扮演海军的游戏，体现了儿童对解放军的热爱和向往。他们的"海军部队"欢迎勇敢的战士参加，他们时时有敌情观念，革命警惕性强。这首诗不写儿童游戏中常见的海军作战演习，而由帽子的秘密引出了一个饶有儿童情趣的故事，构思新颖，独辟蹊径。

《两个将军》写了两个不同类型的儿童，一个淘气，欺负弟弟妹妹，惹大人生气；另一个爱护弟弟妹妹，帮助大人做事。两个儿童形象，都是通过一系列逼真生动、富有儿童特点的行动刻划出来的，有些细节把儿童生活的图画描摹得有声有色。如：

一会儿下令"向妹妹进攻！"
一会儿下令"向弟弟冲锋！"
他一刀砍伤了妹妹的小泥人，
我一枪刺破了弟弟的大布熊。

弟弟哭着要报仇，
带着妹妹来反攻，
小桌小凳当坦克，
炮声震耳轰隆隆。

"将军"掌枕头挡不住，

我拿被窝把头蒙。

奶奶从厨房赶过来，

气得半天不作声。

这几节诗描写了一种儿童在家庭生活中常出现的情景，不惟充满了儿童情趣，也显示出时代、社会在儿童生活中的投影。因为这位儿童"将军"是学习解放军作战，才误把弟弟妹妹当"敌人"来进攻。弟弟妹妹也不示弱，把"小桌小凳当坦克"进行反攻。不惟表现了儿童"将军"的天真淘气，也表现了年纪更小的弟弟妹妹勇敢坚强、不甘受欺侮的性格特征。

《小红花》和《小红马的遭遇》写出了儿童天真的童心和可爱的稚气。《小红花》写几个幼年儿童非常热心地栽培一朵小红花。他们一会儿把它端到太阳底下，一会儿把它端到炉台上，一会儿摸摸花，一会儿又用湿布擦擦叶子。他们盼望着小红花快快长大，准备在"五一"节送给妈妈。但是由于他们管理不得法，好心做了错事，虽然加倍护理，小红花的生命却被断送，"枝儿朵儿分了家"。这是小孩子在生活中常遇到的事情。只有小孩子才会作出这样天真稚气的事，它告诉孩子：只有美好的愿望还不行，还要有正确的方法。《小红马的遭遇》写一个名叫小洪的幼儿园的孩子，把玩具小红马背着大家偷偷埋在地里。小朋友各处找不见，最后小洪说明真相，"小朋友吓坏了，七手八脚都来刨，救出小红马浑身泥，窝了脖子折了脚"。大家一齐骂洪洪自私，想藏起来一个人玩。但洪洪不知自己错处在那里，他奇怪地张着大眼，忽闪着眉毛说："怎么说我自私呢？我埋它当然有道理，种子种下能开花，小树能长大，我想组织骑兵队，所以种下小红马。让它快快来长大，让它结出很多马，咱们一人骑一匹，给解放军叔叔帮忙去呀！"洪洪的天真稚气实在逗人喜爱，他虽然作了错事，但愿望是美好的。洪洪也是个热爱解放军，渴望和解放军共同参加战斗的好孩子。这两首诗写的是年纪更小的学前儿童，写出了更为天真稚气、纯朴可爱的儿童性格，洋溢着一片盎然的儿童情趣。这是从儿童生活园地中精心采撷的鲜美珍贵的花朵。

柯岩的儿童诗还有鲜明的时代特点，诗中的儿童形象和儿童生活打着鲜明的新中国社会主义时代的烙印。儿童文学作品中表现的儿童形象和儿童生活应该具有时代特点。儿童不是孤立存在，他总会受到社会环境的影响，思想感情总会打着时代烙印，所作所为总会具有时代色彩。好的儿童文学作品应该写出时代特点，只要从生活出发，就不应忽略这个方面。

柯岩在不少儿童诗中写了儿童对人民解放军的热爱和向往，这是显示时代色彩的重要方面。新中国的儿童都热爱解放军，向往解放军的战斗生活，常以解放军作为学习的榜样，用解放军的崇高品质和英勇精神鞭策自己。这是新中国儿童的优秀品质。《"小兵"的故事》中的三首诗都是写的这同一题材。《帽子的秘密》和《两个将军》都写了学龄儿童经常在游戏中演习解放军操练、战斗，并教育孩子怎样正确学习解放军。另一首《军医和护士》写了年龄更小的孩子要求参加解放军的热忱。五岁的弟弟和四岁的妹妹急切要求在游戏中参加"当小兵"，先不被接受，在百般央求下，弟弟当了"军医"，"拿树枝做了听诊器"，妹妹当了"护士"。《小红马的遭遇》中的洪洪，把玩具小红马埋在地里，是为了让小红马能象种子一样结出很多马，帮助解放军去参加战斗。《爸爸的眼镜》写小弟弟抱怨眼镜不帮自己的忙，急切"要知道算术怎么算""要知道祖国多伟大""要把红星画在大楼上"，表现了新中国儿童对知识的渴望和对祖国的热爱。反映新中国儿童的具有时代特点的美好的理想和愿望，反映与伟大的社会主义时代息息相通的儿童生活风貌，这是柯岩儿童诗的重要特色。

柯岩的儿童诗一方面充满儿童情趣，具有生动有趣、引人入胜的情节，另方面还富有积极的思想意义和教育意义。

如前所述，《帽子的秘密》《两个将军》《医生和护士》《爸爸的眼镜》《小红花》《小红马的遭遇》等写出了儿童对解放军的热爱和向往，对祖国的热爱、对知识的渴望，多方面表现了新中国儿童的优秀品质和美好理想，具有积极的思想意义和教育意义。即便象《我的小竹竿》这样内容较简单的小诗中，也不忘赋予积极的思想意义。"我有一根小竹竿，每天跟我来作伴，我当车夫它当鞭，得儿！吁！哦吁！""我的竹竿很听话，叫它当马就当马，不喂水不吃草，泼啦啦啦啦，泼啦啦啦，骑上它就能满院跑。"只这两节，也真切生动地刻划出了儿童的天真、活泼、欢快的性格。下面还有这样一节："我的竹竿实在强，我当解放军它当枪，长枪、短枪、机关枪，乒乒乒，乓乓乓，把侵略我们的强盗消灭光。"最后这一节更使这首小诗发出了思想闪光。

柯岩儿童诗中的思想意义和教育意义，是通过具体生动的艺术形象反映出来的，不是脱离开情节生硬外加上的东西。文学是通过艺术形象的创造来反映生活，用形象思维进行构思的。恩格斯主张："倾向应当从场面和情节中自然而然地流露出来。"① 作品的思想意义和教育意义应当溶合在情节之中，不应当单独进行生硬枯燥的说教。儿童文学作品更应当如此。儿童处在成长过程中，生理、心理方面还不成熟，知识不足，经验少，理解力差，不容易接受抽象的概念的东西。儿童习惯于通过具体生动的情节来理解思想意义和接受思想教育，罗列抽象概念和政治口号，没有生动的艺术形象，不受儿童读者的欢迎。柯岩的儿童诗具有通过生动的艺术形象体现思想意义和教育意义的优点。

《两个将军》的主题思想是教育儿童如何正确地向解放军学习。这个思想不是通过抽象地宣讲政治道理表现出来，而是刻划出两个不同类型的儿童，各用一系列具有儿童特点的有真实性和典型性的行动，在两相对比之下，具体鲜明地体现出来的。诗最后写到弟弟向"将军"哥哥声明决定跟另一个"将军"（隔壁小林的哥哥）去当兵时，"哥哥低下头想了半天，说：'我也要当他那样的将军。'"诗的教育意义就透过生动的艺术形象向儿童读者明确而巧妙地宣示出来了。《帽子的秘密》中通过妈妈的嘴说出如何正确学习解放军，弟弟晚上回家见妈妈，向妈妈谈船舱、甲板、舰队、海员，妈妈让弟弟给"小水兵"们捎话："真正的海员坚强英勇，热爱祖国热爱劳动，你们能不能学习英雄，不看帽子要看行动！"这不是脱离情节外加的生硬说教，而是情节的一个组成部分。而且这个情节是合乎情理的。《小红花》只描述了几个孩子精心护理小红花反使小红花凋落的过程，始终没有直接告诉孩子应对这件事吸取什么教训，诗的结尾说："可怜的小红花掉下来了！亲爱的妈妈的礼物没有了！这到底是怎么回事儿？这错处到底在哪儿呀？"其实，通过对整个事件过程的描述，儿童读者对"错处到底在哪儿"这个问题，是能领悟出来的。而且，不直接说

---

① 《致敏·考茨基》。

出，让小读者自己进行一番思索，然后自己领悟出道理，所受的教育也会更大些。

柯岩儿童诗中的思想意义和教育意义，能照顾到不同年龄儿童的特点，照顾到他们可以理解和接受的程度。《"小兵"的故事》中的三首诗主要写学龄儿童，情节较复杂，思想意义也较深。《小弟和小猫》《坐火车》《我的小竹竿》写的是年纪更小的学前儿童，情节简单，思想意义和教育意义也很浅显。如《小弟和小猫》写一个小孩子："每天爬高又上低，满头满脸都是泥。妈妈叫他来洗澡，装没听见跑掉了。爸爸拿镜子把他照，他闭上眼睛格格地笑。"他去抱小花猫时："弟弟伸出小黑手，小猫连忙往后跳，胡子一撅头一摇：'不妙、不妙，太脏太脏我不要！'"他听见害了臊，央求妈妈："快给我洗个澡。"情节很生动，活灵活现地写出个"聪明又淘气"的小孩子，思想内容很简单，就是教育孩子洗脸，讲卫生。

柯岩的儿童诗选材精炼，结构严谨，安排情节很注意对表现人物和主题的作用。有些诗运用了新颖独创的构思，如《爸爸的眼镜》《帽子的秘密》等。《爸爸的眼镜》写小弟爸爸在上班前发现不见了眼镜，全家手忙脚乱各处找，后来发现，原来小弟躲在储藏室里，把爸爸的眼镜架在翘鼻子上睡着了。以下开展丰富的想象，借着小弟在梦中和眼镜吵架，揭示出他天真、美好的世界，巧妙地刻划了一个幼年儿童对知识的渴望和对祖国的关切。

柯岩儿童诗中的语言浅显自然，生动活泼，很容易为儿童接受。《帽子的秘密》中的哥哥说"是奸细就不是弟弟"，小水兵们说"枪毙是假的一点不疼"；《看球记》中的弟弟看球赛时说"最好两边都赢"；《医生和护士》中的弟弟和妹妹，人家不准他们"当兵"，"他们的眼睛马上就'下雨'"。这些都是闪耀着光彩的天真可喜的儿童语言，是长期在儿童生活的矿藏中精心开掘才捡取到的。

柯岩的儿童诗优点很多，在思想和艺术上达到相当高的成就。这些诗给文学园地增添了富有特色的新花，是儿童文学的珍贵收获。今天读来仍觉得新颖可喜，在进行儿童文学创作时仍然有可资借鉴的地方。

以上所谈主要是指那些以学前儿童和学龄儿童为描写对象的儿童诗，

不包括那些以少年为描写对象的诗。以少年为描写对象的诗在柯岩的诗作中也为数不少，"文化大革命"前有《我对雷锋叔叔说》《讲给少先队员听》，近年有《陈景润叔叔的来信》《到星星世界去》《童年二首》《我的爷爷》等。① 这些诗另有特点，除刻划少年形象、描写少年生活之外，更多的是站在少年的角度歌颂与少年有关联的人和事。本文对这些诗不一一加以论述了。

选自《现代作家和作品》 扬州师院南通分院中文系编

———————————

① 见诗集《周总理，你在哪里?》。

诗贵凝炼

——《当炉女》小谈

　　《当炉女》是臧克家同志在三十年代初期写的一首短诗，描述了旧社会一个劳动妇女的悲惨生活遭遇。诗的篇幅短，容量大，在艺术手法上是有可取之处的。诗是这样的：

　　　　去年，什么都是他一手担当，
　　　　喉咙里，痰呼呼地响，
　　　　应和着手里的风箱；
　　　　她坐在门槛上守着安详，
　　　　小儿在怀里，大儿在腿上，
　　　　她眼睛里笑出了感谢的灵光。

　　　　今年，她亲手拉风箱，
　　　　白绒绳拖在散乱的发上；
　　　　大儿捧住水瓢蹀躞着分忙，
　　　　小儿在地上打转，哭得发了狂，
　　　　她眼盯住他，手却不停放，
　　　　果敢地咬住牙根："什么都由我承当！"

这首诗最大优点是精炼。在处理素材上，见出诗人的剪裁工夫，可以说"如矿出金"。十二行诗写出当炉女一家在两年中生活的重大变化，是富有表现力的。它选了最突出的，略去了可有可无的，"举一端而众端可以包括，使人自得其于言外"；略去的部分，让读者用想象补充起来。

诗中没提到当炉女和她丈夫的名字，只用"她"和"他"二字代替，读起来令人觉得既精炼又含蓄。诗的第一段写丈夫生前的情况，前三句写丈夫一边病着一边劳动，不详细说生的何种病，以及无钱吃药，本该休养，但为生活所逼，不得已带病工作，等等；这些无须写出，因为可以想象得出来。后三句写当炉女看护孩子的情景，这是她生活的一个片段，不是她生活的全部内容，她一定也拉风箱，等等。作者为什么只选取当炉女看孩子这件事情来写呢？因为这是她丧夫前生活中具有特征的事情，标志着她生活内容的主要部分。丈夫死后，她的生活内容起变化的首先是这一部分，不能再守在旁边看孩子，要亲自当炉，大孩子也帮起忙来；和后段所写对照看一看，选取看孩子这生活片段来写的意义和作用就更为明显了。

诗的第二段写丈夫死后的生活情况，没写她丈夫死的过程，甚至没提一个"死"字，只写了这样两句："她亲手拉风箱，白绒绳拖在散乱的发上"。这两句内容丰富，而且含蓄。后一句包含的意思很多，"白绒绳"说明她丈夫已死，她替丈夫戴孝；"散乱的发"说明她生活忙迫，心情也不愉快，无暇梳理头发，达到"蕴藉深厚，味之不尽"的境地。这个劳动妇女的艰苦果敢的形象，如在面前。

诗人在这里充分掌握和发展了诗这种文学形式在反映现实上的特殊方式和效能。和小说比较，诗在叙事写人上不求精雕细刻，它要求高度精炼集中地反映现实生活。这题材如果用小说来表现，仅写这些自然不够，但诗有它的特殊表现方法。用小说写时，要求对当炉女在丈夫生前死后的生活情况具体加以描写，丈夫生病、生活穷困、丈夫病死等等细节都要求进行较细致的刻划；但如果诗也这样写，就显得累赘了。诗在叙事写人上不及小说具体详细，那么它以何取胜呢？就在于高度的凝炼和集中，就在于以少量的篇幅表现多量的内容，而且用有韵有节奏的抒情的语言加以表现，以少量语言产生强烈的效果。

如何在诗中写人叙事，《当炉女》今天还是可以借鉴的。

载《光明日报》1964 年 1 月 18 日

妇女解放的颂歌

——评阮章竞的《漳河水》

《漳河水》是一部富有特色的长篇叙事诗。它描述了中国妇女在旧社会封建婚姻制度下遭受的种种痛苦和磨难，也抒写了她们向封建传统势力进行的斗争，以及她们在新社会获得自由解放、参加集体生产劳动的欢快的情景。这是一曲热烈地赞颂妇女自由解放的颂歌。

在旧中国长期封建社会里，妇女身受的压迫是极为沉重的。除受君权、族权、神权压迫之外，还受夫权的压迫，"四大绳索"的束缚使她们深深陷入苦难之中。党领导的人民革命斗争，使妇女获得了彻底的解放，跳出苦难的深渊，走上了自由光明的生活道路。妇女翻身解放是具有重大意义的主题。把这样的主题通过一个具体的故事较全面深刻地表现出来，不是一件轻而易举的事情。《漳河水》把这样一个任务相当出色地完成了。

《漳河水》设置的人物和故事具有很大的概括性，反映了社会生活的本质，较全面而深刻地反映了妇女翻身解放这个重大主题。

长诗中的三个妇女荷荷、苓苓、紫金英各有不同的生活经历，她们的生活经历都具有典型意义。她们在旧社会的遭遇，几乎概括尽了广大妇女在封建婚姻制度下所遭受的厄运。在新社会，她们又通过各自不同的经历获得了自由解放。

长诗第一部《往日》，写荷荷等三人在旧社会婚姻生活上的不幸遭遇。三人开始都对自己的婚姻有个美好的理想，荷荷想配个"抓心丹"，苓苓想许个"如意郎",紫金英想嫁个"好到头"。她们都是天真的"不知道愁"的"毛毛小女","低声拉话高声笑,好说个心事又好笑"。但是,在封建婚姻制度下,由父母给她们包办下了不幸的婚姻。荷荷嫁了个凶狠丑陋的年老富农,饱受婆婆、丈夫、小姑的折磨压迫。苓苓的丈夫二老怪是个劳动人,但有"大男人思想",常使苓苓挨打受气。紫金英嫁了个痨病汉,嫁后半年就守了寡,养下个"墓生孩",过着孤苦艰辛的寡居生活。象他们三人这样,有的受公婆欺侮,有的受丈夫压迫,有的受寡居之苦,这些折磨与痛苦,是旧社会妇女所经常遭遇到的。荷荷等的不幸遭遇,有力地揭露了封建婚姻制度的罪恶本质。作者还用饱含忿激感情的诗行直接对封建婚姻制度进行控诉:"断线风筝女儿命,事事都由爹娘定。……爹娘盘算的是银和金,闺女盘算的是人和心。不知道姓,不知道名,不知道是老汉是后生,押宝押在那一宝,是黑是红鬼知道!"在封建婚姻制度下,妇女婚姻不能自主,一切听人摆布。这个残酷野蛮的制度断送了妇女的幸福,甚至吞食了妇女的生命。

长诗第二部《解放》,写荷荷等三人在新社会获得自由解放的生活历程。三人的这段经历是长诗的主要情节,是长诗重点描写的内容。经过抗日战争、解放战争、土地改革之后,封建婚姻制度被粉碎,"漳河发水出了槽,冲坍封建的大古牢",妇女"飞出铁笼来",获得自由解放。刚强泼辣的荷荷走在斗争的前列,漳河地区一解放,她就和富农丈夫离了婚,又经自由挑选、恋爱,和勤劳进步青年王三好结婚。长诗生动地描写了荷荷和王三好恋爱、结婚的过程,展现了解放区人民的新的精神风貌,勾画了"不坐花轿不骑马,革命时兴是手拉手"的新的结婚仪式。荷荷是采用解除父母包办的封建婚姻、然后自由恋爱结婚这种斗争方式来获得自由解放的。荷荷的这种斗争道路具有普遍意义,她和前夫封建富农之间的矛盾是无法调和的,只有这样才能使矛盾解决,只有这样才能使她解除痛苦、获得幸福。

苓苓获得自由解放的道路就和荷荷有所不同了。苓苓在婚姻生活上的痛苦主要是夫权压迫,怎样解决她和丈夫二老怪之间的矛盾?作者设置的不是离婚,而是进行斗争、说理、教育,促使二老怪转变思想。作者这样处理是很妥当的,因为二老怪是个劳动人民,和荷荷的前夫封建富农不同，她只是受男尊女卑的封建思想的毒害，卑视和欺压苓苓，"汉子对我好就要，恼了就是打"，他对苓苓也有和气相待的时候。对这样的人只能采取斗争、教育、争取、团结的方法。苓苓是这样作的，荷荷和其他妇女也都是这样作的。正是由于这个缘故，所以作者在写苓苓和二老怪这场斗争时，充满了令人发笑的诙谐的喜剧气氛。这一部分中苓苓向二老怪进行的"夜训练"的斗争写得有声有色，在这场斗争中，活灵活现地刻划了二老怪的男尊女卑的"大男人主义"的封建思想和暴躁蛮横的性格，也栩栩如生地描摹了苓苓的稳健机智和老练的斗争艺术。在民主政府的保护下，在群众的支持下，苓苓向二老怪的斗争取得了胜利，二老怪欺压妻子的"老规程"吃不开了。

写紫金英在新社会的经历，先写她的寡居之苦，又写了她在荷荷、苓苓帮助下，摆脱了精神上的枷锁，和"相好的"绝了交，和姊妹们一起参加生产劳动，"踏上新道路"。对紫金英的寡居生活之苦写得非常真切感人。紫金英的生活道路和荷荷、苓苓的生活道路完全不同，她的婚姻生活上的不幸遭遇从另外一个角度揭露了封建婚姻制度的罪恶。在旧社会封建婚姻制度下，一个青年丧夫的寡妇将承受无穷的痛苦和灾难，君权、族权、神权、夫权四大绳索会紧紧束缚着她，使她陷入苦难的深渊，甚至夺走她的生命。令人颤栗的鲜血滴滴的祥林嫂的悲剧，就足以说明这点。当然，时代不同了，在紫金英的生活道路上，祥林嫂的悲剧不会重演。不过在描写紫金英在旧社会的生活经历时，应该着重揭露封建礼教以致封建族权对紫金英的摧残，这样才能有力地控诉封建婚姻制度的罪恶。但长诗在第一部中写紫金英在新婚半年丧夫之后，处境是"有心守节心难下，俺娘劝我另改嫁"，她因怕改嫁后遭受荷荷、苓苓的痛苦，为了"少受骂，少挨打"，才决心守寡，"把墓生孩守大"。丝毫没有接触封建礼教、封建族权对这个年轻寡妇的危害问题。特别不妥的是，在长诗第二部中写紫金英爱上了一个不务正业又"有老婆"的二流子，这也许是为了突出地性格的柔弱和寡居生活的凄苦，但这不能不对紫金英的形象是个损伤。这不正是给象张老嫂这样的封建顽固分子制造败坏新风尚的借口吗？如果紫金英爱上一个象王三好这样的勤劳进步的青年，又受礼教思想束缚陷入心理矛盾，并因此遭到张老嫂这类人的攻讦，不是对表现紫金英善良柔弱的性格更具典型意义，对表现妇女翻身解放的主题更为深刻有力吗？紫金英的青年寡居以及最终坚强起来"踏上新道路"的生活经历，对揭露封建婚姻制度、对表现妇女翻身解放都具有一定的思想意义。不过对紫金英这个艺术形象的塑造是存在着缺点的。

第三部《长青树》，主要写二老怪的思想转变，又写了荷荷等生产劳动的场面，这一面是展示妇女获得解放后在生产上发挥的巨大作用，也是给二老怪思想转变提供有力条件。还以张老嫂造谣为反衬，更充分地写出了二老怪的思想转变。长诗这样安排情节，对表现妇女翻身解放的主题是很有作用的。在党领导下的新解放区，阻碍妇女解放的最后一块绊脚石是盘踞在劳动人民脑海中的夫权思想，这是人民内部矛盾，不是行政命令可以解决的。这种夫权压迫解除之后，妇女就算是彻底解放了。

《漳河水》写了三个而不是一个妇女的婚姻生活经历，目的就是为了较全面深刻地表现妇女翻身解放这个主题。荷荷、苓苓、紫金英都具有独自的典型意义，她们的生活经历互不雷同，都从不同角度揭露了封建婚姻制度的罪恶，表现了妇女翻身解放的主题。在叙事文学作品中，主题的深刻性有赖于人物的典型性。长诗中的三个主人公都是能体现社会生活本质的具有典型意义的艺术形象，因此对妇女翻身解放这一重大主题的表现是较全面较深刻的。

作为长诗中矛盾对立面的人物，作者着重写了二老怪。二老怪这个人物不仅具有典型意义，而且有着鲜明的个性，是塑造得非常成功的。作者着力写二老怪，而舍弃了荷荷的前夫封建富农，是深费考虑的。那个富农是剥削阶级的人物，在党和人民政府的支持下，荷荷和他的矛盾是很容易解决的。因比作者只用了"坏男人瞪眼，恶婆婆头昏，反倒了封建荷荷离了婚"，这样两行诗结束了荷荷和前夫富农之间的矛盾。写二老怪则用了大量篇幅，包括第二部的相当多篇幅和第三部的大部分篇幅。二老怪是体现夫权压迫、阻碍妇女解放的最后的绊脚石，着力写对这样人物的斗争并写出他的转变，对表现妇女翻身解放这个主题是起着重要作用的。长诗对二老怪的"大男人主义"思想和暴躁蛮横的性格，通过一系列生动传神的行动对话，刻划得活灵活现，栩栩如生。

《漳河水》写了三个妇女的互不雷同的婚姻生活经历，并且刻划出三个妇女的各具特色的鲜明性格，内容是较为复杂的。若把这样一个内容用小说形式表现出来，可以写成一部十万字以上的长篇小说。但《漳河水》用的篇幅不多，只用了八百行诗（也就是八百句诗）就表现出了这个内容较为复杂的故事，实在是够精炼的。这是因为作者阮章竞同志十分了解叙事诗这种艺术形式在反映现实生活上的特点，他充分发挥了叙事诗这种艺术形式的功能，在叙述故事、塑造人物时是用叙事诗的而不是用小说的艺术手段来完成的。

作为叙事文学作品，小说和叙事诗都要求塑造典型人物，并要求写出较完整的故事情节。但在具体进行艺术处理时，二者又有不同之处。小说在表现故事情节时，要求循序发展，环环相扣，并要求具体细致地描写事件发生的过程。叙事诗在表现故事情节时，不必象小说那样顺序展开，允许有较大的跳跃，可以只选取有高度典型性的、对表现主题塑造人物性格最有用的情节，略去次要情节；对事件的具体过程可以粗线条地勾勒，不必细致描写。另外，小说（特别是长篇小说）在塑造人物时，要求多方面刻划人物性格，尽量赋予人物以较多的行功，以便使形象丰满。叙事诗则要求抓住人物最主要的特征、最突出的行动，用最简洁的文字进行刻划。这是因为诗运用的是有韵律的语言，这种语言长于抒情，短于叙事。用这种语言大规模地铺叙事件和细描人物，有它明显的限制，因此才产生了它叙事写人的这种特点。这也可以说是叙事诗和小说作为不同的艺术形式在反映现实生活上的分工。这是过去文学家经过长期艺术实践探索出的成功的艺术经验，在进行创作时应该遵循的创作规律。

《漳河水》在表现故事情节时，不追求故事的完整性，不拘泥于情节顺序发展的过程，只挑选最能表现主题、最能揭示事物本质和最能刻划人物性格的情节和生活场景加以描写，而略去一般的事件过程。如第一部写荷荷、苓苓、紫金英三人在旧社会婚姻生活上的不幸遭遇，都没正面叙述事件过程，父母包办婚姻情况、出嫁时情景、婚后生活，都未具体描写。开始只用几行诗写了三人对美满婚姻生活的憧憬，又用几行诗控诉了包办婚姻制度和三人对婚姻的焦虑心情，没写父母包办婚姻过程。下面接着写："三月里，桃花杏儿开，押的宝子揭了盖。三尺青丝盘成卷，抬过河，抬过川。"用这样四行诗交代了出嫁时情景。三人婚后的痛苦生活对表现主题有重要作用，但也没正面展开描写，而是通过三人"回娘家"在漳河边互相倾诉悲苦表现出来。三人的回叙都真切感人，也各有特点。通过回叙展现了三人婚后的痛苦生活，有力地控诉了残酷野蛮的封建婚姻制度，也生动地表现了三人不同的鲜明个性。用这种回叙写法节省了许多文字，在艺术处理上达到了精炼。就全诗主题思想和情节结构说，这样处理是妥当的。全诗重点在写荷荷三人在新社会获得自由解放，不在写以往旧社会的痛苦。

又如第二部所写荷荷三人在新社会获得自由解放的生活历程，是全诗的重要内容，对表现主题最关重要，因此用篇幅最多，也都是正面展开描写。虽是正面描写，仍然运用了极为精炼的适用于叙事诗的表现手法。写荷荷离婚又结婚，虽然写了她在婚姻生活上获得自由解放的全过程，但不详述细节，只是选取一些富有特征的事物作简洁的粗线条的勾勒。而且很快转入荷荷参加生产劳动，展示出"男人前方运军粮，妇女保证地不荒"的时代特点。写苓苓的翻身经历，只写了和二老怪的一场斗争，而把这场斗争安排在二老怪支差回家的一个晚上。很明显，二老怪对苓苓的压迫是经常的，连年不断的，作者只选取了一场为时短暂的"夜训练班"表现苓苓向封理夫权对抗争取自由解放的斗争，这种安置故事情节的设想是很奇妙、很不寻常的。写紫金英的寡居生活的凄苦也没正面描写，是通过她向荷荷、苓苓倾诉写出的。对她这段经历也写得十分精炼。

《漳河水》在塑造人物时，也是用的高度精炼的手法。作者对长诗中出现的人物进行严格选择，使人物尽量减少，并且集中力量写主要人物。荷荷等三人之外，作为矛盾对立面出现的只有二老怪和张老嫂，着力写的是二老怪。荷荷的前夫封建富农未正面出现，只在荷荷叙述婚后生活痛苦时提到。王三好和那个不务正业的青年，只用简括几笔带过，他们是为写荷荷和紫金英而出现的。全诗就是这寥寥几个人物。在表现荷荷等几个主要人物时，是抓住他们最主要的特征，最突出的行动，用极简洁精炼的笔墨进行刻划。如前所述，对荷荷只通过她对婚后生活的诅咒式的倾诉和争取自由婚姻的过程，生动地刻划出她的刚强泼辣的性格和新型妇女的精神风貌。苓苓的稳健机智是在一场"夜训练班"中表现出来的。紫金英的善良柔顺表现在她对寡居凄苦生活的哀婉倾诉中。

《漳河水》写人物的对话很出色，几个主要人物的对话都如此。这些对话高度精炼，充分表现人物性格，而且生动传神，富有形象性，有些对话饱含激情，带有浓厚的抒情色彩。这是符合叙事诗的要求的。叙事诗中人物的对话有自己的特点，只把小说中的对话押上韵脚还不符合要求。"'媳妇是块烂透铁，揣在怀里暖不热！'婆婆骂得绝！""'老婆是墙上一层泥，你要死了我再娶！'放他娘狗屁！"这是荷荷的泼辣的诅咒。"你俩的凄惶我嫌怕，摇摇荡荡心难下，守寡咬紧牙！""咽了吧，莫嫌苦，记住你娘是寡妇！"这是紫金英的哀婉的低诉。"你野鸡跟上老鹰飞，逞你胳膊逞你腿？""铁不打，不出钢，不管教管教不象样！"这是二老怪的蛮横的盛气凌人的怒吼。"二老怪，你不用发呆，你的老规程如今没人买！"这是苓苓的镇静坚定的声音。长诗写人物动作，善抓住突出特征，几笔勾画得栩栩如生。"二老怪，眼一瞪，满咀飞出唾沫星。""二老怪，咀裂开，唾沫星星儿飞出来。""三步两跳又往回蹦，石头街道快踩成坑。"这几个动作把暴躁蛮横的二老怪写活了。二老怪在支差回来寻找苓苓碰了钉子之后，对苓苓满怀恼怒，准备殴打苓苓，"一很麻绳抛上梁，吊住她头才揍他娘！数这玩意儿最利索，二老怪是老手旧胳膊。"下面描画二老怪要打苓苓又顾虑重重的心理活动，这段文字真切生动，是非常出色的心理描写。长诗对几个主要人物没作肖象描写，只为表现荷荷婚后生活之苦，通过荷荷的嘴描画了封建富农的肖象："十七的闺女四十的汉，光秃秃脑壳长毛脸，活象个琉璃蛋！马骡锅，骆驼背，塌鼻子吊个没牙嘴，黑心肝象鬼！"这肖象描写得生动逼真，是非常出色的。再看二老怪思想转变后向苓苓赔情的那个场面：

> 举手额前脚立正，
> 二老怪今天象个民兵。
> 苓苓捂咀低声啐：
> "出什么洋相讨厌鬼！"

> "出什么洋相讨厌鬼！"
> 孩子们学着苓苓咀。

　　　　人人都笑出欢喜泪，

　　　　惹出来山雀转圈飞。

八行诗描画了一个多么生动逼真的生活场景。二老怪的表示认错的动作语言，生动地刻划了他作为劳动人民性格中直爽憨厚的一面。苓苓的动作语言何等准确细致地表现了她无比欣喜的心情，这个长期轻视妇女使她挨打受气的蛮横丈夫今天彻底转变了，怎能不使她由衷的欢喜。又生动逼真地表现了孩子们和一般群众对苓苓夫妻言归于好产生的莫大欣喜，并且用"山雀转圈飞"这自然景物来烘托这个人人皆大欢喜的场面，宛如描摹了一个祝贺妇女解放的庆祝会。充分显示出作者刻划人物的艺术手段是非常高超的。

　　总之，《漳河水》在叙述故事、塑造人物方面，充分发挥了叙事诗这种艺术形式的功能，完全根据叙事诗的特点进行艺术处理。作为长篇叙事诗应如何叙述故事、如何塑造人物，《漳河水》在这方面进行的艺术探索和达到的艺术成就，到今天仍然可资我们借鉴。

　　《漳河水》在抒情方面很有特色。作者以充沛的革命激情描述故事和人物，叙述、评断事件过程，刻划、描写人物行动对话，都不是无动于衷、冷冷冰冰的客观态度，而是流露着作者鲜明的爱憎，充分发挥了诗的功能。诗要抒情，叙事诗也不例外。例如在第一部末尾，叙述了荷荷等三个妇女婚后的苦难生活，作者满怀激情这样吟唱：

　　　　声声泪，山要碎！

　　　　问声漳河是谁造的罪？

　　　　桃花坞，杨柳树，

　　　　漳河流水声呜呜！

　　　　戏鼓咚咚响连天，

　　　　唱尽古今千万变。

　　　　唱尽古今千万变，

　　　　没唱过俺女儿心半片！

　　　　恨咱不能拔起山，

把旧规矩捣成稀巴烂！

万代的脚踪要踏出路！

万年的水道要流成河！

这里作者对深受苦难的三位妇女表达了深切真挚的同情，也对封建婚姻制度和旧习惯势力发出忿怒的诅咒。在全诗结尾，作者怀着满腔热情对荷荷等三位妇女的翻身解放发出欢呼：

漳河水，九十九道湾，

漳河流水唱的欢；

桃花坞，长青树，

两岸踏成康庄路。

万年的古牢冲坍了！

万年的铁笼砸碎了！

自由天飞自由鸟，

解放了的漳河永欢笑！

长诗的另一抒情方式是借景抒情，这方面作得很具特色。诗中常出现漳河沿岸的自然景物：流水、草儿、杨柳树、桃花坞……这些不是孤立的景物描写，不是贴在人物背后的一张布景，而是故事的一个有机组成部分。作者用拟人化手法把景物写成有生命有感情的东西，随着故事的进展有不同的变化，伴随着三个妇女的命运而悲哀、哭泣、忿怒、欢笑。例如荷荷倾诉婚后痛苦生活时，作者这样写："桃花坞，杨柳树，东山月儿云遮住。漳河流水水流沙，荷荷一泪一声诉。"苓苓倾诉时是："桃花坞，杨柳树，北岸石坞夜半哭！"紫金英倾诉时是："河边草儿打蔌觫！"在荷荷、苓苓听了紫金英倾诉寡居生活的凄苦，鼓励紫金英坚强起来时，这样写："摇山拔树风呼呼，静静的漳河发了怒。"在三人获得自由解放后，这样写："妇女解放有了样，漳河河水欢声唱！"这样不仅使景物染上人物的情绪，和人物共悲欢，也使作者对人物的怜惜、同情、抚慰、欢庆，借景物抒发出来。这样使人物的感情和作者的感情借着景物的鲜明的形象得到更为强烈充分的表现。有生命有感情的景物在诗中起了烘托作用，增强了感染力，使所抒的情更具形象化，也更深切，更为动人心弦了。

《漳河水》的语言，是具有独自风格的出色的诗歌语言。阮章竞同志在漳河沿岸农村深入生活多年，在学习群众语言上下过很大功夫。长诗的语言是由群众语言提炼而成，特点是清新活泼、朴实通俗，经过精心琢磨，在表现事物时又达到了准确、生动，全部诗句又具有自然和谐琅琅上口的韵律。在上面所举的一些诗句中，可以充分看出这些特点。再举个较突出的例子："种谷要种稀留稠，娶妻要娶个短发头。""种玉茭要种'金黄后'，嫁汉要嫁个政治够。"不仅充满生活气息，而且具有时代特征，表现了解放后社会的新风尚，新风尚产生了令人激赏解颐的新语言。在这里不禁使我们想起《王贵与李香香》中的两个佳句："女人们走路一阵风，长头发剪成短缨缨。"这些同属大变革时代产生的新颖的群众语言。长诗还大量使用比喻，增强了语言的形象性，也加强了诗句的表现力。这是群众语言的一个特点，也是诗的语言所要求具备的。长诗有很多准确生动的运用比喻的佳句："沙里澄金水里淘，荷荷看中王三好。""针连线，线连针，自由的对象恩爱深。""母猪攻进棘针窝，自找苦吃自找祸。""心上抓了把胡椒面，麻的裂咀板着脸。"长诗也从古典诗歌中吸取了有生命力的东西，象长诗开始那八行清丽凝炼、和谐悠美的"漳河小曲"就是明显的例子。但在长诗中这不是主要成分，主要还是民歌成分。阮章竞同志在新中国成立以后写的《春莺集》中，古典诗歌成分显然大大增多了。

长诗的形式是民歌体，也和古典诗歌有着继承关系。采用民歌形式不象《王贵与李香香》一样只用信天游一种，而是多种。作者说，是"由当地许多民间歌谣凑成"，有"开花调""刮野鬼""梧桐树""绣荷包"等。因之句型是多样的，较多的是七字句，也有三字句、五字句、九字句等。每段句子多少不一，有三句、四句、六句、八句等多种。每段句式排列也多变化，如第一部荷荷等倾诉痛苦的话，每段三句，末句都是五字句，其它段落又不相同。在诗歌形式方面是有创造的，显示了诗歌形式创造上的广阔性和丰富性。

《漳河水》和《王贵与李香香》等是延安文艺座谈会以后新诗实践工农兵方向的珍贵收获，使诗歌向民族化前进了一大步。

　　这些年"四人帮"把"三突出"原则等列为经典，除此而外不准探讨有关文艺形式、表现方法等问题，谁要这样作就给你扣上形式主义的帽子。影响所及，使得有些青年作者对各种文艺形式的特点及其创作规律不能充分掌握。"四人帮"又制造"空白"论、"文艺黑线专政"论，把古今中外的一切优秀创作一概打入冷宫，使青年作者无从借鉴前人成功的艺术经验。就叙事诗的创作说，据我了解，有些青年作者在用写小说的方式创作长篇叙事诗，事无巨细一概网罗其中，又繁琐冗赘地铺叙事件过程，动辄写到万行以上。也不发挥诗的抒情功能，只是冷冰冰地罗列人物铺叙事件。还有的干脆把现成的长篇小说或人物传记原封不动改写成叙事诗，对故事情节、人物形象不按叙事诗的创作原则提炼加工，只是把每句话押上韵脚。用这样方法编造诗歌不太费力就会写成漫长篇幅。这实在是徒然耗费可贵的精力而已。从象《漳河水》这样的优秀创作中吸取一点艺术经验，是完全必要的。

　　　　　　　　　　　　载《河北师院学报》1978 年第 3 期

论《狂人日记》

发表于一九一八年五月的《狂人日记》，是中国现代文学史上第一篇现实主义小说，这篇杰出作品的出现，显示了五四文学革命的实绩，给中国现代文学作出了良好的开端。它是中国现代文学的第一块牢固的基石。

《狂人日记》是反封建的战斗宣言，是向封建主义投掷的一颗猛烈的炸弹，它里面洋溢着强烈的反封建精神，它发出的封建主义吃人的呼声震撼人心，它的出现有力地配合了以反对封建主义文化为主要任务的五四文化革命运动。

一　狂人形象

正确认识狂人形象，是深入理解《狂人日记》的关键。但狂人形象是不大容易认识的，因为它和一般文学作品中的人物形象不同，它的内涵较复杂，作者塑造这形象所采用的方法不是一般塑造人物的方法。

评论界对狂人已产生了种种不同的解释，这些解释彼此的分歧是不小的。

一种意见认为，狂人是个反封建的战士，他的疯狂是"化妆"的。如说："狂人分明是一个有血有肉性格鲜明的战士，他的精神世界是充分地描绘了的。尽管鲁迅运用丰富的医学知识和朴素的艺术手腕，在若干场面，把他化妆成为一个疯子，骨子里，他是并不疯的。"[1] 或者说："这个

---

[1]　朱彤：《鲁迅作品的分析》第一卷。

狂人实际上是鲁迅先生所创造的反封建的战士，他要冲破黑暗，挣脱多年的锁链。只是他周围的人都被统治阶级压迫愚弄得麻木了，反而说他是发了疯。"① 总之，认为狂人发狂是假的，狂人不是精神错乱的疯子，而是神志清醒的战士。

另一种意见认为，狂人是真的狂人，他的发狂不是假的，这是一个战士被折磨发了狂，他发狂后仍然进行着战斗。如说："狂人，是一个活生生的狂人，不是假装的，也不是统治者故意给他带上狂人的帽子，更不是作者心目中概念的化身。从这个人的言论、行动，心理活动来看，是具有狂人的病态的，他的感受，是一个有着明智观点的人被折磨得精神失常后的感受。"狂人是"本阶级的叛徒，时代的英雄，被折磨成了狂人"②，再如说："狂人并不是别人加给他的名称，狂人确实是个狂人"，"他不甘心做驯顺的奴才，他在这座昏暗的牢狱里冲撞着，清醒地追求着生活的真理，才受尽迫害而发了狂。虽然发了狂，他却依旧不屈不挠地斗争着"。③ 还有其它类似的说法。总之，认为狂人的确是狂人，不过这不是普通的狂人，而是一个战士被迫害得发了狂，发了狂也仍然是个战士。

对一个人物形象产生如此绝然相反的意见，是少有的现象。这实在是因为这个形象本身的内涵是复杂的，对一般文学作品中的人物不会产生这样分歧的看法。

狂人形象内涵的复杂，表现在他既是病狂的，又是清醒的，两种情况同时出现在他的日记当中。

从日记的很多细节看，狂人的确是神经错乱的人。他的心理状态昏乱颠倒，确与常人不同。譬如，赵家的狗看他两眼，他害怕；在街上行走，感到路上的人交头接耳议论他，似乎想害他，一个人对他笑了一笑，他"从头直冷到脚跟，晓得他们的布置，都已妥当了"。狼子村吃了个"大恶人"的心肝，他立刻联想到人们也会吃他。看到一碗蒸鱼，他感到蒸鱼的眼白而且硬，张着嘴，同那伙想吃人的人一样。医生给他看病，劝他静静养几天，他联想到养肥了可以多吃。……这些想法的确荒诞不经。一个头

---

① 许钦文：《〈呐喊〉分析》。
② 陆耀东：《关于〈狂人日记〉中的狂人形象》，刊《新港》一九五七年一月号。
③ 卜林扉：《论〈狂人日记〉》，刊《文学评论》一九六二年第一期。

脑清醒的人决不会有种想法。日记中有些话也是颠三倒四，前后脱节，"错杂无伦次"，显示出病狂者言谈的特点。

但是，还必须承认，狂人在日记中也说了许多非常清醒的话，不但清醒而且是非常深刻的话。如日记第三段末后揭露仁义道德吃人那段话，第九段阐述封建社会中人与人的关系的话，其它各段直接控诉吃人者的罪恶、劝吃人者悔改以及呼吁"救救孩子"等的话，都是极为清醒而深刻的。这些话洞察了封建社会的罪恶本质，提出了革命民主主义的理想，达到五四时期先进的思想水平。这不但是一个病狂的人不可能说出的话，而且是一个普通清醒的知识分子也不可能说出的话。这些话显示出，狂人是一个时代的先觉，是五四时代的"精神界之战士"。

这实在是一种奇特的情况，在一个人同一时期的日记当中，既包含着昏乱颠倒的狂言乱语，又存在着清醒明智的富有政论色彩和哲理意味的严正文词。两种绝然矛盾的情况怎会同时发生在一个人身上？分析狂人形象，须要对这种矛盾情况作个合理的解释。对狂人形象种种分歧意见，主要就产生在对这矛盾情况解释不同这个基点上。

主张狂人是反封建的战士的同志，是强调狂人的清醒的一面，他们也没忽略狂人的病狂一面，只是他们认为病狂是外衣，是化妆。这个说法抓住了狂人这个形象的实质，符合作者的创作意图，只是对病狂的解释流于简单化，而且只看到狂人的现实性一面，没看到狂人的象征性一面，以致把狂人归结成为一个实实在在的清醒的反封建战士，与狂人形象的实际情况不尽符合。至于说狂人的病狂是别人的诬蔑的说法，是与作品的实际毫不相干的。

主张狂人是真的病狂的同志，在解释病狂与清醒同时并存这点，大致都认为狂人原来是向封建势力斗争的清醒的战士，由于受到迫害才发了狂。但是，日记是在发了狂以后写的，一个人在发了狂之后还能保持着深刻的思想和明智的观点吗？这是难以说通的，主张狂人是真的病狂的同志都没能把这点解释得圆满。如有的同志说："从狂人的面貌来说，从狂人生理的特征来说，他的确是发了狂的；可是从他的精神本质，从他这种斗争的社会意义来说，却又是异常清醒的。"[1] 这说法很费解，生理特征既然

---

[1] 卜林扉：《论〈狂人日记〉》，刊《文学评论》一九六二年第一期。

是病狂，精神本质又怎会是异常清醒的呢？有的同志作了另样的解释：狂人"是一个时代的觉醒者，他的清醒正是他遭受迫害的根本原因。这样，他的'迫害狂'的病态就不能不联系着他病前的清醒"。"狂人的日记，正是一个明智者、清醒者、叛逆者被折磨发狂以后心情感受的记录。这种记录，又曲折地反映了他的过去，闪烁着一个时代觉醒者的思想光辉。"① 但是，这同样是说不通的。一个人既经发狂后，就绝不可能还保持着过去的清醒的认识，更绝不可能还具有深刻的思想和明智的观点。

另还有一种说法，这说法认为狂人是普通的狂人，日记中的深刻思想是作者的思想，结论是这样："《狂人日记》中的狂人并不是什么清醒的反封建的战士，也不是什么发了狂的时代的先觉，他完全是一个普普通通的狂人。他自己虽然是社会的牺牲者，却没有认识那个社会本质，没有也不可能对当时社会坚持什么斗争。日记中所显现的深刻思想不是狂人的思想，而是作者通过独特的艺术方法寄寓于作品之中，并由读者通过联想，理解和发掘出来的作者自己的思想。"②

这个说法从照顾狂人性格的统一着眼，试图解决大家提出的清醒与病狂并存的矛盾，但还是没有解决好。持这说法的同志，一方面承认《狂人日记》揭示了"封建礼教的吃人本质，对社会历史作出高度集中的深刻的概括"；另方面又认为《狂人日记》中没有任何清醒的话，认为狂人的一切言谈举动，"完全是一种病态，毫无清醒的认识可言"，连日记第三段所记狂人夜半查历史、控诉仁义道德吃人那段话，也认为"是神经错乱的幻觉，并不说明他对封建历史的清醒的认识"。并认为作者将自己的思想见解寄寓到狂人的日记中的办法，是运用了"含意双关的话语，比喻象征的手法"，是"将真理隐在狂话背后"。这说法是与作品的实际情况不相符合的。《狂人日记》明明包含着许多不但清醒而且深刻的观点，硬不承认是不行的。作品中的确用了许多"含意双关的话语，比喻象征的手法"，的确有很多地方是"将真理隐在狂话背后"，但这只是一个方面。仅凭这个是难以充分"揭示封建礼教的吃人本质，对社会历史作出

---

① 王献永、严恩图：《试论〈狂人日记〉中的狂人形象》，刊《合肥师范学院学报》一九六二年第四期。

② 张恩和：《对狂人形象的一点认识》，刊《文学评论》一九六三年第五期。

高度集中的深刻的概括"的。之所以作到这点，那些揭露礼教吃人控诉吃人者的罪恶的清醒明智的话是发生了很大作用的。

可见，只说狂人是清醒的战士，或只说狂人是真的狂人（不管是普普通通的狂人还是原为战士而发了狂的狂人），都是与作品的实际不相符合的。按作品的实际内容看，狂人实兼此二者而有之，狂人是个清醒与病狂的混合体。

考察一下鲁迅创作《狂人日记》的意图和经过，就可以知道他为什么塑造了这样一个奇特的狂人形象。

鲁迅长期生活在旧社会中，深深认识到封建制度的罪恶本质，从现实生活的感受和对历史的研究，使他悟到封建社会的历史是吃人历史。这样就形成了《狂人日记》中所要表现的主题。一九一八年八月鲁迅在给许寿裳的一封信里说："《狂人日记》实为拙作……后以偶阅《通鉴》，乃悟中国人尚是食人民族，因成此篇。"鲁迅是用一个表面看来是狂人的人物来表现封建制度吃人这一主题思想的。为什么不创造一个完全清醒的反封建的战士，而创造这样一个奇特的病狂的人物？这与作者的生活经历以及艺术素养有关。据周遐寿《鲁迅小说里的人物》和王士菁《鲁迅传》等书记载，鲁迅有个姓刘的表兄民国初年在山西游幕，神经失常后曾到北京找过鲁迅，这可能是孕育狂人形象的一个因素。其时鲁迅曾读过果戈里的《狂人日记》，也受了某些启示。另外，用狂人来体现封建制度吃人也可加强艺术效果。

应该注意，鲁迅选取狂人作主人公的目的，不是为了塑造出一个真正病狂的人来"供医家研究"，而是为了更有力地"暴露家族制度和礼教的弊害"，更有力地揭示封建社会的吃人本质。因此，这就决定了不能遵照严格的写实手法塑造一个完完全全的狂人——自然形态的疯子，这就在写病狂心理之外同时又写了许多深刻明智的语言，以便更明确地控诉封建制度的吃人罪恶，而在描画病狂心理的部分也大量使用了象征手法，以便渲染和概括出封建社会的吃人本质。因此，这个狂人就成了这样一个奇特的形象：既是病狂的，又是清醒的。

那么，现实生活中有这样同时兼有清醒与病狂的人物吗？没有。这是怎么一回事情呢？这个人物原本就不是用严格的写实手法塑造的，作者在塑造这个人物的时候大量使用了象征手法。对这样的人物是不能完全用现实中人物来比附的。现实中有没有和这完全相同的人物？这人物的性格是否完全统一？作者在塑造狂人形象时并没放在首要地位考虑，作者放在首要地位考虑的是表现封建制度吃人这一主题思想。让狂人宣泄了许多清醒深刻的政治诗似的警句，是为了直接控诉封建主义的罪恶，让狂人产生许多错乱认识，也是用象征手法渲染出封建社会"人吃人"的氛围。

我们不能说狂人是完完全全病狂的人，这不仅因为他的日记中包含着很多清醒明智的语言，而且他所处的生活环境，所接触的事物很多也是象征性的。譬如他说二十年前"把古久先生的陈年流水簿子踹了一脚"，这显然是象征性的说法，古久先生和陈年流水簿子都是象征性的事物。赵贵翁和他的狗也是这种性质。一个活动在象征性世界中的人物，就不能完全拿现实中的人物来比附他。

《狂人日记》的写法，在很大程度上象鲁迅的另一篇作品《过客》。《过客》中的过客、老翁、女孩，以及那引导过客向前走的声音，都有很大的象征意义。

主张狂人是真的狂人的同志，都强调人物形象的生命是真实性，强调文学作品中的人物必须是现实中实际存在和可能存在的。在一般情况下，可以作这种要求，但对一些有象征意义的形象就不能作这种要求了。有象征性的形象不是现实中实有的，它是以曲折的方式反映现实，它同样能概括现实事物的本质，它同样具有现实意义。《狂人日记》塑造了这样一个既病狂又清醒，既具现实性又具象征性的人物形象，实在是奇特的，但这样作是完全可以的。艺术作品反映现实允许有多种方法，艺术世界不是现实世界的刻板的模写。此类作品中外早有先例。我国著名长篇古典小说《镜花缘》就是突出的代表。

大部分论述《狂人日记》的同志，都提到了作品中使用的象征手法，有的同志甚至说狂人是清醒与病狂、现实与象征的复杂的艺术形象，但在最后作结论时仍然把象征性除外，只归结为真的狂人或清醒的战士这样完全现实性的形象。这样就只好对清醒与病狂并存这一矛盾现象作出种种解释，但由于先以现实性的形象为前提，也就总是解释不圆满。

有的评论者指出《狂人日记》的表现手法和尼采的《察拉图斯忒拉这样说》有相同之处，指出鲁迅在《狂人日记》中寄寓了自己的思想见解。我们同意这说法，但必须以不把狂人完全看成现实性形象为前提。如果认为狂人是一个实实在在的狂人，认为作者是用严格的写实手法来塑造狂人，那就很难说得通。因为，假如是用严格的写实手法写的日记体小说，作者就没法直接站出来说话，其中的每一句话都应该是人物的话，不是作者的话。那样，出自日记中的那些狂言乱语固然要归给狂人，同是出在日记中那些明智的语言，那些作为真理和狂言之间的桥梁的"含意双关的话语，比喻象征的手法"，也不能与狂人毫无关系。事实是这样，由于鲁迅没有严格采用写实手法塑造狂人形象，他才比较明显直接地在日记中寄寓了自己的思想见解，才在写狂人的病狂心理时用象征手法寄寓了深意，才同时又加进了许多深刻明智的语言（用象征手法寄寓深意，发表深刻明智的语言，是一个病狂人不能作到的）。这样的结果，狂人也就变成为一个清醒与病狂、现实与象征的复杂的艺术形象。

最后总括说一下：鲁迅基本上是采用一个表面看来是狂人的人物作主人公的，但为了表现主题的需要，在具体描写时未遵照严格的写实手法来塑造这人物，使这人物吐露了一些深刻明智的控诉封建制度罪恶的语言，在写他病狂心理时也运用象征手法概括渲染了封建社会的吃人本质，实际上他又担当了一个反封建战士的任务。因此，从作者的创作意图看，从实质上和象征意义上看，狂人是个反封建战士。我认为，狂人这形象的总的内涵是：疯子是假象，战士是实质。但这不是说狂人是清醒的实实在在的反封建的战士（狂人具有病狂心理是不能否认了），这是从实质上说，从象征意义上说。

二 "忧愤深广"的内容

考察《狂人日记》的思想内容，须要明确两个问题。

其一，日记的反封建主题，在很大程度上是用象征手法表现的，日记的主要情节包含着象征意义。狂人的病狂心理，他对现实的错误认识，构成了日记的主要情节，这些情节寄寓着另外的意义，如果仅从表面现象看，如果不注意这些情节所象征的更深的寓意，就无法理解作品的巨大深广的思想内容。仅从情节的表面现象看，狂人的遭遇显示不出什么问题，狂人是怎样发狂的？他受到怎样的迫害？作品并没具体写出。作者在日记的前面的按语中提到"知所患盖'迫害狂'之类"，但日记中没具体写出狂人怎样由清醒到发狂，日记一开始他就发狂了。他发狂之后，别人并没对他有迫害的举动，他感到大家和他做冤对，感到大家要吃他，那是他的错觉。如果他真是一个疯子，别人对他采取那样的态度是自然合理的，大哥请医生给他看病甚至可以说是关怀。《狂人日记》和《孔乙己》《白光》《祝福》等不同，孔乙己、陈士成、祥林嫂的生活遭遇本身已血淋淋地揭露了封建制度的罪恶，狂人的生活遭遇本身却显示不出这样的意义。我们须要透过日记所描写的情节的表面，看取它用象征手法寄寓的另外的意思，才能挖掘到作品的巨大深刻的思想意义。

其二，狂人的思想，就是鲁迅的思想。在一般文学作品中，作家的思想和他塑造的人物的思想并不都是相等，作家首先要忠实于现实生活，要严格遵循人物性格发展的逻辑，不能把自己的思想硬塞给人物。在一般情况下，作家对人物的思想只起着一种评价和判断的作用，但有时作家也在一些他认为是理想的人物身上寄寓着自己的思想，在这种情况下，作家的思想和人物的思想就折叠在一起了。鲁迅和狂人就正是这样的一种关系。就实质上说，就象征意上说，狂人是鲁迅塑造的五四时期具有先进思想水平的"精神界之战士"，如前所述，鲁迅也通过狂人直接寄寓了自己的思想，《狂人日记》中表现的对封建社会的深刻认识和革命民主主义的理想，是"精神界之战士"狂人的思想，也是五四文化革命先驱者鲁迅的思想，日记中所表现的认识上的某些局限，也是鲁迅思想上的局限。

关于《狂人日记》的思想意义，鲁迅在《中国新文学大系小说二集导言》中曾提到："意在暴露家族制度和礼教的弊害。"就小说的实际内容看，这只是思想意义的主要方面，还不是全部。鲁迅在给许寿裳的信中所说的"乃悟中国尚是食人民族"那句话，在阐释《狂人日记》思想意义上具有更大的概括性。

《狂人日记》主要表现这样一个思想意义：揭露封建社会、封建制度

（包括家族制度和礼教）的"吃人"的罪恶本质，并希望这"吃人"现象（人压迫人，人剥削人的现象）消灭。这是小说的主题思想，这思想贯穿在全篇之中。

小说揭露封建社会、封建制度的罪恶本质是用象征手法表现的，通过狂人对现在和历史上吃人事实的缕述，概括渲染出了封建社会人压迫人、人剥削人的典型环境。狂人在日记中带着紧张恐怖的情绪叙述了现在的和历史上的惨栗可怖的吃人事实：狼子村打死一个"大恶人"，挖出心肝用油煎炒了吃；城里杀了犯人，生痨病的人用馒头蘸血舐；徐锡林被吃（革命者徐锡麟被杀害后，恩铭卫队挖其心肝炒吃）；易牙蒸他儿子给桀纣吃（史载是给齐桓公吃）；疑心妹子被大哥吃掉；疑心自己要被别人吃……缕述这些惨栗可怖的吃人事实，其用意当然不限于事实本身，更重要的是在概括渲染出封建社会人压迫人、人剥削人的环境和氛围。事实上，由于这种比喻象征手法的运用，封建社会的"吃人"的罪恶本质已经强烈有力地被揭露出来的，读者完全能透过现象领会它更深的寓意。

小说还对封建社会的"吃人"面目作了明白直接的揭露："我翻开历史一查，这历史没有年代，歪歪斜斜的每叶上都写着'仁义道德'几个字。我横竖睡不着，仔细看了半夜，才从字缝里看出字来，满本都写着两个字是'吃人'！"这里直接指明中国封建社会的历史是披着"仁义道德"的外衣而实质是"吃人"的历史，经这一点明，那些用比喻象征手法写的部分的深刻寓意就更明显更易为人所领会了。

小说揭示出，在封建社会中，吃人的现象到处发生，这里存在着很多吃人的人，这些人"心里满装着吃人的意思"，吃人的心思不一样，"一种是以为从来如此，应该吃的，一种是知道不该吃，可是仍然要吃"。这些人具有"狮子似的凶心，兔子的怯弱，狐狸的狡猾"。他们"话中全是毒，笑中全是刀，他们的牙齿全是白厉厉的排着"。同时，吃人的观念也为广大人们普遍奉行着，人们互相猜忌，"自己想吃人，又怕被别人吃了，都用着疑心极深的眼光面面相觑"。"父子、兄弟、夫妇、朋友、师生、仇敌和各不相识的人，都结成一伙，互相劝勉"，死也不肯去掉吃人的心思。人与人之间的关系是冷酷险诈的，虽"父子、兄弟、夫妇、朋友、师生"之间亦各怀鬼胎，互不信任。这一切，都是由于封建社会中壁垒森严的阶级关系造成的。这里赤裸地揭露出封建社会的险恶血腥的面目。

鲁迅在一九二五年写的《灯下漫笔》中把这层意思作了更为明确的阐发，其中说："但我们自己是早已布置妥帖了，有贵贱，有大小，有上下。自己被人凌虐，但也可以凌虐别人；自己被人吃，但也可以吃别人。一级一级的制驭着，不能动弹，也不想动弹了。""并且因为自己各有奴使别人，吃掉别人的希望，便也就忘却自己同有被奴使被吃掉的将来。于是大小无数的人肉的筵宴，即从有文明以来一直排到现在，人们就在这会场中吃人，被吃，以凶人的愚妄的欢呼，将悲惨的弱者的呼号遮掩，更不消说女人和小儿。"这些话正可以作《狂人日记》中所表现的封建社会中"人吃人"这个概念的注脚。鲁迅当时观察到整个社会被封建统治阶级安排的吃人秩序统治着，层层压迫象天罗地网，贯彻到各社会层的各个人身上。鲁迅对这现象感到忿慨和痛心，因而进行揭露了。在这里，鲁迅意识到了"凶人"和"弱者"的对立，但对封建社会中人压迫人的阶级界限还是理解得笼统模糊的。

至于鲁迅提到的"揭露家族制度和礼教的弊害"，可以从这些方面来理解：狂人处在封建士大夫家庭中，他面对的是封建家长大哥，日记中虽然没具体写到狂人如何受迫害，但写到狂人跟大哥学作论，从大哥那里接受了荒谬背理的封建教育，狂人也提到五岁的妹子在这个家庭中被吃掉。封建士大夫家庭是最能体现封建家族制度罪恶的场所。此外，狂人曾直接控诉了仁义道德"吃人"，日记中提到的"父子、兄弟、夫妇"互相猜忌彼此失去挚情厚爱，家族制度和礼教起着重大作用。家族制度和礼教是整个封建制度及其上层建筑的一个组成部分，揭露家族制度和礼教的弊害，也便是控诉封建制度的罪恶。

《狂人日记》对封建社会、封建制度的罪恶本质揭露得非常深刻而彻底，表现出强烈的反封建精神。在这里表现出革命民主主义者鲁迅反封建的彻底性，他彻底否定了封建制度，他对封建制度攻击的勇猛坚决，在五四时期说是空前的。

《狂人日记》还表现了对吃人者的痛恨和反抗，并表现了对消灭吃人现象的渴望。狂人揭露了吃人者的凶残丑恶面目，义正词严地喊出："吃人的事，对吗？""从来如此，便对吗？"狂人警告吃人者："你们可以改了，从真心改起！要晓得将来容不得吃人的人，活在世上。你们要不改，自己也会吃尽。即使生得多，也会给真的人除灭了，同猎人打完狼子一样！"日记宣扬了新的生活理想，预示了一个"容不得吃人的人活在世上"的光明的未来。这未来的世界是"真的人"的世界，那时吃人的人被消灭掉，"人人太平"，可以"放心做事，走路，吃饭，睡觉"，过着"何等舒服的日子"；就是一个没有人压迫人、人剥削人的平等自由的世界。这是鲁迅的革命民主主义思想的具体表现，鲁迅站在革命民主主义立场，对封建制度下的压迫剥削现象深怀不满，希望消灭这些现象，所以才提出这样一个光明的生活理想。这表现了鲁迅当时积极乐观的精神和对未来光明前途的信心。

小说结尾发出了救救孩子的呼声："没有吃过人的孩子，或者还有？救救孩子。"这表现了对幼小者、后一代的关心，希望后一代不再演吃人被吃的悲剧，希望他们怀着互相友爱的思想，共同创建平等自由幸福的新生活。这是鲁迅进化论思想的一种反映，鲁迅认为后一代是有希望的，他热爱他们，把改造社会的重任寄托在他们的肩上，类似的意见在其他文章中也看到，《随感录四十》喊出："旧账如何勾消？我说：完全解放了我们的孩子！"《我们现在怎样做父亲》提出要牺牲自己为孩子谋求幸福："各自解放了自己的孩子。自己背着因袭的重担，肩住了黑暗的闸门，放他们到宽阔光明的地方去；此后幸福的度日，合理的做人。"为动摇不合理的亲权，鲁迅提出以幼小者为本位的道德观。关心后一代，也即是关心民族的、人类的未来。在五四时期提出"救救孩子"的口号有它一定的积极意义，但这样提法是有些空泛的，这既缺乏阶级观点，也不是解决问题的根本方法。怎样救？用什么手段？救了孩子之后社会能否变好？都得不到解答。到一九二七年鲁迅的思想有了发展，对"救救孩子"的提法作了自我批评："现在倘再发那些四平八稳的救救孩子的议论，连我自己都觉得空空洞洞了。"（《答有恒先生》）

《狂人日记》也表现了人民群众的不觉悟。维护吃人制度的不仅是地主豪绅、封建家长、帮凶帮闲，那些普通群众——佃户、路人以及被知县打枷过的、给绅士掌过嘴的、被衙役占了妻子的、老子娘被债主逼死的人们，他们虽然都是被吃（受封建制度压榨）的人，却似乎笃信着吃人的观念，对起而反抗吃人制度的反封建战士狂人毫不理解，甚至加以蔑视和仇视。

《狂人日记》有没有和平进化观点？有些评论者根据狂人曾劝吃人的人不要再吃人，就归结为这是对敌人取消斗争，这是和平进化观点。这看法是值得商榷的。要知道，叫吃人者不再吃人，只是一种希望，不是认为吃人者一定会放下屠刀，更不是要人民放弃斗争。而且，日记上明明写着："他们岂但不肯改，而且早已布置"；"你们要不改，自己也会吃尽。即使生得多，也会给真的人除灭了，同猎人打完狼子一样！"这那里有丝毫和平进化的观念呢？

其实，和平进化云云，和鲁迅根本是无缘的，鲁迅从来没持过和平进化的主张。他在青年时代（一九〇七年）就认为人类社会的发展史是一部斗争史，自有了人类，斗争也就开始了："人类既出之后，无时无物，不禀杀机"；"故杀机之防，与有生偕；平和之名，等于无有"。认为斗争是永远存在的，平和是没有的："平和为物，不见于人间。其强谓之平和者，不过战事方已或未始之时，外状若宁，暗流仍伏，时劫一会，动作始矣。"他主张对敌人进行不调和的斗争，他歌颂"立意在反抗"的诗人，歌颂他们"不为顺世和乐之音"的叛徒精神。他肯定了斗争对一个民族争取生存的巨大价值："不争之民，其遭遇战事，常较好战之民多，而畏死之民，其苓落荡亡，亦视强项敢死之民众。"（以上引文均见《摩罗诗力说》）这些主张与和平进化的观点是正相违反的。和《狂人日记》同一年写的《随感录六十六》曾说："无论什么黑暗来防范思潮，什么悲惨来袭击社会。什么罪恶来亵渎人道，人类的渴仰完全的潜力，总是踏了这些铁蒺藜向前进。生命不怕死，在死的面前笑着跳着，跨过了灭亡的人们向前进。"这不是很明显的吗？这哪里有丝毫和平进化的意思呢？具有勇猛战斗精神的鲁迅，对敌人从来没有存在过幻想，从来没有认为敌人会轻易放下屠刀，对敌人可以取消斗争，也从来没有认为旧势力是不经过斗争就可以摧毁的，社会的进步是不经过斗争就可以取得的。至于稍后写的《论"费厄泼赖"应该缓行》《无花的蔷薇》《忽然想到》《这样的战士》等文章，强调对敌斗争的意思就更为明显了。

还有些评论者引了《随感录四十九》中的一段话来证明鲁迅有和平进

化的思想，这段话是这样的："但进化的途中总须新陈代谢。所以新的应该欢天喜地的向前走去，这便是壮，旧的也应该欢天喜地的向前走去，这便是死；各各如此走去，便是进化的路。"这段话孤立看来似乎有和平进化的意思，但若联系上下文一看，就知道仍然得不出这样的结论来。《随感录四十九》通篇的主旨是旧的应该让路给新的，不要当前进路上的绊脚石。这是看到中国老一辈人物顽固不化，"占尽了少年的道路，吸尽了少年的空气"，"只留下造成的老天地，教少年驼着吃苦"，而希望他们不要如此。但这只是希望，不是认为旧的一定会欢天喜地向前走，只是希望他们"应该"如此，更不是认为对阻碍前进的旧事物不进行斗争，写在同时的《随感录六十六》便是证明。

鲁迅没有和平进化的观点，他塑造的这个寄寓着他的思想的"精神界之战士"狂人也没有和平进化观点。

三　艺术特色

鲁迅曾将《狂人日记》的特点概括为"表现的深切和格式的特别"。这篇小说在艺术手法上确是有独创性，显示出鲁迅的敏锐的观察力和卓越的创造力。

小说记述的生活现象，是通过狂人的感受写出的，小说的全部内容就是狂人的心理活动。狂人实质上是一个反封建的战士，却以一个患"迫害狂"的人物出现。他的心理活动，既不能写成和正常的人一样，也不能完全写成和精神病患者的一样。要写成为看来似乎是一个精神病患者，但本质上又不失为一个反封建的战士。这是很不容易处理的，鲁迅却处理得很好。

狂人的心理活动写得极其错综复杂，有时非常清醒，有时非常迷乱。迷乱的部分确象一个精神病患者的心理活动，没有丰富的医学知识写不出来。如日记第一段：

今天晚上，很好的月光。

我不见他，已是三十多年；今天见了，精神分外爽快。才知道以前的三十多年，全是发昏；然而须十分小心。不然，那赵家的狗，何以看我两眼呢？

我怕得有理。

语无伦次，确是一个精神病患者的语言，另如狂人认为路上人议论他，吃蒸鱼时的错觉，都极其逼真地反映了一个精神病患者的病态心理。最巧妙的是医生何老头子看病那一段，医生说静静养几天就好了，指的是病，狂人联想到把他养肥了好多吃，医生临走时对大哥说："赶紧吃吧！"指的是吃药，狂人误会成吃他。生活情景和狂人的错乱认识混合交插，实在奇妙极了。这是一些非常出色的部分，这些部分非常必要，因为狂人虽然实质上是一个反封建战士，但既以"迫害狂"患者的面目出现，就应写得与普通人的面目有所不同。

狂人的心理活动，更主要的还是清醒的一面，迷乱的部分不过是衬托。因为这样，才能使读者透过外部现象，认识到狂人作为反封建战士的实质，不认为他仅是一个神经错乱的疯子。狂人的内心独白，特别值得注意的是那些揭露封建社会吃人本质的部分，这是忿怒的呼声，血泪的控诉，这部分写得深刻、形象、有力，富有鼓动性，是诗与政论的结合，就如《坟》《热风》中的杂文一样。

这种清醒、迷乱交织的心理活动极难刻划，两方面要掌握得有分寸，要配搭得好。而且迷乱部分还须扣紧主题，使它与清醒部分有联系，不是漫无边际的罗列。

《狂人日记》在很多地方运用了象征手法，这种手法和狂人的病态心理相结合，使狂人所感受到的生活现象中蕴藏了更深的含意。这种手法的运用，加深了小说的思想意义，使小说更加引人深思，加强了艺术效果。如狂人眼中所见的生活环境，在很大程度上就是对封建社会的象征；所谓"吃人"，就是指人压迫人、人剥削人；古久先生、赵贵翁和他的狗、陈年流水簿子等人名物名，显然有象征意义。这种手法和《野草》中的一些文章的手法相同。

在理解小说的象征意义的时候，应该从大处着眼，不应该拘泥于细节。有个别细节是为了渲染出一个生活氛围，不一定每种事物都另有所指。因此大可以不必追问狂人吃的"蒸鱼"是象征什么，是站在哪一边的，是属于吃人集团还是被吃集团。

《狂人日记》是一篇卓越的现实主义小说，我们说鲁迅的作品是中国现代文学的第一个高峰，他的这第一篇小说已经充分体现出来了。

《文学评论》1980 年第 3 期

郭沫若诗二首评析

　　中国新文化运动的先驱者和奠基人、无产阶级文化战士郭沫若同志和我们永别了。这是中国人民的一个重大损失。郭老的丰富浩瀚的文学著作，是中国现代文学的宝贵财富。这些著作有待我们进行不断探索和研究。现在我把学习《天狗》和《女神之再生》两篇诗歌的体会整理出来，希望能对总结郭老的诗歌遗产有点助益。

《天狗》

　　《天狗》是《女神》诗集中的代表作之一，是能充分显示郭老早期诗歌特色的作品。

　　《天狗》写于一九二〇年二月。它和《女神》中很多诗歌一样，具有五四时期的时代特征，洋溢着狂飙突进的精神，挟带着飞扬蹈厉的气势。

　　这首诗以强烈的革命激情和宏伟的气魄，表现了冲击黑暗世界、发扬自我力量的反抗精神。诗人运用的是象征手法，借用天狗吞日、月的神话传说，把自己比作天狗。诗中所谓把日、月、一切星球乃至全宇宙吞了，即是摧毁、消灭黑暗世界的意思。这里的日、月、星球、宇宙，喻指当时处在帝国主义和封建势力统治下的中国充满内忧外患的黑暗丑恶的社会现实。作者是一个具有爱国思想的进步知识分子，他和广大人民一样受着帝国主义和封建势力的压迫，他所要摧毁的就是压在中国人民头上的帝国主义和封建势力。《天狗》中表现的反抗精神是异常强烈的。反帝反封建的革命精神，在诗中表现得非常坚决彻底。

诗中的反抗以"自我"为中心，把"自我"强调到特殊的地位。考察一下诗句的含意，可以发现要求个性解放的思想是异常强烈的。我吞吃日、月、一切星球、全宇宙之后，"我便是我了"，即说我的力量变得强大，我变成雄武有力的我。我是日、月、一切星球、一切光线的光，"我是全宇宙的 energy 的总量"，即说强大的我能代替一切，包容一切，我是宇宙的主宰。我飞奔、狂叫、燃烧，"我如烈火一样地燃烧，我如大海一样地狂叫，我如电气一样地飞跑"，即说我奔放不羁，飞跑狂叫，横冲直撞，不受任何束缚、羁绊，把一切障碍铲平，要怎样就怎样，还要象烈火一样燃烧起来，烧毁一切。"我剥我的皮，我食我的肉，我啮我的心肝"，即说我要冲破一切，摧毁一切，甚至连自己也毁掉。"我的我要爆了"，即说我要炸裂，极言摧毁一切的欲望达到沸点，自己按捺不住。所谓我吞日、月、一切星球、全宇宙，我是日、月、一切星球、一切光线的光，我是全宇宙的 energy 的总量，我飞奔、狂叫、燃烧，等等，除冲击黑暗世界的含意之外，从要求个性解放这一意义上讲，特别是指挣脱一切因袭的封建传统（包括封建制度、封建文化思想），不受封建传统的任何束缚。所谓我剥我的皮、食我的肉、吸我的血、啮我的心肝，除冲破、摧毁一切，甚至连自己毁掉之外，还有剥除旧我的躯壳、进行自我改造的意思，因为旧我是深受封建传统熏染的我。

要求个性解放是五四时期具有民主主义思想的知识分子普遍具有的思想，在五四民主革命运动中，知识分子是首先觉悟的成分，他们接受了西方先进的科学和文化思想，深切感受到封建压迫和民族压迫的痛苦，迫切要求解脱封建宗法制度和因袭传统思想加于他们的精神枷锁，要求个性的解放。

个性解放在反封建斗争中有积极意义，能发挥积极作用。在封建制度下，君权、神权、族权具有无上权威，个人是渺小的，无力的，任人摆布的。在五四时期，先进的知识分子接受了民主思想，发现了自己的力量，要挣脱君权、神权、族权的束缚，争取个性的自由发展。"我便是我了"，意思就是"我"成为独立自主的我，在封建束缚下，"我"为人奴役，不能独立自主，不是真正的我。在这种情况下，如果强调自我力量，使人感到自我力量强大，能冲破一切，就会使人蔑视一切传统的因袭的反动势力，对反封建斗争会起积极作用。在反封建斗争中，个性解放是一种革命要求，和反封建的革命任务联系着。

以自我为中心的反抗，个性解放的要求，是有局限性的。个性解放必须以民族解放社会解放为前提，个人必须和群众结合，个人奋斗必须溶合到人民革命斗争的洪流当中去，孤军奋战，无政府式的反抗，是难以成功的，有时甚至会给革命事业造成损失。《天狗》表现出了这样的局限性。五四时期的进步知识分子，很多是经过个性解放的阶梯到达集体主义的。

个性解放思想使郭沫若同志重视自我力量，他又是浪漫主义者，浪漫主义者又特别强调自我，因此诗中把自我强调到一种特殊地位，赋予"我"以排山倒海、雷霆万钧的力量，赋予"我"以征服一切、气吞山河的英雄气概，这个"我"以奇特不凡的姿态在诗中喧嚣着，咆哮着。这是其他五四诗人的诗中所没有的情况，其他诗人也有要求个性解放的，但都不象郭沫若同志的诗这样以狂热、夸张的形式出现。

《天狗》中所表现的要求个性解放的呼声是高亢的，这是五四时期要求个性解放的最强音，最响亮的呐喊，宛如一阵春雷震响在蛰虫初苏的初春时刻。

《天狗》中的"我"为什么有这样大的气魄和力量呢？因为郭沫若同志当时是有革命思想的知识分子，他和广大人民共通着脉搏。五四运动爆发后，广大人民觉醒了，革命形势蓬勃发展着，具有革命思想的郭沫若，受到了革命形势的鼓舞。诗中这个"我"的力量就是从这里来的，这是五四革命狂潮的力量，也体现着广大觉悟了的人民的力量。《天狗》中以及郭沫若同志其它一些诗中的个性解放的要求，首先体现着五四时期广大革命知识分子的要求，它和广大人民的渴求解放的要求也是相通的。

《天狗》中表现的反抗精神对五四时期的青年具有很大的鼓舞作用，当时广大青年（特别是知识青年）都有挣脱一切束缚、争取自由发展的强烈要求。郭沫若同志在一九五九年答青年问时曾说："我早期主张解放个性。……这种主张合了时代要求，即反封建的要求。……在那个时候，大胆地想，大胆地写，要推翻一切，要烧掉一切，甚至连自己都要烧毁。这和当时的时代精神是合拍的，对当时的青年一定会发生作用的。因为那时候是狂风暴雨式的时代，青年人对狂飙式、摧枯拉朽的文字是比较欢迎的。"（《文学知识》一九五九年五月号）《天狗》正是要求个性解放的"狂飙式、摧枯拉朽的"作品。

号召反抗、争取自由的主题是诗集《女神》内容的一个重要方面，也是五四时代精神的一个重要方面。《天狗》就是反映这类主题的有代表性的一篇，其它反映这类主题的还有《匪徒颂》《胜利的死》等。

《天狗》采用的是象征手法，诗的主题、含意未直接表现出来，是用天狗吞日月的传说烘托出来的。它不是直说概念道理，而是运用形象思维，运用形象化手法，寓理于"形"，把革命思想和战斗激情，附丽于生动的形象。而且这形象又是新颖独创的，把天狗吃月亮的神话传说赋予了新的含意。

《天狗》运用象征手法，以丰富想象假借神话传说，创造了一个雄武有力、气吞山河、所向无敌的天狗的形象，和《凤凰涅槃》中美丽、圣洁、庄严的火中凤凰的形象，同是现代文学中光辉耀目、震撼人心的形象。

《天狗》是一首典型的浪漫主义诗歌，诗中有强烈的革命激情，有火山喷发般的反抗，冲击黑暗现实的精神。诗中有丰富的想像，诗人自比天狗，不但吞日、月，而且吞全宇宙，这想象实在够奇特的。这诗气魄宏伟，风格雄浑豪迈，有排山倒海、气吞山河的气势。这都是革命浪漫主义的特点。在表现手法上，一方面运用神话传说，又是极度夸张，是浪漫主义手法。浪漫主义者为强调主观愿望，常采用神话传说借以反映现实，以便附加主观色彩，少受客观限制。用夸张手法是革命激情驱使，又可驰骋想象，充分表现主观愿望。

《天狗》是一首自由体诗。在形式上有很多特点。各节行数不一致，第一节六行，第二节五行，第三节十六行，第四节两行。各行字数、顿数较悬殊，如"我燃烧"是三个字、两顿，"我如大海一样地燃烧"是九个字、四顿。押韵也不很严格。这是自由体，不是格律体。但诗行是有节奏的，和谐的，大部分押韵，有的用叠韵字押，如光、量、叫、烧、跑、爆，有的用相同的字押，如第一节中的"了"和第二节中的"光"。一节中的诗行自然分成若干组，有的对称，形成和谐的节奏。如第一节中，第一句和第六句各成一组，当中四句成一组；各行顿数长短相间，形成抑扬顿挫。第二节中，诗行的顿数逐渐加多，形成一定节奏。第三节中，前三句为一组，皆三字句；次三句为一组，皆九字句，是前三句的扩大，相互对称，次序排列得好；再次三句为一组，是三个叠句；再次四句为一组，不押韵，是为了完满表现意思，不以词害意；最后三句为一组，和前面"我飞跑"三句对称。第四节只两句，这两句不押韵，但"爆了"和前节的"跑"字却是押韵的。总之，全诗在诗行排列、句式、韵律等方面，变化多姿，有自己的探求和创造。

诗的形式和内容达到了统一，这种自由体能更充分更完满地表现狂热的激情。全诗各句皆以"我"字起头，有很多叠句和排句，这样形成了奔放雄浑、排山倒海的气势。狂热的激情找到了恰当的表现形式，达到了自然流露的境地。

总之，《天狗》是一首富有鼓动性的好诗，是现代诗歌中典型的革命浪漫主义作品。

《女神之再生》

《女神之再生》是一篇诗剧，描述的是共工与颛顼争夺帝位和女神创造太阳的神话传说。作者借助这个传说，预示旧中国混乱黑暗的现实毁灭，并渴望新的光明的社会诞生。这诗写于一九二〇年底。据郭沫若自己说："《女神之再生》是象征着中国的南北战争，共工是象征南方，颛顼是象征北方，想在这两者之外建立一个第三的中国——美的中国。"（《革命春秋》）

《女神之再生》表现了热烈的爱国感情。作者对中国多灾多难的现实，特别是对军阀混战的局面，一直忧心忡忡。在写这首诗的前几年，他曾在一首旧体诗里写出过这样的诗句："有国等于零，日见干戈扰……悠悠我心忧，万死终难了。"一个具有爱国思想的人，不能不对国家的安危和人民的命运给予极度关心，不能不正视现实，对危及国家和人民生存的军阀混战痛心疾首。《凤凰涅槃》概括地诅咒了"冷酷如铁""黑暗如漆""腥秽如血"的旧中国社会现实，《女神之再生》具体揭露了军阀混战这个方面。辛亥革命以后，帝国主义侵略瓜分中国，在中国划分势力范围，支持各派军阀进行混战，以致闹到万劫不复的境地。军阀混战，你争我夺，给人民带来无穷灾难。诗剧通过共工与颛顼争夺帝位的传说，用影射手法，揭露和鞭挞了当时社会军阀混战这一极其严重的罪恶现象。

诗剧中所写的共工和颛顼是用来影射中国军阀的。他们皆有自私、残忍、狂妄这些特点。开始的对话，表现出他们皆以为自己应得到帝位。颛顼说："我本是奉天承命的人，上天特命我来统治天下，共工，别教死神来支配你们，快让我做定元首了罢！"共工说："我不知道夸说什么上天下地，我是随着我的本心想做皇帝。若有死神时，我便是死神，老颛，你是否还想保存你的老命？"这些对话中，表明他们自私、狂妄达到极点。共工失败后的举动，充分表现了他无比残忍的性格。他要部下和他同归于尽，他吼叫着："你们平常仗我为生，我如今要用你们的生命！""党徒们呀，快把你们的头颅借给我来！快把这北方的天柱碰坏！碰坏！"结果共工之徒群以头颅碰山麓岩壁，山体破裂，天盖倾倒，他们同归于尽。这些正概括了军阀的反动本质。

诗剧中的农叟和牧童是遭受战祸的人民的形象，野人之群是没有觉悟的投机取巧的肖小之辈，都写出了这些人的本质面目。农叟说："我心血都已熬干，麦田中又见有人宣战。黄河之水几时清？人的生命几时完？"牧童说："呵，我不该喂了两条斗狗，时常只解争吃馒头；馒头尽了吃羊头，我只好牵着羊儿逃走。"简短的话语表现出人民群众对不义战争的抱怨，对争权夺势的"武夫蛮伯"的诅咒和抗议。野人之群说："得寻欢时且寻欢，我们要往山后去参战。毛头随着风头倒，两头利禄好均沾！"四句话合盘托出了投机取巧的肖小之辈的肮脏丑恶灵魂。

诗剧不仅揭露出军阀混战这罪恶事实，而且指出军阀必然灭亡的命运，彻底否定了这一罪恶现象。诗中写到共工失败后以头碰天柱，颛顼也同归于尽，暗示各派军阀不管谁胜谁负，最后必然同归灭亡。总之军阀必然毁灭。至于现实中军阀毁灭过程是否和诗中相同，无须深究。事实上封建势力消灭有待革命力量去完成，自己不会同归于尽，其中一派统一了局面其性质仍不变。这是用神话表现，不能拘泥于细节，——和现实比符。就诗中情节看，共工和颛顼及其党徒一同灭亡后，天体破坏，"倦了的太阳被胁迫到天外"，被驱逐在天外的黑暗都已逃回；似是象征军阀混战使得中国社会一片黑暗。由于倦了的太阳被胁迫到天外，黑暗逃回，所以女神们才打算新造太阳；亦即暗示要"建设一个第三中国——美的中国"。

指出军阀必然毁灭这点值得重视，这较当时一般作品进了一步，因为不停止在仅揭露军阀战争罪恶上。这又决定了诗剧为什么用神话传说来表现。不用神话传说就没法表现出这层意思，因为当时军阀势力猖獗，并没同归于尽，同归于尽只是作者的一种愿望。如果不用象征意义，而直接描写现实，这样表现就不妥当了，写出新生萌芽事物也不能脱离现实，和现实相距太远。指出军阀必然毁灭，是作者革命精神坚决彻底的表现。

《女神之再生》还有更为积极的一面，就是也和《凤凰涅槃》一样，写出了对中国光明前途的理想。军阀混战的混乱局面消灭之后，还要出现光明的社会。诗中用女神创造"新的太阳"表现了这层意思。天体破裂之后，女神决不再炼五色采石补好它，而是果断地决定：

> ——那样五色的东西此后莫中用了！
> 我们尽他破坏不用再补他了！
> 待我们新造的太阳出来，
> 要照彻天内的世界，天外的世界！

而且还决定"时常创造新的光明、新的温热去供给她"，使新造的太阳永远充满光和热，莫再"疲倦"起来，诗剧结尾预示着，这新鲜的太阳喷薄欲出：

> 太阳虽还在远方，　　　　　　　　太阳虽还在远方，
> 海水中早听着晨钟在响：　　　　　丁当，丁当，丁当。

这女神创造太阳的情节，是原来女娲造石补天神话中所没有的。这样奇异的设想，显然是新时代思潮的产物，这里有十月革命的启示，也有五四运动的激发。表现了彻底革命的精神，彻底否定旧世界，坚决摧毁它，不做点点滴滴的修补改良，要在旧的废墟上建造新世界。这和当时右翼资

产阶级知识分子的改良主义是迥然不同的。

和《凤凰涅槃》相同，《女神之再生》表现了积极的创造的精神。消灭了黑暗之后，跟着还要创造光明。五四时期的作品多半停止在暴露黑暗上，《女神之再生》及郭沫若其它一些作品，不仅赞颂光明，还强调创造光明。以《女神》名集，是为强调创造精神，这女神是创造光明的女神，郭沫若也企图象女神一样在中国的黑暗现实中创造出光明来。

诗剧对素材处理得很精炼，剪裁得很好，全篇结构非常紧凑。共工、颛顼开始不出面，只写"山后争帝之声"，把战斗场面放在后台，只写"喧呼杀伐声，武器砍击声，血喷声，倒声，步武杂踏声起"。农叟、牧童、野人之群"穿场而过"，都只说四句话。共工登场说了一段独白，颛顼登场只说了几句话。但这场争帝战争却声势煊赫地描写出来了。

人物的语言生动传神、个性化，简单几句就活活画出了人物的性格和思想状况。共工、颛顼、牧童三人的对话写得特别出色，尤其是牧童那四句话，生动、幽默，既表现了人民对不义战争和武夫蛮伯的痛恨，又表现了人民在战乱中的顽强乐观的性格。人物语言是诗的语言，韵律自然流畅，还多变化，换韵换得很好。例如：

颛顼	共工
古人说：天无二日，民无二王。	古人说，民无二王，天无二日。
你为什么要和我对抗？	你为什么定要和我争执？

又如共工说："你去问那太阳：为什么要亮！"颛顼说："那么，你只好和我较个短长！"共工说："那么，你只好和我较个长短！"群众大呼："战！战！战！"这两处的韵律活泼自然，变化多姿，很能传神。作者在使用韵律上是得心应手的。

《女神之再生》是诗剧，这是西洋文学形式。这种形式的特点是人物对话全用诗，不用说白。这种形式以诗为主，不以剧为主。诗剧的情节不一定很复杂很完整，不一定和话剧一样须有尖锐矛盾。诗剧不一定符合演出条件，可供阅读即可。

这篇是标准的诗剧形式，郭沫若的另外几个诗剧《湘累》、《棠棣之花》以及《广寒宫》《孤竹君之二子》等，有说白，而且白多于诗，与新歌剧甚至与话剧差异不大，已经不是标准的诗剧形式了。《女神之再生》情节简单，如果从剧的角度要求显然不够，如就诗的范围内说，却是很好的叙事诗。郭沫若的这五篇诗剧，从艺术性方面来衡量，《女神之再生》是最好的。

《女神之再生》的风格和《凤凰涅槃》《天狗》等的风格有所不同，《凤凰涅槃》《天狗》等雄浑豪放，《女神之再生》则清秀委婉。不过最后的"合唱"仍保持着《凤凰涅槃》等的特色，气势仍很雄壮。

载《河北师院学报》1979 年第 2 期

"五四" 文学革命的战斗传统

本院现代文学教研室主任、河北省语文学会副会长、高等院校中国现代文学研究会理事公兰谷副教授，不幸于一九八〇年一月病逝，本文是其最后一篇遗作，由本刊编辑部根据打印稿整理发表，以兹悼念。

"五四"文学革命是中国现代文学的伟大开端，是中国文学史上第一次真正伟大的革命，它创造了我国文学的一个崭新的时代。

"五四"文学革命是"五四"文化革命的重要一翼。这场文学革命扫荡了陈腐的、空洞的、僵死的封建旧文学，创建了内容和形式全新的、人民大众的反帝反封建的新文学。毛主席说："五四运动所进行的文化革命则是彻底地反对封建文化的运动，自有中国历史以来，还没有过这样伟大而彻底的文化革命。当时以反对旧道德提倡新道德、反对旧文学提倡新文学，为文化革命的两大旗帜，立下了伟大的功劳。"①

文学革命开端于一九一七年初，标志是胡适的《文学改良刍议》和陈独秀的《文学革命论》的发表。到一九二六年，是文学革命由倡导到发展的时期。这十年间，由理论倡导开始，文学创作不断出现。和过去旧的封建文学相比，这些创作的内容和形式都是崭新的，新的主题，新的人物，新的表现形式。特别到一九二一年以后，文学社团纷纷成立，文学刊物大量涌现，新的流派、新的风格不断形成。这开始的十年间，造就了我国现代文学史上第一代作家，虽然在文学创作的思想和艺术上，都不免显示出不够成熟的痕迹（鲁迅等少数作家例外），但呈现了初步繁荣的局面。这十年的文学革命开创了许多优良的传统，值得我们继续发扬光大，我们应该批判地继承这些传统，用它为发展我们社会主义的文学服务。

"五四"文学革命开创了哪些优良传统呢？

首先，从理论倡导到创作实践，都坚持了文学为改革社会服务的原则，表现了反帝反封建（特别是反封建）的革命精神，紧密配合了新民主主义革命的进程。

"五四"新文化运动是一场彻底反对封建文化、高张民主和科学旗帜的猛烈的思想革命，文学革命是这场革命的重要组成部分。"五四"文学革命充分贯穿着作为思想革命的新文化运动的革命精神，它要求文学从内容到形式上的完全革新，特别是内容上的革新。它要求文学反映进步的革命的内容，使文学成为改造社会革新政治的战斗工具。

最早提出"文学革命"口号的陈独秀，在一九一七年二月发表的《文学革命论》中，提出推倒贵族文学、古典文学、山林文学，认为这三种文学："其形体则陈陈相因，有肉无骨，有形无神，乃装饰品而非实用品；其内容则不越帝王权贵，神仙鬼怪，及其个人之穷通利达。所谓宇宙，所谓人生，所谓社会，举非其构思所及。"他除反对这三种封建旧文学"藻饰依他""铺张堆砌""陈陈相因"的表现形式外，特别否定这三种文学的封建内容，因为它们所表现的只限于"帝王权贵，神仙鬼怪，及其个人之穷通利达"，而不涉及宇宙、人生、社会。他还解释山林文学的特点是："深晦艰涩，自以为名山著述，于其群之大多数无所裨益也。"这些主张充分表现陈独秀作为一个急进民主主义者对文学提出的积极要求。他充分重视文学的社会作用，渴望文学从封建主义的精神枷锁中解放出来，改变文学脱离社会、脱离群众的状况，使文学能成为表现人生、改造社会的工具。他还把革新文学和革新政治联系起来，认为："今欲革新政治，势不得不革新盘踞于运用此政治者精神界之文学。"

李大钊在一九一九年十二月发表了《什么是新文学》，提出"我们所要求的新文学，是为社会写实的文学"，主张新文学应以"宏深的思想、学理、坚信的主义"作为"深厚美腴的土壤"，并提出反对"科举的商贾的旧毒新毒"。在这里，他所谓的"思想、学理"和"主义"，结合他当时整个思想来看，不难看出是指马克思主义，他不但提出反对封建主义

（科举的旧毒），还提出反对资本主义（商贾的新毒）。可见李大钊对新文学提出更高的战斗要求。认为文学应该用先进的革命的立场、观点来反映社会现实，是他主张的核心，无疑是把文学当作改革社会的战斗工具看待的。

一九二〇年十一月成立的进步文学社团文学研究会，在成立时发表的宣言上声明：文学"是于人生很切要的一种工作"，"将文学当作高兴时的游戏或失意时的消遣的时候，现在已经过去了"。茅盾后来说明，这后面一句话是文学研究会名下有关系的人们的共同的基本态度，这一态度在当时被理解作"文学应该反映社会的现象，表现并讨论一些有关人生一般的问题"[②]。文学研究会成员的理论，可以茅盾的理论为代表。茅盾在当时发表了很多篇理论文章，这些文章的中心论点是提倡为人生的艺术和写实主义。在《文学与人生》一文中，指出"文学是人生的反映"，"文学的背景是社会的"。在《社会背景与创作》中指出："真的文学也只是反映时代的文学。……表现社会生活的文学是真文学，是与人类有关系的文学，在迫害的国里更应该注意这社会背景。"在《自然主义与中国小说》中，主张从事新文学的人应该"注意社会问题，同情于被迫害者与被侮辱者"，并"要把这种精神灌注到创作中"。这些理论已经不单纯注意到文学与时代社会的广泛的关系，而且具有一定的阶级立场；注意到"同情于被损害者与被侮辱者"，这是站到人民大众的立场上来了。在《大转变时期何时来呢》一文中，又赞同"提倡激励民气的文艺"。主张"文学是有激励人心的积极性的。尤其是我们这时代，我们希望文学能够担当唤醒民众而给他力量的重大责任"。

一九二一年七月成立的进步文学社团创造社，在成立之初强调表现自我的"内心要求"，"我们所同的，只是本着我们内心的要求，从事于文学活动罢了"[③]。他们倾向浪漫主义。他们最初的理论，一方面强调文学本身独立的艺术价值，一方面又要求文学承担起时代的、社会的使命。这些文章又多认为文学是内心要求的表现，要文学负起时代的使命也是从这个角度提出来的。如成仿吾的《新文学的使命》这篇文章，首先肯定了文学创作的原动力是内心要求，进而考察文学应有三种使命：对于时代的使命，对于国语的使命，对于文学本身的使命。在对于时代的使命方面，认为：

"我们是时代的潮流的一泡。我们所创造出来的东西,自然免不了要有它的时代的色彩。""文学是时代的良心,文学家便应当是良心的战士,在我们这种良心病了的社会,文学家尤其任重而道远。……对时代的虚伪与它的罪孽,我们不惜加以猛烈的炮火。"郭沫若在一九二三年写的《我们的文学新运动》,要文学家"作个纠纠的人生之战士,与丑恶的社会交绥"。指出:"我们的事业,在目下浑沌之中,要先从破坏作起。我们的精神为反抗的烈火燃烧得透明。"并号召:"我们反抗资本主义的毒龙。我们反抗不以个性为根柢的既成的道德。我们反抗否定人生的一切既成宗教。我们反抗藩篱人生的一切不合理的畛域。"创造社的理论后来有更进一步的发展,一九二六年提出"革命文学"的口号。

在文学革命时期,以鲁迅为首的革命的进步的作家,在进行创作时,都紧密配合当时社会革命和思想革命的进程,紧密配合反帝反封建的斗争,把文学当作反映和改造社会的战斗工具来使用。

伟大的现实主义作家鲁迅说明自己作小说的目的是:"以为必须是为人生,而且要改良这人生。……所以我的取材,多采自病态社会的不幸的人们中,意思是在揭出病苦,引起病救的注意。"[④]还公开声称自己的作品是"遵命文学",是遵奉"革命的前驱者的命令"[⑤],即是和反帝反封建的革命斗争的步调一致。鲁迅由一九一八年开始发表的《狂人日记》《孔乙己》《药》等显示了"文学革命的实绩"的小说(包括《呐喊》《彷徨》的全部作品)反映了从辛亥革命到大革命前夕这一历史时期的中国社会现实,揭示了被压迫人民和封建统治者的阶级矛盾,暴露了半封建半殖民地社会的罪恶本质,在"五四"时期所写的杂文,也猛烈抨击了封建文化、封建道德,紧密配合新文化运动的进程。

文学研究会提倡为人生的写实主义的文学,如郑振铎所说:"都是鼓吹着为人生的艺术,标示着写实主义的文学的,……他们提倡血与泪的文学,主张文人们必须和时代的呼号相应答,必须敏感着苦难的社会而为之写作。"[⑥]这也象前面所引茅盾的话:"我们希望文学能够担当唤醒民众而给他们力量的重大责任",从事新文学的人应该"注意社会问题,同情于被迫害者与被侮辱者"。这就是要求文学真实地反映社会生活,揭示社会问题,激发群众觉悟,鼓舞群众斗志,也就是鲁迅所说的"为人生"并"改良这人生"。文学研究会的主要作家叶绍钧、冰心、许地山、王统照、黄庐隐等，在创作中不同程度地表现了这一特点。叶绍钧的小说以写教师生活题材为主，写出旧中国教育界的黑暗丑恶现象，从教育界这角度揭露旧社会罪恶（如《搭班子》《校长》《城中》等），还反映劳动妇女的惨痛遭遇（《一生》《阿凤》），乡镇市民的痛苦生活（《外国旗》）等。叶绍钧的小说写出广大群众的痛苦不幸，取材富有社会意义，创作态度是"为人生"的。冰心在散文中主要歌颂母爱，积极意义不大，但她的一部分小说（所谓问题小说）接触到人生观、妇女解放、父与子冲突、家庭与国家关系等问题（《超人》《庄鸿的姊姊》《斯人独憔悴》《两个家庭》）。王统照、许地山、黄庐隐的小说多写青年知识分子经历的人生的和婚姻爱情方面的苦恼与不幸，人物烙印着"五四"时期鲜明的时代特征。

创造社强调内心要求，注重自我表现，倾向浪漫主义，蔑视传统，崇尚自由。他们虽然强调内心要求和自我表现，但他们仍然和社会、时代紧密相联，他们是"热诚地拥护赛先生和德先生的"，"郭沫若的诗，郁达夫的小说，成仿吾的批评，以及其他诸人的作品都显示出他们对于时代和社会的热烈的关心"⑦。创造社的作家都是革命的小资产阶级知识分子，他们身受着帝国主义和封建势力的双重压迫，他们具有反抗意识，他们的"内心要求"没有和现实脱节，而且强烈地感受着时代的脉搏。因此在反映内心要求的同时，必然也反映了社会现实。"五四"第一个卓越的诗人郭沫若，在他的第一部诗集《女神》中，以强烈的革命激情，表现了反帝反封建的革命内容，赞颂了社会主义和工农群众，反映了"五四"时期的狂飙突进的时代精神。郁达夫的自叙传式的小说，表现了青年知识分子的爱情苦闷和经济穷愁（《沉沦》《茫茫夜》），稍后反映了女工和人力车夫的痛苦生活（《春风沉醉的晚上》《薄奠》）。田汉的戏剧表现了青年人在爱情婚姻问题上遇到的摧折与苦恼，揭示了婚姻与阶级的社会问题（《咖啡店之一夜》《获虎之夜》），另外还描写了工人和资本家之间的矛盾斗争（《午饭之前》）。

文学研究会和创造社以外的作家，也是坚持文学为改革社会这原则进行创作的。鲁迅在评述一九一九年创刊的《新潮》上两年间出现的汪敬熙、杨振声、俞平伯、欧阳予倩等几位小说作者时指出："自然，技术是幼稚的，……然而又有一种共同前进的趋向，是这时的作者们，没有一个以为小说是脱俗的文学，除了为艺术之外，一无所为的。他们每作一篇，都是'有所为'而发，是在用改革社会的机械，——虽然也没有设定终极的目标。"⑧

从以上粗略所举的一些例子，充分看出在文学革命时期的文学创作，都是和社会紧密相联，和时代共通着脉搏，作者们都把文学当作改造社会的战斗武器来使用。

由于当时作家们经受了民主和科学的思想启蒙运动，对文学的社会意义和战斗作用非常重视，总希图在作品中揭示出社会问题，表现出新的思想意义。"问题小说"和"社会剧"名目的出现，就表现着这一思想倾向。茅盾曾说："当时大家正热衷于'人生观'，——觉得一篇作品非有个新的中心思想不可，……此种'注重思想'的倾向，压力是很大的"，"那时我也是'问题小说'的热心人。"⑨

再就当时文学创作的主题和题材加以考察，可看出不同程度地反映了新民主主义革命的反帝反封建的要求，并和时代潮流紧相配合（这是就主流来说，就进步作家的作品来说）。

在文学革命时期，有不少作品反映了劳动人民（包括农民、城市贫民、苦工、学徒等）的痛苦悲惨生活，对于劳动人民寄予同情。这显然是受了时代潮流的影响，产生于欧洲文艺复兴时期的人道主义，在当时被作为新思潮介绍进来，并为很多知识分子所接受。十月革命后，"劳工神圣"的口号又风行一时。早期白话诗首先反映这方面的内容，刘半农的《车毯》写人力车夫生活的痛苦，《学徒苦》写学徒"奔波终日"的辛劳，刘大白的《田主来》写农民饱受残酷压榨。《卖布谣》写农村手艺人的困难处境。鲁迅在小说《一件小事》中赞颂人力车夫的正直无私和勇于负责的优秀品质，表现了对劳动人民的热爱与尊敬，是更为可贵的了。

在反映农民题材方面，鲁迅的小说获得了卓越成就。《故乡》反映辛亥革命后农村经济急剧破产、农民生活极端穷困的惨痛事实，指出帝国主义和封建势力的残酷掠夺和压榨是造成农村破产、农民生活穷困的根源，并号召人们变革旧的现实建立"新的生活"。《祝福》通过对一个农村劳动妇女悲惨生活经历的描写，揭露了代表全部封建宗法思想和制度的政权、族权、神权、夫权的吃人本质。《阿 Q 正传》表现了旧中国农村的阶级关系，揭露了封建地主阶级对农民的残酷的剥削和压迫，反映了农民的奴隶生活，也反映出农民由于长期封建统治造成的沉重的精神枷锁，揭示出他们不能不革命的悲惨生活处境和主观上缺乏革命觉悟之间的矛盾状况，通过塑造一个具有时代意义的典型人物形象指出农民问题的重要性。

这些反映劳动人民的作品，描写出劳动人民在半封建半殖民地旧中国社会的悲惨生活处境，揭露了帝国主义和封建势力对劳动人民的残酷政治压迫、经济剥削和精神毒害，激发起人们对劳动人民的深厚同情和对帝国主义和封建势力的强烈痛恨，这无疑是符合新民主主义革命的反帝反封建的根本要求的。

这时期更多的作品是反映知识分子的。这是因为新文学作者几乎全部是知识分子，他们对知识分子的生活思想有比较深切的认识和感受，不少作品的主人公就是作者自己的现身说法。当时反映知识分子的作品，大量的是反映青年知识分子反抗封建宗法制度的种种束缚，争取人格独立、个性解放，争取恋爱自由、婚姻自主。文学研究会和创造社的作家们运用各种文学形式（特别是小说和戏剧）表现了这一主题和题材。这类作品大都写出青年反抗封建束缚、争取人格独立的艰苦性，在封建势力异常强大狰狞的情况下，青年争取恋爱自由、婚姻自主的斗争多数陷于失败，王统照的小说《遗音》写一个教师爱了一个乡村姑娘，帮助这姑娘读书，竟因此丢掉职业，他的母亲也从中阻拦，二人只好分手。另一篇小说《相识者》中的郑女士，在婚姻上失意之后，入了圣教，把精神寄托于上帝。许地山的小说《命命鸟》写青年敏明和迦陵相爱，遭家长反对，二人双双投湖自杀。另一篇《枯杨生花》写云姑青年丧夫，与夫族弟思敬相爱，为人非议，思敬远走南洋，四十多年后两人才得恢复旧好。郁达夫的《沉沦》写一留学日本的患"忧郁症"的中国青年，由于爱情的苦闷和弱国子民的悲哀，终于"沉沦"下去，他在决定投海自杀时，含泪嘶喊着："祖国呀祖国！……你快富起来，强起来吧！你还有许多儿女在那里受苦呢！"田汉的《获虎之夜》也写了一个爱情悲剧，悲剧的产生是由封建家长干涉女儿婚姻造成。男主人公在自己相爱着的表妹被迫嫁给他人时，竟以猎刀自刺身亡。鲁迅的著名小说《伤逝》，写子君勇敢挣脱封建家长的束缚，获得婚姻自主的胜利，但由于旧社会的经济压力，仍然以悲剧告终，最后子君仍然不得不回到被认为是牢笼的旧家，抑郁而死，以此揭示出个人解放须以社会解放作前提的深刻的主题。这类作品正是"五四"时期的"伤痕文学"，它写出当时广大青年的带有普遍意义的切身的悲剧性问题，曾震动过广大青年读者的心弦。

这类反映青年反抗封建宗法制度束缚，争取人格独立、个性解放的作品，在反封建斗争中是有进步作用、能产生鼓舞力量的。这种个性解放的要求，不仅在"五四"时期有进步作用，在整个新民主主义革命过程中也是一项反封建的任务。毛主席在一九四五年写的《论联合政府》中明确地说："有些人怀疑中国共产党人不赞成发展个性，……其实是不对的。民族压迫和封建压迫残酷地束缚着中国人民的个性发展，……我们主张的新民主主义制度的任务，则正是解除这些束缚和停止这种破坏，保障广大人民能够自由发展其在共同生活中的个性……"这类作品表现了强烈的反封建的内容，和彻底反对封建文化的"五四"新文化运动完全一致，正是新文化运动的一个组成部分。当然也是和新民主主义革命的根本要求相符合的。

以上所谈"五四"时期理论倡导和创作实践坚持文学为改革社会服务的原则，紧密配合新民主主义革命进程的特征，是文学革命给我们留下的极为宝贵的传统。二十年代末三十年代初兴起的无产阶级革命文学运动，正是遵循这个革命传统发展下来的。

其次，"五四"文学革命不仅在文学的思想内容上进行了彻底革命，同时在文学形式上也进行了空前的大革命，对各种体裁的文学作品都创造了崭新的形式。

首先是语言上的革新，反对文言，提倡白话。胡适首先在《文学改良刍议》中提出："然以今世历史进化眼光观之，则白话文学之为中国文学之正宗，又为将来文学必用之利器，可断言也。"陈独秀、钱玄同、刘半农群起响应。陈独秀对此态度尤为坚决，他在给胡适信中说："独至改良中国文学，当以白话为正宗之说，其是非甚明，必不容反对者有讨论之余地，必以吾辈所主张者为绝对之是，而不容他人之匡正也。"文学革命的倡导者一致认为，应该以白话文学为中国文学的正宗。他们反对封建的旧文学，所谓"旧"，一方面指封建性的内容，一方面指文言的形式。他们考察了文言和白话的优劣，充分肯定了中国文学史上的白话文学著作，而鄙薄用文言写的汉赋、齐梁以后出现的骈文、律诗等文学著作。如陈独秀认为："元、明剧本，明、清小说，乃近代文学之粲然可观者，惜为妖魔所厄，未及出胎，竟至流产，以至今日中国之文学，委琐陈腐，远不能与欧洲比肩。此妖魔为何？即明之前后七子及八家文派之归、方、刘、姚是也。此十八妖魔辈，尊古蔑今，咬文嚼字，称霸文坛，反使盖代文豪若马东篱，若施耐庵，若曹雪芹诸人之姓名，几不为古人所识"⑩。胡适认为《水浒》、《西游》、《三国》和关汉卿等的戏曲是"通俗行远之文学"，认为吴趼人、李伯元、刘鹗等的白话小说是今世唯一"足与世界'第一流'文学比较而无愧色者"⑪。钱玄同、刘半农也有类似意见。

他们主张言文要合一，现代人应该用现代的活语言实写社会情状和个人思想感情，不要用过去的死文字（文言）堆砌滥调套语，"仿古欺人"。钱玄同说："现在我们认定白话是文学的正宗：正是要用质朴的文章，去铲除阶级制度里的野蛮款式；正是要用老实的文章，去表明文章是人人会做的，做文章是直写自己脑筋里的思想，或直叙外面的事物，并没有什么一定的格式。对于那些腐臭的旧文学，应该极端驱除，淘汰净尽，才能使新基础稳固"⑫。胡适主张："我们认定死文字不能产生活文学，故我们要主张若造一种活的文学，必须用白话来做文学的工具。"⑬他们提倡白话文是为了使文章能获取更多读者，能"普及""行远"，如胡适说："吾主张今日作文作诗，宜采用俗语俗字。如其用三千年前之死字（如'于铄国会，遵晦时休'之类），不如用二十世纪之活字；与其作不能行远、不能普及之秦、汉、六朝文字，不如作家喻户晓之《水浒》、《西游》文字也。"⑭文言很多人看不懂，难以普及，不仅一般群众难理解，就是古文根底修养不深的知识分子理解起来也有困难。

反对文言、提倡白话这一语言上的革新，是一件大事。文学是语言的艺术，语言是作品表现形式的最基本因素。语言的革新是文学形式革新的一个重要方面，如果不改用白话进行创作，现代文学的面貌就会成为另外一种样子。毛主席曾肯定"五四"时期提倡白话的历史作用，指出："五四运动时期，一班新人物反对文言文，提倡白话文，反对旧教条，提倡科学和民主，这些都是很对的。"⑮胡适、陈独秀等反对文言，提倡白话，是有功劳的。

林纾等反对文学革命的人对提倡白话这件事特别痛恨，林纾认为："若尽废古书，行用土语为文字，则都下引车卖浆之徒所操之语，按之皆有文法，不类闽广之无文法之啁啾。据此，则凡京津之稗贩，均可用为教授矣。"⑯鲁迅坚决捍卫了"提倡白话"的壮举，将反对白话的封建文人目为"现在的屠杀者"，说他们"做了人类想成仙；生在地上要上天；明明是现代人，吸着现在的空气。却偏勒派朽腐的名教，僵死的语言，侮蔑尽现在，这都是现在的屠杀者，杀了现在，也便杀了将来。——将来是子孙的时代。"又对封建文人讥笑白话文"鄙俚浅陋""不值一晒"，加以反击："四万万中国人嘴里发出来的声音竟总共'不值一晒'，真是可怜煞人。"⑰鲁迅在这里是从广大人民——"四万万中国人"的角度看待提倡白话文问题的，已经包含着文艺大众化的倾向了。

文学革命时期，对各种体裁的文学作品（诗歌、戏剧、小说、散文等）的表现形式都进行了彻底革新和创造。

用白话创造的新诗歌，和传统诗歌的形式完全不同。它突破传统诗歌的格律，自由抒写，并采用外国诗歌形式，提行分段，试用外国各种诗体。中国旧体诗多是五七言，现代汉语基本上是两个字一个词，一句诗只能容纳二至三个词，这样表现现代复杂的生活就产生很大困难。必须打破旧体诗的严格的格律，运用白话，又用较自由的诗体，才能较充分圆满地表现现实生活和抒写思想感情。而且旧体诗发展到"五四"前夕，已濒临绝境，多数是连篇的烂调套语，陈腐空洞。诗体的革新势在必行。

胡适、刘半农等最早创作白话新诗，胡适说他作白话诗是进行白话文学战斗的一个方面，是"作先锋去打这座未投降的壁垒"⑱。胡适的白话诗不免如他自己所说的那样象"缠过脚后来放大的妇人"的鞋样，但毕竟是"一种开风气的尝试"⑲。郭沫若在"五四"时期在新诗创建上作出了卓越贡献，他的《女神》开辟了一个诗歌的新时代，开创了一代新诗风。《女神》在内容上表现了彻底反帝反封建的革命内容，体现了"五四"的时代精神，在艺术形式上也进行了多样的创造，作出了很大建树。开创一代革命诗风，体现在诗歌的革命内容上，也鲜明地反映在诗歌的艺术形式上。

为了抒写新的革命内容、新的时代精神，郭沫若打破中国传统诗歌的固定的形式格律，采用了外国各种诗歌形式，又加以新的创造。就《女神》中的诗看，有自由体、半格律体、剧诗；有全诗长三百行的《凤凰涅槃》，有短到三行的《鸣蝉》；诗行的长短，诗节的划分，各诗不一样（也有诗行、诗节整齐的）。有的诗一行长二十多字，几句排成一行（《胜利的死》）；有的多数句只二三个字（《新生》）。诗节有两行的、三行的、四行的，更多行的，有的全诗不分节。当时新诗处在开创时期，创造出多种形式对大家有借鉴作用。闻一多从写自由体诗开始，后来创作了形式韵律极为严格的格律诗，《死水》集中大部分是格律诗。闻一多还发表了关于新诗格律的理论。

话剧是从外国移植过来的文艺样式，和中国传统戏剧的艺术形式有很大差异。我国传统戏剧，包括元明杂剧、明清传奇以及各种地方戏，统称戏曲，人物的台词由曲（唱词）和白（口语）组成。表演用程式化和虚拟动作，演出不用布景和大幕，重在写意而非写实。"五四"时期，我国传统戏曲没有得到改造，难以充当反帝反封建的有力武器，戏剧工作者就向欧洲现代现实主义戏剧家易卜生等人学习，移植话剧这一新的剧种。话剧是欧洲十八世纪资产阶级启蒙时期产生的散文剧，人物的台词全用散文（口语）。话剧注重写实，可以真实地反映现实生活，真实性强，便于群众接受。话剧最初主要在都市发展，和工农群众联系不够，后来经过长期实践，已成为我国人民喜爱的剧种。

以鲁迅的《狂人日记》、《孔乙己》、《药》等为开端的现代白话小说，和中国传统小说在表现手法上有很大不同。鲁迅曾说："从一九一八年五月起，《狂人日记》、《孔乙己》、《药》等，陆续出现了，算是显示了'文学革命'的实绩，又因为那时的认为'表现的深切和格式的特别'，颇激动了一部分青年读者的心。"[20]所谓"格式的特别"是指和中国传统小说的表现手法不同。鲁迅又说："这激动，却是向来怠慢了介绍欧洲大陆文学的缘故"[21]，就是说采用外国小说的表现手法，因为读者一向很少接触外国文学，所以被这种新的"格式"吸引了。鲁迅在小说的表现手法上作了多方面的探索，茅盾在一九二三年写的一篇评论《呐喊》的文章中说："《呐喊》里的十多篇小说，几乎一篇有一篇新形式，而这新形式又莫不给青年作者以极大的影响"。中国过去的短篇小说如唐人传奇、宋元话本、《三言》、《二拍》、《聊斋志异》等，一般注重故事的完整，情节的奇巧，用人物行动带动故事情节，很少描写环境和人物心理。以鲁迅小说为开端的"五四"以后的现代小说与过去的传统小说不同，一般不注意故事的完整，多截取生活片段从塑造人物出发，环境和人物心理也写得较多。传统小说在多年发展历史中，在艺术手法上陈陈相因，完全趋于僵化，故事内容也千篇一律。正象刘半农说的："至于吾国旧有之小说文学，程度尤极幼稚，……试观其文言小说，无不以'某人、某处人'开场。白话小说，无不从'某朝某府某村某员外'说起，而其结果，又不外'夫妇团圆'、'妻妾荣封'、'白日升天'、'不知所终'数种。"② "五四"时期，采用外国小说的艺术手法，给小说注入了新的血液，丰富了小说的表现艺术，使小说呈现了丰富多彩的局面。这个革新无疑是很有成效的。

散文的形式和中国的传统文学有较密切的联系，但同样受到外国文学的影响。

"五四"文学革命时期，各种体裁的作品都大量采用了外国的文学形式，这样促使文学作品的形式获得完全崭新的面貌。"五四"新文学的"新"，不仅新在革命的战斗的内容上，而且新在与旧传统文学不同的形式上。"五四"新文学较多的采用了外国文学的形式，对中国传统文学形式继承不够，但不能认为新文学完全是外国文学的"移植"。"五四"时期的多数作家都对古典文学有较深的修养，他们采用外国形式的时候，都会自觉或不自觉地将外国形式加以改造，使它溶进中国传统文学形式的艺术因素。象鲁迅的小说，在截取生活片段、着重人物塑造上是运用外国小说的表现手法，但少写风景和人物心理，使用白描手法等，都是撷取中国传统小说的艺术技巧。

"五四"新文学的艺术形式，在民族化、大众化方面作得不够，这是事实。所以产生这种情况，有它的历史背景。当时进行民主革命强调"向西方找真理"，提倡接受外国新事物，同时又反对封建旧文化，旧文学，因此重视学习外国文学形式而忽略中国传统文学形式。新文学缺乏民族化、大众化这缺点，在"五四"以后各个历史时期里，不断得到克服。从总的方面看，"五四"时期创造的各种文学形式是有生命力的，经过长时期的考验，证明它能充分反映现实生活，抒发思想感情，能有力地为革命服务，在各个革命历史阶段中发挥了强大的战斗作用。抗日战争时期在关于民族形式的论争中，曾有人认为"五四"以来的新文学是"舶来品"，是"畸形发展的都市产物"，是"大学教授、银行经理、舞女、政客以及小'布尔'的适切的形式"，这个论断是完全错误的。

"五四"新文学运动经过第一个十年的披荆斩棘，艰苦创业，创造了辉煌的战绩，给我们留下了宝贵的革命传统。这些传统值得我们永远珍惜，并应结合着新的历史条件，使之发扬光大。

继承"五四"文学革命的优良传统，首先要肃清"四人帮"对评价"五四"新文学运动所制造的混乱，给"五四"前后的新文学作出正确的评价。"四人帮"炮制"文艺黑线专政论"，把这条所谓黑线同"三十年代文艺"拉扯在一起，抹杀三十年代左翼革命文学的历史功绩，并且上下延伸到二十年代和四十年代，进一步全盘否定"五四"以来三十年的现代文学史。"四人帮"借口"五四"新文学是资产阶级性质的文学，要把它彻底砸烂，说不如此就不能建立起无产阶级文学。这种说法，把民主主义文学和社会主义文学完全对立起来，是历史唯心主义观点，这也不符合我国无产阶级文学产生和发展的历史。"五四"新文学自然基本上仍属于资产阶级民主主义范畴，但它和旧民主主义时期的文学已有很大差别。"五四"新文学是适应我国新民主主义的政治革命和经济革命的要求而产生的，并且从一开始就是在十月革命和马克思主义思想的影响下发展和壮大起来的。毛主席指出："在'五四'以后，中国产生了完全崭新的文化生力军，这就是中国共产党人所领导的共产主义的文化思想，即共产主义的宇宙观和社会革命论。""新民主主义的政治、经济、文化，由于其都是无产阶级领导的缘故，就都具有社会主义的因素，并且不是普通的因素，而是起决定作用的因素。"㉓可见作为"五四"新文化重要组成部分的"五四"新文学，是无产阶级文化思想领导的具有社会主义因素的民主主义文学。我们今天的社会主义文学，就是以"五四"新文学为开端逐渐成长壮大起来的。回顾现代文学六十余年的战斗历程，从"五四"文学革命的发动，经过二十年代末三十年代初"无产阶级革命文学"的倡导，延安文艺座谈会文艺为工农兵方向的确立，到新中国社会主义文学的日趋繁荣，是现代文学紧密配合新民主主义革命、社会主义革命和建设的合乎规律的发展。可以说，没有"五四"文学革命，也就没有今天的社会主义新文学。总结"五四"文学革命的历史经验，继承发扬它的优良传统，对我们的工作是非常有益的。

继承"五四"文学革命的优良传统，要发扬文学为改革社会服务的原则。"五四"新文学和反帝反封建的新民主主义革命紧相配合，充分发挥了文学为现实斗争服务的战斗作用。在当前新的历史条件下，我们的社会主义文学应该紧密配合社会主义革命和建设，要为实现四个现代化的伟大斗争服务。但对这原则不能片面理解，我们一方面要热情描写一切有利于社会主义现代化建设事业发展的新的人物和新的斗争，歌人民群众之功，颂社会主义之德，另方面也要无情揭露破坏社会主义的阶级敌人，不要回避现实生活中的矛盾。要坚持唯物主义的反映论，坚持革命现实主义原则，从生活出发，按照生活本来的样子反映生活。不要搞为人民所憎恨和唾弃的瞒和骗的文艺，把文艺推到粉饰现实、伪造生活的绝路上去。

继承"五四"文学革命的优良传统，要充分发扬社会主义民主，坚决贯彻"百花齐放、百家争鸣"的方针。"民主"是"五四"文化革命的一面光辉旗帜，"五四"新文学充满蓬勃的民主精神，敢于冲决一切桎梏束缚，争取自由、健旺地发展。今天我们更要坚持发扬社会主义民主，贯彻"双百方针"，这是活跃思想、发展学术、繁荣创作的根本措施。

继承"五四"文学革命的优良传统，要接受中外优秀文学遗产，努力提高我们社会主义文学的水平。"五四"文学革命时期曾大量介绍外国近代各种文学流派的文学著作，文学研究会着重翻译介绍俄国、法国及北欧、东欧的现实主义名著，如托尔斯泰、屠格涅夫、契诃夫、高尔基、莫伯桑、易卜生、显克微支等人的作品，创造社着重翻译介绍欧美浪漫主义文学著作，如哥德、海涅、拜伦、雪莱、雨果、惠特曼等人的作品。这些外国不同流派的文学著作，对"五四"时期的新文学产生过极大影响。"五四"新文学之所以在很短时期内发生巨大变化，既具有民主主义（包括社会主义因素）的新内容，又具有与中国传统文学不同的新形式，是和大量接受外国文学的影响分不开的。为了提高我们社会主义文学的思想艺术水平，我们应该接受古今中外的一切优秀文学遗产作为借鉴；而且"五四”以来的优秀文学遗产更应该值得我们重视，因为我们的社会主义文学是在这个基础上发展起来，对我们是更为切近的。

注释：

①㉓《新民主主义论》

②⑨《中国新文学大系·小说一集序》

③郭沫若：《创造季刊》第一卷第二期《编辑余谈》

④《南腔北调集·我怎么做起小说来》

⑤《南腔北调集·〈自选集〉自序》

⑥《中国新文学大系·文学论争集序》

⑦《中国新文学大系·小说三集序》

⑧⑳㉑《中国新文学大系·小说二集序》

⑩《文学革命论》

⑪⑭《文学改良刍议》

⑫《尝试集序》

⑬⑱⑲《尝试集自序》

⑮《反对党八股》

⑯《致蔡鹤卿太史书》

⑰《热风·随感录五十七·现代的屠杀者》

㉒《我之改良观》

《河北师范学院学报》1980 年第 1 期

评《苦雾集》

　　在文艺批评与文艺理论均感贫乏的现在，李长之先生这本《苦雾集》是一本很有分量很难得的书。

　　全书共约十万字，分论文上、论文下、散文、杂感、诗五辑，虽然有诗有散文有杂感，但我们所重视的是第一辑和第二辑中的论文，我们是把这集子当作一本文艺理论或文艺批评的书看的。

　　首先，李先生在序言里说出了本书的主旨："要求理智的硬性，要求文学在研究上也是一种科学，要求爱或憎都应该强烈，要求生命的呼声！"这四种要求该是一个硬朗散文批评家所不可缺少的，李先生是这样要求着，而且把这当做了一种口号，几乎在每篇文章中都或多或少的贯注着这种精神，这便也形成了本书的特色。

　　第一辑论文上，共有八篇文章。因为李先生一再强调着文学在研究上也是一种科学，所以第一篇我们便看到了"文学在研究中之科学精神"。这虽是一篇千字左右的短文，却发挥了极可宝贵的意见，其中大意是："文学在研究上是一种独立的学科，须要有其自身的确切观念，专门术语，和放诸四海而皆准的定律，并须要客观、分析、周密、精确、包括普遍而妥当的原理原则。把文学研究看作一种独立科学，在中国以往还少有人倡导，这该是一种号召，也可以说是一种运动，希望从事文学研究的朋友们共同来响应这个号召，完成这个运动，因为无论从那方面讲，这个号召都无疑为我们文学界所需要的。"底下紧接着是一篇《文艺史学与文艺科学》的序言，"文艺史学与文艺科学的原著者是德国的玛尔霍兹，是讲近代文艺科学的潮流的一本书，这本书现在已由李先生译出交商务印书馆出版了。这件译述工作应该是李先生提倡文艺科学的实践，这就像提倡新文学运动而翻译世界文学名著一样。因为文艺科学尚在童年，要想完成这个运动，非需要一些坚实的翻译著作奠定基础不可"。这篇是用对话体写的，形式上非常活泼，不惟利用对话的方式很轻松的介绍了原著的内容，而且很扼要的说出了德国书的长处："让人的精神一刻也不能松懈，紧张到底，贯彻到底，否则就不能把握。"并很精当的论及了历来中国学者的三大缺点：太懒；缺少方法，不能接受大思想的系统；胃太弱，心太慈。

中国文学理论何以不发达呢？李先生在《中国文学理论不发达之故》一篇文章里总结了三个原因：第一是文学观念不正确，一般人忽视纯文学的价值，没有为文学而文学的精神；第二是其他科学不发达，没有心理学、社会学、艺术学、美学、哲学、形上学等完成文学理论之体；第三是著述体系不完备，只有诗话、词话、批点、注释、零星琐碎的作品，而没有体大思精的作家评传之类的著述。这三点意见都是很精当的，但我们以为还有一个使中国文学理论不发达的原因，那便是受了表现工具——语言文字的束缚。中国以往的文学批评家与其说是在做批评，无宁说是在做文字，刘勰、钟嵘、严羽等若生长在现在，而且用活泼生动的白话文来从事著述，将会有更辉煌的成就，陆机的《文赋》假若不用四六对仗的骈体文写，那自然又是一副不同的面貌。在《产生批评文学的条件》这篇文章中，加重的说明了中国过去和现在不容许产生批评的种种可能的现象，这些现象便是思想战斗往往用政治斗争来解决，学术不能脱却人情世故的羁绊，笼统而不分析，惯于奴性而不反抗，对不同于自己的立场不能加以同情和理解，不承认批评本身是一种专门学术。这实在是语重心长，令人感悟的！

此外，《艺术领域中之绝对性必然性与强迫性》和《价值观念的颠倒》两文，都有着新鲜而精湛的意见，《我所希望于中国作家者》也是一篇精悍劲炼的短论。

在本辑中，我所认为较差的一篇要算是《保障作家生活之理论与实践》了。姑不谈其中所提供的意见恰当与否，我们终觉得这是一篇近乎时论的文章，与文艺理论少有关系（虽然其中论的是保障作家生活的问题），我们不惟主张将这篇文章从本集里删去，并且希望李先生以后还是少作这种性质的文章为宜。

第二辑论文下，乃是本书的精华所在。其中六篇文章无一不佳，无一不内容丰富，无一不有着独到的见解。而其中最佳的一篇要算是《孔子与屈原》，我将用较长的篇幅来介绍这篇文章，因为这篇实在太好了。

在这篇文章里，李先生给我们提供了一种方法，那便是：必须广泛的应用新文学、美学、艺术学、哲学、社会学上的智识，才能从我们既往的文学遗产中寻找出一些可贵的东西来。在《孔子与屈原》这篇文章里，这诸种智识是得到广泛的应用了。

这篇文章共分十一个小节，首先论到的是孔子与屈原的异点与同点，孔子与屈原有什么异点呢？李先生首先用温克尔曼的美与表现来区别它，他说孔子是属于美的，如海水，和谐，平静，而又无时不在卷着浪花，流动着；而屈原是属于表现的，表现悲哀像火焰之但见火星，像下坠的雪片，纷纷落地即终将安详。其次论到孔子的精神是由社会到个人，屈原的精神是由个人到社会；屈原是为理想而奋，孔子是为现实而奋；孔子是理智的，屈原是情感的；孔子是古典的，屈原是浪漫的……这可说完全抓到孔子与屈原的神髓了。何者为二者的同点呢？那便是嫉恶如仇，与愚妄战，在精神上同为道家的反对者。

在论到孔子屈原对后代文人学士的影响以及和西洋艺术家思想家的比较时，我们看出了李先生智识的渊博和体验的深刻。譬如他说："受了孔子的精神感发的，是使许多绝顶聪明的人都光芒一敛，愿意做常人，孟轲是这样的人，朱熹也是这样的人。反之，受了屈原的精神影响的，却使许多人把灵魂中不安定的成分搅醒了，愿意做超人，贾谊是一个例，李白也是一个例。"又如："在文学上，孔子的影响是闲适，也就像'浴乎沂风乎舞雩，咏而归'那样的闲适，在这方面，于是我们有陶潜，有白居易，有辛弃疾。屈原的影响却是感伤和悲愁，我们有李白，有李义山；虽然李白说愁仍有豪气，李义山伤怀已入于脆弱和委屈了。"又如："从孔子，我想到一切社会主义者，如马克思；从屈原，我想到一切个人主义者，如尼采。""以雕刻比，孔子是希德勃兰特，屈原是罗丹；以绘画比，孔子是达文西，屈原是米开朗基罗。"在几点对照里，他又说："和孔子的文化息息相通的，是浑朴的周代彝鼎，是汉代的玉器，是晋人的书法，是宋人的瓷。单纯而高贵，雅！——和屈原的文化息息相通的，是汉人的漆画，是司马迁的文章，是宋元人的山水，雄肆而流动，奇！"并说屈原是绘画的，有所铺张，有优美的色彩，而孔子音乐的，有刚健的韵律，精神是凝聚的，是向内收敛的。这些都是多么精彩多么独到的见解！

从这篇文章里，我们又看出了李先生写批评实在就是写创作。譬如当论到屈原的理想色彩太浓时，他说："屈原像一个贪看羽毛美丽的鸡鸭的小孩一样，他只希望一下就看见一只鸡鸭了，他却没有注意到如何去孵卵。"在别一处，他说："他（屈原）最初像一个严厉的父亲一样，把人类的弱点责骂得汗流浃背；但最后他又如一个慈祥的母亲，他原谅了儿子的一切，他自己在哭泣中了！""他（屈原）像陷在男女之爱中的热狂的青年一样，那情感太强烈了，震撼了自己，也毁灭了自己。"论到孔子热衷于实现理想时，他说："孔子对于想实现他的理想是太热心了，有时离事实还很远，他却已经高兴得忘其所以，简直高兴得有点稚气，像一个纯真无邪的小孩子。"这不是小说家在写小说吗？又如："在屈原这里没有愉快，没有清朗的春天，没有笑声。反之，在孔子那里，像这样纠缠而缠绕的忧愁却一扫而空。""清水没有吸引力，明白如画没有吸引力，有吸引力是夜，是幽谷！""生命的源头本来有烟，有雾，水至清则无鱼。""我们感到孔子的理智之锐利如刀，那清晰处又如水见底。"看这文字多美，这不是美丽的抒情散文吗？

最后，打一个抽象的比喻吧：当我读着这篇文章时，仿佛置身在一个阳春三月的幽谷之中，一路行来，随处都是奇花异草，随处都是幽洞怪石，随处都是浏览不尽的如画景色；这里面有竹篱茅舍苍松古刹的中式建筑，也也有平楼尖阁红瓦玻璃的西式楼台；于是我们目为之迷，心为之醉，乃衷心感到这幽谷的深邃与奇美！我之所以用如此抽象的话来形容这篇文章，无非将我读它时的感觉和心境表现一二而已。

实在，这篇文章是太好了！我深深觉得这是一篇可资示范的作品，所以才费了这样多的篇幅来介绍它，希望读者对这篇文章特加留意。

其他五篇虽比不上这篇的坚实，但也有着独到的见解，都是不可多得的文章，如在《批评家的孟轲》中剖析了孟子的美学是充实而有光辉的壮美，在《司马迁在文学批评上的贡献》中说明司马迁以为创作的冲动是补偿寂寞，表现才华，在《论北京人》中特别指出曹禺写剧的造型艺术和小说化（原文为小话说），都是独创而精到的。

读了这两辑文章，我们感到李先生的文笔是简练、锋利，词藻是丰富的，左右逢源，前后文字且有着一种自然的音节上的和谐，见解也都很独到，很新鲜。惟使我们稍觉不满意者，是有时候还没有把意见发挥到淋漓尽致处。这种情形在论文中特别显著，如像《中国文学理论不发达之故》、《产生批评文学的条件》这样的题目，一两千字的短篇是绝难以发挥的太完善的。

第三辑注着是散文，第四辑注着是杂感，其实这两辑中的五篇文章都是杂文性质的短文，没有什么分别。这些文章虽仍然保持着劲炼精悍的风格，但比起作者的论文来，终是略逊一筹的。

第五辑的七篇诗，每首都有着真实的情感，且有着抑扬的旋律，和响亮的音节，但我们终觉得还缺乏艺术的加工，还没有通过太完美的艺术形式，而且我们觉得这种格调也似乎有些陈旧了。自然，李先生是批评家，我们对他的诗是不应过分苛求的。

最后我在本书的选辑上说几句话。我是始终把这集子当做一本文艺理论或文艺批评的书看的，因为主要的还是偏于理论的论文上和偏于批评的论文下这两辑，其他散文、杂感、诗虽然在名目上占了三辑，实际上的数字有不过全书的八分之一。我们不由得不奇怪，为什么不把这寥寥的几篇杂文和诗删掉，或另收入别集呢？（实际上其中有几篇诗已收在《星之颂歌》里面了）但虽是这寥寥的几篇东西，摆在这里却觉得非常碍眼，以致破坏了全书的纯粹。我总觉得，编一本集子，在内容上无论如何要保存着它的一致性，要理论就都是理论，要诗就都是诗，要杂文就都是杂文。像这样各种文体兼容并包的办法，看起来终不免令人觉得繁杂，觉得像一盘大杂烩菜一样，虽然有着各种的滋味，但却多少破坏了各种滋味的原有味道了。

载《中央日报》1946 年 11 月 26 日

第二部分

古代诗词研究

论谢朓诗

在齐武帝永明末年，诗坛上发生了一件大事，便是永明体的兴起。《南史·陆厥传》说：

> 永明末，盛为文章。吴兴沈约，陈郡谢朓，瑯玡王融以气类相推毂，河南周颙善识声韵，为文皆用宫商，以平上去入为四声，以此制韵，有平头，上尾，蜂腰，鹤膝。五字之中，音韵悉异，两句之内，角徵不同，不可增减。世呼为永明体。

永明体的发生，使晋宋以来的五言诗发生了一个极大的变化，即在太康、永嘉的讲求对仗和雕琢之外，又讲究了声律，讲究起了字句的前后调协。这样讲求声律的结果，使得五言诗更加整炼，更加仅注意炼字琢句而忽略了内容。

永明体的代表者是谢朓、沈约、王融、江淹、任昉、范云、吴均、柳恽、何逊、阴铿等，他们的作风是相去不远的。而在这若干代表作者之中，五言诗最高的成就者是谢朓。

谢朓的诗，清俊秀丽，精炼工整，几乎无一首不佳，无一句不佳。沈德潜说："玄晖（朓字）灵心秀口，每诵名句，渊然泠然，觉笔墨之中，笔墨之外，别有一段深情妙理。"又说："佳处如青苔红叶，濯于春雨，秀色天然可爱。"这是至佳的批评，用"青苔红叶"来形容谢朓的诗，实在再恰当没有了。

李白一生低首的诗人很少，然而独独对于谢朓崇拜到五体投地。李白在诗里常常提到谢朓，每一提到就充满了缅怀景慕之情，如："解道澄江净如练，令人长忆谢玄晖。"如："蓬莱文章建安骨，中间小谢又清发。"如："我吟谢朓诗上语，朔风飒飒吹飞雨；谢朓已没青山空，后来继之有殷公。"真是不胜枚举。梁高祖萧衍很爱诵谢朓的诗，曾说："三日不读，便觉口臭。"沈约也说："二百年来无此诗也。"刘孝绰诗不让时人，惟服谢朓，常以朓诗置几案间，动辄讽咏。（见颜氏家训）可见谢朓的诗在当时已经很为一般人所赞赏了。

钟嵘评谢朓诗说："然奇章秀句，往往警遒，足使叔原失步，明远变色。"此评甚允。又说："善自发诗端，而末篇多踬，此意锐而才弱也。"这评语就未免欠斟酌了。谢朓诗固然发端极妙，但末篇也并不踬，近代许多做文学史的人都据此而菲薄谢朓的诗，说他头重脚轻，没有一首通篇佳美的制作，这不过是随声附和而已，实则谢朓通篇佳美的诗实在比比皆是，如《秋夜》：

> 秋夜促织鸣，南邻捣衣急，
> 思君隔九重，夜夜空伫立。
> 北窗轻幔垂，西户月光入。
> 何知白露下，坐视阶前湿。
> 谁能长分居？秋尽冬复及。

这与唐人诗实在相去无几了。又如《江上曲》：

> 易阳春草出，踟蹰日已暮。
> 莲叶尚田田，淇水不可渡。
> 愿子淹桂舟，时同千里路。
> 千里既相许，桂舟复容与。
> 江上可采菱，清歌共南楚。

钟嵘又论谢朓诗说："一章之中，自有玉石。"我们觉得谢朓诗中虽有石，但为数极少。拿他的诗和谢灵运的诗比较，他是玉多于石，谢灵运则是石多于玉（此单就其字句言之）。在谢朓诗中，佳句秀句实在累累皆是，如：

> 余霞散成绮，澄江净如练，
> 喧鸟覆春洲，杂英满芳甸。
> 鱼戏新荷动，鸟散余花落。
> 大江流日夜，客心悲未央。
> 秋河曙耿耿，寒渚夜苍苍。
> 风云有鸟道，江汉怅无梁。
> 日出众鸟散，山暝孤猿吟。
> 风动万年枝，日华承露掌。
> 天际识归舟，云中辨江树。
> 停琴伫凉月，灭烛听归鸿。
> 叶低知露密，崖断识云重。
> 香风蕊上发，好鸟叶间鸣。
> 凉风吹夜露，圆景动清阴。
> 借问此何时，凉风怀朔马。
> 春草秋更绿，公子未西归。

佳句秀句真是俯拾即是，举不胜举。而通篇观之，其中拗句劣句可说绝无仅有。

就诗的内容上讲，永明体诸诗人也像元嘉诸诗人一样，多是吟咏山水之作。谢朓的诗里，几乎没有一首不谈及大自然的物景状貌的，如上举若干断句十九皆是对大自然景物之描写与欣赏。他的记游山水的诗极多，如《游东田》：

> 戚戚苦无悰，携手共行乐。
> 寻云陟累榭，随山望菌阁。
> 远树暖阡阡，生烟纷漠漠。

鱼戏新荷动，鸟散余花落。

不对芳春酒，还望青山郭。

　　谢朓不惟吟咏山水，而且吟咏田园城郭，亭树楼台，禽鸟走兽，他用一双诗人的慧眼来观察大自然，用一付温良的心来贴近大自然，又用一枝如花的笔来描写大自然，故他笔下的大自然都是幽美的，可爱的，在他的诗中我们得到一方秀美的天地，其中山水草木，阙柱亭榭，无不清奇，无不可爱。在他的诗中，如画景色，齐汇眼底，又复花香馥郁，鸟鸣悦耳，我们神游其中，不禁目为之迷，心为之醉了。

　　不过谢朓的诗虽然清奇，虽然精炼，然终因雕琢过甚，流于轻绮，失掉了古诗的淳厚。他诗虽在字句上较谢灵运精炼，然后人对他的评价终不如对灵运的评价为高者，以其无灵运之厚也，这也许就是钟嵘所说的"微伤细密"害了他了。

载《中央日报》1945 年 12 月 2 日

论曹植诗

"愿为西南风，长逝入君怀。"

提起曹植，人人都晓得那段"七步成章"的佳话的，在后世人眼中的曹植，简直成为一个颇有些神秘化的人物了。山水诗的鼻祖谢灵运曾用这样的话赞美过曹植："天下才共一石，子建（植字）独得八斗，我一斗，天下人共一斗。"这是后人对曹植崇拜的佐证之一。

的确，实际上的曹植虽没有后人眼中的神秘化，但他可置身于千古大诗人之列则是毫无异议。在建安以前的诗人中，他是堪与屈原比肩的唯一的人。他是建安诗坛的霸主，不论是建安七子也罢，还是乃父孟德乃兄子桓也罢，都是应该向他低首的。

凡是一个大诗人，十九都有着左右当时诗坛风气的力量，以往传统的诗风由他来结束，未来新兴的诗风也由他开创。曹植之于建安诗坛，就是这种现象的一个最好的例子。

我们知道，建安是一个古今诗风转换的时期，建安是上承两汉浑朴自然的风气，与古相去未远，同时也多少加重了诗的文人化的程度，开了晋以后诗趋向奇靡华艳的先声。这两种诗风在曹植的诗里是一并存在着的。如他的《七哀诗》：

明月照高楼，流光正徘徊。

上有愁思妇，悲叹有余哀。

借问叹者谁？言是宕子妻。

君行逾十年，孤妾常独栖。

君若清路尘，妾若浊水泥。

浮沉各异势，会合何时谐？

愿为西南风，长逝入君怀。

君怀良不开，贱妾当何依？

看这诗多么淳朴，多么自然，多么流利，多么宛转，这太像古诗十九首了。又如《野田黄雀行》：

高树多悲风，海水扬其波。

利剑不在掌，结友何须多？

不见篱间雀，见鹞自投罗。

罗家得雀喜，少年见雀悲。

拔剑捎罗网，黄雀得飞飞。

飞飞摩苍天，来下谢少年。

这与两汉民间乐府的作风太相近了。又如《杂诗》等也都是这种作风。这些诗都是上承两汉的浑朴自然的作风的，而同时另一方面他也有许多作风与之完全相反的诗，如《名都篇》《美女篇》《白马篇》等，词采壮密，简直有些藻饰过甚之嫌。他的诗有极密的，如：

柔条纷冉冉，落叶何翩翩。

攘袖见素手，皓腕约金环。

头上金爵钗，腰佩翠琅玕。

明珠交玉体，珊瑚间木难。

罗衣何飘飘，轻裾随风还。

顾盼遗光彩，长啸气若兰。（美女篇）

他诗中的对偶句极多，如：

斗鸡东郊道，走马长楸间。（名都篇）

仰首接飞猱，俯身散马蹄。

狡捷过猴猿，勇剽若豹螭。（白马篇）

有子月经天，无子若流星。

天月想终始，流星没无精。（弃妇诗）

当南而更北，谓东而反西。

飘飘周八泽，连翩历五山。（吁嗟篇）

圆景光未满，众星烂以繁。

志士营事业，小人亦不闲。（赠徐干）

也有对偶对得极工的，如：

凝霜依玉除，清风飘飞阁。（赠丁仪）

树木发春花，清池激长流。（赠王粲）

始出严霜结，今来白露稀。

游子叹黍离，处者歌式微。（情诗）

秋兰被长阪，朱花冒绿池。

潜鱼跃清波，好鸟鸣高枝。（公燕诗）

这些诗词采壮密，对偶工整，晋以后诗崇尚华丽骈偶的风气便是从这里开端的。

沈德潜评曹植诗说："子建五色相宜，人音朗畅，使才而不矜才，用博而不逞博。"又有人称他诗如"绣虎"，当是指那些词彩壮密字句工整的诗而言。钟嵘评曹植说："魏陈思王植，其源出于国风，骨气奇高，词采华茂，情兼怨雅，体被文质，粲溢千古，卓而不群。"当是指他的整个诗作而言。在我个人以为，曹植最佳的诗还是作风淳朴自然的如《七哀诗》《野田黄雀行》《杂诗》之类的诗，而不是词采华丽的如《白马篇》《美乐篇》《名都篇》。

总之，曹植是建安时代的一位大诗人，他对诗曾经下过一番苦心的经营，他的一部分诗如《七哀》《野田黄雀》《杂诗》之类，上承了两汉诗的淳朴自然的优良的作风；他的另一部分诗为《名都》《白马》《美女》之类，下开了晋以后诗崇尚华丽骈偶的风气，实在可算得上中国诗坛的中流砥柱之一。

载《中央日报》1945 年 12 月 8 日

论陶渊明诗

"采菊东篱下，悠然见南山。"

东晋永嘉之后的诗坛，实在荒凉得可怜，将近百年之间没有生出一个足资称道的诗人来。直到东晋末年（义熙）才产出了一位大诗人，这位大诗人就是名耀千古的陶渊明。

陶渊明的诗，恬淡，自然，高逸，清远，淳朴，亲切，真是到了炉火纯青的地步，到了神化逸化的地步。读着陶渊明的诗，如像对着一方明净的湖水，一片澄澈的蓝天，你的整个身心都会为之净化。又如在初夏的黄昏，柔和的晚风轻轻吹着，你只能觉得晚风的温柔的抚摸，却看不到它的踪迹，然而这晚风里是夹杂着草香和泥土香的，这田野的浑朴的气息又曾将你整个的身心都陶醉了。看他的《归田园居》第一首：

少无适俗韵，性本爱丘山。
误落尘网中，一去十三年。
羁鸟恋旧林，池鱼思故渊。
开荒南野际，抱拙归园田。
方宅十馀亩，草屋八九间。
榆柳荫后檐，桃李罗堂前。
暧暧远人村，依依墟里烟。
狗吠深巷中，鸡鸣桑树颠。
户庭无尘杂，虚室有馀闲。

久在樊笼里，复得返自然。

再看他的《归田园居》第三首：

种豆南山下，草盛豆苗稀。
晨兴理荒秽，带月荷锄归。
道狭草木长，夕露沾我衣。
沾衣不足惜，但使愿无违。

看这诗是多么从容，多么恬淡，多么淳朴。"暧暧远人村，依依墟里烟"，正是他诗的闲适，恬淡作风的写照。又如《饮酒》第三首：

结庐在人境，而无车马喧。
问君何能尔？心远地自偏。
采菊东篱下，悠然见南山。
山气日夕佳，飞鸟相与还。
此中有真意，欲辨已忘言。

这"采菊东篱下，悠然见南山"二句，正可以形容他诗的高逸和清远，而陶渊明的潇洒自若的风度也尽在此中了。再看他《拟古》第六首：

日暮天无云，春风扇微和。
佳人美清夜，达曙酣且歌。
歌竟长太息，持此感人多。
皎皎云间月，灼灼月中华。
岂无一时好，不久当如何！

当我们读到"日暮天无云，春风扇微和"的时候，我们仿佛置身在一个天朗气清风和景明的春日薄暮，我们的身心为之陶醉了。再看他的《谈山海经》：

孟夏草木长，绕屋树扶疏。

众鸟欣有托，吾亦爱吾庐。

既耕亦已种，时还读我书。

穷巷隔深辙，颇回故人车。

欢言酌春酒，摘我园中蔬。

微雨从东来，好风与之俱。

泛览《周王传》，流观《山海图》。

俯仰终宇宙，不乐复何如。

当我们读到"微雨从东来，好风与之俱"的时候，我们真的觉得仿佛身上洒下了疏落的雨点，吹来温柔的和风，这简直没了文字的痕迹，成功为一片化机了。

陶渊明的诗是太好了，几乎可以说每首皆佳。汉魏诗以篇章胜，但有佳章而无佳句，两晋诗以字句胜，但有佳句而无佳章，到了陶渊明，将两者的好处合而为一了。陶诗既有汉魏诗的浑然一致的篇章之美，又有两晋诗的整炼佳秀的字句之美，这就是陶诗的可贵处。

自从建安以来，无论是以雕琢繁密胜的陆机潘岳之流也罢，以自然疏淡胜的郭璞刘琨之流也罢，他们的诗总不免或多或少的带着古典化骈偶化的色彩，到了陶渊明这里才将这一切的古典化骈偶化的习气一扫而光了。真正以最朴素最自然的田家语来写诗的，陶渊明是第一个人。

陶渊明的诗，以最朴素最自然的文字，来写田间的光风月露，丘壑烟霞，随处都有真情妙趣，随处都有高远的意境，真是一片天籁，一片化机。"清水出芙蓉，天然自雕饰"，惟陶诗足以当之。

陶渊明对后世的影响极大，唐代的王维、孟浩然、韦应物、储光羲，宋代的陆游、苏轼、范成大、杨万里等都直接或间接的受了他的影响。

后代人对陶渊明的赞美之词是太多了，真是举不胜举。苏东坡说："吾于诗人无所好，独好陶渊明诗，渊明作诗不多，然质而实绮，癯而实腴，自曹、刘、鲍、谢、李、杜诸人，皆不及也。"就是将他列为中品。又说："原出于应璩"的钟嵘也这样赞美他："文体省净，殆无长语。笃意真古，辞兴惋惬，每观其文，想其人德，世叹其质直，至于'欢言酌春酒'，'日暮天无云'，风华清靡，岂直如田家语耶？古今隐逸诗人之宗也。"

　　由建安至东晋有三位天才卓越的大诗人：曹子建、阮籍、陶渊明。我常常这样觉得，这三位大诗人就好像一个诗人在少年、壮年、老年三个时期所表露的三种不同的姿态。那就是：曹子建是代表着少年，在这时期，这位诗人爱自由，爱幻想，处处流露着天真，处处表现着他的贵公子的习气。不惟缅怀京都时要发"朔风"之叹，就是看见燕雀，看见鹡鸰，看见鸳鸯，看见游鱼，他也兴起幽怨的哀思。阮籍是代表着壮年，在这时期，这诗人有感慨，有牢骚，有愤懑，当"夜中不能寐"的时候，他就"起坐弹鸣琴"，当他忧从中来的时候，他就"登高望九州"，他望着景山的松树来寻求安慰，觉得只有那棵挺秀劲拔的千仞青松才能象征他的孤高，他时时想做个云间的玄鹤，"抗志扬哀声"，然后离开这个世界，"一飞冲青天，旷世不再鸣"，他又想做个林间的凤凰，"高鸣彻九州，延颈望八荒"，然后"一去昆仑西"，永远不再回来。陶渊明是代表着老年，在这时期，这位诗人经历了一切，看穿了一切，把棱角和锋芒收敛起来，把倔强和忧愤压在心里，不再像少年时候一样对着一草一木就轻易发感慨，也不像壮年时一样忧愤填胸的时候就痛哭流涕，大声疾呼，如像一个在人海狂浪中受着多年的创荡又返回了故乡的游子一样，心境变得冲淡，性情变得温和，这时能够引起他的兴趣的是到东篱去采菊花，到园中摘蔬菜，与故人在松树下饮酒，和邻里们共话桑麻，率领着子侄辈去"披榛步荒墟"，他常常希望着一个世外的净土"桃花源"，当北窗下卧，凉风徐至的时候，他悠然自得，觉得自己俨然是个"羲皇上"了！

　　　　　　　　　　　载《中央日报》1945年12月24日

西晋太康诗坛巡礼

一

钟嵘《诗品序》说："太康中，三张二陆，两潘一左，勃尔复兴，踵武前王，风流未沫，亦文章之中兴也。"西晋太康（晋武帝年号）诗坛的中坚人物就是所谓三张二陆两潘一左，三张是张载、张协和张亢，二陆是陆机与陆云，两潘是潘岳和潘尼，一左是左思，我们只要将这几个人的诗加以考察，对太康诗的特点就可以大致了然了。

太康诗的主要特点，我觉得只用一句话就可以大致包括得了，即经由正始的疏淡自然为繁密雕饰。钟嵘之所谓"勃尔复兴"者，我想大概就是指此而言吧（？）。

太康的诗人们没有受到正始玄学风气的感染，这时的诗风不同于正始诗风的疏淡和玄学哲理化，而是承继了建安诗风的文饰的一方面而又更变本加厉。本来曹子建的那些词彩华丽字句工整的诗篇，若不是玄风起来一冲淡，早在正始就发生影响了。由于玄风这一冲淡，曹子建的影响迟发生了几十年，结果曹子建只做了太康华丽雕饰诗风的开路先锋，而将汉诗古朴作风的押阵大将的位置让给阮籍了。

五言诗到了太康，作风趋向繁密雕饰，失掉了汉魏诗的自然淳朴，徒有形式，而没有风骨。陆机是太康诗坛的领袖，是被张华称为"独患才多"的，且看他的诗吧：

江蓠生幽渚，微芳不足宣。
被蒙风雨会，移君华池边。
发藻玉台下，垂影沧浪泉。
沾润既已渥，结根奥且坚。
四节游不处，繁华难久鲜。
淑气与时殒，余芳随风捐。
天道有迁易，人理无常全。
男欢智倾愚，女爱衰避妍。
不惜微躯退，但惧苍蝇前。
愿君广末光，照妾薄暮年。
（塘上行）

看看这诗说来说去说了一大堆，只是堆砌了许多滞板晦涩的句子，一点性灵也没有，一点真实的情感也没有。沈德潜评他的诗说："意欲逞博，而胸少慧珠，笔又不足以举之，遂开出排偶一家，西京以来，空灵矫健之气，不复存矣。"这不惟是对陆机的允当的评语，而且对大部分太康诗人这评语也是很允当的。

太康五言诗的另一个大特点是对句的繁多，几乎在每一首诗里都能找出若干对句来，如像张协的《杂诗》：

朝霞迎白日，丹气临汤谷。
翳翳结繁云，森森散雨足。
轻风摧劲草，凝霜竦高木。
密叶日夜疏，丛林森如束。
畴昔叹时迟，晚节悲年促。
岁暮怀百忧，将从季子卜。

这首诗除了末后的两句不是对仗外，其余十句统体都是对仗。

不过对句繁多固是太康诗的不好处，然而从这些对句中往往寻出若干佳句、秀句、奇句、警句来，兹选录若干如下：

散发重阴下，抱杖临清渠。属耳听莺鸣，流目玩鲦鱼。（张华答何劭）

昔为春蚕丝，今为秋女衣。丹唇列素齿，翠彩发峨眉。（傅玄明月篇）

志士惜日短，愁人知夜长。（傅玄杂诗）

照之有余辉，揽之不盈手。（陆机拟明月何皎皎）

望庐思其人，入室想所历。（潘岳悼亡诗）

流芳未及歇，遗挂犹在壁。（同上）

青条若总翠，黄花如散金。（张翰杂诗）

柔条旦夕劲，绿叶日夜黄。（左思杂诗）

振衣千仞岗，濯足万里流。（左思咏史）

人生瀛海内，忽如鸟过目。（张协杂诗）

流波恋旧浦，行云思故山。（同上）

房栊无行迹，庭草难以绿。

青苔依空墙，蜘蛛网四屋。（同上）

晨风飘歧路，零雨被秋草。（孙楚征西官属送陟阳候作诗）

朔风动秋草，边马有归心。（王赞杂诗）

人情怀旧乡，客鸟思故林。（同上）

二

汉魏诗如古诗十九首等是以篇章胜，全篇成为浑然一体，通篇观之意味无穷，然拆散开来便平平无奇。太康诗却与汉魏诗正相反，篇中间有佳句，然通篇观之则多糟粕，如像一个丑陋的妇人偶而插了一朵花戴了一付手饰一样。如张翰《杂诗》：

暮春和气应，白日照园林。
青条若总翠，黄花如散金。
嘉卉亮有观，顾此难久耽。

延颈无良涂，顿足托幽深。
荣与壮俱去，贱与老相寻。
欢乐不照颜，惨怆发讴吟。
讴吟何嗟及，古人可慰心！

全篇除了"青条若总翠，黄花如散金"两句是佳句外，其余一概粗劣平庸。不过通篇皆佳的也有，只是凤毛麟角罢了，如潘岳《悼亡诗》：

皎皎窗中月，照我室南端。
清商应秋至，溽暑随节阑。
凛凛凉风生，始觉夏衾单。
岂曰无重纩，谁与同岁寒。
岁寒无与同，朗月何朦胧。
辗转眄枕席，长簟竟床空。
床空委清尘，室虚来悲风。
独无李氏灵，髣髴觌尔容。
抚衿长叹息，不觉涕沾胸！
沾胸安能已，悲怀从中起。
寝兴目存形，遗音犹在耳。
上惭东门吴，下愧蒙庄子。
赋诗欲言志，此志难具纪。
命也可奈何？长戚自令鄙！

如张协《杂诗》：

秋夜凉风起，清气荡暄浊。
蜻蛚吟阶下，飞蛾拂明烛。
君子从远役，佳人守茕独。
离居几何时？钻燧忽改木。
房栊无行迹，庭草萋以绿。

> 青苔依空墙，蜘蛛网四屋。
> 感物多所怀，沉忧结心曲。

如陆云《为颜彦先赠妇》：

> 我在三川阳，子居五湖阴。
> 山海一何旷，譬彼飞与沉。
> 目想清惠姿，耳存淑媚音。
> 独寐多远念，寤言抚空衿。
> 彼美同怀子，非尔谁为心？

　　太康诗另一个与汉魏诗不同的地方是模拟风气的兴起，拟古之作，此时尚是初创，以后谢灵运、鲍照、陶渊明等的拟古之作全系由此影响而来。拟诗最多的要算陆机，他有拟古十四首，钟嵘曾评他这十四首说："文温以丽，意悲而远，惊心动魄，可谓几乎一字千金。"这虽未免有些过誉，但他的拟古诗和其他诗作比较起来总算是佼佼的，今举他的《拟明月何皎皎》一首为例：

> 安寝北堂上，明月入我牖。
> 照之有余辉，揽之不盈手。
> 凉风绕曲房，寒蝉鸣高柳。
> 踟蹰感节物，我行永已久。
> 游宦会无成，离思难常守。

在陆机的作品中能读着这样清丽华净的诗作，实在是很不容易的。

　　三张中张载张亢不如张协，二陆则陆云不如陆机，两潘则潘尼不如潘岳。总论之当以陆机潘岳为首，张协陆云次之，张载张亢潘尼最差。陆机潘岳是当时诗坛负声誉最大的两个人，论者谓"陆才如海，潘才如江"。大概机诗以华丽盛，惟时流于浮靡堆砌，缺少风骨；潘诗以情盛，其悼亡诗、思子诗可为例，岳亦富藻采，惟时流于太板滞。张协可以算得上一个俊才，诗清丽华净，且常有秀句，音调亦甚铿锵，在诸家中堪称高手。陆云诗平平，至于张载、张亢、潘尼三人的诗简直是一无可取了。

三

只有左思是与诸家不同的，他丝毫不为时代风气所囿，在西晋诗坛上，他独运机杼，另自具有一方天地。左思诗风格清劲，气势雄迈，尚未失建安诗的风骨和挺拔之力，读他"振衣千仞冈，濯足万里流"之句，可以想见其胸襟之高旷，就这些地方看，他似很得力于阮嗣宗。今举他《咏史》与《招隐》二诗为例：

> 郁郁涧底松，离离山上苗。
> 以彼径寸茎，荫此百尺条。
> 世胄蹑高位，英俊沉下僚。
> 地势使之然，由来非一朝。
> 金张藉旧业，七叶珥汉貂。
> 冯公岂不伟，白首不见招。（咏史八之一）
> 杖策招隐士，荒涂横古今。
> 岩穴无结构，丘中有鸣琴。
> 白云停阴冈，丹葩曜阳林。
> 石泉漱琼瑶，纤林或沉浮。
> 非必丝与竹，山水有清音。
> 何事待啸歌？灌木自悲吟。
> 秋菊兼糇粮，幽兰间重襟。
> 踌躇足力烦，聊欲投吾簪。（招隐二之一）

沈德潜云："太冲胸次高旷，而笔力又复雄迈，陶冶汉魏，自制伟词，故是一代作手。"此评甚确。惟左思终因一则毕生非专力致诗，二则又为天才所囿，故对五言还没做出太辉煌的成绩来，在西晋一代固为高手，然在整个汉魏文朝说终不能算大家。

在上述诸家之外，尚有张华、傅玄、石崇、傅威、夏侯湛等俱负盛名，张华傅玄的诗并不在机、岳等之下。如张华《情诗》：

> 清风动帷帘，晨月照幽房。
> 佳人处遐远，兰室无容光。
> 襟怀拥虚景，轻衾覆空床。
> 居欢惜夜促，在戚怨宵长。
> 拊枕独吟叹，感慨心内伤！

这诗很清绮，很工致，在太康诗中自属上品。钟嵘说他："其体华艳，兴托不奇，巧用文字，务为妍冶。"又说："儿女情多，风云气少。"盖指此类诗作而言。傅玄诗亦颇清新俊逸，更资玩味，如《杂诗》：

> 志士惜日短，愁人知夜长。
> 摄衣步前庭，仰观南雁翔。
> 玄景随行运，流响归空房。
> 清风何飘飘，微月出西方。
> 繁星衣青天，列宿自成行。
> 蝉鸣高树间，野鸟号东厢。
> 纤云时仿佛，渥露沾我裳。
> 良时无停影，北斗忽低昂。
> 常恐寒节至，凝气结为霜。
> 落叶随风催，一绝如流光。

刘勰评此诗时说："晋世群才，稍入轻绮。张潘左陆，比肩诗衢；采缛于正始，力柔于建安；或析文以为妙，或流靡以自妍，此其大略也。"此评甚为允当。

综观太康五言诗，实在没有什么成绩可言，秀句虽多，然佳章绝少，词彩虽丽，然风格毫无，每首诗中，总混合着许多泥沙，夹杂着许多劣句拗句。陆机辈由曹子建的壮密学得了堆砌，由曹子建的整炼学得了□拙。虽有个左思稍稍能保持一点汉魏诗的风骨，然而终于没有产生出一个前与曹植、阮籍后与陶渊明、谢灵运、鲍照相抗拒的大诗人来。

载《中央日报》1946 年 7 月 11 日、12 日、13 日

论永明诗

（上）

在齐武帝永明末年，诗坛上发生了一件大事，便是永明体的兴起。《南史·陆厥传》说：

> 永明末，盛为文章。吴兴沈约，陈郡谢朓，琅琊王融以气类相推毂，河南周颙善识声韵。为文皆用宫商，以平上去入为四声，以此制韵，有平头、上尾、蜂腰、鹤膝。五字之中，音韵悉异，两句之内，角徵不同，不可增减。世呼为永明体。

永明体的发生，使五言诗生了一个极大的变化，即在太康、元嘉的讲求对仗和雕琢之外，又讲究起了声律，讲究起了字句的前后调协。这样讲求声律的结果，使得五言诗更加整炼，更加仅注意炼字琢句而忽略了内容。

永明体的代表作者是谢朓、沈约、王融、江淹、范云、任昉、吴均、柳恽、何逊、阴铿等，他们的作风都是相去不远的。

在永明体这一系之下，五言诗最高的成就者是谢朓。谢朓的诗清俊秀丽，精炼工整，几乎无一首不佳，无一句不佳。沈德潜说："玄晖灵心秀口，每诵名句，渊然冷然，觉笔墨之中，笔墨之外，别有一段深情妙理。"又说："佳处如青苔红叶，濯于春雨，秀色天然可爱。"这是至佳的批评，用"用青苔红叶濯于春雨"来形容谢朓的诗，实在再恰当没有了。

李白一生低首的诗人很少，然而独独对于谢朓崇拜到五体投地。李白在诗里常常提到谢朓，每一提到就充满了缅怀景慕之情，如"解道澄江净如练，令人长忆谢玄晖。"如："蓬莱文章建安骨，中间小谢又清发。"如："我吟谢朓诗上语，朔风飒飒吹飞雨。谢朓已没青山空，后来继之有殷公。"真是不胜枚举。梁高祖萧衍很爱诵谢朓的诗，曾说："三日不读，便觉口臭。"沈约也说："二百年来无此诗也。"刘孝绰诗不让时人，惟服谢朓，常以朓诗置几案间，动辄讽咏。（见颜氏家训）可见谢朓的诗在当时已经很为一般人所赞赏了。

钟嵘评谢朓说："然奇章秀句，往往遒警，足使叔源失步，明远变色。"此评甚允。又说："善自发诗端，而末篇多踬。此意锐而才弱也。"这评语就未免欠斟酌了。谢朓诗固然发端极妙，但末篇也并不踬，近代许多作文学史的人（如陈子展，胡云翼等）却据此而菲薄谢朓的诗，说他头重脚轻，没有一首通篇佳美的制作，这不过是随声附和而已。实则谢朓通篇佳美的诗实在比比皆是，如《秋夜》：

> 秋叶促织鸣，南邻捣衣急。
> 思君隔九重，夜夜空伫立。
> 北窗轻幔垂，西户月光入。
> 何知白露下，坐视阶前湿。
> 谁能长分居？秋尽冬复及。

这与唐人诗实在相去无几了。又如《江上曲》：

> 易阳春草出，踟蹰日已暮。
> 莲叶尚田田，淇水不可渡。
> 愿子淹桂舟，时同千里路。
> 千里既相许，桂舟复容与。
> 江上可采菱，清歌共南楚。

钟嵘又评谢朓诗说:"一篇之中,自有玉石。"我们觉得谢朓诗中虽有石,但为数较少。拿他的诗和谢灵运的诗比较,他是玉多于石,谢灵运则是石多于玉(此单就其字句言之)。在谢朓诗中,佳句秀句实在累累皆是。如:

> 余霞散成绮,澄江静如练。
> 喧鸟覆春洲,杂英满芳甸。
> 鱼戏新荷动,鸟散余花落。
> 大江流日夜,客心悲未央。
> 秋河曙耿耿,寒渚夜苍苍。
> 风云有鸟道,江汉怅无梁。
> 日出众鸟散,山暝孤猿吟。
> 风动万年枝,日华承露掌。
> 天际识归舟,云中辨江树。
> 停琴伫凉月,灭烛听归鸿。
> 叶低知露密,崖断识云重。
> 香风蕊上发,好鸟叶间鸣。
> 叶上凉风初,日隐轻霞暮。
> 凉风吹夜露,圆景动清阴。
> 借问此何时,凉风怀朔马。
> 春草秋更绿,公子未西归。

佳句秀句真是俯拾即是,举不胜举。而通篇观之,其中拗句劣句可说绝无仅有。

就诗的内容上讲,永明体诸诗人也像元嘉诸诗人一样,多是吟咏山水之作。谢朓就作了许多的山水诗,在他的诗里,几乎没有一首不触及大自然的物景状貌的,如上举若干断句十九皆是对大自然景物之描画与赞赏。他的记游山水极多,如《游东田》:

> 戚戚苦无悰,携手共行乐。

寻云陟累榭，随山望菌阁。

远树暖阡阡，生烟纷漠漠。

鱼戏新荷动，鸟散余花落。

不对芳春酒，还望青山郭。

（中）

　　谢朓不惟吟咏山水，而且吟咏园林城廓，亭榭楼台，禽鸟走兽。他用一双诗人的慧眼来观察大自然，用一付温良的心怀来贴近大自然，又用一枝如花的笔来描绘大自然，故他笔下的大自然都是幽美的、可爱的。在他的诗中我们得到一方秀美的天地，其中山水草木，园林亭榭，无不清奇，无不可爱。在他的诗中，如画景色，齐汇眼底；又复花香馥郁，鸟鸣悦耳，我们神游其中，不禁目为之迷，心为之醉了。

　　不过谢朓的诗虽然清奇，虽然精炼，然终因雕琢过甚，流于轻绮，失掉了古诗的淳厚。他诗虽在字句上较谢灵运诗精炼，然后人对他的评价终不如对灵运评价为高者，以其无灵运之厚也，这也许就是钟嵘所说的"微伤细密"害了他了。

　　沈约是当时诗坛的领袖，他对诗最大的贡献是四声八病之发明，唐代律绝之兴趣实以此为关揆。他的五言诗风格清怨，甚工整，惟较谢朓自是逊色，如《临高台》：

高台不可望，望远使人愁。

连山无断绝，河水复悠悠。

所思竟何在，洛阳南陌头。

可望不可见，何用解人忧。

如《夜夜曲》：

河汉纵且横，北斗横复直。

星汉空如此，宁知心有意？
孤灯暖不明，寒机晓犹织。
零泪向谁道，鸡鸣徒叹息！

此等诗尚不失古诗的朴素自然，四声八病的声律说似乎在这里毫无影响，但一看《早发定山诗》就与这完全不同了：

夙龄爱远壑，晚莅见奇山。
标峰彩虹外，置岭白云间。
倾壁忽斜竖，绝顶复孤圆。
归海流漫漫，出浦水溅溅。
野棠开未落，山樱发欲然。
忘归属兰杜，怀禄寄芳荃。
眷言采三秀，徘徊望九山。

这首诗通篇对仗，在这里沈约的理论和实践是相互并行了。

王融作诗不多，稍为人所提及，实则他的诗清婉可读，甚有情韵。如《古意二首》：

游禽暮知返，行人独未归。
坐销芳草气，空度明月辉。
嚬容入朝镜，思泪点春衣。
巫山彩云没，淇上绿条稀。
待君竟不至，秋雁双双飞。

霜气下孟津，秋风度函谷。
念君凄已寒，当轩卷罗縠。
纤手废裁缝，曲鬐罢膏沐。
千里不相闻，寸心郁郁蕴。
况复飞萤夜，木叶乱纷纷。

江淹的诗非常自然轻清，任意抒写，少为常规所囿，如《咏美人春游》：

> 江南二月春，东风转绿蘋。
> 不知谁家子，看花桃李津。
> 白雪凝琼貌，明珠点绛唇。
> 行人（原文为"行"）咸息驾，争拟洛川神。

又善于模拟古诗，有杂拟三十首。他论风骨虽较古诗有逊，然均尚朴素可爱，如《古离别》：

> 远与君别者，乃至雁门关。
> 黄云蔽千里，游子何时还？
> 送君如昨日，檐前露已团。
> 不惜蕙草晚，所悲道里寒。
> 君在天一涯，妾身长别离。
> 愿一见颜色，不异琼树枝。
> 菟丝及水萍，所寄终不移。

范云诗甚清婉，钟嵘称其如"清风回雪"。诚然不假。如《别诗》：

> 洛阳城东西，长作经时别。
> 昔去雪如花，今来花似雪。

这首小诗自然而有韵味，洵为难得之佳构。又如《之零陵郡次新亭》：

> 江干远树浮，天末孤烟起。
> 江天自如合，烟树还相似。
> 沧流未可源，高帆去何已。

此诗亦颇清奇空灵。

任昉诗则失之雕琢太过，乏自然清空之趣，如《别萧谘议》：

> 离烛有穷辉，别念无终绪。
> 歧言未及申，离目已先举。
> 揆景巫衡阿，临风长楸浦。
> 浮云难嗣音，徘徊怅谁与？
> 傥有关外驿，聊访狎鸥渚。

吴均的诗清拔而有古风，时人效之，号曰"吴均体"。如《春咏》：

> 春从何处来，拂水复惊梅。
> 云障青琐闼，风吹承露台。
> 美人隔千里，罗帷闭不开。
> 无由得共语，空对相思杯！

如《酬周参军》：

> 日暮忧人起，倚户怅无欢。
> 水传洞庭远，风送雁门寒。
> 江南霜雪重，相如衣服单。
> 沉云隐乔树，细雨灭层峦。
> 且当对樽酒，朱弦永夜弹。

（下）

柳恽的诗缠绵委婉，很近于宫体诗的作风，如《江南曲》：

> 汀洲采白苹，日暖江南春。

洞庭有归客，潇湘逢故人。
故人何不返？春华复应晚。
不道新知乐，只言行路远。

如《捣衣诗》：

孤衾引思绪，独枕怆忧端。
深庭秋草绿，高门白露寒。
君思起清夜，促柱奏幽兰。
不怨飞蓬苦，徒伤蕙草残！

何逊的诗极为当时一般人士所重，沈约见其诗说："吾每读逊诗，一日三复犹不能已。"范云也很赞美他，他的诗极为工整，极为精炼，如《慈老矶》：

暮烟起遥岸，斜日照安流。
一同心赏夕，暂解去乡忧。
野岸平沙合，连山远雾浮。
客悲不自已，江上望归舟。

如《胡兴安夜别》：

居人行转轼，客子暂维舟。
念此一筵笑，分为两地愁。
露湿寒塘草，月映清淮流。
方抱新离恨，独守故园秋。

如《相送》：

客心已百念，孤游重千里。

江暗雨欲来，浪白风初起。

这与唐人的近体简直没有多大分别了。

阴铿与何逊齐名，二人同是律诗的成立者，他的诗也像何逊的诗一样，极其工整，极其精炼，他非常注意炼字琢句，如《晚泊五洲》：

客行逢日暮，结缆晚洲中。
戍楼因碛险，村路入江穷。
水随云度黑，山带日归红。
遥怜一柱观，欲轻千里风。

如《晚出新亭》：

天江一浩荡，离悲足几重。
潮落犹如盖，云昏不作峰。
远戍唯闻鼓，寒山但见松。
九十方称半，归途讵有踪？

永明体到了何逊、阴铿才算真正真达到极工的地步，声律说到这里才发生了大的作用。阴铿、何逊是永明体的战军，也是唐代近体诗的开路先锋。唐代律诗多以他们二人的诗为规范，如杜甫说："孰知二谢能将事，颇学阴何苦用心。"杜甫又赞美李白说："李侯有佳句，往往似阴铿。"

总观永明体的五言诗，是既不同于汉魏，又不同于晋宋，晋宋的太康与元嘉虽失掉汉魏诗句的朴素自然，趋向于对仗雕琢，然汉魏诗的浑厚多少还保存着，到了齐梁的永明体一出，诗风就大变了。声律说使得永明体的诗较元嘉与太康的诗，对仗更趋工整，字句更趋精炼，元嘉、太康的诗繁密华丽常常流入板滞和芜杂，永明体的诗算是没了这种毛病，多变成清俊与秀美，这是声律说给予永明体诗的好处。其不好处则因过专雕字琢句，损伤了诗意，以致流于轻绮和纤细，完全失掉了晋宋以前诗的淳厚。

永明体的诗由于注重声律的结果，既有异于晋宋以前的古体诗，也不同于唐代的近体诗，这是古体与近体之间的一种过渡的产品，所以王湘绮名之曰"新体诗"。

载《中央日报》1946 年 7 月 22 日、24 日、25 日

论齐梁宫体诗

（一）

　　齐梁二代的诗，除了永明体之外，又有所谓宫体。宫体这个说法是由简文帝萧刚创出来的，简文帝自叙说："余七岁有诗癖，长而不倦，然伤于轻艳，当时号曰宫体。"（《梁书·简文帝本纪》）

　　宫体可以说是对永明体的一大反动，因为永明体太注重格律与形式，太拘于古人之成规，所以梁氏父子便主张打破规律，不师往古，自由书写，这看简文帝给其弟湘东王萧绎的信就可知道：

> 比见京师文体，懦钝殊常，竞学浮疏，急为阐缓。立冬修夜，思所不得，既殊比兴，正背风骚……吟咏性情，反拟《内则》之篇；操笔写志，更摹《酒诰》之作。迟迟春日，翻学《归藏》，湛湛江水，遂同《大传》。吾既拙于为文，不敢轻有掎摭。但以当世之作，历方古之才人，远则扬马曹王，近则潘陆颜谢，而观其遣辞用心，了不相似。若以今文为是，则古文为非，若昔贤可称，则今体宜弃。

简文帝既然主张以今之人不作古人之词，于是便抛开以往诗人篇什去到民歌中发掘宝藏去了，宫体诗便是这样起来的。

　　宫体之名虽始自简文帝，然论其远宗，实为晋宋乐府之歌词曲辞，如《子夜歌》《碧玉歌》《桃叶歌》等，这在元嘉之世已有鲍照、汤惠休等开始仿作这种侧艳的歌辞了。宫体诗在诗史上的影响极大,大概导源晋宋,成于齐梁,广被陈隋末至初唐余绪犹盛,盛唐稍衰,后唐又告兴盛。

宫体诗导源于江南的民歌(即乐府清商曲),江南的民歌是极艳的,内容不外男女相思,所以宫体诗也是轻靡华艳的,在内容上则十九吟咏艳情。后代人多谓六朝诗浮靡华艳,实则只是一种太笼统的说法,浮靡华艳应该是专指宫体诗说的,不惟晋宋之诗不能用这四个字来形容,就是永明体的诗也不能用这四个字来形容的。

梁代宫体诗的作者有简文帝,元帝(即湘东王绎),徐摛,庾肩吾等,梁武帝萧衍是一个反对宫体诗的人,实则他早已揭起了仿制民间艳歌的旗帜,早为宫体诗做了开路先锋了,如他的《西洲曲》:

> 忆梅下西洲,折梅寄江北。单衫杏子红,双鬓鸦雏色。
> 西洲在何处?西桨桥头渡。日暮伯劳飞,风吹乌臼树。
> 树下即门前,门中露翠钿。开门郎不至,出门采红莲。
> 采莲南塘秋,莲花过人头。低头弄莲子,莲子清如水。
> 置莲怀袖中,莲心彻底红。忆郎郎不至,仰首望飞鸿。
> 鸿飞满西洲,望郎上青楼。楼高望不见,尽日栏杆头。
> 栏杆十二曲,垂手明如玉。卷帘天自高,海水摇空绿。
> 海水梦悠悠,君愁我亦愁。南风知我意,吹梦到西洲。

这不是一首标准的上选的宫体诗吗?

简文帝是宫体诗的创始者,他的诗实在极尽浮靡华艳之能事,如《美女篇》:

> 佳丽尽关情,风流最有名。约黄能效月,裁金巧做星。
> 粉光胜玉靓,衫薄似蝉轻。密态随羞脸,娇歌逐软声。
> 朱颜半已醉,微笑隐香屏。

如《咏内人昼眠》:

北窗聊就枕，南檐日未斜。攀钩落绮帐，插捩举琵琶。
梦笑开娇靥，眠鬟压落花。簟文生玉腕，香汗浸红纱。
夫婿恒相伴，莫误是倡家。

不过他也有与永明体相近的诗，如《折杨柳》：

杨柳乱成丝，攀折上春时。叶密鸟飞碍，风轻花落迟。
城高短箫发，林空画角悲。曲中无别意，并是为相思。

元帝是简文帝的同调者，其诗缠绵委婉，清远可夙。如《咏阳云楼檐柳》：

杨柳非花树，依楼自觉春。枝边通粉色，叶里映红巾。
带日交帘影，因吹扫席尘。拂檐应有意，偏宜桃李人。

如《折杨柳》：

巫山巫峡长，垂柳复垂杨。同心且同折，故人怀故乡。
山似莲花艳，流如明月光。寒夜猿声彻，游子泪沾裳！

他所创作的体裁香艳的宫体诗也不少，如《采莲歌曲》：

碧玉小家女，来嫁汝南王。
莲花乱脸色，荷叶杂衣香。
因持荐君子，愿袭芙蓉裳。

徐摛是个推行宫体诗最力的人，《梁书·徐摛传》说："（摛）属文好为新变，不拘旧体。……摛文体既别，春坊尽学之，宫体之号，自斯而起。"不过他所存留至今的宫体诗不多，今但举其《赋得帘尘》一首以见一般：

朝逐珠胎卷，夜傍玉钩垂，恒教罗袖拂，不分秋风吹。

庚肩吾与徐摘同为简文帝的幕僚，他所作的宫体诗推炼精工，气韵香美，大有可观，如《有所思》：

> 佳人远于隔，乃在天一方。望望江山阻，悠悠道路长。
> 别前秋叶落，别后春花芳。雷叹一声响，泪雨忽成行。
> 怅望情无极。倾心还自伤！

如《赋得有所思》：

> 佳期杳不归，春日坐芳菲。拂匣看离扇，开箱见别衣。
> 井梧生未合，宫槐卷复稀。不及衔泥燕，从来相逐飞。

（二）

陈代数十年的诗可以说完全是宫体诗的延长，所以在这里顺便也将陈代的宫体诗讨论一下。陈代的宫体诗的代表作家为徐陵、张正见、江总、陈后主等，实则除陈后主外，其余徐、阴、张、江四人都在梁时已有诗名，可以说是梁陈之际的作者。

徐陵为徐摘之子，在梁时为简文帝之抄选学士，曾奉简文帝命编《玉台新咏》一书，广收古今之艳靡诗歌，为宫体诗作一大规模之宣传。他在梁时与庚信同以宫体诗著名，世称徐庚体，一时起而模仿的人极多。徐陵入陈后，文檄军书及礼授诏策均出其手，俨然成为一代文宗。徐陵的宫派体诗都极其绮秀缠绵，如《关山月》：

> 关山三五夜，客子忆秦川。
> 思妇高楼上，当窗应未眠。
> 星旗映疏勒，云阵上祁连。
> 战气今如此，从军复几年？

如《折杨柳》：

> 袅袅河堤树，依依魏主营。
> 江陵有旧曲，洛下作新声。
> 妾对长杨苑，君登高柳城。
> 春还应共见，荡子太无情！

如《咏织妇》：

> 纤纤运玉指，脉脉正蛾眉。
> 振镊开交缕，停梭续断丝。
> 檐前初月照，洞户朱帷垂。
> 弄机行掩泪，弥令织素迟。

张正见写的宫体艳诗极多，如《采桑》：

> 春楼曙鸟惊，蚕妾候初晴。
> 迎风琼珥落，向日玉钗明。
> 徙顾移笼影，攀钩动钏声。
> 叶高知手弱，枝软觉身轻。
> 人多羞借问，年少怯逢迎。
> 恐疑夫婿远，聊复答专城。

如《有所思》：

> 深闺久离别，积怨转生愁。
> 徒思裂帛雁，空上望归楼。
> 看花忆塞草，对月想边秋。
> 相思日云暮，泪脸年年流！

江总是陈代的一位风流宰相，他所作的宫体诗真是浮艳已极，如《紫骝马》：

> 春草正萋萋，荡妇出空闺。
> 识是东方骑，犹带北风嘶。
> 扬鞭向柳市，细蹀上金堤。
> 愿君怜织素，残妆尚有啼。

如《梅花落》：

> 缥色动风香，罗生枝已长。
> 妖姬坠马髻，未插江南珰。
> 转袖花纷落，春衣共有芳，
> 羞作秋胡妇，独采越南桑。

陈后主更是一位风流天子，常与诸贤人、女学士及狎客共赋新诗，互相赠答，他所作的宫体艳诗极多，如《舞媚娘》：

> 楼上多娇艳，当窗并三五。
> 争弄游春陌，相邀开绣户。
> 转态结红裙，含娇拾翠羽。
> 留宾作拂弦，托意时移住。

如《三妇艳诗》：

> 大妇西北楼，中妇南陌头。
> 小妇初妆点，回眉对月钩。
> 可怜还自觉，人看反更羞。
> 大妇上高楼，中妇荡莲舟。
> 小妇独无事，拨帐掩娇羞。

丈夫应自解，更深难道留。

大妇避秋风，中妇夜床空。

小妇初两髻，含娇新脸红。

得意非霞日，可怜那可同。

大妇年十五，中妇当春户。

小妇正横陈，含娇情未吐。

所愁晓漏促，不恨灯销炷。

可谓浮靡浮艳之极了。

陈代诗人除上述者外，又有吴尚野、吴思玄、刘删、谢庆等，他们诗的作风都是共同的，如吴尚野《咏邻女弹琴》：

青楼谁家女，开窗弄碧弦。

貌同朝日丽，装竞午花燃。

一弹哀塞雁，再抚哭春鹃。

此情人不会，东风千里传。

如吴思玄《闺怨》：

金风响洞房，佳人心自伤。

泪随明月下，愁逐漏声长。

灯前羞独鹄，枕上怨孤凰。

自觉鸳帷冷。谁怜珠被凉？

以此可见宫体诗到了陈代是较梁代更为浮靡更为华艳了。

齐梁陈三朝除五言诗之外，尚有很多的七言诗，宫体诗中的七言诗尤其多，且有极好的，惟以本文范围所限，在这里不加讨论了。（完）

载《中央日报》1946 年 8 月 6 日、7 日

论建安五言诗

一

五言诗自从在东汉初年产生以后，并没惹起多少文人的注意，大部分的文人还是作着赋和传统的四言诗，在建安以前的东汉二三百年中，五言诗还只能说停滞在一个草创时期。

五言诗到了建安方才真正达到成熟的境地，在这时期文人们已经把作诗看作一种正当的事业，五言诗已经代替了辞赋的位置，成了正统文学的主干，文人们用五言诗来感时、描景、言情、抒怀，五言诗的功用已向各方面扩展开去了。

所以读了建安以前的五言诗再来读建安的五言诗，简直像从一个羊肠鸟道忽然进入了一座丰美的花园，令人觉得大有琳琅满目美不胜收之感！

这时期五言诗的最大的特征是与乐府有着不解之缘。建安五言诗之所以有如此灿（？）然可观的成就，其主要原因也正是如此。

本来五言诗本是导源于乐府的，只是五言诗最初的作家们只采取了乐府的形式，而没有得到乐府的精神。《古诗十九首》之所以寻样好，正是因为它的内容风格都近于乐府，那些诗的作者必定是受过乐府的陶冶很深的，或者竟是出于作《羽林郎》的宋子侯和作《董娇娆》的辛延年两个大乐府家之手也未可知。建安的诗人们就不同于前此的诗人们了，他们将作乐府歌辞看成了一种主要的事业，这一看曹植的《鼙舞诗序》即可了然：

"故汉灵帝西园鼓吹有李坚者，能鼙舞，遭乱关西段煨。先帝闻其旧有技，召之。坚既中废，兼古曲谬误，异代之文，未必相袭，故依前曲作新歌五篇。"

建安的诗人们由于"依前曲作新歌"填制乐府新辞，于是就中得到了极大的训练，深深受到了乐府的熏陶与感染，作起诗来无论在内容及风格上便都与乐府相近了。如曹植是这时期最负盛誉的一位诗人，他的最佳的诗章当推《七哀诗》：

> 明月照高楼，流光正徘徊。上有愁思妇，悲叹有余哀。
> 借问叹者谁？言是客子妻。君行逾十年，孤妾常独栖。
> 君若清路尘，妾若浊水泥。浮沉各异势，会合何时谐？
> 愿为西南风，常逝入君怀。君怀良不开，贱妾当何依？

看这首诗多么淳朴，多么自然，多么流利，多么婉转，这太像古诗十九首了。在这里我们充分看到了汉代民间乐府在这位富有天才的诗人身上所发生的作用和影响，这是乐府的教养，也即是民间文学的教养。再看他的《野田黄雀行》：

> 高树多悲风，海水扬其波。利剑不在掌，结友何须多？
> 不见篱间雀，见鹞自投罗。罗家得雀喜，少年见雀悲。
> 拔剑捎罗网，黄雀得飞飞。飞飞摩苍天，来下谢少年。

这与民间诗歌的精神和作风是太相近了。其他如《杂诗》、《吁嗟篇》等亦复如此。

又如曹植的诗清秀儒雅，婉约风流，《谈艺录》称其"资近美媛"，也是由于乐府古辞的良好影响所致，如他的《杂诗》：

> 漫漫秋夜长，烈烈北风凉。展转不能寐，披衣起彷徨。
> 彷徨忽已久，白露沾我裳。俯视清水波，仰看明月光。

天汉回西流，三五正纵横。草虫鸣何悲，孤雁独南翔。
郁郁多悲思，绵绵思故乡。愿飞安得翼，欲济河无梁。
向风长叹息，断绝我中肠。
西北有浮云，亭亭如车盖。惜哉时不遇，适与飘风会。
吹我东南行，行行至吴会。吴会非我乡，安得久留滞？
弃置勿复陈，客子常畏人。

在这里，乐府和民歌的影响是很显然的。

二

曹操更是一位乐府大家，他曾作过很多的乐府新词，他的五言诗如《薤露》《蒿里行》《苦寒行》《却东门行》等都是"依前曲作新声"的乐府。其他建安七子，是诗人，同时亦是乐府作家。

因为汉末社会纷乱，干戈扰攘，所以建安诗人所写的多是社会的变乱，这当是建安五言诗的第二个特征。如曹操的《苦寒行》：

北上太行山，艰哉何巍巍！
羊肠坂诘屈，车轮为之摧。
树木何萧瑟，北风声正悲。
熊罴对我蹲，虎豹夹路啼。
溪谷少人民，雪落何霏霏。
延颈长叹息，远行多所怀。
我心何怫郁，思欲一东归。
水深桥梁绝，中路正徘徊。
迷惑失故路，薄暮无宿栖。
行行日已远，人马同时饥。
担囊行取薪，斧冰持作糜。
悲彼东山诗，悠悠使我哀！

其他如《薤露》《蒿里行》《却东门行》等无一不是写社会变乱的。
又如王粲的《七哀诗》，写兵戈纷扰人民流离的景象，实在令人惨不忍睹：

> 西京乱无象，豺虎方遘患。
> 复弃中国去，委身适荆蛮。
> 亲戚对我悲，朋友相追攀。
> 出门无所见，白骨蔽平原。
> 路有饥妇人，抱子弃草间。
> 顾闻号泣声，挥涕独不还。
> 未知身死处，何能两相完？
> 驱马弃之去，不忍听此言。
> 南登霸陵岸，回首望长安，
> 悟彼下泉人，喟然伤心肝！

其他如曹植的《至广陵于马上作》、曹丕的《送应氏诗》、陈琳的《饮马长城窟行》（都有七字句，但以五字句较多），都是写兵役之苦和战劫之惨的。

在这里需要特别指出的是，还有一个女作家蔡琰，她曾作了一首《悲愤诗》，共长五百四十字，一百〇八句，是写她自己被胡人掳去的悲惨遭际的。全诗气势汹涌，描绘逼真，写到董卓大乱时的情景：

> 卓众来东下，金甲耀日光。
> 平土人脆弱，来兵皆胡羌。
> 猎野围城邑，所向悉破亡。
> 斩截无孑遗，尸骸相撑拒。
> 马边悬男头，马后带妇女。
> 长驱入西关，迥路险且阻。
> 还顾邈冥冥，肝脾如烂腐！

真是有声有色，读之如身置其中。又如写她身居外番以及归汉与子相别时的情景：

有客从外来，闻之常欢喜。
迎问其消息，辄复非乡里。
邂逅徼时愿，骨肉来迎己。
己得自解免，当复弃儿子。
天属缀人心，念别无会期。
存亡永乖隔，不忍与之辞。
儿前抱我颈，问母欲何之？
人言母当去，岂复有还时。
阿母常仁恻，今何更不慈？
我尚未成人，奈何不顾思？
见此崩五内，恍惚生狂痴！
号泣手抚摩，当发复回疑。

真是一字一泪，令人不忍卒读！又如写归家后的情景：

既至家人尽，又复无中外。
城廓为山林，庭宇生荆艾。
白骨不知谁，纵横莫覆盖。
出门无人声，豺狼号且吠！

汉末大乱后的荒凉景象真是宛然在目了。

论到建安诗人的高下，首当推曹氏父子，曹氏父子又以曹植为最高，建安七子中当以刘桢、王粲为首领，其他孔融、阮瑀、徐干、应玚、陈琳等人，五言诗亦皆有可观。七子之外尚有繁钦、吴实等，诗较七子为逊。

总观建安诗的作风是劲拔、浑朴，以风骨胜，以力胜，与古诗十九首的作风相去未远。诗的内容也很广泛，除了上述的描写时代变乱以外，也有写宴乐的，如刘桢《公燕诗》：

永日行游戏，欢乐犹未央。
遗思在玄夜，相与复翱翔。

辇车飞素盖，从者盈路傍。
月出照园中，珍木郁苍苍。
清川过石渠，流波为鱼防。
芙蓉散其华，菡萏溢金塘。
灵鸟宿水裔，仁兽游飞梁。
华馆寄流波，豁达来风凉。
生平未始闻，歌之安能详？
投翰长叹息，绮丽不可忘！

三

也有写游幸的，如陈琳《游览诗》：

高会时不遇，羁客难为心。
殷怀从中发，悲感激清音。
投觞罢欢坐，逍遥步长林。
萧萧山谷风，默默天路阴。
惆怅忘旋反，歔欷涕沾襟！

也有写闺愁的，如徐干《杂诗》：

浮云何洋洋，愿因通我词。
飘摇不可寄，徙倚徒相思。
人离皆复会，君独无返期。
自君之出矣，明镜暗不治。
思君如流水，何有穷已时！

有写离情的，如应玚《别诗》：

朝云浮四海，日暮归故山。

行役怀旧土，悲思不能言。

悠悠涉千里，未知何时旋！

此外尚有记池苑的，述功德的，等等，不一而足。于此刘勰说得最好：

暨建安之初，五言腾踊。文帝陈思，纵辔以骋节，王徐应刘，望路而争驱。并怜风月，狎池苑，述恩荣，叙酣宴，慷慨以任气；磊落以使才；造怀指事，不求纤密之巧，驱辞逐貌，唯取昭晰之能，此其所同也。（文心明诗）

不过建安总是个古今诗风转捩的时期，建安是上承两汉浑朴自然的风气，与古相去未远同时也多少加重了诗的文人化的程度，开了晋以来诗趋向绮靡华艳的先声。这可举曹植做例子，曹植固然有和十九首作风相近的《七哀诗》《杂诗》《野田黄雀行》之类的诗，同时也有作风与之完全相反的诗，如《名都篇》《美女篇》《白马篇》等，词采壮密，简直有些藻饰过甚之嫌。他的诗有极密的，如：

柔条纷冉冉，落叶何翩翩。

攘袖见素手，皓腕约金环。

头上金爵钗，腰佩翠琅玕。

明珠交玉体，珊瑚间木难。

罗衣何飘飘，轻裾随风还。

顾盼遗光彩，长啸气若兰。

（美女篇）

他诗中的对偶句极多，如：

斗鸡东郊道，走马长楸间。（名都篇）

仰手接飞猱，俯身散马蹄。狡捷过猴猿，勇剽若豹螭。（白马篇）

有子月经天，无子若流星。天月相终始，流星没无精。（弃妇篇）

当南而更北　谓东而反西。飘飘周八泽，连翩历五山。（吁嗟篇）

圆景光未满，众星粲以繁。志士营事业，小人亦不闲。（赠徐干）

也有对偶对得极工的，如：

凝霜依玉除，清风飘飞阁。（赠丁仪）

树木发春华，清池激长流。（赠王粲）

始出严霜结，今来白露晞。游子叹黍离，处者歌式微。（情诗）

秋兰被长坂，朱华冒渌池。潜鱼跃清波，好鸟鸣高枝。（公燕诗）

沈德潜评他说："子建诗五色相宣，八音朗畅，使才而不矜才，用博而不逞博。"（见古诗源语）当是就这类词彩壮密字句工整的诗而言。钟嵘评他说："魏陈思王植，其源出于国风，骨气奇高，词采华丽，情兼怨雅，体被文质，粲溢千古，卓尔不群。"（见诗品）当是就他整个诗作而言。在我个人以为，曹植最佳的诗还是作风淳朴自然的如《七哀诗》《杂诗》之类的诗，而不是词采华丽的如《白马篇》《美女篇》《名都篇》等之类的诗。

总之，曹植是建安时代的一位大诗人，他对五言诗曾经下过一番苦心的经营，他的一部分诗如《七哀诗》《杂诗》《吁嗟篇》《野田黄雀行》之类，上承了两汉诗有淳朴自然的优良的作风，他的另一部分诗如《名都》《白马》《美女》之类，下开了晋以后诗崇尚华丽骈偶的风气，实在可算得上中国诗坛上的中流砥柱之一。

载《中央日报》1946 年 8 月 15~16 日

乐府的演变及其体制与命题

（上）

一　乐府的演变

自武帝设立乐府，当时的乐府可别为三大类：一是文人制作的，如唐山夫人所作的《安世房中歌》，司马相如所作的《郊祀歌十九章》；一是自外国输入的，如《短箫铙歌二十二曲》；一是采自民间的，即《汉书·礼乐志》所谓"夜诵"的"赵代秦楚之类"，下迄西汉之末，情形都相差不多。在这个期间之内，民间乐府达到了全盛的时期，这一看《汉书·艺文志·诗赋略》的著录篇目即可了然。《诗赋略》之属于诗歌的篇目总计不下一百五十余篇，论地区有燕、代、秦、楚、吴、齐、郑等，几乎占遍了当时的全中国。

这种采自民间的乐府是太发达了，到了西汉末年普遍的为一般富家贵戚所演奏，大有压倒一般庙堂文学而形成惟我独尊的形势，所以哀帝时便有了罢乐府的事情发生：

> 是时（成帝）郑声尤甚，黄门名倡丙疆景武之属富显于世，贵戚王侯富平外戚之家淫侈过度，至与人主争女乐。哀帝自为定陶王疾之，又性不好音，及即位，下诏曰："郑卫之声兴，则淫僻之化流，而欲黎庶敦朴家给，犹浊其源而求其清流，岂不难哉？……其罢府乐府官。"（《汉书·礼乐志》）

这里所说的"郑声",即是指的那些采自各地而又被诸管弦的歌诗,然而罢尽管罢,这些歌诗流行还是尽管流行,《礼乐志》又接着说:"然百姓渐渍日久,又不制雅乐有以相变,豪富吏民湛然自若。"

不过哀帝这一举却发生了两种影响:第一,自此以后,一般朝廷士大夫更加瞧不起这些民间歌诗,以致班固著汉书时备载《安世房中歌十七章》和《郊祀歌十九章》的全文,而对这些民间歌诗只载著录篇目;第二,东汉采民间歌诗再不如西汉之专以"夜诵"为目的,而以观览风俗为目的。

东汉一代乐府的规模似乎很宏大,如《蔡邕乐志》说:"汉乐四品:一曰大予乐,典郊庙上陵殿诸食举之乐;二曰周雅颂乐,典辟雍飨射六宗社稷之乐;三曰黄门鼓吹,天子所以宴群臣;其短箫铙歌,军乐也。"此即明帝时所分乐府四品,故知乐府在明帝时已很完备。又《安帝纪》说:"永平元年九月,诏太仆少府减黄门鼓吹以补羽林士。"故知在安帝时乐府中已有人满之患了。

东汉的君主都很注意民间疾苦,常设风俗使者到各州县去采纳风谣以观政治的隆污,如《后汉书·循吏列传叙》说:"初,光武起于民间,颇达情伪,广求民瘼,观纳风谣,故能内外匪懈,百姓宽息。"又如《季舒传》说:"和帝即位,分遣使者,皆微服单行,各至州县,观采风谣。"这些民间的风谣被采来之后,自然就被乐工们被上管弦置入乐府中了。故知民间乐府在东汉仍是非常盛行。如此到了东汉末年,因乐府流行日广,一般文人也渐渐发现了乐府的好处,也起来动手自作乐府了,如辛延年宋子候便是这时期的两大乐府作家。

总之,两汉乐府,其中虽有出于文士之手的歌功颂德毫无生气的作品,然而究竟是少数,大部分还是采自民间的。这些采自民间的乐府,在内容上多是社会生活的写真,里面充分流露着孤儿寡妇的哀怨,描画着征夫怨女的悲愁。采之入乐府,确实尽到了班固所谓的"观风俗知厚薄"的功用。在风格上又极质朴自然,文学的价值极高。这一部分乐府实是乐府中的精华,这部分乐府存在于今的共计三十余篇,即《相和歌》中的古辞及杂曲中的一部分,如《江南》《鸡鸣》《孤儿行》等。

（中）

至魏，乐府不再采取民间歌谣，而变成了文士们仿制玩乐的篇什。这些文士们所作的乐府大都是依旧曲制新词，如曹植《鼙鼓舞序》说："汉灵帝西园鼓吹有李坚者……坚既中废，兼古曲多谬误，异代之人，未必相袭，故依前曲作新歌五篇。"魏代的乐府大多是这种所谓"依前曲作新歌"，创调很少。

这种"依前曲作新歌"的方式又有种种不同，一种是用旧曲而不用旧题，如文帝黄初二年改汉巴渝舞为昭武舞，改宗庙安世乐为正始乐，又续袭作鼓吹十二曲，改汉铙歌朱鹭为楚之平，改艾如张为获吕布等。一种是用旧曲兼用旧题，如曹操的《薤露》《陌上桑》等。惟这些作品虽用旧题，然内容却与题目全不相干，如《薤露》本是汉的丧歌，曹操却以之感时，曹植又以之咏怀，《陌上桑》本是汉的艳歌，曹植乃以之写游仙，曹丕又以之写从旅。一种是自出新题者，如曹植的《还都篇》《白马篇》《妾薄命》，陆机的《驾出北阙门行》等，唐人的新乐府就滥觞于此。

总观魏代乐府率皆文人制作之篇什，故在内容上多以写人抒情咏怀为主，已无汉乐府之社会性，"观风俗，知厚薄"的功用已不可见。而在文字风格方面，则一变汉乐府之质朴鄙拙为华丽高雅，此亦理之当然，因汉乐府多采自民间，自然较多天趣，而魏乐府出自文人之手，就难免有着文字痕迹了。

晋代乐府应分做两个时期，西晋承魏之后，仍以文人乐府为主，东晋则别为南朝，其乐府之主要来源则为江南民歌。

西晋乐府之主要特征有二：一为舞曲歌辞之发达，一为故事乐府之兴盛。

中国的舞蹈虽起源甚早，然舞之有辞则是很晚的事情。晋以前的舞辞仅有后汉东平王苍之武德舞歌，曹植鼙舞歌等寥寥几篇，至舞辞之兴盛，以及舞曲名目之产生，则是晋代的事情，《南齐书·乐志》说："舞曲，皆古辞雅音，称述功德，宴享所奏。傅玄歌辞云……如此十余小曲，名为舞曲，疑非宴乐之辞。然舞之总名起于此矣。"舞曲的名目在晋产生之后，便和郊祀、燕射、鼓吹、横吹等并列于乐府中了。晋之舞曲有白纻舞歌、拂舞歌、杯槃舞歌等，都是"始出于方俗，而后寝陈于殿庭"的，文学意味极为浓厚，至西晋故事乐府之兴盛，则是由于文人乐府过事拟古所致。盖魏之拟古乐府多是借古题咏今事，而晋之拟古乐府则是借古题咏古事，如秋胡行便咏秋胡事，婕好怨便咏婕好事。这些故事乐府虽没有什么文学价值可言，然而在故事诗极端缺乏的中国，这些故事乐府也是值得特别一提的。

晋室东渡之后，下迄宋齐梁陈，是为南朝，南朝乐府较前大变，郭茂倩《乐府诗集》云：

> 自晋迁江左，下逮隋唐，德泽寝微，风化不竞，去圣逾远，繁音日滋，艳曲兴于南朝，胡音化于北俗，哀淫靡漫之辞，迭作并起，流而忘返，以至陵夷。

所谓"艳曲盛于南朝"诚然将南朝乐府一语道破。南朝乐府几乎无一而非艳曲。这些艳曲总名之曰清商曲辞。

南朝乐府可分做两个时期，前为民间歌谣时期，后为文人拟作时期，前期约当于东晋宋齐，后期约当于梁陈。但不管前期的民间歌谣也罢，后期的文人拟作也罢，总不外是些艳情小曲，这些艳情小曲所吟咏的十九皆是男女的风流韵事与相思之情，而其文字风格也皆是淫靡纤巧，委婉缠绵，读之令人心魂荡摇！乐府在此，与汉魏相较，已经是面目全非了。南朝乐府之所以如此艳冶，乃是由于其所处地域为山川明媚之乡，风景幽美之国，其人民既富于情感，又因经济充裕，有寻乐之闲暇，又加以南朝是一个崇尚色情的社会，男女关系极其随便，所谓"士女昌逸，歌声舞节，炫服华装，桃花绿水之间，秋月春风之下，无往非适"（《南史·循吏列传》）。试想在如此一个幽美的天然环境之中，艳情小曲怎有会不发达的道理呢？

南朝乐府虽如此纤巧艳冶，委婉缠绵，然北朝则是一个恰恰相反的对照。北朝乐府如《陇上歌》《紫骝马歌》《琅琊王歌》等，无一不是雄浑慷慨，苍凉悲壮！论其内容亦不似南朝乐府之专写男女相思，诸凡战争、豪侠、行旅等亦均为吟咏对象。

（下）

至唐，又有新乐府之产生。此种新乐府皆"因意命题，无所倚傍"，其是否合于音律及能否入乐等等皆一概不管，其主要任务为批评时代，以纸笔代百姓之喉舌。乐府至此，六朝之艳情淫曲，均一扫而空，乐府对于时代社会之积极作用，在这里算是发挥得淋漓尽致了。

二 乐府的体制与命题

乐府的体制也如古诗一样，有三言者，有四言者，有五言者，有六言者，有七言者，有杂言者。今分述于后：

（一）三言 如《郊祀歌》中之《练时日》《天马》《华晔晔》《五神》等。

（二）四言 如《郊祀歌》中之《帝临》《青阳》《朱明》《西题》，《安世房中歌》之《一都》，及曹操《短歌行》等。

（三）五言 此类最多，占全部乐府十分之七八，如《江南》《鸡鸣》《长歌行》《君子行》《相逢行》《艳歌行》《羽林郎》等。

（四）六言 此类最少，如曹植《妾薄命》等。

（五）七言 如曹丕《燕歌行》《晋白纻舞歌》、梁简文帝《乌楼曲》等。

（六）杂言 如《汉郊祀歌》中之《景星》《日出入》《天门》《汉铙歌十八章》等。

大概以五言最多，四言、杂言次之，三言、七言又次之，六言最少。以产生的时间先后言，三言、四言、杂言最早，在西汉初年已有，五言较晚，约生于西汉末，六言、七言最晚，至魏代方产生。

乐府的命题，有所谓歌、行、引、曲、辞、篇、吟、唱等。历代人对此下解释者极多，如姜夔《白石道人诗话》，魏庆之《诗人玉屑》，吴讷《文章辨体》，王士祯《带经堂诗话》等，对此均会谈及，但大都失之琐碎，其中以吴讷《文章辨体》说得较完全。兹将其重要者分述于后。

（一）歌　放情长言，杂而无方者曰歌，如《挟瑟歌》《襄阳歌》《企喻歌》《琅琊王歌》等。

（二）行　步骤驰骋，流而不滞者曰行，如《君子行》《猛虎行》《西门行》《东门行》等。

（三）歌行　兼歌行两种性质者曰歌行，如《短歌行》《长歌行》《燕歌行》等。

（四）引　述事本末，先后有序，以抽其臆者曰引，如《六簇引》《朝云引》《丹青引》等。

（五）曲　高下长短，委曲尽情，以道其微者曰曲，如《乌楼曲》《宿阿曲》《圣郎曲》等。

（六）吟　吁嗟慨歌，悲忧深思，以呻其郁者曰吟，如《白头吟》《梁父吟》《大雅吟》等。

（七）辞　因其立辞之变曰辞，如《明君辞》《昭君辞》《白纻辞》《白鸠辞》等。

（八）篇　本其命篇之异曰篇，如《白马篇》《美女篇》《名都篇》等。

（九）唱　发歌曰唱，如《气出唱》等。

（十）弄　习弄曰弄，如《江南弄》等。

又有调、怨、叹、思、乐、愁等，不遑一一叙述。

其他尚有不加歌、行、吟、弄等字，而以首句命题者，如《有所思》《将进酒》《枯鱼过河泣》等。有以首句中之二字命题者，如《江南》《鸡鸣》《青阳》《帝临》等。有以作者命题者，如《子夜歌》《桃叶歌》等。

乐府的命题与古诗不同者，古诗的命题必须与其内容相一致，乐府则不然，如《秋胡行》尽可以不谈秋胡，《罗敷行》尽可以不言罗敷，《行路难》尽可以不言行路，此种情形在魏晋以后一般文人之拟乐府时尤其为司空见惯。

载《中央日报》1946 年 8 月 22~24 日

乐府的由来界说及类别

（上）

一　乐府的由来

乐府原是官府的名字，是制作乐曲掌管音乐的机关。这个机关的设立是在汉武帝的时候，《汉书·礼乐志》说："武帝定郊祀之礼，……乃立乐府，采诗夜诵，有赵代秦楚之讴。以李延年为协律都尉，多举司马相如等数十人适为诗赋，略论律吕，以和八音之调，作十九章之歌。"

乐府机关的设立虽是在武帝之时，但乐府之名在惠帝时已有了，《礼乐志》又说："汉房中祠乐，高祖唐山夫人所作也。……孝惠帝时使乐府令夏侯宽备其箫管，更名安世乐。"不过在惠帝时乐府只是官的名字，并未设出乐府这种专门的机关来，这种乐府令所执行的职务只是习旧声，把以往的旧乐章备诸弦管，既不增改旧乐，也不制作新声。到武帝时就不同了，武帝不惟建立了乐府的专门机关，设置了专门掌管乐府的人，而且在这机关里安置上若干人员，于习旧声之外还制作新声，并广采各地的风谣，又使司马相如等新造诗赋，皆使之被诸弦管，合于八音之调，又将这些入了乐的诗歌风谣教许多童男童女一同学习相互歌唱，当时的乐府可谓极盛一时了。

在武帝时乐府本是官府的名字，可是到了后来这个名词渐渐变了质，人们渐渐把乐府中所采集和所制作的诗歌叫做乐府了。譬如在《汉书·

张放传》中有"白书入乐府"的话，在《霍光传》中又有"昌邑王大行在前殿发乐府乐器"的话，这个乐府是指的官府；在《后汉书·马廖传》中有"哀帝去乐府"的话，这个乐府就不同于《张放传》和《霍光传》中的乐府了，这个"乐府"乃是指的在乐府机关中所习的"郑卫之音"。

至于乐府何以在武帝时成立呢？我看大部分的原因是由于国家强盛海内承平所致。我们知道，由高祖建立汉朝，经过惠帝文帝景帝，至武帝已有百余年之久，在这百余年间，国家的基础已经奠定，各种制度已经完备，国库已经充实，人民的生活已经有了确切的保障。到了武帝更把力量扩展向内外征伐上去，于是北伐匈奴，西通西域，南征交趾，一时疆域大扩，国威大振。汉朝被誉为天朝，武帝被尊为万国之王。在这凯歌高奏举国欢腾的时候，少不得要荐宗庙、庆武功、宴群臣，在这种场合便需要乐歌来歌功颂德，于是武帝便命司马相如等一般文人创作诗颂，又命知音善歌舞的李延年来将这些诗谱诸弦管，以备在荐宗庙宴群臣和行飨射之礼的时候演奏歌唱，乐府中的郊祀歌大部分是这样产生的。四夷平服之后，天下大治，海内承平，在国家承平的时代像荐宗庙宴群臣飨射等的集会自然会常常举行，每举行必须要演奏乐歌以为点缀。这样需要的乐歌一多，必须有人专司其事方可供应需求，于是那专以制作乐歌的机关——乐府——便产生了。在乐府成立之后，单单制作为飨宴祭祀用的乐歌还嫌不够，于是又效法周朝，遣人分头到各个地方采取民间歌谣，采取之后，再经过文人的润色修改，然后放入乐府中，被上弦管，令人歌唱起来，乐府中的相和歌辞和杂曲歌辞都是这样产生的。《汉书艺文志·诗赋略》说："自孝武立乐府而采歌谣，于是有赵代之讴，秦楚之风，皆感于哀乐缘事而发，亦可以观风俗知厚薄云。"

（中）

乐府的成立，除了国势强盛，海内承平的原因之外，还有个原因，就是武帝的爱好声和李延年的知音善歌。

我们知道武帝是一个笃爱楚声的君主，他曾作过赋（《汉书》载有上所自造赋二篇）他所作的《秋风辞》《瓠子歌》《李夫人歌》《落叶哀蝉曲》等都是脱胎于楚辞的。他之所以罢黜百家，独尊儒术，只不过是一种笼络儒生的政治上的手段，并非是对儒家的学说有什么崇敬和爱好，他所真心爱好的乃是楚声，收罗司马相如、东方朔、枚皋、庄忌、朱贸臣等一般词客来制造辞赋，才是他真心所愿意干的事业。他对于传统的雅乐很厌烦，河间献王曾将雅乐献给他，他非常不爱。武帝为什么厌听雅乐而喜闻楚声呢？无非因为雅乐是传统的、旧有的，楚声是外来的、新生的。由于爱好楚声，便又引起了他对秦燕代等地方风谣的兴趣，于是就设立下一个机关，专门来采集这些地方的风谣来谐之入乐。武帝对乐府这个机关的兴趣实在浓厚极了，他自己作了歌子也请乐府中人来弦歌它。譬如当他的宠姬李夫人死了之后，他很想念她，便令方士齐少翁来招魂，夜张灯烛，设帷帐，他坐在帷帐中，仿佛看到有个貌似李夫人的女子，然而不能就视，这样他愈加悲哀，便作歌曰：

> 是耶？非耶？
> 立而望之，
> 偏何珊珊其来迟？

这歌子作完以后，就将它拿到乐府中被上管弦，叫人歌唱起来了（事见《汉书·外戚传》）。

李延年是一个知音善歌的人，汉书延年传说："李延年，中山人，身及父母兄弟皆故倡也，……善歌，为新声变。是时，上方兴天地祠，欲适乐，令司马相如等遣诗颂，延年辄承意弦歌所适诗，为之新声曲。"延年因为知音律善歌舞很得武帝的喜欢，有一次他在武帝面前一边舞着一边唱了一支歌子：

> 北方有佳人，绝世而独立。
> 一顾倾人城，再顾倾人国。
> 宁不知倾城与倾国，佳人难再得！

他歌完之后，"上叹息曰：善！世岂有此人乎？平阳主因言延年有女弟，上召见之，实妙丽善舞，由是得幸"（见《汉书·外戚传》）。

由于时代是一个需要乐歌来歌舞升平的时代，君主是一个笃爱新声的君主，再加上这样一个精通音律善于歌舞的倖臣，于是便产生了这个专门以制造乐歌为职志的机关乐府，而且盛行一时了。

二　乐府的界说

自汉以来，乐府的界说极端的混淆不清。本来"乐府"一词，在汉代是专指由乐府机关所制作和所采集而又被弦管的诗歌而言，但自魏晋以后，私家模拟乐府的风气一开，便出现了很多的拟古乐府。这些拟古乐府有的是沿用古乐府的标题和曲谱自填新词，有的是改换标题但用曲谱自填新词，有的是但用标题不按曲谱自作新词，此外，也有曲谱歌词并为新创的。至唐又出现了一种新乐府，标题内容全系自创，自然更不合于旧日的曲谱。总观这些被称为乐府的东西，可分为下列五种。

（一）乐府本词　是汉代乐府机关所制作的，有谱有词。又分二种：一种是采自民间的，如汉书所谓"赵代秦楚之讴"的《相和歌》；一种是文人制作的，如司马相如等所造的《郊祀歌》。

（二）依谱制词　按照旧有的曲谱填制新词，如历代的《鼓吹曲》。

（三）词谱新制　此又分两种情形，一种是先有诗歌而后由乐工谱上乐曲的，如南北朝时的《清商曲辞》；一种是先有乐曲而后由文人填上词的，如李延年所造的《新声二十八解》。

（四）拟古题　但用乐府的题目，既不合原来的曲谱，又不同原来的内容，如六朝人及唐人的《拟古乐府》。

（五）新乐府　这是唐以后的产物，只取乐府的讽时劝世的功义，专以批评时代刻画人生为职志，并未曾入过乐，如白居易、元稹等人的新乐府诗。

我们看，五种之中，前三种是合乐的，后二种是不合乐的，后代人将这些合乐的与不合乐的混淆起来通称为乐府，实则这是很不妥当的，我们不谈乐府则已，一谈乐府总不能忽略了它的音乐成分。《文心雕龙·明诗篇》说："乐府者，声依永，律合声也。"就是这个意思。因为按乐府的本义而言，原是指曾经被乐府机关采集而又入过乐的诗歌，若是去掉了它的音乐的成分，便与古诗歌谣没有分别了。

历来谈乐府的人以为乐府有广狭二义，狭义言之，乐府是专指入乐的诗歌；广义言之，除了入乐的诗歌以外的，凡在体制意味上直接或间接模仿古乐府的，虽未入乐，亦皆名之为乐府。我们以为，若要给乐府下个界说的话，是宁就它的狭义方面取之的。我们以为，那些拟古乐之类的东西只是文人用古乐府题作的诗，不能算做乐府。至于新乐府，又是另外一种东西，也不能归入乐府之内的。

（下）

三　乐府的类别

自来区分乐府类别的人很多，区分最早的要算汉明帝时的四品。

（一）大予乐　用于郊庙上陵。

（二）雅颂乐　用于辟雍飨射。

（三）黄门鼓吹乐　用于天子宴群臣。

（四）短箫铙歌乐　用于军中。

这里的分类只注意到了政府日常用的歌辞，而将若干采集自民间的歌辞摈之于乐府之外，这是由于当时一般朝廷士大夫对乐府的观念不同所致。

至唐吴兢作《乐府古题要解》，分乐府为八类。（一）相和歌。（二）拂舞歌。（三）白纻歌。（四）铙歌。（五）横吹曲。（六）清商曲。（七）杂题。（八）琴曲。这种分法和汉明帝时的分法完全不同，这里的着重点全在乐府本身的文学价值，除铙歌一项和汉明帝时的四品相同外，其余三项一概弃之而去。

宋郑樵《通志》将古今乐章分属于正声、别声、遗声三者之下，属于正声者有短箫铙歌、鞞舞歌、拂舞歌、古角横吹曲、胡角曲、相和歌、吟叹曲、四弦曲、大曲、白纻曲、清商曲、琴曲、郊祀十九章、东都五时、梁十二雅、唐十二和等；属于别声者有汉三候之诗，汉房中乐，隋房内二曲、梁十曲、陈四曲、北齐二曲、唐十五曲等，属于遗声者有征戍、游侠、行乐、佳丽、别离、怨思、宫苑、都邑、时景、人生、神仙、山水、草木、车马、鸟兽等，共分乐府为五十三类。这个详细固然详细，但却失之琐碎和零乱。只有郭茂倩的《乐府诗集》分得比较详备赅括，郭氏将乐府分为十二类：

（一）郊庙歌辞

（二）燕射歌辞

（三）鼓吹曲辞

（四）横吹曲辞

（五）相和歌辞

（六）清商曲辞

（七）舞曲歌辞

（八）琴曲歌辞

（九）杂曲歌辞

（十）近代曲辞

（十一）杂曲谣辞

（十二）新乐府辞

在这里古乐府、新乐府、拟乐府以及歌谣诗语之类，不管入乐的未入乐的，都一齐网罗殆尽了。九类以前是从前旧有的，郊庙歌辞相当于汉明帝四品中的大予乐，燕射歌辞相当于四品中的雅颂乐及黄门鼓吹乐，其余七类皆本自吴兢所分而又稍加变通。十、十一、十二三类为郭氏所添，实则严格地说这三类是不应该归入乐府之内的。第十类的近代曲辞应该归入杂曲歌辞中，连郭茂倩自己也说："近代曲者亦杂曲也。"第十一类的杂歌谣辞，其中一部分是歌，如击壤歌、卿云歌、获麟歌、戚夫人歌、李延年歌等，一部分是楚声，如武帝秋风辞，乌孙公主悲愁歌、李陵别歌等；一部分是谣，如黄泽谣、白云谣、长安谣、后汉桓灵时谣等，这些东西和乐府相去更远。第十二类的新乐府辞是唐以后的产物，未曾入过乐，也不能属于乐府的范围之内。又属于第八类的琴曲歌辞大半是根据琴操所辑，而琴操一书是不可靠的，也应当删去。

至明吴讷著《文章辨体》，分乐府为九类：（一）祭祀；（二）王祀；（三）鼓吹；（四）舞乐；（五）琴曲；（六）相和；（七）清商；（八）杂曲；（九）新曲。名目虽然不同，但没超出郭茂倩所分的范围。

刘濂的《九代乐章》分乐府为里巷与儒林两类。冯定远的《钝吟杂录》分为七类：（一）制诗协乐；（二）采诗入乐；（三）古有此曲，依其声而作诗；（四）自制新曲；（五）拟古；（六）咏古题；（七）新题乐府。这两种，前一种是按着乐府的创作人分的，后一种是按着乐府的创作方式分的，都忽略了乐府的音乐的成分，没有什么可取。

综观以上这若干种的分类法，我们觉得都算不上十分的完好，不是失之太广太繁，就是太简太狭。自然其中以郭茂倩的分法比较详备而赅括，惟失之广泛，若将其中的琴曲歌辞、近代曲辞、杂歌谣辞、新乐府辞四类去掉，便成为很允当的了。我们以为乐府应该分做如下的八类：

（一）郊庙歌

（二）燕射歌

（三）舞曲

（四）鼓吹曲

（五）横吹曲

（六）相和歌

（七）清商曲

（八）杂曲

载《中央日报》1946 年 9 月 7、8、10 日

辛稼轩与冯海浮

一

王国维在《宋元戏曲史》中论到元曲家与宋词人的比较时，曾有这样一段话："以宋词喻之，则汉卿似柳耆卿，仁甫似苏东坡，东篱似欧阳永叔，德辉似秦少游，大用似张子野。"这是在宋元词曲家中论他们的相似者的，那么在明代曲家中有没有和宋代词人相似的呢？我们回答说：有的！它的第一个最明显的例子就是辛稼轩与冯海浮。

不错，在宋明词曲家中，论作风，没有比辛稼轩和冯海浮这两个人再相像的了。他们作风上最主要的一个相似之点就是：豪放！作为一个词人，或是作为一个曲家，能做到"豪放"这种地步实在是不容易的。因为词曲这种东西，向来是被人视作专门描写风花雪月发抒闲愁离绪的消遣品的。有宋一代的词人，数目是够多了，但真正慷慨悲歌大声疾呼的豪放作家除了辛稼轩之外，仅只有苏东坡、岳飞、文天祥、范仲淹等寥寥几个人而已，其他大部分的作者，若大小晏，若欧阳修，若柳永，若秦少游，若李清照，若姜白石，等等，无一不是儿女情多、英雄气少，他们的作风无非是清丽、婉约与灵秀，他们歌咏的对象无非是乡思、离愁，与闺情。有明一代的曲家亦复如是，有明一代曲家真正能够称得上豪放派作者的，除了冯海浮之外，也仅仅只有康海、王九思、李开先、王守仁等几个，其他如王磐、王田、杨廷和、唐寅、沈仕等等，无一不是清纤秀弱，总不脱所谓"妮子态"。

在宋词豪放派作者中，辛稼轩是个集大成的，而在明散曲豪放派作者中，冯海浮又是个集大成的人，事情非常巧合，这两位宋词明曲豪放派集大成的人物都是山东人，这点引起了我的兴趣，也便是我所以作这篇文章的理由。

据我想，他们个人在作风上之所以如此相近，在同为山东人这点上也许是不无理由的。据大家所公认，山东人的最普通的性格是豪爽、慷慨和直事，这几种特性在辛的词里冯的曲里，不惟可以说表现得非常充分，简直可以说是呼之欲出的，这无足怪，文学作品原是作者整个人性的反映，这里不惟表露着作者的胸怀和性情，而且寄托着作者整个的人格和整个的生命。

"公所作，大声鞺鞳，小声铿鍧，横绝六合，扫空万古。"这是刘潜夫对稼轩词的赞美词。诚然，我们若在稼轩的词总集"稼轩长短句四十二卷"中加以考察的话，可以发现，有半数以上的词是充满了这种"横绝六合，扫空万古"的气概的。这可以随手举一个例：

> 千古江山，英雄无觅，孙仲谋处。舞榭歌台，风流总被，雨打风吹去！斜阳草树，寻常巷陌，人道寄奴曾住，想当年金戈铁马，气吞万里如虎！……（永遇乐京口北固亭怀古）

看这是多么的豪壮，这"金戈铁马"，这"气吞万里如虎"，正是辛词的最好的形容。又如：

> 何处望神州？满眼风光北固楼。千古兴亡多少事，悠悠！不尽长江滚滚流！年少万兜鍪，坐断东南战未休。天下英雄谁敌手？曹刘！生子当如孙仲谋！（南乡子登京口北固亭有怀）

这种凌人的气势，在其他词人的词里而实在是很少的。

离别这种体裁，任何词人吟咏起来总难脱去幽怨凄婉的调子，一个豪放派的作者在这里是难得施展其技俩的。因为离别本身是一件悲哀的事物，"悲莫悲兮生别离"，离别当前，任何人都难免流出心酸的眼泪，发出幽怨的叹息，要想在这件悲哀的事物上渲染上豪壮的情绪实在是不太容易的。然而辛稼轩却能够做到，他那种豪放的气派，就是在吟咏离别的时候也丝毫不见较少。如他的《贺新郎别茂嘉十二弟》，一开始是"绿树听鹈鴂，更那堪、鹧鸪声住，杜鹃声切。啼到春归无寻处，苦恨芳菲都歇。算未抵、人间离别。"这一段离别描写得非常哀伤，不脱一般人描写离别的窠臼，但底下就不同了："马上琵琶关塞黑。更长门翠辇辞金阙。看燕燕，送归妾。将军百战声名裂。向河梁回头万里，故人长绝。易水萧萧西风冷，满座衣冠似雪。正壮士悲歌未彻。"引了这五段历史上可歌可泣的离别故事，立即使得境界壮阔起来，本来是凄婉幽怨的调子立即变得激昂悲壮起来，荆轲去秦，苏李相诀河梁，古今中外还有比这两件离别的故事更能兴人豪壮之思的吗？最后："啼鸟还知如许恨，料不啼清泪长啼血。谁伴我，醉明月！"看这里，就是悲哀也仍然不脱豪气的。

同样写离别，柳永写出来的是"执手相看泪眼"，是"竟无语凝噎"！离别的时间是"冷落清秋节"用以烘托离别的境界是凄切的寒蝉，向晚的长亭，初歇的骤雨，催发的兰舟，沉沉的暮霭，千里的烟波，以及"杨柳岸晓风残月"（见柳词《雨霖铃》）。辛稼轩这里却没有儿女情态的"执手相看泪眼"和"无语凝噎"，他觉得只是眼泪还不够，他假托啼鸟说："料不啼清泪长啼血！"这"长啼血"三字把离别的悲哀形容得多么深刻呀！他用以烘托离别的境界也和柳的不同，这里没有"杨柳岸晓风残月"，这里是黑压压的边塞，万里异域的河梁，寒冷的易水，萧萧的西风，白雪似的满座衣冠，以及身经百战的将军在河梁发出的叹息，出塞和番的妃子在马上弹奏的琵琶，一去不复返的壮士，与故国长诀时的悲歌。这两种离别给予人的感受显然是不同的，柳所写的离别只能使人感伤，辛所写的离别却不只令人感伤而已，还会鼓舞起人的一种激昂悲壮的情绪来，这就是辛之为豪放派作家的所以然处。

辛稼轩的豪放作风在冯海浮的作品里是完全具有的。有人评冯说："海浮曲，全是一股拴缚不住的豪气。"这话诚然不假，冯有《海浮山堂词稿》四卷，那种咄咄逼人的豪肆之气几乎在每一首里都洋溢着，这可举例一证：

邀的是试春酒张曲江，访的是耽酒病陶元亮，行的是快吟诗唐翰林，坐的是会射策江都相。呀！这的是白云明月谢家庄，抵多少秋风野草镇边堂。您只待平开了西土标名字，俺只待高卧在东山入醉乡。周郎！耳听着六律情偏畅。冯唐！身历了三朝老更狂！（鸿门奏凯歌谢诸公枉架）

看这文字是多么纵横驰骋，不可一世，读了直令人有"落日西风，平原走马"之感。像这样的文字真是俯拾即是：

山河依旧，其中自古圣贤州。似您这天才杰出，真个是无愧前修。霎时间对客挥毫风雨响，世不曾闭门觅句神鬼愁！囊括了三坟五典，八索九丘，网络了百家众技，三教九流，席卷了两汉六朝，千篇万首，弹厌了三俊四杰，七步八斗，俺也曾夜到明明到夜听不彻谈天口，只为他心窝儿包尽了前朝秘府，舌尖儿翻到了近代书楼。……（仙吕点绛唇李中麓归田）

二

"胸有万卷，笔无点尘？激昂排宕，不可一世"，这是彭羡门赞美稼轩词的话。这话形容稼轩的词固然非常确当精彩，而拿来形容冯海浮的曲又何尝不令人拍案叫绝！

在描写自然景物这点上，冯海浮也时有壮阔之笔，足可与辛稼轩匹敌者，如《双调新水令忆弟时在秦州》："金风飘香陇云寒，惜分飞两行征雁，碧连芳草渡，红绽蓼花滩，须有个北向南还。经几度春老秋残，只听得失群声遍霄汉。"又同篇《驻马听》："闷倚阑干，宿酒初醒月露寒，慵拈笔砚，新诗欲寄海天宽，红尘迢递鹡鸰原。黄昏冷落梨花院。凝望眼，侧身西塞情无限！"又同篇《雁儿落》："萧飒飒风吹函谷关，淅零零雨洗连云栈，暖溶溶烟封两汉宫，明皎皎月满三秦殿。"这种苍凉壮阔的境界，在其他明代散曲作家的作品中实在是很少见到的。

在作风豪放这点上，辛稼轩与冯海浮是相同了，但如再仔细分析一下，他们两个的豪放仍是有着不同的。这无足怪，这原是文学史上常有的现象，同是豪放，在诗中，阮籍的豪放就不同于李白的豪放；在词中，苏东坡的豪放就不同于辛稼轩的豪放；在曲中，马致远的豪放又不同于白朴的豪放。那辛稼轩和冯海浮这两种豪放又有什么不同呢？据我久久体会的结果，我觉得辛稼轩是偏于豪的一面，冯海浮是偏于放的一面，再具体点说，就是辛稼轩是偏于雄壮豪迈的一面，冯海浮是偏于疏狂粗放的一面。

我想，在作风上构成了他们两个豪放的差异点的，乃是由于他们身世的不同。我们知道，辛稼轩曾掌过节制忠义军马耿京麾下的书记，作过高宗的承务郎，宁宗时累官浙东安抚使，又加龙图阁侍制，进枢都承旨。在青年时代他曾杀过窃即逃遁的义端，率兵夜袭金营生擒张安国、邵进等叛臣。壮年时代，他曾创设过雄镇东南半壁的飞虎营，他时时抱着恢复中原直捣黄龙的大志，和岳飞、韩世忠等人一样。看了辛的一生，可以知道辛是一个壮志凌云气吞万古的大英雄。而冯海浮呢？就不同了，冯海浮是嘉靖十六年的举人（时二十六岁），五十一岁的时候才是个涞水知县的小官，后三年摄镇江教事，后又改任保定通判，二年后便归田，政治生涯也便从此告终。由此可知冯海浮乃是一个道地的文士。虽同有豪放的胸襟，但身为英雄，生活波澜较大，便容易发生悲壮豪迈的情感；而身为文士，生活较平静孤独，便容易向疏狂的一方面发展。身世的不同影响了他们的情感，也便影响了他们文章的作风，这便是辛冯二人虽同属豪放而又有着差异的所以然处。

是身世的不同，使得辛稼轩和冯海浮的豪放作风有了些许差异；也是身世的不同，又使他们两个人对人生的态度（人生观）有着出入。在我看来，辛稼轩是入世的，与儒家的思想接近，冯海浮是出世的，与道家的思想接近。辛稼轩非常重视自己的事业和功名，他时时抱着恢复中原直捣黄龙的大志，他一则说："待他年，整顿乾坤事了。"（《水龙吟》）再则说："了却君王天下事，赢得生前身后名。"（《破阵子》）三则说："功名万里，甚当时，健者也曾闲。"（《八声甘州》）可见他对"整顿乾坤""君王天下事""功名"等是时刻不能忘怀的。冯海浮就不同了，冯海浮把清闲生活山水之乐比富贵功名要看重得多，他常说："一会价谩俄延，可知我功名薄缘分浅。总不如袖手高闲，闭口无言，冷眼旁观。那搭儿鹤长凫短，且埋头山水间，每日价竹边水边任盘桓，对芳尊数转娇莺劝，插纶巾一朵野花鲜，採瑶芝几个幽人伴。"（《忆弟时在秦州》）又说："浮生但得闲身在，一万两黄金难买。今日个月明千里故人来，抵多少位列三台，无官才是神仙福，有道难为将相才。为什么跳出藩笼外，这的是急流勇退，须不是早发先衰。"（《徐我亭归田》）把"闲身"看得比"万两黄金贵重"，把故人来访看得比"列位三台"要紧，觉得"无官才是神仙福"，那种道家的出世思想在这里表现得充分极了。

在思想上，辛稼轩和冯海浮虽然一者偏于出世，一者偏于入世，但论到胸襟的高旷，心怀的放达，两个人却是毫无二致的。他们这种高旷放达的胸怀都表现在他们的兴怀吊古上，辛的如《念奴娇·登建康赏心亭呈史留守致道》："我来吊古，上危楼赢得闲愁千斛。虎踞龙盘何处是？只有兴亡满目！柳外斜阳，水边归鸟，陇上吹乔木，片帆西去，一声谁喷霜竹……"

三

如前引之《南乡子·登京口北固亭有怀》："何处望神州？满眼风光北固楼。千古兴亡多少事，悠悠！不尽长江滚滚流！……"冯的如《正宫端正好徐我亭归田·一煞》："龙池百代清，牛山万古哀，笑当时登览心无奈。三千珠履英雄尽，十二山河霸业衰！龙争虎斗人何在？你看那王侯高家，都做了蔓草荒台。"如《双调新水令留邢雄山》："忆金陵佳丽帝王州，四十年感时怀旧。看山光泻不尽天地灵，听江声流不断今古愁！……"这种文字，使我们读了之后不禁有着上天下地之感，古往今来之思。这种高旷的境界，不仅在词人曲家的笔下不多见，就是在诗人的笔下也是不多见的，除了李白、阮籍、陈子昂等有这种境界之外，其他人是再少有这种境界的了。

然而，辛稼轩终于是个英雄，他的高旷胸怀冯海浮虽俱有，他的踞傲自负却是冯海浮所无的，辛常以廉颇自比："凭谁问？廉颇老矣，尚能饭否？"（《永遇乐》）又以李广自况："汉开边，功名万里，甚当时、健者也当闲。"(《八声甘州用李广事赋寄杨民瞻》）他觉得他足可与曹操刘备抗衡："天下英雄谁敌手？曹刘！"（《南乡子》）孙仲谋当然是个英雄，然而他却把他看作儿辈："生子当如孙仲谋！"（《南乡子》）看这里，简直自负得令人发笑。他看见青山妩媚，便觉自己也是妩媚的："我见青山多妩媚，料青山见我应如是。"（《贺新郎》）更妙的是："不恨古人吾不见，恨古人不见吾狂耳！"（《贺新郎》）好一个大言不惭，自负得太可以了。这无足怪，稼轩原是个敢做敢为人，这种特性完全表现在他的处事和作为上。当他创立湖南飞虎营时，有许多人弹劾阻止他，以致使得朝廷下御前金牌令他停工，但他将金牌藏起来置之不理，看这是何等伟大的胆量，他二十三岁时曾赤手缚张安国，洪景卢《稼轩记》有着关于这事的记载："齐虏负国，辛侯赤手领五十骑，缚取于五万家中，如挟兔，束马衔枚，由关西奏淮，至昼夜不粒食，壮声英慨，儒士为之兴起，天子为之动容。"看这是一种多么惊天动地的行动，这简直可以和只身入秦的荆轲并肩了。若不是词名掩盖了辛稼轩，辛稼轩将如岳飞韩世忠等大将军一样在宋史上出现的。若是晓得辛稼轩有这种作为的话，就觉得他将孙权看作儿辈是并不足怪的。

在这方面，冯海浮就不同了，冯海浮是一个安分守己的儒士，非常谦恭，没有什么野心。他从来不以历史上的大人物自况，更难说瞧不起，他并不鄙薄前代的文人，相反的还非常尊敬："陈子昂古诗，李太白律诗，字字相传示，锦心绣口冠当时。满纸龙蛇字，掌笔骚坛，游情文事，海山间三数子。"并且赞美了别人之后又自谦说："俺如今浅思，编几句小词，也当做诗言志。"（《朝天子答陈李二君》）他在宦途上没有什么野心："俺本是汉高阳旧酒徒，鲁诸生小架局，逞粗豪风流人物，欠磨砻狂简迂儒，几曾夸俺德能，也难攀彼丈夫，更不出三门四户，单守着者也之乎。眼见的争名夺利眉儿先皱，且听着受职为官胆儿便虚，俺只当似有如无。"（《正宫端正好·邑斋初度自述》）在他认为，只要"不世三门四户，单守着者也之乎"就完全满足了。

由于辛稼轩入世的人生观，所以辛的愤世的成分多，冯海浮则是近于玩世的，这也是由于他的出世的人生观使然。愤世与玩世皆是由于对社会人生不满而来，愤世的人是因为热情太多，太关心世事，所以一遇到不满便多感慨，多愤激，辛稼轩就是这样的，看他对国事是多么关心："渡江天马南来，几人真是经纶手？长安父老，新亭风景，可怜依旧！夷甫诸人，神州沉陆，几曾回首，算平戎万里，功名本是，真儒事，公知否？"（《水龙吟甲辰岁寿韩南涧尚书》）看他心中的悲愤是多么多："楚天千里清秋，水随天去秋无际。遥岑远目，献愁供恨，玉簪螺髻。落日楼头，断鸿声里，江南游子。把吴钩看了，栏杆拍遍，无人会、登临意！……可惜流年，忧愁风雨，树犹如此，倩何人换取，红巾翠袖，揾英雄泪。"（《水龙吟登建康赏心亭》）悲愤太多，就只有以酒浇愁了："醉里且贪欢笑，要愁那得功夫？近来始觉古人书，信着全无是处。昨夜松边醉倒，问松我醉何如？只疑松动要来扶，以手推松曰去！"（《西江月·遣兴》）

四

"总把生平入醉乡。大都三万六千场。今古悠悠多少事，莫思量！"（《山花子》）玩世的人也并非没有热情，只是理智成分较强，遇到不平的事便将悲愤压在心里，另换出一付闲风度来，冯海浮就是如此的。冯的友人徐子亭以论为官，冯很不平，就说："碜可查荆棘排，活扑刺蛇蝎挨，打周遭挤成一块，諕得俺脚难挪眉眼难开，一个虚圈套眼下丢，踩着它转关儿登时成败，犯着它决窍儿当日兴衰，几曾见持廉守法躲了冤业，都只为爱国爱民成了祸胎，论什么清白！"（《徐我亭归田·滚绣球》）这是嘲讽。对那种上司作威作福下属拍马逢迎官场冯很看不惯，就说："见了个官来客来，系上条低留答刺的带。又不是金阶玉阶，免不得批留扑刺的拜。恰便似天差帝差，做了些希留乎刺的态。但沾着时运乖，落得他稽留聒刺的怪。兀的不碜杀人也么哥！兀的不碜杀人也么哥！单你胡歪乱歪，妆一角伊留兀刺的外。"这也是嘲讽，嘲讽里连夹着若干的幽默。

提起幽默，又是冯海浮所有而辛稼轩所无的。冯海浮无时不保持着他的幽默风度，因为有这幽默风度，所以对万事万物都看得开，即令遇到乖运也会一笑置之，他之所以能安贫乐道也是为了这个原因。任何人都爱青春，怕老年，看见自己的胡须渐渐变白，任何人都难免悲不自胜。但冯海浮却能承受住这个悲哀，当他老了的时候，他这样说："我恋青春，青春不恋我！我怕苍髯，苍髯没处躲！风流犹自可，有酒常喝，逢花插一朵，有曲当歌，知音合一伙。"他能对自己的变老不感到悲哀吗？不！他是感到悲哀的，然而他却能寓眼泪于喜笑，能寄沉痛于悠闲，这就是幽默！这种幽默在辛稼轩是没有的，辛稼轩对于自己的年老这件事感到非常悲伤"甚矣吾衰矣！怅平生，交游零落，只今馀几？白发空垂三千丈，一笑人间万事！"（《贺新郎》）"了却君王天下事，赢得生前身后名，可怜白发生！"（《破阵子》）"今老矣，搔白首，过扬州。倦游欲去……"（《水调歌头》）他在老年常常追念自己的少年时代："追往事，叹今吾，春风不染白髭须。却将万字平戎策，换得东郊种树书。"（《鹧鸪天》）辛稼轩之所以对自己的年老这样的悲不自胜，就是因为他缺少冯海浮那点幽默的缘故。

在这里，让我再引一首冯的《河西六娘子·笑园六咏》："问道先生笑什么？笑的我一仰一合，时人不识余心乐。呀！两脚跳梭梭，拍手笑呵呵，风月无边好快活！人世难逢笑口开，笑的我东倒西歪！平生不欠亏心债，呀！每日笑胎嗨，坦荡放襟怀，笑傲乾坤好快哉！闲看山人笑脸儿红，笑时节双眼儿朦胧，平白地笑入玄真洞。呀！也不辨雌雄，也不见西东，笑不醒风魔胡突虫，玉兔金屋赶得荒，我笑他不住的穷忙，今来古往如奔浪。呀！三万六千场，日日笑何妨？俯仰乾坤一醉乡。笑倒了山翁老傻瓜，为甚么大笑哈哈？功名不入渔樵话。呀！打鼓弄琵琶，唾着唱杨家，用尽你机关，笑掉了我的牙！名利机关没正经，笑得我肚儿里生疼，浮沉胜败何时定？呀！个个哄人精，处处赚人坑，只落得山翁笑了一生！"这不仅是幽默而已，这乃是无比的诙谐和滑稽，这是辛稼轩的作品里所万万没有的。我们不禁说：冯海浮实在是位伟大的笑匠，是个知足常乐的人儿呀！

五

由于辛冯二人所处的时代不同，他们吟咏的题材也有着若干差异，那便是辛词里所反映的较多时代变乱，冯曲里所反映的较多田园风物。辛稼轩的作品里常有战场生活的描写，如："壮岁旌旗拥万夫，锦襜突骑渡江初。燕兵夜娖银胡䩮，汉箭朝飞金仆姑。"（《鹧鸪天》） 如："醉里挑灯看剑，梦回吹角连营，八百里分麾下炙，五十弦翻塞外声，沙场秋点兵。马作的卢飞快，弓如霹雳弦惊。"（《破阵子》） 如："落日塞尘起，胡骑猎清秋，汉家组练十万，列舰耸高楼。谁道投鞭飞渡，忆昔鸣髇血污，风雨佛狸愁。季子正年少，匹马黑貂裘。"（《水调歌头》） 这是由于辛稼轩所处的时代是一个内忧外患更迭不息的大变乱时代，辛本人又是个领兵带将的英雄，自不免将他目睹身历的战场生活写进他的词里。这种题材是冯海浮的作品里所没有的，由于冯所处的是一个国家安靖海内承平的时代，又因为他本身是个不沾利禄的文士，有着较多的悠闲生活，所以他便更像陶渊明王维等自然派诗人一样，将他的注意力集中在自然风物的描写上。海浮《山堂词稿》卷二的《归田小令》十分之九都为吟咏田园生活，平凡田间的阴雨晴晦，风雪霜露，自然界的山川草木，鸟兽虫鱼，在冯的作品里都有着生动而逼真的刻画。自然，辛稼轩没有描写自然风物的作品，只是没有冯来得多。在冯的作品里又有闺情这一种题材，如："手托香腮心儿里想，泪滴阑干上，无情也有情，见不的乔模样，灵鹊飞来撒一会儿欢。"（《清江引闺思》） 如："月缺重门静，更残午夜水，手托芙蓉面，背立梧桐影。瘦损伶仃，越端相越孤另！抽身转入，转入房栊冷，又一画影图形，半明不灭灯，花烛杳无凭，一似灵鹊儿虚器，喜蛛儿不志诚。"（《月儿高闺情》） 这也是辛词中所没有的。

最后，我们再论到辛冯二人的一个共同点，便是创作态度的自由。辛稼轩作词，一任自己的天才，对词的一般规律不大遵守，因此有人说他音律不精，歌麻杂用（张玉田即是一个）。至于冯海浮，这可见于他的自述："余居山中，秋风四起，油然兴怀，怜濡滞之迹，触离隔之情而不自知其身之濩落无当也。形神千里，意绪万重，书所不尽，申之词章，山中简册不携，韵或出入，弗计也。"（《忆弟时在秦州序》） 这"韵或出入弗计也"一句，正是他自由创作态度的最好明说。本来，文学上一切的规律都是束缚常人而不是束缚天才的，真正伟大的天才绝不受既成规律的束缚，天才是创造规律的，而不是受规律束缚的！李白一生少作律诗（尤其七律），就是因为律诗规律太严，他不愿受束缚，而在仅有的几首七律中的《登金陵凤凰台》是不合规律的，但却被后代人奉为唐人七律中的佼佼之作。

　　以上我论了辛稼轩和冯海浮的相同处，又论了辛稼轩与冯海浮的不同处。辛稼轩是为一般人所熟悉的，而冯海浮无疑对一般人非常陌生（所谓一般人自不包括词专家），我之所以将他们两个合起来加以论列，是因为它们两个人都是山东人，而又将山东人的性格在他们的作品里发挥得那样淋漓尽致。我是怀着如返故乡如晤家人一样的愉快心情，读着他们的作品，而且写了这篇文章的！

一九四六，三月

载《中央日报》1946 年 9 月 15~19 日

论阮籍诗

"高鸣彻九州，延颈望八荒。"

建安以后的正始，是一个玄风盛炽清谈流行的时代，这是由于世事攘攘文士危殆的结果。因为这时期战祸连年，兵戈不息，文士也再也不能像建安时代一样受在位者的优遇，相反的文士们的生命丝毫没有保障，动不动就惨遭杀戮。在这种混乱的局面之下，文士们都感到生命世事的无常，走上了消极悲观的一途，产生了极端的厌世思想，逃避人世，弃绝尘寰，儒家的思想再不能维系人心，老庄的哲学被人奉若经典，于是清谈和玄风就相并而起了。

由于玄风的盛炽，这时期的诗也便受了玄风的感染，充满了玄学哲理的味道，有很多诗人（如应璩、何晏等）的诗简直不像诗，而像一些道德箴言。这时期的诗之所以没有辉煌的成绩可言，可以说大部分是受了玄风感染的结果。

这时期找不出几个□□的大诗人来，我们只在竹林七贤中找到了一个阮籍。刘勰《文心明诗》说："正始明道，诗杂仙心，何晏之徒，率多浮浅，唯嵇旨清峻，阮旨遥深。"惟嵇康的成就大都在四言，但四言在这时期已经成了一种传统的古典的陈旧的形式，自从三百篇而后，四言诗大部分作者只做到了一个煞费苦心的结果而已。因此，这时期的诗坛就不能不让阮籍独步了。

阮籍有咏怀诗八十二首，皆是五言。阮籍是第一个用全力作五言诗的人，在此以前的诗人还没一个作得像他这样多的。这八十二首咏怀诗全是写他心中的所感，其中有伤时的，有感世的，有言情的，有描景的，有写物的，随感随写，随见随吟，反复零乱，兴寄无端，悲欢哀乐，杂糅其中，胸次之高旷，常在诗吐露无疑，读之令人百感丛生，万感交集，大有"念天地之悠悠，独怆然而涕下"的感觉！钟嵘评价他说："晋步兵阮籍，其源出于《小雅》，无雕虫之巧。而《咏怀》之作，足以陶性灵，发幽思。言在耳目之内，情寄八荒之表。洋洋乎会于《风》、《雅》。"这"言在耳目之内，情寄八荒之表。"十二字，实在评得恰当极了。今将他的咏怀选录数首加以考察。

> 夜中不能寐，起坐弹鸣琴。
> 薄帷鉴明月，清风吹我襟。
> 孤鸿号外野，翔鸟鸣北林。
> 徘徊将何见？忧思独伤心！

这是八十二首的第一首，表露着诗人中夜不寐起奏鸣琴及徘徊忧伤的情感。"孤鸿号外野，朔风鸣北林。"苍凉的境界，正是阮籍风格的一种具体说明。

> 嘉树下成蹊，东园桃与李。
> 秋风吹飞藿，零落从此始。
> 繁华有憔悴，堂上生荆杞。
> 驱马舍之去，去上西山趾。
> 一身不自保，何况恋妻子？
> 凝霜被野草，岁暮亦云已。

这种诗人自叹身世的悲苦，"一生不自保，何况恋妻子？"正同如诗《邶风》中之"我躬不阅，遑恤我后？"诗人由于自觉生命没有保障，故而发出这种绝命的呼号！

> 步出上东门，北望首阳岑：
> 下有采薇士，上有嘉树林。
> 良辰在何许？凝霜沾衣襟。
> 寒风振山冈，玄云起重阴。
> 鸣雁飞南征，鶗鸠发哀音。
> 素质游商声，凄怆伤我心。

这里诗人触景生情，有着无限的伤怀。

> 昔年十四五，志尚好诗书。
> 被褐怀珠玉，颜闵相与期。
> 开轩临四野，登高望所思。
> 丘墓蔽山冈，万代同一时。
> 千秋万岁后，荣名安所之。
> 乃悟羡门子，嗷嗷令自嗤。

开轩自临，登高远望，但见"丘墓蔽山冈"，于是悟及"万代同一时"，诗人旷达的胸襟在这里是毕露无遗了。

> 独坐空堂上，谁可与欢者。
> 出门临永路，不见行车马。
> 登高望九州，悠悠分旷野。
> 孤鸟西北飞，离兽东南下。
> 日暮思亲友，晤言用自写。

高堂独坐，无人为欢，于是又登高以望九洲，但见旷野悠悠，孤鸟离兽，纷纷奔忙往来，景象何等辽阔何等悲壮！

> 朝阳不再盛，白日忽西幽。
> 去此若俯仰，如何似九秋。

人生若尘露，天道邈悠悠。
齐景升丘山，涕泗纷交流。
孔圣临长川，惜逝忽若浮。
去者余不及，来者吾不留。
愿登太华山，上与松子游。
渔父知世患，乘流泛轻舟。

感到世事无常，人生无常，便想起升山涕泣的齐景和临川惜逝的孔圣，于是就想离开这浑浊的人世，去和松子为朋，江海为侣了。

于心怀寸阴，羲阳将欲冥。
挥袂抚长剑，仰观浮云征。
云间有玄鹤，抗志扬哀声。
岂与鹑鷃游，连翩戏中庭。

诗人的高飞远举之心，在这里是表现得太迫切了。

林中有奇鸟，自言是凤凰。
清朝饮醴泉，日夕栖山冈。
高鸣彻九州，延颈望八荒。
适逢商风起，羽翼自摧藏。
一去昆仑西，何时复回翔。
但恨处非位，怆恨使心伤。

好一个"高鸣彻九洲，延颈望八荒"！何等气势凌人，何等不可一世！这两句也正是阮籍另一种风格的具体说明。

读了这些诗，使我们觉得仿佛置身在一座万丈高的峰顶上，俯视着足下的千丘万壑，我们的心中一时升起了上天下地之感，古往今来之思！我们的心中不禁有着千种的感慨，万种的悲凉。

用怎样的词来形容这些诗呢？我觉得只用一些抽象的字眼是不够的，

最好的方法是用阮籍自己的诗句来形容他自己的诗。"孤鸿号外野，朔风鸣北林""寒风振山冈，玄云起重阴"，这里代表着阮诗的悲壮与苍凉。"开轩临四野，登高望思，丘墓蔽山冈，万代同一时""登高望九洲，悠悠分旷野，孤鸟西北飞，离兽东南下"，这代表着阮籍的诗高旷与放达。"云间有玄鹤，抗志扬哀声。一飞冲青天，旷世不再鸣""林中有奇鸟，自言是凤凰……高鸣彻九洲，延颈望八荒"，这里代表着阮籍的狂放与雄健。钟嵘首先用"言在耳目之内，情寄八荒之表"来赞美阮籍的咏怀诗，钟嵘实在不愧是个眼光锐利见解高超的批评家啊！

像阮籍咏怀这样的诗，后世有没有继承呢？实在太少太少了。我只觉得当左思吟"振衣千仞冈，濯足万里流"的时候，陈子昂吟"前不见古人，后不见来者。念天地之悠悠，独怆然而涕下"的时候，才有着像阮籍这样的上天下地古往今来的旷达高远的感情和心境的。

阮籍的诗在文字上毫无修饰的痕迹，正如钟嵘所说的一样"无雕虫之巧"，每个句子都像一丛野生的枯蓬和荆棘，红花绿叶一点没有，然而这每个朴素苍劲的句子却发散着一种千钧的力量，这力量简直可以拔山倒海！假若要我用英雄比拟诗人的话，我将说阮籍是诗人中的楚霸王！的确，假若以力量的雄浑说再没有一个诗人能和阮籍相比了。杜甫的诗，力量也是雄浑的，但那种雄浑大部分为博大和浩瀚压倒了，不像阮籍这样雄浑里夹带着豪迈和坚实。读杜诗和陶诗，人的情感都向着平面发展，向着四围发展；读阮诗，人的情感却向着立体发展。这种令人向上飞腾的情感，此外只有在读李白诗的时候还可以感觉得到。然而李白和阮籍也并不是相同的，假若说李白是一个飞扬跋扈的狂士，那么阮籍就可以说是一个雄赳恣睢的武夫。狂士尽管怎样的飞扬跋扈，总难脱书生的本色，就是说即令他在披发行吟的时候，也终掩藏不住那种潇洒飘逸的风度；而一个武夫，一个雄赳赳气昂昂的武夫，则除了坚强和硬朗之外是没有别种东西存在的。李诗给我们展开的是一片浩渺无际的大海，阮诗给我们展开的是一座巍峨嶙峋的高山，杜诗展开的则是一片广漠无垠的平原，而陶诗展开的呢？就是一方清雅秀美的田野了。高山和大海同是两种令人感到渺小的力量，但令人唤起的感觉却是不相同的。

然而，我们终于不能不觉得惋惜者，是阮籍没有生在像唐代那样一个诗歌盛行的时代，不然的话，他何止仅仅留给我们这八十二首咏怀诗呢？浩瀚的长江，不经过深谷大峪不曾有夔门之奇和三峡之险；就是一条山溪吧，不经峭壁怎会有飞瀑，不经过深沟怎会有幽潭呢？这就是说，一个伟大的天才，必须在各种体裁上都加以试炼，他的天才会发展得更十足，更完满的。假若阮籍也像李白杜甫那样，不论古体近体律诗绝句五言七言都试一试身手的话，以他这样伟大的天才，该会有一副更令人惊异的面貌吧？

胡适氏说，五言诗经过了建安诗人的发扬，到阮籍才可以说正式成立（《白话文学史》）。这虽不免小觑了曹子建，但终不愧是阮籍的知音。又有人说阮籍是五言诗作者的第一把手，这虽不免委屈了陶渊明，但对阮籍也终不失有着酌见。

载《中央日报》1946 年 10 月 8 日

汉代的民间诗歌

一

在世界各国的文学园地中，民间文学常常占着重要的地位。民间文学的部门有神话、故事、传说、诗歌等，就中尤以诗歌为最能反映民间生活，最富有真实感，也最纯粹，最有文学价值。总言之，就是民间诗歌是民间文学中最精彩的一个部门，是民间文学中的精华。欧西各国如法、英、俄、德等的文学遗产中，无一不有着文学价值极高的民间诗歌，就如驰名世界的伟大不朽的长篇史诗《伊利亚特》和《奥德赛》，有人也说这原是古希腊的民歌集，而由一个叫做荷马的行吟诗人加以系统化组织化而成的。这种现象，在中国的文学中，也不能例外，在中国的文化中也是有着极有价值极宝贵的民间诗歌存在着的。

中国的民间诗歌留传到后代的共有三大部分：一个是周代的，即诗经中的国风；一是汉代的，大部存入汉乐府的相和歌、杂曲和铙歌中；一是南北朝的，大部存入南北乐府的清商曲和横吹曲中。这三部分民间诗歌都是中国文学中的珍宝，在中国的文学中占有崇高而辉煌的地位。这三部分民间诗歌都各有着自己不同的面貌，大概周代的比较古雅浑成，汉代的比较实朴苍劲，南北朝的比较明丽婉转。他们各有特具的价值，我们难以比较其优劣，评判其高下，不过就最富民间情味最具民歌特色这点说，则不能不让汉代的民间诗歌居于首席了。

《汉书·艺文志》说："自孝武立乐府而采歌谣，于是有赵代之风，秦楚之讴。"汉代民间诗歌的得以保存并留传后世，就是由于乐府采集的结果。当时这种民间诗歌被采集的数量曾是很大很大的。我们看《汉书·艺文志》的著汇篇目计有：吴楚汝南歌诗十五篇，燕代讴雁门云中陇西歌诗九篇，邯郸河间歌诗四篇，淮南歌诗四篇，齐郑歌诗四篇，左冯翊秦歌诗三篇，京兆尹秦歌诗五篇，河东蒲反歌诗一篇，杂各有主名歌诗十篇，杂歌诗九篇，洛阳歌诗四篇，河南周歌诗七篇，周谣歌诗七十五篇，周歌诗二篇，南郡诗歌五篇，总计一百五十七篇。这仅是西汉一代所采，东汉乐府采诗的风气更为盛行，其所采民间诗歌必更多。然而令人惋惜的是，因这些诗歌出自民间，又因伴奏着它们歌唱的乐曲，是传统的雅正之乐，故为当时一般朝廷士大夫和道学先生所瞧不起，并视作淫靡的"郑卫之音"，于是哀帝首先下罢乐府之令，凡掌民间诗歌的乐工皆在摈除之列（其他掌郊祀宴飨等贵族兴礼的人员则一仍旧贯），此种民间诗歌遂失去政治上的凭借力，便益发为士大夫们所瞧不起，以至班固著汉书时备载安世、郊祀二歌之全文，而对此种民间诗歌，只是著录篇目，东汉虽采集仍多，但亦无专书载写保存，于是两汉的民间诗歌便随着时间慢慢散佚了。这数百篇的民间诗歌，流传到现在的，只有寥寥的三十余篇，这是多么令人惋惜的事！

我们现在来考察汉代的民间诗歌，也只能以这三十余篇做张本，然而数量虽少，汉代民间诗歌的真价值，我们已可以就此充分地认识了。

在考察汉代民间诗歌之前，让我们先看几首当时的民谣。留传到后世的汉代民谣都非常富有时代性，几乎每首都是有所指有所刺的，或刺当时权贵人物的骄横淫奢，或刺当时社会的不平现象，如成帝皇后赵飞燕娇妒淫奢，当时便有民谣讽刺：

> 燕燕，尾涎涎，
> 张公子，时相见。
> 木门仓琅琅，
> 燕飞来，啄皇孙！
> 皇孙死，燕啄矢。

此谣首载《汉书·五行志》,玉台新咏引之,并加一序:"汉成帝赵皇后,名飞燕,宠幸冠于后宫,常从帝出入。时富平侯张放亦称佞幸,为期门之游。故歌云:张公子时相见也。飞燕娇妒,成帝无子,故云:啄皇孙。"又卫青以卫皇后的努力而权霸一时,当时亦有民谣刺他:

> 生男无喜生女无怒,
> 君不见卫子夫,
> 霸天下!

当时政治黑暗,是非不明,君子在野,小人在位,人民对这种不平现象的愤怒也在民谣里反映了出来:

> 直如弦,死道边,
> 曲如钩,反封侯。
> (顺帝末京都童谣)

正直的人转死沟壑,拍马迎奉的人位居王侯,这是一种多么不平的社会现象!又:

> 侯非侯,王非王,
> 千乘万骑上北芒。
> (灵帝末京都童谣)

位居王侯者尽是些拍马迎奉之徒,无怪人民慨叹"侯非侯,王非王"了。又:

> 举秀才,不知书。
> 举孝廉,父别居。
> 寒素清白浊如泥,
> 子弟良将怯如鸡!
> (灵帝末童谣)

世上有不知书的秀才，不孝父的孝廉，富贵功名得之不由其道，真是太滑稽也太值得令人慨叹了！

《汉书·淮南传》曾载关于淮南厉王长的故事："淮南厉王长，高帝少子也。长废法不轨，文帝不忍置于法，乃载以辎车，处蜀严，道邛邮，遣其子、子母从居。长不食而死。"这件（事）感动了老百姓，于是民谣出来了：

> 一尺布，尚可缝，
> 兄弟二人不相容！

桓帝时，曾征西羌，其时男子皆出征服役，家中惟余妇人孺子，田中禾稼惟赖妇女耘植收获，但一般权贵阶级却仍高车驷马，逍遥度日，这种可耻的不平现象，也在民谣里反映出来了：

> 小麦青青大麦枯，
> 谁当获者妇与姑，
> 丈人何在西击胡！
> 吏买马，君具车，
> 请为诸君鼓咙胡。

这些歌谣尽管在文字上多么质直鄙俚，没有多少文学价值，在艺术上得不到高的评价，但内容却是丰富的、饱满的，都具有着丰富的时代精神和积极的社会意义。

实则，时代精神和社会意义的丰富和饱满固为汉代民谣的特色，而其民间诗歌也莫不是如此的。汉代的社会风俗，人情道德，吏治政教，我们都可以从这三十几首民间诗歌里窥测出一个大概，这些都是一般正史书上所见不到的。

本来，文学原应是时代的反映，应是社会生活的艺术表现，某一时代的文学作品应与某一时代的社会生活有着不可分割的密切的联系，而且不惟如此，文学还应对社会人生有所指示，有所批评，这是文学的一种特质，也是文学的一种神圣的任务。文学如此，作为文学一个部门的诗自亦不能例外，西洋大批评家安诺德说："诗是批评人生的战斗的工具"，可谓把诗应具有积极作用说得极透辟。但是在中国的诗里却几乎可以说是一个例外，中国的诗人十九都是些艺术至上主义者和唯美主义者，他们的创作态度是为艺术而艺术，他们所吟咏的是小我一己之幽情，他们所描绘的是山水田园的风物。国家的兴亡、社会的丧乱、时代的要求、人民的痛苦，他们是一概不管的，他们站在时代的圈子以外，完全和自己所处的时代所在的社会脱了节。人民大众的痛苦，小百姓们的哀怨，诗人们是从不过问的，但这不要紧，诗人们不替他们吐露歌唱，他们自己也会吐露歌唱的，在汉代民间诗歌里我们是找到了小百姓们自己吐露自己哀怨的作品了。这是一些怎样的作品呢？第一我们先引那首已经家喻户晓了的《孤儿行》：

孤儿生，孤子遇生，命独当苦！

父母在时，乘坚车、驾驷马。

父母已去，兄嫂令我行贾。

南到九江，东到齐与鲁。

腊月来归，不敢自言苦。

头多虮虱，面目多尘。

大兄言办饭，大嫂言视马。

上高堂，行取殿下堂。

孤儿泪下如雨！

使我朝行汲，暮得水来归。

手为错，足下无菲。

怆怆履霜，中多蒺藜。

拔断蒺藜，肠肉中，怆欲悲！

泪下渫渫，清涕累累。

冬无复襦，夏无单衣。

居生不乐，不如早去，下从地下黄泉！

春气动，草萌芽。

三月蚕桑，六月收瓜。

> 将是瓜车，来到还家。
> 瓜车反覆。助我者少，啖瓜者多。
> 愿还我蒂，兄与嫂严。
> 独且急归，当兴校计。
> 里中一何譊譊，愿欲寄尺书，
> 将与地下父母："兄嫂难与久居！"

一个娇生惯养的孩子，小小年纪就死了父母，在兄嫂手中受着种种虐待，这种悲惨的遭遇，任何人读了能不洒之以泪吗？这是一个古今的悲剧，这种悲剧直到现在还普遍的存在着。此篇列举若干孤儿受虐待的事实，一字一泪，令人不忍卒读！沈德潜说此篇是"泪痕血点，凝缀而成"，诚然不假。又《东门行》：

> 出东门，不顾归，
> 来入门，怅欲悲！
> 盎中无斗米储，还视架上无悬衣。
> 拔剑东门去，舍中儿母牵衣啼：
> "他家但愿富贵，贱妾与君共餔糜。上用沧浪天，故下当用此黄口儿！"
> "今非咄行，吾去为迟，白发时下难久居！"

这是一幕穷苦家庭的悲剧，丈夫因家中一贫如洗欲拔剑去铤而走险，妻子却苦苦劝他不让他去。我们除了对这穷苦的小家庭寄予深切的同情外，不禁又为这位贤德的主妇深深的感动了！又《妇病行》：

> 妇病连年累岁，传呼丈人前一言。
> 当言未及得言，不知泪下一何翩翩。
> "属累君两三孤子，莫我儿饥且寒，
> 有过慎莫笪笞，行当折摇，思复念之！"
> 抱时无衣，襦复无里。

闭门塞户牖，孤儿到市。
道逢亲交，泣坐不能起。
从乞求与孤买饵，对交啼泣，泪不可止！
我欲不伤悲不能已，
探怀中钱持授。
交入门，见孤儿啼索其母抱。
徘徊空舍中，行复尔耳，弃置勿复道！

这又是一幕家庭的悲剧，悲剧的造成是由于妻丧家贫，妻子临死时对丈夫悲切的嘱咐，父与年长的孤儿出门向亲友求乞，幼小的孤儿啼哭着要妈妈抱抚，悲惨的情景生动而逼真的呈现在我们眼前，我们不禁热泪盈睫了！又《上留田行》：

里中有啼儿，似类亲父子。
回车问啼儿，慷慨不可止！

崔豹古今注谓："上留田，地名也。人有父母死不字其孤弟者，邻人为其弟作悲歌以讽其兄。"这虽是短短的四句，然而却洋溢着深挚的感情，一个被弃的孩童在里中呜呜啼哭，这是多么悲惨的情景！又《十五从军征》：

十五从军征，八十始得归。
道逢乡里人，"家中有阿谁？"
遥看是君家，松柏冢累累！
兔从狗窦入，雉从梁上飞。
中庭生旅谷，井上生旅葵。
舂谷持作饭，采葵持作羹。
羹饭一时熟，不知贻阿谁！
出门东向看，泪落沾我衣！

二

一个离家六十五年的老兵重返回了他的故乡，呵！六十五年，好漫长的岁月呀！在这六十五年的漫长日子里，他的父母自然早已死去几十年，而且尸体也早已化成泥土了，他的妻子（假如他曾在离家时娶过一个年青美貌的妻子的话）到现在已变成个八十岁的老太婆，常言"人生七十古来稀"，恐怕她也早已死去若干年了！"家中有阿谁？"这还用问吗？你看那累累的荒冢，那荒草没径雉兔巢宿的庭院，一个人都没有了！这个年迈的兵士，回到了家，又失掉了家，人世间的悲哀还有更甚于此的吗？又《战城南》：

> 战城南，死郭北，
> 野死不葬乌可食。
> 为我谓乌："且为客豪！野死谅不葬，腐肉安能去子逃？"
> 水深激激，蒲苇冥冥，枭骑战斗死，驽马徘徊鸣。
> 梁筑室，何以南？何以北？禾黍不获君何食？愿为忠臣安可得？
> 思子良臣，良臣诚可思：朝行出攻，暮不夜归！

为国捐躯的战士，战死之后无人掩埋，尸体弃置原野之上，一任乌鸦去啄食。这是一种令人多么痛心的不平现象！

小百姓们的痛苦和哀怨在这些诗歌里被吐露被宣扬了。

一般人论到汉代民间诗歌的特点都说是情感真挚，但我觉得只用真挚来形容还不够，真挚之外，还须用浓郁热烈两个形容词来形容方才表达得充分。汉代民间诗歌之所以特别感人就是为了这个缘故，试看我们以上引的几首中，哪一首的情感不是真挚的、饱满的、浓郁的、热烈的？哪一首不是震动着我们的心弦，激荡着我们的心灵深处，并使我们掬一把感动的眼泪？

本来，情感的真挚与丰沛原是民歌一个普遍的特点，因为民歌产生的动机可以说全是由于情感上的因素，民歌的作者之创作诗歌全是因为不能已于言，全是因为心有所感，如鲠在喉非吐勿快的时候才创作，决不像文人作诗有时候有无病呻吟和所谓"为情造文"的现象，更不像文人作诗样除了作诗表露情感的本身的目的以外，还有以作诗来猎取官阶名利等等的其他的目的，诗大序所谓"哀乐之心感，则歌咏之声发"，班固所谓"皆感于哀乐缘事而发"，惟有民间诗歌才能完全附合这个条件。

　　汉代民间诗歌中所含蕴的情感之真挚热烈和丰盈充沛，已在上面所举的几首诗歌里表露无遗了。此外还有几首描写爱情的诗歌，深切感人，读之堕泪，也是属于此类作品的。如《上邪》：

　　　　上邪，我欲与君相知，长命无衰绝。
　　　　山无陵，江水为竭。
　　　　冬雷震震，夏雨雪。
　　　　天地合，乃敢与君绝！

　　看这是一种多么坚贞的爱情！这是一种爱情上的海誓山盟：纵然天塌地陷，我也永远爱你！对着这种作品，我们才深深的体会到了爱情的崇高与伟大！又《有所思》：

　　　　有所思，乃在大海南。
　　　　何用问遗君？双珠玳瑁簪。
　　　　用玉绍绕之。
　　　　闻君有他心，拉杂摧烧之。
　　　　摧烧之，当风扬其灰！
　　　　从今以往，勿复相思！——相思与君绝！
　　　　鸡鸣狗吠，兄嫂当知之。
　　　　妃呼豨，
　　　　秋风肃肃凉风飔，
　　　　东方须臾高知之！

　　爱得深必然恨得切，这是一定的道理。一个少女被她的爱人抛弃了，一恨之下把给她爱人的赠物烧毁，并发誓不再和她的爱人交往！但这是可能的吗？不可能的，爱情就是这么一种缠绵丝牵的东西，你看她，这个可怜的女孩子，不是又在追忆她初恋时的情景，苦苦的度着无眠的秋夜吗？我们不禁为这个失恋的好女孩子洒一滴同情的眼泪了！又《艳歌何尝行》：

> 飞来双白鹄，乃从西北来。十十五五，罗列成行。
> 妻卒被病行，不能相随。五里一返顾，六里一徘徊。
> "吾欲衔汝去，口噤不能开；吾欲负汝去，毛羽何摧颓！
> 乐哉新相知，忧来生别离。踌躇顾群侣，泪下不自知。"
> "念与君别离，气结不能言。各各重自爱，道远归还难。"
> "妾当守空房，闭门下重关。若生当相见，亡者会黄泉。"
> 今日乐相乐，延年万岁期。

此首为新婚远别的情景和况味，又用双白鹄的恩爱为衬托，实在语语情深，句句含泪！"若生当相见，亡者会黄泉！"多么令人感动！又《上山采蘼芜》：

> 上山采蘼芜，下山逢故夫。
> 长跪问故夫："新人复何如？"
> "新人虽完好，未若故人姝。"
> 颜色类相似，手爪不相如。
> 新人从门入，故人从閤去。
> 新人工织缣，故人工织素。
> 织缣日一匹，织素五丈余。
> 将缣来比素，新人不如故。

一个被离弃的妇人，偶然碰到了从前的丈夫，犹不能忘情，跪在故夫前面问那个霸占了她的位置的新妇如何，这是一件多么令人动心的故事！这个妇人是何等可敬可佩，而这个男子汉又是何等可悲可耻！他之所以说"新人不如故"，全是因为新人织的缣不如故人织的素多，这真是卑劣到极点！当时一般妇人所处地位的卑贱也在这篇诗里表露无遗了。

我们在前面所引的民谣里，可以看见它们都是对当时的时事有所讽刺和谪贬，此类作品在汉代民间诗歌中也有的，如《鸡鸣》：

> 鸡鸣高树颠，狗吠深宫中。荡子何所之？天下方太平。
> 刑法非有贷，柔协正乱名。黄金为君门，璧玉为轩堂。
> 上又双樽酒，作使邯郸倡。刘王碧青覧，后出郭门王。
> 舍后有方池，池中双鸳鸯。鸳鸯七十二，罗列自成行。
> 鸣声何啾啾，闻我殿东厢。兄弟四五人，皆为侍中郎。
> 五日一时来，观者满路旁。黄金络马头，颖颖何煌煌！
> 桃生露井上，李树生桃旁。虫来啮桃根，李树代桃僵。
> 树木身相代，兄弟还相忘！

萧涤非氏"汉魏六朝乐府文学史"以为此诗系刺成帝外戚王氏之五侯，我们虽难确定此诗为必刺王氏五候，但其为刺富贵之家奢侈僭越则是毫无疑义的。玉堂金门非皇家不能有，而臣下竟乱用起来了。与此相仿者还有一首《相逢行》：

> 相逢狭路间，道隘不容车。不知何年少？夹毂问君家。
> 君家诚易知，易知复难忘；黄金为君门，白玉为君堂。
> 堂上置樽酒，作使邯郸倡。中庭生桂树，华灯何煌煌。
> 兄弟两三人，中子为侍郎；五日一来归，道上自生光；
> 黄金络马头，观者盈道旁。入门时左顾，但见双鸳鸯；
> 鸳鸯七十二，罗列自成行。音声何噰噰，和鸣东西厢。
> 大妇织绮罗，中妇织流黄；小妇无所为，挟瑟上高堂：
> 丈人且安坐，调丝方未央。

此外还有一首《长安有狭斜》，是刺官阶之乱的：

> 长安有狭斜，狭斜不容车。适逢两少年，夹毂问君家。
> 君家新市傍，易知复难忘。大子二千石，中子孝廉郎。

小子无官职，衣冠任洛阳。三子俱入室，室中自生光。

大妇织绮纻，中妇织流黄。小妇无所为，挟琴上高堂。

丈人且徐徐，调弦诓未央。

"大子二千石，中子孝廉郎"，无官职的小子，自然也可以仗着乃兄之势而"衣冠任洛阳"了。

不过在讽咏诗事这类作品中，并非仅只有讽刺谪贬这一种，那赞美感戴的作品也有的，如《平陵东》：

平陵东，松柏桐，不知何人劫义公！

劫义公，在高堂上，交钱百万两走马。

两走马，亦诚难，顾见追吏心中恻！

心中恻，血出漉，归告我家卖黄犊！

三

平帝崩后，王莽篡汉，东郡太守翟义举兵讨莽，事败为莽所害，这首诗便是人民为了纪念这段可歌可泣的故事而作成的。又《雁门太守行》：

孝和帝在时，洛阳令王君。本自益州广汉蜀民，少行宦，学通五经论。明知法令，历世衣冠，从温补洛阳令，治行致贤，拥护百姓，子养万民，外行猛政，内怀仁慈，文武具备，料民富贫。移恶子姓，篇著里端，伤杀人，比伍同罪对门。禁鳌矛八尺，捕轻薄少年，加答决罪，诣马市论。无妄发赋，念在理冤，敕吏正狱，不得苛烦，财用钱三十，买绳礼竿。贤哉贤哉，我县王君！臣吏衣冠，奉事皇帝，功曹主簿，皆得其人。临部居职，不敢行恩，清身苦体，凤夜劳勤，治有能名，远近所闻，天年不遂，早就奄昏！为君作祠，安阳亭西，欲令后世，莫不称传。

和帝时洛阳令王涣政绩昭著,《后汉书·王涣传》称其"以平正居身,得宽猛之宜"这首诗歌便是人民对他的赞美之诗。

由此可知,执政者的所作所为都逃不出人民的眼睛,执政者荒淫贪卑,人民就会用愤怒的言辞来嘲骂,执政者公正廉洁,人民就会用感激的言词来赞美,任何蒙蔽的手段都欺骗不了人民,诚如目前一句流行语所说:人民的眼睛是雪亮的!

汉代民间诗歌之富有时代性及社会价值,已如以上所申述,其次我们再在它的艺术技巧方面加以考察。

关于汉代民间诗歌的艺术技巧,我想指出三个特点:一是文字的朴素自然,二是描写的生动逼真,三是形象化的手法。关于它文字的朴素自然,我们可以举那首业已为古今风范的《江南》做例:

> 江南可采莲,莲叶何田田,鱼戏莲叶间。
> 鱼戏莲叶东,鱼戏莲叶西,鱼戏莲叶南,鱼戏莲叶北。

这诗毫无修饰,毫无艺术的加工,第三句以下句句重复,然而我们读来却觉得婉转有趣,韵味无穷!这才真正是自然的音节,真正是大自然的天籁。本来文学作品中的自然可以分两种:一种是本来的自然,一种是由艺术加工之后得来的自然。我们难就这两种定其高下,只看其各自完成的程度如何,那由艺术加工得来的自然之达到极致的,如陶渊明的诗,那本来的自然而达到极致的,像江南这类作品就是,我们之所以将这两种作品目为天下的至文者,就是这个道理。又如《乌生八九子》:

> 乌生八九子,乃在秦氏桂树间。唶!我秦氏家有游遨荡子,工用睢阳强,苏合弹。
> 右手持强弹雨丸,出入乌东西。唶!我一丸即发中乌身,乌死魂魄飞扬上天。
> 阿母生乌子时,乃在南山岩石间。唶!我人民安知乌子处?蹊径窈窕安从通?
> 白鹿乃在上林西苑中,射工尚复得白鹿脯。唶!我黄鹄摩天极高

飞，后宫尚复得烹煮之。

鲤鱼乃在洛水深渊中，钓竿尚得鲤鱼口。嗟！我人民生，各各有寿命，死生何须复道前后？

这诗的文字真正是自然极了，生动极了，这才是真正的白话文学，直到两千年后的今天，我们读起来仍觉得活生生的！

其描写之生动逼真，在以上所引的诗歌里已充分看到，如《病妇行》中之"当言未及言，不知泪下一何翩翩"等，都是如画如绘，恍在眼前，而在这方面最足做代表的作品要算《艳歌行》：

翩翩堂前燕，冬藏夏来见。兄弟两三人，流宕在他县。
故衣谁当补，新衣谁当绽。赖得贤主人，揽取为吾袒。
夫婿从门来，斜柯西北眄。"语卿且勿眄，水清石自见。"
石见何累累，远行不如归。

这简直是一幅生动的图画！读到"斜柯西北眄"一句，我们仿佛真的看到了这么一个人，他从外面回家，一进门就发现自己的太太正在给他们家的房客缝补衣服，于是他就倾斜着身子偷偷望着，我们甚至看到了他的愤怒的眼光，他的由于嫉妒而生的嗔怪的表情。

汉民间乐府之形象化的手法，在那首久已为人风诵的《罗敷行》里面表现得最为充分：

日出东南隅，照我秦氏楼。秦氏有好女，自名为罗敷。罗敷喜蚕桑，采桑城南隅。青丝为笼系，桂枝为笼钩。头上倭堕髻，耳中明月珠。缃绮为下裙，紫绮为上襦。行者见罗敷，下担捋髭须。少年见罗敷，脱帽著帩头。耕者忘其犁，锄者忘其锄。来归相怨怒，但坐观罗敷。

使君从南来，五马立踟蹰。使君遣吏往，问是谁家姝？"秦氏有好女，自名为罗敷。""罗敷年几何？""二十尚不足，十五颇有余"。使君谢罗敷："宁可共载否？"罗敷前置辞："使君一何愚！使君自有妇，罗敷自有夫。东方千余骑，夫婿居上头。何用识夫婿？白马从骊驹；青丝系马尾，黄金络马头；腰中鹿卢剑，可值千万余。十五府小吏，二十朝大夫，三十侍中郎，四十专城居。为人洁白皙，鬑鬑颇有须。盈盈公府步，冉冉府中趋。坐中数千人，皆言夫婿殊。"

历来论此诗者莫不称道其对罗敷美之一段描写，这里不惟详细的描写了罗敷的衣装服饰，而最妙的是"行者见罗敷"以下之八句，这里并没描写罗敷的面貌如何美丽，然而读了这八句我们自然觉得有个天仙似的倾国倾城的美人儿立在我们的眼前。这正如荷马不说海伦如何美，而却说使亿万人丧生的十年大血战是由海伦引起来的。这就是形象化，因为所谓形象化是把抽象的观念思想或情感用具体的活生生的事物境界表达出来，我们写一个人的美，只空洞的说："他真美呀！"这等于没有说，必须具体的说出他怎样美法才行，其他写人的丑，写人的快乐悲哀，等等，也都是同一个道理。汉民间诗歌中是惯用这种笔法的，如《孤儿行》中写孤儿之悲苦就列举了若干具体的悲苦的事实。

除以上所引者外，汉民间诗歌中还有两类作品，一类是言立身处地之道的，一类是言神仙及长生之术的。前如《君子行》：

> 君子防未然，不处嫌疑间。
> 瓜田不纳履，李下不正冠。
> 嫂叔不亲授，长幼不并肩。
> 劳谦得其柄，和光甚独难。
> 周公下白屋，吐哺不及餐。
> 一沐三握发，后世称圣贤。

如《长歌行》：

> 青青园中葵，朝露待日晞。
> 阳春布德泽，万物生光辉。
> 常恐秋节至，焜黄华叶衰。

百川东到海，何时复西归？
少壮不努力，老大徒伤悲！

如《猛虎行》：

饥不从猛虎食，暮不从野雀栖！
野雀安无巢？游子为谁骄？

如枯鱼过河泣：

枯鱼过河泣，何时悔复及？
作书与鲂鱮，相教慎出入！

此类作品都含有极丰富的教训意味，无异于道德箴言。像"君子防未然，不处嫌隙间"及"少壮不努力，老大徒伤悲"这类的话，已经成为中国人的普遍的口头禅和处世哲学了。

言神仙及长生之术者如《董逃行》：

吾欲上谒从高山，山头危险大难。遥望五岳端，黄金为阙班璘。但见芝草叶落纷纷，百鸟集来如烟。山兽纷纶，麟辟邪其端，鸸鸡声鸣，但见山兽援戏相拘攀。小复前行玉堂，未心怀流还。传教出门："来！门外人求所言？""欲从圣道求得一命延！"教教凡吏受言："采取神药若木端，玉兔长跪捣药虾蟆丸，奉上陛下一玉柈，服此药可得神仙！"服尔神药，莫不欢喜！陛下长生老寿，四面肃肃稽首，天神拥护左右，陛下长与天相保守！

如《王子乔》：

王子乔，参驾白鹿云中遨，参驾白鹿云中遨！下游来，王子乔，参驾白鹿上至云戏游遨。上建逋阴广里践近高。结仙宫，过谒三台，东游四海五岳山，过蓬莱紫云台。三王五帝不足令，令我圣朝应太平，养民若子事父明，当究天禄永康宁！玉女罗坐吹笛箫。嗟行。圣人游八极，鸣吐衔福翔殿侧。圣主享万年，悲吟皇帝延寿命！

如步出《厦门行》：

> 邪径过空庐，好人尝独居。卒得神仙道，上与天相扶。
> 过谒王父母，乃在太山隅。离天四五里，道逢赤松具。
> 揽辔为我御，将吾天上游。天上何所有？历历种白榆。
> 桂树夹道生，青龙对伏趺。

如《长歌行》：

> 仙人骑白鹿，发短耳何长！
> 导我上太华，揽芝获赤幢。
> 来到主人门，奉药一玉箱。
> 主人服此药，身体日康强。
> 发白复还黑，延年寿命长！

此类诗歌幻想极为丰富，具有极丰富之神话色彩，谈到其中怪诞之处简直令人捧腹！中国诗歌中最缺乏的就是这种具有神话色彩的幻想力丰富的作品，所以这类诗歌是应该值得我们特别加以玩味的。

此外还有一篇辉耀中国诗史的长篇叙事诗《孔雀东南飞》（有人谓此诗产生于六朝，但我们断定其必为东汉末年之作）。惟以此篇幅较长，我们将另用专文讨论。在这里暂且从略了。

以上我们算是将汉代的民间诗歌大致讨论过了。这些诗歌，纵然在艺术上还没有达到一个高雅完美的境界，纵然比起中国第一流诗人的诗来在艺术技巧上不免逊色，但它的丰富的时代精神，积极的社会意义，它的真挚浓烈的情感，朴素自然的文字，这些，都是中国一般文人诗中所缺少，都是值得我们特别珍贵的！我们自然不能拿精雕细镂的美玉来比拟这些诗歌，但我们却可以说它是少加人工的璞玉，这璞玉温厚，坚实，发着耐人寻味的柔和的光泽，面对着它，我们的情感也不禁随之坚实而崇高了。而且撇开它本身的价值不谈，我们光看看它对后世的影响吧！它造成了诗史上第一个光荣的时代——建安，它养育了曹植、陶潜、鲍照这一批天才的大诗人，它开拓了盛唐诗人（特别是杜甫、白居易、元稹、张籍等）的境界和领域。我们说它在中国文学中占有崇高而辉煌的地位，这该不是过于偏袒的估价吧！

一九四六，十月，中大

载《中央日报》1946 年 11 月 9、10、11 日

元嘉诗略论

一

东晋以后，刘宋继起，刘宋的元嘉（文帝年号）号称为文学盛世。在当时，一般士大夫多耽于山水游乐，因此诗国里又生了一种新的产物：山水诗。刘勰《文心明诗篇》说：

> 宋初之咏，体有因革，庄老告退，而山水方滋。俪采百字之偶，争价一句之奇，情必极貌以写物，辞必穷力而追新，此近世之所竞也。

所谓"山水方滋"，其主要的代表者是谢灵运。谢灵运是中国山水诗的开山祖师，是将山水诗形成一种体制的第一个人。

谢之一生好游山玩水，游的时候，常常连同着很多人，成群打伙，伐木开道，以致有一次使临海太守误认做山盗。他每游必有所咏，故他的诗以山水诗为最多。

谢灵运像一个善于写生的画家，用五色的彩笔为我们绘下了一幅幅的山水画。这山水画的颜色是鲜艳的，色调是浓烈的，画笔是工致的，细密的。在谢灵运的山水诗里，我们看到了巍峨的峰峦，深邃的幽谷，嶙峋的岩石，苍郁的丛林；我们也看到生满春草的池塘，变换着鸣禽的园柳，抱着幽石的白云，媚着清涟的绿筱，以及点散着红桃的墟囿和浸染着白日的江皋。读着谢灵运的山水诗，我们深深感到了大自然的庄严与伟大，奇峭与深邃，佳丽与华美。

谢灵运的山水诗，刻画细致，描写入微，对一水一石，一花一草，也必精心描摹，务使毕尽其态。他幽深索隐，刻意雕琢，对一字一句都是锤炼了又锤炼，修饰了又修饰。"俪采百之字偶，争价一句之奇，情必极貌以写物，辞必穷力而追新"，这四句恰是谢诗的最好的形容。大概刻意追新，穷尽物态，是谢诗的好处；而雕琢太过，反失自然，又是谢诗的不好处。钟嵘说他"尚巧似"，又说他"颇以繁富为累"，的是确评。如《池上登楼》：

> 潜虬媚幽姿，飞鸿响远音。薄霄愧云浮，栖川怍渊沉。进德智所拙，退耕力不任。徇禄反穷海，卧疴对空林。衾枕昧节候，褰开暂窥临。倾耳聆波澜，举目眺岖嵚。初景革绪风，新阳改故阴。池塘生春草，园柳变鸣禽。祁祁伤豳歌，萋萋感楚吟。索居易永久，离群难处心。持操岂独古，无闷徵在今。

这里除了"池塘生春草，园柳变鸣禽"两句自然成趣之外，其余都未免用力太过了。

自从建安以来，诗坛上有两种作风相互兴替，相互消长，那便是以繁密华丽称的建安、太康和元嘉，和以疏淡自然称的正始、永嘉和永明。这以疏淡自然称的一派，由于□□□□□□□的结果；而以繁密华丽称的一派，到了对仗□□□，□□□□□□□□□□□，谢灵运的诗也像太康诸诗人的诗一样，词采茂密，色调浓烈，胜用对偶，如《石壁精舍还湖中作》：

> 昏旦变气候，山水含清晖。清晖能娱人，游子憺忘归。出谷日尚早，入舟阳已微。林壑敛暝色，云霞收夕霏。芰荷迭映蔚，蒲稗相因依。披拂趋南径，愉悦偃东扉。虑澹物自轻，意惬理无违。寄言摄生客，试用此道推。

在这首诗里，词采的茂密和色调的浓烈是不必说了，而全首十六句竟有十四句是对仗。

自然，谢灵运还有卓越的天才和繁富的艺术修养，虽然他也像太康诗人样受了辞赋化和骈俪化的影响，然而他的成就是一般太康诗人如陆机、潘岳之流所不敢望其项背的。不过这辞赋化骈俪化的影响终于损害了他，局限了他，使得他的诗也像太康诗一样，但有佳句而无佳章，他的诗虽如钟嵘所说的"名章迥句，处处间起。丽典新声，络绎奔会"，然而终于难找出一首全美的来。

谢灵运学识渊博，对经学、玄学、佛学、目录学等等都有极深的根柢，所以这又造成了他描写山水诗时惯发议论的习气。陶渊明在写田园诗的时候也偶尔发点议论，但多是直感，如"此中有真意，欲辨已忘言"之类，谢灵运发议论却常常是用许多非加注解不能懂的典故，如《游赤石进泛海》：

> 首夏犹清和，芳草亦未歇。水宿淹晨暮，阴霞屡兴没。周览倦瀛壖，况乃陵穷发。川后时安流，天吴静不发。扬帆采石华，挂席拾海月。溟涨无端倪，虚舟有超越。

看这景物写得多么华净，多么壮丽，但底下却发起议论来了：

> 仲连轻齐组，子牟眷魏阙。矜名道不足，适己物可忽。词附任公言，终然谢天伐。

这点也多少损害了他的山水诗的美。

汤惠休曾批评谢灵运和颜延之诗说："谢诗如出水芙蓉，颜诗如镂金错彩。"鲍照也曾对颜延之说："谢诗如出水芙蓉，自然可爱；君诗如铺锦列绣，亦雕缋满眼。"拿"出水芙蓉"来形容谢灵运的诗实在不能算妥当，因为他的诗人工味极重，就是如《夜宿石门诗》《入彭蠡湖口》《登石门最高顶》等色彩浅淡少加人工的诗也终脱不掉雕琢痕迹的，不过在山水诗之外，谢灵运还有许多篇幅简短、别有奇趣的短诗，如《岁暮》：

　　殷忧不能寐，苦此夜难颓。明月照积雪，朔风劲且哀。运往无淹物，年逝觉已催！

如《答惠连》：

　　怀人行千里，我劳盈十旬，别时花灼灼，别后叶蓁蓁。

如《出发入南城》：

　　弄波不辍手，玩景岂停目。虽未登云峰，且以观水宿。

　　所谓"谢诗如出水芙蓉，自然可爱"者，当是指此类诗而言了。
　　虽然谢灵运受了辞赋化骈俪化的影响，以致使他的诗没有完成一个更辉煌的成就，但他究以卓越的天才给诗开辟了一片新的疆土，他不蹈复前人，用自己的步伐走着自己的道路，使得后代山水诗人如王维、孟浩然、韦应物、柳宗元等皆尊之宗，所以终不愧是一位堪与陶渊明千古并列的大诗人。
　　有人只以谢灵运用骈偶的句子来写诗，就将谢的山水诗乃至谢在文学史上的辉煌的地位一笔抹杀，这是有欠公平的。
　　在元嘉中，另一位被诗人所敬重的诗人是颜延之。他在当时和谢灵运同负盛誉，被人称为颜谢。实则他的成就较谢灵运相去甚远，他的诗只是堆砌字面，丝毫生气都没有，如《北使洛》：

　　改服饬徒旅，首路踬险艰。振楫发吴洲，秣马陵楚山。涂出梁宋郊，道由周郑间。前登阳城路，日夕望三川。在昔辍期运，经始阔圣贤。伊瀍绝津济，台馆无尺缘。宫陛多巢穴，城阙生云烟。王猷升八表，嗟行方暮年。阴风振凉野，飞雪瞀穷天。临涂未及引，置酒惨无言。隐闵徒御悲，威迟良马烦。游役去芳时，归来屡徂愆。蓬心既已矣，飞薄殊亦然。

这诗实在不胜其晦涩板拙和拉杂凌乱，不过他也有较自然生动的诗，如《秋胡诗》：

嗟余怨行役，三陟穷晨暮。严驾越风寒，解鞍犯霜露。原隰多悲凉，回飙卷高树。离兽起荒蹊，惊鸟纵横去。悲哉游宦子，劳此山川路。

超遥行人远，宛转年运徂。良时为此别，日月方向除。孰知寒暑积，僶俛见荣枯！岁暮临空房，凉风起坐隅。寝兴日已寒，白露生庭芜。（九录二）。

除颜之外，元嘉中的另一大诗人是鲍照。鲍照是一位天才诗人，他的诗流丽缱绻，俊逸飘忽，才气纵横，大有平原走马之势。最能代表他的风格的是《拟行路难》十九首，其第一首诗谓：

奉君金卮之美酒，玳瑁玉匣之雕琴。七彩芙蓉之羽帐，九华蒲萄之锦衾。红颜零落岁将暮，寒光宛转时欲沉。愿君裁悲且减思，听我抵节行路吟。不见柏梁、铜雀上，宁闻古时清吹音。

又第五首：

君不见河边草，冬时苦死春满道。君不见城上日，今暝没尽去，明朝复更出。今我何时当得然，一去永灭入黄泉。人生苦多欢乐少，意气敷腴在盛年。且愿得志数相就，床头恒有沽酒钱。功名竹帛非我事，存亡贵贱付皇天。

又第六首：

对案不能食，拔剑击柱长叹息。丈夫生世会几时，安能蹀躞垂羽翼？

弃置罢官去，还家自休息。朝出与亲辞，暮还在亲侧。弄儿床前戏，看妇机中织。自古圣贤尽贫贱，何况我辈孤且直！

又第十五首：

君不见柏梁台，今日丘墟生草莱。君不见阿房宫，寒云泽雉栖其中。
歌妓舞女今谁在，高坟垒垒满山隅。长袖纷纷徒竞世，非我昔时
千金躯。随酒逐乐任意去，莫令含叹下黄垆！

二

这些诗都是自创一格，发前人所未发，敖陶孙语，"饥鹰独出，奇矫
无前"诚然不假。这些诗开了唐人七言歌行一体，而尤为李白七言歌行所
取范。

《诗镜总论》说："鲍照才力标举，凌厉当年，如五丁凿山，开人世之
所未有。当其得意时，直前挥霍，目无坚壁矣。骣马轻貂，雕弓短剑，秋
风落日，驰骋平冈，可以想此君意气所在也。"读了《拟行路难》十九首
以后，我们就知道这几句推崇的话是一点也不过分了。

鲍照的象《拟行路难》十九首等这种杂言体，风格大都是飘逸豪迈，
如人所称的以俊逸之笔，写豪壮之情，发唱警挺，操调险急，辞藻淫艳，
倾人心魄！他的五言一类则比较的简朴淡雅，如《代东门行》：

伤禽恶弦惊，倦客恶离声。离声断客情，宾御皆涕零。涕零心断
绝，将去复还诀。一息不相知，何况异乡别。遥遥征驾远，杳杳白日
晚。居人掩闺卧，行子夜中饭。野风吹草木，行子心断肠。食梅常苦
酸，衣葛常苦寒。丝竹徒满坐，忧人不解颜。长歌欲自慰，弥起长
恨端！

如《发后渚》：

江上气早寒，仲秋始霜雪。从军乏衣粮，方冬与家别。萧条背乡
心，凄怆清渚发。凉埃晦平皋，飞潮隐修樾。孤光独徘徊，空烟视升

灭。途随前峰远，意逐后云结。华志分驰年，韶颜惨惊节。推琴三起叹，声为君断绝！

鲍照诗的风格是多样的，他诗中的境界更是多样的。在他的诗里，我们可以读到极其豪迈壮阔的境界："严秋筋竿劲，虏阵精且强。天子按剑怒，使者遥相望。雁行缘石径，鱼贯度飞梁。箫鼓流汉思，旌甲被胡霜。疾风冲塞起，沙砾自飘扬。马毛缩如蝟，角弓不可张。……"（《代出自蓟北门行》）我们也可以读极其细致优美的境界："高柯危且竦，锋石横复仄。复涧隐松声，重崖伏云色。冰开寒方壮，风动鸟倾翼。……"（《行京口至竹里》）"荒途趣山楹，云崖隐灵室。冈涧纷萦抱，林障沓重密。昏昏磴路深，活活梁水疾。幽隅秉昼烛，地牖窥朝日。……"（《从庚中郎游园山石室》）前者开唐高岑边塞诗之先河，后者写景之细，虽唐之王维、孟浩然等一般自然诗人亦难过之，以此亦可见鲍照天才之高。

载《中央日报》1946 年 12 月 12~13 日

东晋诗略论

一

由于永嘉之乱，晋室被逼东迁。晋室的东迁，在政治上使得晋代划分成两个不同的阶段。而在诗的发展上，也显然随着政治的变迁划分成了两个不同的段落。

西晋的太康时代，诗风是华美的、浓艳的、雕饰的。在诗上有所谓尚实尚文二种，而西晋的太康就是一个极端尚文的时代。那时的诗人们，所追求的无非是字句的工整对偶和辞藻的典雅瑰丽。这种极端尚文的风气，到了永嘉前后便起了一个巨大的改变。钟嵘《诗品·序》说："永嘉时，贵黄老，老稍尚虚谈。于时篇什，理过其辞，淡乎寡味。爰及江表，微波尚传，孙绰、许询、桓庾诸公，皆平典似《道德论》，建安风力尽矣。"这就是说，诗到了永嘉时代，便由太康以来的极端的尚文变成了极端的尚实，以致"理过其辞，淡乎寡味"。这种质朴疏淡诗风的造成，一方面是由于清谈和玄理的风靡一时，另一方面也可说是太康诗风的一大反动。

永嘉这种"理过其词"的虚玄诗风，随着晋室的东渡也传播到了江左，而且弥漫了整个的东晋诗坛，直到陶渊明出来才将这种诗风异化提高，开出了一朵灿烂的奇葩。

东晋一代，除了陶渊明之外，简直可以说再没有什么堪资称道的诗人了。东晋诗人如孙卓、许询、桓庾等，他们的诗都是如钟嵘所谓的"平典似《道德论》"，没有什么文学价值可言。陶渊明之前的东晋诗人应该先提出来说的该是郭璞与刘琨。

郭璞有游仙诗十四首，作风挺拔俊逸，气势亦很壮阔，有类阮籍之咏怀和左思之咏史，今举二首为例：

> 青溪千余仞，中有一道士。云生梁栋间，风出窗户里。
> 借问此何谁，云是鬼谷子。翘迹企颍阳，临河思洗耳。
> 阊阖西南来，潜波涣鳞起。灵妃顾我笑，粲然启玉齿。
> 蹇修时不存，要之将谁使？（其二）
> 翡翠戏兰苕，容色更相鲜。绿萝结高林，蒙笼盖一山。
> 中有冥寂士，静啸抚清弦。放情凌霄外，嚼蕊挹飞泉。
> 赤松临上游，驾鸿乘紫烟。左挹浮丘袖，右拍洪崖肩。
> 借问蜉蝣辈，宁知龟鹤年？（其三）

刘勰说："景纯仙篇，挺拔而俊美。"的是确评。钟嵘称郭璞"始变永嘉平淡之体，故称中兴第一"，其游仙诗实足以当之。

刘琨诗颇有清削之气，其诗多叙丧乱，善发愀怆之词。大概这位诗人身逢丧乱，惨遭不幸，提起笔来就热泪纵横，满腹酸楚，大有不知如何表达是好之慨。他的诗杂乱无章，东扯一句，西拉一句，通篇没有一个中心的意思，大概就是为了这种原因。如他的《扶风歌》：

> 朝发广莫门，暮宿丹水山。左手弯繁弱，右手挥龙渊。
> 顾瞻望宫阙，俯仰御飞轩。据鞍长叹息，泪下如流泉。
> 系马长松下，发鞍高岳头。烈烈悲风起，泠泠涧水流。
> 挥手长相谢，哽咽不能言。浮云为我结，归鸟为我旋。
> 去家日已远，安知存与亡？慷慨穷林中，抱膝独摧藏。
> 麋鹿游我前，猿猴戏我侧。资粮既乏尽，薇蕨安可食？
> 揽辔命徒侣，吟啸绝岩中。君子道微矣，夫子固有穷。
> 惟昔李骞期，寄在匈奴庭。忠信反获罪，汉武不见明。
> 我欲竟此曲，此曲悲且长。弃置勿重陈，重陈令心伤！

这诗热泪纵横，里面蕴藏着火一样的情感，令人读了自深受感动。但若站在纯艺术的立场来加以推敲，就难以说是好诗了。沈德潜云："越石英雄失路，万绪悲凉，故其诗随笔倾吐，哀音无次，读者乌得于语句间求之。"若于语句间求之，这实在算不得好诗。又如他的《重赠卢谌》，前段拉杂零乱，异常拙劣，但后段却极佳：

> 宣尼悲获麟，西狩涕孔丘。功业未及建，夕阳忽西流。
> 时哉不我与，去乎若云浮。朱实陨劲风，繁英落素秋。
> 狭路倾华盖，骇驷摧双辀。何意百炼刚，化为绕指柔！

钟嵘谓其有清拔之气，当是指此类作品而言了。

陶渊明之前的东晋诗人，除了郭璞刘琨之外，我们还愿意提到王羲之、束皙、谢混、石崇等几个人。

王羲之是一位高人，他在中国的书学史上有着空前绝后的成就，他的《兰亭集序》在千余年来的中国已经是家喻户晓，人人讽诵。他作诗不多，流传到后代的仅有寥寥的几首，但在这寥寥的几首里已充分的表露了他的艺术家的潇洒的风度，和诗人的高逸的胸怀，如他的《兰亭集诗》：

> 仰望碧天际，俯瞰绿水滨。寥朗无涯观，寓目理自陈。
> 大矣造化功，万殊莫不均。群籁虽参差，适我无非新。

这诗和那篇序可谓珠宝争辉，两相交映。沈德潜说这诗"清超越俗"，诚然不假，"寓目理自陈""万殊莫不均""适我无非新"。这种与天地参与万物造化的境界，说明了王羲之不单是一位具有慧眼的诗人，而且也是一位悟道有得的哲士。

束皙的诗令我们赞赏的是他的《补亡诗》六章。《诗经·小雅》的《南陔》《白华》《华黍》《由庚》《崇丘》《由仪》等是六篇笙诗，仅有声而无词，束皙的《补亡诗》六章就是补的这六章。《补亡诗》六章的前面有序曰："皙与司业畴人，肄修乡饮之礼，然所咏之诗，或有义无辞，音乐取节，阙而不备。于是遥想既往，存思在昔，补著其文，以缀旧制。"

这六章补亡诗古雅典正，熙穆清和，虽与小雅之诗不太相类，但却足可以与之媲美而毫无愧色。今举《南陔》和《白华》为例，先看《南陔》：

循彼南陔，言采其兰，眷恋庭闱，心不遑安。彼居之子，罔或游盘，馨尔夕膳，洁尔晨餐。

循彼南陔，厥草油油，彼居之子，色思其柔。眷恋庭闱，心不遑留，馨尔夕膳，洁尔晨羞。

有獭有獭，在河之涘，凌波赴汨，噬鲂捕鲤。嗷嗷林乌，受哺于子，养隆敬薄，惟禽之似。勖增尔虔，以介丕祉。

又《白华》：

白华朱萼，被于幽薄，粲粲门子，如磨如错。终晨三省，匪惰其恪。

白华绛趺，在陵之陬，茜茜士子，涅而不渝。竭诚尽敬，亹亹忘劬。

白华玄足，在丘之曲，堂堂处子，无营无欲。鲜侔晨葩，莫之点辱。

《三百篇》而后，在汉魏六朝这个阶段中，零零星星作四言诗的人仍然不在少数，但真正能够做得和《三百篇》的四言相抗的除曹操、嵇康、陶渊明之外，我们不能不说就只有一个束皙了。

谢混诗堪有清绮之风，少染虚玄之气，如《夜听捣衣》：

寒兴御纨素，佳人理衣衾。冬夜清且永，皎月照堂阴。

纤手叠轻素，朗杵叩鸣砧。清风流繁节，回飙洒微吟。

嗟此往运速，悼彼幽滞心。二物感余怀，岂但声与音。

石崇有《王昭君词》一首，吟咏昭君出塞和番的故事，甚为凄婉动人：

我本汉家子。将适单于庭。辞决未及终。前驱已抗旌。

仆御涕流离。辕马为悲鸣。哀郁伤五内。泣泪沾朱缨。

行行日已远。乃造匈奴城。延我于穹庐。加我阏氏名。
殊类非所安。虽贵非所荣。父子见凌辱。对之惭且惊。
杀身良未易。默默以苟生。苟生亦何聊。积思常愤盈。
愿假飞鸿翼。弃之以遐征。飞鸿不我顾。伫立以屏营。
昔为匣中玉。今为粪土英。朝华不足欢。甘为秋草并。
传语后世人。远嫁难为情！

其他如孙卓、许询、桓庚等那些充满了虚玄气味的玄理诗，我们不愿再具引了。

最后我们要来谈谈名耀千古的陶渊明的诗了。陶渊明的诗，正如李白杜甫的诗一样，已为后世赞美得无以复加，我现在所论也不过是将我个人读诗之后的一些感想写出而已。

陶诗的一般特点，我觉得不外是恬淡、自然、高逸、清远、淳朴、亲切。在艺术上有所谓炉火纯青，有所谓神化逸化，陶渊明的诗就恰恰达到了这样的境界。

二

读着陶渊明的诗，如象对着一方明净的湖水，一方澄澈的蓝天，你的整个的身心都会为之净化。又如在初夏的黄昏，柔和的晚风轻轻吹着，你只能觉得晚风温柔的抚摸，却看不到它的踪迹，然而这晚风里是夹杂草香和泥土香的，当田野的浑朴的气息又会将你整个的身心都陶醉了。看他的《归园田居》第一首：

少无适俗韵，性本爱丘山。误落尘网中，一去三十年。
羁鸟恋旧林，池鱼思故渊。开荒南野际，守拙归园田。
方宅十余亩，草屋八九间。榆柳荫后檐，桃李罗堂前。
暧暧远人村，依依墟里烟。狗吠深巷中，鸡鸣桑树颠。
户庭无尘杂，虚室有余闲。久在樊笼里，复得返自然！

再看《归园田居》第三首：

> 种豆南山下，草盛豆苗稀。晨兴理荒秽，带月荷锄归。
> 道狭草木长，夕露沾我衣。衣沾不足惜，但使愿无违。

看这诗多么从容，多么恬淡，多么淳朴。"暧暧远人村，依依墟里烟。"正是陶诗闲逸、恬淡作风的写照。又如《饮酒》第三首：

> 结庐在人境，而无车马喧。问君何能尔？心远地自偏。
> 采菊东篱下，悠然见南山。山气日夕佳，飞鸟相与还。
> 此中有真意，欲辨已忘言。

这"采菊东篱下，悠然见南山"二句，正可以形容陶诗的高逸和清远，而陶渊明那种潇洒自若的风度也尽在其中了，再看《拟古》第七首：

> 日暮天无云，春风扇微和。佳人美清夜，达曙酣且歌。
> 歌竟长叹息，持此感人多。皎皎云间月，灼灼叶中华。
> 岂无一时好，不久当如何！

当我们读到"日暮天无云，春风扇微和"的时候，我们仿佛置身在一个天朗清风和景明的春日薄暮，我们的身心为之陶醉了。再看《读山海经》：

> 孟夏草木长，绕屋树扶疏。众鸟欣有托，吾亦爱吾庐。
> 既耕亦已种，时还读我书。穷巷隔深辙，颇回故人车。
> 欢然酌春酒，摘我园中蔬。微雨从东来，好风与之俱。
> 泛览《周王传》，流观《山海图》。俯仰终宇宙，不乐复何如？

当我们读到"微雨从东来，好风与之俱"的时候，我们真的觉得仿佛身上洒下了疏落的雨点，吹来了温柔的和风，这个真没有了文学的痕迹，成功为一片化机了。

敖陶孙说："陶彭泽诗，如绛云在霄，舒卷自如。"郑厚说："如绛云在霄，舒卷自如，如逸鹤任风，闲鸥忘海。"竹林诗评云："陶潜之作，如清澜白鸟，长林麋鹿，虽弗婴笼络，可与其洁。"这三种形象化的形容可谓抓到陶诗的神髓了。

陶渊明的诗是太好了，几乎可以说每首皆佳。汉魏诗以篇章胜，但有佳章而无佳句，两晋诗以字句胜，但有佳句而无佳章，到了陶渊明这里，将两者的好处合二为一了。陶诗既有汉魏诗的浑然一致的篇章之美，又有两晋诗的□□佳秀的字句之美，这就是陶诗的可贵处。

自建安以来，无论是以雕饰浓密胜的陆机潘田之流也罢，还是以自然疏淡胜的郭璞刘琨之流也罢，他们的诗总不免或多或少地带着辞赋骈丽化的色彩，到了陶渊明这里才算将一切的习气一扫而光了。真正以最朴素最自然的田家语来写诗的，陶渊明是第一个人。

陶渊明的诗，以最朴素最自然的文字，来描写田间的风云月露，烟光霞影，随处都有真情妙趣，随处都有高原味的意境，真是一片天籁，一片化机。所谓"脱尽人间烟火气"，所谓"如大匠连斤，无斧凿痕"所谓"清水出芙蓉，天然去雕饰"，惟陶诗足以当之。

陶渊明对后世的影响极大，唐代的王维、孟浩然、韦应物、储光羲，宋代的陆游、苏轼、范成大、杨万里等，都是直接或间接地受了他的影响的。

后代人对陶渊明的赞美之词实在太多了，真是举不胜举。如苏东坡说："吾于诗人无所甚好，独好陶渊明诗。渊明作诗不多，然其诗质而实绮，癯而实腴，自曹刘鲍谢李杜诸人皆莫及也。"萧统说："渊明文章不群，辞彩精拔，跌宕昭彰，独超众类，抑扬爽朗，莫之与京。横素波而傍流，干青云而直上。语时事则指而可想，论怀抱则旷而且真。"江进之《雪涛诗评》说："陶渊明超然尘外，独辟一家，盖人非六朝之人，故诗亦非六朝之诗。"白石《诗说》云："渊明天资既高，旨趣又远，故其诗散而庄，澹而腴，断不容作邯郸步也。"西清《诗话》云："渊明意趣真古，清淡之宗，诗家视渊明，犹孔门视伯夷也。"陈绎曾说："渊明心存忠义，身处闲逸，情真景真，意真事真，几于十九首矣，至其工夫精密，而天然无斧凿痕迹，又有出于十九首之表者。盛唐诸家风韵皆出此。"李东阳说："陶诗实原近古，愈读而愈见其妙。"沈德潜说："陶公胸次浩然，遗世独立，其诗天真绝俗，当于语言意象外求之。"又说："陶诗清远闲放，是其本色，而其中自有一段渊深朴茂不可及处，唐人王储柳诸公学焉，而得其性之所近。"够了，像这样引起来是没有完的，最后让我们把将陶列为中品又说他"源出于应璩"的钟嵘的话引来作结吧："文体省净，殆无长语，笃意真古，辞兴婉惬，每观其文，想其人德，世叹其质直，至如'欢言醉春酒'、'日暮天无云'，风华清云'，风华清靡，岂直为田家语耶？古今隐逸诗人之宗也。"

由建安至东晋有三位天才的大诗人：曹植、阮籍、陶渊明。我常常这样觉得，这三位大诗人就好像一个诗人在少年、壮年、老年三个时期所表露的三种不同的姿态。那就是：曹植是代表少年，在这时期，这位诗人爱自由，爱幻想，处处表露着天真，处处表现他的贵公子的习气。不惟缅怀"魏都"诗要发"朔风"之叹，就是看见燕雀，看见鸠鹊，看见鸳鸯，看见游鱼，他也会兴起幽怨的哀思。阮籍是代表着壮年，在这时期，这诗人有感慨，有牢骚，有愤懑。当"夜中不能寐"的时候，他就"起坐弹鸣琴"，当哀从中来的时候，他就"登高望九州"。他望着"景山"的松树来寻求安慰，觉得只有那个挺秀劲拔的千仞青松才能象征他的孤高。他时时想做个云间的玄鹤，"抗志扬哀声"，然后离开这世界，"一飞冲青天，旷世不再鸣"。他又想做个林间的凤凰，"高鸣彻九州，延颈望八荒"，然后"一去昆仑西"，永远不再回来。陶渊明是代表着老年，这时期，这位诗人经历了一切，看穿了一切，把棱角和锋芒收敛起来，把倔强和忧愤藏在心里。不再像少年时候一样，对着一草一木就会轻易发感慨；也不像壮年时候一样，忧愤填胸的时候就痛哭流涕，大声疾呼，仿佛要把这个不平的世界一拳打碎。在这时，如像一个人在人海狂浪中闯荡多年又返回了故乡的游子一样，心境变得冲淡，性情变得温和，这时能够引起他的兴趣的，是到东篱去采菊花，到园中去摘蔬菜，与故人在松树下饮酒，和邻里们共话桑麻，率领着子侄辈去"披榛步荒墟"。他常常希望着一个世外的净土"桃花源"，当北窗高卧凉风徐至的时候，他悠然自得，觉得自己悄然是个"羲皇上人"！

载《中央日报》1947 年 2 月 15、16 日

春秋赋诗考

　　左传中所记载的春秋人的赋诗，共有两种意义。一种是作诗的意思，如："卫庄公娶于齐东宫得臣之妹，曰（原文为'无'）庄姜，美而无子，卫人所为赋《硕人》也。"（隐公三年）又如："郑人恶高克，使帅师次于河上，久而弗召，师溃而归，高克奔陈。郑人为之赋《清人》。"（闵公二年）其他如闵公二年的许穆夫人赋《载驰》以悼卫之亡，和文公六年的秦人赋《黄鸟》以哀三良之死，这四处的赋诗都是作诗的意思，和后世所谓"登高赋诗"的意思一样。另一种的赋诗是将现成的诗拿来吟唱，藉以表达个人的思想和情感，这一种托已存之诗言一己之志的赋诗风气，只有春秋时代有，春秋以后就再没有见到了。我们现在所说的赋诗是指的后一种而言的（孔颖达在隐三年"卫人所为赋《硕人》也"句下疏云："所赋自作诗也。班固曰，不歌而诵亦曰赋。郑玄云，赋者，或造篇，或诵古。然则赋有二义，考与闵公二年郑人赋《清人》，许穆夫人赋《载驰》，皆初造篇也；其余言赋者，则皆诵古诗也。"所谓造篇就是作诗，所谓诵古就是将现成的诗拿来吟唱，藉以表达诗人的意思）。

　　春秋时代赋诗的风气极为盛行，据《左传》所载，由僖公二十三年公子重耳和秦穆公赋诗起，至昭公二十五年宋平公和昭子赋诗止，其间大大小小的赋诗共有二十九次之多（顾栋高《春秋大事表》谓《左传》所载春秋赋诗二十八次，未确，因文公三年晋襄公和鲁文公的一次赋诗顾氏并未统计在内）。这种赋诗多是用在外交酬酢的场合之中，其中最有名而常为各家所引的是襄公二十七年的赋诗：

郑伯享、赵孟于垂陇，子展、伯有、子西、子产、子大叔、二子石从。赵孟曰："七子从君，以宠武也。请皆赋以卒君贶，武亦以观七子之志。"子展赋《草虫》，赵孟曰："善哉！民之主也。抑武也不足以当之。"伯有赋《鹑之贲贲》，赵孟曰："床第之言不逾阈，况在野乎？非使人之所得闻也。"子西赋《黍苗》之四章，赵孟曰："寡君在，武何能焉？"子产赋《隰桑》，赵孟曰："武请受其卒章。"子大叔赋《野有蔓草》，赵孟曰："吾子之惠也。"印段赋《蟋蟀》，赵孟曰："善哉！保家之主也，吾有望矣！"公孙段赋《桑扈》，赵孟曰："'匪交匪敖'，福将焉往？若保是言也，欲辞福禄，得乎？"（按二子石即印段和公孙段）

由这一段记载里，我们很清楚的知道，所谓赋诗就是用现成的诗来表达个人的意思。赋的人不但可以借诗表露了自己的意思，听的人也可以借诗晓得了赋的人的意思，赋者与听者无须直言，仅借吟诗就可以在一种心领神会的状态下间接的互通了心声。赵孟所谓"请皆赋……武亦以观七子之志"，正说明了赋诗"言志"与"观志"的两重任务。不过春秋人赋诗言志与听诗观志都是"断章取义"，只取诗中的一节或一二句，全篇的大义是不管的。譬如子展的赋《草虫》，乃是取《草虫》首章"未见君子，忧心忡忡，亦既见止，亦既觏止，我心则降"几句，意将赵孟比作君子，表示欢迎赵孟的意思（假如赋全篇，普通多取其首章之义。一说见僖公二十三年"公赋六月"句下杜预之注）。赵孟便也即刻晓得了子展的意思，答谢说："好呵！这样就是人民的主人了，但我是不敢承当的。"表示不敢承受子展的诗赞（杜预在"民之主也"句下注云"在上不忘降，故可以主民"，在"抑武也不足以当之"句下注云"辩君子"义颇有可取）。又如子大叔赋《野有蔓草》，乃取首章"邂逅相遇，适我愿兮"二句，表示对赵孟欢迎。赵孟也即刻晓得了子大叔的意思，答说："那是你的恩惠呵！"（杜预注："大叔喜于相遇，故赵孟受其惠。"）实际上，《草虫》和《野有蔓草》都是爱情诗，《草虫》是女思男的诗，《野有蔓草》是男思女的诗，子展和子大叔却在这种严肃的外交场合中堂而皇之的赋了出来，而且赵孟也并不引以为怪，就是因为是断章取义，不顾全诗的缘故。其他，伯有赋《鹑之贲贲》，乃取"人之无良，我以为君"二句，是表示对郑伯不满意。子西赋《黍苗》之四章，《黍苗》四章云："肃肃谢功，召伯营之。烈烈征师，召伯成之。"是将赵孟比做召伯以示赞美。子产赋《隰桑》，乃取"既见君子，其乐如何"二句，表示乐于和赵孟相遇。印段赋《蟋蟀》，乃取"无已大康，职思其居。好乐无荒，良士瞿瞿。"数句，将赵孟比做一个"瞿瞿然顾礼仪"的良士。公孙段赋《桑扈》，乃取"君子乐胥，受天之祜"二句，意思是说赵孟将会得到上天的赐福（杜注："义取君子有礼文，故能受天之祜。"），其赋诗断章取义的情形也是很显然的。罗根泽先生在论到春秋赋诗的情形时说："春秋士大夫的赋诗，是藉以表达赋诗人自己的情意或对人的情意，并不是要体察作诗人的情意，更不是欣赏诗的文学之美。"（《周秦两汉文学批评史》）这是一点不错的，春秋士大夫赋诗都是"因古诗以见意"（杜预语），他们所注重的是自己意思的表达，原诗的意思以及原诗的文学之美，在他们根本是不管的，这样自然就难免会发生断章取义的情形了。赋诗人是断章取义的赋，听诗人也是断章取义的听，只要彼此诗读得熟，再加上一点心领神会的功夫，自然就把"言志"和"观志"的目的达到了。又如《昭公元年传》：

> 赵孟为客，礼终乃宴。穆叔赋《鹊巢》，赵孟曰："武不堪也。"又赋《采蘩》，曰："小国为蘩，大国省稨而用之，其何实非命？"子皮赋《野有死麕》之卒章。赵孟赋《常棣》，且曰："吾兄弟比以安，尨也可使无吠。"

这里，穆叔赋《鹊巢》，乃取首章"维鹊有巢，维鸠居之"二句，意思是比方"晋君有国，赵孟治之"（杜注）。又赋《采蘩》，取的意思是："蘩菜薄物，可以荐公侯。享其信，不求其厚。"（杜注）子皮赋《野有死麕》之卒章，卒章云："舒而脱脱兮，无感我帨兮，无使尨也吠！"杜注："义取君子徐以礼来，无使我失节而使狗惊吠，喻赵孟以义抚诸侯，无以非礼相加陵。"这三则赋诗，不惟是"断章取义"，而且又加上了譬喻作用，加上了"弦外之音"。而最令人奇怪的是《野有死麕》本是一首极为艳丽的爱情诗，卒章描写男女幽会时的情景更是赤裸裸的毫无避忌，像这样的诗，即便是在男女相爱的时候引出来，也会令双方感到尴尬的，但子皮却在这样一种严肃的外交场合中郑重其事的赋了出来，代表了另外的极其严肃的意义，而最妙的是赵孟也立刻就领会了子皮另外所暗示的意义，并答赋《常棣》，取其"凡今之人，莫如兄弟"二句，表示"欲亲兄弟之国"，且更加明白的解释说："我们两国相安无事，自然不会有什么惊动的！"在这里，我们不能不惊叹春秋士大夫赋诗的妙用了。又如《昭公十六年传》：

> 夏四月，郑六卿饯宣子于郊。宣子曰："二三君子请皆赋，起亦以知郑志。"子赋《野有蔓草》。宣子曰："孺子善哉！吾有望矣！"子产赋《郑之羔裘》。宣子曰："起不堪也。"子大叔赋《褰裳》。宣子曰："起在此，敢勤子至于他人乎？"子大叔拜。宣子曰："善哉，子之言是，不有是事，其能终乎？"子游赋《风雨》，子旗赋有《有女同车》，子柳赋《萚兮》。宣子喜曰："郑其庶乎！二三君子以君命贶起，赋不出郑志，皆昵燕好也。二三君子数世之主也，可以无惧矣。"宣子皆献马焉，而赋《我将》。

这也是一个春秋士大夫赋诗的好例子，是可以和前面引的襄公二十七年的赋诗比美的。韩宣子因为要晓得郑国的外交动向（志），所以就叫郑六卿赋诗。这里所谓"知志"，与襄公廿七年赵孟所谓"观志"的意思是一样的（六卿都是郑国的执政大臣，可以代表郑国说话，所以宣子说："二三君子请皆赋，起亦以知郑志。"春秋士大夫的赋诗大都是借诗以言一国之志，言一己之志的比较少，在外交场合之中，春秋士大夫们借赋诗所表达的意思，往往就是他们国家的政治路线和外交政策）。这里，子展赋《野有蔓草》，取的是"邂逅相遇，适我愿兮"二句，表示对宣子欢迎，子产赋《羔裘》，取的是"彼其之子，舍命不渝……邦之司直……邦之彦兮"数句，表示对宣子赞扬。子大叔赋《褰裳》，取的是"子惠思我，褰裳涉溱。子不我思，岂无他人"四句，意思是宣子如果顾念郑国，郑国就请求宣子帮助，宣子如果不顾念郑国，郑国就只好求他人了。子游赋《风雨》，取的是"既见君子，云胡不夷"二句，意思是对能与宣子见面一事表示欢心。子旗赋有《有女同车》，取的是"洵美且都"及"德音不忘"二句，意思是赞美宣子的仪容出众和令名远扬（杜注以为仅取"洵美且都"一句，义为"爱乐宣子之志"，恐非是）。子柳赋《萚兮》，取的是"倡予和女"一句，意思是"宣子倡己将和从之"，表示乐意与宣子合作。此处诸人赋诗仍然都是断章取义，韩宣子也都能领会各位赋诗人所欲表露的意思，并随即予以答谢，而且最后自己也赋了周颂《我将》，取其"日靖四方"之句，表示愿意顾念郑国，帮助郑国靖乱。

以上所举三则赋诗，都是用在外交酬酢场合之中，另外还有用赋诗来办国际间重大交涉的，如《文公十三年传》：

> 冬，公如晋朝，且寻盟。卫侯会公于沓，请平于晋。公还，郑伯会公于棐，亦请平于晋。公皆成之。郑伯与公宴于棐，子家赋《鸿雁》。季文子曰："寡君未免于此。"文子赋《四月》。子家赋《载驰》之四章。文子赋《采薇》之四章。郑伯拜。公答拜。

这是郑伯先背晋降楚，现在又恶离楚归晋，适逢此时季文子由晋回鲁，郑伯欲季文子代为向晋说情，于是就发生了这样一段交涉。这里，子家（郑大夫）赋《鸿雁》，取的是首章"之子于征，劬劳于野。爰及矜人，哀此鳏寡。"四句，意思是郑国寡弱，需要文子惜怜，再远行返晋代为说情。文子赋《四月》，取的是首章"四月维夏，六月徂暑。先祖匪人，胡宁忍予？"四句，意思是："行役逾时，思归祭祀，不欲还晋。"（杜注）子家赋《载驰》之四章，杜注云："四章以下，义取小国有急，欲引大国以救助。"（杜注言四章以下，乃取五章之意。四章云："陟彼阿丘，言采其蝱。女子善怀，亦各有行。许人尤之，众穉且狂。"义无可取，五章有"控于大邦，谁因谁极"之句，盖取义于此。孔颖达疏云："文在五章，而《传》言四章，故云四章以下，言其并赋五章。"余意杜孔二说均有强解之嫌，此恐系原传文为五章，后世传抄乃谓为四章。）文子赋《采薇》之四章，取的是"岂敢定居，一月三捷"二句，意思是答应去晋为郑奔走，不敢回鲁安居。于是"郑伯拜，公答拜"，这项重大的国际交涉就这样完成了。而且不惟如此，更有在行军时用赋诗来发号施令的。如《襄公十四年传》：

> 夏，诸侯之大夫从晋侯伐秦，以报栎之役也。晋侯待于竟，使六卿帅诸侯之师以进。及泾，不济。叔向见叔孙穆子。穆子赋《匏有苦叶》。叔向退而具舟。

诸侯之师到达泾水不肯渡，叔向去请示叔孙穆子，穆子赋《匏有苦叶》，取的是"深则厉，浅则揭"二句，意思是非渡不可（杜注：言己志在于必济）。叔向也晓得了穆子这个意思！于是就退而具舟。在如此千钧一发的紧要关头，具有极端严肃性的发号施令都用赋诗来行方便，赋诗的功用之大由此就可见一般了。

在春秋时代，赋诗似乎是士大夫们必须具备的一种本领，在外交场合中，如果别人赋了诗自己不懂，又不会答赋，那将是一件非常失体面的事情。像这样的记载在古传中也有的，如《襄公二十七年传》：

> 齐庆封来聘，其车美。孟孙谓叔孙曰："庆季之车，不亦美乎？"叔孙曰："豹闻之，服美不称，必以恶终。美车何为？"叔孙与庆封食，不敬。为赋《相鼠》，亦不知也。

叔孙赋《相鼠》，取的是"人而无仪，不死何为！"庆封竟然挨了骂都不知道，真是太可怜了。这是庆封第一次丢丑，第二年庆封因乱奔鲁时又丢了一次丑："叔孙穆子食庆封，庆封氾祭。穆子不说，使工为之诵《茅鸱》，亦不知。"（《襄公二十八年传》）《茅鸱》是逸诗，也是刺不敬的。庆封的两次丢丑，都是因为他不懂诗的缘故。又《昭公十二年传》：

> 夏，宋华定来聘，通嗣君也。享之，为赋《蓼萧》，弗知，又不答赋。昭子曰："必亡！宴语之不怀，宠光之不宣，令德之不知，同福之不受，将何以在？"

为赋《蓼萧》，杜注云："《蓼萧》，诗小雅，义取燕笑语兮，是以有誉处兮，乐与华定燕语也。又曰：既见君子，为龙为光，欲以宠光宾也。又曰：宜兄宜弟，令德寿岂，言宾有令德，可以寿乐也。又曰：和鸾雍雍，万福攸同，言欲与宾同福禄者也。"昭子赋了这样一首好诗来对华定表示欢迎和赞扬，而华定竟然不知，又不答赋，这是多么煞风景的事情，无怪昭子说他"必亡"了。由这几个例子看来，可知道孔子所谓"不学诗无以言"的话，实在是千真万确的了。

由以上所引若干例子，春秋赋诗风气的盛行，已可充分的看到。《汉书·艺文志》说"古者诸侯卿大夫交接邻国，以微言相感，当揖让之时，必称诗以谕其志，盖以别贤不肖而观盛衰焉。"就是这一个赋诗风气的写照。

春秋士大夫们赋诗都是"断章取义"，赋的人都断章取义的赋，听的人也是断章取义的听，这点在上面已经加以说明。这种断章取义的赋诗，大概是当时一种普遍的风气，这可以从《左传》中得到证明，如《襄公二十八年传》：

> 庆舍之士谓卢蒲癸曰："男女辨姓，子不辟宗，何也？"曰："宗不馀辟，余独焉辟之？赋诗断章，余取所求焉，恶识宗？"

"赋诗断章，余取所求焉"，春秋人自己都承认赋诗是"断章取义"了（杜注："譬如赋诗者，取其一章而已。"又传公二十三年传"公子赋《河水》"句下，杜注云："古者礼会，因古诗以见意，故言赋诗断章也。其全称诗篇者，多取首章之义。"亦可做赋诗。断章取义之参说）。

春秋士大夫这种断章取义的赋诗法，对汉以后治诗经的人有着极大的影响。关于这一点，朱自清先生有一段话论得非常具体而扼要，这段话的大意是：春秋的卿大夫对于《诗三百》都很熟悉，正和我们对于皮簧戏一般，他们听赋诗，听引诗，只注重赋诗者和引诗者的用意所在，对于原诗的了解是不会跟了赋诗引诗者而歪曲的。好像后世文用典，但求旧典新用，不必与原意符合，读者欣赏作者的技巧，可并不会因此误解原典的意义。《诗三百》原多言情之作，当时义本易明。可是到了毛郑等人手里，有意求深，一律用赋诗引诗的方法去说解，以断章之义为全章全篇之义，结果自然便远出常人想象之外了（见朱著《诗言志辨》比兴篇）。汉代以后，《诗经》之所以遭受的那样多的误解，实在与春秋断章取义的赋诗有着莫大的关系，后代人对《诗经》那些穿凿附会的解说，乃是从春秋的"赋诗断章"得到最初的暗示的。

载《中央日报》1948 年 5 月 3 日

第三部分

诗经学研究

汉代诗经学

一

春秋战国时代，三百篇已在一般人的心目中占据了重要的位置。这三百零五篇诗成为使臣们不可缺少的外交词令，一般士大夫们著书为文时将这些诗当做格言似的引来引去，大哲如孔、孟、荀、墨诸子都曾对这些诗片段的有所论述。但这都还算不上一种研究工作，真正将三百篇视作一种研究对象（姑不论其研究的目的与研究的成绩若何），而且有师法传授为一种独立而专门的学问，则是汉代才有的事情。

自秦始皇焚书坑儒，先秦经子百家之书，消匿无迹。汉兴以后，惠帝除挟书令，广开献书之路，复置写书之官，于是先秦经子百家之书始陆续出现。

汉朝初年，六经之中，诗的出现最早。又因为诗是韵文，比较容易记忆，除了记载在竹帛之上之外，还保留在人们的记忆之中，所以经过秦火之后，保存的也比较最完全。《汉书·艺文志》说诗："遭弃而全者，以其讽诵不独在竹帛故也。"即是这个意思。

汉初传诗的有鲁、齐、韩、毛四家，《史记·儒林传》说："言诗于鲁则申培公，于齐则辕固生，于燕则韩太傅。"《汉书·艺文志》亦云："汉典，鲁申公为诗故训，而齐辕固燕韩生皆为之传。或取春秋、采杂说，咸非其本义，与不得已，鲁最为近之。……又有毛公之学，自谓子夏所传。"四家之中，鲁最先出，毛最后出。鲁齐韩三家是今文，武帝时皆立于学官；毛是古文，当时未得立，仅私家传授，至平帝时始立学官。大概西汉是三家诗兴盛的时代，东汉是毛诗兴盛的时代。现在我们将四家诗分别加以叙述。

一、鲁诗　汉初传鲁诗的第一个人是申培。申培在文帝时立为博士。《汉书儒林传》说："申公，鲁人也，少与楚元王交俱事齐人浮丘伯受诗。"《汉书楚元王传》亦云："元王少时，当与鲁穆生、白生、申公俱受诗于浮丘伯。"又据旧籍所载，浮丘伯受诗于荀卿，荀卿受诗于根牟子，根牟子受于孟仲子，孟仲子受于李克，李克受于曾申，曾申受于子夏，子夏受于孔子。申培受诗于浮丘伯，此说尚属可信，而浮丘伯以上的受诗就未免是依托了。不管申培以前有没有师承，但鲁诗至申培始成为一家之学，申培是鲁诗的鼻祖，这是丝毫没有疑问的。

二

申培立为博士后，其学一时大盛，《史记·儒林传》谓："弟子自远方至受业者百余人（按：汉书作千余人，顾下文弟子为博士者十余人，及大夫郎中以百数，似以汉书为允）……弟子为博士者十余人。"武帝曾"使使束帛加璧安车驷马迎申公"。弟子从其授诗者有孔安国、周霸、夏宽、鲁赐、缪生、徐偃、王戚、赵绾、许生、徐公、阙门庆忌、瑕丘江公等。此诸弟子皆至显官，如王戚为太子少傅，赵绾为御史大夫，孔安国为临海太守，周霸为胶西内史，夏宽为城阳内史，鲁赐为东海太守，缪生为长沙内史，徐偃为胶西中尉，阙门庆忌为胶东内史，《史记》称此诸弟子谓："其治官民，皆有廉节。"又云："其好学学官弟子，行虽不备，而至于大夫郎中掌故以百数。"其学在当时之兴盛，由此可见。又《汉书·儒林传》云："申公卒，以诗春秋授，而瑕丘江公尽能传之，徒众最盛。"（按瑕丘江公传诗于韦贤、荣广及其孙博士江公，韦贤又传其子韦玄成，玄成传其兄子韦赏，博士江公又传卓芪）《汉书》又云："及鲁许生免中徐公，皆守学教授。"（按许生徐公二人共传王式。许生又曾授诗于韦贤），王式为昌邑王师，式复传张长安，唐长宾，褚少孙，薛广德；张长安又传张游卿，张游卿回传王扶，王扶传许晏、薛广德又传龚胜、龚舍。以上是西汉鲁诗传授的大概情形。降及东汉，鲁诗之学仍不衰，东汉为鲁诗者有魏应、许晃、鲁恭、鲁丕、陈重、雷义、高嘉、右师细君等。魏应之学甚显于世，《后汉书·儒林传》称："应经明行修，弟子自远方至著录数人。"其徒众之盛如此。魏应传其学于王伉，王伉复传包咸，右师细君亦传包咸，包咸又传黄谠子及包福。许晃传李业，高嘉传高容，高容又传高诩。东汉鲁诗之传授，大略如是。今将两汉鲁诗传授列表以明之：

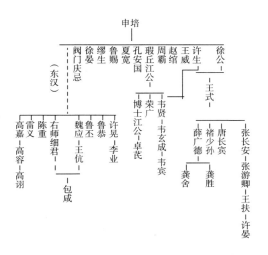

据《汉书·艺文志》所载，鲁诗著录计《鲁故》二十五卷，《鲁说》二十五卷（王先谦补注谓鲁故为申公作，鲁说为申公弟子作）。又《汉书·儒林传》："韦贤治诗，事博士大江公及许生……由是鲁诗有韦氏学。"而据洪适隶释汉武荣碑云："荣字含和，治鲁诗经韦君章句。"可知鲁诗又有《韦氏章句》，而《艺文志》未加著录。又《汉书·儒林传》："张生唐生诸生，……皆为博士，由是鲁诗有张唐褚氏之学。"又云："陈留许晏为博士，由是张家有许氏学。"张唐褚许既有学就似乎应该有著述，但《艺文志》并没有他们的著录，这有两种可能：一种是他们有著作而班固觉得不足取未加著录，一种是他们根本就没有著作。我们看还是后一种假定较为可靠，因为这些治诗的人十之八九是只要能依附一个师承猎取一点官爵就够了，著作等对于他们根本是不必要的。治鲁诗的人如此，治其他诗的人也没有例外。

三

《鲁故》《鲁说》《韦氏章句》在西晋时俱已亡矣（按《隋书·经籍志》载"鲁诗亡于西晋"），鲁诗原来究竟是什么样子，现在我们已经没法晓得了。不过我们根据鲁诗传授的线索，也可以间接的窥测到鲁诗的些许面貌。如孔安国受诗于申培，司马迁曾从孔安国问业，则史记就诗部分皆可认为鲁诗之选。刘向为楚元王子休候富曾孙，汉人传经最重家学，刘向所学必为鲁诗，其《说著新序》《说苑》《列女传》诸书之言诗部分必皆出于鲁诗。后汉建初四年，下太常将大夫博士议郎郎中及诸生诸儒会白虎观，讲议五经同异，当时与会诸儒如魏应、善恭等皆为习鲁诗者，故凡白虎通所引诗当系鲁诗之选。《尔雅》亦当系鲁诗之学，按汉儒谓《尔雅》为叔孙通所传，叔孙通乃鲁人，而臧镛《拜经堂日记》亦以《尔雅》所释诗字训义皆为鲁诗。犍为舍人，刘歆、樊光、李巡诸家注解引诗皆鲁家今文，郭璞注《尔雅》时多沿用其语。熹平石经以鲁诗为主，系蔡邕、杨赐奉诏同定者，其他如张衡的《东京赋》，王逸的《楚词注》，王允的《论衡》，杨雄的《法言》，王符的《潜夫论》，高诱的《淮南注》等，论诗也都是多本鲁说的。（此段略参清陈乔枞《鲁诗遗说考序》）

鲁诗的真正面目现在虽已不可考，然我们可断定鲁诗之学必较齐诗韩诗为笃实。这由几件事情可以推测得出来，如当申公年八十余时，武帝以治乱之事相问，申公答曰："为治者不在多言，顾力行如何耳。"又王式为鲁诗大家，唐长宾、诸少孙事式，问经数节，式谢曰："闻之于师具是矣。"又"唐生诸生应博士弟子选，诣博士，抠衣登堂，颂礼甚严，试诵说有法，疑者丘盖不言。"（三事并见《汉书·儒林传》）由这几件事情，治鲁诗者的不事炫虚不务空谈的作风，足可以得到充分的证明，这比治齐诗者的附会阴阳五行，治韩诗者的故造奇闻异说，那态度是谨严笃实得多了。所以班固评三家说："或取春秋，采杂说，咸非其本义，与不得已，鲁最为近之。"班固是曾经看到三家诗原文的人，这个评语当是相当公允的。

二、齐诗　　《史记·儒林传》称："辕固，齐人也，以治诗，孝景时为博士。"因辕固为齐人，故号其诗为齐诗，这与申培为鲁人而称其诗为鲁诗一样。辕固为人严正不苟，据史记所载，他曾在景帝面前与黄生争论汤武受命问题，曾以论老子触怒窦太后以致下圈刺豕，到九十余岁时还曾责斥公孙宏曲学以阿世。齐诗的出处，史记汉书都没有记载，后世言齐诗者皆以辕固为首，辕固之后，齐人以诗而显贵的极多，都是固的弟子。辕固的一传弟子是夏后始昌，始昌通五经而于诗最明，为昌邑王太傅。始昌传后苍，苍为博士，至少府。苍传翼奉、匡衡、萧望之、白奇，奉为谏大夫，衡为丞相，望之为前将军，奉衡又并为博士，由是齐诗有翼氏匡氏学。匡衡传师丹，伏理、满昌、匡咸，师丹为大司空，伏理为高密太傅，满昌为詹事，师伏又并为博士，由是齐诗又有师氏伏氏学。师丹传班伯，满昌传张邯、皮容，皆至大官，徒众尤盛。西汉齐诗之传授大致如是。迨及东汉，伏湛从其父伏理受诗，湛又传其弟黯，黯传其子恭，恭传其子晟，晟传其子无忌。马援亦尝受诗满昌，其他任末，景鸾、陈元方、张恭祖诸人亦并治齐诗，齐诗之学仍极兴盛。附两汉齐诗传授表：

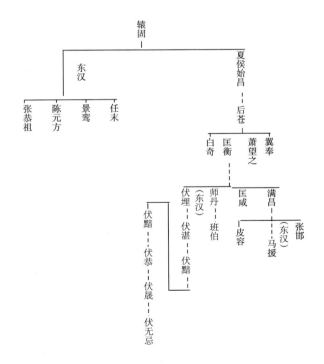

四

关于齐诗的著述，据荀悦《汉纪辕固著汰外传》。又据《汉书·艺文志》载，计有《齐后氏故》二十卷，《齐后氏传》三十九卷，《齐孙氏故》二十七卷，《齐孙氏传》二十八卷，《齐杂记》十八卷。前二者为后苍著，后三种未详其作者。其他伏黯有《齐诗章句解说》，伏恭有《齐诗章句》，景鸾有《齐诗解》。《隋书·经籍志》言齐诗魏已亡，是三家诗中最先亡的，所以这些书也早已随着亡佚了。

齐诗遗说散见于其他经籍者如下述：后苍兼通诗礼，戴德，戴圣庆书俱受转于后苍，诗礼既间出自后氏，则仪礼及二戴书中所引佚诗当为齐诗之文。郑玄本治小戴礼，注礼在笺诗之前，彼时尚未得毛诗，礼□诗说皆用齐诗，郑玄据以为解，知其所述必多本齐诗之义。班固之从祖班伯尝受学于师丹，彪固父子世传家学，汉书地理志，所引诗乃并据齐诗之文，荀悦叔父荀爽，师事陈实，实子纪传齐诗，后汉书言荀爽曾著诗传，爽之诗学乃太邱所授，其为齐学甚明，又荀悦汉纪特载辕固作诗内外传事，尤足证明荀氏家学乃为齐诗。公羊氏本齐学，治公羊春秋者于诗皆称齐，犹之谷梁氏为鲁学，治谷梁春秋者于诗皆称鲁。董仲舒通五经，治公羊春秋，与齐人胡母生同业，则习齐诗可知。孟喜从田王孙受易，焦延寿又从孟喜问易，故焦氏易林皆主齐诗说。余如桓宽盐铁论，所言诗义与鲁韩毛迥异，必为齐诗说无异（参陈桥枞《齐诗异说考序》）。

齐诗有与鲁韩毛三家不同的一点，就是阴阳灾异之说，以阴阳灾异说诗始自夏后始昌，至翼奉而此说大盛，翼奉上封事云："诗之为学，性情而已。五性不相害，六情更兴废，观性以历，观情以律，必参伍以观之。"又云："知下之术，在于六情十二律。北方之情好也，好行贪狼，申子主之。东方之情怒也，怒行阴贼，亥卯主之。贪狼必待阴贼而后动，阴贼必待贪狼而后用，二阴并行，是以王者忌子卯，礼经避之，春秋讳焉。南方之情恶也，恶行廉贞，寅午主之。西方之情喜也，喜行宽火，巳酉主之。二阳并行，是以王者吉午西，诗曰：吉日庚午。上方之情乐也，乐行奸邪，辰未主之。下方之情哀也，哀行公正，戌丑主之。辰未属阴，戌丑属阳，万物各以其类应。"齐诗又有四始五际之说，《诗纬汜历枢》云："大明在亥，水始也；四牡在寅，木始也；嘉鱼在巳，火使也；鸿雁在申，金始也。……卯，《天保》也；酉，《祈父》也；午，《采芑》也，亥，《大明》也，然则亥为革命，一际也；亥为天门，出入候听，二际也；卯为阴阳交际，三际也；午为阳谢阴兴，四际也。"这种说法，离诗的本义相去简直有十万八千里。

三、韩诗　韩婴燕人，文帝时为博士。《史记·儒林传》说："韩生推诗之意而为内外传数万言，其语颇与齐鲁间殊，然其归一也。"世人名其诗曰韩诗，其学不详所出，至《唐书·艺文志》载："韩诗卜商序韩婴注"之语，乃后人所伪讬。韩婴以其学传赵子，贲生及其孙韩商，赵子传蔡谊，谊至丞相，传王吉、食子公，子公为博士，传栗丰，丰传张就，王吉亦传长孙顺，顺为博士，传福发。故韩诗有王、食、长孙之学，张就福发亦皆至大官，徒众特盛。西汉韩诗之传授，大略如是。降及东汉，治韩诗者有薛汉、杜乔、唐檀诸家，薛汉又传杜抚，韩伯高、澹台敬伯，杜乔传赵晔、冯良，其他尚有召驯、杨仁、张匡诸家亦并治齐诗。附韩诗传授表：

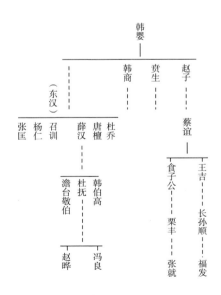

五

韩诗的著述，据《汉书·艺文志》载，计韩内传四卷，韩外传六卷，韩说四十一卷，内外传为韩婴作，韩说为婴弟子作，其他薛汉有《韩诗章句》，杜抚有《诗题约义通》，赵晔有《诗细》及《历神渊》，张匡亦有《韩诗章句》。韩诗亡于北宋末，现除外传尚存外，其余诸书俱一并亡佚了。

魏晋以后，三家诗相继亡佚，韩诗虽最后亡，然世治其学者甚少。惟杜琼著《韩诗章句》十余万言，见于《蜀志》；张秋从濮阳闻受韩诗，见于《吴书》；崔季珪少读韩诗，就郑氏学，见于《魏志》。晋何随治韩诗，研精文纬，见于《华阳国志》。其他就再很少见到有什么人治韩诗了（参陈乔枞韩诗遗说考序）。

就仅存的几部韩诗外传看，可知道韩诗的种种对诗的说法是颇有些怪异的。严格的说来，《韩诗外传》仅是记载先秦（尤其是春秋战国）的佚闻掌故的一部书，有类刘向的《新序》《说苑》和刘义庆的《世说新语》。所不同的是在每一段故事之后引一两句诗作结，但所引的诗既与故事不相关联，而对诗的本义更毫无阐发。今举数则以为例：

> 孟子少时诵，其母方织，孟子辍然中止，乃复进。其母知其谊也，呼而问之，曰："何为中止？"对曰："有所失复得。"其母引刀裂其织，以此诫之。自是之后，孟子不复谊矣。孟子少时，东家杀豚，孟子问其母曰："东家杀豚何为？"母曰："欲啖汝。"其母自悔而言曰："吾怀妊是子，席不正不坐，割不正不食，胎教之也，今适有之而欺之，是教之不信也。"乃买东家豚肉以食之，明不欺也。诗云："宜尔子孙绳绳兮！"言贤母使子贤也。

又有闻孟子佚事一则：

> 孟子妻独居，踞。孟子入户视之，白其母曰："妇无礼，请去之！"母曰："何也？"曰："踞！"其母曰："何知之？"孟子曰："我

亲见之。"母曰："乃汝无礼也，非妇无礼！礼之不云乎？将入门，将上堂，声必扬，将入户，视必下；不掩人之备也，今汝往燕私之处，入户不有声，令人踞而视之，是汝之无礼也，非妇无礼也。"于是孟子自责，不敢去妇。诗曰："采葑采菲，无以下体。"

又楚丘见孟尝君事一则：

　　楚丘先生披蓑带索，往见孟尝君。孟尝君曰："先生老矣。春秋高矣，多遗忘矣，何以教文？"楚丘先生曰："恶！君谓我老？恶！君谓我老？意者将使我投石超距乎？追车赴马乎？逐麋鹿搏豹虎乎？吾则死矣，何暇老哉？将使我深计远谋乎？定犹豫而决嫌疑乎？出正辞而当诸侯乎？吾乃始壮耳，何老之有？孟尝君赧然汗出至踵曰："文过矣！文过矣！"诗曰："老夫灌灌。"

这哪能说是解诗，简直是拿着诗来开玩笑。王世贞《艺苑卮言》说："韩诗外传杂记夫子之绪言，与诸春秋战国之说（注：原文缺'家之稍近于理者'），大抵引诗以证事，而非引事以明诗，故多浮泛不切牵合可笑之语，盖驰骋胜而说诗之旨微矣。"评得可谓切当之极。

六

其中也有许多只记故事连一句诗也不引的，如：

　　楚庄王将与师伐晋，告士大夫曰："敢谏者死无赦！"孙叔敖……于是遂进谏，曰："臣园中有榆，其上有蝉，蝉奋翼悲鸣，欲饮清露，不知螳螂之在后曲其颈欲攫而食之也。螳螂方欲食蝉，而不知黄雀在后举其颈欲啄而食之也。黄雀方欲食螳螂，不知童子挟弹丸在下迎而欲弹之。童子方欲弹雀，不知前有深坑后有窟也。此皆言前之利而不顾后害者也，非独昆虫众庶若此也，人生亦然！"……国不怠而楚以宁，孙叔敖之力也。

这与三百篇可以说是风马牛不相及。而最令人发噱的是记载周南汉广本事的那一则：

> 孔子南游适楚，在于阿谷之隧，有处子佩瑱而浣者。孔子曰："彼妇人其可与言乎。"抽觞以授子贡曰："善为之辞，以观其语。"子贡曰："吾北鄙之人也，将南之楚，逢天之暑，思心潭之，愿乞一饮，以表我心！"妇人对曰："阿谷之隧，隐曲之记，其水载清载浊，流而趋海，欲饮则饮，何问妇人乎？"受子贡觞，迎流而挹之，……坐置之沙上曰："礼固不亲授。"子贡以告，孔子曰："丘之知矣！"抽琴去其轸，以授子贡曰："善为之辞，以观其语。"子贡曰："向子之言，穆如清风，不悖我语，和畅我心，于此有琴而无轸，愿借子以调其音。"妇人对曰："吾野鄙之人也，僻陋而无心，五音不知，安能调琴？"子贡以告，孔子曰："丘知之矣！"抽絺络五两以授子贡曰："善为之辞，以观其语。"……诗曰："南有乔木，不可休息，汉有游女，不可求思！"者之谓也。

这则真是荒唐之极，这与王嘉的《拾遗记》和干宝的《搜神记》简直没有什么分别了。韩诗外传的内容如此，其内传或与此不同，但我们推测也不会与外传相差太远。《史记》《汉书》都说韩诗内外传"其语颇与齐鲁间出"，韩诗的好为异说，从这里也可以透露出点消息了。

三家亡佚之后，后代对三家诗做辑佚工作的，宋王应麟有《诗考》，清范家相有《三家诗拾遗》，丁晏有《王氏诗考补注》《补遗》，冯登府有《三家诗异文疏证》，阮元有《三家诗补遗》，王先谦有《诗三家义集疏》，陈乔枞有《三家诗遗说考》，就中以先谦乔枞二人之著为最后。

七

四、毛诗 《汉书·儒林传》云："毛公，赵人也，治诗，为河间献王博士。"又《艺文志》："又有毛公之学。"此两言毛公，均未言其名。《后汉书·儒林传》始云："赵人毛长传诗，是为毛诗。"惟此长不□草，至陆玑始称"赵国毛苌"。毛苌又曾从毛亨受诗，郑玄《诗谱》云："鲁人大毛公为诂训传于其家，河间献王得而献之，以小毛公为博士。"陆玑《毛诗草木鸟兽虫鱼疏（原文无"疏"）》亦云："亨作训诂传以授赵国毛苌，时人谓亨为大毛公，苌为小毛公。"惟毛诗始祖应断自毛苌，因《毛诗正义》始成一家之学（如汉书所言"又有毛公之学"之毛公为赵人，乃毛苌，非毛亨），此犹申培虽从浮丘伯受诗，而言鲁诗始祖仍断自申培相间。郑玄为毛传作笺，又去汉初未远，故其大毛公授小毛公之言尚属可信，至于毛诗出于子夏之说就很不可靠了。盖毛氏之学，旧说出处颇古，《汉书·艺文志》言毛公之学自谓出于子夏，陆玑本此说而更推臆之，其《毛诗草木鸟兽虫鱼疏》云："孔子删诗授卜商，商为之叙，以授鲁人曾申，申授魏人李克，克授鲁人孟仲子，孟仲子授根牟子，根牟子授赵人荀卿，荀卿授鲁国毛亨，亨作训诂传以授赵国毛苌。"此其一说，另说见于陆德明《经典释文》，释文引徐整之言曰："子夏授高行子，高行子授薛仓子，薛仓子授帛妙子，帛妙子授河间人大毛公，大毛公为《诗故训传》于家，以授赵人小毛公。"这种毛诗出处的说法显然是伪托，因为：第一，按陆玑的说法，毛诗的出处与鲁诗渊源甚近。（按鲁诗旧说申培受于浮丘伯，浮丘伯受于荀卿），但看看鲁毛二家对诗的解法距离甚远，如《关雎》毛以美后妃之德，而鲁则以为系刺康王宴起，同一首诗，一解为美，一解为刺，如果二者出自同一师承，解诗就绝不会有这样大的悬殊。第二，一件事物如果同时有了两种的说法，就可见原事物不是太确切可靠的，而且这两种说法中的人名有若干怪诞不经，在先秦经籍中从未见到过。第三，师法传授是从汉代才有的，子夏纵对诗有若干解说，但经过战国这段漫长的时间，也早会淹没无闻了。

毛苌既治诗，复传其学于贯长卿，贯长卿传解延年，解延年传徐敖，徐敖传陈侠，陈侠为王莽讲学大夫。西汉毛诗之传授，大略如是，盖毛诗在西汉仅为私家传授，未得立于学官，因与利禄不通，故流行不广，治其学者寥寥无几。降及东汉，谢曼卿首善毛诗，贾徽、卫宏从其学，贾徽又传其子贾逵，卫宏亦传徐巡。其他马融、郑众、尹敏诸家亦并善毛诗，而两汉诗学之集大成人物郑玄亦尝从马融受学。因治毛诗者皆当时大儒，故毛诗之学一时大盛。附毛诗传授表：

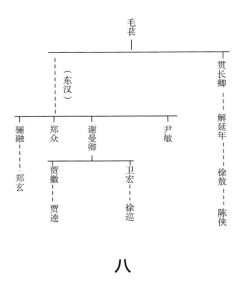

八

毛诗著述，《汉书·艺文志》载有《毛诗》二十九卷和《毛诗故训传》三十卷。《毛诗故训传》即郑玄为之作笺之毛传，《故训传》作者据郑玄诗谱及陆玑诗疏言为毛亨（引见前）而《隋书·经籍志》则以为系毛苌所作，《隋志》云："汉初又有赵人毛苌善诗，自云子夏所传，作《诂训传》，是为毛诗。"又云："毛诗二十卷汉河间太守毛苌传郑氏笺。"按二说当以毛亨作为允，因郑玄为传作笺，又去汉初甚近，所言必较隋书为可靠。不过毛亨既作《故训传》以受毛苌，则《故训传》很可能又曾经过毛苌的一番润色与补充，所以说《毛诗故训传》是二毛合作的也未尝不可。《艺文志》另载：《毛诗》二十九卷，恐即是由二毛所传的用古文记载的诗经原文，而并非一种解释诗经的专门著作。毛传之后，治毛诗者所作有关毛诗的著作，谢曼卿有《毛诗训》，卫宏有《毛诗序》，郑众有《毛诗传》，贾逵有《毛诗传》及《毛诗杂义难》，马融有《毛诗注》，郑玄有《毛诗笺》及《毛诗谱》，就中仅有卫宏的《毛诗序》和郑玄的《毛诗笺》《毛诗谱》尚存，其他都亡佚了。

毛传的解诗染着极浓重的圣功王道的思想，如释《关雎》说："后妃说乐，君子之德，无不和谐，又不淫其色，慎固幽深，若雎鸠之有别焉。然后可以风化天下。夫妇有别，则父子亲，父子亲，则君臣敬，君臣敬，则朝廷正，朝廷正，则王化成。"这自然抓不到诗的本义，这种圣功王道式的解诗法，以现代的眼光看来，自然是迂腐之极，得不到诗的本义，但比齐诗的附会阴阳五行，韩诗的故为异说，价值是高得多了。毛传的这种附会圣功王道的解诗部分自然不免对诗的本义有所损伤，但其对诗训诂名物部分的注释及其对赋比兴的引用，却是有着不可磨灭的价值的。郑玄的《毛诗笺》是一本集大成的书，其说以毛为主，兼采三家，又断以己意，在以圣功王道的观点说诗这点上与毛传毫无分别，而对诗训诂名物的注释这方面则较毛传更为完全和充实。

西汉是今文经盛行的时期，其时三家诗盛极一时，毛诗虽也出现极早，但因为是古文，并未被人重视。史记言诗仅及三家，并没有提到毛，由此可见毛诗当时被一般人忽视的情形。三家诗早在武帝之世已先后立于学官，而毛诗一直到平帝时才得立，平帝以前，毛诗仅是私学，治毛诗的也不能像治三家诗的那样可以因之得到高官厚禄，所以终西汉之世，毛诗的冷落与三家诗的炫赫一时比较起来，简直不可以道里计。不过一到东汉，情形就渐渐不同了，在东汉，毛诗终于慢慢风行起来。由于毛诗的风行，三家诗便渐渐由盛而衰，到魏晋之世且以致归于亡佚了。

至于毛诗独盛的原因，郑樵在《六经奥论》中曾有所论列："今观其书，所释鸱鸮与金縢合，释北山蒸民与孟子合，释昊天有成命与国语合，释硕人、清人、皇矣、黄鸟与左氏合，而序由庚六篇与仪礼合。……汉兴，三家盛行，毛最后出，世人未知毛氏之密，其说多从齐鲁氏。迨至魏晋，有左氏国语孟子诸书证之，然后学者舍三家而从毛氏。故齐诗亡于魏，鲁诗亡于晋，韩诗虽存无传之者。从韩诗之说，则二南商颂皆非治世之音，从毛诗之说，则礼记左氏无往而不合，此所以毛诗独存于世也。"其实与《左传》诸书合不合和毛诗的兴盛并没有太大的关系，我们仔细考察一下，毛诗与此诸书也有不相合的，而且三家诗也有与此诸书相合的，魏源《诗古微》即曾论及此点："《齐诗》先《采蘋》而后《草虫》，与《仪礼》合；《小雅》四始五际次第，与乐章合。鲁韩诗说《硕人》、《二子乘舟》、《载驰》、《黄鸟》，与《左氏》合；说《抑》、《昊天有承命》，与《国语》合；说《驺虞》乐官备，与《射义》合；说《凯风》、《小弁》与《孟子》合；说《出车》与《采薇》非文王伐玁狁，与《尚书大传》合；《大武》六章次第，与乐章合；其不合诸书者又安在?"所以毛诗与他书的合不合并不是它独盛的原因，我们归纳毛诗独盛的原因，共分下列四点：

九

第一，自刘歆移书让太常，五经古文相继立于学官，古文终代今文而大兴，毛诗为古文，便也随着兴盛起来。

第二，东汉大儒如郑众、贾逵、马融、郑玄等，都先后致力毛诗，为毛诗作传，这些人都是能够左右一时风气的，而郑玄博通群经，号召力尤其大，他所作的毛诗笺与毛诗的兴盛更有着莫大的功绩。

第三，毛传郑笺说诗都深受了儒家思想的熏陶，卫宏的诗序更可以说是儒家学说的集成化，这种圣功王道的解诗法，固然大有失诗的本义，但在中国这个儒家思想为主流的社会里，便恰正奠定了它的成功的基础。

第四，三家说诗有远于中国正统思想的地方较多，至于齐诗的杂入谶纬，韩诗的故为异说，更非中国这个中庸的思想界所能容受得了的。三家诗既然难合一般人的心意，人们便只有从毛了。

由于以上这四种原因，所以毛诗终于战胜了三家，而且得以独传于后世。

以上我们已将鲁、齐、韩、毛四家诗的传授及其学说内容约略的讨论过，讨论了这四家，对于整个的汉代诗经学可以说也已经把握住一个大概了。

由春秋战国人的零星片段的引诗论诗，仅仅经过了秦代几十年的工夫，这大半以歌唱男女爱情为主的三百零五篇诗，突然升上了辉煌的宝座，便成为神圣不可侵犯的经典，而且凡治诗的人都可以得到高官厚禄，并有着上千上万的经生来从事学习，这现象，在人类的文化史上简直是一件不可思议的奇迹，《诗经》之所以这样受到士大夫阶级的重视，并不是汉代的读书人真的从《诗经》中发现了什么伟大的价值，自发而虔诚的将《诗经》看做真正的研究对象，而企图有所研究与发明，这些人之所以重视《诗经》的原因，借班固的一句话就可以道破了："盖禄利之路然也。"因为一般儒生致力《诗经》的目的只是为了利禄，所以便造成只有学官而没有著述的现象，三家诗被立为博士的比比皆是，生徒们更是成千累万，治诗的人不可谓不多了，但《汉书·艺文志》所载的他们有关《诗经》的著录不过寥寥数种而已。因此，汉代的诗经学，从表面上看是叱咤风云，盛极一时，然而实际的从成绩方面考察一下，却是极其空疏的。

四家诗中，毛诗比较的和利禄少了些因缘，因此也只有治毛诗的做出了一点比较差强人意的成绩。在对《诗经》的贡献这方面说，两汉经生之中，郑玄无异的是最值得我们礼赞的一个。尽管他的那种圣功王道式的解诗法是大大的损伤了诗的本义，但他对诗的训诂名物方面的注释无异的缩短了若干后代人对《诗经》的距离。而且处在那样一个儒家的功用主义的文学观狂涛似的在各处汹涌的时代，要想以纯文学的眼光来看这部业已登上了神圣的宝座的《诗经》，那是任何人所难以做到的事情。因为人总是人，是站在历史中的人，完全超脱了他所处的时代影响的人，是古今中外从来没有过的。像朱熹那样用比较纯文学的眼光来看诗，那还是在《诗经》与学官断绝了关系，而且那种神圣不可侵犯的经典意味已为时间冲淡了的宋代才有的事情。而且郑玄对《诗经》还有个大贡献，就是打破西汉以来《诗经》传授上的师法与家法，他注诗的态度是："宗毛为主，毛义若隐略，则更表明，如有不同即下己意，使可识别也。"（《六艺论》）我们知道，两汉的经生是最重师法和家法的，凡师之所传，弟子必须严格遵守，丝毫不容改变，这实在是阻碍学术进步的一种极大的壁障，两汉有关诗经研究的著作之所以如此稀少，师法家法是不能不负其一部分责任的。自从郑玄兼采今古文为毛诗作笺之后，这种狭隘的阻碍创造与发明的师法家法便渐渐的被摧毁了。汉以后，从各个角度研讨《诗经》的著作随着时代不断的陆续出现，其原因固不止一端，但后代人能摆脱了师法家法的羁绊才能对《诗经》有所创造与发明，这点总不能不说是一个极重要的原因的，单就这一点说，我们也不能不对郑玄加以礼赞了，但皮锡瑞在他所著的《经学历史》中对郑玄的打破师法家法反而痛加诋毁，真可谓迂腐得可怕了。

总观汉代的诗经学，在其受国家重视及治诗者众多上说，真可谓空前绝后，登峰造极；但如在著述数量与研究成果上说，则又是贫乏空疏，至为可怜。但无论如何说，诗经学在汉代已经构成为一种专门独立之学，诗经学在汉代是真正的完成了。

载《中央日报》1948 年 1 月 23、26、29、30 日，
2 月 5、13、19、20、26 日

三国两晋南北朝隋唐诗经学

（上）

东汉以后，思想界冲出了两股洪流：一是佛教的出世思想，一是老庄的虚无主义。到魏晋之世，这两股洪流激起了清谈和玄风，搅乱了由西汉以来的儒家独霸的思想界。于是"学者以老庄为宗，而黜六经"（《晋书·愍帝纪论》），两汉经学的炫赫时代，像经过一场暴风雨袭击的暮春风光似的，霎时之间已成为过去了。

东汉以后，由是经学的普遍衰落，诗经学也是萎靡不振的。首先，三家诗很快的就相继亡佚了，据《隋书·经籍志》载："齐诗魏代已亡，鲁诗亡于西晋，韩诗独存，无传之者。"想起三家诗在两汉（尤其西汉）时的兴盛情形，任何人都难以相信它们竟会如此迅速的相继衰落而且亡佚了的。三家诗相继亡佚之后，诗经学的流传，便只剩毛诗一家了。

自东汉末年，郑玄为毛诗作笺，毛诗之学得以大行于世，这点我们已经在汉代诗经学中讨论过了。郑玄作笺，虽是"宗毛为主"，但"毛义若隐略，则更表明"，而且更进一步"如有不同，即下已意"。郑玄以这种态度作书，其不与毛传完全相合是意料中的事情。郑玄的这种不为传统所囿的大胆独创的作风，赞同的固然大有人在，但反对的人也不是没有的，到魏代，王肃就首先揭起了反对的旗帜。

王肃关于诗经方面的著述有《毛诗注》《毛诗义驳》《毛诗奏事》《毛诗问难》《毛诗音》，专是述毛攻郑的。不过这些书现在都已亡佚，其内容如何现在已无从考知，欧阳修曾引王释《卫风·击鼓》之文，以为郑不如王，修文云："击鼓五章，自爰居以下三章，王肃以为卫人从军者与室家诀别之辞，而郑以为军中士伍约誓之言。夫卫人誓出从军，岂宜相约偕老于军中，此非人情也，当以王说为是。"（见修著《诗本义》）按击鼓第四章"死生契阔，与子成说，执子之手，与子偕老"四句，王肃释为："言国人室家之志，欲相与从生死契阔勤苦而不相离，相与成男女之数，相扶持俱老。"（见孔颖达《毛诗正义》所引）郑笺则谓："从军之士，与其伍约，死也生也，相与处勤苦之中，我与子成相说爱之恩，志在相存救也。"二说确以王说较得诗之本义，但仅依这一篇的解释自然也难以就此判断两家的优劣。王肃的反对郑玄不仅限于诗的方面，其他经亦并加反对。他为了反对郑玄，乃伪作古文尚书、孔子家谱、孔丛子等书，假托孔子或孔子子孙所作，其孔子家语序云："郑氏学行五十载矣，自肃成童始志于学，而学郑氏学矣。然寻文责实，考其上下，义理不安，违错者多，是以夺而易之。"可知他的反对郑玄是一种有针对的大规模的行动。王肃在诗的方面打着毛申难郑的旗帜，在其他经方面又唱着尊贾马以驳郑的口号，好像他的反对郑玄是为古文学张目，不满意郑玄的以古今文杂糅的方法解经似的，实际上却并不如此。他驳郑，固有以古文之说驳郑今文之说的，但也有以今文之说驳郑古文之说的，关于此点皮锡瑞《经学历史》论的甚为详明，《经学历史》云："肃善贾马之学，而不好郑氏。贾逵马融皆古文学，乃郑学所自出，肃善贾马而不好郑，殆以贾马专主古文，而郑又附益以今文乎？案王肃之学亦兼通古今文，肃父朗师杨赐，杨氏传欧阳《尚书》，洪亮吉《传经表》以王肃为伏生十七传弟子，是肃尝习今文，而又沿贾马之学。故其驳郑，或以今文说驳郑之古文，或以古文说驳郑之今文。"可见王之驳郑实在含着若干意气成分，难免有故意挑剔之嫌。因此王肃这关于毛诗的四本著作，现在虽不知其内容如何，但我们可以断定是不会比郑笺再好的。

（中）

王肃驳郑之后，当时魏有王基出来替郑辩解，王基著有《毛诗驳》，是专门驳王肃而申郑的。《毛诗驳》现在已亡，内容好坏已无从考知，惟王应麟《诗考》引其《苤苢》一条，谓王不及郑，《诗考》云："王肃引《周书》，苤苢如李，出于西戎。王基驳云：远国异物，非周妇人所采。"不管王肃反对郑玄也罢，或王基驳斥王肃也罢，大概都是一种意气之争，内容大都不曾十分精彩。

三国之世，除王肃王基二家之外，治毛诗者尚有魏之刘桢、刘璠，吴之徐整、陆机、韦昭、朱育等，刘桢著有《毛诗义问》，刘璠著有《毛诗义》《毛诗笺传是非》，徐整著有《毛诗谱》，韦昭朱育著有《毛诗答杂问》，陆机著有《毛诗草木鸟兽虫鱼疏》，（见□□□□□□□□□），现在诸书均亡佚，仅有陆疏尚存于世。韦朱之《毛诗答杂问》，其内容可就《初学记》及《太平御览》中引见一二，如谓甫田"维莠"之莠为今之狗尾草，又谓旱魃眼在顶上，又举《时迈》之诗为"巡狩告祭柴望也"，又释《野有蔓草》云："国多供役，男女怨旷，于是女感伤而思男，故出游于洧之外，讬采芬香之草，而为淫佚之行。时草始生而云蔓者，女情极欲以促时也。"多是奇奇怪怪的细微末节，没有什么价值可言。陆机的《草木虫鱼疏》虽篇幅不多，然在名物方面尚有相当价值。此外尚有蜀杜琼著《韩诗章句》，为东汉以后三家诗中唯一的著述，其书今亦亡佚，莫可考知。三国时代诗经学的情形，大略如上所述。

西晋一代，学人未有治诗经者，永嘉乱发，齐诗沦亡，鲁诗不过江东，韩诗虽存，然无传人，故东晋初年，治诗者仍延习三国时王郑是非之争的老问题。此时孙毓首著《毛诗异同评》以申王驳郑，陈统著《难孙氏毛诗评》以申郑驳王（统另著有《毛诗表隐》）。此外杨乂有《毛诗辨异》《毛诗异义》《毛诗杂义》，谢沈有《毛诗释义》《毛诗义疏》《毛诗注》，袁乔有《毛诗注》，郭璞有《毛诗拾遗》《毛诗略》，殷仲堪有《毛诗杂义》，蔡谟有《毛诗疑字》，江熙有《毛诗注》，虞喜有《毛诗略》，干宝、李轨、阮侃、徐邈、江惇并有《毛诗音》，（各书见隋志及七录），现在这些书均一并亡佚，其内容如何已不可考知。有晋一代，诗经之学大略如是。

唐北朝时地分南北，经学亦因南北之分。南朝有关诗经的著作，据《隋志七录》所载，徐广有《毛诗背隐义》，雷次宗有《毛诗义》，徐爰有

《毛诗音》，孙畅之有《毛诗引辨》，何偃有《毛诗释》，刘孝孙有《毛诗正论》，业遵有《业诗》，梁武帝有《毛诗大义》，刘瓛有《毛诗篇次义》，何胤有《毛诗隐义》，谢昙济有《毛诗检漏义》，崔灵恩有《集注毛诗》，顾越、舒援、沈重并有《毛诗义疏》，张讥、关康之并有《毛诗义》。凡此诸书，现在均一并亡佚，其内容已不可考知。北朝治毛诗者始于刘献之，继起者有李周仁、黄令庆，李铉、张思伯、程归则、张士衡、刘敬和、刘轨思、徐遵明、马敬德、马元熙、元延明、刘芳、鲁世达、全缓、刘丑等，张思伯著有《毛诗章句》，元延明有《毛诗谊府》，刘芳有《毛诗笺音证》，鲁世达有《毛诗章句义疏》及《毛诗注并音》，刘轨思、全缓、刘丑并有《毛诗笺疏》。今此诸书亦均亡佚，内容亦莫可考知。《北史·儒林传》说："南人约简，得其英花，北人深芜，穷其枝叶。"这虽是通论五经的话，但诗经恐也不免于此。大概南朝老庄玄学流行，治诗者应发明其大义，以明达简约为主；北朝仍本汉学传义，治诗者专在训诂名物方面钻研些琐屑的问题。

（下）

隋代虽国祚甚短，然经学颇能综合南北两方之所长。诗经方面最著者有刘焯和刘炫，刘焯著有《毛诗义疏》，刘炫著有《毛诗述义》及《毛诗谱注》，合其书俱并亡佚，唯孔颖达撰《毛诗正义》时采他们的说法颇多。

至唐，经学上有一大事，即贞观十六年诏孔颖达等撰修《五经正义》。颖达疏诗以毛郑为本，恪守"疏不破注"之例，毫不参加自己意思，于毛郑两家之外，复采刘焯刘炫及南北朝诸家之说。其《毛诗正义·自序》云："其近代为义疏者，有全缓、何胤、舒援、刘执思、刘丑、刘焯、刘炫等。然焯炫并聪颖特达，文而又儒，擢秀干于一时，骋绝辔于千里，固诸儒之所揖让，日下之无双；于其所作《疏》内，特为殊绝，今奉敕删定，故据以为本。……今削其所繁，增其所简，唯存意于曲直，非有心于爱憎。"故知颖达撰正义，采刘焯刘炫之说尤多。《正义》搜罗既广，对训诂名物的诠释极为详备，可以说是汉以来研究毛诗的一部最完备的著作。自《正义》出世之后，毛郑之学是更加光大无遗了。

其时又有成伯屿，说诗的态度与孔颖达极相反。孔是恪尊毛郑，丝毫不加己意，成则一空依傍，全以自己意思说诗。成著有《毛诗断章》与《毛诗指说》二书，《毛诗断章》今已亡佚，《崇文总目》谓其"大抵取春秋赋诗断章之义，钞取诗语，汇而出之"，今其内容虽已不可考，然观其断章之名，则亦不难想象及之。《毛诗指说》今尚存留，内容分与述、解说、传受、文体四篇，其格式颇类刘勰之《文心雕龙》。成伯屿这种以己意说诗的态度，到了宋朝便蔚成一种风气，朱熹等的废小序而率以己意解诗，成伯屿实为其前导。有唐一代治诗者，除了孔颖达、成伯屿二人之外，尚有陆德明著《毛诗释文》，许叔牙著《毛诗纂义》，王玄度著《毛诗注》，施士丐著《诗说》，杨嗣复等著《毛诗草木虫鱼图》，张诉著《毛诗别录》，令狐氏（未详其名）著《毛诗音义》，今除陆德明《释文》尚存外，其他均一并亡佚。

总之，由三国至唐，时间虽经过得很长，朝代虽经过得很多，但在诗经学上却毫无所发明与创获。大部分的治诗者都是把精力花费在毛郑是非的争论上去，不做这个争论的也都是在无关宏旨的细微末节上逗圈子，只有孔颖达等的《毛诗正义》比较算得起是一部精细笃实的著作，但也不过是又把毛郑的说法比较详细的述说了一番而已，额外的创获是一点也没有的，因此，由三国至唐的诗经学，可以说仅是东汉末年诗经学的一个余波而已，治诗者钻来钻取都没有钻出毛郑的范围以外，如果说春秋战国是诗经学的滥觞时期，两汉是诗经学的完成时期，那么三国两晋南北朝隋唐便是诗经学的衰落时期了。

载《中央日报》1948 年 4 月 26、28 日，5 月 3 日

宋元明诗经学

一

由三国至唐，治诗经者皆以毛郑为宗，并恪守小序而无所疑惑，其所致力范围多为训诂名物之注疏，对诗的本意方面很少有探寻之者。这种情形，至宋而大变。

宋代由儒释杂糅而有道学（即近人所谓儒学）之产生。宋代儒者十九皆为道学家，这般道学家研究学问以尊道为唯一之目的。他们把经书看成载道的工具，他们对经书的态度是：深入于文字之底以求其中所载之道，即寻求所谓"圣人之真精神"。唯其是寻求道，寻求"圣人之真精神"，所以他们治诗只从大处着眼，只求义理，不大在文字的细微末节上注意，他们皆"视汉儒之学若土埂"（王应麟语），对汉儒的专在训诂名物上兜圈子的治经态度根本加以反对。他们不唯治经时专着意于经书中所载之道，其且把道看得比经书还重要，如陆象山云："学苟之道，则六经皆我注脚。"这乃是以道为主，以经书为训了。由于宋国视道高于一切，视经书为证道之工具，故经书在宋儒眼中已丧失其神圣不可侵犯的地位。宋儒已将经书看做一种普通的研究对象。一将经书看作一种研究对象，那种如汉唐儒者的偶像崇拜及墨守古法的治经态度便首先打破，于是治经者始而怀疑经的注疏，继而怀疑经的本文，再甚而删改经文以就自己所创之新说。这种打破传统以新说解经的风气，始开自刘歆的《七经小传》和王安石的《三经新义》。王应麟《困学纪闻》云："自汉儒至于庆历间，谈经者守训故而不凿，《七经小传》出而稍尚新奇矣，至《三经新义》行，视汉儒之学若土梗。"其后更有欧阳修排系辞，修及苏轼、苏辙毁周礼，李觏、司马光疑孟子，苏轼讥书经，晁说之，郑樵、朱熹黜诗序，陆游云："唐及国初学者，不敢议孔安国郑康成，况圣人乎？自庆历以后，诸儒发明经旨，非前人所及。然排《系辞》、毁《周礼》、疑《孟子》、讥《书》之《胤征》、《顾命》，黜《诗》之序，不难于议经，况传注乎？"汉司马光论风俗篇论子云："新进后生，口传耳剽，读《易》未识卦爻，已谓《十翼》非孔子之言，读《礼》未知篇数，已谓《周官》为战国之书，读《诗》未尽《周南》、《召南》，已谓毛郑为章句之学；读《春秋》未知十二分，已谓《三传》可束之高阁。"由此可见当时风尚之一般。在这样的一种风气影响之下，治诗经的人自然不会再像唐以前人那样严宗毛郑，恪守小序，所以诗经学之到了宋代陡然换了个新局面，乃是有时代因素在内，为潮流所致使然的。

胡朴安先生在其所著《诗经学》一书中，将宋人说诗者分成三大流派，一为废小序派，二为存小序派，三为名物训诂派。这种分法大致尚比较能得其要，惟我们觉得前二派与其叫做废小序派和存小序派，似乎不如叫做革新派和保守派比较更能来得概括些。以下我们要对三大派分别加以叙述。

二

宋人不专尊毛郑及小序而多以己意说诗，其首创者为欧阳修之《毛诗本义》。宋楼钥云："由汉以至本朝，千余年间，号为通经者，不过经述毛郑，莫详于孔颖达之疏，不敢以一语违忤二家，自不相侔者，皆曲为之说以通之。韩文公大儒也，其上书所引菁菁者莪，犹规规然守其说。惟欧阳公本义之作，始有以开百世之惑。"惟欧阳修虽不如宋以前人说诗一样恪宗毛郑，但他对毛郑也并不妄加谤议，曾说："后之学者，因迹先世之所传，而较得失，或有之矣。使徒抱焚余残脱之经，伥伥于圣人千百年后，不见先儒中间之说，而欲特立一家之学者，果有能哉？吾未之信也。"他又说"先儒于经不能无失，而所得固已多矣。尽其说而理有不通，然后以论正之"，由此可见他治经态度之谨严，他是对前人学说"尽其说而理有不通"时，然后方下以己意，"以论证之"的。欧阳修虽对宋以前毛郑诸家的诗说仍予相当尊重，然宋人以己意说诗的风气却从他这里开端了。

欧阳修之后，苏辙作《诗集传》，首对小序加以怀疑。他以为小序反复繁重，显非一人之词，疑是毛公之学，卫宏之所集录，故对小序仅存首句，其余一并删除。而后疑诗序议毛郑者有程大昌、李樗、邱铸、董逌诸人。程大昌著《诗义》，内容共分十七篇，所论的问题有古有二南而无国风之名，南雅颂为乐诗诸国为徒诗，诗序不出于子夏，小序总语出于卫宏等，观其自序云："三代以下，儒者孰不谈经，而独尊信汉说者，意其近古或有所本也。若夫古语之可以证经者，还在六经未作之前；而经文之在古简者，亲预圣人援证之数，则其审的可据，岂不愈于或有师承者哉？而世人苟循习传之旧，无能以其所当据而格其所不当据，是敢于违背古圣人，而不敢于是正汉儒也。呜呼，此诗议之所为作也。"其说诗不尊汉儒之态度，于此显然可见。李樗著《毛诗解》，乃"博取诸家之说，训释名物文意，末用己意为论以断之"（陈振孙语）。邱铸著《周诗集解》，只取序中第一句，以为子夏作，后句则削之。董逌著《广川诗故》，兼取三家之说，不专毛郑。

及南宋初年，郑樵作《诗辨妄》，王质作《诗总闻》，更废弃毛郑，攻诋小序，不遗余力。郑樵之《诗辩妄》六卷，专言毛郑之失，而以己意说诗，其《诗辨妄·自序》云："毛诗自郑氏既笺之后，而学者笃信康成，故此诗专行，三家遂废。齐诗亡于魏，鲁诗亡于西晋，隋、唐之世，犹有韩诗可据，迨及五代之后，韩诗亦亡。致今学者，只凭毛氏，且以序为子夏所作，更不敢拟议。盖事无两造之辞，则狱有偏听之惑，今作《诗辩妄》六卷，可以见其得失。"其以毛郑不可尽信之意，实为显而易见。王质《诗总闻》，内容分闻音、闻训、闻章、闻句、闻字、闻物、闻事、闻人、闻用、闻迹、闻风、闻雅、闻颂等，其说诗皆独出新义，不循旧传。

三

宋人废弃小序而以己意说诗之一派，始于苏辙，而由朱熹集其大成。

朱熹著《诗集传》二十卷，将小序完全废弃，专就诗的本文以探索诗中所含的意义。他以最勇敢的态度将历代一切罪功王道的传统解诗法完全打破，他大胆的指出若干风诗（尤其是郑鄘）为男女相悦之辞，为淫奔之诗。由汉以来，三百篇这部大半以歌唱男女爱情为主的纯文学的诗篇，被一般儒者歪曲穿凿，牵强附会，给它披上一件礼教的外衣，使它和原义偏颇得不知有多么远。譬如明明是一首女子思恋男子的诗（子衿），却偏偏说是"刺学校兴废也"，明明是一首男女相悦的诗（风雨），却偏偏说是"思君子也"。这种情形，到了朱熹一下子就焕然改观，汉以来真正脱去偏颇的礼教色彩而用纯文学的眼光去看诗经的，朱熹是第一人。虽然朱熹在处理国风中那些情诗的时候，态度仍然不够彻底，仍然难以完全脱去旧的传统说法的牵绊，但是一个身为道学家的他，开始第一阅就有如此大胆而新奇的意见，实在是已经太难能可贵了。朱熹的废小序，并非如某些人一样纯是为了标新立异，而完全由于精研覃思体会领悟的结果，看他在《朱子语类》中说："某自二十岁时读诗，便觉小序无意义。及去了小序，只玩味诗词，却又觉得道理贯彻。当初亦尝质问诸乡先生，皆云，序不可废，而某之疑终不能释。后到三十岁，断然知小序之出于汉儒，其为缪戾，有不可胜言。东莱不合，只因序讲解，便有许多牵强处。某尝与言之，终不肯信。"可知他废弃小序之心，在早年读诗时已经有了。朱熹在寻求诗的本义时虽废弃小序，但在训诂名物方面却不废弃毛郑，他不但不废弃毛郑，而且还广泛的参证三家及先秦各种经传子史诸书，故他在诗经上的成就，由汉以来实在是首屈一指的。王应麟说："诸儒说诗，一以毛、郑为宗，未有参考三家者。独朱文公《集传》，闳意眇指，卓然千载之上。"何楷说："榷训诂，则郑孔之功决不可诬，明义理，则朱子之言深得其要。"这种赞美实在一点也不过分的。

朱熹之后，废小序而以己意说诗的风气一时更大为盛行。如杨简的《慈湖诗传》和袁燮的《絜斋毛诗经筵讲义》，都是排斥小序而专在义理方面□□新说而解诗的。杨著所论极为大胆，他说古说难以尽信，左传不可据，尔雅多谬说，陆德明好异音，郑康成不善属文。

四

大学引诗多牵合，此种大胆言论实发前人所未发。而在解释文句上更多新奇之说，如谓"聊乐我员"之员为姓，"天子葵之"之葵有向日之意，"六驳"为赤驳之词，等等，牵强附会，实在难免有故意标新立异之嫌了。袁著惯以诗来发明时事，如论式微诗时，就盛赞太王勾践转弱为强，而驳责黎侯无奋发之心，论扬之水时，就以平王柔弱为可怜，论黍离时，简直就用汴京的宗□宫□□比了。（参《四库提要》及朱彝尊《经义考》）其他如辅广的《诗童子问》，朱鉴的《诗传遗说》，刘龠的《东宫诗解》等都是宗朱熹的诗传而说诗的。此外又有王柏著《诗疑》，不但废弃小序，攻诋毛郑，甚至质疑诗经的本文，以致将诗删去三十二篇之多。又将小雅若干篇含有怨诮之语的移到王风，又作二南相配图，将《甘棠》《何彼襛矣》移到王风，并将《野有死麕》删去，使召南只剩十一篇，恰和周南一般多。而且又将若干诗的篇名加以更改，如将《桑中》改作《采唐》，《权舆》改作《夏屋》，《大东》改作《小东》。宋人打破传统而独创新意说诗的一派：到了王柏可以说已经趋于极端了。

每当一种企图打破旧传统的新思潮兴起的时候，一定有一种相反的势力来维护旧的传统，来阻碍这种思潮的发展，这在人类的文化史上几乎成为一种必然的惯例。以此来审察宋代的诗经学，这种现象尤其显著。当南宋初年郑樵作《诗辨妄》攻诋小序的时候，周孚即作《非郑樵诗辨妄》以驳诋郑樵，书的自序说："古之圣人者，未尝有训诂也。……自汉以来，六经之纲维具矣，学者世祖传守之，虽圣人未易废也。而郑子乃欲尽废之，此子所以不得已而有言也。故摄其害理之甚者见于予书……于是总而次之，凡四十二事为一卷。"其维护旧传统的面目极为显而易见。又有陈傅良者著《毛诗解诂》，对朱熹的说诗意见深致不惬，据叶绍翁云："考亭先生晚年注毛诗，尽去序文，以彤管为淫奔之具，以城阙为偷期之所。止斋陈氏（傅良）得其说而病之，谓以七百年女史之彤管，与三代之学校，以为淫奔之具，偷期之所，窃有所未安。犹藏其说，不与考亭先生辨。"这道貌岸然维护传统的态度，也是极为鲜明的。同时又有吕祖谦著《家塾读书记》，坚守毛郑，对朱熹的去小序颇觉不以为然（朱熹说诗初与吕祖谦观点相同，《家塾读诗记》中所言朱氏曰即指朱熹而言，朱熹后改新说弃置小序，而吕祖谦仍坚守初说不变。关于此点朱熹曾有所辩正，他在《吕氏读诗记序》中说："此书所谓朱氏者，实熹少时浅陋之说，伯恭父误有取焉。其后历时既久，自知其说有所未安。以雅正邪正之云者，或不免有所更定，则伯恭父反不能不置疑于其间，熹窃惑之。方将相与反复其说，以求真是之归，而伯恭父已下世矣。"）。又戴溪著《续吕氏读诗记》，乃因吕氏读诗记"篇意未贯"而作之者，以毛传为宗，并集诸家之说而加以折衷。其他又有严粲著《诗缉》，段昌武著《毛诗集解》，大致都是仿照吕氏读诗记的做法。由周孚至段昌武这般人，说诗仍然守着旧的传统，和郑樵朱熹那般人互相对抗，可以说是宋代诗经学中保守的一派。

五

以上两派所致力者都是偏于诗的义理方面，其他又有如汉人一样致力于训诂名物诠释与考订者，如蔡卞的《毛诗名物解》，陆佃的《诗物性门类》，钱文子的《诗训诂》，研究的都是关于诗经的训诂名物方面的问题。又王应麟著《诗考》，考证三家诗的遗说，并广搜诗的异字异义和逸诗，引证虽多有缺漏，然清人辑佚的风气实在是从应麟这里开始的。应麟又著《诗地理考》，除录郑玄诗谱外，他将《尔雅》《说文》《地志》《水经注》之有关诗中地名的部分，完全收集在一起。

除以上所论的以外，宋人有关诗经的著作，胡旦有《毛诗衍圣论》，梅尧臣有《毛诗小传》，茅知至有《周诗义》，李常有《诗传》，黄君俞有《毛诗关言》，周轼有《毛诗笺传辨识》，王安石有《新经毛诗义》，沈季长有《诗讲义》，范百禄有《诗传补注》，张方平有《诗正变论》，朱长文有《诗说》，范祖禹有《诗解》，王岩叟有《诗传》，程颐有《伊川诗说》，乔执中有《毛诗讲义》，郭友直有《毛诗统论》，张载有《诗说》，沈铢有《诗传》，毛渐有《诗集》，李撰有《毛诗训解》，吴骏有《诗解》，赵仲锐有《诗义》，周紫芝有《毛诗讲义》，杨时有《诗辨疑》，王居正有《毛诗辨说》，曹粹中有《放斋诗说》，吴棫有《毛诗叶韶补音》，范处义有《诗学》，吴曾有《毛诗辨异》，陈知柔有《诗声谱》，黄度有《诗说》，马和之有《毛诗图》，杨泰之有《诗名物编》，时少章有《诗大义》，钱时有《学诗管见》，杨明复有《诗学发微》，刘应登有《诗经训注》，吕椿有《诗直解》，魏了翁有《毛诗要义》，钱文子有《白石诗传》，顾文英有《诗传演说》，郑庠有《诗古音辨》，其他尚多，不胜一一枚举（据朱彝尊《经义考》所辑，共一百八十余种）。惟这些书现在十九均以亡逸，其内容如何已不可考知了。

元代的诗经学，可以说仅是朱熹集传的余绪。元人说诗的，除马端临主张存小序与朱熹意见相左之外，其余都是以朱熹为宗，而废小序的。如刘瑾著《诗传通释》，黄虞稷谓其书"宗朱子，录各经传及诸儒所发要义"对朱熹集传阐发甚多。梁益撰《诗传旁通》，乃"引用群经，兼辑诗说"，将朱传更加一番注疏。许谦著《诗集传名物钞》，乃羽翼朱传，补正音训，释考名物。其他如朱公迁的《诗传疏义》，朱倬的《诗疑问》，汪克宽的《诗集传音义会通》，梁寅的《诗演义》，刘玉汝的《诗缵绪》等，都是为了阐明朱传而作的。又陈栎所著《诗经句解》，其自序中有云："诸序本自合为一编，至毛氏为诗训传始引序入经，分置各篇之首，不为注义，而直作经字。于是读者转相尊信，无敢拟议，至有不通，必为之委屈迁就，穿凿附合，宁使经之本文缭戾破碎，不成文理，而终不敢以小序为出于汉儒也。独朱文公诗传，始去小序别为一编，序说之可信者取之，其缪妄者正之。而后学者之非闻正大之旨，至矣书矣。"陈的尊朱抑序的态度实在明显极了。这是陈栎的治诗态度，也是元朝大部分治诗人的态度。

六

除以上所述之外，元人关于诗经方面的著述，尚有李简的《诗学备志》，雷光霆的《诗义指南》，胡一桂的《诗传纂诗附录》，刘庄孙的《诗传音指补》，程直方的《学诗笔记》，胡炳文的《诗集解》，程龙的《诗传释疑》，安熙的《诗传精要》，吴迁的《诗传说》，朱近礼的《诗传疏释》，曹居真的《诗义发挥》，焦悦的《诗讲疑》，颜达的《诗经讲说》，夏泰亨的《诗经音考》，杨璲的《诗传名物类考》，吴师道的《诗杂说》，卢观的《诗集说》，俞远的《诗学管见》，韩性的《诗音释》，贡师泰的《诗补注》，周鼎的《诗经辨正》，朱倬的《诗疑问》，范祖干的《读诗记》，何淑的《诗义权舆》等（选《经义考》所辑）。惟这些书现在存者极少，内容如何已不考，惟就作者自序或他人序跋中窥测，内容十九不外尊朱传而更发明之而已。

明代学人治诗经者，约略可分做两大派。一派是沿袭朱熹集传以来的说诗风气的，此派最主要者为胡广等奉敕所撰的《诗经大全》，此书全系抄袭刘瑾的《诗传通释》而成，顾炎武谓其"取已成之书抄誊一过，上欺朝廷，下诳士子"，其书内容如何应可相见了。自此书颁行问世以后，汉唐的训诂之学更加衰败，毛传郑笺孔疏等是更被世人置诸脑后了。此派发展到极处，更有伪造的事情发生出来，如丰坊造《子贡诗传》《申培诗说》《鲁诗世学》等书，都是由不信旧籍而致向壁虚构的那一种故涉新奇的态度演化出来的。由朱熹等的打破传统而独创新意说诗，而致王柏的删改经文，再致明人的抄袭伪造，这在朱熹也是难以料及的。其实朱熹说诗虽废弃小序，但在训诂名物方面仍多参传笺及先儒旧见，后人说诗抛弃了一切，专凭己意向壁虚构，甚且删诗造诗，这实在连朱熹也太对不起了。后人论到明代经学没有不痛心疾首的，如皮锡瑞《经学历史》说："论宋元明三朝之经学，元不及宋，明又不及元也。宋刘敞、王安石诸儒，其先皆尝潜心注疏，故能辨其得失。朱子论疏，称周礼而下易书，非于诸疏功力甚深，何能断得如此确凿。宋儒学有根柢，故虽拨弃古义，犹能自成一家。若元人则株守宋儒之书，而于注疏所得甚浅。如熊朋来《五经说》，于古义古音多所抵牾，是元不及宋也。明人又株守元人之书，于宋儒亦少研究，如季本郝敬多凭臆说，杨慎作伪欺人，丰坊造《子贡诗传》，申培诗说以行世，而世莫能辨，是明又不及元也。"这虽是泛论诸经，然诗经方面的情形也是这样的。这一派可以说是纯粹的宋学派，另一派则是兼采汉宋之学的。如郝敬的《毛诗原解》，李先芳的《读诗私记》，朱谋㙔的《诗故》，姚舜牧的《诗经疑问》《诗经世本古意》等，都是兼采毛郑和朱传以为折衷之说的。李先芳《读诗私记·自序》说："文公谓小序不得小雅之说，一举而归之刺。马端临谓文公不得郑卫之风，一举而归之淫。胥有然否？不自揣量，折衷其间云云"这最后"折衷其间云云"一句话，实在是此派治诗态度的最好说明。

七

明人对《诗经》的著述，除以上所述者以外，高颐有《诗经传解》，张洪有《诗正义》，何英有《诗经详释》，杨禹锡有《诗义》，瞿佑有《诗经正葩》，郑旭有《诗经总旨》，刘翔有《诗口义》，范理有《诗经集解》，王逢有《诗经讲说》，李贤有《读诗记》，陈济有《诗传通证》，杨守陈有《诗私抄》，易贵有《诗经直指》，黄仲昭有《读毛诗》，李承恩有《诗大义》，刘铨有《诗经发□》，丁蛮有《诗解》，陈凤梧有《毛诗集解》，许浩有《诗考》，张邦奇有《诗说》，王崇庆有《诗经衍义》，杨慎有《四诗表传》，舒芬有《诗稗说》，王渐逵有《读诗记》，季本有《诗说解颐》，黄佐有《诗传通解》，潘恩有《诗辑说》，薛应旂有《方山诗说》，何宗鲁有《诗辨考正》，袁仁有《毛诗或问》，陈第有《毛诗古音考》（以上诸公均按《经义考》所辑），其他尚多，不遑一一枚举。惟这些书已十九亡佚，所存已寥寥无几了。

总之，宋代由欧阳修《毛诗本义》开始以来，治诗经的人逐渐突破了旧的传统，废置了小序，扬弃了毛郑，各自竞创新义，绞尽脑汁企图把这由于比兴太多以至诗义难以捉摸的三百〇五篇诗说得更明白些。这一种新的思潮成就了朱熹，朱熹推陈出新，别开生面，作成了他的《诗经集传》，为贫乏的诗经学界结出了一个灿烂辉煌的果实。元明两代又是朱熹集传的一个延续，犹之乎三国至唐是毛传郑笺的延续一样（朱熹在诗经学上的地位和郑玄非常相像，皮锡瑞经学历史所谓："汉学至郑君而集大成，于是郑学行数百年；宋学至朱子而集大成，于是朱学行数百年。"话是极中肯綮的）。这期间，虽然有不少持相对意见的人，但总是犹如秋后寒蝉、闻见者少，总阻挡不住那个新潮流的向前推进。后人论及这三代的诗经学时，总难免加以"空疏"二字，这说法我们也承认，而且像王柏那样的任意删改经文，和丰坊那样的随意伪造诗传，我们还甚至认为荒唐。但像朱熹等人那样的打破偶像独创新说的治诗态度，我们无疑是要加以赞美的；

这与唐以前治诗者的拘泥因袭墨旧守说相比，二者的是非得失是太容易鉴别了。因此，我们对于宋元明这一个时期的诗经学所首肯的，并不是它的成绩，而是它的新的创造的态度。

宋元明三代的诗经学，由唐以前的因袭模仿的诗经学中蜕化出来，自行找到了新的道路，不迷信传统，不崇拜偶像，对以往的学说都加以批判的接受。这可以说是诗经学的本身的觉醒，本身的革命，因此我们可以说宋元明三代是诗经学的自觉时期，也可以说是诗经学的革命时期。

载《中央日报》1948 年 6 月 5、7、9、14、16、19、21 日

清代诗经著述考略

一

　　自宋以来，治经者抛弃了汉唐注疏，不再在训诂名物的细微末节上寻求，而专在经书的义理内容上下功夫。这一种新学风的产生，乃是汉唐拘泥琐屑的训诂之学的反动，产生在当时，未尝不有它的时代意义和事实上的需要。但凡事往往有一利即有一弊，当这种学风演化到元明之世的时候，就慢慢有流弊发生出来。在元明时代，治经者因高谈义理性命，几乎造成束书不谈的现象，解经时因学无根底，以致向壁虚构，妄为怪说（其实，这种弊病在宋朝末年已经开始萌芽了）。到明胡黄等的《五经大全》刊行之后，经书更变成了高头讲章，变成了科举做八股文的参考资料，于是"科举取士之文而用经义，则必务求新异以歆动试官，用科举经义之法而成说经之书，则必创为新奇以煽惑后学"（皮锡瑞语）。结果剩下的只是应试背诵，掉弄花头，什么研究发明，等等，是根本谈不到了。针对着这一种空疏不实的学风，于是清代的经学又有了新的转向，重新又将汉唐的训诂之学恢复起来。皮锡瑞《经学历史》曾论及这一种学风转变的原因，论得极为切要，《经学历史》说：

　　　　凡事有近因有远因，经学所以衰而复盛者，一则明用时文取士，至末年而流弊已甚。顾炎武谓八股之害，甚于焚书。阎若璩谓不通古今，至明之作时文者而极。一时才俊之士，痛矫时文之陋，薄今爱古，弃虚崇实，挽回风气，幡然一变。王夫之、顾炎武、黄宗羲皆负绝人之姿，为举世不为之学。于是毛奇龄、阎若璩等接踵继起，考订校勘，愈推愈密。斯为近因。一则朱子在宋儒中，学最笃实，元明崇尚朱学，未尽得朱子之旨。朱子常教人看注疏，不可轻议汉儒。又云汉魏诸儒，正音读，通训诂，考制度，辨名物，其功博矣。……元明乃专取其中年未定之说取士，士子乐少简易。而元本不重儒，科举不常行。明亦不尊经，科举法甚陋。慕宗朱之名，而不究其实，非朱子之过也。朱子能遵古义，故从朱学者，如黄震、许谦、金履祥、王应麟诸儒，皆有根柢。王应麟辑《三家诗》与郑《易注》，开国朝辑古佚书之派。王、顾、黄三大儒，皆尝潜心朱学，而加以扩充，开国初汉宋兼采之派。斯为远因。

一般经学的情形如此，诗经学的情形也是这样的。

清代诗经学，在乾隆以前，大致是沿袭明代杂采汉宋的一派，亦有涉及训诂名物文字声韵者。如钱澄之著《田间诗学》，对各家学说广收博采，除孔疏朱传以外，其他如二程、张载、欧阳修、苏辙、王安石、杨时、范祖禹、吕祖谦、陆佃、罗愿、谢枋得、严粲、辅广、真德秀、邵忠允、季本、郝敬、黄道周、何楷等，共采二十家，自称录毛郑者十之二，录朱传者十之三，录诸家者十之四，可见他治诗经乃兼容并包，并无一定门户之见，澄之说诗并以小序为断，惟只信小序首句，与成伯玙、苏辙的意见相同。他曾说："小序去古未远，虽未可全据，要不甚谬。若舍序说诗，随意作解，泛滥无归，非附会即穿凿矣。"又云："序如关雎后妃之德也，葛覃后妃之本也，卷耳后妃之志也。只此一语是古序，此下即其说而引申之，乃东汉卫宏所作，不可概从。学者必考之三礼，详其制作，征诸三传以审其本来，稽之五雅以核其名物，博之以竹书纪皇王大纪以辨其时代之异同，与情事之疑信。周之兴礼，殷之宗祀，鲁之郊禘，其源流度数具载于诗，宜为之考详定正。"钱氏的治诗态度，由此数语亦可窥见一般。

二

朱鹤龄著《诗经通义》，其治诗态度在通义自序中言之甚详，自序云：

"诗之为道，以依永而宣苑结，以微词而托讽论，此非可以章句训诂求也。章句训诂之不足以言诗，为性情不存焉。"不尊章句而重性情，故知其有宋学遗风。然对小序并不主张弃置，自序又云："然而古人专家之学，代有师承，又非可凿空而为之说。汉唐以来，诗家悉宗小序，郑夹漈始著辨妄，朱紫阳从之，掊击不遗余力。集传行，而诗序几与赵宾之易张霸之书同废，虽然，乌可废也。……序之出于孔子子夏，出于国史，与出于毛公卫宏，虽无可考，然自成周至春秋，数百年间，陈之太师，肄之乐工，教之国子，其说必有所自。……虽然，毛郑可黜，而序不可黜，黜序则无以为说。诗之根柢，不得不循文揣义，断以臆解，较之汉唐诸儒虽简明近情，而诗人之微文奥旨已不可复识。"主小序，似又与郑樵朱熹等之意见相背，然朱氏对毛郑亦加以疵议："序之文最古，毛传复识简略，无所发明。郑康成又以三礼之学笺诗，或牵经以配序，或泥序以传经，或赘辞曲说以增乎经与序之所未有，支离胶固，举诗人言前之旨，言外之意，而尽汨乱之。"且又讲孔颖达疏义"依违两家，无以辨其得失"。故知朱鹤龄治诗，毫无汉学宋学等门户之见，乃"参伍群说，以折其衷焉"，这与钱澄之的治诗态度是非常相近的。举凡毛郑、孔颖达、欧阳修、苏辙、吕祖谦、朱熹、严粲等各家之说，他都广泛采集。此书引证极为繁富，惟稍失之庞杂，未臻十分完美。毛奇龄著《毛诗写官记》《白鹭洲主客说诗》《诗札》，皆是札记问答体，对训诂名物方面引征极多。毛氏又著《诗传诗说驳义》，乃驳斥明丰坊伪造之子贡诗传与申培诗说者。其他如王夫之著《诗经稗说》，严虞惇著《读诗质疑》，朱汝砺著《诗笥》，蒋之麟著《诗经类疏》，惠周惕著《诗说》，李光地著《诗所》，杨名时著《诗经札记》，顾镇著《虞东学诗》，顾栋高著《毛诗类释》，都是兼采汉宋诸家之说，并无一定门户之见。

大概在乾嘉以前，说诗者十九均是杂采汉宋，像元明那样专宗朱传说诗的人已经没有，对名物训诂亦兼稍涉及，与宋以来专以义理说诗者亦已不同了。

乾嘉以后，汉学益盛，宋学益衰，说诗者渐由调和汉宋而变为尊汉抑宋，而研究诗的训诂名物文字声韵的风气更越发盛行。此派学风开其先者为陈盛源的《毛诗稽古编》，该书成于康熙之世（按陈与朱鹤龄同时），朱鹤龄曾序其书云："余问为通义，多与陈子长发（启源字）商榷而成，深服其援据精博。近乃自成稽古编若干卷，悉本小序注疏，为之交推旁通。余书犹参停今古之间，长发则专宗古义，宣幽决滞，劈肌中理，即兰亭见之，亦当爽然心开，欣然颐解。"《四库提要》云："鹤龄作毛诗通义，启源实与之参正。然通义兼权众说，启源此编，则训诂一准诸尔雅，篇义一准诸小序，诠释经旨则一准诸毛传，而以郑笺佐之，其名物则多以陆玑疏为主。题曰毛诗，明所宗也，曰稽古编，明为唐以前专门之学也。"清代以汉学家态度治诗经者，陈启源实为第一个人。《稽古编》的内容，前二十四卷乃依次解经，次为总诂，总诂之下又□举要，考异，正字，辨物，数典，稽疑六个子目来为附录，统论风雅颂之旨。书中《对朱子集传》，欧阳修《诗本义》，吕祖谦《读诗记》，严粲《诗缉》等有所辩正，而对刘瑾《诗集传通释》和《辅广诗童子问》抨击尤不遗余力。四库虽提要称其书："其间坚持汉学，不容一语之出入，未免有所拘，然引义赅博，疏正详明，一一皆有本之谈。"又云："盖明代说经喜骋虚辨，国初诸家始变为征实之学，以挽颓波，古义彬彬，于斯为盛，此编尤其最著也。"稍后李辅平著《毛诗绀义》，戴震著《毛郑诗考》，段玉裁《毛诗故训传》诠释悉本汉诂，将宋学废弃无余。迨及马端辰著《毛诗传笺通释》，胡承拱著《毛诗后笺》，汉学门户分立更严，宋儒之学已无人过问了。

三

汉学门户既经成立之后，说诗者又在从毛从郑的问题上争执起来，首先舍毛从毛的是陈奂的《毛诗传疏》（其实胡承拱的《毛诗后笺》早已有申毛纠郑的意思了）。因郑玄诗笺中，在文字或训释上往往有与毛传相异的地方，陈奂就专在这些地方来驳斥郑玄。陈在《毛诗传疏·序录》中说："郑康成殿居汉季，初从东郡张师（张恭祖）学朝诗，后见毛诗义精，好为作笺，其复间杂鲁诗，并参己意。固作笺之旨，实不尽同毛义。……近代说诗，兼习毛郑，不分时代（毛在齐鲁之前，郑后四百余载），不尚专修（自谓子夏所传，郑则间用朝鲁），不审郑氏作笺之旨，而又苦毛公义之简深，猝不得其涯际，漏辞偏解，迄无巨观。二千年来，毛虽存而若亡，有固然已。奂不揣愚昧，沈研钻极，毕生思虑，荟萃于兹。窃以毛氏多记古文，倍详前典，或引申，或假借，或互训，或通释，或文生上下而无害，或辞用顺逆而不违，要明乎世次得失之迹，而吟咏情性，有以合乎诗人之本志。故读诗不说序，无本之教也，读诗与序而不读传，失守之学也……古经传本，各自为书，自传与笺合并，而久失原书之旧，今置笺而疏传者，宗毛诗义也。"历代宗汉学者，皆以毛郑同时并尊，像陈奂这样舍郑而专从毛的实在不多见。陈奂除《毛诗传疏》外，又著《毛诗音》《毛诗传义类》《郑氏笺考征》《毛诗说》等。《毛诗音》乃研讨毛诗的古音问题。《毛诗传义类》共分十九篇，有释故，释言，释调，释亲，释宫，释器，释乐，释天，释丘，释山，释水，释地，释草，释木，释虫，释鱼，释鸟，释兽，释畜等，乃将毛诗的训诂名物综合分类加以研究者。《郑氏笺考征》乃□郑笺中之用朝鲁诗部分者。《毛诗说》乃为补足《毛诗传疏》而作，陈氏称作此书之主旨云："疏中称引，广博难明，更举条例，立表示图凡制度文物可以补礼经之残阙而与东汉诸儒异趋者，揭著数端，学者省览焉。"《毛诗说》的内容有本字借字同训说，一意引申说，一字数义说，一义通训说，古义说，毛诗章句例，毛诗渊源通论，毛诗尔雅字异义同说，毛诗尔雅训异字同说，毛传不用尔雅说，三家诗不如毛诗义优说，宫室图说等。又孙焘著《毛诗说》，更进而以毛诗攻诋郑笺。其时又有朱琦因陈奂等专门尊毛抑郑，乃作《毛传郑笺破字不破义辨》一文，意为将毛郑加以调和。朱谓古书多假借字，如全用本义解释，一定扞格难通，所以郑玄不得已而破字，实则毛的借义即是郑的破字，二者行异而实同。又梅植之更进而表彰郑玄，并拟为郑笺作疏，惟书未作成。

在乾嘉之际，致诗者多致力于诗的训诂名物方面，惟有庄存玙与众相异，存玙著《毛诗说》，专从诗的义理方面着手。庄存玙又治《春秋》，为清代今文学家的先导。存玙之后，今文学派大兴，诗经学也随着今文学的兴起又有了新的转变。这种新的转变就是舍毛郑而宗三家，开其先者为魏源的《诗古微》，将三家的遗文详加推阐，以为三家较毛为优。龚自珍对魏源的说法首表赞同，对毛郑攻诋不遗余力。其他范家相著《三家诗拾遗》，丁晏著《王氏诗考补注补遗》，冯登府著《三家诗文考》，阮元著

《三家诗补遗》，陈乔枞著《三家诗遗说》及《齐诗翼氏学疏证》，王先谦著诗《三家义集疏》，都是搜集三家诗的遗说，尊三家而抑毛郑的。

清代诗经学的三度演变，大致如上所述。皮锡瑞《经学历史》说："国朝经学凡三变。国初汉学方萌芽，皆以宋学为根底，不分门户，各取所长，是为汉宋兼采之学。乾隆以后，许郑之学大明，治宋学者日少，说经皆主实证，不空谈义理，是为专门汉学。嘉道以后，又由许郑之学，导源而上，易宗虞氏以求孟义。书宗伏生、欧阳、夏侯，诗宗鲁齐韩三家，春秋宗公谷二传，汉十四博士今文说，自魏晋沦亡千余年，至今日而复明，实能述伏董之遗文，寻武宣之绝轨，是为西汉今文之学。"皮氏所论虽通指各经，然诗经方面的情形也正是这样的。

四

除以上所述之外，其他专门研究诗经的文字音韵及名物制度的书籍也很多，也可自成一派。如段玉裁有《诗经小学》，陈乔枞有《毛诗郑笺改字考》及《四家诗异文考》，陈玉树有《毛诗异文笺》，李富孙有《诗经异文释》，周邵莲有《诗考异字笺余》，这是关于诗经文字小学方面的。关于诗经声韵方面的，顾炎武有《诗本音》，孔广森有《诗声类》，苗□有《毛诗古音订》等。关于名物制度方面的，毛奇龄有《续诗传鸟名》，姚炳有《诗识名解》，陈大章有《诗传名物辑览》，焦循有《毛诗草木虫鱼鸟兽释》，包世荣有《毛诗礼徵》。

以上所举的各派，除了乾隆以前如钱澄之、朱鹤龄等是汉宋兼采之外，其他不论是宗毛郑或宗三家或研究文字声韵名物制度，都可以说是汉学。其他也有专宗宋学以集传为本而说诗者，如孙承泽的《诗经朱传翼》，黄梦白和陈曾同的《诗经广大全》，陆奎勋的《陆堂诗学》等皆是。也有将汉宋一并弃置专以己意说诗者，如崔述的《读风偶识》，姚际恒的《诗经通论》，方玉润的《诗经原始》等，皆能独创新说，丝毫不为旧说所囿。其中尤以崔述的《读风偶识》最为优异独创，崔述疑诗序不可信，一如郑樵朱子，他在《读风偶识·序》中说："最后毛诗始出，卫宏为之作序，多传会于春秋传文，以欺当世。否以强为之说，而实以人与事。学者不加细考，以为真有所传，遂谓其书优于三家，从而注之笺之。"崔甚且以为朱熹疑序尚不够彻底，《读风偶识·序》又说："余独以为朱传诚有可议，然其可议不在于驳序说者之多，而在于从序说者之尚不少，何则？世所以信序者，以其近古耳。齐鲁韩毛均出于汉，且三家俱在前，何以此独可信，而彼皆可疑？三家之书虽亡，然见于汉人所引述，尚往往有之，其说率与今之诗序互异。如谓近古者可信，则四家之说不应相悖，相悖则必有不足信者矣。岂非后世学者，但见毛诗之序，而遂不知其可疑耶？朱子既以序为揣度附会矣，自当尽本经文以正其失，何以尚多依违于其旧说？此余之所为朱子惜者也！"在清代汉学独盛的时候，崔述竟然有如此大胆高超的论识，实在太难得了。崔氏又述他治诗的态度说："窃谓经传既远，时事难考，宁可缺所不知，无害于意。故余于论诗，但主于体会经文，不敢以前人附会之说为必然。"又说："以故余于国风，惟知体会经文，即词以求其意，如读唐宋人诗然者，了然绝无新旧汉宋之念存于胸中。"这种治诗的态度才是正确的，才是值得赞美的"如读唐宋人诗然者"。这样才算是真正认清了诗经的纯文学的价值。像读唐宋诗人一样去读诗经的人，在我国昔日的礼教社会里实在是太少了，即便是现在吧，不也有若干自命为"正统"派的学究们，一提到诗经便不由得一唱三叹的大谈其"先王遗教""圣人遗则"云云吗？生在清代的崔述竟早已有了如此高超正确的识见，实在是太值得赞美了。《读风偶识》专门阐述国风各篇的主旨大意，里面有若干超卓的见解和精辟的论断，并对毛传、郑笺、诗序、朱传等间常的予以正确的批判与估价，这实在一本研究诗经的极有价值的书籍。

总观清代诗经学，由清初钱澄之、朱鹤龄等的汉宋兼采，到乾嘉之际古文家的专宗毛郑，再到嘉道以后的今文家的专宗三家，其中有一个极为明显的特征，就是复古，就是渐次舍掉宋学又向上追求到汉学的复古。这中间虽也有孙承泽、黄梦白、陈曾同等的恪守宋学，和崔述、姚际恒、方玉润等的一空依傍，但这些也不过如浩浩江流中的一点波澜和涟漪，那个挟带着汹涌的声势向前奔跑的主流却是复古的。因为清人所倡导的是汉学，所以研究诗经便承袭汉儒的治学方法，专门在诗经的文学训诂上下功夫。在对诗经的训诂名物文字声韵这方面的研究上说，清人有不少坚实而完备的著作，这方面的著作不论在质上或是量上都超越了从前的任何一代，成绩可谓灿然美备。不过文字训诂等，固然有它研究的价值，然而必须与内容配合起来研究才能发挥它应有的作用，这就是说研究文字训诂应为了对文字所表现的内容有所阐发，不应把研究文字训诂本身就看成了唯一的目的。但清人这方面的著作却大部分仅是停滞文字训诂的问题上，未能与内容紧密的配合起来，而且这些著作又多失之繁琐，如像四库提要批评，清初的经学一样，虽其"学徵实不诬"，然"及其弊也琐"，又像皮锡瑞说清初经学一样："其繁称博引，间有如汉人三万言说若稽古者。"这两种批评加在清人这些研究诗经文学训诂的著作上也是非常允当的。但不管怎样讲，清代的诗经学总可以说是颇为可观的，值得赞美的。清代治诗的学者，虽然他们治诗的方法是守旧复古，不及宋人的新颖独创，但他们治诗的目的比汉人的纯正，他们治诗的态度比宋人的严肃。由春秋到清，我们还找不到一个诗经学黄金时代，若勉强找一个比较客观的时代的话，那便是清代了。

载《中央日报》1948 年 11 月 17、18、20、22 日

第四部分

文学创作之小说

仇　恨

一

太阳落下去了，绚烂的云霞骤然消失了光彩，朦胧的黄昏像一阵烟雨似的迷漫在山野里。

"懒孩子！怎么又停住不动了？"正在掘土的张旺忽然抬起头，看见小燕又把镢头放在一边向四周瞭望时，便禁不住这样大声呵斥。

"爷爷！真冷啊！也很饿啦！"小燕抖瑟着说。样子几乎要哭出来，把鼻涕抹在衣袖上，两手不住放在嘴上呵气。

张旺注视小燕：脸似乎更加黄瘦，眼睛也更加突出，寸多长的蓬乱的黄头发在风中摇摆着，全身不住颤抖，嘴唇变成青色。望着小燕这幅可怜模样，张旺的心感到一阵刺疼。他本想依着小燕的话回家的，但又想季节已是晚秋，田地必须早早整理好播耘才行，便温柔地说：

"好孩子，再忍耐一会！趁着没黑天，我们再做一点吧！"

"爷爷！你看，一个人影都没有了，真怕人！"小燕说完，恐怖地望着四周。

这句话提醒了张旺，他的心里像突地刮进一阵冷风，他赶忙抬头瞭望四周的山野：山野里是一片清冷和荒凉，乌鸦都归了巢，耕作的人都回了家，远远近近，空荡荡的一无所有，只有几只蝙蝠莽撞地高低掠飞着，秋风在河边的枯柳梢头悲啸。

一年来，在这地方不知死了多少人，日兵常出没在这里猎艳、劫掠，所以太阳一落山，山野就清冷起来，很难看见一个人影。

远处猝然爆发出几下清脆的枪声，一股冷战爬上张旺的背脊，他感到四周充满阴森森的鬼气，便急忙低声说：

"好！收拾一下回家吧！"

归途上，顽皮的风戏弄着张旺的胡子，一天的劳累使得他浑身酸疼，步子也懒得抬起，眼里不住流着清泪，他感（觉）自己真的老了。

走在前面的小燕忽然被石头绊了一跤（原文为"交"），摔倒在地下，哇的一声哭出来，张旺赶上去拉起小燕：

"小燕！怎么样？摔得不要紧吗？"

当提着小燕的手时，他觉得这小手是和冰一样冷，他感到一阵刺心的疼痛，几颗泪珠滴到自己的手上，泪是热的，温暖的，心酸的！现在他只有这一个孩子了，孩子，像这样小的年龄，是应该躺在妈妈怀里受爱抚和照顾的，而小燕却同大人一样受苦，想着苦命的孩子，他深深叹息着。

黄昏更加暗淡，风吹得更加狂暴，在河边的芦苇丛里悲啸着："嘘……呜呜……"

朦胧的暮霭里，他们像幽灵一样晃动着。

黄昏，尖风，荒凉的山野，到村庄去的路，……走进村庄了。

炊烟像轻雾一样笼罩着街道。

街道上的景象和从前大不相同了：从前，在这样晚的时候，家家的门户都关闭着，街上很少有个行人；如今街上却是一片纷乱的景象，街心，道旁，墙根，都布满了人的堆，各处都是嗡嗡的低语，像失掉蜂王的蜂群所发出的一样，孩子们在人孔里乱钻，妇人们也有些聚在门口惊慌失措地谈论着。

这种纷乱景象，使得张旺有点心悸，他知道又有什么不幸的事情发生了，但他并不停下来询问任何人，他是个看着牛骶角都打冷战的人，生平不爱多管闲事，现在他是要急于回家休息一下疲倦的身体。

隐约模糊的低语从人丛中抛掷出来，和轻飘的炊烟一同荡漾在空中：

"张福？就是张老头的二儿子吗？"

"呃！就是他！"

"没有错吗？"

"没有，是王秃子进城亲眼看见的，刚押来不久！"

"还有别人吗？"

"还有五六个呢，都是外乡的，不认识。"

"…………"

这些话张旺却丝毫未听见，因为每当他走进一个人堆时，人们便立刻寂然无声，只用怜悯的眼光望着他，而他自己也毫不留意这些，他只是像瞎子一样跌跌跄跄（原文为"足"和"充"的合体字）地走他的路，小燕含着眼泪，默默地跟在后面。

当他们走过妇人们面前时，在他们背后又飘出一串串细弱的话语：

"多么可怜啊！老的老小的小！"

"像张大爷这样的人，行善一辈子，现在竟……"

"从去年到现在，我们庄上死了多少人了哇？老天爷就不睁眼看看吗？"

"…………"

张旺怀着一颗焦躁的心跟跄地走到自家门口，破旧的大门像死人牙齿似的紧紧关闭着，因为日本兵时常到村子里骚扰，大门是镇日闭着的。

"答，答，答……"张旺轻轻叩门。

里面却寂无回响，空虚得有如古老的坟墓。

"砰，砰，砰砰………"他像擂鼓一样重重敲击起来，着实感到有点不耐烦："这该死的老东西！别人一天累得要死，她倒睡着了！"

里面仍然没有回响。这的确使张旺觉得惊异，在以往从来没有如此过，以往只要把门轻轻叩一下老妇人就出来开门，她用甜蜜的笑脸和温柔的话语迎接他们，殷勤地伺候着他们吃饭，睡觉，直到他们发出重重的鼻息；但谁也没想到现在竟会这样，不过张旺不相信发生了什么变故，他想大概是她做活太累在睡着休息一下。

"奶奶！奶奶！"小燕也不耐烦地高声大叫。

很久以后，门"吱喽"开了，随着裂开的门扇，闪出一个头发斑白的老妇人：背有点驼，瘦骨如柴，艰辛的岁月在她脸上刻上浓密皱纹，两眼红肿，颊边挂着残泪。

"呵！怎么啦？"张旺看到老妇人的样子，不禁失声叫起来。

"……"老妇人没有回答，深深叹了口气。

"奶奶，哪个欺负咱啦?"小燕上前抓住老妇人的手。

经这一问，老妇人忽又嚎啕起来，领着小燕急忙奔到里面去。

"怎么回事?"张旺追上去惊惶失措地问。

老妇人只是两手蒙着脸呜咽，小燕也倚在她身边哭起来。

"到底是怎么回事? 你说不好吗?"张旺躁得直跺脚。

"王大爷说，二福叫鬼子兵捕……捕住了!"老妇人抽咽着说:"血头血脑，打得不像个人……人样! 这是他的秃子进城亲眼看见的…………呵呀! 我的乖呀!"她又大声嚎起来，小燕哭得更响亮了。

"这……这难道是真的?"张旺低声颤抖地说，几乎像自语。他现在也觉察街上为何那样纷乱的原因了。

夜降临了。

没有点灯，屋子里一团漆黑，饭桌上瓦盆子里的稀粥兀自在黑暗中蒸腾着热气，呜咽和叹息单调地响着。

外面，劲疾的秋风在院中老榆树上断续地吼着，疾风驶过之后，就只剩下一片令人悲伤的静寂。

在寂静里，张旺痛苦地回忆着往事:往昔，张旺家中的生活是颇为安适的，两个儿子苗壮得像两头牛，一切苦活都无须他分心，他只是个闲散的副手，工作时，他永远向两个儿子倾泻着无休止的唠叨;但日子里突的来了不幸，去年秋天，日兵占领了这里，二儿子张福就和本村几个年青小伙去参加了××游击队，在儿媳不幸被日兵糟践死之后，大儿子张发也就燃着满腹报仇的怒火追随弟弟的后尘去了，二人一去无消息，生活的重担就压到他的肩上，日兵又杀死了他那只壮壮的黄牛，他只得以镢代耕，连九岁的小燕子也下地做苦活，家具什物也被日兵糟蹋得干干净净，他们像生活在浅滩上的鱼，而一幕幕奸淫烧杀的惨剧在他眼前继续扮演着，在沦陷的土地上，人命贱得不如一条狗，死亡的魔爪随时都会抓走人的性命:一年来的生活，是屈辱，灾难，泪，血积成的!………

在寂静里，突然从远方传来了锣声，他们屏着气尖着耳朵听着，锣声渐近，渐近，最后响到村子里，也听见有人在呼喊了。

"镗，镗镗……全体村民听清:明天上午九点，在县城东门外大操场内枪毙土匪，大小人等皆须前往参观！"

一切都明白了，这是每次枪毙人时惯用的伎俩，这就是所谓"示众"，还故意在夜间到城附近鸣锣呼喊，藉以增加人们的恐怖心。

老妇和小燕哭得更加厉害起来，一串串的热泪流出张旺的眼，最后也忍不住哭出声来了。

荒凉的锣声，像一只报灾的恶鸟似的在村子上空飞翔着，飞翔着。

没一声犬吠，村庄死寂得像废墟。

夜：黑暗，荒凉，而且寒冷。

"铿，铿铿！"那数着命运的苍凉的锣声是渐渐远了，远了！…………

二

随着黎明的降临，麻雀也开始在院中的榆树上喧躁起来了。

正在做着恶梦的张旺，忽然被麻雀的叫声惊醒来，睁开眼，窗纸上染着鱼肚白的曙色。

上半夜他是在叹息和抽烟中过去的，下半夜稍睡了一回，便做了一串串的恶梦，他梦见血污满脸的儿子向着他哭泣，又梦见鲜血、尸体、闪着寒光的大刀……回忆着恶梦，他恐怖地颤抖着，脑子里像有铁钉挖着一般疼。

他从床上爬起来，这时老妇还在抽咽着，老妇的啜泣声一夜未曾断过。

开了门，屋里明亮起来，他们的脸都被看见了：张旺的眼里充满着血丝，胡子扭成一团，老妇的眼红肿着，罩满皱纹的脸显得更加瘦而且黄。

"我要到城里看看去"！张旺跛着步说。

"还是不去好，不见死尸不落泪！……"老妇说着又哭起来。

"不！一年没见了！"

"不吃点东西吗？从昨天就汤水没下！"

"吃？唉！不成！肚子里胀疼得很，像火烧着一样！我走了，小燕醒了就更麻烦！"

小燕这时睡得很浓，呼着轻微的鼻息，昨夜陪着奶奶哭了半夜，现在是乏极了，或者正梦见了爸爸和妈妈？

"千万别因为疼儿子闹得不好！万一牵带了你，叫我们怎么办？"在大门口老妇这样哭泣着说。

"你放心！我不会那样傻！"说完，张旺便迈着踉跄的脚步走上进城的大道。

但当快到城东门外的大操场的时候，他又踌躇起来了，"不见死尸不落泪！"老妇这混着泪的言语又在他耳边响起来，当真的看到儿子被枪毙的情景时，那将是怎样的一幕呢！想至此，一串冷颤流过他的背脊，他躺到路旁的树丛背后去，把眼睛闭上，让悲哀和恐怖压着他的心，浑身疲惫得像在熔化着，一会，他就呼起沉重的鼻息来。

待到张旺醒来时，已是过午了，太阳隐在薄云后面，冷风吹得枯枝喇喇的响。

望望打斜的太阳，张旺的心慌乱起来，想人定已枪毙过了，他又觉得不见儿子一面为可惜，纵是看着他惨死也好，也比这样连最后的一面也不得见强。于是他爬起身，慌慌张张地向大操场奔去。

一会，那大操场就呈显在他的眼前了。

大操场周围疏疏落落的生着赤杨刺槐之类的小树，左面临着条小河，右面接着坟墓垒垒的乱葬场，前后两面是光秃秃的田亩。在县城尚未失陷的时候，每天都有成群的士兵在这里操练，每天清晨，全体公务员都集到这里开朝会，在悠扬的军乐声中，一幅青天白日的国旗徐徐升到旗杆顶端，之后，国旗浴满一身阳光，在晨风中悠悠地飘荡着。一年来，消失了鲜艳夺目的国旗，消失了操练的军队，旗杆做了樵夫的薪柴，演讲台因为风雨的侵蚀完全倒塌，操场荒凉起来，只偶尔充当枪杀游击队员和老百姓的刑场。因此，白天很少有人在这里徘徊，夜间便成为狼和狗的搜索地；甚至有人说，在细雨蒙蒙的夜里，时常出没着鬼火和怨魂的悲泣，在人的心目中，这里便成为一个恐怖的鬼气阴森的地方了。

现在大操场里已经一个人也没有了，几只狗在撕裂着尸体，贪婪着咀嚼着骨肉，红了眼睛，红了牙发出呜呜的叫声，成群的乌鸦也聚在那里，哇哇地叫着可怖的声音，啄肉，喝血，和狗在争夺着。

这景象初投到张旺的眼里时，使得他像受了重重的一击，轰然一声，眼前直冒火花，几乎晕倒在地下。继而跑到死尸堆里，那些死尸的头早已没有了，早已挂到东门附近的一颗大槐上示众去了，他在死尸堆里不住搜索着，用脚乱踢着那些撕裂尸体的狗，那些狗不但不躲开去，反而露出狰狞的牙齿来威胁他，向他呜呜地叫着。他在死尸堆里奔忙着，乱翻着尸体，无数狗的带血的牙齿，凶恶的眼睛，令人寒心的呜叫，他都不睬，他疯狂了！最后，他在一个撕烂的尸体上摸了两手血，又把手放在眼前呆呆的望着，放在鼻尖嗅着，两眼放射着凶狠的光芒，脸涨红着，忽然惊叫了一声，就跑出了大操场。

"狗狼养的！你还我的儿子呀！"他大声叫着，像一匹疯狂的老马一样，跌跌跄跄他向城里跑去了。

三

一只耗子从张旺的脸上爬过去，他的意识慢慢清醒过来。浓重的霉味刺入他的鼻孔，他发觉自己是睡在潮湿的地上，张开眼，一团漆黑，只有一缕暗淡的光线从窗洞里透进来，耗子在他身边吱吱叫着。

——这是什么地方呢？他下意识地这样想着。翻了翻身子，感到刺心的疼痛，他渐渐记起了刹那之前的经过：在街上，他抓住一个巡行的穿黄呢子军装的小胡子耍儿，小胡子用马鞭狠命地打他，又把他带到一个大院子里，在一阵毒打之后，他完全失了知觉，再也不知道发生了什么事。

他忍着疼摸索到门边，摇了一下，门落着锁，他不禁打了个冷战，他明白这是什么地方了。

又摸索到角隅里，坐下，背倚着墙，他沉到深深的悲哀里，他失悔他一刹之前的举动太莽撞了，又记起了妻子含着泪嘱咐他的话："万一牵带了你，叫我们怎么办？"现在是真的牵带了他了，伤疼和饥饿又一齐来进攻他，他陷入一种从来未有的痛苦中了！

"张大爷！打得不要紧吧？"一个熟悉的声音发自窗洞里。

他挣扎着站起身，一看之后便欢喜得叫起来：

"原来是你！这是怎么回事呢？"

外面说话的是李明，县城未失陷前他是个警察，如今他是伪保安队的一员，他和张旺是邻居，年幼时就死了父母，张旺因和他父亲是老朋友，待他像自己亲生的儿子一样，养育他，扶持他，还给他娶了一房媳妇。

"张大爷！好险呀！若不是王队长说好话，你老人家恐怕要被……"

"儿子我不要了，他们可以让我回家啦？"

"那，怕不成吧！"李明满脸挂着愁容。

"怎么？枪毙了我的儿子，又要枪毙我吗？"

"不要紧的！你放心好了，只是怕要押几天！"

李明从窗洞里送进了一捆干草和一些吃的东西。

"张大爷！请你不要伤心，等几天吧！！！我也不能尽陪着你，若是叫他碰见，就会更麻烦的！"说完，那个和善的脸孔便从窗洞里消失了。

在黑暗中躺着，惨痛的往事像毒蛇一样咬噬着他的心，他想着惨死的儿子和儿媳，想着苦命的小燕，想着衰老病弱的老妻。

这样，每天李明供给他一点粗糙的食物，他在这间黑暗的发着霉味的小屋里生活下来。他像一堆垃圾一样被人抛在这里，整天沉浸在悲哀和痛苦里，只有当李明告诉他日兵被游击队打死多少的消息时，他的心才有刹那之间的愉快。

阳光时常从窗洞里进来做客，阳光仍是灿烂的、美丽的、温暖的，当他把一块块青紫色的伤疤呈现给那瞬息即逝的阳光时，他便想起了耕作正忙的田野，想起他自己那尚未整理好的田地，现在还被废置着吗？

哀愁和痛苦给了他更多的白发，随着白发的加多，他对日兵的仇恨也一天比一天增强了。

有一天，当他对着阳光冥想的时候，李明那充满微笑的脸又出现在窗洞里，他用愉快的声调说：

"张大爷！好了！据秘密消息，五天以后国军就要反攻，我们已经准备好，要里应外合，现在游击队活动得正紧，我们不久就又有平安的日子过了！"

这消息使张旺的心感到无限的兴奋，他想：儿子虽然死了一个，但还有一个呢，敌人退走，大儿子一定要回家来的，那样不还过快乐日子吗？于是他的心里又鼓起来饥渴的求生的欲望。

然而，在当天的夜里，那数着命运的苍凉的锣声，又像一只报灾的恶鸟似的在各处飞翔着了！

四

　　第二天，张旺被带出了那黑暗的小房，现在他的样子全变了，脸又黄又瘦，颧骨耸起，脸颊深深下陷，整个的脸被泥垢和蓬乱的胡须占满，头发有寸多长，罩满蛛网和干草叶子；像传说中的鬼怪，像神话中的幽灵。

　　他被带到那个曾经用马鞭子打过他的小胡子面前，小胡子对他狂吼着："你这老东西，坏坏的！两个儿子都当土匪，你的大儿子又被我们捉住了，儿子犯法，老子同罪，你也该枪毙！"小胡子威胁的向他挥着马鞭："不过我们皇军素以宽大为怀，还留给你一条活路，你若亲手枪毙了你的土匪儿子，就饶了你这条狗命！"

　　没等他说一句话，就被带着向大操场前进了。

　　一切都完了，大儿子又要惨死，而且必须死在自己手里，张旺的心简直要爆裂了！

　　在路上，他的心陷到极端矛盾里：不枪毙儿子吧？自己就得同死，小燕和妻子却在流着泪向他们招手，一旦自己也丧了命，他们将怎样过呢？枪毙儿子吧！呵！那是可能的吗？枪毙自己亲生的儿子，世界上有这种事情吗？

　　到了大操场以后，他才看见他的大儿子张发，已经被残酷的刑罚弄得不像人样了：头肿得像个葫芦，乌紫的血凝成浓块贴伏在脸上，头发上黏着破旧的棉絮，棉絮吸饱了血，两只眼睛给凝血封住，成为一条细缝。此外还有五个游击队员，两手被麻绳缚在背后，有的被割去耳朵，有的赤裸着血迹斑斑的上身，有的头上流着殷红的血，有的脸变成了一个血饼。

　　张旺完全被一种激动的情绪征服着了，全身不住抖着，胸中像烧着一团火，两眼蓄满了泪水。

　　被令参观的人们在大纵场里围城一个大的半圆，空着临近葬地的那一面。

　　那六个游击队员被押着在观众面前走了一遭之后，那个蓄着小胡子的日本军官便用生硬的中国话吐露着恫吓的狂言。

　　天空，是阴沉的，人的脸，也是阴沉的！

空气含着无限悲酸，悲酸像毛虫一样攒到人的鼻孔里，人群像无风时的静静的稞麦，人的头无力地垂到胸前了，串串的热泪流到颊边了！

小胡子说完了恫吓的演词，便挥着马鞭催逼张旺，他稍一迟疑，背脊上便挨了重重的两鞭，于是他用颤抖的手擎着枪对准了张发。

"爷爷！不要打死爸爸呀！"

在死一般的寂静中，突然爆发出了一个孩子的尖锐的叫声，接着一个黑瘦的大眼睛的孩子从人丛中跑出来，向着张旺飞跑过去。

张旺看见了：这跑着的孩子正是小燕！

张旺的脸立刻涨红像一块猪肝，额上露起小虫般的走筋，眼里射出愤怒的光芒，蓬松的胡须乱抖着，一年来积在胸中的仇恨，像火山的熔浆一样突然爆发了！

张旺的枪口立刻转了方向，随着枪声的爆发，小胡子像跳河一样两手一扬倒下去；站在旁边的日兵把枪一举，张旺又倒下去；李明把枪一举，那个日兵也倒下去！

保安队和日本兵紧接着冲突起来，荒凉的旷场上，便为一片枪声，杀声，怒吼声，哭叫声充塞着了！

载《时代精神》1942 年第 7 卷第 1 期

奸　细

一只夜宿的老鹰从树丛里噗喇一声飞出去，这一惊，王永明醒来了。

从叶子的缝隙中漏下来的露水洒满他一头，他感到一阵刺心的寒冷，摸摸盖在身上的毯子，也给露水洒得湿淋淋的。

睁开惺忪的睡眼，他抬起头瞭望着四周。

街道沐浴在清冷的月光里，没一丝风，一切都静悄悄的，一切都在睡着。

□□都睡了吗？这样想着，他悚然一惊，骨碌爬起身来。

十二辆汽车排成两行，静静地停在路两边的洋槐树底下，每个车上都透露着轻微的鼾声，所有守车的人似乎都睡了。

想着全车载的都是军火，他禁不住轻声自语起来：

"险哪！都睡着了，假若有个坏蛋来……"

"假若有个坏蛋来，我就给他洋点心吃！"在他后面的那辆车上发出带笑的声音。

"张队长好大精神，一直没睡吗？"他望着邻车说。

张队长坐起来了，两手抱着枪，毯子裹着身体，军帽的帽舌直盖到眼眉以下，因此他脸上的笑容在王永明看来是很模糊的，他把头一扬说：

"我知道你们年青的伙子，一倒头就睡，你好像也睡了？"

"实在乏极了，本想养养神，谁知道一养就养到梦里去了，好险呀！"

"险什么？"

"险什么？那次在××还不是教训？他妈的！中国的汉奸太多了！"

"有我们呢，不用你担心！"

"真倒霉！偏偏我的车子坏了，所以我特别担心这个！"

"忘了告诉你，我已经叫这里刘站长向总站打了电话，橡皮轮子明天第二队一定带来，你可以后天和他们一块走。"

他们是向接近前方的一个城市运军火的，十二辆汽车，十二个押车的宪兵，十二个司机。王永明驶的这辆车载的全是手榴弹，今天在半道上他的车轮子坏了。

月亮偏向西方，显得更加苍白，地面不知何时罩上一片轻雾，使景物变得如在梦中一般朦胧，仍然没一丝风，没一点声音。

沙，沙……像风吹枯叶的声音。

王永明急忙抬起头来，一个黑影在街道有月阴的一边急速晃动着，躲躲闪闪，像怕被人发现似的。

"站住！干什么的？"他高声喊起来。

黑影不动了。

"什么事？"张队长慌张地爬起来，紧揑着手里的枪。

"街右边墙根底下，快对准那个黑影放手电！"

一道白光穿过轻雾向那黑影射去，看清楚了：是一个瘦骨伶仃的烟鬼模样的家伙。

"干什么的？快说！"王永明高声叫着。

"老爷！我是从王庄亲戚家来的……起身的时候很晚……家就在这巷子里。"那家伙颤声说。

"快滚蛋！"张队长高声喊。

黑影迅速地逃入小巷子里去了。

一会之后，从一个小房子里突然发出一声尖叫：

"失火了！快救火呀！"

接着是几个男人的粗大的喊声。

离汽车几丈远的一所屋的门，砰地一声开了，从里面跑出几个人来。

"孩子！孩子还没抱出来！猪也完了，我的天呀！………"一个女人带哭地尖叫着。

"票子！洋钱票子还在箱子里！"一个男子的声音。

几个人又跑进屋里去。

一股浓烟冲向白茫茫的天空，熊熊火焰渐燃渐高，在街上的人都望见火光了，火焰发着呼呼的声音，仿佛远处的风暴。

立刻，每家的门都开了，人群慌乱地各向失火的方向跑去。

面街的房子一会也燃起来，火焰像巨兽的舌头样舐着茅草屋子，幸而没有风，火焰和浓烟直冲云霄。街道映成红色，男人高喊着，女人尖叫着，孩子号哭着，全街陷入混乱和噪杂里。

"水！快泼水呀！"

一股股的水流闪着白光扑到火焰上，洋铁桶和洋瓷盆子撞击着，水瓢和木桶撞击着，但火势一点也不减退，迅速地向两边蔓延开去，泼上的水似乎成了煤油，使火势更加旺起来。

当火焰燃着一间瓦房时，立刻像鞭炮样发出拍拍的声响，碎瓦片像爆炸后的弹皮样向四外飞迸。

守车的人都起来了，王永明焦急地望着熊熊的火焰，当火焰逼近汽车时，他大声喊：

"快把这里的弹盒向别的车子上搬一搬！"

司机们都来搬他驶的这辆车上的弹盒子。

突然爆发出个压倒一切的声音：

"北边又起火了！"

王永明转个头来一望，在汽车北边不远的地方，又有火光和浓烟吹向天空去。

有些人向北跑去，有些人不知向哪里跑好，只陀螺一样旋转着身子。

"你们快把汽车开走，我和老王留在这里守这辆车子！"张队长高声吩咐说。

十二辆汽车吼叫着飞奔到远方去了。

从南边燃起的火焰，只隔两幢房子就燃到汽车停着的地方，汽车上尚有半车手榴弹没搬完。假若中了火，该是那么可怕的景象，想到这，王永明打算叫人向远处躲避一下，他刚要喊出口，恰巧这时救火队来了。

三个火龙各向火焰喷射着细瀑布般的水流，无数个盛水的盆子、瓢，在空中飘飞着，无数朵银色的火花向火焰洒落着，空中像落着倾盆大雨，火焰渐渐小了。

救火队又一齐到北边失火的地方去。

一点钟后，两处的火焰都完全熄灭了，人也渐渐稀少下去，只有几个人用棍子翻着黑色的灰烬，几个人在墙根下幽幽地啜泣，空气中含着焦而腥的气味。

轻雾已经消失，月亮用苍白的光照射着倒塌的房子，黑色的灰烬，受伤的街道，一片凄凉残破的景象。

"太惨了！他妈的！一定是先会见的那个家伙放的火！"王永明愤怒地说。

"我也这样想！"王队长应和着。

"一点问题没有，是他放的！我这会才想起来：昨天当我修理车子的时候，他在这里足转了半个钟头，瞧瞧汽车，又瞧瞧四围，看样（子）就不是好东西，当时我就想甩他几耳光！"

"是这样？先会应该把他扣起来才是，我们太大意了！"张队长惊异而又惋惜。

"谁想到这呢？记性真坏，当时我也忘记是怎么回事了。"

"真险呀！我们的担子几乎加重了！"

"我想这附近一定有汉奸团体！"

"一定的！明天报告警察局叫他们留意好了！"

不久，黎明的曙光在天空荡漾着了。

一个宪兵来叫张队长去准备启程，临走时张队长对王永明说：

"你不要着急，你可以随着第二队走，不过无论如何要把这件事情报告警察局！"

望着张队长的高大的身影消失在远方以后，一种莫名的烦躁充满王永明的心头。

太阳渐渐升高，是个稀有的晴朗天气。

受了伤的街道，赤裸裸地躺在朝日的红光里，烧毁的房子足有几十间，给整个的街屋留下了焦黑的污烂的缺口。

焦而腥的气味，随着微风各处飘荡，几颗枝叶茂密的洋槐给火烧的只剩下干枯的枝干。

被烧毁的房子旁边搭起几个小席棚，从火里救出来的家具杂乱地堆积着，在一个干草堆上躺着烧伤了的孩子，全身的皮肉裂开了，裂缝里流着黄色的脓液，孩子不住用呆滞的小眼望着周围的人，一个守在他身边的女人低声啜泣。在另一个席子里发出一个女人的嚎啕，因为有个老太婆被烧得奄奄待毙了。

人群从四面八方奔到这里，看了都摇着头叹息。

王永明混在杂乱的人群里，望着悲惨的景象，他的心被痛苦咬噬着。他踱进一家茶馆里。

"王先生！天保佑呢！救火队晚来一分钟，我的房子就升天了！"茶馆老板摸着红鼻子说。

茶馆老板是个滑稽而多言的老人，王永明常跑这条路，成了这茶馆的老主顾，和茶馆老板已经混熟，每次见面，他们总开几句玩笑，但现在是一点兴致也没有了。

"火神爷催香火了，那夜我梦见的，火神爷说：'你们忘了我很久了，没钱花了！'看！这不是！"一个老太婆喃喃着。

"才怪哩！真是神火，这边燃，那边也跟着燃了，好像有人喊着口号：'一，二，燃！'他妈妈的！看鬼气不鬼气！"茶馆老板摸着红鼻子说。

"可不是！真怪气得很！"几个喝茶的人应和着。

王永明听着这些话心里更加烦躁起来，他狠命把茶桌擂了一拳，冲出茶馆去。

突然，那个烟鬼模样的家伙又在人群中出现了，躲躲闪闪地快步走着，一顶破草帽直盖到眼眉以下，不住偷视着那辆坏了轮子的汽车。

"好小子！你是三顾茅庐的诸葛吗？"王永明像发现了鹦鸡的老鹰一样向那家伙猛扑过去。

"么事？老爷！老………"那家伙的黄瘦脸上浮上层暗影。

王永明像拖猪一样把那家伙拖到茶馆门口，高声喊：

"刘老板！抓住放火的人了！"

茶馆老板跑出来，王永明将过去的经历报告了一遍。

"邻居们！放火的就是这坏蛋！"茶馆老板听完话后，不住高声嚷叫。

人从各处跑来，四周围成圆圈，茶馆老板向人们重说着王永明的话，

最后他用滑稽的语调说:

"昨天晚上,半夜了他还在这里溜达,他对这位王先生说他住在那巷子里,哈!我刘天星在这里住了五六年了,凡是这街上的大人孩子,剥一层皮我都认得,偏偏不认得这位好心的邻居!再说,他进了巷子那边就紧接着起火了,一会,这边又起火了,这还不是证据吗?"

他刚说完,人们一齐吼叫起来:

"打死他,打死这王八禽的!"

那家伙被麻绳缚起两臂,失措得如一个被猎人围抄的兔子,全身抖瑟着,显得要哭出来的样子。

"这街上谁得罪了你?为什么要放火?你妈妈的!快说!"一个满脸愤怒的壮年汉子咆哮着。

这句话提醒了王永明,他对人们解释说:

"昨晚这里不是停着十二辆汽车子弹吗?他想烧毁子弹,这一定是个奸细,不信审审看!"

"审!开审!"一个胖子嚷着挤到前面。

"你实说!是谁叫你来的,他在什么地方!"王永明从容地问着。

"老爷!火不是我放的,我哪能知道这个呢?"那家伙颤抖地说。

"给他个张飞卖肉!"胖子说着将缚着烟鬼的绳子搭到洋槐树枝上,轻轻地将绳子一拉。

烟鬼悬在空中了,两脚乱踢,拼命喊着:"我说!老爷!我说!"于是绳子放下来。

"这火着得真鬼气,想不到是你作的怪,散火童子!回去对火神爷说,老爷们给你委屈了!咯,咯,呸!"茶馆老板把口水和浓痰唾了烟鬼一脸。

"火不是我放的呀!老爷!我………"没等说完又被悬到空中去,踢着脚,喊着,直到头沉重地挂在胸前,才被放到地上。苏醒过来,他哭泣着说了:

"最初是王秃子叫我干的,他说一天三元钱,若是烧毁了子弹汽油,或是探听了秘密消息有重赏,我就干了!"

"呸!我们大中华民国的人的面子叫你丢净了!这几个钱使得你做汉奸?"茶馆老板悻悻地拍着胸膛。

"两个人几乎烧死了，你忍心下这样的毒手吗？你不是中国人吗？不知道这是坏事情吗？"有人温和地说。

"怎么不知道，可是我穷呀！吸鸦片吸光了家产，又不能做活，家里又有老婆、孩子……我就昧着良心干了这坏勾当了！……"烟鬼说到这里用老牛样的粗嗓子哭起来。

"我们知道你是穷逼着没办法才这样干的。"王永明说："你的同伴有多少？在什么地方！"

"一共十多个，在青龙寺！"

"不是谎话？"

"撒谎臊的他祖宗八代！再说谎话还算人吗？"烟鬼说完，紧咬着牙。

"送警察局好了！"有人提议。

王永明托茶馆老板照顾汽车，他牵着缚烟鬼的绳子，人们跟随着他，他们齐向警察局前进。

太阳已悬挂在清朗的高空，灿烂的阳光照着街道，街道的每个角落都有一簇簇的人高声谈论着，夹着笑声的响亮的话语在各处飞翔着：

"好想头？两面夹攻！"

"真是傻蛋！难道汽车是死乌龟吗？"

"做汉奸的还不都是些傻蛋？"

"一网打尽！"

"…………"

王永明听着这些话，像在春天的百花丛里听着蜂群的甜蜜的歌唱，一种不可言语的愉快把他满怀的焦躁驱逐得无影无踪了。

紧接着，警察局领着三十名武装警察向十里外深山中的青龙寺挺进，人群跟在后面，汹涌的波涛一样哗哗（原文为"花花"）向前流去。

载《长风文艺》1943 年第 1 卷第 2 期

旅客——失地上的故事之一

远远一带青山将要掩去夕阳，鸦阵和枯叶在空中一同飘飞。

清冷的古道，一位孤单的旅客在拖着长长的影子蹒跚前行。

这旅客：头戴瓜皮帽，身穿蓝布短衫，黑扎腰，黑腿带，一个竹篮，一根行杖，黑瘦脸上刻画着经年的风霜，剑眉下是两只机警的双眼，假若因疲倦而打个寂寞的哈欠时，人还可看见一颗闪光的金牙齿……奇异的外貌颇给人一种神秘的感觉。——是江湖的修士？圣地的朝拜者？禁物的私贩？还是远道的行脚人呢？

四野虫声渐起，远近一片荒凉，没有荷锄归来的农夫，没有横跨牛背的牧童，村庄上空也不见一缕淡淡的炊烟，田地荒芜着，只充满枯草和田禾的根端，悄无人迹，一任鸦阵、枯叶、秋风、虫声霸占了这世界：仿佛是个无人的国度。

"往年是不如此的！"旅客望着四周的荒凉景象不禁悲从中来。

青山掩去夕阳，夜色把他那长长的影子抹掉。

前面隐隐出现了一座村庄，他加快脚步。

村庄，十门九空，仍是个荒凉的村庄。只在一家门前挂着个破旧的纸灯笼，上面字迹还依稀可辨：未晚先投宿，鸡鸣早看天。

旅客走进这家茅店，茅店主人是一对夜晚睡下就愁明朝穿不上鞋的老夫妻。

暗淡的油灯光下，旅客把清水面条和酸白菜吞到肚里，也把老店主那悲酸的话语记在心头。店主说，他以开店为生已经半生有余，太平之年，来往客人多，都乐于和他这诚实无欺的主人打交道，老主顾络绎不绝，生意是颇为兴隆的。加以他有一子一女，还有儿媳和孙儿，都是勤苦孝顺，适他心意，因此生活中有的是快乐和幸福；敌人来后，家中财物劫掠已空，妙龄女郎为鬼子兵奸死，三岁的孙儿死在刺刀下，媳妇避到住在山村的娘家，儿子参加了游击队，只剩下破店和艰辛的岁月随伴着他们，而今年景荒乱，十天半月没有主顾是常事。

店主把伤心地眼泪和悲酸的话语一齐倾泻出来，旅客把感动的眼泪和清水面条一齐吞咽下去。

用枯瘦的手挥去眼泪，店主装出一副浅笑：

"客官！在这种荒乱年头，你单身出行，好大胆量，贵干呢？"

"是到××办货的，我们生意人还怕什么？"旅客把碗放下，用黑扎腰擦擦嘴。

"生意人？哪能像生意人呢？我开店几十年，各种各样的人都见过，不是夸口，无论干哪一行的，一见之下，我准能猜他个八九不离十！"

"那么我像干哪一行的呢？"旅客微笑起来。

"政府的官员吧？"店主装出探问的神情。

"嘻嘻！叫你猜着了！"旅客笑着摘去瓜皮帽，用黑扎腰擦去头上的汗珠。

"呵！好面熟，你有点像图上的黄秘书！是吗？为何变成这般模样呢？"店主现出十分关切的样子。

"图？图在哪里？"旅客像针扎着一样跳起来。

"就在那边，是两月前城里的保安队贴上的，还有赏格呢！"店主指向西墙。

他们拿着灯走近图前，图上画着两个人：那胸前一绺（原文为髟留组合字）长须的是省主席，那有偏分头和金牙齿的便是他（只是他现在是光头），捕获的赏格是一万和五千。

看完图，旅客把他的经历告诉给店主：三年来，在这沦陷的土地上，他们艰辛地支撑着一个流动性的政府，没有充分的武力，没有固定的地址，像一群流徙的游牧人，辗转各处施行政务，夜晚都是和衣而卧，时时担心着敌人的围抄；三天前的夜里，他们的行营被敌兵抄袭了，同事们如一群疾风卷起的干豆叶一样分散各处，大红马中弹毙命，他挂了单，在一个农家他接受了温情的招待，一把裁衣刀剪去头发，换上这身古怪的行装，他现在是打算横过铁轨投奔××游击队去。

"辛苦你们诸位大人了！"店主闻声之下不胜慨叹。

"五千！不小的数目呐！你不乘机发财吗？"旅客笑着打趣店主。

"唷！哪里话，莫说五千，就是五万，也不能伤害一个众人的救星！我难道不记得我的女儿和孙儿死在谁手吗？"

"这要多谢你的好心了！——呵！似乎以前曾和你见过面似的！"

"对！这一说我倒记起来了，是五年前吧？大人带着随员下乡视察的时候，曾在这小店落过脚的，当时还召集全体村民讲话；在我未入土之前，我巴望着有那样一天，那时候鬼子兵赶尽杀绝，我的小店再兴隆起来，大人再来视察，我要加倍招待呢！哈哈哈！"老店主描摹着未来的美梦，赤裸地大笑了，响亮的笑声传到屋外去，传到屋外的夜空去，传到夜空下的旷野去。

倾谈之后，店主把旅客引入一个尘封的房间，刚进门就有一股浓烈的霉味直冲鼻管，想是久已不宿客人了。

独对孤灯，往事杂然萦于脑际，他想起：流动性的政府，游牧人似的一群，飘萍样的生活，猛然的围抄，伤亡星散的同事们………至此，旅客不禁有怅然若失之感！

夜寂然如古井中水，仅有四野虫声一片，密雨一样淹没了秋夜的一切声音。

"是夜静更深了吧？为何没一声犬吠？纵然没有夜行旅人的脚步，犬对着黑暗也该叫几声的！"想至此，旅客猛然打了个寒噤："啊！是沦陷的土地呐！人都没有了，哪还有犬呢？"

旅客噗的一声将灯吹灭，窗洞里透进一块蔚蓝的秋空，秋空是无恙的，星星仍和往日一样闪耀，是三五吧？还有一天好月色呢！月色虽美，却是无心欣赏的！

四野的虫声更加繁密了。

凝视着四壁的黑暗，旅客又沉入思索里。想起店主和图像，他不禁想起"捉放曹"的故事，自比有点像曹操，只是缺少个陈宫，店主有吕伯奢的温情，旅客再没有曹操的鲁莽了；想起过昭关的伍子胥，倒和自己更相像些，只是仅有短髭，并无三绺（原文为髟留组合字）黑髯，纵也愁怅满腹，也是很难用骤变的银发掩人耳目的，加以前面并没有踞着一座昭关，忽然，"门，门，呜~~"十里外，火车响了，是的！明天必须横过那条铁路，铁路不也有昭关似的森严吗？这就真像伍子胥了……至此，旅客暗觉好笑起来。

"是看一出戏？读一本小说？听一个故事？做一场淡梦？还是在真的在扮演事实呢？"这样想着，旅客的脸上浮出漠然的微笑。感情恬淡得像白水，真说不出是哀愁还是欣喜。

在密雨般的的虫声里，旅客怀着满腹惊喜渐渐睡去。

醒来时，曙光已透进屋里，房门大开，店主笑着站在炕前，旅客跳起来：

"糟了！为何不早点叫醒我呢？"

"看大人睡得很酣，想是远道累极，不好相扰！"

"怎么也没听见一声鸡叫？"

"鸡？唉！我的两只大公鸡早被鬼子兵宰吃了！"店主的泪落到颊边，提到惨死的鸡，他和提到惨死的女儿时一样悲恸。

"啊！吃了喝了住了，我才想起我是没有钱的！看我有什么东西可以做押吗？"

"唷！哪里话，若是有钱的话，我还要帮助大人盘费的！"

"藉你准确的眼力，看我身上还有什么破绽吗？"

"只是金牙和生意人的身份不甚相合，也是图上特别载明的！"

"我倒忘了！"旅客拔下金牙，放入篮中。

辞别店主，旅客和太阳一同起身。

清晨的原野和黄昏的原野少有不同，只是去了虫声，添了露水，仍是一片荒凉渺无人烟。天无片云，天也是荒凉的，若没有向天的枯枝支撑着，这沦陷土地上的枯寂的天或许要塌陷的吧？

"往年是不如此的！"旅客望四周的荒凉景象不禁悲从中来。

列车的驰奔声清晰地传过来，前面隐隐现出一带铁轨。——要过关了，守关的是个怎样的角色呢？

如踏在春日的薄冰上，他小心翼翼地走向前去。

"站住！"突然从路轨旁的洋槐丛后跳出一个着黄军服的兵士，兵士举起毛瑟："干什么的？"

"到××办货的生意人！"旅客举起双手。

兵士走近来，仔细打量着旅客，最后把毛瑟挂在肩上，换上一副戏谑的笑容：

"生意人？天下有这样奇怪的生意人？要翻翻你的竹篮！"

"请翻好了！"旅客虽表面装着镇静，心里却不住打寒噤，因为政府的一切重要文件都在竹篮里放着。

"说着玩的！若是翻的话，准能翻出什么来！"

"嘻嘻！不要开玩笑了！"旅客笑起来。

"看你有点像图上的黄秘书！是吗？"

"好眼力！这不是你发财的机会到了吗？"

"咦（原文为'口'和'衣'的合体字）！岂敢！从前我还是秘书的部下呢！唉！说起来真一言难尽！哪有甘心当伪军的？只是迫不得已！我们队长说，曾几次和主席商议着反正，可是主席回答说时机未到，有朝一日要我们做内应的！"

"你们的苦衷，我们完全知道！"

"不瞒秘书说，守着这条三叉路口，像秘书这样的人我放走不止三五个了！——我是明保曹操暗保刘备呐！哈哈哈！"兵士喷出毫无掩饰的大笑。高朗的笑声传到长空去，传到旷野的远处去。

"你的功劳胜过我们千百个英勇的战士！"

"秘书过奖了！"

"身边没有什么可以酬谢的东西，你叫什么名字？"

"不必管我名字，只请秘书记得我是个不愿做奴隶的伪军就够了！"

"这我过意不去！"

"不要多啰嗦！快走吧！小胡子醒来事情就难办！"

旅客对兵士做出个感激的微笑，回转身，像燕子掠水一样向前路奔去。

"由此往东，十里处有个叉路，要记住走东南那一条，再五里就有你们的游击队！"兵士在后面高声叮咛着。

朝阳从一带青山后跳出来，火饼一样挂在古槐的鸟巢上，一只云雀在向朝阳引吭高歌。

旅客瞭望四周，朝阳照耀下的原野似乎变了模样，一切都仿佛充满生机。

"为了父老们的温情，为了弟兄们的盛意，我定要奋斗下去！我定要从敌人手中抢救回来，这受难的土地，受难的人民！"想至此，一抹坚定而欣慰的笑浮上旅客的面颊。

回头望，那兵士还在远处向他招手，意思是叫他快些走，他像离弦的箭一样加快脚步。

迎面闪出一座黄色小土冈。

转过那座黄色小土冈，旅客是再也不用担心了！

雪　夜

冬夜，天在静静地落着雪。

雪的白衣覆盖了大地，山巅、田畴、树木、村落……都变成银白色。一片银海似的雪光把空间照得白茫茫的，像逼近黎明时分一样，实则天还没过午夜。

雪笼罩下的原野悄无声息，像死去了似的。广漠无垠的雪原中突出着一道模糊的白线，那是铁轨。离铁轨十几步远的地方有一间小屋，小屋被厚厚的雪蒙盖着。在白茫茫的雪原里，做成个隐隐约约的小黑点，小小的窗纸上还露着昏黄的灯光。

小屋里有两个人，一个是护路兵刘青，这是一个瘦削而矮小的青年人，两只眼里放射着游移不定的光芒。另一个是日兵大山，身体粗短肥胖，圆胖的脸上布满着狞恶。现在这两个人正在围着一盆炭火喝酒。炭火燃得很旺盛，将他们两个的脸照得红红的。火盆旁边放着一支小方桌，桌上有一盏煤油灯，灯旁有一只酒瓶，一个大磁碗，碗里盛着烧鸡、熟肠、豆腐干之类的酒肴。他们两个人的手里各擎着一只酒杯，刘青时时把自己的酒杯向空一举，笑着劝大山的酒。

"老兄！请干了这杯，我做的东，你应该赏光，老朋友，来！"

"那自然，老朋友，那自然赏光！来！"大山用生硬的中国话说，哈哈大笑。

于是两个人把酒杯一碰，各自喝下去。

这两个人虽然在一同喝酒，表面上嘻嘻哈哈的似乎非常亲热，但实际上二人的心中各怀着一个不同的心思。

我们可以看到，不管刘青是怎样装着假笑，但无论如何也掩饰不住他那满脸的惊慌，甚至他那擎着酒杯的手也是在颤威威地发着抖的。而大山的神情则正相反，我们从他的脸上可以看到他现在是无比的镇定和洋洋得意，他的目光是狡黠的。他的每一声笑里都洋溢着刁滑。

他们两个虽然在一杯杯的喝着，以致酒瓶的酒已经去了一半，实际上他两个却都没有喝多少。在他们真正的喝了几杯之后，就各自用起伎俩来。每次把杯碰过之后，刘青只是把杯在唇边一放，并不把酒喝下去，在大山低头用筷子夹肴的当儿，他就偷偷的把酒泼在桌子底下。而大山就更妙了，他不惟不把酒喝下去，并且当酒杯在唇边放过之后，还把脖子一伸，头一扬，嘴一喷，装出真正把酒喝下去的样子，而且脸上还做出一副滑稽的苦相，连连说："呵呀！好厉害的酒，好厉害……"于是把酒杯换在左手里，低下头，垂下眼睛。用右手拾起筷子夹菜，故意给刘青一个泼酒的机会，而就在刘青只顾自己泼酒的当儿，他也把酒偷偷泼到桌下去了。

当瓶内的酒快要干了的时候，大山就假装现出醉态来。他的身子左右摇幌。头前俯后仰，眼睛时而闭上，又忽然睁开，好像已经神志不清的样子。还不断模模糊糊地说着：

"哈哈！笑话！醉了吗？这……点酒就醉了吗？……笑话！……"

刘青看着大山这种醉醺醺的样子，不禁心中暗自欢喜，但又竭力掩饰着，惟恐露出破绽。他微笑着对大山说：

"小心着！千万不要喝醉了，你不记得一星期前的事情吗？那次就因为你喝醉了才出事的！"

"不会！绝不会醉，笑话！三两杯酒就会醉了吗？"

"那你可不能不小心！无论如何不能再醉。站长说今晚上有一辆军火车要来，要我们特别小心。我们可不能再像上次那样闹出差错来！这责任我们是担不起的！"刘青假装用着警告的口气。

"不会！就算真喝醉了。游击队也……也不一定会来！难道……难道事情会……会有那样巧？……呜噜！噜"他嘴里做出怪腔，装着要呕吐："笑……笑话！醉……醉了？……不相信！……"

"游击队那些王八蛋好可恶呀！"刘青故意大声咒骂："十八号那天晚上，你醉得像一滩泥。当我外出小解的时候，猛不防被一个人拦腰抱住，待要喊叫的时候，早被一个人用棉花塞住嘴，绑在一棵树上，就那样眼睁睁的看着他们把铁路拆毁，把炸弹埋上，我们那辆军火车就那样被炸了！冈田少将就是那样死的！站长为这险些儿撤了职，这不都是因为我们不小心的缘故吗！"

刘青又把这已经和山田说过若干遍的话重述上一次，末后并装出非常严肃的样子加添说：

"所以这次你决不能再醉了呀！"

"不会！那次是太大意了。呜噜！哇！……"大山将刚嚼烂的一块肥肠混着一口酒哇的一声吐出来，又接连着吐了许多口水和痰。

大山装的是太像了，以致刘青丝毫没觉察出这是假的来，他还连忙过来给大山搥背：

"劝你少喝点，你看弄成这个样子，莫不是真的醉了吗？"

"哪个说的？"大山高声叫："醉了？笑话！笑话！"他的身子摇幌得更加厉害起来："呼噜噜，呼噜噜，我是真……真的醉了呀………"

于是像演剧似的，大山煞有介事地从板凳上跌下来，躺到地上去了。

刘青不禁喜欢得叫出声来："看怎么样？说你醉了你是真醉了！"

"嗳呦！真醉了，来！老……老兄！扶我到……到铺上去！……有什么动静的时候你就喊我，我一会就……会好……好的！……呼噜噜，呼噜噜，嗳呦！……"

刘青就把大山扶到铺上，用棉被替大山盖上，最后还笑着幽默地说：

"警醒点呀！游击队要当真来了，可真不是好玩的呀！"

像完成了一件大事似的，刘青松快地喘了口气，他在板凳上坐下来，用干木枝撩拨一下盆里的火。

小屋里突然静下来了，只有盆中的火不时起一个小小的爆炸声，昏黄的煤油灯光洒满一屋子。

屋外的雪野更是死般的寂静，仅仅可以听见雪花飘落的细微的声响，像有人在遥远的地方絮语。

由于看到大山的醉态所得来的喜悦，忽然被这过度的沉寂一扫而光，大山未醉之前的那种惊慌又重新向刘青袭了来，他又陷入像一星期之前第一次做这种冒险事情时的那种无比的恐怖里。虽然第一次的冒险是安安稳稳的成功了，但他终不免有所担心，他仔细回忆一下：自从铁路被游击队破坏，日兵的二零六号军火车被炸以后，大山对他的态度最初是无比的凶恶，好像已经发现了事情的内幕，但很快的就对他温和起来，那是一种从来没有的温和，那种温和起初使他洋洋得意，并且暗笑大山的愚蠢，但现在一想禁不住便也怀疑起来！难道那次事情的内幕果真被大山晓得了吗？难道他的醉是佯装的吗？想到这里，他便狐疑地向着大山望了一眼，大山是像一滩泥一样一动不动地躺在那里，并且一会又发出沉重的鼾声来，显然已经酩酊大醉而且睡得像个死人一样了。刘青这才稍稍放了心。

忽然在屋子不远的地方发出一种凄冽可怖的声音，像猫头鹰叫，又像狼嚎。刘青打了个冷战，仿佛受了一阵突如其来的冷风的袭击，浑身抖瑟起来。那声音越叫越大，越叫越可怕，他觉得头上轰的一声，眼前有无数金星在飞旋，桌上的灯也仿佛跳起舞来。他想叫喊，想把大山叫醒，但一种更大的力量不允许他这样做，他急忙吹灭了灯。黑暗充满了屋子，更显得阴森森的，那凄冽可怖的声音向小屋逼近来，幼年时听到的一些鬼怪故事，突然一齐浮现在他的脑际，他吓得呼吸都迫促起来，便下意识地握紧了枪。

"门，门，呜!!"远方传来火车的叫声，这声音解救了他，使他紧张的心宽松了许多。接着响起"喊喳咔嚓"的机轮声，五里外的车站上管车人那"呜呜"的喇叭声也隐隐传送过来。

机轮声逼近来，小屋的窗上出现了灯光，他急忙挨近门边，从门缝里向外窥视，焦急地想着："是不是那辆火车？"继而想起那辆火车到达此站的时刻是零点二十分，这才放了心。

一会，机轮声渐小，屋外又只剩下一片死样的寂静，那凄冽可怖的声音也隐没了。

五里外的车站上响起了金属相击的声音，火车又长叫一声，又隐隐传来机轮声，火车又向前方开去了。

刘青的心却再也不能安静下来，他想起那荒凉冷落的火车站，想起小车站上那充满灾难和不幸的家，浓重的悲戚和感伤，混合着冬夜的寒气，猛烈地向他袭击着，一些可悲的往事像雪片样一齐涌到他的胸中来了。

　　他所工作的这个小站是一年前被敌人占领了的，他的同事李永贵就在那时去参加了游击队，他本也要去的，但因为有个年青的妻子和个三岁的孩子，未能如愿，敌人占领之后，他仍然在这小站上苟活着，那种敌人统制下的生活的辛酸和不幸自然是人人可以想象得到的，他的妻子被日兵蹂躏过，他是由职员降成了售票员，最近因为涌来了若干没有职业的日本浪人，他又由售票员，变成了护路兵。近几个月来，因为游击队常常破坏铁路，日兵便在铁路沿线按上若干木房子，约隔一里地左右就有这样一座木房子，每个房子都是一个日本兵配着一个中国籍的护路兵，因此他的留在小站上继续工作的同事们，像他这样由职员被降到护路兵的很不在少数。一星期之前，他在车站上碰到化装成一个小贩的李永贵，于是他们就做出了那么一件冒险而痛快的事情，今天晚上他们又在准备做这样一件和那次相同的事情！……

　　外面忽然吹起风来，风声打断了他的思绪，使他重又回到现实中来。

　　"天已不早了，为什么还不来呢？"刘青焦急地想。

　　大山的鼾声仍旧呼得很响，刘青把门敞开，走到外面去。

　　原野是灰茫茫的一片，雪已经住了，只有冷风在狂吹着。风摇撼着林树，把雪卷在空中，吹到远处，又猛烈地投掷下来，地下的雪已有两三寸厚了。

　　看看四面没有人影，耐不住寒冷，他又躲进茅屋里。

　　他焦急地等待着，觉得有点恐怖，心不住在跳。大山翻一个身，就使他恐怖万分。

　　一会，外面发出一声熟悉的咳嗽声，刘青心中一喜，但立刻又陷在恐怖里。他用手又轻轻触一下大山，大山像死尸样僵卧在那里凝然不动，他这才完全放心了。

　　他轻轻地开门出去，又轻轻地把门带上。前面出现了一个人影，他向那个人影走去，那人正是李永贵。

　　"兄弟们都来了吗？"刘青低声问。

　　"都来了，那个安排得怎样？"

"没有问题。半斤烧酒把他弄昏了！"

"好！我们就动手吧！"

李永贵从怀里掏出一根麻绳，把刘青的两臂反捆起来，拴在铁轨旁边的一棵枯槐树上，又掏出一把棉花塞进刘青嘴里。

李永贵走入附近的一个小树林，立刻从小树林里出来几十条黑影，黑影齐向铁轨奔去。接着响起了轻微的金属声音，幸而风吹得很猛，只在很近的地方才可听见。

半点钟后，那些黑影又隐到小树林里。

李永贵又走过来，掏出刘青嘴里的棉花，兴奋地说：

"老刘，这次又安全的达到了目的，这全是你的功劳！"

"你快走吧！有话以后再说！"

这时，茅屋里隐隐的有声音发出来。

"你听！是什么响？莫非是那个东西醒了？"刘青惊慌地说。

"不要疑神疑鬼的！那是风吹门响，那东西早醉成一滩泥了"。

"不对！我看还是干掉他好！"

"傻话，干掉他叫我怎么交代！"

"跟我们一块走！"

"我的老婆孩子怎么办呢！"

"那……不过若是真要叫他听见那可就糟了！"

"不要多废话了，快走你的吧！小心别的岗上会发觉了，今晚上是特别警戒得厉害的。"

李永贵向南北一望，在两方各一里地左右，透过白茫茫的雪，都能隐隐约约看见木房子所染出来的小黑点，南边那个还可以看见透出模糊的灯光来。李永贵于是又把棉花塞进刘青的嘴里，爱抚地轻拍了一下刘青的肩膀，用感激而关切的声调说：

"老刘！你太好了，你可千万要小心呀！"

然后消失在那个小树林里，不见了。

雪的原野又恢复了以前的冷寂。只有风在狂吹，渐渐地，风也熄了，又只剩下一片死样的寂静。

刘青望着灰茫茫的雪原，心中充满了喜悦，这喜悦又夹杂着些许恐惧，他在等待着一个事变的到来，一个令人鼓舞的事变到来！

但茅屋的门忽然一下敞开了，大山莽撞得窜出来，像一只野兽窜出了岩穴，大山手里端着枪，枪上按着刺刀，他直向刘青扑过来。

刘青仿佛站在悬崖的沿边上被人猛推了一把，轰的一声失去了知觉。

刺刀的寒森森的白光在刘青的脸前摇晃着，只听得大山怒吼道：

"支那猪！你干得好事！干了一次还干第二次，你以为日本老爷都是傻子！"

锋利的刺刀刺进刘青的肚子里，刺刀拔出的时候，一股鲜血射出二三尺远。

"好朋友！求求你，你枪毙了我吧！"刘青呻吟着说。

"枪毙了你？想得这样便宜！"大山狞笑着。

刘青不敢再说话了，因为一说话就有一股鲜血从他创口处射出来。

大山狞笑着向小车站奔去。

雪的原野又恢复了死般的寂静，只剩下了垂死的刘青，他的创口里旺盛地流着血。血流到雪地上，在白雪上一团团发着黑色。

几分钟之后，大山奔到了北边挨近的一个岗位，那岗位上便发出了一声枪响，紧接着别的岗位和车站上也都响起了枪声。

刘青失望而且悲哀地想："自己是牺牲了，任务也没有完成！"这时他忽然想起了，小车站上他那充满灾难和不幸的家，想起了他的年青的妻子和年幼的小孩，泪水像泉水一样从他的眼里流出来！——死的门槛向他逼近来了！

"门，门，呜！"远方忽然传来火车的叫声。

"喊喳咔嚓"的机轮声越响越大，火车逼近来。

这声音又把刘青从死的路上拖回来，他的神志慢慢清醒，听着渐渐逼近的机轮声，他的脸上浮出坚定而欣慰的笑容。

突然，轰然一声巨响，像飞机丢下去了个重磅的炸弹，长长的一列火车像一道坍塌的墙样倒在路边，弹药的爆炸声，车皮的破裂声，人的哭叫声……杂然混成一片，扰乱了寂静的原野，一股股熊熊火焰向空中喷去，红色的火舌像巨蟒的舌头，舐着灰茫茫的天壁。

火光照亮了银白的雪原，照亮了刘青的可怕的躯体：衣服上染着血，肠子从创口里流出来，白飘带一样挂在肚子上。

　　溅到四面的血，一滴滴染在白雪上，像朵朵美丽的红花。刘青那浮着微笑的脸，映在火光、雪光、血光之下，也像一朵美丽的红花。

　　在冬夜的冰冷的雪原上，在一团熊熊的火光中□□□□□了（原书中被图书标签覆盖）。

雨　夜

　　落着雨，吹着冷风，空间充塞着黑暗，地上满是泥浆与污水。

　　像这样的凄风苦雨，已经时断时续地吹打了三天两夜，现在又到了夜晚，而风雨依旧不停，天空积压着黑云，丝毫没有放晴的意思。

　　在一个破烂污秽的下火车站上，人们在焦燥的等待着火车，站在满是泥泞的月台上，淋着雨，溅着地上的泥浆。火车老不来，有人等得不耐烦，便向候车室里挤，但那个狭小的候车室早已为先到的人挤满，不得已，又只得走到月台上去淋雨。候车人的脸上都挂着愁苦，都渴望着车子快些来，好赶快走回自己的家，躲开这恼人的风雨。冷风夹着雨丝在空中呼呼狂吹，檐溜哗啦哗啦的敲打着地面，偶而听见候车的咒骂声和抱怨声，但迅速即被风声和檐溜声吞没了。

　　好久以后，火车终于吐着汽慢吞吞的驶进站来，人们便开始了拥挤，相互推碰着，叫喊着，这种纷乱情形一直延到十分钟后火车开行的时候才停止。

　　年青的乡妇尤二姑，头发蓬乱，满身泥泞，和许多的乘客一同挤下车来。她一踏上月台，立刻受到风雨的吹打，她又想上车去，但车厢已经挤得毫无空隙，车厢门口有几个人还被挤得把半截身子露在外面。这个无家可归的尤二姑，又徘徊在雨中的站台上，不知如何是好了。

　　她已经在风雨中奔波了一整天，全身的衣服尽皆湿透，又曾在泥泞的街道上跌了两次，滚得满身是泥。入夜后，她漫无目的地随着人群爬上了城内的小火车，由下关驶到中华门，在中华门的月台上徘徊一回，又爬上下一辆火车驶到下关，现在是又从下关乘车南驶，像做梦似的，她在这个中途的破烂污秽的小站上挤下来了。

现在已是夜间九点钟，从早上到现在她还没咽下一点东西，身上已经一个钱都没有，她又不好意思伸手向人要。饥渴、悲伤、羞恼、愁苦，一起夹攻着她，使得她头脑晕眩，浑身没有了一点力气。

在黑暗的风雨中，她像一个无依的鬼魂似的蹒跚着，她不晓得到何处去，她不晓得哪里是她的归宿。她沿着月台向前走，下了月台，又沿着铁轨向前走，走近了一座干草堆，她就在草堆上坐下来，想着自己的不幸遭遇，就情不自禁的放声哭起来了。

草堆就在人家的屋子旁边，而且近处就是一条人行道，所以她的哭声不久就引起了人们的注意。

这时风雨小了点，慢慢的有人把她围绕起来。

"你为什么哭嘛？"黑暗中有谁问她。

"我，我好苦呀！"尤二姑啜泣着说。接着她叙述了她的身世和遭遇，她说她原籍湖南，半月前动身来南京找她的丈夫的，她的几个盘缠钱在半途上被扒手扒了个净光，她讨着饭赶来南京，当她于今晨到达这里的时候，她丈夫已经在一星期前随着军队开往山东战场去了。

"你的丈夫是哪一部分的？"一个兵士这样问。

"八十八师呀！"尤二姑说。

"八十八师？八十八师上礼拜就开走啦，开到山东打共党去啦！"兵士诧异并且惋惜地说。

"是呀！走了呀！我上半天已经去过他的营盘，那里一个人都没有了！"尤二姑哽咽着说，又哭起来。

这时，站员刘海清打着红绿灯笼从月台上走下来，走近人群，站着听了一会就挤进去。

"让我看看啥个样子！"刘海清把红绿灯笼举到尤二姑的脸上，他把嵌绿玻璃的一面对准了尤二姑的脸。

"反过来！这样照就变成他妈的鬼啦！"一个年青人笑着说。

刘海清把灯转到嵌白玻璃的一面，端详着尤二姑，尤二姑不好意思的低下头，脸变得通红。

"小媳妇漂亮得很呢，至多不过二十岁！"刘海清油滑地说。

人群中继续的发出了笑声，刚才那点严肃悲悯的空气完全给破坏了。

"你要怎么样嘛！"刘海清说。

"我要怎么样，你说我还有什么办法呀！"尤二姑说，伤心地哭着。

"老哭有啥用，要怎样应该开口嘛！"刘海清又说。

"你看我还有什么办法呀！"尤二姑又哭着重复这句话。

"要嘛你就回家，我们大家给你凑盘缠；要嘛你就找个人家，你又不是七老八十，你又年青，人又不丑，这也不是困难事情。二者必居其一，应该讲话呀，老哭有啥用？"刘海清装出教训的口吻。

"我要回家，可是我身上一个钱都没有，叫我怎么回呀！"尤二姑啜泣着。

"像你这样年纪，顶多不过二十岁！"刘海清答非所问地说，"你找个主并不难，要找个二十多三十来岁的，四十岁以上的不能要，年龄相差太远，你没有后半生，当你还劲头十足的时候，他已经老毬了，这不行！不过富家主也困难，有田有地的人家，十几岁就结婚了，那个高攀不上，要找嘛，也不外乎像我们这样的人，见月拿个三十块五十块的，两个人也勉强生活得下去。要就开口嘛，老哭有什么用？"

尤二姑无言，这些话像钢针样一下下刺着她的心。

刘海清的话使人们笑起来，他感到得意，又继续忘形的说下去：

"人家想要你嘛，就是出于真心，要不然人家到窑子里花五块钱去打一泡，更干净利索！"（在这里人们哄笑）"可是这年头谁都不敢相信谁，好人都给坏人带坏了，上月我们有个同事弄了个野婆娘，住了不到三天，把他所有的东西都拿着逃跑了，只给他妈的剩下了一条裤子，你看霉气不霉气！若是住上几年，养了孩子，人家才敢相信，不然人家哪个敢放心！人家还以为你是个骗子呢，你们说对不对？这是老实话！除非屋里只摆一张睡觉的床！"

刘海清完全用着一种油滑的声调说着这些话，因此他的话引起了更多的笑声，他是越发得意了，他想博得人们更多的笑声，便又继续说下去：

"你大嫂不要哭，用不着心急，你年青，人又生得乖，不怕找不着人……"

　　"够了！人家苦成这个样子，还拿着人家寻开心！"人群中有人这样愤怒的说，打断了刘海清的话。

　　"哪个家里没有姐姐妹妹，就这样开人家的玩笑！"一个妇人尖声说。

　　刘海清觉得无趣，没法再把话说下去，他就退出人群，但不甘心就此走开，还想抓回人们对他失去的兴趣，便又换一种方式讲起来。他说只要到警察所里登个记，随便谁都可以领了去，以后有问题自有警察所负责。他说他有个邻居去年领了个野婆娘，因为没有到警察所里登记，差了这步手续，后来女家的丈夫追了来，说他诱拐良家妇女，告到法庭里，整打了一年的官司，宅子地都卖光了。他又举个例子说：

　　"登记是重要的，还得找三个铺保，譬如前年抗战胜利的时候，日本女人在车站上排成队，任人挑选着领，一个钱不要，可是有一件，必须先登记，先找铺保，不登记不找铺，就是日本货也不能随便用呢！"人们又笑起来，他接着说："王老大就找好三个铺保领了一个，已经养了三四个孩子了，一年养他妈一个！那娘们做起活来，把花手巾在头上一包，真是贴实得很呢！"

　　人们的笑声使得刘海清忘记了刚才的没趣，他又变活泼起来，他抱着一个兵士的肩膀笑着说：

　　"同志！你回去把营房打扫一下，领过去算了，这样你算救了人家，自己也落个痛快，两皆有益的事情！到窑子里找个小姑娘打一泡，一次至（原文为只）少还得五块金圆呢！这小娘们既年青，又漂亮，何乐而不为呢？这是老实话！"

　　"那怎么行！"兵士严肃地说，"人家丈夫是个军人，回来要拼命的，那怎么行呢！"

　　"有什么不行？"刘海清大声说，"床头上放上几颗手榴弹，先要上几天再讲，必要时要干就干，你们军人还怕什么？常言说的好，千里姻缘一线牵，英雄常把美人恋，同志你莫要错过好机会哪！"

　　远方忽然传来汽笛的长鸣，刘海清为了职守只得回到月台去，临走时还严肃地说：

　　"老这样哭是不行的呀！应该想个办法！这样多人围着你，交通都被妨碍了，若是火车压死两个人，看哪个能负得起这个责任嘛！"

一刻钟后，火车又鸣着汽笛驶出站去，当刘海清再度提着红绿灯走到尤二姑那里去的时候，先会看热闹的人早已散尽，只剩下尤二姑一个人，淋在雨里，伏在水湿的草堆上伤心地哭着。

刘海清用甜言蜜语哄劝尤二姑。他说，老在外面淋雨是不行的，可以先到候车室里避避雨，有什么话明天再说，明天他可以向大家给她募捐一点路费让她回湖南去。他又说，在家靠父母，出门靠朋友，若不是他的家离此地太远，他可以把她让到自己家里去休息的。于是，尤二姑像做梦似的随着刘海清走到候车室去。

夜间十二点，最后一班火车过去之后，这个破烂的小火车站便完全陷入黑暗和死寂里。乘客们站员们都离开了车站，电灯已熄，一片黑暗，只剩下凄风苦雨在黑暗广漠的夜空里相互追逐着。

尤二姑孤另另的躺在黑暗的候车室里的木板凳上，先会刘海清拿来的一碗馄饨和几个馒头，驱去了她的饥渴与寒冷，又由于整日奔跑疲倦过度，她躺在木板凳上一会的功夫就睡着了。她现在正做着梦，她梦见了她的丈夫王宝兴，她梦见她丈夫穿着军官制服，她丈夫向她说："你好辛苦呀！这样跑来看我！"她就伏到她丈夫的怀里又惊又喜地哭着，她丈夫说："不要哭！你看我升官了"但她仍然伏到丈夫的怀里哭着。……一会儿她又梦见她丈夫穿着破烂污秽的大兵衣服，头上满脸是血，含泪望着她，"我不行了！我挂彩了！"她丈夫向她说……突然飞来了一只明晃晃的大刀，把她丈夫的头削去了半个……她吓得大叫起来，吓出了一身冷汗，从梦中醒转来。

尤二姑听着风雨声，回忆着刚才的梦境，想着自己的不幸，又伤心地哭起来了。

这时，刘海清从月台对面的站员宿舍里悄悄地溜出来，向着候车室这边突进，当他上月台石级的时候，不小心滑了一跤（原文为"交"），跌倒在铁轨上。

"好事多磨呀！"刘海清得意而苦恼地说。听见了尤二姑的哭声，他笑起来。"这小媳妇哭得好甜呀！她乖得很呢！"他得意的小声说，做了个鬼脸。然后，在黑暗中，向着候车室摸索了过去。

在北方的战场上，这时也在落着倾盆大雨，尤二姑丈夫的残破尸身已在雨水里浸了三天三夜，他是永不能和他的正在受着苦难的年青的妻子见面了！

　　风和雨，在黑暗广漠的夜空里疯狂地追逐着……风雨更大了。

　　一九四八，十月，南京。

载《文潮月刊》1948~1949 年第 6 卷第 1~3 号

抓　船

　　水手们被凉爽的晨风一吹，像饮过一杯甜酒，立时精神抖擞，摇起橹来格外用力，呼起数来格外响亮。

　　水手们摇橹的时候，腰不住前伏后仰，两脚顿得船板咚咚作响。

　　不知经过多少时候，也不知行了多少水程。

　　全船沉入静默里，只响着木浆击水的声音，间或传来山雀的喞啾。

　　"船停下！船停下！"岸上忽然传来高呼的声音。

　　老板娘从船窗向外一看，脸立刻变了色，忙向水手们说：

　　"快推重点！快推重点！"

　　船速立刻增加。

　　岸上的呼声更响更急，接着发出一阵枪响，全船的人都慌张起来。

　　少老板跑进船里，惊惶地说：

　　"龟儿子怎么真打起来了，子弹可是没有眼睛的呀！"

　　病着的老板从被窝里一骨碌爬起来，瞪着两只红眼睛问：

　　"啥子事情？"

　　"丘八！抓船的！"老板娘说。

　　"快点靠岸！不靠就打死你们！"岸上喊。

　　水手们不管老板娘的吩咐，径自将船向岸边划去了。

　　老板娘急得不住顿足抓头发，跑到我们面前央求说：

　　"先生们！请出去给我们周旋一下吧，就说这是你们包的船，是中央那个大机关的。"

我们面面相觑。

"先生们！修修好吧，万一船被抓去，你们也走不成的！"老板娘央求着，显出要哭的样子。

"好！我去！"老王跳起身，拿起手杖冲出舱去。

我们也一齐跟出去。

岸上站着两个武装兵士，枪在手里，摆出耀武扬威的神气，嘴里还不住骂着各种野话。

老王把手杖在船上用力一捣，气哼哼地说：

"你们是哪部分的？"

"××军！"其中一个说。

"哪个叫你们抓船？"

"连长的命令。"那兵士又说，气势已经微弱了不少。

"什么命令？叫你们连长来见我！"老王把手杖举在空中乱挥着。

那兵士叫我们这一堆大衣中山服近视眼镜偏分头等装束的人物弄迷惑了，呆在那里再不说一句话，完全像个木鸡。

"船是我的！无论哪个都不能抓！"老王高声说。

"这是连长的命令，我们当士兵的只有服从命令。"另一个和缓地说，摆出一副劝架神气。

"当军人的能够随便放枪打人吗？难道这也是奉了命令？"老王紧逼上一句。

大概恐怕在水手面前失了体面，两个兵士说了声"我们报告连长去"作为解嘲之后，便急忙回身去了。

水手们看见兵士那种狼狈模样，都低声暗笑起来。

兵士的背影隐没在土坡之后，老板娘大松一口气说：

"天呀！可把我吓死了！"

回到舱里，我们一齐呵呵大笑了，都赞美老王不愧是曾经挂过斜皮带的。

老板和老板娘连连向我们道谢，老板娘又无限感慨地说：

"做这种生意真不容易呀！巧不巧就碰上丘八老爷给他们运东西，一运就是个月二十天，运完了一个也不给，好不好还拳打脚踢！！！这还成个什么世道呀！这简直没有一点公理了！"

"×娘的！这年头，有枪杆的是大爷，只要穿上二尺五，啥子事情都可干得，只有我们小百姓活该倒霉！"少老板气愤地说。

老板的脸上浮着笑容，这次事情能够顺利解决，显然使他极为高兴，于是在一阵高兴之余，他又讲起他的故事来。

"说起抓船，又使我想起一件事情来了。"老板装上一袋烟点燃，慢吞吞地吸上一口，继续说：

"事情是这样的，去年冬天，我从三台运货到重庆，在三台快要动身的时候，忽然来了两个人搭船。那两个人，一个是五十岁左右的年纪，身材很魁梧，穿着黑棉袍；另一个，乖乖！是一位彪形大汉，个子比他妈屋檐还高，脑袋瓜子像个斗，眼像铜铃，鼻子像秤锤，一见之下，真使我吃了一惊，我以为是景阳冈打虎的那位武松二太爷又出世了，我真担心他会把我这个小船压沉了呢！"

"一上船，那个五十岁左右的人就说：'汽车坐厌了，飞机也坐厌了，来坐木船换换空气吧！'我心想，乖乖！真老伙！飞机我们还见都没见过呢，他倒坐厌了。紧接着那个彪形大汉就把我扯在一边吩咐我说：'老板！千万记住不要问那位先生姓什么名什么，他是最讨厌这个的，不然出了麻烦可别怨我！'我一听，嗬！好家伙，连姓名都不叫问！我心想，那个五十岁左右的人一定是位大人物无疑了，那个彪形大汉一定就是这大人物的保镖。可不是怎么着，我即刻就暗地通知了伙计们都不要问那位先生姓甚名谁，他在船上住了半个月，我们就从来没敢问他姓名。那位先生倒是满好的，人挺和气，常常和我们闲谈，问我们生意如何，跑一趟重庆能赚多少钱，等等。他吃米吃不来，好吃大饼，每到一个码头就叫那个彪形大汉上岸去买大饼，一买就买一大布袋，吃不了的就统统送给我们。"

"船开到射洪的时候，也像方才一样，岸上忽然有人高喊：'船停下！船停下！'接着就砰砰砰不住放枪，那也是两个丘八爷在抓船。我就去请教那位先生船靠不靠岸，那位先生说：'靠岸吧，我自有办法！'又雷霆咆哮地说：'简直是反了！'我心想，既然有大人物在我的船上，并且给我撑台，我还怕他个老几呢？我就吩咐伙计们把船靠岸。船靠岸的时候，那两位丘八爷还在奶奶小舅子地骂着。那位先生把脸都气红了，他和那个彪形大汉站在船头上，他向那两个老几高声大骂：'混账东西！随便放枪，简直是反了！是哪个叫你们来抓船的？是哪个的命令？'这时候那两个老几简直是吓呆了，彪形大汉就高声呐喊：'还不快点跪下！'可怜那两个老几就果真乖乖的跪下了。那位先生不住嚷叫：'我要砍你们的老壳！我要砍你们的老壳！'那两个老几吓得浑身发抖，像两根木桩样跪在那里，一句腔也不敢开。看模样是真要砍老壳了，我们全船的人就一直给那两个老几讲情，那位先生才饶了他们，说：'看诸位的面上，饶了你们这次，下次若是再这样，非砍你们的老壳不可！'那两个老几就急忙爬起来，屁滚尿流的抱头鼠窜而逃了！"

老板的脸上浮上得意的笑容，这段往事显然满足了他，他燃上一根火柴，把熄灭的烟重新点燃，满有滋味的吸着。全船的人都静默着，期待着他故事的下文。吸了几口烟之后，他接着说：

"你道那位先生是什么人呢？果然不出所料是一位大人物：可是直到他下船以后我才晓得，船一到重庆，码头上早有好几辆乌油放光的小汽车在等着他了。等我真正晓得他是大人物的时候，他已经上了汽车，我想追上前去，抱歉说：'大人！在我们这小船上住了半个月，可委屈了你老人家了！'可是等我刚有这个念头的时候，小汽车早哇的一声开走了，后面只留下了一阵尘土。"

老板说到这里显出非常惋惜的样子，抽口烟之后，又接着说：

"可是直到现在我还闹不清那位先生究竟是哪个，有人说是一位特任官，又有人说是一位将军。"

"那真是可惜呀！像那样的大人物在我们船上住了半个多月，我们连他的姓名还不知道呢！"老板娘惋惜地说。

"我们可惜的倒并不是因为他是什么大人物不大人物，主要的是那位先生人和气，不打官腔，不摆架子，如若不然，就算是秦始皇隋炀帝那般无道昏君，别看他是一朝人王帝主，若是来搭我的船，哪个舅子才瞧他一眼！"老板说。

这时候那个乘船的商人忽然发起议论来：

"本来吗！兵是保卫国家的，也就是说是保卫老百姓的，他们需要船，上面自然会替他们雇，决不能随便乱抓。这道理至为明显，就是到国民政府也讲得过他，何必怕他们呢，刚才未免太大惊小怪，太狗尾巴拴铃铛——自叮自了！"

商人说完，自觉洋洋得意，非常骄傲的向大家扫射一眼。

少老板气不过，抢白说：

"我就不爱听你这一套风凉话，刚才你为什么不同那个丘八爷理论理论？事情过了又这样说！"

"同他们理论理论又将怎样？"商人气势凌人地说。

话犹未了，忽听岸上砰的一声枪响，接着又是砰砰的两声。

坏事了！一定是那两个兵回去报告了连长，领着他的弟兄们来了！老板娘闻音颤抖着，吓得脸色苍白。

正在摇橹的水手们都跑进舱来，全船哑然无声，商人早躲到角落里蒙起脸，每个人都是面色如土。我们也非常担心，以为闯下了大祸。

再听不见什么动静。一会从远处跑来一只野兔，后面有两个乡农打扮的壮年人在追赶。

明白了这是一场庸人自扰的虚惊，全船的人又为自己的受愚而高声大笑了。

水手们半玩笑半谴责的骂那个打猎的人，又是"先人，龟儿子"等等一大通。

"快撑起橹来！前面有个大滩呀！"太公在舵楼上喊。枪响的时候，他是唯一没躲进舱里来的人。

刹那间，静穆竞阔的江面上，又响起水手们的呼号声了。

载《大学评论》第 1 卷第 6 期

第五部分

文学创作之散文

回　家

汽笛长啸一声，火车开行了，他模糊觉得这是郑州车站。

在广漠无边的中州平原上，火车疾驰着向东而去。

空气异常燥热，车箱中的人都垂头而睡。一切寂然，只响着一片吭哕喳喊的车轮声。

他仰首外望，车窗外正是六月天的静静的日午。

一片光秃的沙原，荒凉无边。沙原上既没有田亩，也没有水草，连树木也很稀少，只寥落的点缀着几个荒村，荒村都是低矮简陋的茅屋组成的，显出极端穷苦的景象。在炎烈的太阳下，沙原发着耀然的白光，一阵风来，黄沙迷天，金色的尘帆连太阳都遮起来，沙原上，炎阳下，衣衫褴褛的人在推着独轮车，赶着毛驴子，拖着沉重的步伐艰难的奔走着，独轮车发出呷呷呀呀的声音，毛驴子挂着长耳朵，喘着粗气，蹒跚着。

这景象和他六年前经过这里的时候所见到的没有什么不同，只是那时是冬天，树木的枝干是光秃的，人的身上穿的都是臃肿的棉裤棉袄。

无数的荒村驰过去了，无数的沙坵驰过去了，无数的远山驰过去了，多少昼与夜的交替，多少站与站的接连……火车飞奔着向东驰去。

火车经过开封后，车箱中的人，都被汽笛惊醒了。火车也开始进入一个高山夹峙下的山谷中。

"看吧！那（原文为'哪'）就是五当山咯！"一个矮子指着右边的一带山峰说，听口音是湖北佬。

"那就是巴山咯！天上闻名的剑门关就在那地方，硬是老火！"说这话的是一个瘦子，用的是四川口音，他用手指着左边的山峰。

武当山和巴山他都是见过的，还徒步攀登过剑门关。他急忙把头探出窗外张望，一点不错，果然是武当山和巴山。

"那（原文为'哪'），是，喜马，拉雅，山！"一个躯干高大的人，面目黧黑，戴着一顶鹿皮帽，身穿黑色的反毛皮袄，服装奇特，语音更奇特，人们都揣测他是一个藏人。

费了很大的力气，他才辨明这怪人所说的话，于是他狂喜了。他是没有见过喜马拉雅山的，但却早已心向往之。他满怀高兴地伏到窗口去张望那怪人所指示的地方。

那里有个高高耸入云际的靛蓝色的山峰，一眼望不见尽头的绵亘着，遮没了半个青天。那样子和他以前在照片上所见的"喜马拉雅山远望图"完全一样，他还隐隐地看见峰顶是一片白色，那一定是雪了，他在中学里听过的地理书上载得明白，喜马拉雅山有些部分是在雪线以上的……

忽然，一声震天动地的炮响，一个炮弹落在他前面几步远的地方，嗵？炸开一个几丈深的大洞，飞扬起来的泥土和矿石把他埋起来，用力挣扎出身子，耳边都是枪炮的轰鸣，四周燃烧着熊熊的大火，空中飞窜着各种流弹，流弹带着蓝烟和橙色的火苗，发着各种奇奇怪怪的声音，听了叫人毛发悚然。大炮打在岩石上，把岩石击得粉碎，火花向四外飞溅。成千上万的飞机把天空遮得黑压压的一片，马达的吼鸣震破了人们的耳膜，重磅的炸弹象雨点一样下坠。

一片人喊嘶，一片的哀号哭泣，死尸遍地皆是，血汇成小河，把土地完全染成红色，烧焦的树林上挂着鲜血淋漓的胳膊和腿。

慌乱的人群，越过堆满尸体的大路，越过遍体弹痕的田野，越过零乱纵横的壕堑，向前面拼命逃窜着。

路边时常出现一些有尖塔的堡寨，样子很像欧洲中世纪的 Caster。后面有无数的太阳旗在飘展着，那是凶残的追兵。

一些马匹踏着死人和活人驰过去了，马上坐着的也是逃难的人，然而他们驰过去了，踏着活人和死人。忽然在一匹大红马上他发现了她——他现在所爱着的一个女孩子，呵！不错，是她！他拼命呼喊，号叫，她回过头来，只焦急地望着他，也不招一招手，马驮着她驰去了，他拼命号叫，呼喊，然而她骑着马驰去了，远了，再也看不见了！……

　　只剩下他们三个人行在乱山中，极目尽是绵延不断的岗岭，生满古木和荒草，遍山各处都点散着零乱的荒坟，坟地中满是一堆堆白色的人骨头和死人的烂衣服，有些被狼掘开，一个吃剩的血淋淋的人身子塞在坟洞口。

　　没有路，只有狼的足迹，他们在乱坟堆中急急前行着。

　　一轮红红的落日挂在西山头。红日照着乱山，更显出景象的荒凉和凄惨。

　　前面有一间孤另另的小茅屋，他们走进去，想歇歇脚，找点水喝，找点东西吃。进屋一看，土炕上躺着个死人，脸上蒙着块白纸，那块白纸忽然从死人的脸上飘在空中，死人紧接着跳起来，原来是那样一个可怕的东西，红头发，绿指甲，称钩鼻子，铃眼，血盆大口，那怪物狂号着：“哈哈！你们来了，我可要打打牙祭了！”

　　他们拼命逃窜，后面响着那怪物阴森惨慄的呼喊。

　　爬上一座悬崖，只剩下他一个人了。那怪物的呼喊已经消失，他再也走不动一步。

　　下面忽然响起花花呼呼的波浪声，他向悬崖下一望，使他魂飞天外了！悬崖下是万丈的深谷，有点像他在蜀道中过的西秦第一关下面那个深谷，然而还深无数倍，深谷中流着一条大江，有点像他在陕南某处高山悬崖的道上所见的汉江，然而还宽无数倍，江水急速的上涨着，那速度能和飞机并驾齐驱，眼看就淹没他了，他想跑，然而身子却像粘在地上，再也爬不起来，于是他闭上眼睛，他的耳边只响着一片险恶的浪声，他不再希望了，他等待着毁灭和死亡！

　　然而一会浪声小了，他睁开眼睛，江水已经退下去，悬崖下又只剩下个万丈的深谷。

　　他爬起来，沿着悬崖，在荒草和野荆中前行。

　　黄昏到来了，乱山罩在朦胧的光景里，草丛中有秋虫在悲鸣，远处有狼群在嚎叫。

　　他在羊肠鸟道上急忙前奔，已不知行了多少路程。

　　忽然遇见一个八九十岁的老态龙钟的老太婆，他就问她回家的路途。

她不胜惋惜地说：

"你走错了！已经错走七八十里了！"又用非常惊骇的声音："青年人！你怎么一个人在傍晚时候在这种可怕的地方走路呀！这里有狼，有鬼，有贪财害命的截路贼，你的性命随时可以丢的，这还得了吗！"

老太婆说完话，忽然消失了，乱山中又只剩下他自己。

夜色渐浓，他急得哭了，又急忙回转身向来路上拼命地奔跑。

黑夜正式降临了乱山，四面是一片伸手不见掌的漆黑，他不能再举步了，他就像一只猴子样四肢全伏在地上向前摸索。

忽然看见一线灯光，他就向灯光爬去，灯光的出处是一间小茅屋，正是一家山店，店主是一个躯干高大面貌粗犷的老头，一头红发，满脸蓬乱的花白胡子，裸着上身，胸前生着一丛黑毛，身上的肌肉结成疙瘩，显示着他那旺盛的精力。整个的店就只这一间屋，屋中也再没有其他的人。粗糙的石桌上燃着一根绿色的蜡烛，昏黄的烛光抖抖乱跳。石墙上挂着一张弓，几枝箭，还有很多的虎皮。

只和店主说了几句寒暄话，没喝水也没吃东西，他一头倒在土炕里，他疲倦得太厉害了。

"你到哪里去呢？客官？"店主问。

他回答了他。

"你快到家了，再五十里地就到白马关！"店主粗犷地笑着。

他狂喜了，白马关离他家还有百里。但也随即归于失望，白马关是坐落在他故乡的蒙山上，是他在山东求学时每逢寒暑假回家必经过的地方，那里并不是这样子，白马关附近虽然荒野，但却决没有这地这样的阴森可怕。

忽然听见外边有刀在岩上摩擦的声音，紧接着有人绝命地呼喊："救命呀！救命呀！杀人了！"但是随即就没有声响了，只听见粗重的喘息声，那是刀被插进颈子以后所发出的混着血的声音。

他从土炕上跳起来，骇得脸色发了黄，惊叫道：

"这是干什么的？"

"莫紧张！这是穷朋友找饭吃，不干我们的事，莫找麻烦！"店主小声说，向他摆着手。

店主急忙吹灭了灯，黑暗填塞了屋子，他又躺到土炕上去，浑身剧烈地抖着，像害着疟疾。

在外面，在夜的乱山丛中，有虎啸，有狼嚎，有鬼叫……

又是一声汽笛的长啸，火车又开行了，这回却是徐州的车站。他也换了装束，打扮成个商人模样。

在黄土平原里，火车向北驰去。

眼前的黄土平原，却与他六年前离开的时候不同了。田地荒芜着，遍地都是血迹，遍地都是零乱的尸体，村庄在燃烧着，冒着熊熊的大火，冒着股股的浓烟……一片劫后的荒凉景象。

车过雨下店时，他向着峄山投出慰问的视线，六年前的春假里，他曾和几十个先生二三百个同学游过这座山，这座山在他脑海里所留下的是漫山遍谷的美丽的桃花，和那个富有罗曼气息的哀而艳的梁山伯与祝英台的故事。车过滋阳时，他想下车看看他那曾经受过二年教育的学校，车过吴村时，他想起了十八里外孔庙孔林。

过了大汶口，远远的泰山在望了，这阔别了六年的家乡的名山又展在他的眼前了。

在泰安下了车，经过二百四十里的汽车路，他到达了蒙阴县城——他故乡的县城。

那县城却完全改观了，比以前更破烂更狭小了。他们的母校汶溪高级小学还开级着，仍然是年青有为的老师们掌管，最初发现了他文学才能的褚老师，和在文学方面给予他极大的鼓励和启发的王老师，都在那里，他们两位都是在他小学毕业之前就离开那座小县城的。

最奇怪的是在那里他遇见了她，而且还遇见了三个大学的同学，一个是西康人，一个福建人，另一个是广东人，而她也是个江南的姑娘。为什么天南地北的人会聚在那样一个偏僻的小县城里呢？他们丝毫不加询问，见了面只毫无表情的相互望望，不说话，连头也不点一下，似乎都以为这是很平常的事情。

徒步七十里，他到达生长过他的数百户人家的小镇坦埠了。

到达七里庙的时候，望着镇前那片杨柳林子，他陷入一种惊奇，酸辛，而且怅惘的情怀里。

他首先想到了年老的母亲，和哥哥姐姐嫂嫂，以及十几个大大小小的侄子侄女们，继而又想起了有一颗慈爱心肠的二姑母，从小把他当亲生儿子一样看待的干娘，坚持要他返县城求学的小学教师塞老师，满有福相的胖胖的老太太白大娘，和他幼年时的恋人——那美丽年青的姑娘白三姐。最后又想起了（原文为"子"）小镇中那些特殊的人物：那喝醉酒满街乱骂的豹子，那杀人如切菜的卦一眼，那须发蓬乱红眼里终年流着清泪的塞小头，那严冬只穿单裤单褂声言观音老母向她身上放火的王妈妈，那咬牙切齿凡事就爱胡言乱讲的熊小辫，那咬文嚼字满口之乎者也的李大头，那娶嫁殡丧做打杂差事的地痞李士魁，那提着一面破铜锣从天黑直敲到天明的更夫公小四，那闯荡过关外满嘴油滑的华神父，那有一双眉豆眼善说故事的二指先生，那曾将一个十七八岁的跛足的女乞丐收做妻子每晚上床必亲自用洋瓷盆给她刷洗的河南医生孙四鸟，那同时养着很多汉子使得他们天天争风打架弄得头破血出的临沂巫婆梁大脚…………

忽然落下了一阵急雨，天空却一点云彩也没有，太阳还明朗地照着大地，雨的线映照在阳光里，发着耀眼的白光。——他悚地打了个寒噤，他立刻觉得这不是好预兆！

进了园子门，一片荒凉破败的景象，大街上生满荒草，两边的房屋都变成了瓦砾堆，一个人（原文为"人个"）也没有，偶尔出现一只狗，狗用凶恶的眼光瞅着他。

他急忙跑到家里，不见一个人，堂屋里只坐着母亲和二哥，母亲的头发已经花白了，牙也落净了，二哥也苍老多了。

什么话也没说，他一头扑进母亲怀里放声大哭起来，母亲也抱着他的头哭着……

抬起头，二哥已经不见，他发现父亲躺在里间屋的床上，他跑过去，父亲静静地躺着，一（原文为"不"）动不动，仍然是那样一幅慈祥的面孔。他忽然发现父亲穿的原来是寿衣，他焦急万分，忙问母亲：

"父亲怎么？"

"你父亲已经死，……死了！"母亲放声大哭。

他跌倒在地上，昏过去了，什么也不知道了……

清醒以后，满屋响着一片哀切的哭声，哥哥姐姐嫂嫂侄子侄女们，都来了，都穿着白色的孝衣，伏在父亲的灵床前哭着，其中惟独没有三哥。

忽然三哥闯进来了，背着枪，是个游击队员模样的打扮，一进门就望着他慌慌张张地说：

"四弟！你快走吧！敌人和汉奸来捕你了！"

哭声停止，他跳起来，所有的人都跳起来。

大门被人重重地打着，宅子四周响起枪声、呐喊声，一片哭声又猝然爆发出来！……

…………

梦到这里，他醒来了。全身流着大汗，心在剧烈地跳着，泪沾湿了枕头。

房子里一片漆黑，仍然是夜，仍然是万里外的异乡四川的夜。

在异乡流落的亡家已经六年的他，几乎每夜都被一些怀怪梦绕着，他时常梦到回家，回了家就有那样多的不幸在迎接着他。

他仔细回想着梦中的情景，想起了最后在家中的一幕，他哭了，父亲是真的死了，几年前母亲已经来信告诉他了！

醒后的泪冲去了他梦中的泪，他伏在枕头上放声大哭了！

一九四三，九月，沙坪

载《文学》1944 年第 2 卷第 3 期

秋之什

落　叶

在秋季，人们收获了粮食，大地收获了落叶。

"一叶知秋"这是千真万确的。

落叶是报告秋天的使者，是最能代表秋天的东西。

我们单看落叶在秋季里装饰的氛围，是多么富于诗意吧！

衰草萋萋的河畔，疾风掠过枯柳梢头，落叶随风飘飞；飞落河内，造成无数小船，随流水而去；飞过空中，宛如翩翩旋舞的蝴蝶。此情此景，会使你想到落红纷纷的暮春的花园，和远帆点点的壮阔的大江。然而，四野之中，远远近近，一片秋声萧萧而来，又使你心头唤起秋的滋味。

时当黄昏，黑暗在屋角悄悄升起，你仰卧沙发，燃一根雪茄，看青烟缕缕如云，忽落叶坠于屋瓦，沙沙作响，声音繁密如细雨。待你推窗一望，青天如洗，万里无云，惟一钩新月悬于碧空；俯视则梧桐深院，一片清秋。假若你是诗人，触景生情，定会诗兴大发的。

落叶是秋的象征，我爱秋天的爽朗和明媚，因此我极爱落叶。

童年，我是个落叶的搜集者，会对它有说不出的喜爱。

在故乡村前的杨柳林子里，枯黄了的杨柳叶子落满一地，微风吹来，落叶飞扬空中，我和童年的游伴们成群的追逐着，嬉笑着。把一片柳叶擎在掌中，立刻便想起了邻家少女那弯弯的双眉。

假若到山中去，就更好了。山中树木的叶子都转黄了，大自然的画笔给秋山渲染上美丽的颜色，那景象有点像春天，树上的叶子是花，飞舞着的叶子是蝴蝶。那里有形形色色的叶子供你采集，黄色的，红色的，橙色的，青色间杂黄点的……应有尽有。像在六月的河滩捡拾贝壳一样，我们捡拾着各种颜色的落叶。我常常把许多经了霜的桑叶串成一大串带回家中，待到来年春天，可用以泡成清香无比的甜茶。

在这遥远遥远的地方，而今已是落叶飘飞的季节。对着落叶，我不禁怀念起童年时的伴侣——那远方的扫叶人了！

芦 花

人说：芦花已经开落江边了。

对于我，这消息犹如旧友来访的喜讯，我不禁快乐地叫起来："呵！"

我是爱芦花的，我爱听它在晚风中低诉大自然的秘密，我曾陪着它消磨过无数秋日的黄昏。

于是，满脸挂着微笑，我迈着轻快的脚步向江边走去。

是的，芦花开了！青色的叶子上是白天鹅绒似的花朵，摇曳在秋风里，像在远天耸动着的白云。

枯柳上系着木船，燕子掠着水面疾飞，两双野鸭飞出芦苇丛，如疾风卷着树叶似的投向青空。从上流冲下一只捕鱼的轻舟，清脆的渔歌溢满了江面，碧澄的江水默默地流着。而充满鹅卵石的江边呢？是被寂静和清冷统治着了。

虽然我曾经消磨过无数黄昏的江边不是这个江边，但情景并没有什么不同，一样是芦花，枯柳，渡船，渔舟，海燕，野鸭，碧绿的江水，清朗的渔歌………

就在像这样的江边，落日黄昏里，我曾折一管芦苇，足踏着鹅卵石悄悄漫步，在找寻着秋的踪迹。芦花轻盈的飘舞在晚风里，低低倾诉着大自然的秘密。望着芦花，听着他那耳语般的歌唱，我们心就快乐了，安谧了。这样漫步着，漫步着，没了夕阳，消失了黄昏，雁群向芦苇丛中投宿，直到星星缀满蓝天，我才负着露水归去。不管黑暗笼罩归途，但只要身边带一朵芦花，我就满意了。

如今，我也折了一管芦苇，漫步着预备去寻秋的踪迹，然而却失掉了以往的兴致。

夕阳在芦花上染上层黄金，一片芦花，像一片远天的灿烂的云锦，芦苇丛里，秋风打着凄凉的哨子。

没等黄昏到来，没等雁群在芦苇丛里扎下营寨，我便拖着懒步归来。

归途上，我将手中的芦花送近鼻端，于是猛然忆起：芦花原是没有香气的！

红　叶

抬起头，望望远近的山，远近的山上点缀着醉了似的红叶。

红叶，像一片黎明时的灿烂的云霞，像一团熊熊地燃烧着的野火。

我是爱红叶的，我爱红叶，就如我爱芦花。

红叶实在可爱，孩子颊上的红润不能和它比美，少女唇上的胭脂也要对它含羞。

为了欣赏红叶，我曾在故乡的小山上度过半月的山居生活。那时，我镇日守着红叶，伴着红叶，红叶丛中就是我的家。

如今，远离了家乡，也便远离了旧日的红叶，然而望着远近的山，往事仍在我的记忆里复活。

马踏胭脂，枪挑儿童，我们心里像吹进一股冷风，颤抖着，从头直凉到背脊！

望着红叶，我再也没有那种美丽的记忆了！孩子面颊上的红润，少女唇上的胭脂，都在我的记忆里褪色了，模糊了。

故乡小山上的红叶无恙吗？我担心着，我实在担心着，它们都被炮火烧焦了，粉碎了！

望着红叶，我的心剧烈地疼着！

一九四六年，十月，南京

载《文潮月刊》1946 年第 2 卷第 2 期

注：

另外《芦花》《红叶》又载于《沙磁文化月刊》，1942年第2卷第6~7期，故这里省去原文，仅列出该刊"编者的话"：

循例的沙磁文化要渡过"夏眠"期，到现在清醒，"夏眠"期中又免不了一番人事变动。在头绪纷繁、时间仓促中，总算是收拾份新出来见"公婆"了，里面不敢说没有渣滓，一切愿听包公的裁判。值得特别介绍的王秉涛先生的《文学南北说》是一篇极新颖的论文，公方苓先生的《芦叶和红花》，静人先生的《嘉陵江上的一夜》是两篇极轻松的散文，三位都是有希望的青年作家，希望他们以后能多赐鸿文。这次来稿拥挤，篇幅有限，只好留待以后陆续发表。

荒凉的地方

这地方，人工的笔触，还没有涂去原始的荒凉！

山连着山，岭接着岭，绵延的山岭夹成一条深的峡谷，汉江就在峡谷底上蜿蜒地流着；行人道是在江边和峡谷半腰里，远远看去仅是一条模糊的白线。

江水有时是缓缓地流，在岩石突出处，它会溅起调皮的浪花，在地势倾斜处，它会发出高昂的歌唱，这潺潺的江涛，似乎在点缀荒山底寂寞。

点缀荒山底寂寞的不只有江涛：乱草丛里发出拖长的牛鸣，画眉在槲树丛中奏出悦耳的歌曲，啄木鸟在白桦上咕喙喙地敲出声音来。

寂寞的山野里，罩着一片天籁，人市底喧嚣一点也没有，把眼睛瞪得发疼也很难望见行人，有的，那就是在茅草丛里挥着镰刀的樵夫，若不是那镰刀底晃动，你简直就以为是半截木桩。

半山里升起袅袅的炊烟，烟子底出处是几家茅草小房，周围便是层层梯田——人们底生活资料！

——荒凉的地方，山禽的世界呵！

在这样荒凉的地方，人底感情也是荒凉的，人们像仇敌一样看待外来人，想尽方法将外来人吓倒，看着这样的风物人情，准会使一个陌生的旅人踟蹰不前。

我们底队伍，一条长蛇样行在崎岖的山道上。头上是三月的太阳，三月的太阳用冷嘲的眼光窥视着这片土地，脚下躲闪地流着银色的溪流，银色的溪流不倦地歌唱。

望着一片荒凉，使人底感情感到莫大空虚，空虚里还有恐怖底成分，歌声暂时寂哑下去，队伍在寂静中行进，只有沙沙的脚步和吁吁的气喘交互响着。

一路碰着的，尽是些担柴的樵夫和赶羊的牧人，这些人都有粗壮的身体和顽健的灵魂。望着那些凶恶的眼光，心里感到极端的不安！时时担心着：从乱草丛中或山石背后，猛地跳出个绿林朋友来，大喊一声："有钱拿钱无钱拿命"。

虽然我们人不算少，但在这地方，一夫可敌万众，一人踞着山头放起石块来，定叫你一大群人手足无措的。单行人被害尸首抛到江里的消息，在路上听得很多了！

因此有人用赞叹的调子说："这地方真是天然的游击区呵！"

"这些人也是打游击的好手呢！"有人附和着。

我们的队伍停在蔴虎沟。这是二三十户人家的小村落，它的周围比较疏朗多了，人们可以望着大块的天光舒口气。

在这里有联保办公处，那高高的楼昂起头顶，向行人夸示骄傲，一个闲人免进的纸条，说明了这是办公重地。各处墙壁上满是令人发笑的标语："欢迎宣传国乱讲习国耻的第四高小""欢迎为国族解放抗战决心的谢校长"……

和人们谈话，可以听到许多令人哭笑不得的问题：

"有日本鬼子，有中国鬼子没有？"

"你们是日本的人吗？"

有个穿着长袍马褂的中年指手画脚责备了这个发问者："×你先人！你发疯吗？我们都是中国人，是一家人，晓得吧？"

说完得意地微笑着。

一些早已令人听厌了的话，在这里，人们却以莫大的惊奇倾听着它，像听怪诞的神话。

这地方的人们，物质粮食是缺乏的，因为天赋给的瘠薄，精神粮食更谈不到。人们把他们遗忘了！

飞鸟闻着猎枪会振翅飞去，它有飞的本能，这些沉迷的人，灾难来时，怎么办呢？

　　散乱的钢铁，锻炼后能成精良的武器，抛置起来它会生锈腐烂，但万一被敌人锻炼起来呢？——我们能让它永远荒凉下去吗？

载《读书月报》1940 年第 2 卷第 5 期

野　牛

黄昏时候，不管字迹已快成为串串黑点，我还在津津有味地咀嚼着法捷耶夫底《毁灭》，坐在厨房门口的一条凳上。

突然，一条匆忙的影子直扑向厨房门，并且用手摇撼那小铁锁。

"做甚么的？"粗声粗气地喊出来，我的眼睛却未离开书。

做这厨房的守卫是有由来的：一路虽经惊恐，我们来到偏僻的小城，在这新住处不到两天，红眼老头子——校工，就向我们啰哩啰嗦地发牢骚："少了水呀！丢了柴呀！东西变了样呀！"这种半埋怨半警告的话语，落在亡家人底心里，真有点过不去。从那时起，我就时时注意那使他发牢骚的人。现在一个摇锁的影子闪在眼前，我的心火禁不住就爆发了。

"做甚么的？偷东西的！"声音像个霹雳，我简直不相信我底耳朵，这家伙是故意挑衅吗？

气愤地，我抬起头，却叫我大吃一惊！立在我面前的是个年青的乡下人：两道浓眉平静地卧在没精打彩的眼上，大疤瘢点缀着阔的前额，发着亮光，像小园里的一个不规则的池塘；腰带紧束着粗短的身体，这使我想起了冬天束着干草的胖白菜；满身尘土，脸上堆着不自然的微笑：一副忠厚老实相。

虽然接受到的是挑衅的哨枪，但看看这幅脸，我决定他绝无恶意，或许为旅途的劳累而焦燥了。

"老乡，乡里来的？"我温和地微笑着。

"城东柳沟！——走累了，想找点水洗脚！清晨我还在地里做活呢，偷跑来的!"他笑了,浓眉在抖动。

告诉他是学校里的以后,便领他到募兵处的厨房里。

"你们为甚么当兵呢!"几日来,乡下人像一股猛烈的流水一样流进这插着白旗的小门,我想发现所以如此的原因。

"日子困难嘛!乡下没穷人的路啦!"

这话像钟一样击着我的脑袋,心里充满了烦闷和不快。

为什么说得那样不争气呢?"为的是打日本鬼子!"这样说不更好吗?——但立刻我就发现了我想象的愚蠢。

这地方,给群山围得像口古井,被时代可怜地摔在后面,救亡者的足迹从未踏过这里。混沌地生活,糊涂地死亡,一生中,他们的伙伴是田野、耕牛、犁耙、锄头,顶多从捻着白须底老秀才的嘴里,知道宣统真龙天子,现在是大清皇朝的天下。这样,美丽的言辞怎会流出他们底口呢?美丽的言词是教育的结果,有时美丽的言词会成为无稽的谎言,反不如逆耳的实话,实话虽逆耳,却是发自忠厚人的心中。以前我曾见过开小差的兵混子,他的话简直像精心制作的歌曲,会使你感动得流泪,能叙说一套堂皇理论的人,在实践中有时软弱得像鼻涕。只有这些忠厚的脸,单纯的脑子,直说的嘴,当一个"受了国家的恩要报效国家"的思想印到他们脑中时,他们会赫然站起,成为抗战最有力的劲旅。

这样,我觉得他们是可爱的,我爱那些忠厚质朴的人们。

以后,每当他们点名时,我总会贪馋地望着他们每个人底脸;眼光落到那位年青乡下人底脸上时,使我笑不可抑!他的过于矜持的样子真够滑稽的!他用急雷似的声音应着"到",挺胸,摆头,惹得人们都笑了。

"你的疤瘢怎么弄的?"混熟以后,我打趣地问他。想不到这话会伤了他底心,皱着眉,半天不作声,终于他颤着说出一段经历:

"刚刚两岁,妈妈背着我讨饭,从五六层高的石阶跌下来,头撞坏了,黄狗啃着妈妈底腿!——这是妈妈说的!……"

无聊地散开,我悔不该问他这个。

换了时间,换了谈话的资料,我描画出日本鬼子的凶态,他气愤地大叫:

"×他的鬼先人!够了!以前我以为鬼子顶多像土匪,谁料连禽兽都不如！"

我问他到前线是否害怕，他像受了极大的侮辱：

"哼！你真是门缝里看人！我十八岁就剿土匪，一杆大旗手中飘！用一把斧头我割去一个土匪的耳朵！将他捶成烂泥！哈！我成了黑旋风李逵！"

"将来杀鬼子，没有李逵底扳斧，却有黄天霸底单刀！"

"那更好！嚓嚓嚓！一刀一个人头落！哈哈！……"

浓眉在飞舞，疤瘢亮得放光了！……

一个微雨的黎明，我醒了，躺在被窝里，听着雨滴打在屋瓦上嗒喇嗒喇作响，想着繁星般闪耀着的往事。

突然，一阵洪亮般的报数声响起来，我腾地吃了一惊，昨晚大疤瘢同志曾来向我辞行，说他们要到 XX 受训练，我倒忘了。急忙起身，已经来不及，外面只留下空空的院子和微雨的天空。但脑海里却仍然幌动着那位名不留史籍底英雄的姿态：那浓眉，那瘢疤，那急雷一般的声音！

我想：几个月后，在枪林弹雨中，他一定挥着枪，舞着大刀，黑旋风一样地直冲敌阵，像一头火牛阵里冲出的狂暴的野牛！

载《读书月报》1940 年第 2 卷 3 期

清明节

使我永远不能忘怀的，是故乡的清明节。

在故乡，清明节共有三日，清明前一日是寒食，寒食前一日是一百五，是都算在清明节之内的。

我不知道"一百五"之名何自来，只知道这是扫墓的日子，如俗谚所谓"一百五添土"是。添土乃是清明节扫墓外的节目，不像孟兰节等扫墓一样，只烧化站纸钱，陈列一下供品就算了，这之外，还要在坟上添几筐新土，意思是给祖先们修葺一下房屋。

从一百五这天起，过节的空气便在各处荡漾着了。这时的郊外，是空荡荡的，冷清清的。田野中已没有工作的农夫，只有疏疏落落的扫墓人在各处奔走着。天空中飘飞着绵绵的柳絮，坟园中升腾着袅袅的青烟，啄木鸟轻敲着白桦，远远的地方有布谷在叫。在山腰的松柏林子里，人们砍伐着柏枝和柳枝，丁丁的斧斤声，静穆的大气里回荡着，听了引起人一种悠然遐思。傍晚时分，各家门口插起柏枝和柳枝，孩子们的嘴里也响起呜呜的柳木哨子了。

寒食这节日原是为的纪念介之推母子的。在故乡有这样一个传说：当晋文公为太子时，有一次在各国辗转漂流，随从着他的门客很多，介之推就是其中之一。行走在某处地方，这地方数百里路渺无人烟。他们已有三日断了粮，口中未咽下一粒米，文公饿得奄奄待毙，瘫（原文为"滩"）倒在路旁，介之推就把自己腿上的肉割下来给文公煮吃，文公幸而没有饿毙。后来文公归国，登位做了皇帝，就将当年随他周流的门客们大加封赏。人人都封了官爵，只是忘了介之推，介之推一气之下就背着八十岁的老母亲躲进了绵山。稍后文公发觉了自己的疏忽，就诏介之推进宫受封，但是已经来不及了。文公就率领着文武百官直奔绵山而去，但绵山峰峦重叠，古木森森，怎能晓得介之推母子的所在？文公无奈，就想出一个妙计，在山的这一边放起了大火，自己和君臣在山的另一边等着，以为介之推母子必因怕烧逃出山来。哪知道介之推是个耿直的人，他的母亲也愿意成全自己的儿子的志向，母子二人就一个抱着棵柏树，一个抱着柳树烧死在绵山里。待到大火烧光了树木，文公进山寻找，发现了尸首，立即抱头大哭，哀痛欲绝，文武百官没有一个不落泪的。文公就下令全国，把这一天定为寒食节，各家门口都插柏枝和柳枝，整日不动烟火，用以纪念介之推母子。

但乡人们大多是不晓得这个故事的，更不了解"寒食"这两个字的意义，只是依着风俗过过节日娱乐一场罢了。

一想起寒食，我便会想起彩色鸡蛋和秋千。当清晨尚在睡梦中时，忽然觉得被窝里滚进五六个圆溜溜热烘烘的小东西，睁开眼睛，恰正看见母亲的笑脸。母亲见我醒来，就笑着说："天亮了，起来吃鸡蛋吧！"我这才知道，那五六个小东西原来是染着各种颜色的鸡蛋，有红色的、黄色的、紫色的、绿色的。当天吃的都是没有染色的那个，染色的都留着把玩，直到数天以后玩厌了才下肚。看见染着红色的鸡蛋，我就想起年画上的关公脸，寒食、红鸡蛋、关公脸，这三件东西那时我幼小的心灵中是分不开的。本来，在寒食前一月人们就开始打秋千了，只是打秋千的情景以寒食为最热闹。在寒食这天，年青的少妇和姑娘们都成群打伙的到邻家打秋千，打扮得花枝招展。平日她们都是足不出户的，连在大门口站一站都会遭到父兄们的禁止，今天却可自由自在的走遍村中所有有秋千的人家。年青的（小）伙子们也混杂在姑娘的群中，有的是含情的眼波，有的是盈盈的笑语，有的是调笑的言辞和举动。在寒食还有一种过节的食品叫玉米仁饭，是用玉蜀黍和麦仁做成的，那饭实在太香了，当我写这篇文章的时候，鼻端似乎还逗留着那饭的香气。

如果说寒食是家内的节日，清明便是野外的节日了。

清明是踏青的日子，一吃过早饭，青年男女便都拥到郊外去，只剩下老年人在家看守门户。年青的姑娘们打扮得比寒食的时候还艳丽，脸上搽着厚厚的白粉，唇上点着鲜红的胭脂，穿着颜色很重的红绿裤褂，小脚上是一双绣花鞋子。青年男女们拥挤在麦田里，各采一把麦苗放入鞋中，这便是所谓"踏青"。青年男女们互相对望着，各用含情的目光搜索着每张脸子，最后停在一张自己心爱的脸子上，假若这张脸子的主人也爱着这个看者，于是四只眼睛就呆呆的凝视起来，最后相互含情的一笑，这一笑早把两个人的心魂笑出体外去了。回得家来，双方都必神魂颠倒，言语无味，茶饭无心，眼前时时幌着那付可爱的脸子，精神恍恍惚惚直有数月之久，害起所谓相思病。男的必各方设法，托媒婆向女家求亲，如若不成，就在三更半夜爬墙头去和女的幽会，做出被乡人们骂做不知羞的举动来。

这时，野外的景致显得格外清雅和美丽。麦田和草坪编织成绿色的绒毯，杨柳林子起伏着浅黑色的波浪。山中桃花开得正盛，红白相间，似片片彩霞。黄莺在杨柳林中飞梭，不厌烦地织着春之林野这块秀丽的锦缎。明净蔚蓝的天空中浮荡着各式各样的风筝，雪花般的柳絮在各处风舞着，软软的东风袅袅在吹，把人的心吹得发软发腻。

最好的自然还是登山。桃花开满山坡和溪谷，有桃花处必有人家，有人家处必有秋千和美人。山店中虽没有临风招展的酒旗，人家却有陈封多年的美酒，和经冬桑叶泡制的甜茶，对于陌生的客人，主人们都毫不吝惜温情的招待。回首下望，山野中的一切完全收入眼底：山田层层相间，仿佛传说中的云梯，如带的小河发着翠蓝色，蜿蜒绕着村庄，村庄如刻着精致花纹的古玩，村屋排排列列的比邻着，好像鱼鳞一般，整个山野像一幅唐人名贵的山水画。沿路有闻不断的花香，听不（原文为"的"）尽的鸟语，还有看不穷的山景随意流览，折不完的山花随手采撷。山中的风吹得软软的腻腻的。受着软风吹，望着山下麦田中那些少女们的红绿衣服，游山人的心中，便发生出一些富有香艳气息的美丽的幻想，口中哼着梁山伯祝英台的情歌，想着旧说部中公子游山遇艳的故事，巴不得自己也在这深山无人迹的地方遇见一位绝代佳人。

当我十三四岁在私塾中读书时，有一年清明和同窗们游山，到了半山一座桃林后，就各自散开来。这时的桃林，正是枝叶繁茂花香馥郁，枝头繁花朵朵，如云锦，如彩霞。我在桃林中独自漫步着，整个桃林显得十分空寂，十分静穆，远远近近，没个人影，没点声息，只有几只蜜蜂在花间嗡嗡伸诉，三二彩蝶在林下翩翩飞舞，温风和着花香软软在吹。向前走着，忽然在一家后面的一株桃树底下发现了一个少女的窈窕的身影。那少女站在那里，背向着我，一只手扶着桃树，呆呆不动。听见脚步声，少女微微转过身来，我的眼前出现了一张美丽的俊脸，那脸比树上的桃花毫无愧色。那脸上最初显着惊惶，继而镇静下来，终于嫣然一笑。正在这样相互对望之际，忽有一个同窗跑来，看见这情景，就嘻嘻哈哈的喧嚷起来。少女的脸上出现了一片红潮，立即跑进那家人家的柴门内去了，以后再也没出来。归途上，我的心中充满了依依眷恋的情怀，仿佛有一根无形的绳子，从那柴门中伸出来牢牢的系住我，拉我回去。第二年清明时，我又走到那里，桃花依旧开着，人却不在了，寂寂的柴门始终没走出一个人来。我想，那少女也许嫁人了，也许得什么急病死了。归途上，我只有满腹的思念和惆怅！后来读崔护的诗："去年今日此门中，人面桃花相映红，人面不知何处去，桃花依旧笑春风。"除了感叹之外，我是深深的被感动了，我觉得这首诗简直是为我作的。

　　我离开故乡六个年头，战火在故乡燃烧了六个年头，听说故乡现在已经变成疮痍满目，十室九空。在这远远的异乡，想起故乡从前清明节的美丽情景，我只有挥之一泪了！

载《文潮月刊》1947～1948 年第 4 卷

月夜投简

——寄到遥远的黄河边

今夜的月光特别美，空间像泛滥着无声的水流，青天如洗，万里无云，一轮金黄的圆月高高挂着，望着月亮，我的心又飞到遥远的黄河边去了。

遥远的黄河边，生活在战斗里的你，是不会抬头观赏月亮的，戎马倥偬的生活，不会让人珍藏着闲情逸致。这时，你或许正在追击敌人，也或许正在被敌人追击；你或许正在崎岖的山道间怀着警戒和兴奋向前路挺进，也或许正在熊熊的篝火边咀嚼着硬冷的干粮明朗的笑着，歌着；你或许正在以所有的力量冲破敌人繁密的火网，也或许正在新居的干草铺上做着甜美的梦；……而论季节，那里正是迷天大风沙飘吹的时候，在风沙里，蓝天，明月，繁星，都会失掉光彩的。

时光真快，别来已经四年了，四年，悠长的岁月呵！久远了！

在这遥远的亚热带的地方，我如旱苗渴望甘霖似的渴望着北国的讯息，绿衣人对于我，无异远来客对于深居幽谷的住户，听着足音，山民会然惊喜，而那绿衣人的锵啷啷的车铃声，是给我几多激动几多兴奋呵！

在极度盼望里，我终于收到你那封带着北国的风霜和尘土的信了，它给予我的安慰是如何多呀！从它里面，我清楚的知道了家乡人民如何受难，如何在苦难中倔强的站起，只知道犁耙锄头的农民如何成了老练的神枪手！

××! 我的可敬佩的英勇的老友呵! 战斗的生活, 把你锻炼得更坚强更苗壮了。

嘱我将别后的生活告诉你, 首先让我将过去的一段给你画个简单的轮廓吧。

烽火飞过黄河后, 我和二三十个伙伴在匆忙中出走, 那正是黄沙和雪花交替占有北国天空的时候。带着伤心的眼泪, 带着无限的惆怅, 带着一颗被抛别父母的悲哀窒息了的心, 我们出走了! 黄土路上, 风沙道中, 小身体背着大行囊, 徒步奔波着。旅途中, 有歌, 有笑, 也有衷心的惆怅, 和对父母故乡无限依恋的情怀。就这样, 横过了广漠的鲁西大平原, 离别了黄河边上的家乡!

陇海路, 肮脏的煤车里, 有吓人的警报, 有敌机的扫射, 有严酷的霜雪, 有冬夜的刺骨的寒冷, 在这里, 我目睹了也承受了流亡者的辛酸和不幸。

异乡的第一个除夕, 是在平汉路上的一个小城里过的, 它在我的记忆里留下的, 只是一腔亡家人的愁苦, 一片游子的乡情, 再有, 那便是哼的烂熟的流亡曲, 和默默洒落的眼泪了。

跨过豫西南, 我们在汉江岸上的一个小山城里消磨了半年寂寞的岁月。

之后, 溯汉江而上, 行万山丛中, 悬崖涉足, 古庙投宿, 夜晚, 油灯前各叙所见的风物人情, 草铺给一个香甜的梦, 把一天的劳累全部赶走, 清早和太阳一同起身。陕南有美丽的阳光, 和晴朗的天气, 我们也具有了健康的心境, 和坚强的意志。旅途中, 有愉快的歌, 有明朗的笑, 悲哀和愁怅已如阳光下的露水, 毫无踪迹了。过荒村野镇, 给居民留下标语, 留下漫画, 留下感人的歌唱, 留下抗战的故事。最后经过中华民族摇篮的汉中, 经过雄伟的剑门, 在翠云廊中踏着层层石阶, 踱进天府之国的四川了。

我怎样告诉你旅途的风貌呢? 在一首诗里, 我会这样吟咏着:

> 遥远的行旅像颗橄榄,
>
> 旅途织着一幅幅的风土画,

日升，

日落，

晨星，

晚霞，

寂寞的黄土路，

无边的大风沙；

茶店，

鸡声，

冷炕头，

菜油灯，

破庙里，

泥神是店东，

草铺上，

听微风摇曳殿角的小风铃，

睡眠是上好的葡萄酒，

又酸又甜一大缸，

醉里忘了奔波的劳累，

再不听犬吠柝声寂寞的响！

你可以知道"遥远的行旅"是多么富于诗意了吧？

长途的奔波，使我更确切的知道了祖国土地的辽阔，物产的富饶，风俗的淳厚，更增加了我对祖国的热爱！

我虽给予时代的很少，但时代给予我的真大呢！时代的熔炉，锻炼着我，也锻炼着同行的伙伴们。

我窃喜：伟大的时代使青年人的气质变了！但想起你，以及其他生活在战斗里的青年朋友们，不知时代赐予你们的更要丰富多少倍呢！

入川后，我蜷伏在川西北的一个山城里静静地度过了两年，那两年，隔绝了硝烟和烽火，生活如一潭死水，没有微波，没有浪花，我的心也变成化石，失掉了笑，失掉了哭，连抗战歌曲也懒得唱，有的只是一片情绪的真空！

那时我住在路旁的一个小茅屋里，我变得惯于久久在思索里讨生活了。

在深夜，在神志模糊的时候，茅屋窗外常常似乎响着一个声音："青年人——我们去了！"接着仿佛有无数人马花花向前流去。我从床上跳起来，窗外只留给我一片黑暗和寂静，待我重新躺下，窗外便响起汽车马达的声音，或是夜行旅人的悄然的脚步声，或是骡马车的辘辘的车轮声夹杂着赶车人的小调和响鞭，从远方传来，渐渐近了，近了，又渐渐远了，远了。在这种时候，我感到如置身古墓似的阴冷，我的心便为痛苦和悲哀侵蚀着了！在这种时候，我也想起了串串的往事，想起了遥远的沦陷里的家乡！

如今，我是在嘉陵江边的一个小山村里，生活仍像一潭死水，当我感到寂寞太甚的时候，我就走到半里外的江边，看看悠悠而逝的江水和来往上下的帆船，让想象织一片美丽的虹彩，或者提起笔来把满怀的寂寞书写到白纸上，希图在读者群中觅得一些慰藉，觅几个知音。

入川后的生活，我觉得只是一片空白而已，我隔绝了时代，也被时代所隔绝，时代给我的赐予，又被我轻轻抛弃了！

但你那强有力的话语时时响在我的耳边，我也是黄河泰山的儿子，是在北国的大风沙中成长起来的青年人，我决不会让我这年青的生命这样麻木下去！我要坚强充实的活着，挺挺拔拔得活着！

在家乡，这时该是一片肃杀的世界吧？而这里却仍是田野禾色青青，树木仍是葱茏的，阳光仍是温暖的，只在满山翠竹中留着萧萧一片秋声而已。严冬天气几等于无，多雾的秋季刚走，明媚的春就接踵而至，树上枯叶尚未落尽时，新芽就悄悄抽长了。这里是亚热带的国土，虽无在椰子林中听少女歌唱的热带风情，但四季不断绿色的暖国风味总是有的。

在这绿色的温暖的地方，我却时时遥念着北国大地，遥念着黄河边的家乡，在家乡，那洁白的一望无垠的雪原，实在美丽极了，那迷天大风沙，也会给人以挣扎的力气的！

近来常做一些美丽的梦，梦中，我骑着枣骝马在故乡的山里驰骋，以无比的英勇追逐着狼狈逃跑的敌人，以无限的温情抚慰着家乡受伤的土地。醒后就更加多了我的羞愧和惆怅！——唉！你所实际生活的，我只能在梦里捉摸而已!

今夜,在豆油灯下,一面望着窗前的月光,我向你抒写了我的情怀,但想说的实在太多,而我这枝笔也实在太拙笨了!

夜已深,我要睡了,我急于再做那样一个美丽的梦。

××!英勇的青年战士,我的可敬佩的老友呵!在梦里,让我们握手吧!让你那炙热的手温暖一下我这凝固了的血液吧!

载《时与潮文艺》1943 年 5 月 15 日第 1 卷第 2 期

疤

每当揽镜自照，左眉间那块疤常常把我牵进回忆里去。

那疤有韭菜般宽，占据着整个眉毛的三分之一，被眉毛完全遮盖起来，粗心的人是看不出来的。

这疤的生长，有一段故事。

大约是三四岁的时候，一天傍晚，庶曾祖母领我到本家伯家去玩，回家的时候已经入夜很久，那是一个没有月光的黑暗的夜，到处弥漫着伸手不见掌的漆黑。家里也没人来接，本家伯伯要遣人送我们，庶曾祖母坚持着不肯。因为从那里到家不过十几步远，庶曾祖母就独自背着我向家里摸索。她已经是七十多岁的人，平时自己走路时两腿都不住发抖，那夜是在黑暗中，又背着几十斤重的我，她怎能担当得起呢？于是就在下伯伯家大门口那七八尺高的台阶时，我们两个同时从上面滚下来了。当时只听见哎哟一声跌下台阶，我从她头上越过去，摔进黑暗里，以后就什么也不知道了。

约在半点钟后，我又恢复了神志。隐隐约约的记得是在堂屋里，桌上点着昏黄的油灯，我躺在床上，头已被包扎起来。母亲坐在我的身边，满面愁容，两眼一面流泪，一面关切的望着我。父亲、哥哥、姐姐都在焦急的奔忙着。庶曾祖母坐在一把太师椅上低头无语，脸上充满了歉疚的痛苦，她的颊上也正在流着血。一种含满辛酸的沉默充满了整个屋子，我无力的闭上眼睛，又什么也不知道了。以后是一段长时间的昏迷。

一个月后，我的眉间便多了这样的一块疤。

为了这块疤，庶曾祖母不知流了多少眼泪，对母亲说了多少抱歉的话。她时常把我搂在怀里，望着我的脸叹息着说："小孙孙！你的脸长得多么有福气呀，可是我偏偏给你跌上一块疤，这样也许把你的福气跌没了！唉！都是我的错，真是件罪过呀！"边说边抚着我那块疤，眼里簌簌流下泪来。

当我出生的时候，祖母已经死去了十几年，从小我没领受过祖母的爱，给我领受祖母的爱的是庶曾祖母。

庶曾祖母刚嫁到我家不久曾祖父就死去了。当曾祖父母在世的时候，她就已经和我们分居，她在一所阴暗的老屋中，独自孤伶伶的度过了几十年孀居的生活。她因我年小，没有告诉我她孀居生活的痛苦，但我相信世界上没有比一个无子无女的孀妇生活再孤寂再凄苦的了。但庶曾祖母始终是个坚强的生活者，直到她入墓为止，岁月凄风苦雨始终没有打倒她。小于她一二十岁的我的祖父母都死了，她却仍然健壮的活着。到她年老时，因为独居太不方便，就把那所老屋出卖给别姓，住到我们家来。

她在我们家是处在一个有名无实的家长的地位，大家表面上尊敬她，内心里却鄙夷她，表面上对她孝顺，内心里却对她厌恶。因为她不是我们的直系亲属，无论如何总隔着一层。并且她是在一个礼教森严的家庭中做儿媳过来的，她想把老人们对她使用的那些规矩加在我们身上。当她发脾气的时候，她就严厉的训斥我母亲，叫母亲跪在她面前。她性情向来就好多事，加以人又老了，凡是总爱无事生非，镇日唠唠叨叨说个不休。因此哥哥姐姐们对她都取着敬而远之的态度，她对他们也没有好感，见了面就责斥，但惟有对我却是例外。

庶曾祖母实在太疼爱我了，她天天伴着我，领我到邻家去玩，或是在她独住的屋里和我闲谈，讲给我许多故事。那些故事每个都含有教训的意思，如忠臣报国，孝子尽孝，福善祸淫，等等。

她常常勉励我好好读书，将来科举，会试，中状元，戴红顶子，光耀门第，给祖先们增光。我也连连应诺着，说一定听她的话，好好用功，将来光宗耀祖。她并且还告诉我见了大官员们应该如何行礼，如何应答，好像将来我一定能够戴红顶子中状元似的。

我们祖孙二人，就这样在一间小小的斗室里，天天做着将来富贵荣华的好梦。现在想起来，那时我们实在是演着一幕可怜又可笑的滑稽剧，我们的梦是多么荒唐呀！我们并不知道，那时已经换了朝代十几年，入了民国，再不会有科举取士，再不准戴红顶子了。

她有一根龙头拐杖，是她嫁到我们家来时陪送的嫁奁，是给高祖母预备的，高祖母死后就留给了她，她时常拿着那根拐杖对我说：

"待哪年你中了状元，皇上就会亲自送给我一根龙头拐杖，那个才宝贵呢，那是真龙天子封过的。记牢呀，一定要给我挣一根皇上亲送的龙头拐杖呀，那样才是我的好重孙子呢！"

说完，就向我温和的笑了。我就笑着回答她：

"放心吧，老奶奶！一定给你挣一根！"

之后，她就把我搂在怀里，连连夸赞我，快乐的眼泪簌簌直流。

那根龙头拐杖能给予我很多幻想。望着那拐杖，我便想起了红顶子，想起了方翅乌纱和蟒袍玉带，想起了前呼后拥的八人大轿，想起了中了状元之后的显赫情景。也便想到那些东西将来一定是属于我们的，将来终有一天，我也宛如旧戏中那个扮演的状元一样神气。

她不高兴我和邻家的孩子一块闹玩，她不高兴我跑动，他愿意我成为一个文绉绉的循规蹈矩的小先生。每当我拿着高祖习武用的铜圈把玩时，她就责斥我，警戒我，告诉我说，高祖就是习武艺习坏的。为了请拳师学武艺，不知用去了多少钱，结果只中了个武秀才。"穷秀才，富举人"，一点好处也没得着，却变成了个任意胡为的荡子，终年吃喝嫖赌，不务正业。性情也变得顶坏，上欺父母，下压儿孙。父母死后，就镇日和一般地痞流氓厮混在一起，玩鸟，玩兽，玩女人，养着几十个玩友食客，把偌大的家业糟蹋了个精光。

有一次，我独自跑到村外呆了大半天，家里派人四处寻找，直到黄昏时候，老长工才在河边的杨柳林子里找着我，把我背回家去。回家后，母亲要痛打我一顿，叫我改过，以后再不要独自出去。庶曾祖母却保护着我，不让母亲触我一下，她把我领到屋里，告诉我一个悲惨的故事。这个故事像一个庞大的黑影样压在我的心灵上，足足压了我整个童年，直到现在我还没有丝毫淡忘。故事是这样的：

从前有兄弟两个，弟弟的年纪也和我这么大。有一天，弟弟不听哥哥的话，独自跑到一个没有人的地方，恰在这个时候，有三个玩"小人鬼"的走了来，就把那个小孩子的眼睛用布蒙上，嘴用棉花塞上，手脚用麻绳捆起来，放进一个盛锣的箱子里抬着就走。玩"小人鬼"的把孩子带到很远很远的地方，一直带到云南交趾国。他们用千万种方法折磨那孩子，白天用绳子拴着腿倒吊在梁上，夜晚放在锅里睡觉，还把身上的大筋抽了去，放进蒸馒头的笼里蒸。这样一来，那孩子的身子就再也不长了，只长头和脚。一等那孩子的头长得像斗，手长得像蒲扇，脚长得像簸箕，他们便带他出去玩"小人鬼"。那小孩的哥哥呢？一看弟弟不见了，就放声大哭，赶快回家告诉爹娘，爹娘立刻派人四处寻找，哪能找得着呢！直到十五年后，那三个人又到小孩的老家玩"小人鬼"，正巧哥哥也在场子外面看。那"小人鬼"弟弟一见哥哥就眼泪直流，可是弟弟虽然认得哥哥，哥哥却不认得弟弟了，因为弟弟已经完全变样子了。后来哥哥发觉"小人鬼"老望着他流泪，走上前一问，才知道是自己的弟弟。就急忙报了官，官家把那三个玩"小人鬼"的捕起来下了监狱。哥哥领着"小人鬼"弟弟回了家，这时候，"小人鬼"的妈妈因为疼儿子得病已经死了十几年，"小人鬼"的爸爸也因为疼儿子急瞎了眼睛。"小人鬼"回家，一见这情形，就抱头大哭，全家人也都抱头大哭！……

当听完这故事的时候，我吓得放声大哭了，庶曾祖母抚着我的头柔声说：

"你看那小孩的遭遇多惨呀！以后可不要独自个出去了，独自个出去，人家也会把你捉去做小人鬼的！"

从那以后，我再也不敢独自离家到外面去了。

当我五岁那年，庶曾祖母害了瘫痪病，日夜躺在床上，吃喝都要人伺候，大小便也不能出门。她的床上弄得非常肮脏，屋里发散着便尿的臭气，因此很少有人到她屋里去，万一有必要事情进去时，也是用手掩着鼻子，马上就出来。只有我还是整日坐在她的床前，和她闲谈，或是唱歌谣给她听，使她快乐，为此哥哥姐姐们都笑我傻。

在一个夏天的傍晚，庶曾祖母的病势忽然转剧，气喘得很迫促，眼睛有些发呆。她把我叫在她床前，呆呆地注视着我的脸，又用颤抖的手抚着我左眉间的那块疤，呻吟着说：

"小孙孙！我不成了，我要走了！可是你的疤……"

说着，她的泪像泉涌般的流出来。

当时我并不了解她这举动的意思，长大以后才悟出她在临死之前的刹那还为那块疤感（到）歉咎，感到对不起我，感到死有遗恨。每想到这段情景我就想哭，有多少次，我禁不住流出了感动的眼泪！

第二天清早，我到房里一看，庶曾祖母早已在夜间断了气，苍蝇已在她的嘴和眼里产上白色的卵了。看了她死后那可怕的样子，我几乎吓得晕厥过去。

当庶曾祖母的灵柩下葬时，我要人把我和她一同埋进坟里。

以后逢年过节扫墓时，我总在庶曾祖母的坟前多烧一些纸，多插几根香，并且多叩几个头。我想，庶曾祖母看见我给她送纸钱，送供品，并且多给她叩头，她一定在坟墓里对我微笑的！

庶曾祖母死去已近二十年，我也有十年之久不给她老人家扫墓，现在离开故乡又如此遥远，死后的庶曾祖母应该早已淡忘了。然而不然，我还时时想着她，就因为我左眉间这块疤。一看见这块疤，我就会想起庶曾祖母，想起庶曾祖（母）那真挚的深厚的广大无边的爱！

庶曾祖母！我很感谢她，感谢她给我跌出了这块疤，这样能使我永远想着她，永远想着她的爱！那末，在这遥远的异乡，我就祝她死后的灵魂安息吧！

载《文潮》1948 年第 4 卷第 4 期

江　边

静静的日午。

在浓密的柳荫里，我们午睡醒来了，嘴边还残留着酸梅汤的甜味。清脆悦耳的冰盏声叮伶叮伶的从远方传来，那个卖酸梅汤的小贩，是沿着岸边的杨柳林子去远了。

一切皆静，没有一丝风来，只柳树间偶尔发出三两冗懒的疲惫无力的蝉声。

江水静静地流着，仅可以听见回流处溅出的浪花的微响。

吃了一点随身带来的面包和毛牛肉，我们坐在江边的一块大青石上，开始垂钓起来。

朋友燃起一只淡巴菰，轻轻地吐出青烟，沉思着说：

"告诉你一个故事。"

"一个故事？"

"一个故事，一个动人的故事！"

我拉起一根寸许长的白条鱼，放好钓饵，又把钓线投入水中。

朋友静静地抽着烟，他大概在整理他的思绪，我便趁此向左右打量一番。

右边几十步远的地方就是渡口，在左边紧靠着一个七八丈高的悬崖，悬崖下是个约有半亩地面积的深潭，这深潭被许多礁石从江中隔离起来，围成一个内湖模样，潭中的水发着深蓝色，有些地方甚至是黑色，透不出一点天光和云影，不知有多少深，望着令人不禁有毛骨悚然之感。

正当我望得出神的时候，忽然听见朋友开始讲起来了：

"半个月前的一天晚上，我从你们那里回学校去，起身的时候天已经黑了。那天晚上没有月亮，天上密布着黑云，刮着大风，很远很远的地方不时响着隐约的雷声。似乎要下雨的样子，路上又是伸手不见掌的漆黑，老张他们劝我住在那里。但我是不怕的，我惯好在夜间回学校，这五六里地的黑路曾给予我很多好处，独自在寂静的夜路上走着，我觉得很美，很富有诗意，若是有月亮的时候自然就更好。于是我借了一把雨伞，擎着一根火把出发了。"

"走到江边的时候，风忽然刮得更大起来，雷响得更近，天空不住扯着闪。这时候，老船夫已经把船收拾好，正打算回家歇脚，因为是熟人的关系，所以他只好撑我过去。"

"老船夫撑着船，我挑着火把和船上的纸灯笼站在船头上。当船刚到达对岸，天空忽然一声震耳的沉雷爆炸出来，接着是一阵狂风，熄灭了我手中的火把和灯笼，一场倾盆大雨也随着落下来了！"

"好大的一场狂风暴雨呀！时时有柳树被风摧折的声音，时时有树枝树叶之类落到船上来。雨简直像大瀑布一样向下泄，根本就分不清雨点子来，落在船篷上比擂鼓还响。"

"我们赶忙把船拴到岸边的柳树上，——就是这棵柳树！"朋友指着我们身边的那颗高大的柳树。

"雷，呵呀！一个一个的沉雷不断地爆炸着！江里的水突然大起来，巨大的波浪冲打着我们的船。"

"就这样，风声，雨声，浪声，疯狂地交奏着，山野像正进行着一场残酷的斗争，像有千军万马在杂踏地驰骋！"

"船篷完全失去了作用，雨水从上面漏下来，风也夹着雨从船口向里吹。我们用破席子和雨伞掩住船口，但一会席子被吹跑了，伞被吹折了，船里没有一块干净地方。"

"我躲在船的一角里，两手蒙着头，缩得像个刺猬。"

"一会老船夫忽然叫起来，'朱先生！有鬼！有鬼！'他跑来握着我的胳膊乱摇着。我立刻吓得毛骨悚然，那时竟也信起鬼来，我以为真正有鬼呢！急忙嚷着：'哪里？哪里？'"

"老船夫把我拉到船口，高声说：'那里！那里！左边的高崖上！'"

"这时候风雨小了点，雷声已息，虽然是黑茫茫的一片，什么也看不见，可是我却听到了一种绝命的呼号：'你不要跳呀！你不要跳呀！'是一个女人的声音。"

"老船夫接着高声说：'你看！左边的悬崖，注意闪电！哎呀！我的妈呀！'"

"恰巧来了几个连续的闪电，使我看清了悬崖上那可怕的景象，崖顶有个年青的女人，穿着一身白衣服，二三尺的头发散在臂膀上，那样子真像个女鬼，那女人正高举着两手，低头注视着悬崖下。在悬崖的中间有一团黑黑的东西，样子像个人，正以极大的速度向下坠着，一会落在水里不见了。那个女人一时像愣了一样，随即就拼命地嚷起来：'救命呀！救命呀！有人跳江了！'嚷着旋转了几个圈子之后也随即从悬崖上跳下来……"

"看到这里，那几个连续的闪电忽然熄灭了，又是一片无际的黑暗，接着又是一阵震耳的沉雷，风和雨紧接着大起来。"

"回到船里，老船夫还是吓得厉害，还是嚷着鬼，说那个白衣披发的女人是从前跳江淹死的女鬼，我当时也闹不清那究竟是怎么一回事。"

"以后风雨渐小，我们挤在船舱里神志昏迷的挨到了天亮。天一放亮，我就预备回校，那时我像在发疟疾一样，头昏脑胀，对于昨夜的那件事情毫无兴趣去追究，老船夫也正睡着，我加了两倍的船钱放在他的身旁，就回去了。"

朋友讲到这里停下来，把熄灭的淡巴菰重新点燃，沉思的吸着。

当他讲述悬崖上那个女人的时候，我一时也不禁毛骨悚然，我向悬崖上注视一下，现在什么都没有，我纳罕地问：

"到底是怎么回事情呢？还有下文没有？"

"下文当然有！"朋友说："我回到校里就病倒了，因为受了风寒和惊吓，在床上睡了三天，三天之后我又来过江，才从老船夫嘴里晓得了那是怎么回事情！"

"这大概是情死吧？"我问。

"你猜得一点不错！是一件纯朴的伟大的情死！不过事情的详细经过我不知道，只知道它的大概：这是一对年青的小夫妻，男女生得都很美，尤其女的是附近几十里之内都闻名的美丽的女郎。两个人的结合，用句新名词，是先经过自由恋爱的，附近村庄的青年乡民对这美女发生兴趣的非常多，其中很多是大绅粮的儿子，但这女子都一概不要，而选择了这个家中并不富有的青年人。这个无法解释，这就是爱情！不要以为他们这些乡下人不懂得爱情，在我看，只有他们才是真正懂得爱情的！当他们两个人结婚之后，那些追求未遂者自然妒火中烧，其中有个绅粮的儿子竟然下了毒手，他学着《夜半歌声》电影中那个恶棍害宋丹萍的办法，买了几个流氓在出其不意之间，用硝镪水毁坏了那个青年人的面部。那青年人家中只有一个寡母，家中虽称小康，但在地方上却毫无势力，受了残害之后毫无报复的能力，于是在愤恨悲哀的情形之下，使得这青年人的神经渐渐失常起来。那个女郎不但不因丈夫的面部毁坏而减低了丈夫的爱，反而对丈夫的爱情更加笃厚了。那青年人自幼娇生惯养，也念过若干年私塾，读过若干中国的佳人才子的旧小说，感情既极其脆弱，毫没有一般乡下人的坚强的心灵，而在男女之爱上又最要求完美，正如一般知识分子所要求的那样。因之他为了这张魔鬼似的脸而天天悲哀，愤怒，以致神志昏迷自杀，寻死。最后他自杀了，他的那美貌的年青的妻子也随同着他自杀了！这便是我们那天晚上看到的情景！"朋友说完，喟叹着。

"这简直不像是事实，倒有些像小说了！"我说。

"这却是真的事实！"朋友说："等我把详细的经过问清楚，我倒很希望你把它写成小说，表扬一下这个女郎这份伟大坚贞的爱情！"

"若果真是事实，那确是值得表扬！"

"而最可贵的是这样圣洁、坚贞、伟大的爱情却产生在乡野之间，呵！伟大的乡野之爱！"朋友又重新叹息了。"再反过来看看我们，我们这群号称为受过高等教育的青年们，却是最不懂得爱情的！我们这些人天天在拿着爱情糟蹋，侮辱！譬如说吧，一个女同学可以今天耍一个，明天玩一个，就好像今天吃厌了梨子，明天又吃香蕉，只为自己换口味，却丝毫不管所加予别人的伤害！前几天我们校里开了一个关于男女社交的座谈会，当大家讨论到一个女子爱上了一个人是否还应该爱另一个人的时候，竟然有个女同学站起来大声疾呼地说：'当然应该，只要那一个比这一个好！'你看这个女同学这份勇气惊人不惊人！同样的，男同学也在玩弄着爱情，我们何曾有半点这种纯朴而坚贞的感情？"最后，朋友又叹息地说："让我们向这个真正懂得爱情的乡女膜拜吧，她的圣洁的灵魂就在江里面！"

我俯视面前的江，江水澄清，静静地向前流去。我觉得江水仿佛因为那个圣洁坚贞的乡女的葬身，而比往日变得更美丽了。

载《大学评论》第 1 卷第 1 期

邻　居

　　一阵忙乱之后，躺在新收拾好的草铺上，轻松地喘了口气。燃起一根雪茄，望着一丝丝飘荡着的青烟，如一个发现绿洲的沙漠旅行者一样，我庆幸着：已得到安身的地方了！

　　安身的地方，在这种年头真是不容易物色呵！自然富丽堂皇的大旅社是很多，但那只有钱包充实的阔佬们才配享用，像我们这些一贫如洗的流亡者，是没有那种福气的。费了很多麻烦，对那位美国牧师说了很多好话，总算得到了这个安身的地方，这还是二层小楼呢。

　　这样，我们就在这二层小楼里住下来了。每天的生活是：躺在草铺上，看曙光如何爬上窗子，暮色如何溜进角落，蜘蛛如何精心结网，也沉到心爱的书本里去寻觅一点安慰。

　　日子一久，我便熟悉了我的邻居们十九是亡家的难民，是以教友的资格被收容在这里的。

　　在楼下层的角隅里，住着个四十多岁的中年人，光头，和善诚朴的脸面，穿一件积满尘土的破长袍。当他告诉我们的职业时，简直使我大吃一惊，他说他是算命先生。据我的经验，算命先生都是狡猾机伶的老江湖，像他这样忠厚老实的算命先生，这还是第一次见到呢。

　　"奇怪吗？听我说了你就一点不觉得奇怪。"看我装出不相信的样子，他笑着说。

　　接着他告诉了我他自己的经历：他是亡家已经两年的难民，疾病和饥饿抓走了他的老婆和孩子，只剩下他孤另另的一个，生活的魔爪就逼着他和这痛苦的职业结了缘。他说：

"狗急了跳墙，到没有法的时候，咬着牙什么都会干得来的，在一个旧书摊上买了一本算命书，我就做（原文为'做就'）起了算命先生，连我自己也觉得荒唐，可是不这样又有什么办法呢？——不过，凭良心说，我是按书算命，从来没有扒瞎骗过人！"

他的摊子天天摆在一个热闹的广场上，那里充满着各色各样的江湖朋友：跑马拉解的，摇会的，卖鼠皮膏药的，说大鼓书的……他和他们相较，不过是一群狡狐之中的一头蠢驴罢了。

矮小的偏房子里，住着一对穷苦的老夫妻，也是难民。老人的身子变成个弧形，胸腔里呼呼作响，全身不住地抖着，倚在拐杖上行走都很吃力，老妇整天像瞎子一样摸索着给人缝补或浆洗衣服，红眼里不住流着浊泪。

"你这老不死的！快断气吧！"我是时常见老妇这样怒骂老人的。

西屋住着个三口的家庭：一个蹩脚的中年男子，一个半瞎的女人，一个黄瘦的孩子。

男人在教会里做事，穿着件褪了色的蓝布大褂，虽是已经洗了又洗，补了又补，却从未沾上半点泥土，补丁也是整齐地散布在那里。他爱洁净的服饰，也爱炫耀假面子，纽扣上挂着个眼镜盒，但他从没戴过眼镜，不知是眼镜坏了还是只剩下个空盒，他戴它的意思大概是："从前我也过过优裕的生活的！"

那个半瞎的女人，整天躲在屋子里，也很少听到她说话。

这院子后面还有更大的院子，住着更多的难民家庭。

每当蝙蝠像飞梭一样织着黄昏的时候，邻居们便都在自家的门前放一张小方桌吃晚饭，每个都带着一副为生活折磨透了的愁苦的脸，叹息，苦笑，彼此交换着不愉快的话语。

这时，蹩脚的中年人、算命先生都回了家，那个半瞎的女人也像蝙蝠一样悄然出现，窄狭的院落显得更窄狭了。

驼背老人坐在矮板凳上啃咬着干硬的高粱饼子，那样子比啃一个未熟的青柿子还苦涩难咽。他一面咳嗽，一面咬嚼，咬嚼的时间还不及咳嗽的时间多，没有菜肴，实在咽不下便用白开水冲，吃不完一半，他就把饼子重重地掷到桌上，抚着胸口费力地说：

"完了！我是完了！"说完，像吞进一把胡椒，又陷入一阵剧烈的咳嗽里。

"不吃了，还是挨着吃点好，日子不比从前，也不能弄好点的给你！"红眼的老妇望着老人叹息着说。

"完了！我活不下去了！"老人咳嗽着，拿起拐杖，瞎子一样摸索到屋里。

蹩脚的中年人却是不慌不忙的，他把一口饭细嚼细咽，上下唇吧唧吧唧作响，独自无休止地唠叨着：什么饭比药还难吃啦，饭贵得出奇哟，等等。还不时放下碗用白铜水烟袋抽烟，把烟当作菜肴。一顿饭吃上点多钟，直到院子充满黑暗方才作罢。那个黄瘦的孩子是一直张着小嘴伴着他。

算命先生只木桩一样站在一旁呆望着，他的饭都是在门口那个饭馆里用，他把污烂的角票吝啬地递给那个老板娘，胡乱吞下一点就算了。

夜间，黑暗充塞着各个屋子，代替了灯光而透出这些屋子的是：叹息，呻吟，啜泣，伤心的话语……

立在院中黑暗的角落里，我的心往悲哀的深渊里沉着，沉着。

我想：我的邻居们是和啄木鸟一样艰辛地生活着！啄木鸟要觅一条小虫充饥，必须用嘴啄开坚硬的树皮，但在这烽火迷漫的土地上，丛莽烧焦了，树木烧焦了，不但没有了秀挺纯洁的白桦，连坚硬粗糙的枣树也没有了，啄木鸟将何以为家？

"要赶走放火的强盗，培植茂密的桦林！"这样想着，我悄悄地捏紧了拳头。

日子像青蛙一样缓慢而吃力地向前爬行，生活的魔爪更厉害地抓紧了我的邻居们的喉咙。

驼背老人日渐把弯成弧形的身子变成直角，整天躺在床上狠命地咳嗽，呻吟，他的肉像燃烧着的蜡烛一样日渐消融着。老妇人再也不用难听的话咒诅他了，只用袖子拭着红眼睛默默地流泪，有时啜泣着对邻居们说：

"老头子要入土了，这把老骨头不能占祖宗留给的坟地了！"

那个黄瘦的孩子日渐黄瘦下去。

算命先生的生意日渐稀少，到他忙碌一天不得一饱时，他便到乡下去开辟新天地。傍晚回来，他拍着满身的尘土对我苦笑着说：

"乡下人是诚实的，只是没有钱。"

不久，敌人向这里投下了爆炸弹，无家可归的人继续增加着，古城陷在恐怖中。

我们也奉命迁移到另外一个地方。

离别的前夕，躺在草铺上，在入梦之前，我默默念诵着：

"别了，黑夜没有灯光的日子！别了，啄木鸟一样艰辛的生活者——我的亡国受难的邻居们！"

——沙坪坝

载《文化新闻》1945 年 3 月 17 日第 231 期

江水的歌唱

穿过深山、峪谷，穿过草原田野，穿过葱郁的丛莽和森林，穿过寂静的城镇和村落，嘉陵江在静静的流着，像一条静卧着的蛇。

清浅的，平稳的，没有急湍，没有怒涛，没有调皮的浪花，没有高昂的歌唱，负着破旧的帆船，寂寞地向前流去！

嘉陵江是寂寞的，嘉陵江沿岸的一切也是寂寞的。

四月，愉快的季节里，南国的熏风满天吹的时候，在寂寞的山道上，在沉默的嘉陵江边，我们来了，带着跋涉的劳累，蒙着旅途的风尘，从辽远的地方来了。

我们是遥远的北国来的，流亡途上，看到异地的花开花谢已经三次了。

三年前，朔风吹的时候，铁蹄践踏我们的故乡，为了不愿屈辱的做奴隶，向着光明的远景，我们出走了。在寂寞的黄土路上，在风底下，雨底下，热烈的太阳底下，拖着笨重的双脚，终日奔波在广大辽阔的祖国土地上。

而今，在嘉陵江畔，又停下了我们的足迹。

串串的旧恨，拉着数数的新愁，侵蚀着我们的心！在我们的心里刻下深深的烙印。

"谁使我们旧恨拉着新愁？"这样问着，复仇的火焰点燃着我们的心，红了！要爆炸了！为了将来更重大的任务我们开始了严肃紧张的生活，在艰辛的学习里，呕着心血，积蓄着力量！

"拿起爆烈的手榴（原文为'溜'）弹，对准……"洪亮的歌声开始在江边震动起来，震动了死寂的小城，震动了环抱的群山；震动了波浪滔滔的江水。

嘉陵江已失了往日的平静，它怒吼了！浪涛，澎湃着，翻滚着，高昂的歌唱着，和我们的歌声连在一起，惊得两岸的野茅颤抖着！天际的白云颤抖着！

嘉陵江已不是静卧着的蛇，而是翻江倒海的蛟龙了！

穿过深山，峡谷，草原，田野，丛莽，城镇，村落，嘉陵江像一条蛟龙，摇头摆尾，翻着滚滚的浪花，夹着高昂的歌唱，向波浪滔滔的扬子江流去！向一片汪洋的太平洋流去！

载《大美周报》1940 年 8 月 18 日

本校廿周年纪念献辞

　　当一个人进入一个新的环境里面，总会发生若干的观感，这观感有时是好的，有时是坏的。我来本校已经半年，我对本校的观感却是只有好的，没有坏的。现在就趁这廿周年纪念的时候，我就略谈谈我对本校的好观感作为献辞吧。

　　我的观感可分三方面说：第一，是朝气蓬勃，首先几位负学校行政的人都是青年有为充满着朝气的，这使得校政能在一种高速的律动下向前推进，绝无迁延苟且的现象，其次学生也都活泼英武，垂头丧气死气沉沉的学生在这里简直看不到一个，因此当你一进大门，便仿佛觉得有一股新鲜活泼的生命之流在这各处跃动着。第二，是教管严格，要想把一个学校办好，严格是非常必要的，"乱世之后用重典"，尤其是当学生们长久生活在奴化教育之下，沾染上许多坏习惯的时候，严格更是必不可少的，上学期每次考试总难免有舞弊现象，但经过"考试舞弊立即开除"这条严惩办法实行后，今学期的舞弊现象可说已经消弭无踪了，其他如集合及讲课时的秩序也都在严格的训管之下有了长足的进步。第三，是苦干精神，这点是为学校负责人说的，在目前状况下，大部分办学校的人并不是为了办学校，而是趁此机会营私舞弊培植爪牙，或是利用地位结纳权贵以做进身之阶，但本校负责人却实在将办学校看成了一种事业，苦干硬干，任劳任怨，这样将全副精力都集中在办学校上，学校哪有不会办好起来的呢？

　　基于以上这三种优点，所以本校一年以来的进步是惊人的。而且这种进步已引起了社会人士的注意，已获得了广大群众的喝彩！据我由各方面的舆论所知，本校已列入南京市第一流学校之林了。这是办学者的安慰，也是本校每个份子共同的安慰！

在这廿周年纪念的时候，我对本校只有祝福，只有赞颂！本校一定会与日俱进而成为一个驰名全国的第一流学校的！

载《南京市立第一中学二十周年纪念册》1947 年 11 月

茫茫夜

　　黑夜，没有月，也没有星，无边的黑暗统制着宇宙万物。

　　对着这伸手不见五掌的漆黑，我没生出些微恐怖的感觉，也不怀念月夜的美好，反正即使是皓月当空，我也不去重温那花前舟中的旧梦的。

　　瞪着两眼，我向黑暗中凝视着。

　　黑暗是威胁不住一切的，从窗缝里透出的一线灯光把它撕碎了，空中也正有无数流萤挑着小火球各处游走。

　　回到屋里，闭眼躺在床上，凝视静听着窗外。窗外正是大路，那里尚有夜行旅人的脚步声，偶尔也走过载重的骡马车，这时大路便充满了：号健的车轮声，得得的马蹄声，牲口的喘气声，赶车的人唱着小曲，还时时抽着清脆的响鞭……

　　夜是不足以威胁旅人的，旅人并不因夜的黑暗而停止了奔波。对着黑暗，他们毫不恐怖，毫不犹疑，仍旧英勇地向前路奔去。

　　奔波着夜的旅途，他们都有灯笼火把的吧？纵然没有，也有点点萤火呢。

　　屋角，墙边，蟋蟀在幽幽低泣，唧唧，瞿瞿……多么凄凉的调子。这显然是对无边黑暗感到恐怖而求饶了，在白天，他们是从没有叫得如此凄凉的。这悲哀的调子，多愁善感的人听了会流下同情之泪，意志坚强的人听了只增其愤怒之情而已。但而今之日，还有几个挥泪对西风的人呢？

　　更远的地方，江水激昂地高唱着，花花，呼呼……惊人的声音，像行将骤来的暴风雨，吞没了蟋蟀的低泣，无边的黑暗也叫它震得发抖了。

江水！歌唱吧！尽量高昂地歌唱吧！红枫林里，大草原中，正是飞星走矢的行列给敌人以猛烈打击的时候。

蟋蟀，不要低泣吧！停止悲哀的调子吧！而今之日，再没有挥泪对西风的人了！

我跑到院子中去。

夜更加深了，蟋蟀低泣得更加厉害了。

是的，夜更加深了，黎明也更加近了！

听吧！那远处的江水，不在更加高昂地唱着黎明之歌吗？

《中央日报》民国三十五年十二月十五日，第十版　署名方苓

泥土之恋

　　远行的游子珍藏着他的一双旧鞋，一双离开故乡时所穿的旧鞋，因为从那里可以嗅到故乡泥土的气息。

　　故乡，是不容犹疑，只有衷心的爱的，而故乡泥土的气息，就是最能代表故乡风味的东西。

　　怀抱六弦琴到处漂流的白俄，时时怀念着乌克兰的黑土壤。流浪的吉卜西人，时时渴望得到一片安居的土地。十年前，听到关外同胞歌唱流亡曲，歌唱关于肥沃的东北草原的怀念！六年前，泪水润着歌喉，我也开始歌唱对于华北那黄土千里的平原的恋念了！

　　这一切，都是酷爱故乡泥土的真挚的表现呵！

　　波兰被德军占领后，一位不愿做奴隶的波兰人不得已出亡国外。在将离国境时，他跳下车来，流着泪，伏到地上把泥土闻了又闻，然后用手巾像包珍贵的药材样包了两撮泥土小心翼翼地藏到怀里。最后流着眼泪，依依不舍的让火车把他载出国境去。——亡国的悲哀呵！

　　看到这段记载，我感动得几乎落泪，然而我又惘然若失了！

　　离故乡时，我竟忘却了珍藏一撮故乡的泥土。而且，六年来，天南地北的各处漂流，离家时穿的那双旧鞋，也早不知道抛到什么地方去了。

　　"为什么这样疏忽呢？离故乡时为什么不珍藏一撮故乡的泥土呢？"我不禁这样自责了。

　　我怎能忘怀故乡的泥土呢？我是在泥土里长大的，我故乡的人民也是在泥土里长大的，我们都是泥土之子。

故乡人民对泥土的爱，我是永远不能忘记的。

他们对泥土像对自家的亲人一样，用犁耕，用耙耙，用肥料滋养。对泥土，他们比对自己的老婆孩子还热爱，一嗅就可以嗅到泥土的味道，一看就可以看出适合于生长某种作物。当看见一片金黄的麦浪，或一片红色的高粱的海，他们会伏在泥土上，感激得流出快乐的眼泪。为互争一小段土地，他们会彼此打得头破血出，会向衙门起诉，弄得双方倾家荡产。当不得已将自己的土地转让给他人时，他们会痛惜得坐卧不安，整夜睡不着觉，会恶伤得叹息啜泣，把眼泪洒满田契文书。而当盛夏爆发的山洪冲走了他们沿河的土地时，他们会望着滚滚的黄波浪捶（原文为"槌"）胸、顿足、嚷叫、痛哭！

如今，故乡的土地被人占领了，他们不再是土地的主人，土地不再生长大豆高粱，土地变成了屠宰场！

酷爱土地的故乡人民，对此该是怎样的难过呢？

故乡的泥土被玷污了，我怎能不怀念故乡的泥土呢？

《中央日报》民国三十五年十二月五日　署名方苓

蜜　蜂

在京西卧佛寺南面的汽车站下了车，沿着光滑的柏油马路向北行走。路两边是一片林野，林野西边耸立着秀丽的香山。阳光照耀着大地，空中飘散着花草的清香。

我们是到农业科学院养蜂研究所访问去。养蜂研究所挨着卧佛寺，背倚青山，周绕绿树，是个十分幽静的所在。爬上一个石坡，进了大门，出现一个宽敞雅洁的院落。院里种着花木，有玉针花、红蓼花、西蕃莲，各色美丽的花朵灿然开放，成群的蜜蜂在花丛中飞鸣着。

研究所的黄同志把我们领进后院的接待室。接待室陈列着养蜂物品以及研究成果。墙上挂着各种蜜源植物标本，玻璃柜里陈列着各种蜜（枣花蜜、椴树蜜、荔枝蜜、龙眼蜜……）的成品，各种蜂（中国蜂、意大利蜂、高加索蜂……）的标本，天然蜂脾和人工做的蜂脾，摇蜜机……

研究所的黄同志向我们介绍：这个养蜂研究所是"大跃进"的产物，白手起家。我国养蜂事业虽有很长历史，但是系统进行理论研究却刚刚开始，我们这些年青人，在读大学时，没有学过养蜂专业，一切都是摸索着干。

谈话间，他给大家每人冲来一杯蜜水，这是枣花蜜，用附近樱桃沟的清泉水冲的，甜美极了。

座谈以后，我们便去参观。房檐下放了好几排洁白的蜂箱。领路的黄同志说："所内的蜂箱大部分用火车运到保定一带采荞麦蜜去了，这只是留下的几箱。"成群的蜜蜂在蜂箱周围活动，有的从远处采蜜归来，飞回蜂箱，有的从蜂箱钻出，飞到远处去采蜜。空中响着蜜蜂震翅的嗡嗡声音，宛如极美的交响乐曲。

"蜜蜂是一种非常勤劳的小动物，"黄同志向我们赞美起蜜蜂来，"自从它长得能飞以后，就不停地工作，采蜜，酿蜜，一刻不闲，直到死亡为止。"

"蜜蜂采蜜酿蜜的情况是怎样的呢？"我问。

"这是一种非常艰巨的劳动，"黄同志说，"蜜蜂的蜜囊很小，约四五毫克，一般花里贮蜜也不多，它要从无数朵花上才能吸满蜜囊。蜜吸满后，从花丛飞回蜂巢，把蜜贮入脾房，再去采蜜。蜜源植物的花丛一般距离蜂巢较远，有远在几里以外的。可以作这样一个统计：一只蜜蜂要酿造一公斤蜜，就须要在一百万朵花上采集原料，把这些原料送回蜂巢，须要在花丛和蜂巢之间来回四十五万趟，两处距离以平均一公里半计算，共四十五万公里，等于绕地球赤道飞十一圈。光采回原料不算完，还得酿造，这酿造过程也很繁难。从花里吸来的蜜是蔗糖，水分多，蜜要咀嚼，经过一百到二百次吞吐，混入含酶的唾液，酿成果糖葡萄糖，再闪翅蒸发去水分，才算酿造成功。蜜酿成后，蜜蜂再从蜡腺分泌出蜡把脾房口封住，蓄存起来。"

我们感到惊奇，以前只笼统知道蜂采花酿蜜，没想到这过程是如此艰巨。

"蜜蜂飞行很快，它的翅膀每秒钟可震动四百多次，载着花粉时每小时可飞三十公里，没有载负时每小时可飞六十多公里。再加上它总是片刻不停地工作，因此寿命虽不长，也能酿造出很多蜜来。一只工蜂本来可以有半年多的寿命，冬天不工作的时候可以活四五个月，在春夏秋三季采蜜期只能活三四十天。它采蜜酿蜜，片刻不停，很快就累死，它常常在采蜜途中耗尽了精力，落到地下，生命就结束了。"

我不由在想：小小的蜜蜂，为了酿造出甜美的蜜来献给世界，不惜耗尽精力，甚至缩短自己的生命。多么可敬的小生物呵！

我们走近蜂箱，看见蜜蜂出出进进，由同一个方向飞去飞来，回来的腿上粘着淡黄色的花粉。差不多每个蜂箱的情况都如此。

黄同志说蜜蜂采蜜，来去的方向就是蜜源植物所在的方向。谈到蜜源植物，黄同志说有主要和辅助两种，主要蜜源植物的条件是花期长，花的数量多。北京地区的主要蜜源植物，六月以前是洋槐，六月以后是枣和荆条。花的形状、颜色、香味常吸引蜜蜂只采一种花，所以蜜一般是单种花蜜。

我们提出蜜蜂如何发现蜜源植物这个问题，黄同志很有兴味地说：

"说来很有意思。一般情况是，侦察蜂在早上出去侦察蜜源植物，侦察到后，就回来通知大家。侦查蜂用这样办法来通知：蜜源植物在百米以内，它在蜂箱上爬圆圈，在百米以外，它爬长圆形圈，蜜源植物的方向用太阳、蜂箱和蜜源植物的角度来标出，他还用摆尾巴的次数来指示蜂箱和蜜源植物距离的长短。"

引得我们齐声笑起来。真想不到，蜜蜂凭着它的生物本能，不但是勤劳的小动物，而且还是有智慧的小动物呢。这更加深了我对它珍爱的感情。

黄同志打开一个蜂箱，让我们看看蜂箱内部的情况。他提起脾框，立刻有几只蜜蜂飞到他的手上。我们担心他被蜇，他说不要紧，蜜蜂轻易不蜇人，因为蜇人之后它就要死去，只要沉着，不要叫蜜蜂以为损害它，它就不蜇你。黄同志还笑着说：

"被蜇了也不要紧，开始被蜇虽然又疼又肿，锻炼出来以后就不觉怎么样了。而且被蜇了还有好处，蜂毒能治风湿病。不知您们注意到没有，凡在蜂场工作的人，没有一个患风湿病的，有人患了风湿病，到蜂场工作一个时期以后，病就好了。"

被蜂蜇了还对身体有益处，以往还没听说过。这引起了我很大兴趣，因此虽然很多蜜蜂在我身边绕飞，我也不怎么惧怕了。

我们在一个巢脾上看到一只体积较大颜色较深的蜂，黄同志说这是蜂王。很多蜜蜂绕在蜂王的四周，好像是保护着它。它和工蜂的关系相当于母女的关系。它们彼此爱护，相处得很融洽。蜂王的劳动量很大，一年产卵十五六万，在产卵期，一昼夜就产两千左右，相当于它本身的体重。它消耗大，因此工蜂从咽腺分泌王浆来哺育它。

黄同志又指给我们看了雄蜂，说雄蜂不能采蜜酿蜜，只在春天和蜂王交配，交配后就死去，没有交配的，不死的，到秋天就被工蜂驱逐出去。

我开玩笑说："工蜂驱逐雄蜂的时候，会有些不忍心吧？"

"那就不知道了，"黄同志笑起来，"这是没有办法的，要知道，蜜蜂是很会打算的，别群来一只蜂，如果只带一张嘴，它们就驱逐，如果带着蜜来，它们就接受了。"黄同志接着说："你不必为工蜂担心，驱逐雄蜂的工作养蜂员可以代作。而且现在采用了更根本的办法，就是用人工造脾，少做雄蜂房，蜂王就少产不受精卵，雄蜂就可以按需要产生了。"

由这里谈到现代化的养蜂措施。黄同志说，我国现在的养蜂措施比以前进步多了，采用种种方法充分发挥蜂群的作用。比如，用人工控制分群，花期盛时，扑杀闲王，少分群，多采蜜；花期不盛时，提早育王，多分群；假造王台，使工蜂多分泌王浆，使王浆获得丰产；用现代化养蜂工具，如人造巢础、摇蜜机、养王框等；将蜂箱运到蜜源植物多的地区，当北京地区蜜源植物少的季节，养蜂研究所就把蜂群运到保定、哈尔滨、广州，去采荞麦蜜、椴树蜜、荔枝蜜和龙眼蜜。

真的，在养蜂人员的推动下，蜜蜂也在跃进呢！

谈到养蜂的好处，黄同志兴奋地说：

"好处太多了！蜂蜜是很好的滋养品，也有医疗价值；蜂蜡能治夜盲症和狼疮；王浆能治肝炎、神经炎、关节炎；蜂毒能治风湿病、高血压病；蜜蜂传布花粉，能使农作物大量增产。蜜蜂确实是一宝呵！"

黄同志谈到我国的养蜂事业就更激动了。他说，在解放初期，全国仅有四十五万群蜂，十多年来，特别是成立了人民公社以来，养蜂事业飞跃发展，现在全国的蜂群相当于解放初期的十倍左右。就北京看，1960年已达到"蜂、蜜、蜡、王浆、蜂毒"五高产，获得全面大丰收。

多么令人兴奋啊！我们的养蜂事业在飞跃发展；在为人民创造着甜美的滋养品和珍贵的药物，创造着蜜一样甜美的生活！

天晚了，我们告辞了黄同志，离开了养蜂研究所。归途上，野花飘香，秋风送爽，我的感情却在奔腾激荡。

载《北京文艺》1962年第2期

游晋祠

　　晋祠在太原城西南六十里的悬瓮山下，是太原著名的名胜古迹。

　　晋祠古称晋王祠，又称唐叔虞祠，是为纪念唐叔虞而建立的。叔虞是周成王的弟弟，被成王封为唐国诸侯（司马迁《史记》记载着一段"剪桐封弟"的故事）。以后，叔虞的儿子燮父因国境内有晋水，又改国号为晋。晋祠在北魏以前已建成，郦道元《水经注》说："际山枕水，有唐叔虞祠。"北宋以后，又在唐叔虞祠附近陆续修建了圣母殿、东岳庙、文昌宫等，所以现在的晋祠是由几部分庙宇组成的。

　　晋祠依山临水，风景幽美，又加是历史久远的名胜古迹，所以终年游人络绎不绝。外地到太原参观的人，晋祠是必去之地。我们这次由北京到太原后，第一个活动项目就是游晋祠。

　　晋祠的重要建筑物是圣母殿。圣母殿位于晋祠的中央，是叔虞之母邑姜的庙堂，建于北宋天圣年间（公元 1023~1032 年）。殿的建筑结构保存了宋代建筑的特点，重檐歇山顶，角柱升起，斗拱雄壮，四周围以回廊，南北宽七间，东西深六间，全部采用减木造法，外殿内殿都不露柱脚，因此显得十分朗畅。正面回廊的红柱上盘绕着金龙，神情姿态十分生动。这是国内少有的宋代建筑，从建成到现在已有九百多年，仍旧巍然矗立，坚固如昔。旧廊中悬挂着很多联匾，多制于明清两代，在文字含义和书法艺术上有不少是可取的。有一付刻着"永锡难老"四字的横匾，初看字是凹的，凝视片刻就成了凸的。据说这与刻字的深浅度、线条、色泽有关，这匾显示了雕刻工人的高超的技艺。

圣母殿内有北宋塑像四十三尊，除圣母邑姜外，另外三十七尊妙龄侍女和六名宦官。三十七尊侍女像，体态娉婷，面儿丰润，衣饰鲜丽。姿态表情，人各不同。从面部表情看，有的凝神苦思，有的舒眉暇想，有的端庄温静，有的神采飞扬，有的面显恭顺，似在聆听别人的教训，有的扬眉跃目，似要向对方倾吐滔滔的辩词……每人的身手姿态，也随着各人不同的面部表情相协调一致。面对着这些目有情，口有声的侍女像，你几乎觉得她们不再是泥塑的，而是有生命有感情的古代少女。这些塑像具有很高的艺术价值。我们在侍女像前观赏很久，同去的画家、雕塑家们都临摹了手稿。

圣母殿前是"鱼沼飞梁"。鱼沼是晋水三泉之一，飞梁是架在鱼沼泉上的石桥。飞梁建筑年代已很久远，《水经注》所谓"结飞梁于水上"，即指此桥。此桥宋代重修。桥式特殊，呈十字型，若鸟之两翼，水中有石柱四十三根，上架斗拱梁木，衬托桥面。1953 年我们又翻修，将灰砖桥身，改砌为汉白玉，显得更为雅洁严整。这种十字形桥式，不仅在国内是孤例，在国外也很罕见。

在圣母殿和惠远门（晋祠大门）之间，有水镜台、金人台、献殿。水镜台迎门而立，建筑风格独特，正面是重檐歇山顶，背面是单檐卷棚式，溶合了殿、阁、台几种建筑形式。水镜台为明代所建，是演剧舞台。过水镜台是金人台，为一方形石台，四隅立四尊铁铸金刚像。四象身姿雄伟，面儿狞猛。西南隅一尊为北宋绍兴四年（公元 1097 年）原铸，距今已九百余年，仍完好如初，可见在宋朝时代我国劳动人民已炼出了不锈钢。献殿在金人台和鱼沼飞梁之间，原为陈列祭品的处所，结构与圣母殿同，惟四周无壁，下砌栏墙，上装直棍栅栏，类似凉亭。

圣母殿、水镜台、金人台以及圣母殿两边的水母楼、公输子祠、苗裔堂，都是座西向东，唐叔虞祠、东岳庙、文昌宫却是座北向南，这说明晋祠是由建筑年代先后不同的庙群组成这个特点。唐叔虞祠原为晋祠的主祠，自圣母殿建成之后，它降到了次要地位，祠内有武则天时雕的八十卷《华岩经》刻石。东岳庙中的关公像是净脸的，与众不同。文昌宫的宫门五岳朝天，三选四垂，门前流着智伯渠。唐叔虞祠旁有贞观宝翰亭，内有唐太宗李世民自编自写的《晋祠铭》，书法仿效王羲之《兰亭序》，笔力劲挺秀拔。原碑有损，清乾隆时又拓钩照刻一碑，二碑并立亭内。

晋祠的庙堂殿阁是美的，但更美的是它的泉水。泉水是晋祠的生命，如果没有泉水，晋祠的秀丽风光不知要减色多少。

晋祠共有三泉，是难老、鱼沼、善利，三泉皆出自悬瓮山，是晋水的源头。《山海经》云："悬瓮之山，晋水出焉。"即指此处。

难老泉位居三泉之首，是晋水主泉，出水量最旺盛，每秒钟流量为一点九公方。难老泉的水，澄明如镜，水底生着鲜美的长生萍，游鱼在萍间穿行，历历可数。我很少见到这样清沏澄明的水，凝视着晶莹澄碧的几尺深的水底，你会想到下面也许真有什么水晶宫和水仙龙女。临泉有一圆亭，翼然而立。八角钻尖顶，上悬"晋阳第一泉""难老"匾额。圆亭附近还有三个小亭，悬着"清潭写翠""沁人诗脾"等匾额。泉亭之南是水母楼，里面供奉着水母。相传水母本是晋祠附近村子一位姓柳的农家妇女；她受婆婆百般虐待，婆婆命她天天挑水。一个骑马的老人用柳氏担的水饮了马，就赠给她一条鞭子，这鞭子在水缸里一摇，立刻清水满缸。以后鞭子被婆婆发现，伸手摇鞭，水汹涌而出，婆婆被淹死。柳氏用石板盖住水缸，坐在石板上，水从她身下流出，就有了晋水三泉，她成了水母。这是劳动人民创造的一个朴素动人的传说。

难老泉在圣母殿南，善利泉在圣母殿北。善利泉出水量较少，不如难老泉旺盛，它的前面有一莲池，清水一泓，莲花四季常开，翠盖红裳终年点染着晋祠的秀丽风光。

三处泉水，加上蜿蜒曲折的水渠，把晋祠点缀得明媚动人。因为有泉水，才有飞梁的古雅奇美的桥拱，才有难老泉的莹碧鲜洁翠羽栉比的长生萍和智伯渠的如摇摆的孔雀尾似的莎萍，才有善利泉的四季常开的荷莲，才有如响铃銮如鸣玉佩的琤琤琮琮的水声。泉水使人想到新鲜活泼的生命，一尘不染的境界，泉水引人悠然暇思，想到它沿途经过的稻香四溢的水田和玉荷亭亭的池塘，以及它终于汇流成为浩浩东逝的汾河，泉水把幽邃的晋祠古刹和附近秀美辽阔的乡野沟通起来。

晋祠可以说是以泉水为中心的。一进惠远门，水镜台上触目的匾额是"三晋名泉"。金人台四尊金刚象是镇水用的。圣母邑姜在以往也被人当作了水神，向她献祭祈雨。圣母殿等庙堂的联匾多半绕着泉水作文章，如：

"惠流三晋"、"泽流万顷"、"昼夜不舍"、"天地同流";"晋水源流汾水曲,荷花世界稻花香";"圣水溶溶九涯珠玉荡天光,灵泉浩浩万顷琉璃穷地脉"……李白游晋祠时曾留下"晋祠流水如碧玉""百丈清潭写翠娥"的诗句,可见千多年前这位唐代大诗人已为晋祠泉水所倾倒了。

晋水沿途浇灌两万多亩农田,晋祠大米质优味美,除土质外,与泉水有关。这泉水惠人不浅!

晋祠树木繁密,翁郁苍翠,衬托了风光的幽深。有些树非常古老,最引人注目的是周柏隋槐。周柏在圣母殿北、苗裔堂前,老干横卧,向人夸示着它的高龄。欧阳修游晋祠时,写过"地灵草木得余润,郁郁古柏含苍烟"的诗句,就是吟咏的这株柏树。

从周柏旁拾级而登,发现了一个幽僻的所在,那是朝阳洞、三台阁、伴桐亭、顾亭。这几处亭阁已在悬瓮山的半腰,在此东望,可以望见明媚如画的九龙湖,和烟林苍苍古晋阳遗址。顾亭有一长联,上写:"似岳阳不少水,比黄鹤又多山。"自是溢美之词,但却抓住了有山有水的特色。

晋祠就是这样一个所在:兼有山水之胜,泉林之美,殿阁楼台,亭榭桥塔,也无不俱备。因此它的风光,秀丽幽雅,而又明媚多姿!看看祠内八景的名字"望川晴晓、石洞茶烟,古柏齐年、难老泉声、仙阁云梯、莲池映月、胜瀛四照、双桥挂雪",不用描画,你就可以体会它是如何秀媚多姿了!

载《北京文艺》1962 年第 7 期

雁　群

　　我每天望着蓝天遐想，我在怀念着，怀念着那年此时从这里经过的旅客：雁群。

　　天气渐渐冷起来，清晨或者黄昏，已经是寒风料峭，冷气侵入了。在遥远的北方，该是一片冰雪世界了吧？

　　雁是爱温暖的，像那样寒气凛冽堕指裂肩的地方，雁会久留吗？论季节，雁应该来了。

　　一天黄昏，我躺在沙发上闭目凝思。在房中散步的友人忽然惊叫起来：

　　"你听，雁叫了！"

　　"呵！"我惊异地睁开眼睛。

　　友人已伏在窗口，向天空注视着了。

　　此时的我，是陷入一种惊喜参半的情怀里。

　　灰茫茫的天幕上，正有一条黑线在移动。这线在变动着形体，一会直，一会曲，一会折，像一缕淡淡的炊烟。

　　凄冽的雁语也传到我耳中来了。

　　不错，雁是不会失信的，他们终于来了。

　　我已经有五个秋天不在家乡看雁群南飞了。

　　在家乡时，听着雁语，心头也有一份感触，但那一份感触是由他人而起的，由远方的游子而起的，如今这份感触却完全是属于自己的了。

　　耳边又响起凄冽的雁语，抬起头，又有一线黑烟似的雁群在浮动。

　　　　《中央日报》民国三十五年十二月十三日　署名方苓

第六部分

文学创作之诗歌

幽　思

像远古的幽灵在嗟叹
摸取头上几许青丝苍白了
青春的脸。不也
象牙似的苍白吗，
忽觉堕下了昨宵的冷泪
你，低声的忏悔者呵

为谁踌躇呢，甘心
送去如花的故事
憧憬古印度的苦行僧
以寂寞来安顿自己吗

虽是镜中的玫瑰
不仍是有刺么
古谭里埋下往昔的梦影
一阵微风
又掠起丝丝波纹

装着冷漠的眼神
忘却吧，那美丽的名字

枕边的夜半歌声仍是忧郁的
幽思，汝将何为

载《沙原文艺》1945 年

小　城

小城被遗弃在一座荒僻的小山旁，
热闹的人间忘记了它，
它忘记了热闹的人间，
它似一只病牛，
时代的鞭子也太短，
都市走上了现代的路，
它还蹒跚在半个世纪以前，
长久的岁月苍老了它的颜面，
若在附近小山上作个鸟瞰，
它就变成了一枚绿锈斑剥的古铜钱。
生活如一盏白水，
无味而平淡，
小城在做着朦胧的梦，
已不知有多少年。

白天响着瞎子的算命锣，
当，当，当，
招出茅屋中的老太太，
给远行的儿子抽抽帖，
给三岁的孙子算算卦。

乡下姑娘从街道走过，
穿着一身新，
骑着小毛驴，
大红的袄，
大绿的裤，
红腿带，
绣花鞋，
乌黑的发，
满头花，
大辫子像一条乌梢蛇。
脸上白粉一钱厚，
唇上点着鲜红的胭脂，
她是到城里看亲戚。

傍晚蝙蝠像飞梭，
织着黄昏的网，
撒下一幅灰色帘子把小城遮挡。
成群的孩子像归巢的鸦，
吵嚷着，
玩"抓小鸡"，
玩"指星过月"。
或是去捉萤火虫，
装在纸糊的盆里，
造个精致的灯笼。

入夜一片黑，
可以望见天上星斗更繁密。
过路人打一盏纸灯笼，
或燃一根香，
有人绊倒了，

轻轻骂着："娘！"

夜深人静，
一切都入梦，
忽响起更夫的梆子，
敲破小城的沉寂，
敲破别人的梦。

据说远方烽火遍天涯，
许多异乡人在这小城做了家，
一条公路蜿蜒而生，
引来无数汽车马车人力车，
小城像经了一次整容店，
又像吃了一剂还童菜，
陡的年青了五十岁，
修刮过的脸上闪着年青的光辉。

城外忽响起军营的喇叭，
喇叭像一只雄鸡，
警醒了小城的梦，
从此，
夜晚再没有更夫的梆子，
白天再没有瞎子的算命锣。

载《诗创造》1946 年第 3 期

大自然的巡礼

一

我爱那高山的松林，
清空的明月常照松间，
千万支松针的乐键，
让山风的手指轻轻拨弹！

我爱那深谷的泉水，
闪闪发光如一条银练，
永远唱着愉快的歌声，
向山中生物的耳朵中直灌！

我爱那山腰的人家，
竹篱绕着朴素的茅舍，
朝露给它罩一幅帷幕，
白云给它系一缕飞纱！

我爱那山阴的尼庵，
幽冷荒寂如一座古潭，
不断的是老尼祈祷的声音，

仿佛童话中的幽灵在啼泣呜咽！

二

我爱那春天的黄莺，
来来往往在树间飞梭，
织得桃林如一片锦霞，
织得山野如一幅图画！

我爱那秋天的流萤，
明灭闪耀如碧天的星星，
又如远方人家的灯火，
给夜行人除去多少寂寞！

我爱那高空的鸿雁，
声声飘下幽唳的呼唤，
呼唤使游子想起白发的老母，
呼唤使旅人忆起久别的故园！

我爱那啼血的杜鹃，
啼声直如悲哀的呜咽，
啼声响在山前山后，
啼声响得似近还远！

三

我爱看海上的日出，
半边天像一座燃烧的洪炉，
海水的颜色千变万换，
像魔术师的魔杖在暗中指点！

我爱看山中的日落，
五色彩霞映照着千谷万壑，
连峰的牙齿咀嚼着一枚火团，
倏忽一切变成灰暗溟濛！

我爱看傍晚的野景，
水波般的暮霭在各处奔涌，
乱鸦阵阵点破暮天，
一顶小轿急追着前路的荒烟！

我爱看暗夜的星空，
金色的星星向人间眨着眼睛，
想是神仙们在举行豪华的酒宴，
故而张起千万只灿烂的灯盏！

四

我爱听边城那悲壮的暮笳，
一声一声在寒空中起落，
吹得边愁各处丛生，
吹得边马震耳嘶鸣！

我爱听五更那怒鸣的雄鸡，
一声一声向着黎明唱啼，
终于把沉睡的太阳慢慢叫醒，
于是人间降临了普照的光明！

我爱听夏夜池塘那阁阁的蛙声，
急促繁密如一串爆竹，
似要震碎夜的原野，

似要把星星颗颗喊落！

我爱听梧桐深院那滴答的细雨，
如一位多愁的少女在幽咽低诉，
声音助长人多少清新的诗思，
声音拉出人多少怀旧的情缕！

五

我爱在黎明登上山巅，
听初醒的山鸟第一次叫唤，
古寺响起咚嗡的晨钟，
朝阳向天空射出万道金箭！

我爱在黄昏漫步江干，
听摇曳的芦苇在晚风中呜咽，
夕阳在江中撒上层黄金，
款乃一声划来渔家的归船！

我爱在薄暮的海边捡拾贝壳，
晚风轻掠着我的头发，
于是我听见海滩更加清越，
贝壳原是大海的耳朵！

我爱在秋夜的草坪上仰卧观天，
夜风轻轻抚着我的衣衫，
是谁家高楼有人吹起洞箫，
声声响得实在凄婉！

六

我爱在春天游于花园，
看万紫千红在争冶斗妍，
雀鸟在枝头唱悦耳的歌曲，
蝴蝶在花间翩翩地飞舞！

我爱在夏天划于荷塘，
逍遥自在的荡着双桨，
随手采撷着硕大的莲蓬，
鼻端袭来阵阵的荷香！

我爱在秋天步入枫林，
看枫叶都被浓酒沉醉，
片片煊染着美丽的颜色，
只有少女的红唇才能与之比美！

我爱在冬天登上高楼，
看一片白云笼罩了万有，
枯树开满朵朵银花，
青山变成皤然的白头！

七

我爱倒身于百花丛中，
睡着听蜜蜂那催眠的嗡嗡，
醒来浓香已浸满我底鼻孔，
我底身上已洒满片片落红！

我爱投宿于深山的古寺，
听殿角的风铃在微微飘响，
虽有梵音助人清思，
然而我却爱院中方印月的池塘！

我爱落脚在荒村的茅店，
硬炕头给我甜蜜的睡眠，
二天鸡声将我叫醒，
外面等着我的是晓风残月的风景！

我爱借宿在牧者的蓬帐，
把主人的羊乳羊肉喝光吃完，
老牧者讲给我神话般的故事，
外面大风暴在狂吼着驰过夜的草原！

八

我爱乘一线骆驼的波纹，
随远行队在沙漠中驰奔，
看阵阵大风沙卷天而来，
听串串驼铃响满的大漠的黄昏！

我爱跨一匹飞快的骏马，
独自驰入无边的草原，
看绵羊的大群如白云片片，
听成群的牧马长啸向青天！

我爱骑一头小毛驴子，
独自走着细雨濛濛的山道，
看雨粒蚊蚋一样在空中飘摇，

听驴蹄在路石上得得地轻敲!

我爱驾一叶小扁舟,
独自驶入大江的中流,
看两岸飞逝而去的如画美景,
听浪花和白鸥悦耳的和奏!

载《时与潮文艺》1944 年第 2 卷第 6 期

更　夫

夜已深，
人已静，
一切都已入梦。
像一只悄然出现的蝙蝠，
更夫钻出低矮的茅屋，
习惯地向黑暗中走去。

更夫迈着沉重的脚步，
慢悠悠的敲着椰子，
一声，两声……
柝柝的梆声投入安谧的夜网。
如一串散珠坠入无风的池塘，
梆声也渗入人们的梦里，
把少女的梦装饰得更美丽，
把孩子的梦装饰得更荒唐。

这更夫一路敲来，
不用点灯，
也不用燃香，
一步，一步……

他走着黑暗的路，
像背着念熟的书。
他知道哪步应该迈得高，
哪步应该迈得低，
哪步应该跨过一条污水小溪。

静！！ 太静了，
更夫唱一个小曲安慰自己，
他唱：
"姐在房中打牙牌，
老等郎来郎不来！"
他笑了，
忘记敲梆子。

香甜浓蜜的是别人的梦，
凄苦零落的是他的梆声，
这梆声永远伴随着黑夜，
何时才能敲到天明？

载《诗丛（湖北）》1944 年恩施版

征途小吟

早　行

月轮还挂在天边呢，
背着稀微的晨星，
我们启程了。
睡着的山野里，
睡着林子，
睡着村落，
我们那洪亮的歌声，
惊醒林间那睡着的群鸟，
横过一条沟渠，
将我们零乱的脚印，
印在染着薄霜的板桥。

夜　旅

繁星早已缀满蓝天了，
我们还奔波在崎岖的山道，
幸而前路闪耀几点萤火，
给夜行旅人做光明的引导，

在这温暖的地方，
无声的夜，
是如此宁静而美，
但在我北国的家乡呢？
此时是：
迷天大风沙，
驼铃在月夜里轻飘。

古　庙

残破的古庙，
被荒凉所看守了。
泥神已久不闻晨钟暮鼓，
古柏在荒院阴森的啸叫。
年代的风雨蚀去繁华，
蝙蝠和蜘蛛在殿堂做了家，
老僧已去，
窗间不留半点星火。
向前去吧？
而夜已深已厚，
卸下行装，
且卧神台度此寒宵，
寂静里，
听殿角的风铃在幽幽低诉：
在往昔，
古庙曾有过金色的梦，
灿烂的太阳曾向我笑！

茅　店

虽是几间茅舍挂满蛛网，

每个都觉得和家一样。
菜油灯照不破小屋的暗昏，
模糊的光影里闪出了茅店主人，
满面春风，
他亲切切嘱咐：
"夜里早睡，
朝露犹零就要起身，
因为晓风好比山泉的水，
它会给你一身清新！
不要等到阳光照满窗纸，
还在那里贪睡不起！"

夜的村落

我爱山野，
那夜的小村落。
白日的喧嚷随着村人一同入梦，
茶馆里那瞎子的三弦早已休歇，
各家窗缝透不出一丝灯火，
小村让自己向黑暗里埋，
深些，更深些……
空巷有蝙蝠静静地飞，
寂静反应着寞落的犬吠，
温风将小村轻柔地抚摩，
一天繁星给它唱无声的催眠歌！
且听老更夫的梆子，
析，析，析，
在流亡人的心头上，
响得多么亲切！

睡 眠

不管是爬满跳蝨的干草铺，
不论是坚冰一样的冷炕头，
只要把疲倦的身子向上一放，
睡眠即刻就成为蜜友。
我们是贪饮的酒徒，
睡眠是上好的葡萄酒，
一杯，一杯，
每个人都喝得酩酊大醉，
烂醉里，
谁还记得
今天越过几道山？
涉过几条水？
谁还记得
傍晚听见多少乌鸦叫？
看见多少蜻蜓飞？
看睡眠的门扉有多么厚，
莫说更夫的柝声叩不开，
轻梦的脚步也踏不进来。

载《火之源》1944 年第 1 期

稻草人的苦恼（ 外一首 ）

稻草人的苦恼

从前鸟雀们都怕他，
只要他摇一摇手，
它们就向四处飞躲。

以后鸟雀们都不怕他，
知道从前受了欺骗，
还在他头上做了窝。

原想用"巧计"获取"硕果"，
却丢失了更多金黄的稻禾。

虚假和欺骗是弄巧成拙，
连智慧不高的鸟雀都会识破。
一九七九年十月

蛴蝛的毁灭

蛴蝛是一种黑色的小虫，

它有善于背负的本领，
只要遇见什么东西，
就驮在背上向前爬行。

背的东西越来越多，
分量越来越重，
已经累得张口气喘，
还是急忙搜捡不停。

它的脊背又粘又涩，
负上的东西就难再松，
终于使它精疲力竭，
压在地上无法再动。

有人替它取下背上的积物，
对它表示怜悯和同情，
等它又能爬起来行走，
仍然象从前一样搜捡不停。

他又爱背着重东西爬高，
恨不能爬上凌云的高空，
头晕眼花还不停止，
终于摔死在万丈泥坑！

     一九七九年十月

载《诗刊》1980 年第 6 期

北行诗抄

烽火台

烽火台，烽火台，
建筑在久远的年代，
监守着祖国的边塞。

在那些战争的岁月，
台上不知放过多少次烽火，
有多少边防战士，
为祖国流下了鲜血！

如今烽火台只是一墩黄土，
它只是古迹，不再把烽火高举，
长城内外早成为一家，
烽火台在为和平祝福！

烽火台前不再有战马嘶喊，
只有勘探队勘探宝山，
像一个卸甲归田的老战士，
烽火台在为幸福的日子喜欢！

怀　古

火车出了居庸关，
紫色的黄昏罩上山间，
一缕怀古的幽情，
拨动了我的心弦。

我想起了久远的汉代，
美女昭君去和番；
远离开父母的乡土，
逼嫁番王作伴。

回首中原渐遥远，
马上琵琶挥泪弹，
千里穷荒人稀绝，
塞外风沙凋朱颜。

帝王是豺狼，
奸臣太凶残，
自古来奸臣贼子，
残害了多少如花的美眷！

居庸关

居庸关，居庸关
长城线上的天险，
你伸开修长的两臂，
隔开了塞北和中原。

历代有多少次烽烟把你熏染，
有多少战士在你砖石上磨过刀剑，
你始终挺立在历史的暴风雨里，
以威武的姿势阻塞住了边患！

载《新港》1957 年第 11 期

为中国民主青年而歌

我们是中国的民主青年，
我们的队伍，
踏过漫长的光荣的斗争路程！

　五四，
　五卅，
　一二九，
　一二一，
是我们光荣的节日；
　反帝，
　反封建，
　争和平，
　争民主，
是我们战斗的口号；

　雄伟的长城，
是我们的行列，
　怒吼的扬子江，
是我们的行列，
　高耸的喜马拉雅山的连峰，

是我们的行列,

我们的行列,
　　是英勇的行列,
　　是伟大的行列,
　　是钢铁般的行列!
　　是所向无敌的行列!
我们是中国民主青年的行列,

我们的行列,
　　向着帝国主义进军,
　　向着封建主义进军,
　　向着官僚资本主义进军,
　　向着这三种暴力集中表现的国民党反动派进军!

我们曾有苦难,
我们曾被迫害,
反动派的警察曾向我们攻击,
反动派的宪兵曾向我们攻击,
帝国主义的特务走狗曾向我们攻击;
　　他们用木棍向我们攻击,
　　他们用刺刀向我们攻击,
　　他们用机枪向我们攻击,
　　他们用一切残酷的武器向我们攻击;
我们的热泪曾濡湿了旧中国的荒瘠的原野,
我们的鲜血曾染红了旧中国的受难的土地!

然而我们不怕,
　　我们紧挽着手臂,
　　我们高喊着口号,

我们挥舞着旗帜，
像暴风雨中的海燕，
我们向刽子手们英勇地反击！

我们的血没有白流，
我们的先烈没有白死，
我们所盼望的一天终于到来了，
我们所争取的一天终于到来了，
我们的受难的祖国，
　　从血泊里站起来了
　　从泥泞里站起来了
　　从荆棘丛里站起来了
像巨人似的在东方站起来了！

现在，
茫茫的黑夜过去了，
辉煌的白昼驾着金色的车子驶来了，
中国的历史在毛泽东指示的方向下前进了！
现在，
法西斯反动派再不能屠杀我们了，
我们不再是半封建半殖民地国家的奴隶了，
我们可以站在新中国的阳光下自由地呼吸了！

但是，
在全世界，
法西斯反动还没有完全消灭，
战争贩子们还在准备新的战争，
我们必须坚决保卫和平！
在人类新的历史前面，
我们要和全世界的民主青年联合进军！

我们是中国的民主青年，

我们的肩头，

背负着历史给我们的新的责任。

载《文艺》1950 年第 1 卷第 5 期

人民歌手罗伯逊

罗伯逊！
你人民底歌手，
你底歌声像战鼓，
催促着被压迫的人民，
向前进！

罗伯逊，
和千千万万的黑人一样，
你随同着不幸，
降临到美国底
丑恶的人间；
在破烂肮脏的"黑水坑"里，
你渡过了
饥饿的，悲苦的童年。

罗伯逊，
在童年，
在冬夜的冰冷的火炉旁边，
你底妈妈哄着你睡觉，
她说："睡觉好，

睡着以后就不饿了！"
但是饥饿的你，
在睡梦里也想着吃东西，
你常梦见用枣泥做馅的点心，
和一些又香又甜的食品；
但你更多梦见一些
可怕的事物：
你梦见可怕的黄色汽车
向你追赶，
你梦见凶恶的白人警察
向你挥着皮鞭！

罗伯逊，
白人底汽车
压死了你底哥哥，
贫穷和疾病
攫去了你的母亲，
你底另一个哥哥
也在资本家底农场里累死；
当从埋葬你母亲和哥哥的墓地回来，
世界上便只剩下
你年老的病弱的父亲
和五岁的幼小的你。
你父亲沉痛地说：
"这样到很好，
他们去的那个世界
终年是黑夜，
那里白人和黑人
没有分别！"

罗伯逊，

你一下子由童年变作成年，

十二岁，

你就离开贫穷的父亲，

开始用自己的劳力

养活自己；

你到砖场里去挑砖，

你做着像大人一样的活计，

你却拿着二分之一又二分之一的工资。

（因为你是个黑人，

又是个未成年的孩子！）

罗伯逊，

你吃苦，

你忍饥，

你受寒，

你做码头工人，

旅馆茶房，

百老汇的堂倌，

你学习了又工作，

工作了又学习，

你忍受着白人学生底

讥笑，污蔑，和卑视；

用这些代价，

你换来了"法学博士"的文凭，

——一张无用的废纸！

你梦想成为一个法学家，

但是这幻灭了，

因为你是个黑人，

白人不要你！

罗伯逊，
你经历着人间底苦难，
这苦难锻炼了你，
使你变成为一个坚强的战士。
因此，当你
在耸人听闻的晚报标题上
和耀人眼花的霓红灯广告里
一举成名的时候，
你立刻睁亮了
阶级的眼睛，
认出了你所以成名的
本质的意义：
你认清了：
这是美国统治阶级底老爷们，
故意用虚假的尊敬和名誉
来笼络一小撮黑人，
他们需要制造黑色的傀儡，
来掩盖他们压榨庞大黑人的
滔天大罪！

罗伯逊，
你离开了纽约和华盛顿底
豪华的舞台和大腿，
你离开了美国独占资本家底
哄闹的喝彩和祝贺，
跨着寻求真理的脚步，
你走进了劳动人民底
另一个美国。
在那里，
白人和黑人完全平等，

在那里，
白人和黑人同样不幸，
在那里，
你给被压迫的人民
带来了悲愤的反抗的歌声。

罗伯逊！
从那时起，
你站在战斗的最前线，
你反对奴役制度，
你拥护和平事业，
在万头攒动的杰弗逊广场上，
传出了你底反对侵略战争的
雷鸣似的演说！
从那时起，
美国统治阶级底老爷们
把你看成眼中的毒刺，
他们用鸡蛋、木棍、石子
捣乱你底会场，
他们布置下流氓、匪徒
暗杀你！
也从那时起，
你变成了美国劳动人民底
真正的儿子，
他们像爱护自己底眼珠子一样
爱护着你！
敏费斯甘蔗园底工人说：
"谁要动一动我们底保尔，
我们就使他变成死尸！"
乌里斯底矿工说：

"保尔来自我们受难的人们中间，
我们要和保尔永远在一起！"

罗伯逊！
你站在斗争的最前线，
你在华沙歌唱，
你在布拉格歌唱，
在拥护世界和平大会上，
你用雄壮的歌声，
来反抗帝国主义底
侵略战争！
你在莫斯科底街上走着，
千万个苏联人
把友谊的手伸给你，
你在高尔基公园里开音乐会，
千万个苏联人，
欢呼着你的名字！
在莫斯科，
你对着新中国底和平代表团：
"为毛泽东同志底和平健康干杯！"
你还用中国话唱了
义勇军进行曲，
使我们底和平代表
感动得流了眼泪！

罗伯逊！
你坚强的斗士，
你使你底不幸的种族
挺起腰来，
亿万的劳动人民

在你歌唱底招唤里
奋身而起!
罗伯逊,罗伯逊呵!
在太平洋底彼岸,
请接受我们中国人民底
战斗的兄弟的
敬礼!

1950,12,南京
《为了和平》南京诗聊主编 1951

松林坡夏

困人天气费矜持，为爱扶疏绕屋时。文簠醒来方过午，蝉鸣声里日迟迟。

坡前久不听啼莺，乍来鸠妇唤阴晴。小楼夜半无眠意，间听新荷滴雨声。

石　门

　　石门风物好，中流足延缘。绝壁插水底，界此江中天。轻舟出其趾，脱命如飞鸢。几疑淫预石，移此涪水边。

　　　　　　　　　　载《中国文学》1944 年第 1 卷第 3 期

暮春即事

梨花落尽杜鹃啼，撩乱离愁梦易迷。肠断故园经战后，即归何处觅幽楼。

载《中国文学》1944 年第 1 卷第 2 期

点绛唇

立尽黄昏，一钩新月窥檐树，微茫灯影，点点临江渡，人寂松冈，离恨凭谁诉。伤情处，寒涛东注，不管无眠苦。

载《中国文学》1944 年第 1 卷第 4 期

第七部分

文学作品之翻译

期　待

（法佐夫作，公兰谷译）

一

　　秋天，一片浓雾降落在吴春。潮湿，寒冷，落着绵绵的细雨。整个天空仿佛溶成浸染在村屋上的冰水。泥泞的大街上，被不断的吵嚷和移动统治着。瘦马拉着的四轮车，堆满军人辎重的牛车，农夫牵着的成对的马，成群的牛，充满了街道。在紊乱中，一小队新兵喧嚷着走过去，有的穿着军服，有的穿着羊皮外衣，皮革露在外面，他们大多数都用绒毯裹着身体，现在他们已把这当作雨衣了。腰间束着子弹带，肩上扛着来福枪，用一束盒子木作装饰支撑着饱满的粮袋。这些善良的少年人几乎冻僵了，膝上沾满了泥，霰在击打着他们的脸，但他们仍然在唱着。

　　在一家酒店口站着一簇人，其中有官员、旅客和乡下人，他们惊奇地注视着这些泥泞的英雄们。

　　村庄的广场上，拥挤着妇人、姑娘和孩子，衣衫单薄，冻得颤抖而发青，他们在等待着欢迎吴春的士兵，那些士兵将要随着他们的连队从哈曼到这里，用急行军到苏菲亚，然后乘火车到前方去。

　　"呵！有乔治的儿子，路上好呀！特斯维！"

　　"我看见的……朗格尔过去了。"

"还有奈尔克，约翰！你的母亲在这里！"

花立刻献出来，很多脸上流下了泪，话被吞进一半，……小队走过去了，的确已经走过去了。

"母亲！"一个红面颊的小姑娘喊："有大哥哥！"

"司托彦哥哥！"一个七岁的小孩儿接着喊出来，他站在小姑娘近旁，还用手指着兵士们。

"我的孩子，我的孩子！"母亲悲哀地呻吟着。

一个高大的，黑眼睛的少年暂时离开行列，前去吻他母亲的手，吻他妹妹和弟弟的前额，把一个少女给他的一朵花挂在胸前，又把另一朵在耳后放稳，然后又唱起歌来，拥挤着向前追上他的同志们。

"别了，我的孩子！祝你平安！"母亲喊。

"司托彦！"那个少女高呼着。

但他们的声音在吵嚷里淹没了。司托彦混入很快就消失在雾中的军队里。

母亲仍然在看着，但再也看不见了。

小姑娘举起围裙角来擦着脸。

回到家里，司托彦的母亲打开古旧的衣箱，拿起衬衫和蔴布，在箱底下找出一支大的细蜡烛，把蜡烛在圣母像前燃着，开始低声祷告……

一会，大炮在德勒曼轰响起来。那是在一八八五年十一月四日。

那天晚上，特赛娜母亲做了一个梦。

她梦见一块庞大的云彩，军队在云彩里行进着。圣母呀！这是多么可怕的景象呵！云翻腾了，天震动着，像有一场战争一样，司托彦消失在云里，以后再没看见。

以后特赛娜醒来了，黑暗包围着她，是一个漆黑的夜。外面，风在狂吼。一场战争……上帝，基督，保佑他吧！圣母呀，可怜可怜司托彦吧！

一直到天亮，她没有再合眼。

"彼得神父！云彩是什么意思？"第二天早晨她问。

"云彩，特赛娜，是雨种，有变雨的云，有飘散的云，你梦见的是哪一种呢？"

她叙述着她的梦境，彼得神父沉思起来。

他在他的梦里似乎未从遇到过这样的云，但当他看见妇人惊惶的脸色时，就说："不要怕，特赛娜！你的儿子是平安的，并且很健康。云彩的意见是消息，你将要得到司托彦的信了。"

母亲的脸立刻高兴起来。

六天以后，她从一个志愿兵的手里得到一封信，这志愿兵是她儿子的朋友，是押着塞尔维亚的俘虏回来的。这信是司托彦写的，她急忙拿着信跑到牧师那里，要他念给她听，信上写着：

"我写这信告诉你，我现在平安的活着，并且已予塞尔维亚人以打击。保加利亚万岁！我平安，朗格尔也平安，我表哥德莫斯也平安，他问候他母亲。塞尔维亚人给我们炮轰和来福枪的弹火，但他们怕我们的呼喊！明天我们要越过德拉曼的关口。当我回家的时候，我要从奈市带一件礼物给苟娜，给你一个法郎用。我要教里克如何用弹壳吹啸。

儿司托彦·道布列夫。

"有很多东西预备给彼得神父，想送他一支塞尔维亚来福枪，只是没有送的人，这些枪的射程很好，可惜塞尔维亚人是劣等射手。代问候丝蒂珂。"

这封信大大的快乐了特赛娜那忧愁的心。她赶忙跑去见丝蒂珂的父母，他们也都非常高兴。而最高兴的还是里克，他预期着大哥哥将要教他用新方法吹啸。

走到街上，特赛娜远远望见一群俘虏，一个保加利兵在后面押着。呵，那莫非是司托彦？她于是急忙走近前去，原来并不是司托彦。她打算问问这兵士是否带着他儿子的信，但她的注意力被俘虏们吸引去了，因为她是初次看见这个。

"我的上帝！"她喃喃着，"这是塞尔维亚人吗？他们都像善良的人呢！他们和他们的母亲远远的离开，是多么难过呀！孩子们！等一等！"

她跑到家里端出白兰地酒来，招呼塞尔维亚人等着她，要给他们酒喝，那个押解的保加利亚兵笑了，把他的小队停下。

"谢谢！谢谢！"俘虏们愉快地说，一大口酒暖了他们的全身。

"有一点留给我吗？祝你健康，老太太！"那保加利亚兵说，高兴地干了杯。

"他们是上帝的儿女，是基督徒，正和我们一样……"特赛娜母亲想，望着小队消失在远方。

二

和平条约签字了。

圣诞节渐渐临近，兵士们都被遣散回家。吴春的青年人有的已经回来，但却不见司托彦，丝毫没有他的消息。特赛娜母亲渐渐忧愁起来，痛苦的思想在袭击着她。

日子过去了，她常常逗留在门口。朗格尔已经回来了，丁考夫的儿子和斯特莫夫的弟兄也回来了，她询问他们，但他们什么也不晓得，只是说在某一个时候曾见过他，以后就再没有看见。

"妈妈！德莫斯表哥回来了。"回到家里时，她的女儿对她说。

她便去看德莫斯。

"你好呀！德莫斯！司托彦留在什么地方？"

德莫斯也是什么也不知道。"也许，"他安慰她说，"他们已经送他过了维丁，大概从另一条路上回来。"

"圣母呀！我的孩子到哪里去了呢？"她喃喃着。

她去找丝蒂珂。到了门口的时候，她的心剧烈地跳着，她猜想丝蒂珂将告诉她已经听见司托彦的消息，她问候大家而且在圣诞节回家。但丝蒂珂并没有给她明确的回答，她沉默起来，眼睛湿润了。

整个村子活跃起来。他们期待着经过这儿的第一连队。在特赛娜母亲的屋前旁栽上两棵树，里面的树枝紧拴在一起构成个拱门，用从山上砍伐下来的有香气的松枝装饰着，从巴尔克来的路中的拱门上都贴着这样的标语："欢迎我们勇敢的战士们！"拱门四周围绕着很多保加利亚的三色旗，这才是真正的庆祝胜利的拱门。

胜利的队伍正是从这里经过。

"他大概要停一会来，他决不会在生地方过圣诞节，现在还有落在后面的兵士零星地到来，现在离天黑还早，他知道有人在这里焦急的等他。"

可怜的母亲想。

清晨，特赛娜很早就到教堂里去。她用司托彦给她的那个法郎买了蜡烛，放在神像的前面点着。回来的时候她的忧愁减轻了些。

"今天是圣诞节，他一定要回来，……圣母呀！送他回来吧！亲爱的天使，……耶稣，帮助他！"

苟娜说村里其他几个青年人也都回来，母亲的脸色渐渐阴暗起来了。

"迎你哥哥去！人家别的女孩子都去迎她的哥哥！"

"我也去，妈妈！"里克说。

两个孩子走到雪掩着的街上，离开村子，沿着绵亘的大路冒险走去。母亲留在门口，等待着。

一股股冷风从山上吹来，山谷和平原深深地埋在雪里。一个愁惨的天空。乌鸦群飞过路上方，或是栖息在树顶上。在通到伊德曼的大路上，这里那里，里点子指示着等待来者的人在这儿，有少女、小孩和老妇人。因为现在兵士们仍然陆续地到来，零星的，成队的。苟娜和里克越过第一批等待的人，又越过第二批第三批，沿着大路去远了。他们首先要问候司托彦，不管雪花迷蒙了他们的眼睛，他们也会立刻认出他。路升上山冈，消失在山的另一边。

苟娜和里克到了山顶，在那里风吹得更加厉害，阻止他们前进。两个身上盖满雪的人走过，可是没有司托彦。

"后面还有兵没有？"苟娜问。

"不知道，小朋友，你等哪个呀？"

"等哥哥！"

行人继续向前走去。

他们又看见一辆车子，里面有两个人，紧缩在棉衣里。苟娜站在马前面，使马车停住。

"先生！后面有兵士吗？"

"不知道，我的小鸽子！"其中一个回答，举一下皮帽，惊奇地注视着这冻得发青的小女孩。

车子向前驶去。

两个孩子停在那里，好像在泥土里扎了根。时间过去了。风从山上比以前更猛烈地吹来，击打着孩子的脸，掀起他们的衣裳。雪绕着他们旋成个大的漩涡，但他们毫不畏缩，他们注视着远方的地平线，力图发现出一个人来。远方，隐约地看见一个骑兵队行进着，苛娜的心立刻跳动起来。如何多的兵士呵！大哥哥一定在里面。她静静地等待着。兵士们喧嚷着经过孩子们的旁边，继续走他们的路。

苛娜向在队伍后面的两个军官打招呼：

"长官！"她用带哭的声音说："我们的哥哥来了吗？"

"你的哥哥是谁？"他们的一个问。

"司托彦哥哥，我们的司托彦哥哥！"里克高声说，他很奇怪这个漂亮的军官竟不知道司托彦是他的哥哥。

"哪个司托彦？"长官问。

"吴春的司托彦！"苛娜答。

军官和他的同伴说了些话，又问：

"你的哥哥是骑兵吗？"

"是，是！"可怜的孩子回答，他并不明白这个问题。

"他不是我们这一队的，可怜的孩子，回家去吧，在这里会冻死的！"另一个军官说。

刺一下他们的马，两个军官追赶他们的骑兵队去了。

苛娜流着泪，里克抱怨着。他们的手脚冻得麻木，嘴唇冻得发青。在他们前面伸展着路，十分荒凉，直到村庄。那些迎接兵士的人们都回家去了。天渐渐昏暗，风更加狂暴。骑兵队消失而去，兵士们那快乐的歌声被风吹到孩子的耳朵里。

苛娜和里克循着军队的足迹向村庄走去。

夜降临了。两个孩子把手插进布袋里，默默地走着，想着母亲正在门口等着他们。

三辆车子的震响声在他背后发出来。

"请问，先生！后面还有兵吗？"

但车子很快地就驶过去，在黑暗中，没一个看见他们，也没一个人听见他们。

雪仍然旋成漩涡绕着他们，雪是从西方来的，从战场来的。在那里，在北洛附近的葡萄园中，雪已经用白色的寿衣把司托彦的墓掩盖起来了。

（注：法佐夫为匈牙利名小说家，本篇系由英译本译来）

载《高原》1945 年第 3 期

我的心在高原

（彭斯作，公兰谷译）

我的心在高原，我的心不在这儿，
我的心在高原追逐着麋鹿，
追逐着野心的麋鹿，也将小鹿追逐
我的心在高原，无论我到哪里去。

辞别了高原，辞别了北方，
那勇士的生地，那优美的地方，
无论我在何处漂泊，无论我在何处流浪，
我永远爱恋着高原的山岗。

辞别了覆雪的高山，
辞别了山溪和绿色的深谷，
辞别了深林和枝叉交错的丛莽，
辞别了急湍和洪水沉满的河渠。

我的心在高原，我的心不在这儿，
我的心在高原追逐着麋鹿，
追逐着野心的麋鹿，也将小鹿追逐
我的心在高原，无论我到哪里去。

载《诗丛（湖北）》，1944 年恩施版

乡村铁匠

（郎斐罗作，公兰谷译）

在一株伸展的栗子树下面，
屹立着乡村铁匠店；
铁匠，是一个强壮的人，
有大而多腱的手掌；
他那胖手臂上的肉，
和钢铁一样坚强。

*

他的头发卷曲，黑，而长，
他的脸和橡树皮一模一样；
可贵的汗水润湿了他的眉毛，
凡是他能的他都得到；
他毫不畏惧地和世界对面，
因为他任何人都不拖欠。

*

从星期到星期，从凌晨到夜晓，
你都可听见他的风箱在哮喘；
你可听见他挥动着沉重的大锤，
用着缓慢的一声的节拍；
好像教堂司农敲打着乡村的铲，

每当黄昏的夕阳拢近了山头。

　　*

从学校回家的儿童，
都在店门口向里眺望；
他们爱看冒火焰的熔炉，
爱听怒吼的风箱；
而且去捉拢燃烧着的火花，
那些火花仿佛谷糠从打谷机中向外飞扬。

　　*

星期天他去到教堂，
安坐在他孩子们的中央；
他听见牧师祷告而且宣讲，
他听见他女儿的歌唱；
他的女儿是在歌诗班里，
那歌唱鼓舞了他的心房。

　　*

他觉得那歌声好像他母亲的声音，
声音是在天国里飞翔了；
他必须再想她一次，
想想她如何躺在她的坟里；
用坚强，粗糙的手，
他将流出的一颗眼泪抹拭，

　　*

劳动——快乐——忧愁，
穿过生命的旅程他向前奔走；
每个清晨他看见一些工作开始，
每个黄昏他看见那些工作结收；
有些事情准备去做，有些事情已告完毕，
他在夜晚得到个安憩的休息。

　　*

多谢，多谢你，我可贵的友人，
多谢你给予我的教训；
在生命的熔炉中，
我们的命运必须被锻冶；
在生命那响亮的铁砧上，
每一次燃烧都铸着思想和事业。

载《中央日报副刊》1946 年 1 月 9 日

附　录

哀兰谷

——关于公的随想录

李屏锦

一九八○年元月中旬的一天，苏庆昌同志写信通报我：公兰谷同志因患脑溢血抢救无效，于本月十二日不幸逝世。

我看完信，先是愕然了。因为公年未足耳顺，正是应当有所作为的时候，他不该死。接着便在默默无言中，回忆了他可怜而又可悲的一生。

公兰谷同志生前是河北师范学院中文系副教授，河北省语言文学学会副会长，中国现代文学研究会理事。

一

旧中国，农民本来是贫困的，供孩子上学不容易，公的父兄仅以中等收入的农民家庭，勉为其难，供他读了中学。半途，遇上日寇入侵，于是开始流亡，在西去的流亡学生群中结识了作家柳杞同志，并成了很要好的朋友，杞不辞艰险，长足前进，终于进入陕北革命根据地，成为人民子弟兵的一员。而公兰谷却在中途停下来，另谋自己的生路，到了被称为大后方的四川，读起了大学。他有爱国热情，不甘于忍受亡国奴的屈辱，同时又是懦弱的。年轻时走过的路，决定了他尔后的命运；后来的思想性格，说明他当初只能有那样的选择。

公是老实厚道的。用世人的眼光看，他不能算机灵，甚至说得上有点愚蠢。农民式的质朴与率直，使他有别于其他许多老知识分子。他较少有旧知识分子的虚荣、孱弱、心口不一、故作高深等弱点。这是他屡吃苦头的根由，也是他得人心的所在。

二

公只会念书做学问，不通庶务。他对爱情与婚姻，充满了罗曼蒂克的幻想，因而闹出一些笑话。"大跃进"伊始，他被拔过"白旗"，轰下讲坛，为敢于把他拉下马的学生所取代，弄得"恍恍然若丧家之犬"。在那个"史无前例"的年代，他得到了更多的污秽的头衔——有的是虚妄的，有的是言过其实、不着边际的。但在当时，作为长期共事的老同志，我们大家都曾充满感情地"帮助"他。他也曾痛心疾首地一次次地认真检讨，表示悔过。到了今天，自然都明白那是怎么一回事了。的确，作为一个在旧社会出生、长成、走过来的老知识分子，他不可避免地有着自己的弱点乃至污点。但是，他无负于国家民族，无负于人民大众，无负于自己在高校工作了三十年耐心教授过的一代一代学生。过去那些年，在风雨连绵的政治运动中，我们实在是对他过责了。

三

有一些年头，在人们中造成一种印象，那些高级知识分子，似乎全都是"不会种田、不会做工、不会打仗"、专会喝人民血汗的民族败类。这种人，在当代中国是否存在，我说不上。但我所见到的公，绝非如此。

他贪图安逸吗？

炎热的夏天，在十二方米的斗室内，他赤臂袒胸、大汗淋漓地坚持读书写作，常常使来访的年青女同志望而却步，而他看到后则是满腔热情地招呼人家进屋谈谈，毫不介意。对于"学而不厌，诲人不倦"的有益格言，他倒是身体力行的。

他追求物质享受吗？

公，作为单身汉，吃了几十年的公共食堂，和我们许多异地分居的青壮年，是朝夕与共的。他自己，赶上生火的时候，顶多不过再炖点大肉（这须在免票供应时方有可能），还常常因为忙于读书把肉烧焦，弄得满楼道焦肉味。每逢这时节，就会有好心的同志站在过道里招呼他："公先生，肉糊了！"于是，他笑迷迷地从屋里走出来："你看，怎么搞的？没关系，没关系。"然后，便就着从食堂打来的馒头或窝头，大口大口地吃起来。如果这也算享受，那对一个高级知识分子来说，实在是太可怜了。

据我所知，他的一些用具和衣物，还是从委托商行买来的。生活上，他对自己是苛刻的。相反，许多经济收入少、生活困难大、工作负担重的中年教师，都得到过他的帮助。他是有求必应的。这一点，比起许多人来，他是高尚的。

四

公的一生，充满了悲欢离合。由于他的不切实际的幻想，自然，也由于他的迂和呆，直到近五十岁，他仍然是一个单身汉。后来，由于同志们的撺掇和老朋友的帮助，他终于有了一个对象，准备结婚了。但几经申请，都未获准。进驻学院的掌权人说他是"破坏战备""破坏斗批改"。不久，"永远健康"的"一号命令"下来了；于是，立即传达，坚决照办，马上疏散。于是，我们当晚即被逐出北京，流落塞外，飘散在永定河两岸的满山遍野。是去千里赴戎机吗？不是。是去当炮灰吗？也不是。那么，既然大敌是北边的"苏修"，为什么还偏偏向北疏散呢？只有鬼知道。公兰谷妄图结婚未遂，又受到"不许乱说乱动"的严厉训斥，一路上连气带急，到得落脚点，竟至嗓暗说不出话了。知识分子是软弱无力的，却又是能够明断是非、敢于坚持真理的。由于一些同志仗义执言，找掌权人说情，他们终于同意允许公结婚。但是，给他的假期不过仅够路途往返而已。公是好打发的，他欣然回北京去了。一对年近半百的新婚夫妇，举行了一次"史无前例"的结婚仪式。晚上八点钟举行婚礼，待到新郎新娘入洞房时，新郎却要提着行包奔火车站了。因为他明天必须赶回乡下向掌权人报到。事后，我跟公开玩笑说："活了五十岁娶了个媳妇，连个新婚梦也没圆了，真窝囊！"而公却笑迷迷地回答说："有两个钟头，办了事就行了。"他是很容易满足的。但是，不久他便发现自己的不善知人和人的不易被知，二人终于很隔膜，终于难于维持，以至最后终于决绝，各自走散了。

有一次，我跟柳杞同志谈起公的家庭生活，都很同情他的遭遇，想再尽一点朋友之谊。而今亦已晚矣。

五

公的一生是极其不幸的。他生不逢世，死不逢时。生前，他饱尝酸辛，常常受到不公正的待遇；近年来，刚刚得其所哉了，他又溘然长逝了。死了，他既无妻室，又无子嗣，身后十分凄凉。五十年代中期出版的一本《现代作品论集》，以及散见于报刊上的一些文章，算是他留给这个世界的唯一纪念了。

1980. 1. 20

（首发于 1980 年第 8 期《河北文学》，被收入散文集《甲子抒怀》《陈年旧事》等书刊）

在武当山中结识的旧友

柳　杞

　　1980 年 8 月号《河北文学》载李屏锦同志文《哀兰谷》。文中提到了公兰谷副教授和我。1981 年 1 月 12 日在公逝世周年之际，这一悼文是李文的补充，以志哀念。

　　在湖北西北部的武当山中，1938 年春夏云集着大批流亡学生。当时，中华民族正处于水深火热的抗日战争中，不少流亡学生正传诵着屠格涅夫一句意味深长的美言："敌人侵入国土来了，我觉察出自己的血管里奔流着本民族的血液。"大批流亡学生想为自己的祖国报效出力，但无门路，无办法，无计可施。一位国民党高级教育界人士在广场上大声宣讲说：大家看见过两只山羊打架吗？"它们在抵角之前都向后退。后退是为了前进，后退是为了打得更狠！"学生们纷纷议论说：这是歪道理，后退是为了抗日！准，下一步退将到四川。

　　这批流亡学生几乎全部都是齐鲁家乡人。当地人听说老孔孟的小老乡无家可归流亡来了，纷纷募捐慰问。接受牙膏肥皂等慰问品的其中就有公兰谷。

　　公兰谷又名公方枝。我们的初面是以文字作为介绍的。当时，大概是由于我在《大公报》等副刊上发表过几篇小文之故吧？在鄂西北的流亡学生团体推选我为墙报的编辑人。初阅用公兰谷或公方枝之名写来的墙报稿，我还以为对方是一位女学生的美名。仔细看去，却是一位短小精悍颇为敦实的男学生。我们对话：

"你是哪里人?"

"蒙阴!"公答:"那里山大，孟良崮、抱犊崮、虫虎豹都有，你不一定到过。"

"没有到过，我的一位临沂初师的同学却到过，他也是蒙阴的。"

"谁? 叫什么?"

"田永平!"

"哈，田永平，我们是同村的，我们很熟，也很要好!"

"日本人杀过来了，他没跑出来吗?"

"他家父母为了绊住他的脚，就给他娶了媳妇!"

我们都为共同相识的田永平哈哈大笑了。当时田永平的这类情况普遍存在，有的父母舍不得儿女远离，就用婚娶拴住的办法。有的拴住了，有的失败了。当时齐鲁一带还有浓厚的封建思想，已经订了婚的姑娘，父母怕日本人来了，留在家中不保险，即所谓嫁出去的姑娘泼出去的水，赶紧推给男方结婚了事。郯城里坡里村的曹枫，父母用婚事没有拴住他。他的妹妹女扮男装娶了嫂嫂。1946 年曹枫任营职时战死在冀中平原的大清河边。可是他的妹妹代他娶下的妻子，一直守候到 1952 年才接到一份曹枫的烈士证明书!

均县城深藏在武当山中。汉江自城东奔流南下，人们遥指对岸的沧浪亭，说那是"铡美案"中陈世美的读书之地。西望，山峦叠翠，人们传说武当山顶紫霄宫内外的神仙世界。均县是山中的大城，史称均州。五月均州的花红绿翠，令人心醉。那被当地称之为花红的水果，悄悄地红遍枝头。但扑朔迷离的景色，迷恋不了年轻人满腔热血，大家为寻求真理，走向抗日阵地，窃窃私议到陕北去的活动。第一个不避艰险，单身独去穿越秦岭到达陕北的高黎明（又名高礼明，"文化大革命"前任上海物资局长）的信终于在五月末尾到达了均州。信中写了些陕北的革命景象之外，还写了这样的话:你们如果不怕黑夜住宿山头狼叫虎啸，如果肚子饿了勒紧腰带还能再走几十里，那就启程前来参加革命吧……

我们第二批一行十人组织起来去陕北的活动，尽管保密，也还是被一些学生知道了。一天公兰谷约我谈些什么，雨后我们步入均州城墙，一边流览景色，且谈且走。我们谈到抗日民族战争和个人的命运，公的眼睛总是潮湿的。突然他问我："你走了，你的女友怎么办？"我回答："此去秦岭山中，官兵和土匪层层设卡，女生过路不便。"然后半开玩笑说："天下大事分久必合，合久必分，战争胜利了，我们在欢呼胜利中再见！"公兰谷叹了一口气，紧紧握了我的手说："民族存亡，天各一方……"

公兰谷爱好文学，我们的话题自然地也谈到了文学。当时，我正从俄国作家妥斯陀耶夫斯基的著作爱好中走出来，寻思巴尔扎克的壮语："拿破仑的宝剑做不到的，我的笔能够做到。"公兰谷认真地讨论着。他不苟同，不随声附合，他不掩饰对某些方面缺乏知识，某些书未曾读过。他这种率直诚挚的态度，就像当时雨后的花红果园一样，深印我的记忆。

均州城里有座明朝永乐皇帝修建的行宫。石刻大字"净乐宫"的石坊仍在，但宫内触目是颓垣败瓦。宫廷深处有麦田果园，斜午时候，身穿鹑衣，脚登草鞋的短衣青年，一偷眼近处无人，就讲一段贺龙红军入城的故事……宫里住着三两月四日家农户。入夜，宫院全是荒凉和阴森。1938 年 7 月 4 日夜晚，宫院的深幽处，静悄悄地举行一个小型送别会，送我们一行十人去陕北。大概是互相串通悄然而来的缘故吧，零零星星三三两两，昏黑中难以知道来了多少人。会场没有桌凳，没有灯火，只有萤火虫打着小灯笼在悄悄巡行。最先讲话的是原临沂师范校长曹香谷。在出走流亡之前，他是属于守旧派，倾向于国民党的观点。他查封进步书刊，连美国率克莱的书也限制借阅。他看不惯打篮球的学生，他称呼某些爱打篮球的学生为皮顽，以区别这类学生比顽皮更甚一层。他在女学生小院的门额上，用石刻大字标出"秋枫院"，以表明虽红不是花，是秋风萧索的地方……但在民族存亡的关头上，他急剧地转化了。他称颂陕北共产党革命阵营。他时常在一些学生面前自言自语地说："好样的有志气的人都到陕北去啦！"在送别的言词中，他一再说明挽救民族危亡，寄希望于陕北革命阵营。他对赴陕北的行动，表示称颂赞赏和支持。逐老校长之后讲话的也还有其他人。所有的话题都涉及到民族的命运和每个人的命运。这时全场一片低低的饮泣声，亡国之痛、流亡之痛、伤别之痛凝成的泪珠，像淅沥的秋雨，洒落在寂寞荒凉的宫院……

我经历过伤别，却不曾遇过这样的伤别。我洒过眼泪，却不曾洒过这种情味的眼泪！

会散了，昏暗中不少人拥上来握别。其中有一双久握不放的手，这是公兰谷公方枝的手……

1938年冬，公兰谷随大批流亡学生进入四川。同年冬在陕北，我向九位徒步穿越秦岭的旅伴告别，随同邵式平（生前原任江西省长）所带的一百来人的小队伍，东渡黄河，进入全国最早建立的晋察冀敌后抗日根据地。由于战争分割，关山阻隔，从此天各一方，人事茫茫！我忙于战争，忙于跳敌人的合击圈，少有空闲想到这位武当山中结识的旧友了。

约在1941年1月16日，在狼牙山区的一所农舍里，偶然看到一本国民党大后方出版的《读书生活》杂志（1940年7月号），载有公兰谷写的《荒凉的地方》，写得很好，很亲切。我仿佛隐约看见这位旧友，在荒山野岭接触一位生铁般的农民，在山石田畔娓娓而谈。

新中国成立后，我们虽然都住在北京，但人海茫茫，不通信息。又加上我到陕北后改换了名字，公想找寻我也有困难。后来终于会面了，那时他在北京和平里河北师范学院任教，我住安定门内方家胡同，是南北数里一线之程。当我知道他常在安定门里的酒肆里喝小酒，就约他随时到舍下谈天。在这前后，我也到过他的住舍，他对着一张双人软床介绍说："预备结婚的床早买好了，只是眼下没有个可意的女友。"1965年的中秋之夜，我们在安定门外的护城河边赏月谈心，也谈了他的婚事问题。他说可以结婚的女方条件有三个：同一爱好情投意合的；年轻貌美的；没结过婚能生孩子的。我趁着酒兴逐条加以反驳：对于同一爱好，我说圈子狭小。对于年轻貌美，我说要有自知之明。对于能生养孩子的，我说这是难题，太难测定。如果坚持此条，那买好的双人床则长远空着席位。

公是教大学语文的，对于文学上的知识和理论，他能一问三答。但对于自身的婚姻问题，却设想脱离实际而近乎玄虚。他长期在学校生活，多和女性接近，为什么竟长期坚守独身？这大概除了深受"书中自有颜如玉"的危害，还有把琴弦定高得不着边际，实际上是另一种形式的独身主义思想吧？《三千里江山》的作者杨朔先生在此问题上，和公有某些相近之处。约在 1959 年的一段时间里，先后有两位女同志要求我给杨朔介绍。其中的一位德才容貌和年龄，几乎是踏破铁鞋无觅处的，可是我们三访杨朔，都没有取得成功。特别是最后一次，我和女方事先协议好：到杨处坐定后，我即故作吃惊状，看手表，说有急事待办，迅速辞出，让他们单独会谈。设计如意地进行了，却是彻底失败了。第二天那位女同志找到我，竟说本想在杨处多留多谈，但杨竟说头痛，她不得不辞出……可是事隔二年之后，一次在李广桥后街十八号的饭桌上，杨来做客，突然问我知道那位女同志的情况不？我说没有完成嘱托，事也忙没好意思再见。杨自问自答地说他知道，并说女方和某人结了婚，某时生了孩子等事情。我趁机责备他又是无情又是有情。无情的是：他拒绝了婚事；有情的是：他竟如此关切女方的生活情景，掌握了这么细密的情报。全场人士听了大笑。

在婚事问题上，公兰谷比杨朔变得敏捷，当"十年浩劫"的风沙初步袭击北京时，公兰谷大概感到一个独身无偶的知识分子，需要有人朝夕鼓舞慰藉以度过难关吧？他连续找我请援，要求迅速找到一位女友成立家庭。在公的急托之下，事该凑巧，一个单位的女支部书记常来找我诉苦问计。她既是共产党支部书记，又是将军夫人，在"十年浩劫"的初期，日子自然是难过的。经过商量，她立即推荐一位当时保护她的女士，也就是当时大家不堪入耳的"保皇派"吧。根据公的条件，我问讯对方能生孩子否？夫人答：保险能生。我问对方结过婚没有？夫人答：从来只见她一个人过日子。我要求代公看一下女方，夫人说：你看十遍也代替不了老公，情人眼里出西施，说不定他们一见就钟情。于是由我带领男方，夫人带领女方，约在地坛公园东门会面。我们当双方之面说明：我们的架桥任务完成了。至于桥如何走，一切由新结识的双方作主。走好走不好，千万不要责骂架桥人。

一句京戏唱词："夫妻好比同林鸟，大难来时各自飞。"从公的婚事来看，此意不恰。正是由于要应付这场"文化大革命"的劫难，公和这位女友加速了爱情建设过程，并快速申请结婚。在结婚前夕，男女双方都面临各自下放的逆境。女方下放到甘肃，男方下乡到塞上，公努力争取结婚做同林之鸟，竟毫无通融余地，随后天南地北分开了，知识分子的厄运，令人浩叹！

全国性的动荡和浩劫在继续。随后，大家四散飘零，约在1974年，公写信寄邯郸给我。信中除了说了些学校的状况之外，还特别说明要离婚之事。我回信劝说了他，但无效果。此后公的信件内容，也总离不了要离婚之事，还一再用大量的美词开脱了架桥人。约在1978年之春的信上说，他和妻子已解除了关系，又是一个人生活了。此后的来信，说些治学、写作一类的话，也还语重心长地谈了些工作的建议。我知道他是寂寞的，也就见信即复。我们远隔千里，却像握手相会促膝而谈。

1978年夏，他为了高考工作之便，到邯郸访我。进门之后，才知道我因为低烧在白求恩国际和平医院卧病。据告，他为此惆怅不已！

1980年之春，我写信告诉公我新迁的地址，还附有来访线路说明。我满怀希冀在祖国的天空重新放晴之后，又可以重新聚首谈古论今了。但不久信被退回。信皮上注明：公兰谷同志因病逝世，退回寄信人。我将信将疑，写信请问公原来的学生（现在河北人民出版社任职）李屏锦同志，李详告了公逝世的情况。李的信是流着眼泪写下的，斑斑泪痕，可以辨认。捧读之下，不禁悲从中来，悽悽于心。

在人生的道路上，我结识过若干友人，但像公兰谷这样的友人也许仅此一个吧？我们从未在一个田园上耕作过，从未在一个课堂里读过书，也从不是一个单位工作的同事同仁。甚至也从未在一家旅馆住过一夜半宿。我们没有过男女之恋，也没有过同性之恋。我们素陌平生，本不相识，仅仅是流亡途中有过武当山的会晤交谈，为什么我们之间的友情能不绝如缕绵绵于今？为什么对公之逝世，念念于心惘然如失？每念及公之音容，又恍如在座？

初萌的答案是：十年浩劫，破坏了人和人之间的正常关系，更破坏了许许多多知交莫逆的友情。许多人感慨于唐代诗人悲翁顾况的诗句："一生肝胆向人尽，相识不如不相识。"而公兰谷诚挚如初。他生活上遇到波折，并不怨尤于架桥人。他的许多信札像一面镜子，反映出一副执手向讯渴望相逢的面庞。

再则，公是笃信好学的知识分子，我们都是爱好文学的。公之厄运，令人凄切。这大概是兔死狐悲之类的感情吧？

更深切一点的答案是：尽管我们之间生活和工作历程各不相同，但我们共同赞赏屠格涅夫的一句美言："敌人侵入国土来了，我觉察出自己血管里奔流着本民族的血液。"公兰谷始终是个爱国主义者，他长期艰辛治学执教，为我们民族培养出的傲霜之菊迎雪之梅遍于燕赵和海内，这大概是我们友情最坚实的基础吧？

（原发于 1981 年第 3 期《长城》）

公兰谷先生追悼会悼词

今天，我们怀着十分沉痛的心情，在这里隆重追悼我院中文系副教授公兰谷同志。

公兰谷同志，又名公方枝、公方苓，山东省蒙阴县坦埠镇人，生于一九二〇年。一九三五年，公兰谷同志入山东省滋阳乡村师范读书，抗日战争爆发以后，流亡湖北、四川，一九四一年入重庆中央大学读书，一九四五年大学毕业，考入南京中央大学中文研究所，研究所结业，先后在南京市立第一中学，北京河北高级中学任教员。一九五二年，调我院中文系任讲师，一九七八年晋升为副教授。公兰谷同志因患脑溢血，医治无效，不幸于一九八〇的一月十二日下午六时十五分逝世，终年六十岁。

公兰谷同志热爱党，热爱社会主义事业。一九五一年，他曾随中央土改团，到皖北阜南县参加土改运动，此后在历次政治运动中，努力改造自己，决心为社会主义事业，贡献自己的一切力量。他在我院中文系任教二十八年，一贯热心于教育事业。工作积极负责，一丝不苟，治学勤奋严谨，孜孜不倦，为发展社会主义教育事业，培养了众多的人才，做出了重要的贡献。他的逝世，是我院、我省教育事业的一大损失。

公兰谷同志是中国民主同盟盟员、中国作家协会河北分会会员，并担任中国现代文学研究会理事、河北省语言文学学会副会长、我院中文系现代文学教研室主任等职。青年时代，他曾致力于文学创作，发表过小说、诗歌、散文等近百篇文学作品。后又研究《诗经》，写过近五万字的研究论文。新中国成立以后，他专心于中国现代文学史的教学与研究。一九五七年，中国青年出版社出版了他的论文集《现代作品论集》，从一九五〇年到现在，他还在全国各地报刊上，发表论文十四篇。他有志于中国现代文学史的写作，并且完成了第一卷，约十五万字。公兰谷同志精于中国现代文学史的研究与教学，学术造诣较深，做学问严肃认真，并且十分注重青年教师的培养与成长。他的逝世，也是中国现代文学史教学与研究工作的一个损失。

在"文化革命"中，公兰谷同志曾遭受林彪、"四人帮"极左路线的迫害。粉碎"四人帮"以后，他热烈拥护以华国锋同志为首的党中央所制定的一系列治国方针，精神振奋，心情舒畅，他不仅重新走上教学第一线，而且不辞辛苦，远赴外地，为我院函授学员和外校学生讲课，并积极进行一九八〇年招收现代文学研究生的准备工作。在学术著述方面，他生前曾拟完了新的计划，准备着手写一部中国现代文学史，直到逝世前夕，他还在为河北人民出版社撰写《现代诗歌选讲》一书，可惜，由于过早的逝世，他的著述计划未能实现，这个损失是难以弥补的。他的勤奋的工作精神和热心于学术事业的品德，对我们是莫大的教育和鼓舞。

公兰谷同志的逝世，使我们失去了一个好同志、好战友、好老师。我们悼念公兰谷同志，要化悲痛为力量，学习他热心于党的教育事业，毕生致力于培养人才的革命精神；学习他诚恳待人、团结同志、正直爽朗的优秀品质；学习他不辞劳苦、积极工作的革命作风；学习他在学术研究中一丝不苟、实事求是、不断进取的治学态度。我们要在以华国锋同志为首的党中央的领导下，紧密团结，发奋工作，为早日实现四个现代化，把我国建设成为伟大的社会主义强国而奋斗！

安息吧，公兰谷同志！

一九八〇年一月廿二日

图书在版编目（CIP）数据

公兰谷文集 / 公兰谷著；王勇编. -- 北京：社会
科学文献出版社，2020.1
　（燕赵学脉文库）
　ISBN 978-7-5201-2877-3

Ⅰ.①公…　Ⅱ.①公…②王…　Ⅲ.①中国文学 - 文
学评论 - 文集　Ⅳ.①I206-53

中国版本图书馆 CIP 数据核字（2018）第 141779 号

· 燕赵学脉文库 ·

公兰谷文集

著　　者／公兰谷
编　　者／王　勇

出 版 人／谢寿光
责任编辑／李建廷
文稿编辑／孙连芹

出　　版／社会科学文献出版社·人文分社（010）59367215
　　　　　地址：北京市北三环中路甲 29 号院华龙大厦　邮编：100029
　　　　　网址：www.ssap.com.cn
发　　行／市场营销中心（010）59367081　59367083
印　　装／三河市尚艺印装有限公司

规　　格／开　本：787mm×1092mm　1/16
　　　　　印　张：37　字　数：575 千字
版　　次／2020 年 1 月第 1 版　2020 年 1 月第 1 次印刷
书　　号／ISBN 978-7-5201-2877-3
定　　价／268.00 元